기업소설시리즈 008

국제금융업의 사각지대

머니
론더링

다치바나 아키라 지음

김준균 옮김

AK
STORY

목차

▶ 오프쇼어 Offshore Market

국내의 금융시장(온쇼어)과는 격리된 국제적 금융시장. 비거주자를 대상으로 세제 등의 우대조치를 인정한다. 좁은 뜻으로는 택스헤이븐을 의미.

▶ 택스헤이븐 Tax Haven

'조세피난처'라는 뜻. 법인세·소득세·자산세가 없거나 실효세율이 현저하게 낮은 국가 및 지역.

▶ 머니론더링 Money Laundering

'자금세탁'이라는 의미. 해외에 있는 금융기관을 이용하는 방법 등으로 비합법적인 자금을 합법적인 자금으로 바꾸는 일.

등장인물 소개

구도 아키오工藤秋生
홍콩에서 무허가 컨설팅으로 무료한 일상을 보내다 지인의 부탁으로 레이코라는 여인을 소개받는다. 레이코가 원하는 것은 5억 엔의 자금세탁. 구도는 그 요구를 이루기 위한 절묘한 스킴을 제안한다. 하지만 이는, 앞으로 있을 거대한 흑막의 일부에 불과했는데…….

와카바야시 레이코若林麗子
약혼자의 부탁이라며 홍콩까지 와서 구도에게 5억 엔의 자금세탁을 위한 조언을 구한다. 하지만 레이코는 4개월 후 50억 엔이라는 거대한 자금을 가지고 자취를 감춰버린다. 과연 그녀의 진짜 목적은 무엇인가?!

구로키 세이이치로黑木誠一郎
주식회사 케이에스물산 전무이사이자 야쿠자 조직의 간부. 50억 엔과 함께 사라진 레이코의 단서를 알아내기 위해 구도를 찾아온다.

마코토
대형 가전회사의 연구 부문에서 근무하는 기술자. 홍콩에서 구도 아키오를 만나 그의 해박한 금융지식에 깊은 존경심을 가지게 된다. 이후 일본에 돌아가 홈페이지에 금융지식과 체험담을 올리면서 구도에게 금융 상담을 하려는 사람들을 연결시켜주고 있다.

일러두기

1. 이 책의 일본어 표기는 국립국어원 외래어 표기법을 따르되, 최대한 본래 발음에 가깝게 표기
   하였다.

2. 인명, 지명, 상호명은 최대한 일본어로 읽어주는 것을 원칙으로 하되, 극중에 처음 등장할 시에
   만 한자 및 영자를 병기하였으며, 필요한 경우 옆에 주석을 달았다.
   *인명
    예) 구도 아키오工藤秋生, 와카바야시 레이코若林麗子
   *지명
    예) 하라주쿠原宿, 롯폰기六本木
   *상호명
    예) 미쓰코시三越, 온다恩田조사정보

3. 어려운 용어는 한자 및 영자를 병기하였으며, 독자의 이해를 돕기 위해 보충 설명이 필요한 경
   우 주석을 달았다. 역자와 편집자가 단 주석은, 역자 주, 편집자 주로 표시하였으며, 나머지는
   저자의 주석이다.
   *용어
    예) 볼러틸리티volatility(시세의 예측변동률—역자 주)
       노미니Nominee(법인의 임원, 주주를 제3자 명의로 등록할 수 있는 제도–편집자 주)

4. 서적 제목은 겹낫표(『』), 영화 제목은 홑낫표(「」)로 표시하였으며, 그 외 인용, 강조, 생각 등은
   큰따옴표와 작은따옴표를 사용했다.
   *서적 제목
    예) 『월스트리트저널』
   *영화 제목
    예) 「중경삼림」, 「카사블랑카」

5. 이 책은 픽션으로, 등장하는 금융기관 등은 실명을 사용한 일부를 제외하면 가공의 단체이다.
   앞으로 이 책에서 소개할 택스헤이븐(조세피난처)을 이용한 다양한 세무상의 테크닉은 어디까
   지나 저자의 상상력에 의한 것이며 세법과 관련한 코멘트는 사적인 견해임을 밝힌다. 독자가
   자신의 책임하에 이들 수법을 시험하는 것은 자유지만 현실에서 효력이 있을 것이라는 보증은
   없으며, 또 그로 인해 야기되는 사태에 대해서도 저자 및 출판사는 일절 책임을 질 수 없다.

제1장

여름, 홍콩

1

2001년 여름, 홍콩.

빅토리아 만을 따라 홍콩 섬을 동서로 가로지르는 지하철 아일랜드 라인의 센트럴 역에서 내린 뒤 황후상광장Statue Square으로 가는 좁은 계단을 오르자 배기가스와 먼지가 섞인 해풍이 불어왔다.

다 망가진 비치파라솔을 노상에 세워 놓고 대중지와 에로잡지를 잔뜩 쌓아 놓은 신문 가판대. 발포 스티로폼 상자에 얼음물을 채우고 다양한 색깔의 캔 주스를 띄워 놓은 허름한 노점. 시끄러운 경적 소리. 불쾌한 느낌이 드는 사람들의 물결. 반바지에 러닝셔츠만 입은 채 새카맣게 햇빛에 탄 점원들은 벌써부터 도시락을 풀어놓고 변변치 않은 점심을 걸신들린 듯 먹고 있었다.

아키오秋生는 작열하는 햇빛을 레이밴 선글라스로 차단하고 광장을 한 바퀴 둘러보았다. 주위로는 하늘을 찌를 듯한 고층 빌딩들이 이어지고 있었고 빅토리아 만에 뜬 페리의 기적 소리가 들려왔다. 고급 브랜드가 줄줄이 늘어선 쇼윈도 앞으로는 웃통을 벗은 채 한 손에는 양철 깡통을 쥔 다리가 없는 거지 한 사람이 인도를 기어가고 있었다. 그의 먼지투성이 얼굴에서는 침이 흘러내리고 있었고 마치 물을 먹는 새처럼 꾸벅꾸벅 통행인들에게 머리를 숙였다.

바랜 것 같은 백묵색 하늘. 부풀어 오른 누런 태양. 피부에 달라붙는 강렬한 습기. 주위에 난립한 빌딩군의 냉방기에서 토해낸 열풍은 아직 오전 중이지만 가만히 있기만 해도 온몸에서 땀을 쏟게 만든다. 홍콩의 여름은 전 세계에서도 손꼽히는 최악의 계절이다.

좁은 광장에는 두 개의 인공 연못이 있었고 중국 본토에서 온 것 같은 관광객 무리가 식민지 양식이 남아 있는 입법회 건물을 배경으로 기념사진을 찍고 있었다. 근처 금융기관에서 근무하는 것으로 보이는 금테 안경에 와이셔츠의 소매를 걷어 올린 남자들이 서류가방을 들고 종종걸음으로 공원을 가로질렀다. 분수가 있는 인공 연못 옆에 아키오가 찾던 상대가 있는 것이 바로 보였다.

통통한 체구에 머리가 벗겨진 50대 남자와 거북의 등딱지로 만든 화려한 안경을 쓴 작고 뚱뚱한 여자. 남자는 검은색 숄더백을 유치원생처럼 어깨에 메고 타월로 연신 땀을 닦는다. 불안한 눈으로 주위를 둘러보면서도 오른쪽 손만은 계속 가방을 감싸고 있다. "굉장히 중요한게 들어 있어요"라고 큰 소리로 외치는 것이나 마찬가지인 모습이지만 평일 낮 시간의 센트럴이라면 운이 엄청나게 나쁘지 않은 한 길 한복판에서 현금을 세고 있어도 강도를 만날 일은 없다. 해가 지지 않는 나라였던 대영제국이 아시아 지배를 위한 교두보로 키운 센트럴은 지금은 월 가와 시티에 버금가는 세계 유수의 금융가다.

여자가 입은 화려한 무늬의 핑크색 블라우스는 멀리서도 똑똑히 보일 만큼 등에서 허리까지 땀으로 얼룩져 있었다. 요란한 화장에서는 진한 향수 냄새가 풍겨올 것만 같다. 여자는 짜증스러운 표정으로 신호로 정했던 관광가이드북을 부채 대신 사용하고 있었다.

손목시계를 보았다. 11시 정각. 아마도 저 두 사람은 내리쬐는 햇볕속을 약속시간 30분 전부터 기다리고 있었을 것이다.

아키오는 프린스 빌딩의 좁은 파사드façade(출입구가 있는 건물 정면부─역자 주)가 만든 작은 그늘로 들어가 잠시 동안 두 사람을 관찰했다. 아까부터 연신 시계를 보던 여자가 남자를 향해 무엇인가 투덜거렸다. 남자는 대답조차 귀찮은 듯이 손을 내젓더니 가까이 오는 비즈니스맨 같은 남자를 간절한 눈으로 쳐다보았다. 두 사람은 아키오가 일본인이라는 사실 외에는 나이도 얼굴도 성별조차 모른다. 연락을 취할 방법도 없다. 큰돈이 든 가방을 들고 지정된 장소에 서서 시골에서 올라온 촌뜨기처럼 가이드북을 손에 쥔 채 누군가 말을 걸어주기를 기다릴 수밖에 없었다. 약속시간이 지나면 지날수록 더욱 불안할 것이다.

11시 5분 정각. 더 이상 기다리게 했다가는 고객이 화를 낼지도 모르는 아슬아슬한 타임. 저 사람들이라면 괜찮을 거라고 판단한 아키오는 뚜벅뚜벅 두 사람에게 다가가 말을 걸었다.

"사토佐藤 씨신가요?"

이름을 불린 남자가 놀란 표정으로 아키오를 쳐다보았다. 하기야 무리도 아니다. '홍콩의 FA(파이낸셜어드바이저)'라고 하면 보통은 주문 제작한 정장에 검은색 서류가방을 상상하기 마련이다. 그런데 감색 티셔츠에 흰색 여름재킷을 입고 양아치처럼 선글라스를 낀 20대로 보이는 남자가 나타났으니 누구든 깜짝 놀랄 것이다. 사실 아키오는 올해 서른네 살이었지만 실제 나이보다는 훨씬 젊어 보였다.

"구도工藤입니다."

아키오가 그렇게 인사를 하자 남자는 그때서야 기다리던 사람이 나타났다는 것을 깨달은 모양이었다. 숄더백 바깥에 달린 주머니에서 악어가죽으로 된 명함지갑을 꺼내더니 "그, 그러시군요. 잘 부탁드립니다" 하고 어딘지 어색한 표정으로 인사를 했다. 커다란 땀방울이 맺혀 있는 목덜미에는 굵은 18금 목걸이. 골프를 자주 치는지 가무잡잡하게 탄 털이 많은 팔에는 싸구려 다이아몬드를 박은 롤렉스. 저절로 눈살이 찌푸려지는 모습이지만 벼락부자가 많은 도시 홍콩에는 그런 사람들이 잔뜩 있다. 이 도시에서는 자신의 부유함을 아무리 과시해도 아무도 경멸하지 않는다.

남자의 명함에는 일본 지방도시의 주소와 '주식회사 사토공무점 대표 겸 사장'이라는 글자가 큼지막하게 인쇄되어 있었다. 아키오는 명함을 힐끗 보고는 그대로 재킷 가슴주머니에 쑤셔 넣었다. 고객의 정체가 시골의 건축설비점 부부라는 사실만 알면 그것으로 충분하다. 당연히 자신의 명함은 주지 않았다. 주고 싶다 하더라도 애당초 명함 따위 없다.

"여권은 가져 오셨나요?"

"네에, 가져 왔습니다."

설비업자는 불안한 표정으로 대답하고는 옆에 있는 부인에게 슬쩍 눈짓을 했다.

"사모님도 있으시지요?"

여자는 슬쩍 고개를 끄덕이고는 의심이 많게 생긴 눈으로 아키오를 보며 "그런데 저기……" 하고 입을 열었다. 흐르는 땀으로 짙은 화장이 지워져 가까이서 보니 오래되어 칠이 벗겨진 불상이 떠올랐다.

"그럼 시간이 없으니 갈까요?"

아키오는 여자의 말을 아무렇지 않게 무시하고 큰길을 향해 걷기 시작했다. 건설업자가 급히 그 뒤를 따랐고 화가 난 듯한 표정으로 여자가 그 뒤를 이었다.

"휴우, 홍콩은 정말 덥네요. 못 당하겠어요."

건설업자는 흐르는 땀을 타월로 닦으며 말을 붙여왔지만 아키오에게서 아무 반응도 없자 무안한 얼굴로 아내를 돌아보았다. 여자는 여자대로 "난 속지 않아" 하는 느낌으로 아키오의 뒷모습을 노려보고 있었다.

센트럴 중심가를 동서로 잇는 데보로드Des Voeux road를 트램이라는 애칭으로 잘 알려진 2층짜리 노면전차가 애드미럴티 방면으로 천천히 가고 있었다. 편도 2차선 차도에는 차체 전체에 화려한 광고를 붙여놓은 시티버스와 미니버스·맥시캡 등의 소형 버스, 문짝에 커다랗게 '的士'라고 적은 택시가 넘쳤고 각각 시끄럽게 경적을 울리고 있었다. 배기가스와 스모크 때문에 멀리 보이는 경치는 조금 뿌옇게 보였다. 신호가 파란불로 바뀌어도 몇 대의 자동차가 거침없이 횡단보도로 달려들었다. 보행자들은 그 차들을 재빨리 피하고는 아무 일도 없었던 것처럼 길을 건넜다.

거리 반대편에는 홍콩상하이은행의 본점 빌딩이 있었다.

홍콩상하이은행을 현지에서는 '후이펑은행'이라 부른다. '후이펑滙豐'이라는 말에는 돈이 잘 들어온다는 의미가 있다. 망루를 닮은 외관으로 인해 '유전기지'라는 별명으로 잘 알려진 홍콩상하이은행의 본점 빌딩은 정면에 사자상이 서 있었으며 그랜드플로어부터 5층까지는 트여 있는 양식이었다. 이 대담한 계단통 양식은 자신의 부를 과시하고 싶어 하는 홍콩인에게는 필수적인 건축양식이라 할 수 있었다.

홍콩상하이은행 본점은 영국 최대의 금융계 컨글로머릿conglomerate(복합기업)인 HSBC그룹을 대표하는 점포로 18세기부터 이어지는 대영제국의 동아시아 식민지 경제경영의 상징이기도 했다. 중국에 공산정권이 탄생하면서 상하이에서 쫓겨나기는 했지만 같은 대영제국의 식민지은행이었던 스탠다드차타드은행과 함께 통화를 발행하는 중앙은행이 없는 홍콩의 금융을 발권은행으로서 지탱해왔다. 그 뒤 중국은행 홍콩지점이 발권은행으로 추가되면서 홍콩에는 세 종류의 지폐가 유통되게 되었으나 지금도 유통되는 지폐의 80퍼센트는 사자가 그려진 홍콩상하이은행에서 인쇄된 것이다.

발권업무에서 파생되는 이익은 막대한 것으로 HSBC는 홍콩 제2의 은행인 한센은행을 산하로 두었을 뿐 아니라 거액의 자금을 이용해 영국과 미국의 중견은행을 차례차례 매수하여 세계적인 규모의 금융그룹으로 발전했다. 1997년 홍콩이 중국에 반환되기로 결정되자 재빨리 주식을 영국시장에 상장하여 자본을 이전하는 한편 중국의 개방정책에 편승해 비원이었던 상하이로의 재진출도 실현했다. 홍콩의 금융기관 중에서는 일본에서 규모 및 지명도가 발군인 만큼 이 은행에 계좌를 가지고 싶어 하는 특이한 사람들이 끊이지를 않았다.

빌딩 중앙의 에스컬레이터를 타고 3층으로 오르자 홍콩달러와 외국통화를 취급하는 리테일카운터가 계단통을 끼고 양쪽으로 위치해 있고 정면에 ATM 기기가 설치되어 있었다. 에스컬레이터로 한 층 더 올라가니 그곳이 5층으로 퍼스널파이낸셜센터라고 표시된 계좌를 개설하는 창구가 있었다. 아직 오전 중인 까닭에 손님은 거의 없었다.

아키오는 접수처에서 신규 고객을 담당하는 베티를 불렀다. 철저하게 인맥 사회인 홍콩에서는 무엇을 하더라도 아는 사람을 통할 필요가 있다. 그들에게 있어 자신의 인맥과 관계없는 손님은 길에 구르는 돌멩이나 마찬가지인 것이다.

"안녕, 아키. 잘 지냈어? 창 씨는 건강하지?"

안쪽 오피스 플로어에서 나타난 베티는 광동어 발음이 섞인 영어로 아키오에게 인사를 했다. 수수한 군청색 유니폼은 깨끗하게 다림질되어 있었다. 하얀 블라우스에는 당연히 얼룩 하나 없다. 이 더운 홍콩에서 긴 블라우스를 입고 일을 할 수 있다는 것 자체가 그녀에게 있어서는 자부심인 것이다.

"나는 별일 없어. 창 씨는 조금 이따 얼굴을 보러 갈 생각이고."

아키오는 대충 대답을 하고 건설업자 부부를 베티에게 소개했다.

바가지 머리를 한 베티는 즉시 영업용 미소를 띠며 두 사람에게 인사를 하고는 "계좌를 개설하려면 복사를 해야 되니까 패스포트를 주시겠어요?" 하고 빠른 어조의 영어로 말했다. 두 사람은 그래도 '패스포트'라는 말은 알아들었는지 여자가 루이비통 가방에서 두 사람의 패스포트를 꺼내들더니 '정말 줘도 괜찮은 건가?'라는 얼굴로 남편을 쳐다보았다. 남편은 경계심을 보이면서도 너그러운 척 고개를 끄덕였다. 시골에서 하던 건축 일은 이렇게 잠자코 고개를 끄덕이기만 해도 할 수 있었는지 모른다. 마음에 들지 않는 일이 있으면 부하에게 호통을 쳤을 것이다. 그러나 이곳 홍콩에서는 제대로 알지도 못하고 고개를 끄덕였다간 그저 닥치는 대로 이용당할 뿐이다.

베티는 여자로부터 여권을 받아들고는 엘리베이터 옆에 있는 응접실로 아키오 일행을 안내했다. 이곳에서 계좌를 개설하기 위한 준비를 하는 것이다.

홍콩상하이은행에서는 지금까지 담당자가 신규로 계좌개설을 희망하는 고객을 마주보며 한 항목씩 설명하면서 계좌개설신청서에 필요사항을 기입했지만 최근에 와서 겨우 수순이 컴퓨터화되었다. 그렇지만 영어를 전혀 하지 못하는 일본인을 상대로는 여전히 허들이 높았다. 그 때문에 아키오와 같은 도우미의 수요가 발생한다. 아키오가 조금 도와주는 것만으로도 베티는 말이 통하지 않는 사람을 상대로 허무하게 떠들어야 하는 수고를 생략할 수 있고 손님은 알지도 못하는 영어로 인해 창피를 당하지 않아도 된다. 일본인과 홍콩인 양쪽에게 도움이 되는 것이다.

홍콩인 중에는 체구가 작은 사람이 많지만 베티는 그중에서도 특히 키가 작았고 게다가 엄청나게 마른 탓에 복사를 하러 가는 뒷모습을 보면 마치 중학생 같다. 그러나 홍콩에서 금융기관에 종사하는 사람은 대부분이 엘리트로 베티 역시 영국에서 고등교육을 받았고 아마도 프라이드 또한 높을 것이다. 모르긴 하지만 영어도 못 하는 고객에게 봉사하겠다는 생각은 전혀 없을 것이고 그녀가 존경하는 것은 백인 상사와 홍콩에서 대학을 졸업한 초엘리트 남자뿐일 것이다.

광둥어를 모어母語로 하는 홍콩에서는 영어도 중국어도 외국어에 속한다. 중학교에서 어느 쪽을 공부하는가에 따라 진학 코스는 영문중학과 중문중학으로 나뉘게 되는데 영문중학으로 진학한 학생들은 서로를 크리스천네임으로 만든 애칭으로 부른다. 기독교 계열의 학교에서는 교사가 학생들에게 이름을 붙여주기도 하지만 어떤 이름으로 할 것인가는 완전하게 개인의 자유이며 그 이름이 신분증에도 정식으로 기재된다. 요즘의 젊은 홍콩인들은 부모가 붙여준 이름을 버리고 대부분이 크리스천네임으로만 생활한다. 베티도 그중 한 사람으로 정중하게 인사를 할 때는 중국식 이름이 아닌 '미스 엘리자베스'라고 불러야 한다. 아키오는 일본인 주제에 영어를 할 줄 안다는 점과 계좌에 100만 홍콩달러가 넘는 현금을 잔액으로 유지하는 점 덕분에 베티의 기억 한쪽 구석에 이름을 각인시키는 데에 성공했다.

일본인 부부를 로비 의자에 앉힌 다음 아키오는 베티에게 받은 계좌 개설용 리플릿을 테이블 위에 놓고 아무렇지 않은 듯 시계를 쳐다보았다. 11시 15분. 타임리미트까지 앞으로 약 한 시간. 리플릿에는 영어와 중국어로 계좌에 대한 설명이 **빽빽**하게 기재되어 있었다. 아키오는 그 리플릿 옆에 홍콩상하이은행의 하얀색 레터헤드_{letter head(상단에 회사명이나 주}_{소가 인쇄된 편지지-역자 주)}를 놓고 재킷 안주머니에서 꺼낸 몽블랑 만년필로 오늘 날짜를 써넣었다.

홍콩상하이은행 본점의 호화롭기 짝이 없는 플로어로 안내받은 건설업자 부부는 속사포처럼 쏘아대는 베티의 영어와 의미를 알 수 없는 리플릿이 등장하자 분위기상 완전히 압도당했다. 아키오가 은행 직원과 친근하게 말을 주고받은 시점에서 정체를 알 수 없는 수상한 남자에 대한 처음의 의심은 완전히 사라지고 없었다. 아키오는 카운터 건너편의 넓은 오피스 플로어를 가리키며 두 사람에게 말했다.

"조금 이따 저쪽에 있는 베티의 부스로 가서 두 분의 계좌를 개설하는 수속을 할 겁니다. 수속은 간단하며 그녀가 하는 질문에 대답하면 그 정보가 컴퓨터에 입력됩니다. 질문에는 반드시 본인이 대답을 해야 합니다. 그리고 마지막으로 프린트된 용지에 사인을 하면 수속은 끝입니다."

아키오는 느긋한 모습으로 두 사람의 얼굴을 쳐다보았다. 두 사람 모두 의지하는 눈빛으로 아키오를 쳐다보고 있다. 고압적인 홍콩인 스태프를 마주하게 되자 의지할 수 있는 사람은 눈앞에 있는 남자뿐이라는 사실을 알게 된 것이다. 이제부터는 완전히 그에게 의지해서 움직일 수밖에 없는 상황이었다.

그런 두 사람의 시선을 무시하고 아키오는 지극히 사무적으로 설명을 시작했다.

"일본 국내에서 접속 가능한 홍콩상하이은행의 계좌는 프리미엄어카운트와 파워밴티지어카운트 두 가지가 있습니다. 이번에는 그중 하나를 트도록 하죠. 계좌개설에 필요한 정보는 두 분의 이름, 생년월일, 직업, 여권번호, 자택과 직장의 연락처만 있으면 됩니다. 수속이 끝나면 이 자리에서 ATM용 현금카드와 홍콩달러를 기반으로 하는 수표책을 받을 겁니다. 홍콩달러로 하는 보통예금, 당좌예금, 정기예금 외에 외화예금 계좌도 동시에 개설할 수 있으므로 일본엔이나 미국달러로 맡길 수도 있습니다. 단 홍콩에 거주하지 않는 분은 신용카드를 만들 수가 없습니다. 계좌 관리는 텔레폰뱅킹과 온라인뱅킹을 사용해 일본에서 해야 합니다. 홍콩달러 계좌에 잔액이 있으면 PLUS 네트워크에 접속되어 있는 일본 국내의 ATM을 통해 일본엔으로 예금을 인출할 수 있습니다. 뭔가 질문은 없으신가요?"

두 사람은 입을 멍하니 벌린 채 아키오를 쳐다보고 있다. 일본어임에도 불구하고 무슨 말인지 전혀 이해를 못 하는 것이다.

"저기, 개인도 당좌예금을 할 수 있는 건가요?"

회사를 운영해온 사람답게 남자가 '당좌예금 계좌'라는 단어에 반응했다.

"서양의 은행에서는 개인의 수표 발행이 당연한 서비스니까요. 단 일본과 마찬가지로 당좌예금 계좌에는 금리가 붙지 않습니다. 그리고 홍콩달러를 기반으로 하는 수표는 그다지 이용할 일이 없으실 것 같습니다만."

아키오는 그렇게 대답하고 여자 쪽으로 시선을 주었다. 조금 전 보이던 의심스러운 눈초리와는 달리 얼굴에는 존경하는 빛이 떠올라 있었다. 대부분의 인간은 자신이 전혀 이해하지 못하는 일은 철저하게 거절하거나 혹은 맹목적으로 신용하거나 둘 중 하나밖에 못 한다. 건설업자 부부는 여기서 아키오를 거절하면 홍콩까지 힘들게 온 것이며 숄더백에 현금을 채워 넣어 온 일이 모두 무위로 돌아가는 것이다. 그렇다면 남은 길은 믿는 길밖에 없다.

"프리미엄이라는 것과 파워밴티지라는 것은 어떻게 다른 거죠?"

남자가 다시 쭈뼛거리며 질문했다. 아키오는 계단통 건너편으로 보이는 호텔 로비처럼 호화로운 응접실을 가리켰다.

"프리미엄어카운트 고객은 저 자리에 앉을 수 있습니다."

두 사람은 놀랍다는 표정으로 부유층 고객 전용 플로어를 쳐다보았다. 입구 옆에는 무료 드링크 바가 설치되어 커피며 중국차 외에 쿠키 등의 가벼운 음식까지 놓여 있다. 응접실 안쪽은 넓은 개인실로 되어 있었으며 그곳에서 부자들이 전속 스태프를 불러 자산관리를 위한 상담을 하는 구조였다.

"양쪽 계좌 모두 최소 잔액은 설정되어 있지 않지만 일정 잔액 이하로 내려가면 징벌적인 의미에서 수수료가 계좌에서 빠져나갑니다. 프리미엄어카운트 같은 경우는 그 잔액이 100만 홍콩달러로 현재 1홍콩달러가 약 15엔 정도니까 일본엔으로 1,500만 엔 정도 되는군요. 어쨌거나 프리미엄어카운트 고객이 되면 이런 카드가 발행되고 저기 있는 소파에 편하게 앉아 커피를 마시며 길거리에 있는 거지들을 내려다볼 수 있습니다."

아키오는 자신의 지갑에서 얇은 프리미엄어카운트 카드를 꺼내어 자연스럽게 테이블에 놓았다. 두 사람은 다시 한 번 깜짝 놀라는 표정으로 그 카드를 쳐다보았다.

"반면에 파워밴티지어카운트는 매월 유지하는 데 있어 수수료가 들지 않는 최소 잔액이 2만 홍콩달러니까 일본엔으로 약 30만 엔입니다. 10만 홍콩달러 그러니까 약 150만 엔 이상의 잔액만 있으면 연간 250홍콩달러를 내야 하는 계좌 수수료도 무료고요. 그래서 말입니다만 이번에는 어느 정도 입금하실 생각이신지요?"

설비업자가 무릎 위에 놓은 가방으로 시선을 떨어뜨렸다.

"그게, 이번에는 처음이니까 일단 100만 엔 정도 맡겨볼까 싶습니다만……" 하고 대답했고 아내는 옆에서 고개를 끄덕거렸다.

"알겠습니다. 그럼 이번에는 파워밴티지로 계좌를 개설하시죠. 그럼 이제부터 질문 받을 내용을 설명하겠습니다."

"그런데……."

설비업자가 우물거리며 입을 열었다.

"일본에 가서도 돈을 보낼 수 있나요?"

"물론이죠."

"그렇다면 1,500만 엔 정도 맡길 수 있을 것 같은데요……."

지금까지 아키오의 경험상 고객의 절반은 단순히 허영 때문에 프리미엄어카운트를 가지고 싶어 했다. 원래부터 목숨 다음으로 허영을 소중하게 여기는 홍콩인들을 위해 만든 계좌인 만큼 허영심을 충족시키기 위한 구성이기는 했다. 그러나 관리도 만족스럽게 못 하는 사람에게 부적절한 계좌를 만들게 하면 나중에 귀찮아진다. 아키오는 그때서야 처음으로 미소를 얼굴에 띠었다.

"프리미엄 고객이 된다 하더라도 시끄러운 홍콩인 담당자가 한 사람 붙는 것뿐이에요. 일본에 거주하시는 분이라면 파워밴티지로 충분합니다. 그래도 꼭 프리미엄어카운트를 가지고 싶으시다면 몇 번 사용해보고 익숙해진 뒤에 업그레이드를 하시는 것이 좋겠습니다."

"그래요, 여보. 이분이 시키는 대로 해요."

완전히 아키오의 신자가 된 여자가 바로 남편을 질책했다.

설비업자는 무안한 표정으로 "그럼 맡기겠습니다"라고 대답하며 입술을 삐죽였다.

아키오가 지금까지 만난 고객 중에는 중소기업 경영자는 물론이고 일류 기업의 샐러리맨들조차 자신의 주소와 전화번호, 생년월일을 정확히 영어로 표기하는 사람은 드물었다. 카드와 스테이트먼트statement(명세서)의 오배송 같은 사고를 피하기 위해서는 미리 고객으로부터 필요한 정보를 듣고 정확하게 스펠링을 적어줄 필요가 있었다.

건축설비점 부부는 묻는 대로 자택 주소와 전화번호 등 개인정보를 말해주었고 그것을 아키오는 홍콩상하이은행의 하얀색 레터헤드에 영어로 적었다. 국제전화 같은 경우 일본의 국가번호 '81' 뒤의 국번은 '0'을 뺀 번호를 기입하지 않으면 안 된다. 또 영문 주소는 일본과는 반대로 아파트 이름이나 번지부터 시작해 우편번호와 국명으로 끝난다. 영국의 식민지였던 홍콩은 날짜 역시 영국식으로 표기하므로 '일 · 월 · 년' 순이 된다. 그러나 미국식으로는 날짜가 '월 · 일 · 년'으로 된다. 따라서 월의 표기는 숫자를 쓰지 않고 반드시 알파벳으로 적지 않으면 안 된다. 이런 일들은 국제사회에서는 상식이지만 대부분의 일본인은 중학교 때부터 10년 이상 영어를 공부하고도 이런 것조차도 모른다.

근무하는 회사도 영어 표기를 해야 하지만 시골의 설비업자에게 영문 사명이 있을 리 없으므로 'Sato Inc.'로 하고 남자의 직함은 'CEO' 여자는 'CFO'로 적었다. 직종은 'Building Company'다.

"그런데 CEO라는 건 뭐죠?"

설비업자가 쑥스러운 듯 작은 목소리로 물었다.

"치프이그젝티브오피서Chief Executive Officer. 최고경영책임자라는 뜻으로 사장을 말하죠."

"그럼 CFO는요?"

여자도 자신의 직함이 무슨 의미인지 궁금한 모양이었다.

"이쪽은 치프파이낸셜오피서Chief Financial Officer로 최고재무책임자. 재무나 경리 부문의 책임자를 말합니다."

두 사람은 '그렇구나!' 하는 표정으로 서로의 얼굴을 마주보았다.

"점심시간이 되면 담당자가 나가 버리니까 조금 서두르죠. 오후에는 다른 일이 있어 제가 못 모시거든요."

아키오는 일부러 시계를 보며 차갑게 말했다. 이 사람들과 잡담이나 하고 있을 만큼 한가하지 않았다.

현재 11시 30분. 홍콩의 주식시장은 오전장이 오전 10시부터 12시 반, 오후장이 오후 2시 반부터 4시까지다. 금융기관의 점심시간도 그 시간에 맞춰 12시 반부터 시작되지만 설비업자 부부가 그런 사실을 알 리가 없다. 점심시간이라고 하면 12시부터 1시까지가 만국 공통일 거라고 제멋대로 생각하고 있을 것이다. 실제로는 아직 한 시간의 여유가 있지만 본인들에게 남은 시간은 30분뿐이라고 선고당한 것이나 마찬가지다. 두 사람의 얼굴이 더욱 창백해졌다.

아까 받은 명함을 보며 회사의 주소와 전화번호를 기입했고 작업은 일단락되었다.

"수속이 끝나면 사인을 등록하라고 할 건데 영어와 일본어 중 어느 쪽으로 하시겠습니까?"

아키오가 그렇게 묻자 설비업자 부부는 '엥?' 하는 표정을 지었다. 지금까지의 인생에서 사인 같은 것은 거의 한 적이 없었을 테니 당연한 반응이었다. 여권으로 본인을 확인하는 서양 금융기관의 경우 일반적으로 사인은 여권과 일치하여야 한다. 그러나 홍콩상하이은행에서는 계좌 관리용으로 등록하는 사인은 어떤 것이든 상관없었다.

아키오는 두 사람 앞에 하얀색 레터헤드를 내밀었다.

"여기 영어 사인을 두 번씩 해주시겠습니까? 그리고 일단 일본어 사인도요."

한번 등록한 사인과 같은 사인이 아니면 입금한 돈은 움직이지 않는다. 예상대로 서툰 로마자로 그림을 그린 듯한 설비업자의 사인은 두 개가 전혀 비슷하지 않았다. 여자 쪽은 반대로 중학교 영어 교과서에 나올 것 같은 예쁜 필기체였지만 이래서야 누구나 쉽게 흉내를 낼 수 있다. 간단히 위조할 수 있는 사인은 금융기관에서 사용을 거부당한다.

"두 분 모두 영어 사인은 하지 않는 편이 무난할 것 같습니다. 그러니 이쪽 일본어 사인으로 등록을 하십시오."

설비업자 부부는 의심도 하지 않고 아키오의 지시에 순순히 고개를 끄덕였다.

준비를 마치자 베티에게 신호를 하고 두 사람을 그녀의 부스까지 데리고 갔다. 계좌를 개설할 때 필요한 개인정보를 영문으로 기입한 레터헤드를 베티에게 건네며 "잘 부탁해"라고만 말하고 아키오는 응접실로 돌아와 『월스트리트저널』의 아시아판을 펼쳤다. 사실은 두 사람과 동석해도 괜찮았지만 같이 있으면 여러 가지 자세한 것들을 묻기에 귀찮은 것이다. 아키오가 없으면 베티는 형식상의 질문을 계속하면서 레터헤드에 적힌 정보를 그저 컴퓨터에 입력하는 수밖에 없다. 설비업자 부부 역시 무엇을 묻는지도 모르는 채 그저 웃으며 고개를 끄덕일 뿐이다. 필요한 사항은 이미 아키오가 전부 확인한 만큼 그래도 아무 문제는 없다. 작업은 평화적이고 효율적으로 진행될 것이다.

계좌개설 양식의 입력이 끝나자 베티가 손을 들어 아키오를 불렀다. 이제 아키오는 출력된 신청서의 소개자 칸에 자신의 사인을 해야 한다. 홍콩상하이은행의 프리미엄이나 파워밴티지는 같은 계좌를 가진 소개자가 없으면 새로운 계좌를 개설하는 일은 불가능하다. 이것이 홍콩에 지인이 없는 일본인 계좌개설 희망자가 아키오 같은 인간에게 도움을 받아야만 하는 가장 큰 이유였다. 아키오가 마지막으로 서명을 하는 것은 자신의 계좌번호와 본명을 고객에게 알리고 싶지 않아서였다. '구도 아키오工藤秋生'라는 이름은 좋게 말해 펜네임 즉 가명이었다.

홍콩상하이은행의 시스템은 일본의 금융기관보다 훨씬 진보되어 있어 수속이 끝나면 그 자리에서 현금카드와 PIN, 수표책이 발행된다. PIN은 퍼스널아이덴티피케이션넘버의 약자로 현금카드를 사용할 때의 인증번호다. 계좌를 유지하기 위한 수수료 등 형식적인 설명을 듣고 수속은 무사히 끝이 났다.

"저기 일본에서 가져온 돈은 어떡하면 되나요?"

베티의 가식적인 영업용 미소와 함께 부스에서 쫓겨나자 불안한 표정으로 설비업자가 물었다. 기껏 일본에서 큰돈을 가져왔는데 여기서 버림을 받으면 큰일인 것이다.

"계좌가 만들어졌으니 이제 아래로 내려가 일본엔을 입금하는 방법과 홍콩달러나 미국의 달러로 환전하는 방법을 알려드리죠. 그 다음에 ATM에서 출금과 입금 방법, 수표를 사용하는 방법을 배우시면 됩니다."

아키오가 그렇게 대답하자 안심했는지 설비업자는 들고 있던 타월로 쓱쓱 얼굴을 훔쳤다. 여자 쪽은 그런 남편을 무시하고 태어나서 처음으로 손에 쥔 외국은행의 현금카드와 수표책을 보며 어린애처럼 떠들고 있다.

아키오는 두 사람을 3층 리테일카운터로 안내했다. 정면의 ATM 코너를 마주보고 왼쪽이 홍콩달러의 보통 및 당좌예금 창구, 오른쪽이 정기예금 및 외화예금 등의 창구였다.

"일본에서 가져온 현금은 홍콩달러 외에 미달러화, 유로, 파운드 등 주요 12개 통화로 계좌에 입금할 수 있습니다. 기본은 똑같으므로 지금은 홍콩달러, 엔, 미달러화 등 세 종류의 입금 방법을 알려드리죠. 계좌의 최저 예금액은 2만 홍콩달러이므로 조금 여유롭게 일단 40만 엔을 홍콩달러로 입금해보죠."

그렇게 말하고 두 사람을 인포메이션 카운터 옆에 있는 부스로 데려간 아키오는 하얀색 레터헤드를 꺼내 "Please deposit this into my savings account"라고 크게 썼다.

"디포지트는 '예금해달라', 세이빙 어카운트는 '보통예금 계좌'라는 뜻입니다. 그러니까 이것이 '이 현금을 홍콩달러로 환전해 보통예금 계좌에 입금시켜 달라'라는 의미가 됩니다. 잠깐 소리 내어 발음해볼까요?"

"프리즈 데포지트 디스 인투 마이……."

두 사람은 주문을 외는 것처럼 아키오가 쓴 영문을 반복해서 읽었다.

"그럼 저기 있는 카운터로 가서 40만 엔의 현금과 현금카드를 창구에 건네고 입금해주십시오."

'엥?' 하는 표정으로 설비업자가 아키오를 쳐다보았다. "같이 가주는 것 아닌가요?" 하고 필사적으로 눈으로 호소한다. 이런 상황에서는 오히려 여자 쪽이 마음의 각오가 빠른 것인지 어린애처럼 굴지 말라는 듯 남편의 팔을 붙잡고 카운터로 끌고 갔다.

불과 30초 정도 만에 입금수속이 끝났다. 카운터에 일본엔의 현금과 현금카드를 놓으면 용건을 들을 것도 없이 일본인 고객의 입금의뢰인 것이다. 설비업자가 방긋방긋 웃으며 아키오가 있는 곳으로 돌아왔다. 태어나서 처음으로 외국인을 상대로 말한 영어가 잘 통했다고 생각하고 있을 것이다. 이것으로 40만 엔이 약 2만 7천 홍콩달러로 환전되어 계좌에 입금되었다.

"다음은 건너편에 있는 외화예금 창구로 가서 일본엔과 미국달러로 예금을 해보죠. 남은 돈이 60만 엔이니 각각 30만 엔씩 하면 되겠죠?"

두 사람은 영문도 모르는 채 고개를 끄덕인다.

"기본은 방금 전과 똑같습니다. 현금과 현금카드를 주면서 마지막을 '재패니즈 엔 어카운트'로 바꾸면 그대로 엔 계좌에 입금됩니다. 'US달러 어카운트'라고 하면 미국달러 예금이 되는 거고요. 그럼 먼저 부인께서 달러 계좌에 입금을 해보십시오."

여자는 순순히 "네"라고 대답하고는 남편에게서 30만 엔을 받아들고 즉시 카운터로 걸어간다. 그 뒤를 남자가 당황해서 따른다. 엔 입금과 달러 입금을 함께 하면 창구에서 확인을 할 것이고 제대로 대답하지 못할 것이 뻔했기에 입금은 반드시 한 가지 통화씩 할 수밖에 없었다. 달러와 엔 환율은 1달러=120엔이었으므로 약 2,500달러가 미국달러 계좌에 입금되었다.

다음으로 창구를 바꿔 같은 요령으로 설비업자가 마지막 남은 30만 엔을 엔 계좌에 입금했다. 돌아온 남자가 의아한 표정을 지었다.

"명세서도 받긴 했는데 750엔이 제해졌더라고요. 왜 이런 거죠?"

"홍콩달러 이외의 외화를 환전하지 않고 창구에서 입금할 때는 0.25퍼센트의 수수료가 발생합니다. 엔을 홍콩달러나 미국달러로 바꿀 때 환전 수수료가 붙는 거나 마찬가지인 거죠."

설명을 들어도 두 사람은 여전히 의아한 표정을 짓고 있다. 어떤 장

사든 다른 사람에게 무엇인가를 부탁하면 거기에 상응하는 돈을 지불하는 것은 당연한 일이다. 일본에서 가져온 엔화를 그대로 엔 계좌에 입금시키면 은행에는 아무런 이익도 없다. 돈을 맡는 일도 서비스인만큼 귀찮은 일을 의뢰하면 수수료를 뜯기는 것은 당연한 일이다.

어쨌거나 아무것도 모르는 천방지축 설비업자 부부가 일본에서 가져온 100만 엔의 현금은 이렇게 엔 계좌에 30만 엔, 미국달러 계좌에 2,500달러, 홍콩달러 계좌에 2만 7천 달러가 들어갔다.

조금 떨어진 곳에서 설비업자 부부가 무엇인가를 작은 목소리로 의논하고 있었다. 이윽고 남자가 결심을 했는지 아키오에게 다가와 "조금 더 돈이 있는데 어디에 예금하는 게 좋을까요?"라고 물었다. 이것도 아키오가 예상했던 일이었다.

"엔 예금으로 하면 환리스크가 없는 대신 현재로서는 이자도 안 붙습니다. 미국달러 예금은 일본의 은행에서 달러로 예금하는 것과 마찬가지로 3퍼센트 정도의 이자가 붙는 대신 엔고가 되면 원금을 까먹을 경우도 있고요. 홍콩달러는 미국달러 1달러당 7.8홍콩달러로 고정되어 있으니까 환리스크는 미국달러와 같죠. 단 금리가 1997년 아시아 통화위기 이후 미국달러 예금보다 약간 높고 홍콩의 은행은 이자소득에 과세를 하지 않으므로 금리수입이 목적이라면 미국달러나 홍콩달러가 좋지 않을까요?"

일본 국내의 금융기관에서 외화예금을 하면 무조건 이자의 20퍼센트는 세금으로 원천징수된다. 그러나 해외의 금융기관에는 이러한 원천징수가 없다. 따라서 같은 미국달러 예금이라도 홍콩이나 미국, 오프쇼어offshore에 있는 은행을 이용하면 퍼포먼스는 20퍼센트 높아지고 그것이 복리로 불어나게 되면 몇 년 후에는 큰 차이가 난다. 게다가 이러한 리턴은 일본 정부에 세금을 내지 않음으로써 생기는 것이므로 아무 리스크가 없을 뿐 아니라 특별한 노력도 필요 없다. 그렇기 때문에 조금이라도 지식이 있는 사람은 자산에 과세가 되지 않는 해외의 금융기관을 이용해 외화예금을 하는 것이다.

그러나 설비업자 부부는 잠자코 얼굴을 마주볼 뿐이다. 아마추어는 모두들 그렇지만 '원금을 까먹는다'는 말이 마음에 걸리는 것이다. 바로 그때 아키오가 그들의 불안을 해소시켜주었다.

"일단 계좌에 입금을 시켜두면 언제라도 외화로 환전할 수 있으니까 일단 전액을 엔 계좌에 예금하는 선택도 있습니다."

두 사람은 이미 완벽하게 아키오의 지배하에 있는 까닭에 타이의 바트화든 싱가포르달러든 어떤 통화로도 환전시킬 수 있지만 그렇게 여유를 부릴 시간은 없다.

"그렇다면 엔화로 맡기겠습니다."

설비업자가 안심이 되는 듯한 목소리로 말했다.

"얼마나 입금하시겠습니까?"

아키오가 묻자 설비업자는 숄더백을 어깨에서 내리더니 가방을 열어 안쪽을 보여주었다. 종이띠로 묶은 100만 엔 다발이 네 개. 두 사람은 이번에 500만 엔이나 되는 현금을 홍콩에 가져온 것이다.

외환관리법상 해외여행 시 반출할 수 있는 금액은 한 사람당 100만 엔으로 제한되어 있다. 부부 두 사람이라면 신고 없이 가지고 올 수 있는 현금은 200만 엔이 최고액이다. 그 이상은 세관에 자금의 성격과 용도를 신고하지 않으면 안 된다. 물론 설비업자 부부가 세관에 "저희들 500만 엔을 홍콩으로 가져가요"라고 신고했을 리는 없다. 당연히 외환관리법 위반이다.

그러나 설비업자 부부가 일본의 법률을 위반했든 말든 아키오에게는 아무 관계도 없다. 애당초 이 외환관리법 자체가 허점이 많은 법으로 500만 엔 정도는 설사 재수 없게 걸린다고 하더라도 "결혼기념일을 맞아 아내와 홍콩에서 사치스럽게 쓸 예정입니다"라고 말하며 신고하면 그만인 것이다. 세무서는 세금을 뜯어낼 수 없는 돈에는 흥미가 없다. 문제가 되는 것은 반출하는 돈이 검은돈이거나 본인이 세무 조사의 대상인 경우뿐이다.

아키오는 재빨리 금액을 확인하고 외환 창구의 담당자를 불러 "일본 엔으로 400만 엔을 입금하고 싶으니 금액을 확인해달라" 하고 요청했다. 담당자는 안쪽에서 다른 회계 담당 한 사람을 더 불러와 나눠서 현금을 세기 시작했다. 홍콩상하이은행 본점이라고 해도 일본의 지폐를 자동으로 세는 기계는 없으므로 수작업으로 세지 않으면 안 된다. 손님이 적은 오전 중이라고 해도 입금액이 많으면 이 작업에 엄청난 시간이 걸린다. 아키오는 현금을 확인하는 작업이 약 5분쯤 걸릴 것이라 예상했다. 시계를 보니 12시 15분. 서두르지 않으면 시간이 없다.

"현금을 세는 동안 부인에게 ATM에 대해 설명을 하죠."

그렇게 말하고 여자를 ATM으로 안내했다.

"아까 받은 PIN이 적힌 봉투를 꺼내보시겠어요?"

여자가 가방에서 작은 사각형 종이를 꺼내며 '이거 말인가요?' 하는 눈으로 아키오를 쳐다보았다.

"봉투의 절취선을 뜯어 열어보면 안에 여섯 자리 숫자가 쓰여 있을 겁니다. 그것이 현금카드의 인증번호입니다. 가장 먼저 그 번호를 변경해야 합니다. 봉투를 잃어버려 인증번호를 알 수 없게 되는 사고가 꽤 있거든요."

어자는 감탄하는 표정으로 고개를 끄덕였다.

"절대로 잊어버리지 않을 만한 여섯 자리 숫자가 있습니까?"

그렇게 묻자 잠시 생각한 뒤에 입을 열었다.

"그럼 남편의 생년월일로 할게요."

어차피 개인 명의든 회사 명의든 모든 현금카드와 신용카드의 번호는 남편 혹은 자신의 생년월일로 통일되어 있을 것이다.

현금카드를 ATM에 넣은 다음에는 가장 먼저 PIN을 입력해야 한다. 이때 봉투에 있는 번호를 입력하면 메뉴 화면이 나타난다. 그리고 'PIN' 변경을 선택하면 자유롭게 인증번호를 변경할 수 있다. 여자는 아무 의심도 없이 아키오가 보는 앞에서 인증번호를 남편의 생년월일로 바꾸었다.

"ATM의 사용방법은 일본과 거의 같습니다만 보통예금과 당좌예금의 대체가 가능한 것과 입금 방법이 조금 다릅니다. 우선 잔액 확인을 눌러보시겠습니까?"

여자가 잔액 확인을 실행하는 키를 누르자 화면에 두 개의 계좌번호가 나타났다. 하나의 잔액은 2만 7천 홍콩달러였고 다른 하나는 잔액이 제로다.

"ATM에는 홍콩달러 계좌의 보통예금과 당좌예금의 잔액이 표시됩니다. 계좌번호 마지막의 '833'이 보통예금이고 '001'이 당좌예금입니다. 현재 보통예금 계좌에만 돈이 들어 있는 거죠. 그럼 화면을 되돌려서 100홍콩달러를 출금해보시죠."

여자가 출금 화면에서 보통예금 계좌를 선택해 '100'이라고 입력한 뒤 실행 키를 누르자 ATM에서 홍콩상하이은행의 100달러짜리 지폐가 나왔다. 중앙은행이 존재하지 않는 홍콩에서는 그 외에도 스탠다드 차타드은행과 중국은행이 발행한 지폐도 유통되고 있지만 당연히 홍콩상하이은행의 ATM에서는 홍콩상하이은행의 지폐밖에 나오지 않는다. 여자는 ATM에서 인출한 100달러짜리 지폐를 보며 놀랍다는 표정을 짓고 있다.

"다음은 이 100달러를 입금해보죠. 입금 화면을 선택한 다음 금액을 입력해보십시오."

여자가 입금 화면에서 보통예금 계좌를 선택하여 아까처럼 '100'이라고 입력한 뒤 실행 키를 누르자 이번에는 한 장의 리시트와 빈 봉투가 나왔다. 여자는 당황하며 영문을 모르겠다는 표정을 지었다.

"복수의 지폐가 유통되는 홍콩에서는 일본과 같은 방식으로 ATM에 입금시킬 수가 없습니다. 입금을 할 때는 이 봉투에 현금과 입금시키는 금액을 기재한 리시트를 넣어 봉한 다음 ATM에 넣습니다. 입금할 수 있는 것은 지폐 혹은 수표로 최대 스무 장까지. 동전은 불가능하고 모든 봉투는 그날 중에 회수되어 안에 든 리시트와 지폐를 대조한 뒤 문제가 없으면 다음 날 기장됩니다. 입금하자마자 계좌 잔고에 반영되는 것이 아니므로 반드시 여분의 돈은 가지고 있어야 됩니다. 귀국하시기 직전에 남은 홍콩달러 지폐를 공항의 ATM을 이용해 입금하시면 되겠죠."

여자는 다시 놀랍다는 표정을 지으며 급히 봉투에 100달러 지폐와 리시트를 넣고 봉했다.

"그럼 다음으로는 보통예금 계좌에서 당좌예금 계좌로 2천 홍콩달러를 넣어보십시오. 이 역시 방법은 간단합니다. 이체 화면에서 이체를 시키는 통장을 보통예금 계좌, 이체를 받는 통장을 당좌예금 계좌로 한 다음 금액을 지정하기만 하면 되니까요."

여자가 시키는 대로 하자 당좌예금 계좌에 2천이라는 숫자가 표시되었다. 여자는 세 번째로 놀랍다는 표정을 지었다.

ATM 설명을 마칠 무렵 설비업자가 입금표를 한쪽 손에 들고 왔다. 수취수수료 1만 엔을 제하고 입금한 금액이 399만 엔. 이로써 설비업자 부부는 일본에서 가져온 500만 엔을 전부 무사히 홍콩상하이은행의 계좌에 입금한 것이다.

아키오는 두 사람을 다시 한 번 응접실로 데리고 갔다.

"그럼 마지막으로 수표를 사용하는 방법을 알려드리겠습니다. 이번 일에 대한 사례는 3만 엔을 받기로 했습니다만 일본엔으로 받아도 소용이 없으므로 저에게 2천 홍콩달러를 수표로 써 주십시오. 그것을 제가 은행으로 가져가서 내면 다음 날 당좌예금 계좌에서 아까 입금한 2천 홍콩달러가 인출될 겁니다."

아키오는 여자에게 홍콩상하이은행의 수표책을 받아들고 날짜와 금액 그리고 사인하는 위치를 가르쳐주었다. 금액은 영문과 숫자 두 종류로 기입해야 했기 때문에 이때도 레터헤드에 스펠링을 적어야했다. 수표에는 받는 사람의 이름도 적어야 했지만 그곳은 빈 칸으로 남겨두었다. 당연히 가명인 '구도 아키오'로는 계좌에 입금할 수 없기 때문이다.

"회사 명의의 계좌에 넣고 싶으니까 받는 사람의 이름은 적지 마십시오."

그렇게 말하자 설비업자는 아무 의심도 없이 지시에 따랐다.

"이것으로 설명은 모두 끝났습니다. 텔레폰뱅킹과 온라인뱅킹을 하는 방법은 이 매뉴얼에 적혀 있으니까 일본으로 가신 다음에 해보십시오. 텔레폰뱅킹은 조작방법이 복잡하므로 가능하면 인터넷을 사용하시는 게 나을 겁니다. 접속에 필요한 PIN은 둘 다 똑같으며 1주일 이내에 자택으로 우송될 겁니다. 현금카드의 인증번호와는 다르니까 주의하시고요."

아키오는 그렇게 말하고 재킷 안주머니에서 자신이 만든 온라인뱅킹 매뉴얼을 꺼내 설비업자에게 건넸다.

"참고로 일본 국내의 ATM으로 홍콩달러 예금을 일본엔으로 출금하는 방법도 적혀 있습니다. 이번에 맡긴 예금을 인출해야 할 필요가 있을 때는 외화 계좌의 자금을 홍콩달러 계좌로 이체하십시오. 단 일본 국내의 ATM에서는 하루에 인출할 수 있는 제한액이 1만 홍콩달러 정도, 약 15만 엔이고 외국환 수수료와는 별개로 출금 수수료가 25홍콩달러 나오므로 긴급할 때 외에는 사용하지 않는 편이 좋겠죠."

그리고 과장된 동작으로 손목시계를 쳐다보았다. 12시 25분. 아슬아슬한 타이밍이다.

아키오는 계속해서 감사를 표하는 설비업자 부부를 제지하며 "그럼 즐거운 여행 되십시오" 하고 웃으며 인사를 한 뒤 발걸음을 돌려 내려가는 에스컬레이터로 향했다.

에스컬레이터 중간쯤에서 뒤를 돌아보자 여전히 두 사람이 꾸벅꾸벅 고개를 숙이는 모습이 보였다.

2

홍콩상하이은행에서 황후상광장과는 반대편인 퀸즈로드 쪽으로 나오자 눈앞에 홍콩 최대의 재벌 청쿵실업長江實業의 거대한 본사 빌딩과 시티은행의 홍콩지부가 있는 고층 빌딩이 보였다. 그 왼쪽에는 중국은행 홍콩지점이 위용을 과시하며 주변을 내려다보고 있다. 풍수사들이 이 빌딩을 '검'에 비유하며 그 끝이 홍콩총독의 관사를 향한다고 떠드는 바람에 반환 전 홍콩은 때 아닌 풍수 논쟁에 흔들린 바 있었다. 이 중국은행 빌딩에서 발생하는 나쁜 기운을 없애기 위해 센트럴 외곽에 유리를 두른 빌딩이 늘어났다는 말도 있다.

중국은행은 공산당 정권이 성립하기 이전에는 중국의 중앙은행이었지만 현재는 그 자리를 중국인민은행에게 빼앗기고 외환을 전문으로 취급하는 국유상업은행이 되었다. 그러나 그것은 형태상의 이야기일 뿐 중국은행 홍콩지점은 중국 정부가 홍콩을 경영하기 위한 거점 역할을 하고 있었다. 홍콩에 진출한 중국계 기업의 주거래은행으로 군림하는 동시에 산하에 다수의 대륙계 금융기관을 거느림으로써 거대 컨글로머릿을 형성하고 있는 것이다.

홍콩상하이은행의 서쪽으로 보이는 중후한 건물은 스탠다드차타드은행이다. 남아프리카의 스탠다드은행과 인도의 차타드은행이 합병되면서 탄생한 역사나 전형적인 대영제국의 식민지은행이라 할 수 있다. 단 기업 규모에서는 HSBC그룹과 큰 격차가 있었고 현재로서는 이머징마켓emerging market(자본시장에서 급성장하는 국가의 신흥시장–편집자 주) 전문 은행으로서 살길을 모색하고 있었다.

센트럴의 빅토리아 만 쪽, 카오룽九龍으로 가는 스타페리의 선창에는 아편상인 자딘 메디슨Jardin Matheson의 이름을 딴 홍콩 최대의 증권회사 자딘플레밍의 고층 빌딩이 위용을 자랑하고 있었다. 또 한 사람의 창업자 로버트 플레밍은 007시리즈의 작가 이안 플레밍의 조부로 알려져 있지만 그 역시 신대륙에 투자한 자본가 중 한 사람이다. 그러나 일본의 중국 침략을 절대로 용서하지 않는 홍콩인들도 영국에 의한 식민지 지배에는 관용적이었고 그런 일을 화제로 삼는 인간은 거의 없었다.

센트럴에서 조금 남쪽으로 걸으면 세계의 브랜드를 모은 대형 쇼핑센터와 마주치게 된다. 점심시간 전이라 아직 사람들의 왕래가 적은 도로를 빠른 걸음으로 건넌 뒤 교차로에서 왼쪽으로 꺾어 완만한 언덕을 오르면 거기서부터는 세련된 카페바와 레스토랑, 재즈바, 라이브하우스가 줄지어 있는 란콰이펑이다. 왕자웨이王家衛의 영화 「중경삼림」의 무대가 되면서 이 일대도 완전히 유명해졌다. 주말 저녁이 되면 칵테일글라스를 손에 든 젊은이들로 좁은 골목이 넘쳐 입추의 여지도 없다. 지금 가는 곳은 그중 한 곳으로 가게 앞에 국기가 펄럭이는 세련된 이탈리아 요리점이다.

웨이팅바에 무료하게 앉아 있던 웨이터 리李에게 손을 들자 그가 창가 안쪽 자리에 안내해주었다. 플로어의 인테리어는 흰색을 바탕으로 시크하게 꾸며져 있었고 카운터 너머 주방의 모습을 볼 수 있도록 만들어져 있었다. 플로어 안쪽에는 영화 「카사블랑카」를 따라한 느낌이 나는 그랜드피아노가 놓여 있다. 그러나 이 피아노가 활용된 것은 처음 문을 열고 한 달 정도뿐이었다. 그 이후 1년 이상 만지는 사람도 없이 가게 구석에 조용히 자리를 차지하고 있다. 아키오가 안내받은 자리는 그 그랜드피아노 바로 옆으로 다른 자리에서는 파티션 때문에 보이지 않았다.

점심시간은 12시부터지만 손님은 아직 아무도 없었다. 가게 주인인 카를로가 혼자 바의 카운터 구석에서 자신의 커다란 엉덩이를 스툴에 얹어놓고 있었다. 아키오를 본 카를로는 씨익 웃더니 차가운 키르(화이트 와인을 사용한 칵테일−역자 주)를 한 잔 내줄 것을 웨이터에게 지시했다. 가게 안은 깜짝 놀랄 만큼 강하게 에어컨을 틀어놓아 추울 정도였다.

습기가 많은 아열대 기후인 홍콩에서는 에어컨을 최고의 접대로 여기고 있고 가게가 고급일수록 실내 온도는 낮아진다. 손님 입장에서는 40도 가까이 올라가는 더운 바깥에 있다가 갑자기 극한의 땅으로 내몰리는 셈이 되는 것이다. 홍콩의 비즈니스맨들은 그들의 자존심을 한여름에도 스리피스 정장을 입고 일하는 것에서 찾는다. 그 결과 무더위 속에서도 재킷을 손에서 놓을 수 없게 되었다. 깜빡하고 가벼운 옷차림으로 고급 가게에 가게 되면 100퍼센트 냉방병으로 고생할 수밖에 없다.

"요즘 어때?"

아키오는 받은 키르를 들어 감사함을 표하면서 카를로에게 물었다. 카를로는 이탈리아계 미국인으로 조부모 대에 토스카나에서 신대륙으로 건너왔다고 한다. 원래는 미국계 금융기관의 홍콩 주재원이었지만 일본보다 몇 년 늦게 홍콩에도 이탈리아 요리 바람이 불자 무슨 생각이었는지 갑자기 그만두고 이 가게를 열었다. 지금 주방에 있는 것은 홍콩인 요리사지만 개업하고 1년 가량 뉴욕의 리틀이탈리아에서 셰프를 초빙해 가르쳤기 때문에 홍콩에서는 보기 드물게 본격 토스카나 요리를 만들 수 있었다.

"아키, 아마존은 왜 안 오르는 거야? 서적 부문은 흑자로 돌아섰는데 말이야. 아니, 그보다 좋은 소문이 도는 재미있는 주식은 없어?"

카를로는 벌레라도 씹은 듯한 표정으로 술을 들이켰다. 가게는 번창했지만 카를로에게는 주식이라는 나쁜 습관이 있었고 최근에는 인터넷 관련 주식에 가게 수익의 대부분을 쏟아붓고 있었다. 카를로는 아마존닷컴의 창업자인 제프 베조스를 빌 게이츠 못지않은 사람으로 믿어 의심치 않아 지난 1년 동안 20만 달러 이상을 투자했지만 한때는 100달러를 넘었던 주가도 지금은 10분의 1인 10달러 대까지 폭락하고 말았다. 그럼에도 불구하고 카를로는 아키오가 예전에 투자은행에서 일했다는 사실 때문에 얼굴을 볼 때마다 마켓 이야기를 하는 것이다.

"PCCW 같은 곳은 어떨까? 더 이상 내려가지는 않을 것 같던데."

"쳇, 그래봤자 거긴 부동산 소개소의 바보 아들이 하는 곳이잖아."

카를로는 그렇게 말하며 가운뎃손가락을 세웠다. 홍콩시장의 인터넷 관련 주식으로도 꽤나 당한 모양이었다.

퍼시픽센추리사이버워크스PCCW는 화교계 거물 청쿵실업 리카싱李嘉誠 회장의 차남 리처드 리가 설립한 벤처기업으로 구 홍콩텔레콤의 매수에 성공하여 소프트뱅크, 히카리통신 등과 같은 시기에 일약 인터넷 시대의 총아가 되었다. 1997년에 도쿄東京 야에스八重洲에 위치한 구 국철 용지를 낙찰받은 것도 이 리처드 리였다. 그러나 그 PCCW도 2000년 봄 IT버블의 붕괴와 함께 주가가 30달러에서 3달러 이하, 역시나 10분의 1 이하로 떨어졌다.

청쿵실업그룹은 유통업과 항만사업 등 다양한 사업을 폭넓게 전개하고 있는 화교계 최대의 컨글로머릿이지만 모체는 창업자인 리카싱이 홍콩플라워로 벌어들인 돈으로 시작했던 부동산 개발업이었다. 홍콩의 토지는 전부 정부 소유로 그것을 민간 개발업자가 장기 리스 계약을 통해 개발을 하게 된다. 따라서 부동산업자는 정치와 밀접하게 연결될 수밖에 없었고 거대한 이권을 형성하고 있었다. 쉽게 말하자면 홍콩의 경제는 HSBC(영국계 자본), 청쿵실업(화교계 자본), 중국은행(중국계 자본) 등의 3자에 의해 지배당하고 있었다. 정政·관官·재財의 유착은 일본과는 비교할 수 없을 정도다.

아키오는 카를로가 투덜거리는 것은 무시하고 웨이터인 리에게 메뉴를 달라고 했다. 리는 신선한 흰살생선이 들어왔으니 먹어보라고 권했지만 아키오가 홍콩의 거리에서 본 생선들은 지금까지 한 번도 못 본 것들뿐이었다.

그때쯤 되자 가까운 금융기관에서 일하는 서양인들이 차례차례 무리를 지어 점심을 먹으러 들어왔다. 모두들 카운터에 있는 카를로에게 "요즘 어떠냐?" 하고 말을 걸었다. 그러나 카를로는 그들의 말에 대답하지 않고 혼자 무엇인가를 중얼거리며 무거운 엉덩이를 들더니 요리사들을 질타하기 위해 주방으로 사라졌다. 주식 투자도 좋지만 그 전에 돈을 벌지 않으면 안 된다. 카를로의 가게의 런치는 인기가 많은 까닭에 10분도 지나지 않아 좌석은 모두 찼고 가게 앞에 줄까지 생겼다.

아키오는 재킷 안주머니에서 메모지 대신으로 사용했던 홍콩상하이은행의 레터헤드를 꺼냈다. 거기에는 조금 전 계좌를 만들어준 시골 설비업자 부부의 개인 데이터가 적혀 있다. 계좌를 개설하기 위한 수속이 끝난 뒤 베티로부터 돌려받은 것이다. 생년월일, 여권ID, 자택 및 근무처의 전화번호. 거기에다 두 사람의 사인까지.

다음으로 아키오는 그들로부터 받은 수표를 응시했다. 두 사람은 꿈에도 모르겠지만 수표의 왼쪽 아래쪽에는 일련의 숫자가 찍혀 있었고 그 일부는 계좌번호를 의미했다. 아키오는 재킷 안주머니에서 만년필을 꺼내 레터헤드에 여섯 자리 계좌번호를 기입했다. 남자의 생년월일이 현금카드의 인증번호다. 이만큼의 데이터가 있고 게다가 사인까지 있다면 은행의 통장과 인감을 다른 사람에게 내준 것이나 마찬가지다.

그 설비업자 부부는 앞으로도 몇 번인가 현금을 가지고 홍콩을 찾을 것이다. 입금하는 금액은 2천만 엔 혹은 3천만 엔. 사업의 규모상 1억까지는 되지 않을 것이다.

——그 돈이 어느 날 갑자기 계좌에서 사라지면 그 두 사람은 나를 의심할까?

아키오는 자문했다.

만약 아키오를 의심한다 하더라도 애당초 '구도 아키오'라고 하는 인간은 이 세상에 존재하지 않으므로 찾아낼 방법이 없을 것이다. 아니 어쩌면 계좌개설신청서를 은행으로부터 받아내어 소개자 칸에 적힌 본명과 계좌번호를 확인할지도 모른다.

물론 그들이 기적적으로 거기까지 도달한다고 하더라도 아키오가 있는 곳을 알아내기 위해서는 여전히 긴 여정이 필요하다.

최근 반년 동안 홍콩에 현금을 가져오는 일본의 건설업자들이 갑자기 늘었다. 그렇지만 지방의 토건업은 공공사업이 축소되면서 모두가 죽을 지경에 처해 있었다. 10년 넘게 계속되는 불황 속에 그렇게 돈을 잘 버는 건설업자가 있을 리 만무했다.

처음 만났을 때부터 이 설비업자 부부 역시 계획적으로 회사를 도산시키려는 생각일 것이라 아키오는 짐작했다. 오부치小渕 정권 시절 자민당은 오랜 세월 그들을 지지해주는 기반이었던 자영업자 및 중소기업 경영자에게 위자료로 각지의 신용보증협회를 통해 5천만 엔까지 무담보 융자를 할 수 있도록 해주었다. 물론 대부분의 경영자는 그 돈으로 어떻게든 사업체를 존속시키려고 노력했을 것이다. 반면에 더 이상은 노력해도 안 된다고 포기하고 계좌에 들어온 자금을 현금으로 인출해 해외의 금융기관에 이체한 다음 부도를 내어 회사를 도산시키는 사람들도 있었다.

이번처럼 현금을 직접 해외로 가져오면 그것을 추적하는 일은 불가능하다. 회사가 도산하면 웬만한 일이 아닌 한 세무서에서는 흥미를 가지지 않는다. 은행 역시 원금의 8할은 국가가 보증해주므로 나머지는 담보로 어떻게든 해결할 수 있다. 대출을 강요당한 신용보증협회는 분통을 터뜨릴지 모르겠지만 세무당국과 달리 강제조사권이 없는 그들에게는 은닉 자산을 찾아낼 방법이 없다. 거기에다 회사 경영의 실패를 이유로 자기파산을 신청하면 법원은 군말 없이 면책을 인정해주므로 한달 정도만 머리를 숙이고 있으면 모든 빚은 청산된다. 그러므로 국내에서는 얌전히 있다가 가끔 외국에 나가서는 숨겨놓았던 돈으로 호화롭게 놀면 된다. 그 돈은 일본이라는 국가의 눈먼 돈을 빼돌린 것이므로 아무런 양심의 가책을 느낄 필요도 없다. 어차피 국가는 마음대로 지폐를 인쇄할 수 있는 특권을 가지고 있다. 돈도 되지 않는 사업을 계속하다가 빚만 늘고 결국 목을 매는 것보다는 훨씬 현명한 것이다.

그러나 그런 영악한 인간들도 자신의 은행계좌를 다른 사람이 자유롭게 사용할 수 있으리라고는 상상도 못할 것이다. 열심히 운반해온 돈이 홀연히 사라지면 그 욕심 많은 두 사람은 어떤 표정을 지을까?

거기까지 생각했지만 아키오는 두 사람에 대한 더 이상의 흥미를 잃고 말았다. 창문으로 밖을 쳐다보니 한산하던 거리가 어느 사이엔가 와이셔츠 차림의 비즈니스맨과 여성 직장인으로 넘쳤다. 「중경삼림」에 나왔던 햄버거 가게에 줄을 서 있었다. 딱 한 번 갔지만 두 번 다시 가고 싶은 생각은 들지 않는 가게다.

아키오는 테이블 위에 있던 메모를 손에 들고는 꾸깃꾸깃 구겨서 재떨이 위에 놓았다. 웨이터인 리에게 라이터를 빌려 메모 끝에 불을 붙이자 남은 키르를 비우기도 전에 흔적도 없이 불에 타 재가 되었다.

12시 40분이 되자 메이 린이 가게로 뛰어들어 왔다.

"미안, 또 지각해버렸네."

헉헉 숨을 몰아쉬며 의자에 앉더니 손수건도 쓰지 않고 손등으로 이마에 흐르는 땀을 닦는다. 오늘 패션은 몸의 라인을 한껏 강조한 기장이 짧은 푸른색 캐미솔. 맨발에 은색 펌프스. 지난 달 생일에 퍼시픽플레이스에 있는 가게에서 사준 것으로, 같이 산 스톨까지 합해 5천 홍콩달러나 했다. 그러나 더욱 놀랐던 것은 그 가격보다도 속옷으로밖에 보이지 않는 그 옷들이 외출용이라는 말을 들었을 때였다. 그 하늘하늘한 천 조각은 건드리기만 해도 끊어질 것 같은 가느다란 끈에 매달려 겨우 메이의 예쁜 유방을 가리고 있었다. 등 쪽으로도 땀이 촉촉하게 배어서인지 피부가 비쳐 보인다.

메이의 신장은 170센티미터 가까이 되었고 날씬한 팔다리는 모델이라고 해도 충분히 통할 정도였다. 여름은 다갈색 피부와 평소 자랑스럽게 생각하는 몸매를 뽐낼 수 있는 최고의 계절이다. 거리를 걸으면 대부분의 남자들이 돌아본다. 그것이 무엇이든 프라이드가 높지 않으면 이 거리에서는 살아갈 수 없다.

메이는 고등학교를 졸업하자마자 친척이 사는 캐나다로 건너갔고 국적을 취득하기 위해 2년쯤 밴쿠버의 중화요리점에서 일한 다음 중국에 반환된 1997년 홍콩으로 돌아왔다. 홍콩은 이중국적을 인정하므로 중국공산당 정권을 싫어하는 홍콩인들 사이에서는 캐나다나 오스트레일리아 등 이민에 관대한 나라에 단기간 이주하여 국적을 취득하는 것이 유행했다. 메이도 그중 한 사람으로 대학은 나오지 않았지만 2년간 캐나다에서 생활하는 동안 나름대로 영어를 할 수 있게 되었다. 물론 흥분하면 바로 광동어가 튀어나왔다.

"오늘은 생선이 괜찮다고 하던걸."

메뉴를 보여주며 웨이터를 불렀다.

"어떡하지? 흰살생선이면 소테 아니면 무니엘일 텐데. 오랜만에 스테이크를 먹고 싶기도 하고. 아키는 뭘 먹을 거야?"

"나는 항상 먹던 파스타. 생선요리를 시킬 거면 한 접시만 해."

토스카나 요리는 내장 등을 푹 삶아서 만든 진한 소스가 특징이지만 역시 대낮부터 그런 음식은 먹기 부담스럽다. 요즘은 크림소스나 까르보나라 같은 것도 속이 거북해 결국 소금과 고춧가루로 맛을 낸 심플한 파스타를 고르는 형편이다.

메이는 다가온 웨이터에게 기관총처럼 빠른 말투로 주문을 한다. 광동어로 떠들기 시작하면 무슨 말을 하는지 전혀 알 수 없다.

홍콩인 중에는 광동요리밖에 먹지 않는 사람도 많지만 메이는 캐나다에 있는 동안 상당히 아메리카나이즈되어 한 주에 한 번은 중화요리가 아닌 다른 것을 먹어야 했다. 허영심이 강한 홍콩인들 사이에서는 최근 일본 음식과 이탈리아 요리가 인기다. 회전초밥집도 최근 몇 년 사이에 꽤 늘었다.

"있잖아, 올해는 꼭 캐나다에 가고 싶어. 스키 시즌이면 더 좋고."

메이는 가방에서 스톨과 함께 관광여행 팸플릿을 꺼내더니 '밴쿠버&캐나디언로키 7박 8일 800HK$'라고 쓰여 있는 페이지를 펼쳤다. 시원하게 자른 쇼트커트가 넓은 이마와 건방질 듯한 갈색 눈동자와 잘 어울린다.

"가고 싶다 한들 휴가를 받을 수는 있는 거야?"

"괜찮아. 창 씨한테 부탁하면 돼."

창 씨는 이 근처에서는 유명한 유력자로 성완上環에서 전화 및 사서함서비스 회사를 경영하고 있었다. 아키오는 자신에게 오는 우편물을 그곳에서 받았기에 한 주에 한 번은 가고 있었다. 캐나다에서 돌아온 메이는 부모의 연줄로 창 씨의 사무소에서 일하게 되었다. 머리 회전이 빠르고 영어를 할 줄 아는 메이는 금방 업무를 익혔고 사무소에서 인정받았다.

그런 메이였으나 어떻게 된 영문인지 홍콩에 온 지 얼마 되지도 않은 아무것도 모르고 직업도 없는 일본인에게 흥미를 가지게 된 모양이었다. 그녀는 23살로 아키오보다 열 살 이상 아래였지만 이 도시에서 생활하기 위한 교육 담당을 자처하며 휴일마다 그를 이곳저곳 데리고 다녔다.

메이뿐 아니라 홍콩의 젊은 여자들은 일본의 패션 잡지와 연예계에 푹 빠져 있다. 도쿄디즈니랜드와 하라주쿠原宿, 롯폰기六本木에 대해서는 아키오보다 훨씬 많이 안다. 연예인 이야기라면 이야기 상대도 되지 않는다. 홍콩 정부에서 일하는 공무원의 딸로 태어나 무엇 하나 모자랄 것 없이 살아온 메이인 만큼 일본인 남자와 사귀는 쪽이 친구들에게 자랑거리가 되는 모양이라고 아키오는 이해했다.

"캐나디언로키에 있는 아이스필드파크웨이를 아키와 둘이서 드라이브하고 싶어. 빙하가 눈앞에 펼쳐져 있어 무척 환상적이거든. 아직 가본 적은 없지만."

눈이 내리는 일은 절대 없는 곳에서 태어난 홍콩인들은 눈과 얼음으로 고립된 세계에 이상할 정도의 흥미를 품는다.

"밴쿠버에 2년이나 있었으니 아무리 바빴어도 캐나디언로키 정도는 갈 기회가 있었을 거잖아?"

"말은 쉽지만 내가 일한 중화레스토랑은 한 달에 하루밖에 휴일이 없었다고."

메이의 뺨이 뾰로통해졌다. 예쁜 얼굴이 순식간에 일그러졌다. 혹사당했던 일이 여전히 가슴에 응어리져 있는 모양이었다.

중국에 반환되기 전 국적을 취득하기 위해 홍콩인이 대거 캐나다로 몰린 까닭에 노동조건이 최악이었다. 초엘리트라 할 수 있는 홍콩대학 졸업생도 잔디를 깎는 일밖에 구하지 못했다는 시절이다. 중화레스토랑에서 일할 수 있었던 것만으로 메이는 축복받은 편이었다.

"그러니까 나는 꼭 아키와 같이 빙하를 보고 싶어. 아키는 어차피 한가하잖아. 올해는 꼭 창 씨에게 8일간 휴가를 받을 거야. 그렇지만 크리스마스 시즌이 되면 비행기 값이 비싸지려나?"

창 씨의 사무실은 메이가 없으면 돌아가지 않는다. 메이 자신도 그런 상황을 흡족해하고 있었다. 결국 평소와 마찬가지로 2박 3일 이상의 휴가는 얻지 못할 것이다.

메이는 식사 도중 캐나디언로키가 얼마나 훌륭한 곳인지 계속 이야기했다. 밴프의 최고급 휴양지인 스프링스호텔, 에메랄드빛 보석이라 불리는 레이크루이스, 재스퍼국립공원으로 가는 길에 있는 아이스필드파크웨이. 북반구에서 가장 큰 콜롬비아대빙원은 지구온난화로 인해 연 1.6미터씩 후퇴하고 있다고 했다. 무스와 엘크, 빅혼시프 등의 동물들도 많이 볼 수 있다고 한다.

메이는 결국 소시지파스타와 흰살생선으로 만든 소테를 깨끗이 비우고 식사 뒤에는 타르트와 티라미수까지 먹었다.

"우리가 보기 전에 빙하가 사라지면 기분이 어떻겠어? 평생 후회되지 않겠어?"

아키오는 에스프레소를 다 마실 때까지 세 번 정도는 캐나다에 다녀온 것 같은 기분이 들었다.

3

카를로의 가게를 나온 뒤 고객에게 전할 물건이 있다는 메이와 헤어진 아키오는 퀸즈로드에서 맥시캡을 탔다. 홍콩의 중심가에는 잘 알려진 2층짜리 시티버스 외에도 빨간 지붕으로 된 미니버스와 녹색 지붕이 달린 맥시캡 같은 버스가 구석구석 달리고 있다. 미니버스와 맥시캡 모두 소형 버스인 까닭에 아키오는 처음에는 그 차이를 전혀 알 수 없었다.

맥시캡은 일반 버스와 같으면서도, 어디에서든 탈 수 있고 어디에서 내리든 상관없다는 점이 다르다. 가까운 거리를 이동할 때는 무척 편리한 교통수단이다. 그리고 미니버스는 버스라고 하기보다 승합 택시와 비슷한 것으로 목적지는 정해져 있지만 운전수와의 교섭에 따라 루트는 자유롭게 바꿀 수 있다. 단 운전수는 광동어밖에 모르므로 잘못 타면 차 안에서 발만 동동 구르게 된다.

미니버스의 시스템을 몰랐던 아키오는 처음 탔을 때 운전수가 자신에게 무슨 말을 하는지도 몰랐고 승객들은 그를 이상한 눈초리로 쳐다보았다. 결국 아키오는 내리라는 호통 속에 바로 내려야 했다. 그 이야기를 훗날 메이에게 하자 그녀는 배를 쥐고 웃으며 그가 받은 부당한 대우에 대한 이유를 알려주었다.

"무엇보다 미니버스를 외국인이 탔을 거라고는 생각도 못 했을 거야. 광동어를 몰라 우물쭈물하고 있었으면 푸젠福建 같은 데에서 온 시골 출신이라고 생각을 했겠지. 홍콩인들은 푸젠성의 사람이 가까이 있으면 가난이 옮는다고 생각하거든. 그럴 때는 무슨 말이든 좋으니 영어로 이야기하면 돼. 그렇게 하면 '뭐야, 외국인이야?'라는 생각에 승객 중 친절한 누군가가 타는 방법을 가르쳐줄 테니까. 그보다 아키, 부탁이니까 택시를 타."

홍콩의 택시는 기본요금이 15홍콩달러이므로 일본엔으로 200엔 정도. 결코 비싸지는 않지만 버스나 트램은 2홍콩달러(약 30엔)로 원하는 곳에 갈 수 있으므로 아키오는 심야가 아니면 택시를 타지 않았다. 좁은 지역에 인구가 집중되어 있는 홍콩에서는 자가용 자동차의 보유에 엄청난 돈이 드는 대신 공공교통기관의 요금이 극히 저렴하다. 게다가 아키오는 말이 통하지 않는 운전수와 둘만 있어야 하는 택시라는 교통수단을 그다지 좋아하지 않았다. 그런 까닭에 가까운 거리를 이동할 때는 지금도 거의 맥시캡을 이용했다.

성완에 조금 못 미친 곳에서 아키오는 "야오루오要落!"라고 소리치고 버스에서 내렸다. 맥시캡은 이 마법의 주문만 알고 있으면 어디에서든 원하는 곳에서 내려주는 것이다.

마카오로 가는 페리의 선착장이 있는 성완은 금융가인 센트럴에서 한 정거장밖에 떨어져 있지 않음에도 불구하고 건조시킨 해산물을 파는 도매상이 줄지어 있는 전형적인 홍콩의 거리다. 처음 이곳을 찾았을 때 말린 전복과 상어지느러미가 산더미처럼 쌓여 있는 가게들을 보며 마루노우치丸の内(도쿄에 있는 상업지구—역자 주) 옆에 아사쿠사浅草(전통을 잘 간직하고 서민의 정취가 있는 곳—편집자 주)가 있는 것 같다는 생각을 했다.

대중식당과 식자재를 파는 가게의 화려한 간판이 늘어선 골목으로 들어간 아키오는 어느 낡은 빌딩 앞에서 발을 멈추었다. 입구는 그곳만 새로 단 것 같은 튼튼한 강철 문으로 번호식 오토록과 인터폰이 붙어 있었다. 인터폰으로 '901'을 누르자 광동어가 흘러나왔고 아키오가 "아키!"라고 대답하자 철문 자물쇠가 풀렸다.

언제 고장 나도 이상하지 않은 구식 엘리베이터로 9층까지 올라간 뒤 지저분하고 좁은 복도를 끝까지 걸어가면 그곳이 창의 사무소였다. 가볍게 문을 노크하자 두꺼운 문의 아래위로 붙어 있는 자물쇠를 여는 소리가 들렸고 성격이 좋아 보이는 둥근 얼굴의 퉁퉁한 남자가 얼굴을 내밀었다. 짧게 깎은 머리카락을 7대 3으로 나누고 동그란 코 위에 조그마한 둥근 안경을 올린 그는 카키색 줄무늬 재킷을 입고 나비넥타이를 맨 이상한 차림이었다. 이 나비넥타이가 자신의 트레이드마크라고 주장했지만 아무리 봐도 어울린다는 생각은 들지 않았다.

"아키, 요즘 벌이는 어때?"

창이 짧은 영어로 오사카 사람처럼 인사를 했다. 무척이나 목소리가 크다. 아키오가 어깨를 움츠려 보이자 환하게 웃으며 힘껏 그의 등을 두드렸다.

창춘손陳中信은 50대 중반으로 문화대혁명 뒤에 홍콩으로 망명을 결심하고 상어가 돌아다닌다는 따펑완大鵬灣을 하루 밤낮 헤엄쳐 이곳 자본주의 국가로 찾아왔다. 창의 부친은 광저우廣州의 평범한 고교교사였지만 영어를 가르쳤다는 이유만으로 조반유리造反有理(모든 반항에는 합당한 도리가 있다는 뜻으로 문화대혁명 당시의 구호-역자 주) 깃발을 든 학생들로부터 반혁명파라는 딱지가 붙었다. 창은 누나에게 이끌려 부친이 규탄당하는 집회에 매일 나갔다. 부친은 연단으로 끌려 나와 엉거주춤한 자세에서 양손은 등 뒤로 뻗는 '비행기'라 불리는 자세로 의식을 잃을 때까지 몇 시간이나 '반성'을 강요당했다. 가장 심하게 규탄한 사람은 다름 아닌 창의 누나였다. 몇 개월 뒤 창의 부친은 절망 속에서 자살했다.

문화대혁명이 끝나자 학생들은 마오쩌둥毛澤東의 지시로 농촌에 동원되었고 창도 광둥성의 시골에서 돼지를 키우게 되었다. 3년간 좁은 돼지우리 2층에 감금되어 돼지에게 먹이를 주고 돼지 몸을 씻기고 돼지의 배설물을 처리하던 끝에 창은 자신이 키우던 돼지를 모두 죽이고 홍콩을 목표로 뛰쳐나왔다.

"누나는 그때 부친을 규탄하지 않으면 자신이 반혁명분자로 규탄당할 것을 알았던 거야. 지금이야 나도 그럴 수밖에 없었던 것을 이해하지. 그렇지만 누나를 만나면 내가 용서할 수 있을지는 모르겠어. 그래서 광저우로 돌아가지 않는 거고."

오후 햇살이 들어오는 사무소에 우연히 창과 단둘이 있게 되었을 때 그는 조용히 그렇게 말했다.

홍콩으로 건너온 뒤 창은 다양한 사업에 손을 대었다. 때로는 상당히 위험한 일에도 손을 댔다는 사실은 전해 들었지만 그 당시의 일은 그다지 이야기하고 싶지 않은 모양이었다. 지금은 다섯 명의 종업원을 데리고 전화비서서비스 및 개인사서함서비스 회사를 운영한다. 사무소에는 열 대 정도의 전화기가 놓여 있고 각각의 회선에는 계약한 회사의 이름이 붙어 있다. 오퍼레이터는 전화가 울리면 계약자의 '비서'가 되어 메시지를 전하거나 지정된 휴대전화로 전화를 돌리기도 한다. 해외에서 걸려오는 전화는 모두 메이의 담당이다. 그 외의 귀찮은 전화 역시 메이가 알아서 처리하는 모양이었다. 그러나 이런 서비스를 사용하는 회사는 원래 전화가 많이 오지 않는 만큼 업무는 그다지 바쁘지 않은 편이었다.

20평방미터도 되지 않은 좁은 사무소 벽에는 칸막이가 여러 개 달린 선반이 있었고 그곳에는 어지러이 우편물이 내던져져 있었다. 창은 거기에서 아키오에게 온 우편물을 꺼내들더니 "또 연애편지가 잔뜩 왔군. 메이의 질투가 굉장하겠는걸" 하고 히죽거리며 카운터에 놓았다. 왼쪽 다리를 저는 것은 홍콩에 온 뒤 자동차에 치여서라고 하지만 정확한 것은 모른다. 창의 가장 큰 결점은 농담이 재미없다는 점과 그 농담을 몇 번이고 되풀이하는 것이다. 창과는 아키오가 집을 빌린 부동산중개소의 소개로 알게 되었다.

　창의 고객인 사람은 가명으로 우편물을 받거나 자택으로 우편물을 받고 싶지 않은 변변치 않은 사람들이다. 가끔 사업 초기에 이런 사무소를 이용하는 경우도 있지만 조금만 여유가 되면 모두 자신의 사무실을 가지게 된다. 그렇다고 고객의 사정을 너무 알려 들면 이번에는 장사가 되지 않는다. 특히 요즘은 화려한 선전을 하는 대형 서비스업체가 나타나면서 창과 같은 영세업자는 위험한 고객이라는 것을 알면서도 받아들일 수밖에 없는 경우가 많았다.

　"이쪽 일을 하면 쓰레기 같은 인간만 보게 돼서 정말 짜증난다니까"라는 것이 창의 입버릇이었다.

　그런 고객들 중에서 아키오는 가장 멀쩡한 고객 중 한 사람이었다. 50세를 넘어서도 독신인 창은 왠지 아키오가 마음에 들었는지 얼굴을 내밀 때마다 가까운 식당에서 밥을 사주고는 했다. 창의 인생 역전은 그렇게 알고 지내던 중 저절로 알게 된 것이었다.

　아키오에게 오는 우편물은 모두 홍콩이나 미국, 오프쇼어 등의 금융기관이 보낸 스테이트먼트 같은 것이었다. 그 사실을 알기에 창은 아키오의 얼굴을 볼 때마다 "벌이가 어떠냐?" 하고 놀리는 것이다. 아키오는 허술한 아파트 대신 우편물은 모두 창의 사무소를 통해 받고 있었다.

사무소 책상을 하나 빌린 아키오는 스무 통이 넘는 우편물을 하나씩 개봉하여 DM류나 펀드운용 보고서 같은 것은 휴지통에 버리고 스테이트먼트만 꺼내 하나의 봉투에 모았다. 계좌의 잔액은 온라인으로 확인하고 있으므로 일일이 자세하게 살필 필요는 없었다. 게다가 아키오는 지난 1년 동안 전혀 트레이드가 없었던 탓에 입출금 내역이라고 해도 은행예금과 MMF 이자가 늘어난 정도뿐이었다.

아키오는 설비업자 부부로부터 받은 2,000홍콩달러짜리 무기명 수표를 꺼내 "이번 달 지불은 이것으로 해주십시오"라며 창에게 내밀었다. 창은 수표를 받으며 "지불은 월말이니 아직 멀었잖아. 그렇게 신경 쓰지 않아도 괜찮아"라고 말하면서도 재빨리 자물쇠가 달린 금고에 넣었다. 하는 말과는 달리 조금의 사양도 없다. 사실 원래 홍콩에서는 상대가 내민 돈을 받지 않으면 오히려 악의를 품고 있다고 의심받는다.

전화를 돌려주는 일과 사서함서비스로 월 2,000홍콩달러는 너무 많다는 생각도 들지만 아키오는 이를 일종의 보험료라고 생각하고 있었다. 걸려온 전화는 아키오의 휴대전화로 돌려주기로 되어 있었지만 지금까지 한 번도 그 서비스를 사용한 적은 없었다. 트레이딩 상대인 브로커에게는 직접 자택의 전화번호를 알려주었고 미국이나 유럽의 구두쇠 은행들이 국제전화를 걸어오는 일은 상당한 문제가 일어나지 않는 한 없을 것이다.

아키오가 비싼 것을 알면서도 요금을 지불하는 이유는 창이 30년이라는 세월 동안 홍콩에서 쌓은 커넥션을 이용할 수 있는 자격을 얻기 위해서다. 파이낸셜어드바이저라는 일을 시작할 때도 창은 아키오를 영세한 투자고문회사의 유령사원으로 만들어 여기저기의 금융기관 담당자에게 소개해주었다. 아키오는 서류상 그 투자고문회사로부터 매월 월급을 받고 동액의 경비를 지불하고 있었다. 그것으로 그 투자고문회사가 계약하는 모든 금융상품을 취급할 수 있었고 홍콩거주자 즉 일본 비거주자로서의 신분도 안정될 수 있다. 이 일을 하는 데 있어서 일본 비거주자로서 세법의 특전을 활용하는 일은 필수적인 조건이다. 이런 홍콩사회의 처세술을 아키오는 어느 사이엔가 익히고 있었다.

창밖을 보니 하늘의 색깔이 검게 변해 있었다. 지금 같은 한여름에는 가끔 스콜 같은 소나기가 내리고는 한다.

"비가 오기 전에 오늘은 갈게요."

"메이가 올 때까지 안 기다려도 되겠어? 데이트 약속이 있는 거 아냐?"

창이 놀린다. 그러고 보니 "새로 생긴 클럽에 가자"라는 말을 들은 것도 같았지만 언제 가자는 것인지는 정확하지 않았다. 과거 영국령이었던 홍콩에서 디스코 클럽은 성인의 사교장과 같은 곳으로 정장을 차려입은 부자 2세들이 젊음과 아름다움과 보석과 명품, 그 외 다양한 방법으로 허영심을 만족시키는 장소였다. 아키오는 메이에게 끌려 다니면서 홍콩의 나이트라이프도 많이 알게 되었다. 워낙 좁은 곳인 만큼 세련된 바나 레스토랑에 가면 대부분 그곳 단골과 만나게 된다. 모두들 돈 많은 부잣집의 바보 아들 아니면 온실 속에서 자란 아가씨들이다.

사무소를 나올 때 창은 평소와 같이 살집이 많은 따뜻한 손으로 아키오의 손을 꼭 쥐었다. 문화대혁명으로 아버지를 잃었고 청춘을 돼지 치기에 바쳤고 상어가 있는 바다를 건넜고 이곳 홍콩에서도 다른 사람에게는 말 못 할 고생을 해온 사람의 손이다. 그런 그의 손바닥이 아키오의 희고 왜소한 손을 감싸자 약간의 죄책감이 가슴을 찔렀다.

밖으로 나오자 이미 커다란 빗방울이 떨어지고 있었다. 빠른 걸음으로 데보로드까지 가자 마침 코즈웨이베이Causeway Bay로 가는 트램을 정차장에서 발견했다. 차내에는 아직 몇 명의 승객밖에 없었다. 출발 직전의 트램에 올라탄 아키오는 바로 2층으로 가 창가 자리에 앉았다.

센트럴을 지날 무렵에는 비가 본격적으로 내리기 시작했고 하늘을 찌를 듯한 빌딩군이 멀리 흐릿하게 보였다. 낮은 하늘에는 먹구름이 소용돌이치고 있었고 가끔 번개가 번쩍였다. 오전에 설비업자 부부와 만났던 황후상광장에도 사람의 그림자는 보이지 않는다. 누군가 놓고 간 어린아이용 붉은 우산이 하나, 분수 옆 벤치에 놓여 있었다. 더러운 창문 유리를 때리는 빗방울을 멍하니 바라보면서 '나는 대체 뭘 하는 걸까?'라고 생각했다.

4

코즈웨이베이에 도착했지만 비는 그치기는커녕 더욱 세차게 내리고 있었다. 잠시 정류소에서 비를 피하며 상황을 살폈지만 결국 포기하고 빗속을 달렸다. 미쓰코시三越, SOGO 등의 일본계 백화점이 집중적으로 있는 중심가에서 바다 쪽으로 조금 떨어진 곳에 아키오가 빌린 아파트가 있다. 1980년대에 세워진 집이지만 30년 이상 된 건물이 많은 홍콩에서는 아직 나은 편이다. 홍콩에 고층 빌딩이 많이 있는 이유는 딱하나 지진이 없기 때문으로 설계는 극히 부실했으며 언제 무너져도 이상하지 않을 정도였다. 홍콩의 부동산 가격은 버블기의 일본보다도 비싸다. 이런 낡은 빌딩의 방 두 개에 부엌과 거실만 있는 좁은 집도 이 근처는 3,000만 엔 이상의 가격으로 매매되었다. 그럼에도 불구하고 반환 경기로 뜨거웠던 97년 당시와 비교하면 반값 이하지만.

흠뻑 젖은 모습으로 아파트에 도착한 뒤 바지 주머니에서 열쇠 다발을 꺼내 입구의 문을 열었다. 건물은 15층짜리로 지하 1층부터 지상 3층까지는 점포와 사무실이고 그보다 위층은 주거용이다. 아키오의 집은 12층으로 엘리베이터 한 대에 각 층당 세 집이 사용하게끔 되어 있다. 각각의 집은 엘리베이터 앞의 플로어에서 조금 안쪽으로 들어간 곳에 있었고 각 스페이스는 강철제 홀딩도어로 잠겨 있다. 그것을 다른 열쇠로 열면 드디어 자신의 집 문에 도착하는 구조이다. 이렇게 엄중한 구조를 처음 보았을 때는 홍콩이 브롱크스만큼이나 위험한 것인가 하고 깜짝 놀랐지만, 아무래도 중국인은 자신의 집을 요새처럼 둘러싸는 것을 좋아하는 모양이었다. 광대한 국토에 점재하는 마을이 흉노족 같은 오랑캐에게 유린당한 오래된 옛 기억이 여전히 남아 있기 때문일 것이다.

아키오의 집은 침실 두 개에 좁은 거실과 부엌이 딸려 있는 표준적인 2DK 구조로 되어 있었다. 예전에 빌린 사람이 두고 간 식기선반과 옷장, 침대 두 개는 그대로 사용하고 있었다. 혼자 사는 까닭에 침대는 하나만 있어도 괜찮았지만 부동산소개소에서 버리지 말라고 한 탓에 어쩔 수 없었다. 홍콩인들은 보통 이 정도 집에 셋에서 다섯 정도 되는 가족이 사는 만큼 다음에 빌려줄 때 가구가 없으면 높은 값에 빌려줄 수 없는 모양이었다. 사용하지 않는 침대방에는 한 달에 몇 번인가 자러 오는 메이가 자신이 갈아입을 옷을 두고 있었다. 식탁과 냉장고, 세탁기, TV 외 식기 등의 자잘한 물건은 이사한 뒤로 조금씩 샀다. 언제까지 여기서 살 것인가 분명하지 않은 탓에 최소한의 것밖에 없다.

아키오가 홍콩에 온 것이 1999년 초였으니까 벌써 2년 반이 지났다. 처음 몇 개월은 호텔에 머물렀지만 잠시 홍콩에 살아보기로 결심하고 아파트를 찾기 시작했다. 그때 우연히 성완의 식당에서 홍콩대학 학생과 알게 되었고 그의 약혼녀의 가족이 부동산소개소를 하고 있는 인연으로 이 아파트를 소개받았다.

임대료는 한 달에 1만 홍콩달러(약 15만 엔). 보증금은 두 달치 임대료였으며, 게다가 아키오가 무직이라는 이유로 6개월마다 현금으로 미리 주기로 하는 조건이었다. 허겁지겁 계약을 했던 탓에 처음에는 바가지를 썼다고 생각했지만, 나중에 알게 된 홍콩인들의 이야기를 들어보면 오히려 시세보다 싼 편이라고 했다. 평범한 일본인이라면 같은 조건의 아파트라도 한 달에 1만 5천 홍콩달러를 내는 모양이었다. 일본엔으로 월 25만 엔 정도니까 롯폰기나 아자부麻布에 고급 아파트를 빌리는 것이나 마찬가지였다.

아키오는 얼마 뒤 자신이 우대받은 이유를 자연스럽게 이해할 수 있었다. 부동산업자에게 있어 아키오는 딸의 약혼자로부터 소개받은 고객이다. 그런 아키오에게 시세보다 비싼 임대료를 받는다면 장래 사위될 사람의 체면을 깎는 일이 된다. 홍콩사회는 좋든 나쁘든 이런 인맥으로 움직이고 있었다.

이 낡은 아파트에는 아키오 외에는 외국인이 한 사람도 살지 않았다. 그 자체는 딱히 문제가 없었지만 곤혹스러운 것은 우편물이었다. 홍콩에 오기 전 아키오는 미국의 사서함서비스를 통해 우편물을 받고 있었다. 아파트를 구한 뒤 주소를 바꾸려고 생각했지만 이런 곳에 외국의 금융기관에서 대량의 스테이트먼트가 날아오게 되면 "돈이 많으니 와서 가져가세요"라고 광고를 하는 것이나 마찬가지였다. 그 일을 부동산업자에게 말했더니 창의 사무소를 소개해준 것이다.

아키오는 흠뻑 젖은 재킷과 바지를 벗어 부엌에 널었다. 티셔츠는 물을 짠 뒤 세탁용 바구니에 넣고 속옷은 세탁기에 던져 넣은 다음 샤워를 했다. 새 티셔츠와 청바지를 입은 뒤 냉장고에서 하와이안코나커피 원두를 꺼내 밀에 넣었다. 하와이에서만 재배되는 고급품으로 입에 머금었을 때의 그 독특한 느낌과 달콤한 향기는 다른 커피에서는 음미할 수 없다. 아키오가 유일하게 사치를 부리는 것이었다. 커피메이커에 필터를 세트하고 페트병의 물을 넣은 다음 식당 테이블 위에 있는 컴퓨터의 전원을 켰다. 홍콩의 수돗물은 경수이므로 깜빡 잊고 마시기라도 하면 100퍼센트 배탈이 난다. TV의 전원스위치를 누르자 케이블TV에서 CNN뉴스가 나오기 시작했다.

컴퓨터가 켜지자 인터넷에 접속하여 월스트리트저널과 니혼게이자이日本経済신문의 최신 뉴스를 체크하고 도쿄시장의 종가를 살폈다. 뉴욕은 아직 밤이므로 오늘 아침과 마찬가지다. 암호화된 엑셀파일을 열고 방금 끓인 쓴 커피를 마시며 창의 사무소에서 가져온 스테이트먼트의 숫자를 입력했다. 홍콩상하이은행에 15만 달러, 시티뱅크홍콩에 5만 달러, 오프쇼어 은행에 20만 달러의 정기예금, 미국의 온라인 증권회사에 10만 달러의 미국채와 MMF. 아키오의 총자산은 50만 달러로 일본엔으로는 약 6,000만 엔이 된다. 딱히 특별한 직장 같은 것이 없으므로 늘 일도 줄 일도 없다. 5분도 걸리지 않아 모든 작업이 끝났다.

시계를 보자 아직 오후 4시도 되지 않았다. 비는 그치기 시작했고 창을 열자 지금 계절치고는 드물게 시원한 바람이 불어왔다.

아키오는 침대에 누워 얼룩진 천장을 쳐다보았다. 이제 아무것도 할 일이 없었다.

아키오가 파이낸셜어드바이저 일을 시작하게 된 것에는 계기가 있었다.

1년 정도 전 오늘과 마찬가지로 아무 할 일이 없어 가까운 호텔의 지하 바에서 저녁 시간까지 느긋하게 술을 마시고 있었다. 홍콩인들은 담배도 피우지 않고 밖에서는 거의 술도 마시지 않는다. 이런 시간에 바에 죽치고 앉아 있는 사람은 거의가 금융기관에서 해고된 뒤 고국으로 돌아가지 않고 위험한 사업에 뛰어든 서양인들이었다. 아키오는 그들을 피해 카운터 끝에서 마시고 있었지만 조금 뒤 옆에 젊은 동양인이 한 사람 앉았다. 남자는 고급스러운 영어로 맥주를 주문한 다음 가방에서 펀드에 대한 자료 같은 것을 꺼내 열심히 읽기 시작했다. 그런 모습에서 남자가 일본인이라는 것을 금방 알 수 있었다.

잠시 뒤 남자는 크게 한숨을 쉬며 카운터 위에 서류를 내던졌고 아키오는 "그게 뭔가요?"라고 말을 걸었다. 이것이 마코토와의 첫 만남이었다.

마코토는 모 대형 가전회사의 연구 부문에서 근무하는 20대 후반의 기술자로 어느 경제평론가가 주최하는 자산 운용 세미나에 참가하기 위해 홍콩으로 왔다. 그 세미나의 요지는 홍콩상하이은행의 외화예금 계좌에 미달러로 5만 달러를 맡기면 그 돈을 기반으로 펀드를 구입하고 또 자산 운용을 한다는 것이었다. 참가자 대부분이 그 평론가가 쓴 책의 독자였고 마코토 역시 이 호텔에서 열린 세미나에 참석했지만 어처구니가 없어 중간에 나왔다고 했다.

"이게 바로 그 무조건 돈을 벌게 해준다는 펀드입니다만……."

마코토는 간단하게 자기소개를 한 뒤 들고 있던 자료를 아키오에게 보여주었다. 그것은 잘 알려져 있는 E사의 시스템트레이딩펀드였다.

투자기간 10년에 원금보장형. 10년 뒤 만기까지 기다리면 아무리 운용에 실패한다 하더라도 원금은 받을 수 있는 구조로 그만큼 리턴도 작게 책정되어 있어 전문가에게는 인기가 없었지만 초보자들에게는 무척 인기가 높은 상품이었다.

"그 평론가가 '나는 여러분이 부자가 되기를 원할 뿐 이 펀드를 추천한다 해도 한 푼의 이익도 없다'라고 하는데 정말일까요?"

아키오가 금융기관에 근무한 경험이 있다는 말을 듣고 마코토가 물었다. 그 말에 아키오는 자신도 모르게 웃음을 터뜨렸다.

"이 세상에 판매수수료도 받지 않고 펀드를 파는 그런 착한 사람은 없습니다. 이 펀드는 그저 팔기 쉽게끔 수수료를 투자액에 포함시킨 것뿐이에요."

아키오는 아시아를 총괄하는 홍콩의 에이전트로부터 그 펀드를 구입할 때 적용되는 수수료의 시스템을 배운 적이 있었다. 몇 년 전인가 일본에서 산 적이 있어 일본어를 약간 말할 줄 아는 오스트레일리아인 에이전트에 따르면 판매대리점은 최초에 4퍼센트의 수수료를 받게 되며 그 뒤에도 매년 신탁보수에서 0.5퍼센트가 대리점 수입이 된다는 구조를 그림으로 설명해준 다음 "일본에 부자 친구가 있으면 대리점을 해보는 것도 괜찮다" 하고 권했다.

"그 펀드의 판매방식이 교활한 것은 4퍼센트의 판매수수료를 처음부터 투자 원금에서 떼지 않고 10년이라는 투자기간 동안 매년 신탁보수로 조금씩 떼어가는 점이죠. 실적이 괜찮으면 아무도 그런 일에는 신경을 안 쓰니까요. 그러므로 판매대리점은 수수료가 무료인 노로드펀드no-load fund인 것처럼 팔 수 있는 거죠. 금융의 세계에서는 공짜란 없어요."

"역시 그렇군요."

마코토는 어려운 퀴즈를 푼 것 같은 표정을 지으며,

"5만 달러의 4퍼센트라고 하면 2,000달러, 약 24만 엔이군요. 이번 세미나 참가자가 대충 서른 명이니 모두 사게 되면 720만 엔. 와아, 엄청난 돈이네요."

수수료를 바로 암산으로 계산해내었다.

"거기에 최저투자액이 5만 달러라고 하는 것에도 트릭이 있을 거예요. 제가 그 펀드에 대한 자료를 보았을 때에는 개인의 최저액은 노미니(합동계좌)로 2만 달러였으니까요. 2만 달러면 수수료가 적으니까 아마도 5만 달러로 올렸을 겁니다."

"너무하네요. 그렇게까지 하다니."

마코토의 전문은 컴퓨터 프로그래밍으로 거의 연구소에서 살다시피 하는 생활이라 급료를 사용할 시간도 없어 적은 월급에도 1,000만 엔 정도의 저금을 했다고 한다. 그중 절반 정도를 외화기반 예금을 중심으로 운용해보려던 참에 이번 세미나 얘기를 듣게 되었고 마침 유급휴가를 쓰지 않으면 안 되는 시기이기도 해서 흥미를 느끼고 참가한 모양이었다.

"5만 달러면 약 600만 엔이잖아요. 투자가 불가능한 건 아니지만 뭐냐, '달걀은 한 광주리에 두지 마라'란 말도 있잖아요. 게다가 혹시 완전히 사기면 대미지가 클 것 같아 생각 중이었어요. 세미나가 완전히 종교집회 같은 분위기로 흘러가는 것도 마음에 안 들었고요."

"펀드 자체는 신뢰성이 높은 프로그램으로 시스템적으로 매매를 하는 거니 가지고 있어도 괜찮을 겁니다. 단 요즘은 약간 실적을 부풀리는 경향이 있어요. 어떤 시스템이라도 영구히 높은 실적을 유지하는 것은 불가능하니까 이런 시스템트레이딩펀드는 성적이 안 좋을 때 사서 값이 오르면 파는 게 철칙이죠. 저도 슬슬 팔까 생각 중이고요. 꼭 사고 싶다면 홍콩의 에이전트에 전화해서 2만 달러로 살 수 있는지 제가 한번 물어봐드리죠."

아키오가 그렇게 제안하자 마코토는 잠시 생각하더니, "좋습니다. 그 대신 저를 제자로 삼아 주십시오"라고 말했다.

처음에는 깜짝 놀랐지만 이야기를 들어보니 마코토가 일하는 컴퓨터 네트워크의 세계에서는 흥미가 있는 분야에서 자신보다 잘 아는 사람을 만나면 제자로 들어가는 것이 당연한 일이라고 했다. 마코토의 경우 자산운용이라고 해도 거의 게임을 하는 감각으로 얼마나 세무서에 들키지 않고 자금을 운용하는가에 흥미가 집중되어 있었으므로 굳이 구분하자면 투자가라고 하기보다 해커에 가까웠다. 그런 감각이 자신과 비슷하다고 아키오는 생각했다.

"뭐가 알고 싶은 건데?"라고 묻자 마코토는 해외에 익명으로 계좌를 만들어보고 싶다고 했다.

악용하면 안 된다고 주의를 준 다음 아키오는 한 가지 간단한 방법을 알려주었다.

"해외계좌라고 하면 모두들 오프쇼어나 택스헤이븐tax haven을 떠올리지만 요즘은 머니론더링money laundering 규제가 심해져 그렇게 간단히 가명계좌를 만들 수가 없어. 계좌에 명의인의 이름이 없는 넘버어카운트Number Account(무기명예금)로 유명한 스위스은행 역시 지금은 완전한 가명계좌 같은 건 만들어주지 않고. 그 원인은 무기와 마약을 사용하는 테러조직의 자금세탁에 신경이 날카로워진 미국 때문이지만 사실 그런 미국의 금융기관이 가장 가명계좌를 만들기 쉽지."

마코토는 눈을 빛내며 아키오의 이야기를 들었다.

"미국은 흔히 SSN이라고 하는 사회보장번호로 한 사람 한 사람을 관리해. 운전면허증이나 은행계좌는 물론이고 장난감을 받기 위한 경품 응모도 SSN이 없으면 안 돼. 그렇지만 웃기게도 증권회사와 상품선물회사 등의 브로커 같은 곳에서는 외국인은 이 SSN이 없어도 계좌를 만들 수 있어.

오프쇼어에 있는 금융기관에 계좌를 만들기 위해서는 홍콩처럼 본인이 직접 창구에 여권을 가지고 가거나 여권의 복사본을 우편으로 보내야만 해. 그렇지만 여권의 복사본은 쉽게 위조할 수가 있지. 그래서 요즘은 복사본이 진짜 여권의 정확한 복사본임을 변호사나 공인회계사, 은행의 담당자 등에 인증을 받도록 해. 거기에다 자신의 주소를 증명하는 영문서류도 요구하고. 물론 여권부터 변호사의 인증이나 영문주소 증명까지 모두 위조하는 일도 불가능하지는 않지만 이래서야 완전히 범죄이니 수지가 안 맞지.

그렇지만 SSN으로 고객을 관리하는 미국의 금융기관에서는 여권으로 본인을 확인하는 습관이 없어. 물론 은행계좌는 무리지만 외국인이 미국의 증권회사나 상품선물회사에 계좌를 만들 때는 여권 복사본도 주소증명도 없이 그냥 신청서에 사인을 해서 보내기만 하면 되는 말도 안 되는 일이 벌어지는 거지. 왜 지금까지 그런 것을 허용하는지는 알수 없지만 말이야."

거기까지 듣고 마코토가 감탄하며 말했다.

"그럼 제가 미국의 온라인증권회사에 엉터리로 이름과 주소를 적어 보내면 계좌가 만들어진다는 거군요."

"사인을 한 신청서를 보내면 저쪽에서는 기뻐하며 계좌를 만들어주겠지. 단 계좌번호와 로그인 때의 인증번호를 모르면 안 되니까 최소한 번은 우편을 통해 받아야 돼. 매월 오는 명세서는 요즘은 인터넷으로 받을 수 있는 모양이지만."

"그런 거야 사설사서함을 사용하면 간단하잖아요."

마코토가 소리쳤다.

"이 방법의 좋은 점은 여권의 복사본을 위조하거나 변호사의 이름을 댈 필요가 없으니 일본의 법률을 전혀 어기지 않는다는 거야. 펜네임으로 미국의 증권회사에 계좌를 개설하겠다는 신청서를 보낸다고 해서 법은 어기는 게 아니니까 말이지. 미국 쪽은 어떤지 모르겠지만."

"완벽하네요. 정말 대단해요."

마코토가 소리치자 주위에 있던 취한 서양인들이 무슨 일인가 하는 표정으로 두 사람을 쳐다보았다. 마코토는 주위의 그런 차가운 시선에도 아랑곳하지 않고 아키오에게 물었다.

"그렇지만 그렇게 가명계좌를 만들었다고 해도 거기에 송금은 어떻게 하는 거죠?"

"200만 엔이 넘는 해외송금은 금융기관에서 세무서로 자동적으로 연락이 간다는 이야기 말이지? 그 말은 200만 이하의 송금이라면 세무서도 모른다는 얘기니까 너무 걱정할 필요 없어. 당당하게 가명계좌에 송금하면 돼."

"그렇지만 설사 200만 엔 이하라도 은행에서 하는 해외송금은 세무서가 체크한다고 세미나에서 들었는데요?"

"물론 세무서는 은행에 조사권이 있으니까 적은 액수라도 단기간에 몇십 번이나 송금하는 고객이 있으면 눈독을 들일지도 모르지. 그렇지만 세금을 급료에서 내야 하는 샐러리맨의 자산운용 같은 건 세무서에서도 전혀 관심을 가지지 않아. 걱정이 되면 매번 다른 은행에서 적당히 송금하면 되고.

그것도 싫으면 가장 간단히 할 수 있는 건 네가 지금 하고 있는 방법이야. 엉터리 세미나를 홍콩에서 개최하는 이유는 증권거래법 같은 법률적인 것도 있지만 가장 큰 이유는 현금의 반출 때문이지. 5만 달러로 펀드를 산다는 것은 600만 엔이라는 현금을 세관에 신고하지 않고 가지고 왔다는 이야기잖아. 그 돈으로 설사 이번에는 홍콩의 은행에 계좌를 만든다고 해도 미국의 증권회사에 가명계좌가 생기면 홍콩에 맡긴 돈을 달러로 바꿔 송금하면 국내의 금융기관에는 송금한 기록이 남지 않지. 1,000만 엔 이하의 해외송금이라면 이런 원시적인 방법으로도 충분해.”

“그럼 가명계좌에 넣은 자금을 밖으로 인출할 때는 어떻게 하는 건데요?”

“온라인증권회사는 인터넷으로 송금도 할 수 있게 되어 있지만 내가 아는 한 송금할 수 있는 곳은 명의인의 계좌로 한정되어 있으므로 사용할 수가 없지. 그렇지만 미국은 수표사회로 증권회사에서도 달러를 기반으로 하는 개인의 수표책을 발행해주는 경우가 꽤 많아. 그 수표를 사용하면 조금 시간은 걸리지만 일본을 포함해 어떤 계좌에든 송금할 수 있어.”

“그런 식으로 이곳저곳에 가명계좌를 많이 가지고 계신가요?”

마코토의 어조는 이미 교주를 앞에 둔 신자의 그것이나 마찬가지였다.

“그런 이상한 계좌는 하나도 없어.”

아키오는 웃으며 말했다.

“가명계좌를 가지려는 이유는 세금을 내고 싶지 않으니까잖아. 그렇지만 나는 9년 전 미국에서 일을 하게 되었을 때 일본에서 호적을 옮겨 세법상으로는 비거주자로 되어 있어. 그러므로 일본에는 세금을 낼 필요가 없고 홍콩에서는 이자나 양도소득에 세금이 붙지 않지. 또 홍콩 이외의 곳에서 얻은 소득도 비과세니까 모두 합법적으로 처리해도 1엔도 세금을 내지 않아도 되고. 가명계좌 같은 것을 만들 필요가 없는 거지."

"스승님, 정말 존경합니다!"

마코토는 과장된 동작으로 무릎을 꿇는 흉내를 내어 보였다.

마코토는 일본에서 가져온 현금을 세미나 주최자가 시키는 대로 홍콩상하이은행의 달러계좌에 맡길 생각이었다. 그러나 그 당시는 아직 홍콩상하이은행에서 온라인뱅킹서비스가 시작되기 전이었고 단순한 외화예금 계좌로는 현금카드도 발행되지 않았다. 그 돈을 펀드를 구입하는 자금으로 쓸 뿐이라면 상관없을지 모르지만 그래서는 너무 무책임한 행동이었다.

아키오는 당시 유일하게 인터넷으로 외국에서 접속이 가능했던 시티뱅크홍콩을 추천했다. 시티뱅크라면 계좌를 개설하는 데 있어 소개인도 필요 없었고 수수료가 들지 않는 최저 예금액도 3만 홍콩달러에 불과해 일단 50만 엔만 맡겨 놓아도 문제가 없었다. 계좌의 시스템은 일본의 시티뱅크와 거의 동일했고 현지 통화인 홍콩달러 예금계좌와 멀티머니 계좌 사이의 스위칭도 자유롭게 할 수 있었다. 물론 현금카드로 발행되었고 일본 국내의 시티뱅크 ATM은 물론이고 국제적인 ATM네트워크서비스 사이러스Cirus에 접속하면 어디에서든 홍콩달러예금을 일본엔으로 바꿔서 인출할 수 있었다. 거기에다 인터넷으로 실시간 잔액조회와 계좌이체가 가능하고 홍콩 및 해외 금융기관에의 송금도 가능했다. 이 당시만 해도 일본에서 계좌에 접속할 것을 감안한다면 두말할 것 없이 시티뱅크홍콩 쪽이 월등했다.

　유일한 문제는 담당자가 하는 영어를 알아듣지 못하면 계좌개설이 인정되지 않는 것이었지만 마코토는 1년쯤 미국의 대학에서 공부를 한 적도 있으므로 문제는 없을 것이었다. 아키오는 호텔에서 가까운 시티뱅크의 지점을 알려주었다. 마코토는 내일 아침 일찍 다녀오겠다고 했다.

　"그렇지, 한 가지를 잊었군." 아키오가 말했다.

　"시티뱅크는 홍콩상하이은행과 달리 일본엔을 가지고 가도 계좌에 입금을 시켜주질 않아. 얼마를 맡길 생각인지 모르지만 그 전에 어딘가 은행이나 환전소에 가서 홍콩달러로 바꿔야 할 거야."

　"그렇지만……" 하고 마코토가 난감한 표정을 지었다. "전 일본에서 가져온 80만 엔을 미국달러로 예금할 생각이거든요. 일본엔을 홍콩달러로 바꾸고 그것을 다시 미국달러로 바꾸면 수수료가 낭비되잖아요. 이런 경우 뭔가 좋은 방법은 없을까요?"

　어쩌면 퀴즈 출제자가 된 기분으로 말하는 것인지도 모른다. 그렇게 생각하자 아키오에게도 재미있는 게임 같은 것이 떠올라 히죽 웃음이 나왔다. 물론 일본엔을 바로 미국달러로 바꿔 창구로 가져갈 수도 있지만 그래서는 재미가 없다.

　"아직 이름도 알 알려줬는데 날 믿나?"

　"물론이죠." 마코토가 바로 대답했다.

　아키오는 재킷에서 항상 가지고 다니던 미국달러로 된 수표책을 꺼내더니 스펠링을 확인한 다음 마코토 앞으로 금액을 적지 않은 수표를 발행했다.

"이건 내 계좌가 있는 오프쇼어은행의 미국달러 수표야. 이걸 내일 시티뱅크에 가지고 가 입금을 의뢰하면 빠르면 사흘 늦어도 5영업일 뒤엔 네 계좌에 입금되겠지. 넌 지금 방으로 돌아가 가져온 현금 80만 엔을 가지고 와서 내게 줘. 그런 다음 둘이 밖으로 나가 요기 앞 인도인이 하는 환전소에서 엔화 환율을 확인하자고. 거기 있는 환율로 80만 엔을 달러로 환산해서 이 수표를 발행할게. 미리 말해두지만 만일 내가 사기꾼이고 내 계좌에 1센트의 돈도 안 들어 있으면 이 수표는 휴지조각에 불과한 거고 80만 엔은 날아가는 거야."

"재밌네요. 좋습니다."

마코토는 아무 주저 없이 말하더니 바로 룸키를 들고 달려갔다.

마코토가 가져온 현금을 취객들이 있는 카운터에서 세어도 이 정도의 일에는 아무도 관심을 주지 않았다. 힐끗 쳐다보기는 했지만 그들의 흥미를 끌기에는 지폐다발이 너무 얇았던 것이다.

아키오는 80만 엔이라는 것을 확인한 뒤 마코토를 데리고 가게를 나와 환전소 게시판을 보러 갔다. 그날의 환율은 중간값으로 1달러당 120엔 46센.

홍콩에서는 어떤 이유에선지 환전상은 대부분 인도인이 운영하고 있었다. 가장 유명한 곳은 침사추이尖沙咀에 위치한 청킹맨션 1층에 있는 인도인 거리로 이곳에 있는 환전상의 환율은 홍콩상하이은행 등 일반적인 금융기관보다 유리했다. 따라서 청킹맨션은 전 세계에서 백패커들이 모여드는 가난한 여행자의 성지가 되어 있었다.

"많이 신세를 졌으니 수수료로 1엔을 더 드리겠습니다. 121엔 46센으로 하시죠."

마코토가 말했지만 아키오는 웃으며 고개를 저었다.

"이건 게임이니까 그렇게 치사하게 할 수는 없어. 게다가 나는 현금을 받았으니 리스크가 없지만 넌 아직 이 수표가 돈이 될지 안 될지 모르는 거잖아. 그런 리스크가 있는 만큼 환율을 깎자고 교섭하는 게 네 입장에선 맞는 거야."

재킷의 포켓에 넣어두었던 휴렛팩커드의 전자계산기로 계산해보니 80만 엔은 6641달러 21센트였다. 그 금액을 수표에 적은 다음 사인을 하고 마코토에게 건넸다. 아키오의 사인은 휘갈겨져 있는 탓에 글자 모양으로 이름을 알아내는 일은 불가능했다. 그 대신 수표 한쪽에 인터넷메일 주소를 적었다. 마이크로소프트에서 운영하는 핫메일 등은 익명으로 간단하게 메일어드레스를 만들 수 있다. 이곳저곳을 방랑하는 몸이 된 뒤부터 아키오는 어떤 컴퓨터로도 접속할 수 있는 인터넷메일을 사용하고 있었다. 이것이라면 전 세계 아무리 촌구석이라고 해도 인터넷만 된다면 메일 송수신이 가능했다.

"혹시 1주일이 지나도 입금이 안 되면 이 주소로 메일을 보내. 알아볼 테니까."

아키오가 그렇게 말하자 마코토는 "감사합니다"라고 정중하게 인사를 했다. 그런 어딘지 모르게 교육을 잘 받은 듯한 행동에서 지금까지 돈 때문에 고생한 적이 없을 것이라는 사실은 대충 알 수 있었다. 그러지 않으면 이런 무모한 도박을 아무 의문도 없이 승낙할 리 없다. 어쩌면 단순히 바보일 수도 있지만 어느 쪽이든 아키오에게는 약간의 장난에 지나지 않았다.

다음 날 밤 마코토로부터 첫 메일이 왔다. 시티뱅크홍콩에 무사히 계좌를 개설한 것과 수표를 입금시켰다는 것, 인터넷으로 계좌에 접속했다는 것, 내일 일본으로 돌아간다는 것이 쓰여 있었다. 결국 그 세미나에 참가한 사람 중 예의 펀드를 사지 않은 것은 마코토 혼자로 그 대신 시티뱅크홍콩에 계좌를 만들었다고 이야기했더니 세미나를 주최한 평론가로부터 힐책을 들은 모양이었다. '짜증이 나서 펀드수수료 일을 슬쩍 언급했더니 얼굴이 창백해지더군요'라고 적혀 있었다.

아키오는 특별히 답은 보내지 않았다.

다다음 날에는 일본으로 돌아가 바로 개인사서함에 가명으로 포스트를 만든 것과 내일이라도 미국의 온라인증권회사에 계좌개설을 신청할 생각이라는 메일이 왔다.

아키오는 이에도 답을 하지 않았다.

그 다다음 날 시티뱅크홍콩의 계좌에 무사히 입금이 되었다는 메일이 왔다. 그리고 혹시 이 메일을 읽었으면 답장을 해줄 수 없겠냐는 글이 적혀 있었다.

아키오는 '입금 확인, 알았음'이라고 답을 보냈다. 그러자 바로 5분 뒤 메일을 받고 감격했다는 메일이 돌아왔다. 그리고 메일에 가명이라도 좋으니까 이름을 알려주면 고맙겠다고 적혀 있었기에 아키오는 잠시 생각한 뒤,

'AKI, 구도 아키오.'

라고 적어 보냈다. 특별한 의미가 있는 이름이 아니라 그때 떠오른 이름이었다.

그 뒤 몇 번인가 메일이 오고 갔고 마코토는 미국의 증권회사에 가명계좌를 만들고 홍콩의 시티뱅크로부터 송금하는 일에도 성공했고 그 체험담을 자신의 홈페이지에 올리자 엄청나게 많은 사람들이 접속

해 깜짝 놀랐다는 연락이 있었다. '아키오 씨의 이야기를 조금 했더니 꼭 소개시켜달라고 하는 메일이 계속 와서 곤란하다'라는 이야기 다음에 '거절할 수 없는 사람이 두 사람이 있는데 아키오 씨의 메일주소를 알려주고 싶다'라는 메일이 도착했다.

그때서야 아키오도 사태가 생각지 못한 방향으로 진행되고 있다는 사실을 깨달았다. 지금 마코토는 아키오에게 게임에 동참할 것을 유혹하고 있었다.

반년 전이었다면 이런 유혹은 일소에 부쳤을 것이다. 그러나 지난 몇 개월 동안 아키오는 여전히 아무것도 하지 않고 있었고 아무것도 할 일이 없었다. 마코토의 홈페이지를 보고 일부러 홍콩까지 와서 자신을 만나고 싶다는 묘한 사람들에게도 흥미가 있었다. 그런 마니아들의 프라이버시를 자신은 완전한 익명으로 훔쳐볼 수 있는 일에 매력을 느끼지 않았다면 그것도 거짓일 것이다. 그러나 가장 큰 이유는 역시 심심했기 때문이었다.

아키오는 심심풀이로 마코토의 소개로 일본에서 오는 손님들을 상대해주게 되었다. 열몇 명과 메일을 주고받고 실제로 만나기도 하는 사이에 이 일의 전체적인 윤곽은 금방 파악할 수 있었다. 제대로 상대를 해야 할 고객은 전체의 5퍼센트 이하였고 나머지 95퍼센트는 단순한 쓰레기였다. 그런 녀석들일수록 처음에는 공손하다가도 실제로 만나면 신분증을 보여달라거나 투자고문업 등록은 했느냐 등등 이런 저런 쓸데없는 말을 꺼냈다. 아키오가 잠자코 일어나면 그때서야 놀라 "미안하다, 버리지 말아 달라"라고 애원하는 것까지 똑같다.

그중에는 누가 보아도 범죄를 목적으로 오프쇼어를 이용하려는 녀석도 있었다. 블랙리스트에 등록되거나 파산으로 신용카드를 가질 수 없게 된 사람이 신용정보를 알 수 없는 해외의 은행에 계좌를 개설해 카드를 손에 넣으려는 경우도 있었다. 이는 딱히 불법은 아니었지만 이런 쓸데없는 녀석들과 만나본들 좋을 일은 없으므로 전부 거절했다. 스포츠신문이나 석간지에 '자기파산한 분들도 신용카드를 가질 수 있습니다' 하고 선전하는 전문적인 업자가 있는 만큼 그 녀석들을 이용하면 될 일이었다.

아키오는 고객의 랭킹을 미리 분류한 뒤 수상쩍은 고객은 무시하고 나머지도 등급에 따라 대응했다. 가장 낮은 랭킹의 고객은 시간제로 한 시간당 컨설팅 요금을 2만 엔. '홍콩상하이은행에 계좌를 만드는 것뿐이라면 컨설팅비 3만 엔에 소요시간은 한 시간 반 이내'라는 식으로 게임의 규칙을 정한 것이다. 그렇게 돈에 눈이 먼 고객을 완전히 컨트롤하여 자신이 원하는 대로 움직이게끔 하는 일이 나름대로 재미있는 시기도 있었다.

그러나 그런 일을 반년 정도 하자 역시나 질리고 말았다. 의뢰의 대부분을 메일로 처리할 수 있도록 자세한 템플릿을 만들어 자동으로 답장이 가게 했지만 그것도 귀찮아져 전부 마코토의 홈페이지에 올렸다. 그러나 그 일이 또 아키오의 평판을 높여주어 접속 수는 급증했고 아키오에게 오는 메일도 늘었지만 요즘은 1주일에 한 번 정도밖에 체크하지 않았다. '세금을 내고 싶지 않다', '검은돈을 외국으로 반출하고 싶다', '상속세를 줄이고 싶다', '그럴싸한 건으로 돈을 벌고 싶다' 등의 한심한 이야기밖에 없기 때문이었다.

그러나 '구도 아키오'라고 하는 가명만큼은 사용하다 보니 꽤 마음에 들어 크리스천네임 대신 AKI라는 이름을 쓰기로 했다. 영문중학교를 졸업한 홍콩인들은 미국인과 마찬가지로 일단 친해진 사람에게는 애칭을 사용한다. 반년도 지나지 않아 모두가 "하이, 아키"라고 부르게 되었다. 예전과 달라진 부분이 있다면 그것 정도다.

결국 모든 것은 원점으로 돌아갔고 이렇게 침대에 누워 천장의 얼룩을 바라보고 있었다.

5

센트럴 동쪽 차터가든 맞은편에 위치한 리츠칼튼의 티룸에서 여자를 기다리고 있었다. 오후 3시. 오늘도 더웠다. 대형 호텔이 많은 홍콩에서도 리츠칼튼은 도심 속의 휴양지 같은 세련된 호텔로 손님의 대부분은 단골이었다.

여자와는 한 번도 메일 교환을 하지 않았다. 마코토의 강한 요청이 있었고 세팅도 모두 그가 했다. 상담 내용은 홍콩이나 다른 오프쇼어에 법인을 설립한 뒤 법인 명의로 은행계좌를 만들고 싶다는 것이었다. 자세한 내용은 모른다. 어차피 면세를 위한 도구로 사용할 생각이겠지만 그런 말을 메일로 남기는 녀석은 없는 만큼 사전 정보는 전혀 없었다.

"엄청난 미인이니 기대하세요."

마코토의 메일에는 그렇게 적혀 있었다. 그렇다면 굳이 약속의 표식 같은 것을 정할 필요는 없을 테니 평일 오후는 한산한 이곳 티룸을 지정한 것이었다. 안쪽 자리에 누가 보아도 불륜이 분명한 백인 남성과 동양인 여성 커플이 한 쌍. 영국풍 애프터눈티의 호화로운 세트에 작은 환성을 올리는 일본인 관광객 그룹. 서류 가방에서 꺼낸 자료를 손에 들고 상담을 하는 남자들이 몇 명. 웨지우드 도자기. 에밀 갈레의 꽃병. 식민지 시대를 연상시키는 앤티크한 가구. 소란스러운 바깥과는 별세계였다.

그날 아키오는 평소처럼 오전 6시에 일어나 전날의 뉴욕시장과 시카고선물시장의 종가를 체크했다. 여전히 나스닥은 2,000포인트 근처를 헤매고 있었고 다우는 1만 1,000달러가 깨지느냐 마느냐 하는 상황이었다. 고이즈미 정권의 허상이 드러난 일본시장도 힘이 빠진 상태로 시카고의 닛케이225 선물은 거의 움직이지 않았다. CNBC의 마켓 뉴스에 채널을 맞추자 나이가 지긋한 캐스터가 아무래도 상관 없는 이야기를 과장되게 이야기하며 방금 마친 시장이 얼마나 드라마틱했는지를 역설하고 있었다. 매일 그런 드라마가 벌어진다면 주식 트레이더는 모두 신경쇠약에 걸려 죽을 것이다.

커피를 끓이고 컴퓨터를 켠 다음 멍하니 TV를 보고 있으려니 싱가포르거래소 SGX의 닛케이225가 거래를 시작하는 7시 55분이 되었다. 인터넷 리얼타임 정보로 시초가를 확인했다. 1만 2,860엔, 시카고 종가보다 10엔이 싸다. 그 5분 뒤인 오전 8시, 일본 시간 오전 9시에 오사카증권거래소의 닛케이225가 시작되었다. 이쪽은 싱가포르시장에서의 약세 때문에 10엔이 더 내려간 1만 2,850엔으로 스타트했다. 최근 마감된 옵션 가격을 몇 개 조사해보았지만 볼러틸리티volatility(시세의 예측변동률—역자 주)가 너무 낮아 포지션을 만들 엄두도 나지 않는 탓에 30분도 되지 않아 손을 놓고 말았다.

마침 오랜만에 자러 온 메이가 멍한 눈으로 일어난 까닭에 옷을 갈아입기를 기다려 아침식사를 먹기 위해 나갔다. 메이는 부모형제와 함께 카오룽의 신계新界에 살고 있어 창의 사무소까지 편도 한 시간 가까이 걸린다. "사실은 아키의 아파트에서 출퇴근하는 편이 훨씬 편하지만 부모님이 외박을 허락해주지 않아"라고 항상 탄식했다. 어제도 친구들에게 부탁해 거짓말을 하고 온 모양이었다.

메이는 홍콩 섬의 일등지에 아키오처럼 혼자 사는 것은 엄청난 사치이므로 하루라도 빨리 자신을 '룸메이트'로 삼아달라고 했다. 실제로 부동산 가격이 엄청나게 비싼 홍콩에서는 혼자 사는 라이프스타일은 존재하지 않는다. 그 이전에 공동체의 강한 유대로 이어져 있는 중국사회에서는 고독이라는 개념조차 없다. 그렇다고 젊은 여성과 쉽게 동거하는 관습도 없는 탓에 메이를 룸메이트로 들이기 위해서는 그 나름대로의 수속을 밟지 않으면 안 된다. 그 일을 생각하면 아키오로서는 항상 적당이 말을 얼버무릴 수밖에 없었다. 메이는 아키오의 그런 태도를 무척이나 불만스럽게 여겼고 항상 말싸움의 원인이 되었다. 최근에는 캐나다 여행이 머릿속에 가득 차 그럴 상황이 아닌 모양이었지만 말이다.

가까운 신문 가판대에서 『월스트리트저널』 아시아판을 산 뒤 단골인 싸구려 식당에서 피탄이 든 죽을 먹으며 신문을 살폈다. 90년대 미국을 석권했던 뉴이코노미의 환상은 코카콜라 거품처럼 사라졌고 성지 실리콘밸리에서는 IT관련 벤처기업의 운영자금이 언제 펑크 날 지 모두가 전전긍긍하고 있었다. 창에게 긴 휴가를 받겠다는 계획은 역시 난관에 직면한 모양이었다.

"크리스마스나 1월에 휴가를 붙여서 쓰라는데 말도 안 되잖아. 여기저기서 오는 친척들 때문에 얼마나 바쁜데."

홍콩에서는 친척의 모임이 무엇보다도 우선된다. 아키오가 메이와 약혼이라도 하지 않는 한 그런 행사를 취소할 만한 정당한 이유는 만들 수 없다. 그것을 알고 창은 일부러 메이를 놀리는 것이다. 물론 그녀는 그 사실을 모르고 있었지만.

지하철역으로 가는 메이와 헤어진 뒤 출근하는 사람들을 헤치고 집으로 돌아온 아키오는 형식적으로 소속된 투자고문회사에서 보내온 헤지펀드hedge fund에 대한 자료를 읽기 시작했다. 과거 1인당 100만 달러가 시세였던 헤지펀드도 최근의 불경기와 펀드 수의 증가로 최저 단위가 5만 달러 정도까지 내려갔다. 그 대부분이 과거 실적이 좋은 펀드를 적당히 모아 팩케이지로 만든 펀드오브헤지펀드라는 것이다. 고객 중에는 이런 펀드를 사고 싶어 하는 특이한 사람도 많다. 그러지 않아도 비싼 수수료가 더욱 비싸지는 이런 금융상품에 돈을 내는 녀석들의 마음은 알 수 없지만 자신의 돈으로 무엇을 사든 그건 그 녀석들의 자유다.

세세한 데이터가 포함된 서류를 절반쯤 읽고 자료를 팽개쳤다. 과거의 퍼포먼스를 아무리 분석한들 미래의 일은 알 수 없다. 게다가 데이터 그 자체가 정확하다는 보증도 없다. 이런 자료는 위안거리도 되지 않는다.

모차르트의 레퀴엠을 들으며 국채 폭락으로 일본경제가 붕괴할 거라는 소설을 읽기 시작했지만 그것도 바로 질렸다. 국가가 발행한 차용증서를 매매하기만 하던 채권 트레이더가 일본을 구한다는 황당무계한 이야기였다.

세계 인구 중 95퍼센트 이상은 일본이 파산하든 말든 금융공황이 일어나든 말든 상관없다고 생각한다. 아키오 역시 그중 한 사람이다. 국가의 파산은 딱히 특이한 것도 아니다. 중요한 것은 자신이 어떻게 살아남을까 하는 것뿐이다.

결국 오후가 될 때까지 침대에 누워 평소처럼 천장의 얼룩을 바라보고 있었다.

문득 고개를 드니 티룸 입구에 젊은 여자가 서 있었다. 한눈에 샤넬임을 알 수 있는 푸른색 정장에 웨이브가 약간 들어간 머리카락은 밝은 갈색으로 물들이고 있었다. 가게 안의 남자들이 일제히 돌아보았다. 분명 엄청난 미인이었다. 저 여자가 틀림없을 것이다.

아키오가 손을 들면서 의자에서 일어나 가볍게 고개를 숙였다. 여자는 안도하는 표정으로 테이블에 다가오더니, "와카바야시 레이코若林麗子라고 합니다. 바쁘실 텐데 시간 내어주셔서 감사드려요" 하고 공손히 머리를 숙였다.

레이코는 상체를 편 바른 자세로 의자에 앉더니 웨이트리스에게 아이스티를 주문했다. 전형적인 일본식 영어였지만 발음은 깨끗했다. 다시 한번 정면에서 얼굴을 보니 확실히 아름답기는 했지만 눈꼬리 쪽에는 약간의 주름이 있었다. 20대 후반 아니면 서른을 조금 넘었을지도 모른다. 가방은 구치, 시계는 불가리. 부자인 것은 틀림없었다. 얼굴색은 조금 창백한 편이다.

간단한 인사를 나눈 뒤 아키오는 의뢰 내용을 물었다. 레이코는 약혼자가 경영하는 회사에 몇천만 엔 정도의 이익이 나올 것 같으므로 해외법인을 이용해 이익을 확보해두고 싶다고 했다.

"그 사람은 바쁘니까 저더러 홍콩에 가서 자세한 이야기를 듣고 오라고 했어요."

레이코가 긴장한 표정으로 아키오의 얼굴을 쳐다보았다. 눈썹은 깎은 다음 예쁘게 그렸다. 정장 색깔에 맞춘 파란색 아이섀도가 다갈색 눈동자를 강조하고 있다. 패션 잡지의 그라비아 모델처럼 너무나도 완벽한 화장. 보는 사람이 저도 모르게 얼굴이 붉어질 만큼 아름다운 여성이었다. 그러나 어딘가 망가진 것 같다고 아키오는 생각했다. 그것이 무엇인지는 알 수 없었지만 말이다.

아키오는 일단 약혼자가 경영한다는 회사의 업종을 물었다. 레이코는 사업 내용을 잘 모르는 모양이었으나 아무래도 부동산 혹은 금융 컨설턴트 비슷한 일을 하는 모양이었다.

"컨설턴트업으로 몇천만씩이나 이익이 나나요?"

"글쎄요, 저도 자세한 것은….'

"홍콩에 만든 법인과 거래한 것처럼 꾸며 그 이익에 대한 세금을 내지 않고 해외로 옮기고 싶다는 말씀이신 거죠?"

"네에."

"그만두는 게 좋을 겁니다."

아키오가 차갑게 말하자 레이코는 깜짝 놀란 듯 눈을 크게 떴다.

"해외에 법인을 만들어 거래를 위장하면 간단히 탈세할 수 있다는 것은 터무니없는 오해예요. 제조업이나 유통업이라면 해외의 자회사를 이용할 수도 있겠지만 금융업처럼 실제로 물건이 움직이지 않는 경우라면 세무서의 눈을 피할 수 없을 겁니다. 1,000만 엔 정도의 이익이라면 국내에서도 어떻게든 가능할 거고요. 결산 때 다른 자회사에 이익을 넘기거나 아는 회사로부터 가짜 청구서를 받거나 보너스로 사원의 계좌에 넣었다가 다시 돌려받는 방법도 있을 테니까요. 해외에 법인을 만들면 비용도 들고 그것이 위장업체라는 것을 들키면 악질적인 탈세로 간주되어 두고두고 귀찮아질 겁니다. 그러니 딱히 의미가 없어요."

레이코는 아키오의 말을 고개를 숙인 채 듣고 있다가 잠시 후 고개를 들고 아키오를 쳐다보았다.

"사실은 처리하고 싶은 금액이 조금 더 커요."

"얼만가요?"

"5억이에요." 레이코가 갈라진 목소리로 말했다.

"회사의 연매출이 어느 정도인데요?"

"글쎄요, 저는 잘 모르지만 아마 10억 엔 정도일 것 같은데….."

"매출이 10억인 회사가 5억의 이익을 내고 그것을 전액 해외에 돌려 탈세를 하려는 거군요. 무모한 일이니까 그만두세요. 세무서 눈을 속일 수도 없을 테고 잘못하면 추징되는 것으로 그치지 않고 형무소에 갈지도 모릅니다. 세금으로 반을 떼어간다 하더라도 2억 5천만이 남으니 그 정도면 충분하잖습니까."

"저도 그렇게 설득했지만….."

레이코는 그렇게 말하고 다시 고개를 숙인 채 입을 다물었다.

아키오는 대답을 기다렸다.

"그 5억 엔을 줘야 되는 사람이 있어요." 작은 한숨과 함께 말했다.

"비자금이 아니면 안 되는 건가요?"

레이코는 아무 말도 하지 않았다.

"요즘은 야쿠자들도 기업 하나둘은 가지고 있잖습니까. 그런 곳과 계약을 하고 돈을 지불한 뒤 나중에 파산시키면 될 텐데요? 그렇게 하면 전액 손실금으로 처리할 수 있고 자금세탁은 그쪽도 프로들이니 맡기면 될 테고요."

레이코는 여전히 아무 말도 하지 않았다. 인형처럼 커다란 눈에 눈물을 머금고 고개를 저을 뿐이다. 무슨 사정이 있는지는 모르지만 5억 엔 정도의 돈을 해외에서 넘겨주지 않으면 안 되는 모양이었다.

"최소한 그쪽으로 하여금 페이퍼컴퍼니라도 만들게 하는 편이 좋습니다. 자신이 만든 회사에 송금해서는 변명의 여지도 없으니까요 제3자의 회사라면 거래에 실태가 없다는 것을 들켜도 어떻게든 할 수 있지만요."

"그러니까 제가 외국에 회사를 설립한 뒤 그 회사와 계약을 하고 송금을 한다거나…. 어찌 되었건 뭔가 방법이 없는지 상담해보고 오라고…."

"말도 안 돼요. 그런 눈에 보이는 짓을 하게 되면 당신까지 전과자가 될 겁니다."

레이코는 하얀 손에 손수건을 쥔 채 가냘픈 몸을 떨고 있었다. 선명한 푸른색에 금 조각이 박힌 호화로운 매니큐어. 왼손 약지에는 루비 주위에 다이아몬드를 장식한 약혼반지. 아키오는 자신도 모르게 혀를 찼다. 왜 마코토 녀석은 이런 귀찮은 고객을 나한테 보낸 것일까?

"지금 바로 일본으로 제가 전화해서 그 약혼자 분께 말씀을 드려도 괜찮습니다. 어쨌거나 당신에게는 짐이 너무 무거우니까요."

그 말을 듣고 레이코는 당황하며 그러지 말아줄 것을 애원했다. "이야기를 잘 진행시켜보겠다고 말하고 일본을 출발했어요. 안 된다는 것을 알면 그 사람 입장이 굉장히 난처해져요."

"목숨이 위험하다는 의미인가요?"

레이코는 다시 입을 다물었다. 하얀 뺨 위로 한 줄기 눈물이 흘렀다.

그 모습을 보고 '울고 싶은 건 이쪽이라고'라고 아키오는 생각했다. 이렇게 우울한 상담은 처음이었다.

"어쩔 수 없네요. 뭔가 방법이 있는지 생각해보죠. 하루 시간을 주실 수 있나요?"

의욕은 전혀 없었지만 그렇게 말하는 수밖에 없었다. 물론 이 매력적인 여자를 다시 한 번 만나고 싶다고 하는 이유가 없었던 것은 아니다.

아키오는 마지막으로 중요한 사실을 물었다.

"5억 엔이나 되는 거금을 마법처럼 사라지게 하는 방법이 이 세상에 있을 리가 없죠. 결국은 누군가 법을 어겨야만 될 겁니다. 그럴 각오는 되어 있으신 건가요?"

창백한 얼굴로 레이코가 고개를 끄덕였다.

연락처와 언제까지 홍콩에 있을 것인가를 물었다. 레이코는 이번 건이 처리될 때까지 돌아갈 수 없다고 했다. 페닌슐라호텔의 룸넘버를 적은 메모지를 들고 내일 오전 중에 연락하겠다고 한 뒤 자리를 떠났다.

6

리츠칼튼을 나와 센트럴 역을 향해 잠시 걸으면 홍콩을 대표하는 호텔 중 하나 만다린오리엔탈이 있다. 그 호텔 최상층에 있는 바의 빅토리아 만을 한눈에 볼 수 있는 자리에서 아키오는 버번을 마시고 있었다. 저녁 6시 이후에는 거래전표를 다 정리한 딜러들이 삼삼오오 모여 카운터 주위는 입추의 여지도 없지만 지금은 아직 손님이 두세 명밖에 없었다. 바텐더는 한가한 표정으로 잔을 닦고 있었다.

저녁이 되어도 밖은 여전히 더웠고 피어오르는 수증기로 카오룽 반도의 빌딩군이 흐릿하게 보인다. 또 비가 한 줄기 올지 모른다. 레이코가 묵고 있는 페닌슐라 호텔이 정면으로 보였다.

홍콩의 인구는 광둥성 남쪽에 튀어나온 카오룽 반도의 남단과 빅토리아 만을 끼고 마주보는 홍콩 섬의 북부에 집중되어 있다. 흔히 '신계'라 부르는 카오룽 반도의 대부분은 아편전쟁 결과 1898년 영국이 청으로부터 99년간 계약으로 조차했던 지역으로 1997년 그 기한이 끝났다. 그에 비해 홍콩의 중심부는 영국의 할양지로 본래라면 중국에 반환할 의무는 없었다. 영국의 보수파 중에서는 '고유의 영토'를 지키자는 주장도 강했다. 그러나 현실적으로 홍콩의 8할을 점하는 신계로부터 물과 식량을 공급 못 받으면 식민지를 유지할 수 없었고 결국 대처Margaret Thatcher와 덩샤오핑鄧小平의 회담을 통해 전면적인 반환이 결정되었다.

이런 역사적 경위 때문에 홍콩에 대한 대영제국의 투자는 극히 일부 할양지에 집중되었고 그곳에 빌딩군이 밀집하게 되었다. 센트럴을 중심으로 금융기관이 모인 홍콩 섬 북부에 비해 침사추이를 중심으로 하는 카오룽 반도 남단은 도쿄에 비교하자면 신주쿠新宿나 이케부쿠로池袋에 해당하는 환락가인 셈이었다.

스타페리의 선창에 접안한 배가 승객을 토하는 모습을 멍하니 보며 아키오는 아까 했던 이야기를 생각하고 있었다.

레이코가 원하는 것은 약혼자의 회사 계좌에서 5억 엔을 해외로 송금하고 경비 혹은 손금으로 처리해달라는 것과 송금한 돈을 해외에서 제3자에게 넘기는 일이다.

해외에서의 자금 수수는 상대가 오프쇼어 즉 택스헤이븐인 국가의 금융기관에 계좌를 가지고 있으면 특별히 문제는 없다. 이런 복잡한 짓을 하게 해놓고 일본엔의 현금이나 무기명할인금융채로 넘기라고는 하지 않을 것이다. 그리고 그 뒤의 일은 자신이 알 바 아니다.

문제는 5억 엔이라는 돈을 깨끗하게 손익계산서에서 지우는 일이다. 버블 붕괴 뒤 불경기로 법인세 수입이 격감해 최근에는 1억 엔 이하의 탈세라도 국세국 사찰부가 움직인다고 했다. 상당히 교묘한 스킴scheme을 짜지 않으면 한 방에 아웃이다.

이런 탈세 및 절세 의뢰는 지금까지 몇 건이나 있었다. 그중에는 아키오가 도운 경우도 있다. 그러나 그런 경우는 법률의 허점을 이용한 합법적인 스킴이었다.

이런 게임에서 자주 사용되는 방법으로는 예를 들면 해외 자회사를 이용한 수입거래가 있다.

어느 국내 기업이 자회사를 홍콩에 만들었다고 하자. 이 자회사가 중국으로부터 원가 80엔짜리의 상품을 구매한다. 모회사는 그것을 하나에 100엔으로 수입한다. 이 거래로 모회사로부터 자회사에 한 개당 20엔의 이익이 이전된다. 모회사는 100엔으로 수입한 상품을 "최선을 다해 팔았지만 팔리지 않았다"라는 이유로 개당 70엔으로 100엔숍에 덤핑으로 판매한다. 한 개당 30엔의 손실이 발생하지만 이것은 손실금으로 계상되므로 그만큼 세금이 줄어든다. 100엔숍에서는 원가 80엔짜리의 상품을 70엔으로 구입하여 소매가 100엔으로 판매할 수 있다. 이렇게 하면 상품을 제조한 중국의 회사도 수입한 일본 기업도 100엔숍도 모두가 이익을 본다. 손해를 보는 쪽은 세금을 적게 걷은 일본 정부뿐인 것이다.

이익을 해외 자회사에 이전시키고 손실까지 계상할 수 있는 이 스킴은 너무나도 뛰어난 탓에 많은 회사가 도입했고 그 때문에 '이전가격 세제'에 의해 어느 정도 규제가 가해지게 되었다. 시장가격을 일탈한 가격으로 자회사와 거래하는 경우는 비즈니스가 아닌 단순한 이익의 이전을 목적으로 하는 것이라고 간주하고 규제하는 법률이다. 그러나 그 기업의 주요한 업무와 관련된 거래의 경우 어디부터가 절세대책이고 어디까지가 정당한 상행위인가를 구별하는 것은 극히 어려운 일이다. 특히 일본 전국 어디를 둘러보아도 흑자인 회사가 보이지 않을 정도인 지금의 불황에서는 단순히 채산성이 떨어지는 상거래를 했다는 정도로 탈세를 이유로 적발하는 일은 불가능에 가깝다.

그러나 이 훌륭한 스킴에도 사실은 문제가 한 가지 있었다. 오프쇼어나 홍콩 같은 비과세 및 경과세 국가에 법인을 만들어 이익을 이전시키려고 해도 '택스헤이븐대책세제'에 의해 국내 기업이 해외의 자회사를 실질적으로 지배하는 경우는 그 이익을 일본 국내의 소득으로 합산해서 과세되기 때문이다. 간단히 말하면 해외 자회사의 이익이 100퍼센트 반영되는 것이다.

이 실질지배기준을 피하기 위해서는 사실상 주식의 50퍼센트 이상을 일본에 거주하지 않는 비거주자에게 가지게 하는 수밖에 없다. 이 때문에 비거주자인 아키오 같은 인간의 존재가치가 발생한다.

주식의 과반수를 보유하면 자회사에 대한 지배권이 발생하는 까닭에 제대로 된 회사라면 망설일 수밖에 없다. 따라서 이 스킴을 유효하게 활용하는 것은 사장이 오너인 중소기업 정도다. 단 회사의 소유권이 제3자에게 있다는 사실이 명백하면 아무리 수상하다고 생각해도 세무서는 손을 댈 수 없다. 서로 믿을 수 있는 관계를 구축하고 충분히 준비하는 일에 시간을 들인다면 무척이나 통쾌한 '절세'가 가능한 것이다. 홍콩의 법인세는 16퍼센트로 무척 싸지만 중간에 오프쇼어에 있는 법인을 끼워 넣으면 세금을 내지 않을 수도 있다.

이 세상에는 돈을 위해서라면 무엇이든 하는 녀석이 널려 있다. 홍콩에도 탈세를 원하는 일본기업에게 비거주자 명의를 빌려주는 사람은 간단히 찾아낼 수 있다. 이 녀석들은 **뼛속까지 악당**으로 만약 주주가 되어도 이사로 이름이 등재되지 않는 한 그 회사가 어떤 범죄를 저지르더라도 유한책임이니 상관없다고 생각한다. 자본주의에서 주주의 책임은 출자금의 범위 내로 한정된다. 오프쇼어의 페이퍼컴퍼니는 대부분 자본금 1달러로 만들 수 있는 탓에 50퍼센트를 출자한 주주가 져야 하는 최대의 리스크는 50센트의 손실이다.

한편 이런 일본인 비거주자를 이용하는 기업의 리스크는 무한대라 할 수 있다. 거액의 탈세 증거를 쥔 순간 그것을 무기로 기업을 협박하는 놈들이 반드시 나오기 때문이다. 그 녀석들이 야쿠자나 총회꾼과 결탁하게 되면 기업은 비참한 말로를 걸을 수도 있다. 결과적으로 정직하게 세금을 내는 편이 훨씬 나은 경우가 많다. 홍콩에서도 어둠의 세계에 몸을 내던진 일본인이 많이 존재한다. 그런 녀석들과 얽히는 경영자가 바보인 것이다.

애당초 레이코의 약혼자가 경영하는 회사는 단순한 컨설팅업인 만큼 물건을 움직이는 거래는 불가능하다. 이제 와서 회사의 정관을 바꾼다고 해도 너무 노골적이라 어불성설이다. 그렇다면 5억 엔이나 되는 돈을 장부에서 지우기 위해서는 투자 명목이나 다른 이유로 송금한 뒤 그 뒤에 투자처를 망하게 하는 수밖에 없다. 상당히 거친 방법으로 조금만 잘못하면 "저는 탈세했습니다" 하는 팻말을 들고 세무서 앞을 어슬렁거리는 꼴이 된다.

가장 간단한 것은 레이코를 대표로 홍콩에 적당한 법인을 만들고 부동산 투자 등을 명목으로 그럴싸한 계약서를 작성한 뒤 그 법인에 5억 엔을 납입하는 방법이다. 지금은 아직 형편이 괜찮은 모양이니 컨설팅비를 듬뿍 받고 그 뒤의 일은 하늘에 맡기는 것이다. 수상하게 생각한 세무서가 홍콩의 등기부를 확인하면 확실하게 아웃이지만 아키오 자신은 그저 의뢰인의 희망에 따라 합법적으로 홍콩에 법인을 설립한 것뿐이다. 그 법인이 어떻게 사용되든 아무 관계도 없다. 레이코도 약혼자에게 속아 법인의 대표를 맡은 것뿐이다. 그 약혼자 역시 돈이 그 뒤

제3자에게 송금된 사실을 증명할 수 있으면 형무소행은 피할 수 있을 것이다.

그러나 이것은 명백한 사기행위다.

그렇다면 오프쇼어에 법인을 만든 뒤 홍콩에 자회사를 소유하게 하는 방법은?

제대로 된 금융기관에 오프쇼어법인의 은행계좌를 개설하는 일은 사실 일반적으로 생각하는 만큼 간단하지 않다. 스위스, 룩셈부르크를 비롯해 맨 섬, 채널 제도 등 유럽의 대표적인 택스헤이븐에 적을 두는 금융기관은 정체를 알 수 없는 회사의 법인계좌를 만들고 싶다는 의뢰는 콧방귀를 뀔 것이다. 그것이 탈세를 목적으로 한다면 더욱 그렇다.

그렇다면 카리브해의 케이먼, 버뮤다, 영국령 버진 제도 등이나 남태평양의 바누아트, 나우루, 팔라우 등 규제가 약한 지역에 법인을 만드는 수밖에 없다. 그렇지만 그런 수상쩍은 택스헤이븐에 등기된 회사로 갑자기 5억 엔이나 송금하면 세무서에서 눈에 불을 켜고 달려들 것은 뻔한 일이었다.

그렇다고 회사를 홍콩이나 싱가포르에 설립하면 일본의 세무당국이 조회를 한 순간 임원 명부가 간단히 드러난다. 원래부터 홍콩은 일본 국세청이 가장 경계하는 지역이었고 조사관이 상주한다는 소문까지 있을 정도다.

오프쇼어에 지주회사를 세운 뒤 100퍼센트 자회사를 홍콩에 설립하면? 이 방법이라면 등기부에 이름은 나오지 않는다. 오프쇼어법인까지 추적하면 별개의 문제이지만 일본의 세무서가 떠드는 정도로는 회사의 진짜 소유자는 알 수 없다. 택스헤이븐에도 시장원리가 작용하고 있는 만큼 그 정도로 등기서류를 보여주면 많은 고객들이 다른 곳으로 떠나게 된다. 택스헤이븐은 애당초 관광자원 정도밖에 없는 가난한 국가에서 하는 것으로 전 세계 부자들의 '탈세 방조'가 최대의 산업이다. 부자들이 매력을 느끼지 못하면 국민은 석기시대의 삶으로 돌아가는 수밖에 없다. 국제적으로 수배된 테러조직은 별개로 치더라도 다소 수상쩍다 해도 마약이나 무기를 밀수했거나 인신매매를 했다는 증거를 갖춰 압력을 가하지 않으면 서류는 나오지 않는다.

그러나 이 방법에도 몇 가지 문제가 있다.

홍콩에 자회사를 설립할 때 모회사인 오프쇼어법인의 등기서류가 필요하다. 거기에 이름이 적혀 있으면 아무 의미가 없다.

오프쇼어에 법인을 두 개 만들고 홍콩을 자회사로 하거나 아니면 적당한 법인을 매수하여 수정되기 전의 등기부로 재빨리 회사를 만드는 등 방법은 많이 있지만 너무 정교하면 들켰을 때 변명이 어려워진다.

또 한 가지 문제는 홍콩법인의 대표다. 이를 누구 이름으로 할 것인가? 거리의 홈리스를 꼬드겨 명의인으로 할 수도 있고 신분증을 위조할 수도 있기는 하다.

거기까지 생각하자 아키오는 이 안건이 터무니없는 스킴이라는 사실을 깨달았다. 레이코의 희망을 들어주기 위해서는 아키오 자신이 법을 어기지 않으면 안 된다. 레이코의 약혼자라고 하는 인물이 놓인 상황이나 사정도 전혀 모른다. 그 5억이라는 돈 역시 어차피 꺼림칙한 돈일 것이다.

5억 엔이 사라진 다음 관계자인 누군가가 "사실은 홍콩에 있는 일본인에게 속아 빼앗겼습니다"라고 고발하면 어떡할 것인가. 본명은 모르지만 직접 아키오를 만난 사람도 몇인가 있다. 세무당국이라면 의뢰인의 계좌개설용 서류에서 소개자인 아키오의 본명을 찾는 일은 어렵지 않다. 그렇게 되면 아키오는 탈세방조 아니 잘못하면 5억 엔을 빼돌린 사기 용의가 씌워질 수도 있다. 이래서는 말이 안 된다.

아키오는 힐끗 시계를 보았다. 바로 돌아갔으면 레이코는 이미 호텔에 도착했을 것이다. 지금 바로 페닌슐라에 전화를 걸어 레이코에게 "의뢰는 거절한다. 짐을 싸서 내일이라도 일본으로 돌아가라"라고 말하는 것이 타당하다.

아키오는 얼음이 녹아 부드러워진 버번을 입에 머금었다.

어느 사이엔가 테이블은 꽉 찼고 카운터 주위에서는 트레이더들이 오늘 시장을 안주 삼아 큰 소리로 담소를 나누고 있었다. 밤의 장막이 드리워지면서 카오룽 쪽 빌딩군에 다양한 색깔의 네온이 들어오기 시작했다.

5억 엔. 미국달러로 환산하면 약 400만 달러….

아키오는 웨이터를 불러 버번 더블을 한 잔 더 부탁했다. "400만 달러." 소리를 내어 중얼거려보았다.

아키오는 지금으로부터 1년 반 전, 같은 액수의 빅머니를 목표로 마켓에 승부를 걸었다가 쓰라린 좌절을 경험했다.

아키오는 버블의 절정기에 도쿄 도내의 사립대학을 졸업한 뒤 도시은행에 들어가 2년 정도 외근을 한 다음 본부로 소환되어 25살 때 뉴욕의 지점으로 옮겼다. 이공계 출신으로 숫자에 강하고 또 영어를 할 수 있는 사람이 그다지 없었기 때문이다. 당시는 정크채와 딜리버티브derivative(금융파생상품)가 이목을 끌기 시작할 무렵으로 보수적인 일본의 은행도 젊은 사람을 미국으로 파견해 최신 지식을 습득할 필요를 느끼고 있었다. 그렇게 파견된 사람 중 한 사람이 아키오였다.

뉴욕으로 와서 2년 정도 아키오는 미국인 상사를 따라 정크채펀드의 프라이싱pricing(가격설정) 업무를 했다. 정크채라고 하는 것은 글자 그대로 '쓰레기'인 채권으로 재무상태가 좋지 않아 언제 도산할지 모르는 회사가 자금을 조달하기 위해 발행한 것이다. 그 때문에 엄청나게 이율이 높다. 1년에 이율이 100퍼센트인 채권이 흔히 있었다. 1년 뒤에 100달러를 받을 수 있는 복권을 50달러로 파는 것이나 마찬가지였다. 물론 맞지 않을 확률이 높은 까닭에 지금까지 아무도 그런 펀드에는 관심을 두지 않았다.

그러나 70년대 중반 마이클 밀켄Michale Milken이라는 천재가 혜성처럼 등장하여 마법의 힘으로 이 쓰레기를 황금으로 바꾸었다. 밀켄은 아무리 위험한 복권이라도 그것을 산더미처럼 모아놓으면 꽝이 될 확률이 평균화되면서 고수익 투자가 가능하다는 수학적 마술을 구사해 엄청난 이익을 창출해낸 것이다. 밀턴이 80년대 말 내부 거래 혐의로 투옥되면서 정크채시장은 일단 붕괴되었지만 90년대에 들어 다시 활성화되었고 IT경기와 함께 번영을 누리게 되었다. 이러한 정크채와 주택론채권, 회사채론채권 등의 가격은 쿠폰(이자율)과 상환기한, 금리 및 리스크에 의해 복잡하게 변화하기 때문에 그것을 계산하는 데에는 컴퓨터와 수학 및 통계학의 최첨단 지식이 불가결했다. 아키오의 상사는 원래 대학 수학과의 조교수였던 사람으로 그로부터 지시받은 업무는 프라이싱의 프로그램을 수정하거나 데이터를 분류하거나 계산 결과를 검증하는 일이었다.

그 상사가 월 가의 투자은행으로 스카웃된 지 반년 만에 아키오도 스카웃되었다. 아키오가 맡은 업무는 옵션의 프라이싱과 딜리버티브채권의 조성이었다. 옵션이라는 것은 주식이나 주가지수, 환, 상품 등의 원자산을 사거나 팔 수 있는 권리의 매매로, 그 권리료의 산출에도 확률미분방정식과 몬테카를로 시뮬레이션을 사용한 복잡한 계산이 필요했다. 그러한 옵션을 채권에 조합시키거나 혹은 딜리버티브 그 자체를 증권화하여 투자가에게 판매하는 경우, 그 적정가격의 산출은 역시 프로그램을 만든 본인밖에 알 수 없다. 회사는 이론의 정교함과 프라이싱의 정확성이 아니라 그 부문이 올리는 이익만을 평가하므로 이러한 딜리버티브 상품은 블랙박스화하여 결국 고객으로부터 불법적인 수수료를 뜯어내기 위한 도구가 된다. 아키오는 그 과정을 전부 체험했다.

31세 때 아키오는 다시 스카웃되어 헤지펀드로 옮겼다. 사무실은 월가에서 조금 떨어진 소호 일각에 있었다. 창고로 쓰이던 건물을 개조한 것이었지만 내부는 최첨단 하이테크의 실험실 같았다. 97년 아시아통화위기 직후 조지 소로스의 펀드에 거액의 손실이 발생했다는 소문이 퍼지면서 경기에 조금씩 브레이크가 걸리기 시작한 무렵이었다. 아키오가 들어간 헤지펀드는 시장의 흐름을 예측하여 레버리지leverage를 일으킴으로써 수익을 극대화하는 글로벌매크로 수법을 사용하지 않고 전 세계 시장의 가격을 동시에 파악해 같은 상품이 다른 가격으로 팔릴 경우 싼 상품은 사고 비싼 상품은 파는 마켓뉴트럴을 전문으로 했다. 이러한 가격 차이는 현물과 선물, 선물과 옵션, 주식과 전환사채 등 모든 상품에서 발견되었고 그것은 막대한 부로 바뀌었다. 광화이버케이블에 연결된 수십 대의 고속 컴퓨터가 낮은 소리로 울리고 있었고 통신망으로 전 세계를 커버한 그들은 보물지도를 손에 들고 무덤을 파헤쳐 보물을 독점했다.

금융맨으로서의 아키오의 경력은 여기서 좌절되었다. 헤지펀드 동료들은 대부분 일류 대학원에서 수학이나 물리 학위를 땄거나 군의 연구소에서 최첨단 기밀을 연구했던 인간들로 전문교육을 받은 적이 없는 아키오는 그들이 대체 무슨 이야기를 하는지도 알 수 없었다.

아키오는 반년도 지나지 않아 사표를 냈지만 다시 한 번 월 가에서 직장을 구할 만한 기력은 생기지 않았고 그렇다고 일본으로 돌아갈 생각도 들지 않았다. 아키오는 아파트를 나와 백팩 하나를 메고 미국을 방랑하는 히피 생활을 시작했다. 뉴욕에서 남쪽으로 내려가 플로리다, 뉴올리언스, 텍사스 등 남부를 여행하고 멕시코의 국경지대를 방황했다. 그 뒤 사막을 건너 라스베이거스 쪽으로 서해안에 도착했고 로스앤젤레스 주변의 모텔을 전전하는 동안, 자신과 비슷한 사람이 많이 존재한다는 사실을 깨달았다.

월 가 시절 아키오의 연봉은 20만 달러를 넘었고 이적한 뒤 헤지펀드에서도 고액의 보너스를 받은 덕분에 직장을 그만둔 뒤 여유롭게 놀았지만 여전히 은행계좌에는 50만 달러 정도의 잔액이 남아 있었다. 당분간은 일하지 않아도 살 수 있었으나 그렇다고 평생 놀면서 살 수는 없는 금액이었다. 서해안의 아름다운 별장지에는 20대 후반에서 30대 전반에 모든 것을 불태우고 비즈니스의 최전선에서 탈락한 사람들이 많이 있었다. 그들 역시 아키오처럼 당장 돈에 궁하지 않았으며 마약이나 섹스 외에는 딱히 할 것이 없었다. 이런 90년대의 탈락한 엘리트들은 독특한 자신들만의 냄새를 풍기는 듯 금방 몇 사람인가와 친해질 수 있었다. 그중 한 사람이 가지고 있는 말리부의 풀장 딸린 별장에서 마리화나와 코카인을 하며 한 달을 보냈다. 어느 날 아침 눈을 뜨자 옆에서 자고 있던 친구 하나가 헤로인 과다복용으로 죽어 있었다. 이대로 가면 자신도 그렇게 될 것을 직감한 아키오는 마약으로 붕괴되어가던 의지를 겨우 되살려 99년 초에 미국을 떠나 홍콩으로 온 것이었다.

아키오의 목표는 50만 달러인 자산을 일단 100만 달러, 가능하면 200만 달러까지 불리는 일이었다. 그 정도의 돈이 있으면 죽을 때까지 마리화나와 코카인에 빠져 있어도 부족하지는 않겠다는 생각이 들어서였다. 평범한 중류 가정에서 자라 중학교, 고등학교, 대학교를 일단 우등생으로 지내온 아키오에게는 처음부터 근원적인 욕망 중 몇 가지가 결핍되어 있었다. 돈이 있어도 하고 싶은 일이 없었다. 그저 가난하게 길거리를 헤매는 것이 무서웠을 뿐이었다.

돈을 불리는 가장 간단한 방법은 딜리버티브 지식을 활용해 투기를 하는 것이었다.

아파트가 결정되자 아키오는 샴슈이포深水埗의 컴퓨터 가게로 가서 트레이딩용과 백업용으로 두 대의 컴퓨터를 조립해 계산 소프트와 통계분석 소프트, 프로그래밍 소프트 등의 복제품을 싸게 사 인스톨했다. 홍콩에서는 발매 전인 윈도우의 OS까지도 복제품으로 살 수 있었다. "중국의 정보기관이 자신들의 급료를 염출하기 위해 최첨단 연구시설을 활용해 조직적으로 복제품을 제조한다"라는 이야기가 나돌 정도였다.

홍콩의 시내통화는 정액제이므로 프로바이더에 대한 항시 접속은 문제가 없다. 광화이버까지는 바랄 수 없더라도 원래라면 최소한 ISDN급 통신속도가 필요했지만 지은 지 20년이 넘은 아파트에서는 불가능해 어쩔 수 없이 포기했다. 최근에는 홍콩에도 ADSL이 보급되었지만 당시는 그런 것이 없었다. 애당초 데이트레이딩day trading을 할 생각은 없었으므로 어떻게든 될 것이라고 판단했다.

아키오의 투자 대상은 시카고상품거래소CME에 상장된 나스닥, S&P의

주가지수선물과 옵션 및 싱가포르거래소SGX의 닛케이225였다. 그 외에
도 달러-엔의 선물과 미국과 일본의 개별 주식에도 관심이 있었다. 미
국의 경우 비거주자의 주식매각익은 비과세였다. 홍콩의 증권회사를 통
해 일본주식을 매매하면 이쪽도 전혀 세금이 붙지 않는다. 일본인이 거
래한 것을 알면 조사가 들어올지도 모르지만 거래는 홍콩의 증권회사명
으로 하는 것이므로 딱히 걱정은 없었다. 헤지펀드를 퇴직하고 히피 흉
내를 내면서 정확하게는 비거주자로서의 아키오의 자격은 어정쩡했다.

98년 가을에는 러시아 위기가 일어나면서 헤지펀드 업계의 슈퍼스
타들이 모인 롱텀캐피털매니지먼트가 도산했다. 그러나 그때를 기점
으로 바닥을 치면서 아키오가 개인적으로 투자를 시작한 99년은 일본
에 있어서도 미국에 있어서도 투자가에게는 최고의 해가 되었다. 이어
지는 금융위기로 버블 뒤 최저가까지 떨어진 일본의 주가는 98년부터
상승으로 돌아섰고 이는 IT버블로 이어졌다. 거기에 호응하듯 나스닥
도 5,000포인트라는 꿈의 세계를 향해 눈부신 상승을 계속했다.

아키오는 자금을 미국의 온라인 증권회사, 선물브로커, 홍콩의 증권
회사 등 세 곳으로 나눠 하이테크주를 중심으로 신용거래로 매수했으
며 주가지수선물은 롱포지션long position(매입포지션, 선물이나 옵션시장에서의 매입-역자 주)을
취하면서 풋옵션put option(옵션거래에서 특정한 기초자산을 장래의 특정 시기에 미리 정한 가격으로 팔 수 있
는 권리를 매매하는 계약-편집자 주)을 팔았다. 아키오는 주가가 상승하면 레버리지
가 걸림으로써 이익이 늘어나게 하는 강경하고도 일관적인 전략으로
시장에 임했다.

그 결과 99년 말에는 처음 가지고 있던 50만 달러가 80만 달러까지 늘
었다. 닛케이 평균은 2만 엔에 달하려 하고 있었고 나스닥은 4,000포인
트 벽을 돌파했다. 누가 보아도 언제 붕괴될지 모르는 상황이었고 밀레니

엄버그 문제도 있어 12월이 되기 전 아키오는 모든 포지션을 해소했다.

그러나 아키오의 예상과는 달리 2000년이 되어도 어떤 문제도 일어나지 않았고 밀레니엄 경기로 주가는 더욱 올랐다. 아키오는 당황했다. 아무리 생각해도 이런 호경기가 영원히 이어질 리는 없었다. 이번 기회를 놓치면 목표 달성까지 몇 년이 걸릴지 모른다.

첫 번째 목표인 100만 달러까지 남은 것은 20만 달러. 지금 생각하면 1년간 좋은 성적을 거둔 탓에서 오는 과도한 자신감도 있었던 것 같다. 아키오는 60만 달러를 오프쇼어 은행에 송금하고 남은 20만 달러를 시카고의 선물브로커에게 맡겨 마지막 승부를 걸었다. 반년 내이 20만 달러를 몇 배로 불리겠다고 생각한 것이다.

2000년 1월 말부터 나스닥 선물과 옵션을 중심으로 포지션을 구축하였고 2월 중순에는 포지션 사이즈가 200만 달러를 넘고 레버리지율은 10배에 달했다. 선물 매입과 풋옵션의 매도를 조합한 적극적인 포지션이었다. 아키오의 계산으로는 나스닥이 5,500포인트를 넘어가면 20만 달러의 이익을 확보할 수 있을 터였다.

3월 들어 나스닥은 결국 5,000포인트를 돌파했고 아키오의 총자산은 90만 달러까지 늘어났다. 뉴욕의 거래시간은 홍콩에서는 오후 10시 30분에서 오전 5시이므로 아키오는 월요일부터 금요일까지 매일 밤 컴퓨터 화면을 보며 시장의 움직임을 확인했고 리얼타임으로 데이터를 입력하여 주가의 볼러틸리티와 포지션의 리스크를 확인했다.

주가는 그 뒤 일진일퇴를 반복하다 일단 4,600포인트대까지 하락했으나 3월 후반에는 다시 5,000포인트로 올라섰다. 그러나 시간이 지날수록 지수는 떨어졌고 4월 12일에는 마침내 4,000포인트가 깨졌다. 포지션 대부분을 종료시켰기는 했지만 불과 2주 동안 1,000포인트, 20퍼센트나 하락함으로써 아키오의 이익은 급속도로 축소되었다. 지금 생각하면 그 무렵 3개월 이상 밤과 낮이 뒤바뀐 상태에서 하루에 잠도 얼마 안 자고 시장에 몰입해왔던 탓에 판단력이 정상이 아니었다. 다음에 올 커다란 리바운드의 가능성에 모든 것을 걸고 승부를 하려고 했던 것이다.

4월 14일 금요일. 전날보다 80포인트 싼 3,597포인트로 시작한 시장은 3,600포인트를 넘어 순조롭게 상승하고 있었다. 그것을 보고 아키오는 리바운드가 시작된 것이라 생각하고 선물을 롱으로 하고 풋옵션을 팔았다.

홍콩 시간으로 4월 15일 토요일 오전 2시, 뉴욕 시간 금요일 오후 0시 일단 3,600포인트를 넘은 지수가 다시 상승을 시작했을 무렵 갑자기 전화가 불통이 되면서 인터넷 접속이 끊겼고 이어 전기도 끊기면서 TV까지 꺼졌다. 지하 음식점에 둥지를 튼 쥐가 배전반과 교환기를 씹다가 감전사한 것이 원인이었다.

모든 정보가 끊기면서 아키오는 패닉에 빠졌다. 프로페셔널 트레이더로서 이럴 때 가장 올바른 대응은 국제전화를 걸 수 있는 공중전화로 뛰어가 가격에 상관없이 모든 포지션을 종료시키는 것이었다. 그러나 계속되는 수면부족에다 실패를 만회하려는 일에 눈이 멀었던 그는 어떻게든 전원과 통신회선을 회복시키려고 무모한 노력을 계속했고 브로커에게 전화를 해야겠다는 생각이 든 것은 두 시간 뒤였다.

가지고 있던 동전을 모아 공중전화로 미국에 전화하자 아키오의 포지션을 확인한 브로커는,

"마침 연락하려고 했어. 추가보증금이 필요할 것 같으니 지금 당장 포지션 전부를 포기하거나 10만 달러를 보내줘" 하고 감정 없는 목소

리로 말했다. 처음에는 무슨 농담이라고 생각했다. 그러나 나스닥 시세를 듣고 아키오는 풀썩 주저앉고 말았다. 지난 두 시간 동안 나스닥이 급락해 선물가격은 3,200포인트대까지 추락한 것이었다. 결국 그날의 종가는 전일비 9.7퍼센트 하락한 3,208포인트. 이 대폭락으로 아키오의 손실액은 겨우 하루 만에 20만 달러가 넘었다.

그대로 두 시간 이상 전화박스 안에서 떠는 동안 시장이 마감했다. 전날부터 심한 비가 내리고 있었다. 온몸이 흠뻑 젖었다는 사실을 깨달은 것은 이미 날이 밝아오기 시작한 무렵이었다. 그때까지 무엇을 했는지 전혀 기억이 없다. 단지 길바닥을 때리는 비의 냄새를 기억할 뿐이다.

포지션을 전부 철회하든 다시 한 번 승부를 하든 시장이 열 때까지는 아무것도 할 수 없었다. 토요일 아침부터 월요일 밤까지 이틀 반 동안 아키오는 한숨도 자지 않고 아무것도 먹지 않았다. 눈은 휑하니 들어갔고 시커먼 얼굴에서 눈만 번쩍이는 상태로 현실인지 망상인지 구별이 되지 않는 시간을 보냈다.

아키오 본인이 직접 프로그래밍한 포토폴리오를 관리하는 프로그램은 월요일 아침 시장 상황에 따라 모든 것을 잃고 파멸할 것이라는 차가운 현실을 알리고 있었다. 월요일 시초가로 포지션을 정리하면 50만 달러는 남을지도 모른다. 이 급폭락에 적어도 3,400포인트까지 반등한다면 상당한 손실을 커버할 수 있다. 반대로 3,000포인트 아래로 내려간다면 풋옵션 전부가 권리행사가격에 달할 것이고 손실액은 100만 달러를 넘을 것이다. 그렇게 되면 파산하는 수밖에 없다.

추가보증금을 지불하고 월요일의 리바운드에 승부를 걸 것인가? 일단 포지션 중 절반은 정리하는 편이 좋을까? 아니면 포기하고 50만 달러라도 확보를 할 것인가? 60시간 가까이 아키오는 이것을 생각했고 결국 결론을 내리지 못한 채 오프쇼어의 은행을 통해 보증금 10만 달러를 송금한 뒤 월요일이 오기를 기다렸다. 그리고 그의 희망은 산산조각이 났다.

3,194포인트. 금요일 종가보다 14포인트가 떨어진 출발. 이대로 계속 떨어지면 모든 것을 잃는다. 어느 사이엔가 아키오의 눈에서는 눈물이 흐르고 있었고 깨문 입술에서는 피가 나오고 있었지만 지금은 그런 것도 느낄 수 없었다. 더 이상의 압력을 견디지 못하고 브로커에게 전화를 걸어 모든 포지션을 닫고 손실을 확정시키도록 부탁했다.

결과론을 이야기하면 그날은 3,100포인트까지 크게 떨어진 뒤 오후부터 반등하여 결국 3,500포인트까지 올라갔다. 하루의 상승률은 10퍼센트를 넘었고 그대로 포지션을 유지하고 있었다면 손실 대부분을 회복하였을 것이었다.

그러나 파산의 위기에 몰린 시점에서 아키오는 자신의 신경이 더 이상 견디지 못할 것이라는 것을 깨달았다. 그때 포지션을 포기하지 않았으면 지금은 미쳐서 어둠속을 방황하고 있을 것이다. 자신의 신경이 그 정도밖에 되지 않는다는 것을 알게 된 쪽이 아키오에게는 쇼크였다.

이렇게 겨우 하루에 2,000만 엔 이상을 날리고 아키오의 자산은 다시 50만 달러로 돌아왔다. 살기에는 너무 적고 죽기에는 너무 많은 어중간한 돈. 그때 모든 것을 잃었다면 새로운 인생을 살 수 있었을까 하고도 생각해보지만 애당초 그런 용기는 없었다. 그렇다고 다시 한 번 시장에 도전해볼 용기도 없었다. 직장을 찾아야겠다는 의욕도 없었고 할 일도 없었다. 스케줄 수첩은 아무리 시간이 지나도 공백인 채였다.

이렇게 매일 술을 퍼마시고 취해서 잠이 드는 생활이 이어지고 있을 때 호텔 바에서 마코토를 만난 것이었다.

문득 고개를 드니 해는 이미 저물었고 레이코가 묵고 있는 페닌슐라 호텔의 일루미네이션이 칠흑 같은 어둠 속에 뿌옇게 떠올라 있었다.

아키오는 버번의 마지막 한 모금을 입에 털어 넣었다.

7

레이코는 어깨까지 크게 파인 검은색 꽃무늬 블라우스에 검은색 주름치마, 섹시한 메탈릭 그물스타킹과 핑크색 하이힐이라는 도발적인 모습으로 로마의 콜로세움을 연상시키는 원기둥이 서 있는 페닌슐라 호텔의 로비에 우울하게 서 있었다. 어제의 정장도 잘 어울렸지만 오늘은 고급 패션잡지의 리조트 특집에라도 나올 듯한 코디였다. 아키오는 오전에 레이코에게 전화를 걸어 어제와 같은 오후 3시에 만나자고 전화를 했다.

1928년 창업되어 대영제국의 영화를 아직까지도 느낄 수 있는 페닌슐라 본관에서는 포터들이 숙박객의 엄청난 양의 화물을 빠른 동작으로 정리하고 있었다. 건물 안 2층 단상에서는 모닝코트 차림의 현악4중주단이 모차르트를 연주하고 있었고 안쪽 카운터에는 체크인 수속을 기다리는 관광객들이 긴 줄을 이루고 있었다. 모두가 거침없이 눈앞의 목적을 향해 일직선으로 나아가고 있었다. 그런 가운데 레이코만이 마치 그라비아의 한 페이지를 적당히 떼어내 붙인 것 같았다.

아키오는 레이코에게 인사를 하고 로비 옆에 있는 티룸으로 데리고 갔다. 애프터눈티 시간인 까닭에 평일 오후임에도 객석은 8할 정도가 차 있었다. 손님의 절반은 서양인 나머지 절반은 일본인 관광객이다.

페닌슐라는 세계에서 가장 유명한 호텔 중 하나지만 아키오는 그다지 좋아하지 않았다. 아무리 역사가 길고 격식을 갖춘다 하더라도 지금은 평범한 관광호텔일 뿐이었다. 그 난잡한 분위기는 아타미熱海나 하코네箱根의 온천여관과 딱히 다를 것이 없다. 홍콩 섬 쪽에는 더 새롭고 설비도 좋은 호텔이 얼마든지 있다. 똑같이 비싼 돈을 지불한다면 그런 곳에서 쾌적하게 지내는 편이 훨씬 나았다.

전 세계의 부자들이 모이는 이 로비 안에서도 레이코의 미모는 발군이었다. 그녀가 이동하면 거기에 따라 남자들의 시선도 움직였다. 레이코는 무척이나 자연스럽게 아키오의 왼팔에 손을 걸쳤다. 향수의 달콤한 향기가 코를 간지럽혔다. 웨이터가 창가 자리를 마련하기 위해 달렸다. 공손하게 의자를 빼어주자 레이코는 가볍게 미소를 지으며 마치 영화배우처럼 우아하게 앉았다.

웨이터가 완벽한 동작으로 주문한 차를 테이블에 내려놓는 것을 기다렸다가 아키오가 입을 열었다.

"어제 뵙고 하루 동안 생각했습니다만 이번 이야기는 없었던 일로 해주셨으면 좋겠습니다."

레이코는 순간 무슨 말인지 이해를 못 한 모양이었지만 눈을 크게 뜨고 아키오를 응시했다.

"당신의 의뢰를 받게 되면 어떤 방법을 쓰더라도 5억 엔의 탈세 혹은 해외로의 부정송금을 방조하는 일이 됩니다. 아무리 제가 사람이 좋다 하더라도 리스크가 너무 큽니다."

그렇게 말하고 다음 반응을 기다렸다.

레이코는 종이처럼 창백한 얼굴로 아키오의 이야기를 듣고 있다가,

"알겠습니다. 어제 뵙고 거절하실 것은 각오했습니다. 어떻게든 제가 알아서 하겠습니다."

하고 갈라진 목소리로 대답했다. 예쁜 입술 끝이 희미하게 떨리고 있었다.

"생각해두신 계획이라도 있으신가요?"

레이코는 고개를 숙인 채 아무 말도 하지 않았다. 하얀 피부에 청초한 사파이어 목걸이가 잘 어울렸다. 크게 파인 블라우스 앞섶 사이로 가느다란 몸매에 어울리지 않는 풍만한 유방 계곡이 보였다. 너무나도 완벽한 패션이었지만 역시 어딘가 망가져 있다는 생각이 들었다. 왠지 너무 익어 썩기 시작한 과일 비슷한 느낌이었다.

"당신은 저한테 홍콩에서의 법인 설립을 의뢰했지만 조금 전 여기서 거절당했죠. 어쩔 수 없이 본인이 어떻게든 하는 수밖에 없는 겁니다. 그렇죠?"

아키오는 계속 말을 이었다.

"그런데 『월스트리트저널』 아시아판을 보니 BVI 등의 오프쇼어에 법인의 설립을 대행하는 에이전트의 광고가 잔뜩 있는 것을 발견한 겁니다."

아키오는 들고 있던 신문 광고면을 펼치고는 그중 하나에 펜으로 동그라미를 그렸다. BVI는 브리티시버진아일랜드의 약자로 카리브해에 있는 구영국령의 섬나라다. 같은 영국계라는 이유로 홍콩에서는 가장 잘 알려진 택스헤이븐이다. 적당한 에이전트에 1만 홍콩달러만 지불하면 그날 중에 이곳에 IBC(인터내셔널비즈니스컴퍼니)를 만들어준다.

"당신은 우연히 오프쇼어에 법인을 만들어준다는 이 컨설턴트 광고를 보게 된 거죠. 전화를 해보니 헨리라고 하는 홍콩인이 나와 '법인 설립은 계약금으로 5만 홍콩달러. 은행계좌를 만들기 위해서는 플러스 3만 홍콩달러. 그래도 괜찮다면 여권을 가져오라'라는 말을 듣게 됩니다. 여기까지는 이해가 되시나요?"

레이코는 놀란 표정으로 아키오의 얼굴을 응시했지만 잠시 후 어린 아이처럼 고개를 끄덕였다.

"센트럴의 오피스빌딩에 있는 헨리의 사무소를 찾아가자 여권을 복사했고 이 서류에 필요사항을 기입하라는 말을 듣게 되었습니다."

아키오는 들고 온 봉투에서 두 통의 서류를 꺼내어 테이블 위에 놓았다. 여기 오기 전 헨리의 사무소를 들러 법인등기의뢰서와 은행계좌 개설신청서를 받아온 것이었다. 그것은 BVI가 아니라 다른 카리브 제도에 법인을 등기하고 은행계좌를 개설할 수 있는 서류였다.

홍콩에서 BVI법인을 설립하면 거의 자동적으로 은행계좌는 홍콩상하이은행에 만들게 된다. 요즘은 머니론더링 때문에 예전보다 엄격해졌지만 홍콩인이 소유하는 BVI법인의 태반이 홍콩상하이은행을 이용하는 탓에 법인계좌를 개설하기 쉽기 때문이었다. 다른 금융기관에서도 불가능한 것은 아니었지만 오프쇼어라는 말을 듣기만 해도 문전박대를 당할 수도 있고 그렇지 않더라도 본인 확인 및 비즈니스플랜의 제출을 요구하는 등 무척 까다롭다.

그러나 이번 같은 경우에는 국세청이 눈을 빛내는 홍콩에서 직접 돈을 보낼 수 없다. 홍콩상하이은행밖에 사용할 수 없는 BVI법인이어서는 불충분한 것이다.

대부분의 사람이 오해하고 있지만 오프쇼어에 법인을 설립하는 것 자체는 무척이나 간단하다. 장소에 따라서는 메일만으로 등기할 수 있는 곳도 있다. 문제는 그 법인의 은행계좌를 여는 일이다.

어느 금융기관도 정체를 알 수 없는 페이퍼컴퍼니의 계좌를 만들어

주려 하지 않는다. 특히 세계적인 금융 재편으로 많은 오프쇼어의 은행이 영국계나 유럽계 대형 은행 산하로 들어간 까닭에 머니론더링이 무척 어려워졌다. 이번 같은 케이스는 먼저 법인을 만든 뒤 은행과 교섭하는 방식으로는 어디도 받아주지 않을 것이며 만약 계좌를 개설한다고 해도 엄청난 시간이 걸릴 것이었다.

그러나 금융의 세계에서는 어떤 규제든 빠져나가는 길이 있다. 은행 계좌의 개설이 어려우면 오프쇼어의 은행 자체에 법인을 설립하겠다고 의뢰하면 되는 것이다.

동아시아 금융시장의 거점이기도 한 홍콩에서는 150여 개의 외국은행이 면허를 취득해 은행업무를 하고 있으며 그 외에도 천 개 가까운 금융기관이 사무소를 차리고 있다. 그런 사무소 중에는 계좌 획득과 고객 관리 외 법인이나 신탁의 설립을 대행하는 곳도 많다. BVI법인보다는 훨씬 비용이 비싸지만 그 대신 법인의 등기와 은행계좌의 개설이 세트로 되어 있다.

이번에 이용하는 곳은 카리브해 쪽의 오프쇼어은행으로 헨리는 그곳의 홍콩사무소와 계약한 에이전트였다. 은행으로서도 고객이 직접 사무소를 찾아오면 책임 문제상 신원조회를 하지 않을 수 없다. 그러나 에이전트를 통하면 무슨 일이 있더라도 책임을 회피할 수 있으므로 마음이 편하다. 이런 경우 에이전트에게 지불하는 수수료가 따로 필요하지만 그만큼 허들은 더욱 낮아진다. 쉽게 말해 돈만 내면 뭐든지 할 수 있다는 이야기인 것이다.

아키오는 재킷에서 만년필을 꺼내 준비한 서류 위에 놓았다.

"회사를 차리는 데 있어 꼭 필요한 것이 주주와 이사입니다. 양쪽 모두 설립에 있어 본인의 사인이 필요하므로 이 자리에서 모든 절차를 마치고 싶다면 당신이 전액 출자하고 혼자 이사가 되는 수밖에 없죠. 당연히 이 회사에 관계되는 모든 책임은 당신이 지는 것이고요. 다시 한 번 확인하겠습니다만 그래도 정말 괜찮은 겁니까?"

레이코는 "네에" 하고 작게 고개를 끄덕였다.

"회사 이름은 정하셨나요?"

레이코는 하이힐과 세트인 핑크색 포세트(소형 핸드백)에서 작은 수첩을 꺼내더니 그것을 펼쳐 아키오에게 보여주었다. 그곳에는 '재팬퍼시픽 파이낸스 JPF'라는 사명이 적혀 있었다. 한눈에도 수상쩍은 이름이었지만 어차피 몇 개월이면 사라질 운명이므로 아무래도 상관은 없었다.

"이 사명이라면 아마 문제는 없을 거라 생각하지만 혹시 같은 이름이 먼저 등록되어 있으면 재팬을 닛폰으로 바꾸는 식으로 사명을 바꾸지 않으면 안 되는데 괜찮으시겠습니까?"

"네에" 하고 레이코가 대답했다.

"그러면 이름과 생년월일 등 적을 수 있는 부분부터 기입해주십시오. 주소와 전화번호는 비워 놓으시고요. 그리고 여권은 가지고 계세요?"

레이코는 아무런 의심 없이 포세트에서 여권을 꺼냈다.

아키오는 자리에서 일어나 2층에 있는 비즈니스센터로 가서 여권의 복사본을 2부 부탁했다. 생년월일을 보니 1970년생. 레이코는 올해 31살이었다. 본적은 도쿄도. 패스포트의 끝에 있는 '소지인 기입란'에는 도쿄 세타가야구世田谷区에 있는 맨션 이름과 전화번호가 적혀 있었다. 재빨리 안쪽을 펼쳐보니 하와이와 미국 등 1년에 두세 번은 여행을 하는 모양이었다. 올해 초에는 파리와 밀라노에서 지낸 것 같았다. 아키오는 주소가 적힌 페이지의 복사도 부탁해 받은 뒤 반으로 접어 재킷 안주머니에 넣었다.

비즈니스센터 담당자에게 이야기를 하고 안쪽 부스에서 헨리의 사무소로 전화를 걸자 바로 헨리가 나왔다.

"뭐야, 아키였어? 돈벌이 이야기는 잘 되었고?"

농담인지 진심인지 구별이 되지 않는 질문은 무시하고 용건을 전하자 사명 확인에는 한 시간 정도가 걸린다고 했다.

"좀 더 빨리는 안 돼?"

"힘들어. 그것도 엄청 빨리 하는 거야. 특별요금을 청구하고 싶을 만큼. 결과가 나오면 전화할게. 이건 서비스."

전화비를 자기가 내는 것을 큰 은혜로 여기라는 듯한 말투였다.

"그럼 서류를 가지고 직접 그쪽으로 가지. 같은 사명이 있으면 그 자리에서 고치는 편이 빠를 테니까."

"노 프러블럼. 하는 김에 이사와 주주의 이름도 알려줘. 그쪽 서류도 타이핑해놓을게. 요금은 선불이야. 알지?"

헨리의 말은 평소처럼 돈으로 시작해 돈으로 끝난다. 겉보기와는 달리 헨리의 일처리는 빈틈이 없다. 그리고 대부분의 약속은 지킨다. 단 먼저 돈을 주지 않으면 절대 움직이지 않았다.

"홍콩에는 세 종류의 인간이 있지."

처음 만났을 때 창이 알려주었다.

"돈을 받은 뒤에 일하는 녀석과 돈을 받아도 일하지 않는 녀석. 그리고 절대 가까이하지 말아야 할 인간인 돈은 필요 없으니까 일하고 싶다고 하는 녀석."

아키오는 헨리에게 레이코의 이름과 스펠링을 알려주고 경비는 그 자리에서 수표로 지불하겠다는 약속을 하고 전화를 끊었다.

"저기 이 '코드워드'라는 건 뭔가요?"

자리로 돌아가자 레이코가 고개를 갸웃거리며 물었다.

"오프쇼어의 은행에 계좌를 만든 해외 고객은 전화나 FAX로 계좌에 접속할 수가 있습니다. 우편으로는 워낙 시간이 많이 걸리니까요. 그렇지만 전화는 본인이 아닐 수도 있고 FAX는 간단히 사인을 흉내 낼 수가 있죠. 그래서 본인이 분명하다는 증거가 필요하게 됩니다. 그것이 바로 코드워드로 영자와 숫자를 조합해서 16자 이내로 적으면 됩니다. 원래는 직접 은행에 보내지 않으면 안 되지만 이번에는 시간이 없으므로 에이전트를 통할 겁니다. 당연히 코드워드도 에이전트에게 알려지므로 계좌가 개설되면 다른 코드워드로 변경하셔야 됩니다. 코드워드가 누설되면 다른 사람이 당신 계좌를 마음대로 쓸 수 있습니다. 반대로 코드워드만 제3자에게 알려지지 않으면 아무도 당신 계좌에 접속할 수가 없죠."

아키오는 그렇게 대답하고 여권을 돌려주었다.

"그리고 하나 더 'Mother's maiden name'이라는 건요?"

"그건 '어머니의 옛날 성姓'을 말하는 겁니다. 보내주는 신용카드를 활성화할 때 사용하는 일종의 패스워드이므로 뭐든 상관없습니다. 어차피 일을 마치면 없앨 계좌니까 신용카드는 필요 없겠지만 일단 적어주십시오."

레이코는 잠시 생각한 뒤 두 개의 패스워드를 적었다. 어머니의 옛 성은 'TATIKAWA', 코드워드는 'KASUMI'. 아키오는 그 패스워드를 재빨리 기억해두었다.

"회사의 정관은 '합법적인 비즈니스의 모든 것'이라는 식으로 간단해도 괜찮으니 에이전트에게 맡기겠습니다. 그리고 대표자의 주소를 일본으로 할 수 없으므로 홍콩의 개인사서함서비스를 이용하도록 하죠."

아키오는 창이 만든 어설픈 광고지를 레이코에게 건넸다.

"당신은 이 회사와 계약하여 모든 서류를 홍콩에서 받기로 했습니다. 전화도 이곳의 전송서비스를 이용하고요. 나중에 전달 받을 자택 전화번호를 지정해주십시오. 요금은 월 2000홍콩달러로 처음 3개월분은 선불입니다. 그 외에 2개월분의 보증금이 필요하지만 그건 해약할 때 반환됩니다."

광고지의 주소를 가리키며 그것을 신청서 주소란에 적으라고 하자 레이코는 순순히 따랐다.

"법인의 등기는 이틀 정도면 끝나고 등기부, 주권 그리고 '실'이라 불리는 회사인을 건네줄 겁니다. 은행에서 보내는 계좌가 개설되었다는 통지서와 현금카드는 열흘 정도면 홍콩에 도착할 거고요. 법인의 등기부는 노미니Nominee(법인의 임원, 주주를 제3자 명의로 등록할 수 있는 제도-편집자 주)라고 해서 현지 법률사무소가 대리인이 되므로 당신의 이름이 서류상 나타날 일은 없습니다. 은행계좌도 법인명으로 등록되고 당신의 사인으로 자금이 움직이지만 외부에서는 계좌의 보유자명을 알 수 없게 되죠. 단 오프쇼어로 거액의 돈이 송금되므로 세무서에서 반드시 체크가 들어갈 겁니다. 그 점은 각오를 해두십시오. 저쪽에서 보내는 서류 한 벌은 호텔로 오도록 하죠."

레이코는 아무런 질문도 하지 않았다. 모든 것을 아키오에게 맡기겠다는 뜻처럼도 보이고 자신과는 무관한 운명에 몸을 맡기는 것처럼도 보였다.

"지금까지의 수속은 모두 합법입니다. 더 이상 무엇인가를 진행시키려고 하면 가짜 신분증을 만들고 가공의 명의로 된 법인과 은행계좌를 만들 수밖에 없죠. 그렇게까지 하면 단순한 탈세나 부정송금의 범위를 벗어나게 됩니다. 만약 꼭 가공의 법인 명의가 필요하다면 다른 사람을 찾아보십시오. 상하이 근처에서는 베테랑 입국관리관조차 확대경을 사용하지 않으면 구별할 수 없는 정교한 가짜 일본 여권을 30만 엔이면 구할 수 있다고 하니까요. 전화번호부에 광고를 하고 있는 수상한 업자에게 전화를 하면 어떻게든 될 겁니다."

"정말 감사합니다. 이것으로 충분해요."

레이코는 목소리가 약하게 떨리고 있었다.

"저는 아무것도 하지 않았으니 딱히 감사를 받을 이유가 없습니다. 모든 것은 당신 혼자서 한 일입니다. 그보다 오프쇼어의 법인도 은행계좌도 합법적이지만 그곳에 부정한 자금을 보내는 순간 일본의 법을 어기게 됩니다. 그건 알고 계시는 거죠?"

다시 한 번 확인을 하자, "이미 결정된 일이니까요" 하고 가냘팠지만 단호한 목소리로 레이코가 대답했다.

"저기 사례는 얼마나 하면 될까요?" 레이코가 물었다.

"일반적으로는 이번 같은 케이스는 고객이 얻는 이익의 1퍼센트에서 5퍼센트를 보수로 받습니다. 송금액 5억이 고객의 이익이라고 하면 보수는 최저 500만 엔이 되는 셈이지만 이번에는 그다지 도움이 되지 않았으므로 모든 비용을 합쳐 100만 엔이면 됩니다."

아키오의 제시에 레이코는 "알겠습니다"라고 바로 대답했지만 조금 곤혹스러운 표정을 지었다.

"그렇지만 제가 그 정도의 돈은 지금 없어서요. 지금이라도 일본에 연락해 내일 지정하는 계좌에 돈을 송금하면 될까요?"

아키오는 잠시 생각한 뒤 "홍콩으로 송금하는 건 좋지 않을 것 같습니다"라고 말했다. 애당초 레이코로부터 돈을 받은 증거를 남겨놓을 생각이 없었다.

현금카드를 사용해 현금을 인출한다고 해도 어떤 ATM을 사용했는지는 기록된다. 작정하고 조사하면 홍콩에서의 출금이 들킬 가능성이 있었다. 100만 엔 정도라면 어떻게든 얼버무릴 수도 있겠으나 만일을 위해 조금 더 꼬아놓을 필요가 있었다.

"신용카드 가지고 계신가요?"라고 묻자 레이코는 지갑에서 아메리칸익스프레스의 골드카드를 꺼냈다. 약혼자 소개로 만든 카드로 청구되는 돈은 모두 약혼자가 지불한다고 한다. 이 카드라면 문제될 것이 없었다.

아키오는 자리에서 일어나 일단 로비로 나온 다음 휴대전화로 창에게 전화했다.

"조금 급히 부탁할 게 있어서요."

"뭔데? 나쁜 병이라도 옮은 거야? 요즘 너무 심하게 놀더니만."

창은 그렇게 말하고 바보처럼 웃었다. 잘도 이런 재미없는 농담을 생각한다. 아키오는 바로 이야기를 시작했다.

"7만 홍콩달러어치 금을 샀다가 그 자리에서 95퍼센트로 되팔고 싶어서요. 신용카드를 사용할 수 있는 가게로 해주시고 그쪽 지불은 수표. 지금 페닌슐라에 있으니까 여기 근처로 부탁드려요."

"뭐야 그런 일이었어? 그렇지만 신용카드로 95퍼센트는 힘들어. 카드회사에 3퍼센트 이상 뜯기니까 가게에서 남는 게 없지. 92퍼센트라면 모를까."

"그런 비율로는 이야기가 안 돼요. 아무리 양보한다 해도 94퍼센트. 이 정도라면 가게도 3퍼센트가 남을 테니까 불만은 없을 거잖아요."

"어려울 것 같은데 어쨌든 교섭을 해보지. 어떡하면 되지?"

"찾으면 휴대전화로 연락을 주세요. 제가 다시 걸 테니까."

그렇게 말하고 전화를 끊은 뒤 휴대전화를 매너모드로 했다. 이 호화로운 호텔에서는 휴대전화가 울리기만 해도 주변에서 따가운 시선이 쏟아진다.

레이코는 멍한 표정으로 창밖을 바라보고 있었다. 명품 브랜드의 커다란 종이백을 든 일본의 젊은 여자들이 호텔 앞에서 떠들며 비디오카메라를 돌리고 있다. 겉모습만 보면 모두들 나름대로 행복해 보인다.

아키오가 온 것을 알고 레이코는 정신을 차린 것처럼 희미한 미소를 띠었다.

10분도 지나지 않아 주머니에서 휴대전화가 울렸다. 로비에서 창의 사무소로 전화를 걸자 "93.5. 그 이상은 신이 교섭해도 무리야"라고 창이 소리쳤다. 아마도 가게에 93퍼센트를 주고 0.5퍼센트는 창이 가져가는 것으로 교섭을 했을 것이다. 아키오는 거기에 합의하고 가게의 위치를 물었다. 침사추이 번화가를 남북으로 관통하는 메인스트리트인 네이던로드Nathan Road의 입구에 있는 유명한 보석점이었다. 그곳이라면 걸어서 5분도 걸리지 않는다.

웨이터를 불러 지불을 마치고 페닌슐라를 나왔다. 오후 4시가 넘어도 여전히 미칠 듯이 덥다.

레이코는 아키오 옆을 살짝 처져 따라왔다. 같이 걸어보니 생각보다 키는 크지 않았다. 고급 향수 냄새와 함께 희미하게 비누 냄새가 났다.

가짜 롤렉스를 파는 인도인 행상인이 자신도 모르게 숨을 삼키는 것이 보였다. 그만큼 레이코의 미모는 뛰어났다.

백패커들이 모여드는 청킹맨션 맞은편, 입구를 화려하게 금으로 장식한 보석점에 들어가자 이미 이야기가 되어 있는 모양인지 그대로 안쪽 응접실로 안내되었다. 홍콩인은 단순한 국가의 차용증서에 지나지 않는 지폐보다 금을 신용하므로 거리 이곳저곳에 금세공품을 취급하는 보석점이 있다. 돈이 모이면 그것으로 목걸이나 팔찌 등의 금을 산다. 내란이 일어나고 정부가 전복되어 지폐가 단순한 종잇조각이 되면 몸에 지니고 있던 금을 가지고 재빨리 나라를 버리면 된다. 우체국 저금처럼 국영 금융기관에 전 재산을 맡기고 안심하는 일본인과는 사고방식이 완전히 다른 것이다.

응접실에는 푹신푹신한 붉은색 융단이 깔려 있었고 호화로운 크리스탈글라스로 만든 테이블에는 일부러 갖다 놓은 듯 금으로 만든 라이터와 금으로 만든 재떨이가 놓여 있었다. 가슴까지 파묻히는 커다란 가죽소파에 앉자 가게의 매니저로 보이는 남자가 손을 비비며 나타났다. 날씬한 몸에 고급 양복을 입고 최선을 다해 영업용 미소를 띠고 있다. 갑자기 굴러들어온 돈벌이 이야기를 조금이라도 빨리 돈으로 만들고 싶은 것이다.

"상품의 가격은 7만 홍콩달러. 지불은 AMEX의 신용카드. 수취는 자기앞수표. 할인율은 93.5퍼센트로 해주겠다고 창 씨로부터 들었습니다."

아키오는 간단히 조건을 말함으로써 흥정을 할 생각은 없다는 사실을 알렸다. 매니저는 맞다고 대답하고는 큰 소리로 점원을 불러 광동어로 무슨 말인가 소리쳤다. 잠시 후 유리상자에 들어 있는 멋진 금세

공품을 가지고 점원이 나타났다.

길게 상품을 설명하려는 매니저를 눈으로 제지하고 아키오는 레이코에게 사정을 이야기했다.

"이 금세공품의 가격은 7만 홍콩달러로 일본엔으로 약 100만 엔입니다. 이것을 신용카드로 사주셨으면 합니다. 일단 영수증은 쓰겠지만 개인적인 쇼핑으로 하고 회사의 경비로는 하지 않는 편이 좋을 것 같고요. 이 부분에 대한 처리는 일본으로 돌아가서 의논을 하시면 되겠죠."

레이코는 이해를 한 것인지 아닌지 모호한 표정으로 고개를 끄덕이더니 아무 질문도 하지 않고 신용카드를 매니저에게 넘겼다. 아키오를 신용한다기보다 될 대로 되라는 느낌이었다. 점원이 카드를 금쟁반에 놓고 레지카운터로 가지고 갔다. 매니저는 바로 레이코에게서 돈냄새를 맡은 것인지 기다리는 동안에도 팔찌며 목걸이 등 다양한 액세서리를 추천했지만 레이코가 무반응인 것을 보고 포기했는지 잡담을 시작했다. 잠시 뒤 같은 점원이 카드와 리시트를 가지고 돌아왔다. 레이코가 리시트에 사인하자 그것과 바꿔 영수증을 주었다.

"이 물건은 제가 바로 이 가게에 93.5퍼센트에 되팔 겁니다. 7만 홍콩달러의 93.5퍼센트는 6만 5,450홍콩달러고 일본엔으로 환산하면 약 98만 엔. 100만 엔에는 2만 엔 정도 모자라지만 그건 서비스로 하겠습니다. 이것으로 일본에서 홍콩으로 송금한 기록은 남지 않고 당신이 저에게 돈을 건넨 증거도 없습니다."

아키오는 그렇게 설명한 뒤 매니저 쪽으로 몸을 돌렸다.

"수표는 배서를 한 자기앞수표를 세 장으로 나눠주십시오. 4만, 2만, 5,450홍콩달러로."

매니저는 숫자를 메모하고는 그것을 점원에게 건네며 광동어로 뭔가

지시했다. 5분쯤 뒤에 숫자가 적힌 수표를 들고 점원이 돌아왔다. 그 것을 아키오에게 보여주고 숫자를 확인시킨 다음 매니저는 굵은 금장 만년필로 크게 사인했다. 배서를 한 자기앞수표는 현금이나 마찬가지로 누구든 은행에서 환금할 수 있다.

7만 홍콩달러로 판 상품을 6만 5,450홍콩달러로 되샀으니 불과 10분도 되지 않는 시간 동안 4,500홍콩달러 가까이 이익을 챙겼다. 설사 신용카드회사에 3퍼센트를 지불한다고 해도 가게의 몫은 약 2,400홍콩달러. 돈벌이라면 절대 사양하는 법이 없는 홍콩인의 얼굴에 웃음꽃이 안 피면 이상한 일이었다.

보통이라면 아무리 유명한 가게라도 수표를 받는 일에는 리스크가 동반된다. 수표를 부도처리하거나 위조니 뭐니 하고 딴소리를 할 위험이 있기 때문이다. 그러나 이번에는 창이 중간에 끼어 있으므로 속을 염려가 없다. 소개자의 체면을 손상시키는 일을 해서는 홍콩사회에서는 살아갈 수 없다. 이것이 홍콩의 비즈니스를 지배하는 절대적인 규칙으로 반대로 말하면 자신과는 관계가 없는 사람에게는 무슨 짓을 해도 괜찮다는 뜻이 된다. 사기를 당하는 것은 일본인 관광객뿐만이 아닌 것이다.

아키오는 보석점을 나온 다음 가게 앞에서 택시를 세웠다. 잠자코 문을 열자 행선지도 묻지 않고 레이코가 올라탔다.

이곳에서 홍콩 섬으로 가기 위해서는 침사추이 동쪽의 해저터널을 통해 멀리 우회해야 하는 택시보다 그냥 지하철을 타는 편이 빠르지만 사람이 많은 지하철에 레이코를 데리고 탈 수는 없었다. 다행이 아직 시간이 빠른 탓에 20분도 걸리지 않아 목적했던 장소에 도착했다.

고층 빌딩이 가득 서 있는 애드미럴티에서 조금 더 안쪽에 있는 건물 4층에 헨리의 사무소가 있었다. 40대 초반으로 금융가 일각에 자신의 사무실을 가진 이 남자는 상당한 수완가로 지방이 낀 정열적인 얼굴에 무슨 생각인지 찰리 채플린 수염을 길렀고 뚱뚱한 몸을 답답한 회색 스리피스 정장으로 감싸고 있었다. 헨리의 가장 큰 매력은 돈을 위해서라면 무엇이든 하는 점이다.

아키오는 사무소에 들어가서 헨리에게 레이코를 소개했다. 헨리는 만면에 미소를 띠며 의자를 권했다. 이 남자를 기쁘게 한 것은 갑작스러운 손님이 엄청난 미인이기 때문이 아니었다. 아키오가 수표를 가지고 왔기 때문이었다.

"다행히 '재팬퍼시픽파이낸스'라는 사명은 등록이 안 되어 있더군요. 필요한 서류를 준비해뒀으니 확인해보시길 바랍니다."

헨리는 테이블 위에 미리 준비해둔 몇 가지 서류를 놓고 레이코에게 사인을 시켰다. 동시에 여권 복사본과 레이코의 얼굴을 비교한 뒤 동일인임을 확인하고 인증한다는 사인을 했다. 페닌슐라에서 레이코가 기입한 서류의 기재사항을 확인하면서 불명확한 부분을 물으며 재빨리 처리한다. 그러던 그의 손이 법인등기 부분에서 멈추었다.

"이사를 노미니로 한다는 이야기는 못 들었는데 말입니다. 요즘 다시 머니론더링에 대한 규제가 심해져서 노미니로 등록하는 건 현지 법률사무소가 기피하거든요"

아키오는 여기서 미국정부의 오프쇼어 규제에 대해 헨리와 토론을 할 생각은 없었다.

"연극은 됐으니까 돈이 필요하면 빨리 말해."

헨리는 어깨를 움츠리며 큰 한숨을 쉬었다.

"3만 5천 홍콩달러. 그 정도 돈이면 어떻게든 가능할 거라 생각합니다."

"엄청 바가지잖아. 불과 얼마 전만 해도 3만 홍콩달러로 노미니 등기를 했으면서."

"아키오 씨가 의뢰를 했던 건 3개월이나 전이죠. 오프쇼어 쪽 사정이 워낙 유동적이라 1주일 만에도 상황이 완전히 바뀌곤 합니다. 게다가 카리브해의 작은 섬에 사는 멍청한 녀석들을 상대로 해야 하고요. 뭔가 불만이라도 말하려 하면 전화가 불통이라느니 우편이 도착하지 않았느니 허리케인으로 집이 날아갔느니 하는 터무니없는 변명이 돌아오거든요. 그런 녀석들의 환심을 사야 하는 이쪽도 좀 생각해주십시오."

내버려두면 계속 투덜거릴 것 같았다. 아키오는 교섭을 포기했다. 상대가 한 수 더 위다.

"계좌를 개설하는 비용 1만을 포함해 4만 홍콩달러를 이 수표로 지불하지. 나머지 5,000홍콩달러는 등기가 완료된 다음에 지불하고. 그 대신 수속을 서둘러줘."

보석점에서 받은 수표 한 장을 책상 위에 놓자 헨리는 잠시 그 수표를 바라보았다.

"알겠습니다. 그렇게 하죠."

마치 큰 결심을 한 것처럼 비장한 목소리로 말하더니 서류와 수표를 집어 파일에 넣었다. 어디까지나 마지못해 승낙한다는 모습이었지만 어차피 추가된 5,000홍콩달러는 자신의 주머니에 들어갈 것이다.

헨리는 캘린더를 보며 "내일 아침부터 작업을 시작하겠습니다. 순조롭게 되면 등기 완료는 모레, 은행계좌가 만들어지는 것은 그로부터 1주일. 등기부와 주권은 이쪽으로 오겠지만 은행에서 가는 통지서는 창 씨 쪽으로 보내질 것이므로 그쪽에서 픽업을 해주십시오. 태풍으로 집이 날아가지만 않는다면 열흘 내에는 수속이 끝날 겁니다" 하고 진지한 얼굴로 말했다.

아키오로서는 그것이 농담인지 진담인지 알 수 없었다.

옆에서 "킥" 하고 레이코가 웃자 헨리가 만족스러운 표정을 지었다. 아무래도 농담이었던 모양이다.

8

헨리의 사무실을 나오자 오후 5시가 지나 있었다. 밖은 아직 밝았다.

"추가로 들어간 돈도 지금 바로 지불하고 싶어요."

조금이라도 빨리 모든 것을 끝내고 싶다는 표정으로 레이코가 말했다. 돈은 얼마가 들어도 상관없다는 느낌이었다. 수수료로 1,000만 엔을 요구해도 눈썹 하나 까딱하지 않고 지불할지도 모른다.

5,000홍콩달러 정도라면 현금카드로 인출해도 문제는 없을 것이다. 아키오는 가까이 있는 시티은행의 ATM으로 레이코를 데려가 AMEX 카드로 현금을 인출하라고 말했다. 신용카드로 현금서비스를 받으면 엄청난 금리가 붙으므로 일본에 있는 약혼자에게 연락해 내일이라도 입금하게 하라고 충고를 했지만 레이코는 전혀 들으려 하지 않았다.

ATM이 토한 지폐를 아키오에게 건넨 뒤 레이코는 작게 한숨을 쉬었다.

"저, 배고파요."

뭔가 먹으러 가자고 말할 수밖에 없는 분위기였다. 창에게도 돈을 줘야 한다는 생각이 들었지만 그 일은 나중에 해도 될 것이다. 무엇보다 메이가 있는 창의 사무소로 레이코를 데려가면 나중에 엄청난 소동이 일어날 것이 뻔했다.

"홍콩에 온 뒤 한 번도 만족스럽게 식사를 못했어요. 여자 혼자 갈 수 있는 중화레스토랑이 별로 없잖아요. 길거리 밥집에도 가보고 싶었는데 용기가 안 나고요."

레이코는 그렇게 말하고 부끄러운 듯이 웃었다. 아름다운 얼굴임에도 불구하고 그 웃음은 놀랄 만큼 앳되어 보였다.

"뭔가 드시고 싶은 게 있으세요? 광동요리도 좋지만 둘이선 세 접시도 다 못 먹으니까 좀 그렇죠."

"맡길게요. 포장마차 같은 곳도 괜찮아요."

"포장마차는 다음에 안내하죠."

아키오는 그렇게 말하고 택시를 세운 뒤 영어를 모르는 운전사에게 빅토리아피크에 가자고 했다.

100만 불짜리 야경이 보이는 빅토리아피크는 홍콩 섬 최고의 관광 명소로 그곳에는 레스토랑이 몇 군데나 있었지만 그중에서도 아키오는 넓은 테라스 자리가 있는 피크카페를 마음에 들어 했다. 중화, 타이, 인도, 이탈리아 등 뭐든지 있는 무국적 요리였지만 관광지 레스토랑이라고는 생각할 수 없을 만큼 수준이 높다.

산정에 닿았을 무렵에는 해도 지기 시작했고 몇몇 빌딩에서는 네온사인이 들어왔다.

"어머, 예쁘다."

택시 안에서 휴대전화로 예약을 해놓은 덕에 웨이터는 야경이 한눈에 보이는 테라스 구석으로 두 사람을 안내해주었다.

메뉴를 받자 레이코는 못 먹는 음식이 없다며 모든 걸 맡기겠다고 했다. 샤블리 와인과, 전채, 요리를 적당히 주문하고 건배를 했다.

"여긴 어두워지면 요리도 잘 안 보이니까 빨리빨리 드시는 편이 좋을 겁니다."

"전 이래 보여도 먹는 건 빨라요. 초등학교 때는 남자아이들보다 먼저 도시락을 먹어 조금 부끄럽기도 했어요."

해맑게 웃더니 레이코는 글라스를 놓고 턱을 괸 채 경치를 바라보았다. 마치 영화의 한 장면 같은 풍경이었다. 아키오가 지금까지 만난 사람 가운데 분명 가장 아름다운 여성이었다.

"홍콩에 도착한 뒤 당신을 만나러 센트럴에 간 것 외에는 계속 호텔 방에만 있었어요. 하루 한 번 룸서비스로 대충 요기만 했고요.

홍콩에 다녀오라고 그 사람이 말했을 때는 정말 어쩌면 좋을지 몰라 패닉에 빠졌어요. 어떻게든 해야 된다고 결심하고 오긴 했지만 역시 전 아무 도움이 안 되더라고요.

그렇지만 당신 덕분에 지금은 마음이 개운해졌어요. 5억이라는 돈은 상상도 되지 않을 만큼 많은 돈이지만 최선을 다해보고 안 되면 포기해야죠. 전과 1범이 될지는 모르겠지만 사형은 안 당할 테니까요."

아키오는 레이코가 사안의 중대성을 얼마나 이해하고 있는지 불안해졌다. 오프쇼어에 법인을 만드는 정도라면 돈만 내면 누구든지 할 수 있다. 문제는 그 뒤의 일이다.

"겁을 주려는 건 아니지만 당신은 앞으로 무척이나 위험한 다리를 건너야 합니다. 괜찮으시다면 조금 더 자세히 사정을 들려주시면 안 될까요?"

"부끄럽지만 전 거의 몰라요. 그 사람도 그냥 형식상 사장일 뿐 주식의 대부분은 다른 사람이 가지고 있는 모양이고요. 무슨 일을 하는지도 잘 모르고 5억 엔의 이익 역시 성실하게 번 돈인지 어떤지는…. 제가 아는 건 회사의 돈을 해외에 가지고 나가 그걸 누군가에게 주지 않으면 그 사람의 목숨이 위험하다는 것뿐이에요."

"그런 사람과 잘도 결혼할 생각을 하셨군요. 실례되는 말인지 모르겠습니다만."

"그러게요." 레이코는 그렇게 말하고 우습다는 듯 웃었다.

"처음에는 부모님이 들고 온 이야기였어요. 여대를 나온 뒤 회사에 다녔는데 일에도 질리고 마침 어떡할까 생각했던 참이라 만나봤는데 그 사람이 제가 마음에 들었나 봐요. 그 뒤에 엄청난 선물 폭풍이 있었고요. 제가 가진 물건, 입은 옷, 액세서리, 속옷까지 모두 그 사람이 선물해준 거예요. 제가 산 건 아무것도 없어요. 쇼핑하는 방법마저 잊을 정도라니까요."

"엄청난 부자인 모양이군요."

"그렇지 않아요." 레이코가 말했다.

"처음 만났을 때 그 사람은 꿈에 도전하는 벤처기업의 젊은 사장 같은 느낌이었어요. 버는 돈은 모두 사업에 투자하고 자신은 돈이 전혀 없었어요. 항상 같은 옷만 입었고요. 그렇지만 전 그런 모습에 매력을 느꼈어요. 그런데 저를 만나고부터 그 사람이 변했어요. 일에 대한 정열은 모두 잃어버리고 저를 예쁜 인형으로 만드는 일에만 몰두하게 된 거죠."

"그래서 돈을 벌기 위해 무리를 한 건가요?"

"전 정말 나쁜 여자예요. 그 사람의 꿈도 그 꿈에 기대를 걸고 있던 친구들의 희망도 전부 제가 부서뜨린 거니까요."

레이코는 자조하는 느낌으로 그렇게 말한 뒤 포크를 들고 날아온 전재요리를 찍었다.

"저도 나름 노력은 했어요. 방 한 칸짜리 아파트라도 상관없다고도 말했고 저만 없으면 될 것 같아 헤어지려고 한 적도 있어요. 그랬더니 그 사람 저희 집 앞에서 손목을 그었어요. 당연히 부모님은 엄청 화를 내셨고요. 그렇지만 그 뒤로는 왠지 그 사람이 안돼 보이더라고요. 결혼하고 아이만 생기면 조금은 어떻게 될 거라고 생각은 했지만…."

아키오에게는 여자에게 전 재산을 쏟아붓는 남자의 마음도 그것을 받아들이고 함께 파멸하려는 여자의 심경도 이해가 되지 않았다.

그러나 다음 순간 남자가 의존하면 저항을 못 하는 여자의 이야기가 문득 떠올랐다. 아키오가 미국에서 살 때 남편이 술과 마약에 중독되는 원인이 그런 남편을 용서해주고 집착하는 아내에게 있다는 심리학자의 논문이 큰 논쟁을 일으킨 적이 있었다. 그 심리학자에 따르면 남편의 학대는 아내가 맞기를 원하기 때문에 일어난다는 것이다. 아내를 실컷 때린 뒤 자책하며 참회하는 남편을 끌어안고 용서해줌으로써 아내는 카타르시스를 얻는다는 이야기였다.

"그래서 그 사람을 위해 탈세를 돕겠다는 건가요? 하지만 지금 들은 이야기에서 판단해볼 때 그 사람의 역할은 검은 자금을 세탁하는 것으로 보이는군요. 그 돈이 마약이나 무기 밀매로 얻은 돈이라면 탈세 정도의 소동으로 끝나지 않을 겁니다. 만약 이번에는 잘 된다 하더라도 같은 일을 반복하면 반드시 파멸할 거예요. 그런데도 정말 괜찮은 겁니까?"

레이코는 잠시 멍한 눈으로 아키오를 응시했지만, "난 어떡하면 되지?" 하고 남의 일인 양 중얼거렸다.

"당신이라면 어떡하겠어요?"

"저라면 지금 당장 일본에 전화해 '당신과 헤어지겠다. 두 번 다시 만나지 않겠다' 하고 전한 뒤 짐을 싸서 니스든 마이애미든 남태평양 이든 좋아하는 곳에 가서 1년 정도 놀다 올 겁니다."

"멋진 아이디어네요. 그렇지만 돈이 없어요."

"당신이 만약 그렇게 한다면 조금 전에 받은 보수는 받지 않고 그대 로 돌려드리겠습니다. 그 사람이 카드를 정지시키기 전에 같은 방법 으로 필요한 만큼 돈을 찾아도 되고요. AMEX 골드카드라면 1,000만 엔 정도는 괜찮을 테니까요."

"재미있네요." 레이코는 장난거리를 발견한 어린아이처럼 눈을 반짝 였다.

"그렇지만 제가 도망가는 바람에 그가 살해되기라도 하면 어떡해요?"

"야쿠자 역시 사람 하나를 죽이고 20년이나 형무소에 들어가는 건 당연히 싫어합니다. 그렇게 간단히 사람을 죽일 수도 없는 거고요."

"그렇지만 진짜 죽으면요?"

"그때는 무덤에 가서 향이라도 하나 피워주는 수밖에 없겠죠. 죽은 사람에게 그 이상은 해줄 게 없으니까요."

"그러네요. 맞아요. 저라면 그 사람의 무덤을 제가 좋아하는 안개꽃 으로 장식해주고 싶어요."

레이코가 순수한 표정으로 웃었다.

"그렇지만 전화가 없어요."

아키오는 재킷 안주머니에서 휴대전화를 꺼내 레이코에게 주었다.

"이걸로 국제전화를 걸 수 있습니다."

레이코는 휴대전화기를 받아들더니 잠시 글자판을 쳐다보고 있었다. 일본의 국가번호인 '81'로 시작되는 버튼을 눌러 전화를 걸었다. 전화기를 귀에 대고 "신호가 가요"라고 말했다. 그리고 전화를 끊었다.

"없는 것 같아요."

아키오는 레이코에게 전화기를 받아들어 리다이얼 버튼을 눌렀다. 국제전화 특유의 긴 신호음 뒤 "네에, 사나다입니다" 하고 젊은 남자가 전화를 받았다.

아키오는 아무 말 없이 레이코에게 전화기를 건넸다. 레이코는 전화기를 바라보고 있었지만 "죄송해요. 역시 전 못 하겠어요"라고 말했다.

그 뒤 두 사람은 잠시 아무 말도 없이 날라온 요리를 먹었다. 어느 사이엔가 주위는 완전히 어두워졌고 진주처럼 빌딩의 조명이 어둠 속에 영롱하게 떠올라 있었다.

"정말 아름답네요." 빛의 바다를 바라보며 레이코가 작게 탄식했다. "이번에는 당신 이야기를 해주세요."

"저는 단순한 실업자입니다. 미국의 은행에서 몇 년간 일했지만 결국 잘렸죠. 여기저기 돌아다니다가 홍콩에 도착했지만 홍콩에서도 할 일이 없어서 FA 흉내를 내기 시작한 겁니다."

"그렇지만 마코토 씨가 아키오 씨에게는 열광적인 신도가 엄청 많다고 하던걸요. 저도 처음에는 굉장히 무서운 사람일 거라 생각하고 조마조마했어요."

그 말에 아키오는 처음으로 레이코가 마코토도 만났다는 사실을 깨달았다. "엄청난 미인이니 기대하라." 그런 메일을 보낸 만큼 어쩌면 당연한 일이었지만 그때까지 마코토가 고객을 만났을 거라고는 생각하지 않았다.

"그 신자라는 것은 마코토가 운영하는 홈페이지를 보고 제멋대로 망상을 하는 사람들을 가리키는 겁니다. 그리고 홍콩에 와서 실물을 보고는 모두들 실망해서 돌아가죠."

"그렇지 않아요. 마코토 씨는 아키오 씨가 마법사 같다고 말했어요. 저도 이번에 그렇게 생각했고요."

그 말을 듣고 아키오는 쓴웃음을 지었다. 마법사가 해커의 세계에서 사용되는 말이라는 것은 알고 있었지만 금융의 세계에서도 마법처럼 돈을 벌어들이는 한 줌의 천재 트레이더에게 부여되는 최고의 칭호이기도 했다. 그러나 아키오는 트레이더의 세계에서는 최하급 마법사도 되지 못한다.

"저어, 아키오 씨는 어떤 마법을 사용하는 거예요?" 레이코가 물었다.

"금융의 세계에서는 마법이 딱히 어려울 것도 없습니다."

아키오는 글라스 와인을 모두 마셨다. 표고 500미터가 넘는다고 해도 한여름은 역시 더웠다. 글라스에 따라놓은 와인은 금방 미지근해져서 맛이 떨어진다. 웨이터를 불러 와인쿨러에 얼음을 채워달라고 부탁했다.

레이코가 손을 뻗어 와인 병을 잡더니 빈 잔이 된 아키오의 글라스에 따라주었다. 크게 파인 검은색 블라우스 사이로 일부러 보여주는 것처럼 하얀 유방이 보였다. 그것을 못 본 척하며 아키오는 말을 이었다.

"예를 들어 당신이 HIV바이러스에 감염되었다고 의사가 말했다고 칩시다. 80퍼센트의 확률로 에이즈가 발병할 것이고 5년 내로 사망하겠죠. 그렇게 되면 어떻게 하겠습니까?"

레이코는 갑작스러운 질문에 놀라는 표정을 지었다.

"대부분의 사람은 남은 인생을 마음껏 즐기고 싶어 할 겁니다. 그러기 위해서는 돈이 필요하죠. 그렇지만 모든 사람이 충분한 돈을 가지고 있지는 못합니다.

당신은 우연히 5,000만 엔짜리 생명보험을 들어 있었다고 하죠. 그때 저 같은 금융업자가 나타나 '당신의 생명보험 계약을 사고 싶다'라고 제안을 하는 겁니다. 가령 에이즈의 발병확률이 80퍼센트이고 발병한 경우 5년 후의 예상사망률이 100퍼센트라고 하면 수학적으로는 5년 뒤에 4,000만 엔을 받을 것을 기대할 수가 있죠. 그러므로 이 4,000만 엔의 기대치에서 금리와 수수료를 제하고, 예를 들어 3,000만 엔으로 그 생명보험계약을 사는 겁니다. 그리고 그것을 투자가들에게 3,500만 엔에 파는 거죠."

"그렇게 하면 저는 살아 있는 동안 3,000만 엔이나 받는 건가요?" 레이코가 물었다.

"네에. 그 돈으로 당신은 뭐든 마음대로 할 수 있겠죠. 호화 유람선으로 세계일주를 해도 되고 술에 절어 살 수도 있고요. 한편 이 보험계약을 3,500만 엔에 산 투자가는 당신이 예상대로 5년 내에 사망하면 5,000만 엔의 생명보험금을 받는 거죠."

"그리고 당신은 3,000만 엔으로 산 계약을 3,500만 엔에 팔았으니 500만 엔의 수수료를 챙기는 거군요." 레이코가 웃었다.

"맞습니다. 이것으로 세 사람 모두 해피해질 수 있죠. 금융이라는 것은 간단히 말하면 이런 장사인 겁니다."

"그렇지만 그 에이즈 환자의 보험을 산 사람은 환자가 빨리 죽기를 바랄 거잖아요. 그건 좀 잔혹하다는 생각이 들어요."

"1 대 1 계약이라면 그럴지도 모르지만 많은 수의 에이즈 환자나 HIV감염자의 생명보험을 모아서 통계적으로 평균 기대수명을 계산하고 거기에 따라 이율을 계산하면 한 사람 한 사람이 빨리 죽든 오래 살

든 관계가 없습니다. 증권화를 하면 감정 같은 건 사라지는 거죠."

"왠지 완전히 속은 듯한 기분이에요. 역시 마법사답네요." 레이코가 재미있다는 듯 웃었다. "저기, 당신의 마법은 그렇게 어떤 감정이라도 지울 수 있는 건가요?"

아키오는 질문의 의미를 알 수 없어 레이코의 얼굴을 바라보았다.

"딱히 별 뜻은 없어요. 제 마음도 지워줄 수 있으려나 하고 생각한 것뿐이니까요."

레이코는 희고 아름다운 손을 들어 아키오의 손 위에 얹었다. 그 손의 느낌은 깜짝 놀랄 만큼 차가웠다.

레스토랑을 나온 뒤에는 피크타워의 전망대에 들러 홍콩 야경을 둘이서 보았다. 눈앞에 펼쳐진 금융가의 고층 빌딩. 빅토리아 만을 끼고 칠흑 같은 어둠 속에 떠 있는 카오룽의 반짝거리는 만화경.

"크리스마스나 구정이 되면 빌딩의 일루미네이션은 더욱 아름다워집니다."

아키오가 그렇게 설명하자 레이코는 "그때가 되면 또 오고 싶네요"라고 말했다.

"그런데 당신은 일본에 돌아가지 않아요?"

"가끔 일 관계로 가기는 갑니다. 그렇지만 본가에 들른 건 홍콩에 처음 왔을 때였으니까 3년 전이군요. 공무원을 하는 성실한 형이 있어 실업자인 상태로 돌아가긴 여의치 않거든요. 부모님들도 아직 건강하기 때문에 여기서 이러고 있어도 괜찮은 거죠."

"행복하시네요."

"누가요?" 아키오가 물었다.

"저 외에 모두 그런 것 같아요." 잠시 생각한 뒤 레이코가 대답했다.

돌아가는 길은 산꼭대기에 있는 역에서 피크트램을 탔다. 출발 직전 급히 탔던 탓에 차내는 만석이었고 최대 45도의 급경사를 손잡이를 붙들고 견딜 수밖에 없었다. 단체로 탄 미국의 명랑한 젊은이들이 과장되게 놀라는 모습을 보여 주위의 손님들을 웃게 만들었다. 트램의 경사가 더욱 급해지자 레이코는 손잡이에서 손을 떼고 아키오에게 몸을 기대었다. 가녀린 그녀의 몸매로는 상상하기 힘들 정도의 풍만한 가슴이었다. 아키오는 그녀의 가슴이 가진 탄력에 놀라며 자신의 심장이 격렬하게 고동치는 것을 느꼈다. 한쪽 손을 가녀린 어깨에 돌리자 레이코는 아키오의 가슴에 얼굴을 묻었다.

트램 하차장에서 서 있던 택시에 타자 "바래다줘요"라고 레이코가 속삭였다.

페닌슐라호텔의 하버뷰트윈룸은 비교적 관광객이 적은 여름인 지금 시기에도 1박에 2,000홍콩달러씩 했다.

"저는 비즈니스호텔이라도 괜찮다고 했는데 이 호텔도 그 사람이 마음대로 예약한 거예요. 일본에 돌아가서 그 사람한테 보여주기 위해 벨보이에게 부탁해 창 앞에 서서 사진도 찍었고요. 그것 때문에 두 시간이나 화장을 하고 샤넬 정장을 입었어요. 그게 홍콩에서 해야 할 또 하나의 중요한 일이었죠."

레이코는 룸서비스에 전화해 샴페인을 주문했다.

"이번엔 제가 사게 해주세요. 그래봤자 전부 그 사람 돈이지만."

레이코가 돈을 쓰는 방식은 길바닥에 떨어져 있던 종잇조각을 휴지통에 버리는 것 같았다.

무엇 때문에? 하고 순간 생각했지만 자신과는 상관없는 일이라고 결론을 내렸다.

룸서비스로 가져온 샴페인을 차가운 글라스에 따르자 "불쌍한 범죄자를 위해 건배"라고 레이코가 말했다.

어느 쪽이 먼저랄 것도 없이 자연스럽게 입을 맞추었다.

불을 끈 뒤 커튼을 열자 창문으로 홍콩 섬의 야경이 한 장의 그림처럼 펼쳐졌다. 야경의 불빛이 희미하게 비쳐져 레이코의 나체가 멋진 실루엣을 그렸다. 예쁜 모양의 유방은 자세히 보니 좌우의 크기가 조금 달랐다. 오른쪽 유방 아래쪽에는 검은 점이 있었다. 격렬한 신음소리와 함께 레이코의 몸이 무너져 내렸다.

아키오는 자세를 바꾸면서 "괜찮으세요?"라고 물었다.

"네에 괜찮아요." 레이코가 신음했다. "부탁이니 절 엉망으로 만들어주세요."

자신도 놀랄 만큼 욕망에 휘둘려지는 것을 느끼며 레이코의 하얀 유방을 거칠게 붙잡았다. 등에 레이코의 손톱이 파고들었다. 그 격통이 더욱 아키오를 흥분시켰다. 레이코 역시 아키오의 움직임에 맞춰 신음하고 몸을 비틀었으며 마지막에는 짐승처럼 울부짖으며 쓰러졌다.

"부끄럽네요. 이렇게 되어버리다니." 레이코가 말했다.

발가벗고 침대에 누워 있는 동안 아키오는 어느 사이엔가 잠이 들었다. 누군가 상냥하게 머리를 쓰다듬어주었다. 이유는 모르겠지만 어릴 때 지냈던 좁고 낡은 집이 나오는 꿈을 꾸었다.

눈을 뜨자 목욕가운을 걸친 레이코가 머리를 말리고 있었다.

"룸서비스를 부탁했으니 이제 곧 아침식사가 올 거예요. 뭘 좋아할지 몰라 이것저것 부탁했어요."

그렇게 말하고 웃었다.

실제로 그날 아침식사는 아키오의 인생에서 가장 호화로운 아침식사였다. 열 종류 이상의 빵에 샐러드, 치즈오믈렛, 베이컨에그, 콘프레이크, 요구르트, 오렌지주스, 토마토주스, 커피에 케이크까지 있었다.

"이렇게 많이 어떻게 먹죠?"

"어제까진 전혀 식욕이 없어 아침은 커피만 마셨거든요. 메뉴에 있는 건 전부 부탁해보고 싶었어요."

침대에서 일어나려고 하자 갑자기 레이코가 침대 위로 뛰어들었다.

"호화로운 아침식사는 잠깐 미뤄요. 그 전에 한 번 더 귀여워해주세요."

그로부터 열흘 동안 아키오는 페닌슐라호텔에서 레이코와 지냈다. 몽콕旺角과 야우마테이油麻地에 있는 포장마차에도 가고 마굴이라고도 불리는 카오룽 옛성에도 가고 영화「모정慕情」의 무대가 된 리펄스베이에서도 놀고 정크선을 타고 생활하는 수상생활자들을 보러 아바딘에도 가고 카우광 철도를 타고 선전深圳까지 갔다.

헨리에게 서류를 건넨 지 사흘 만에 법인등기부와 주권이 도착했다. 그로부터 사흘 뒤 은행계좌가 개설되었다는 연락이 창의 사서함으로 날아왔다. 그리고 열흘째 되던 날 현금카드와 PIN을 받음으로써 모든 수속은 끝이 났다.

처음 만났던 리츠칼튼의 티룸에서 아키오는 레이코에게 모든 서류를 건네주었다.

"돈은 이 은행계좌로 송금할 수 있습니다. 그렇지만 분명 세무조사가 있을 테니 각오를 하시는 게 좋을 겁니다."

마지막으로 한 번 더 주의를 주었다.

"5억 엔을 송금하기 위해서는 나름대로의 이유가 없어서는 안 됩니다. 재팬퍼시픽파이낸스사의 업무는 무제한이므로 저라면 이 회사에서 홍콩의 부동산 투자를 제의받고 5억 엔을 출자한 것으로 하겠죠. 5억 엔이면 약 3,300만 홍콩달러이므로 이 근처라면 작은 맨션 한 동이나 쇼핑센터 한 층 정도의 가격은 될 겁니다. 가능하면 당신의 약혼자가 사전에 한 차례 홍콩으로 와서 상대편과 협의를 한 것으로 하는 게 좋고요. 사업 파트너를 일본으로 부른 것으로 하면 괜히 귀찮아질 가능성이 있으니까요. 홍콩에서 FAX를 보내거나 이 회사명으로 메일주소를 만들어서 메일로 연락을 주고받은 것처럼 위장하는 편이 좋을 겁니다. 계약서 한 통밖에 없는 건 너무 부자연스러우니까요.

5억 엔을 송금한 뒤에는 바로 제3자가 지정한 계좌로 보내고 법인도 은행계좌도 없애버리십시오. 그리고 당신들은 사기를 당해 속은 것이므로 홍콩의 경찰에 신고를 하지 않으면 안 됩니다. 홍콩에서는 이런 이야기는 속은 쪽이 바보라는 인식이 강하니까 경찰은 제대로 대처를 하지 않을 겁니다. 조사를 해도 등기부가 나오지 않을 테지만 그조차도 안 하겠죠. 세무서 쪽에서 물으면 피해신고서를 보여주면서 '범인이 잡히는 대로 손해배상을 청구하는 소송을 하겠다'라고 대답하면 되고요. 쉽지는 않겠지만 탈세한 증거는 없으니까 세무서 사람들 앞에서 울면서 호소하면 어떻게든 될 겁니다.

은행계좌는 당신의 단독명의지만 일본으로 가면 반드시 약혼자를 공동명의인으로 해놓으세요. 송금은 약혼자의 사인을 받고 하도록 하고요. 최악의 경우라도 '약혼자의 부탁으로 법인과 은행계좌를 만든 것뿐이다'라고 주장하면 최소한 자신의 몸은 지킬 수 있을 겁니다."

레이코는 서류를 핸드백에 넣고 "고맙습니다"라고 말했다.

"혹시 곤란한 일이 생기면 이쪽으로 전화를 하세요."

아키오는 메모지에 휴대폰 전화번호를 적어 레이코에게 건넸다.

"더 이상 폐는 끼치지 않을 거예요."

그렇게 말하면서도 레이코는 메모지를 조심스럽게 접은 뒤 지갑에 넣었다.

"바다를 건너 일본으로 가고 싶어요."

잠시 뒤 레이코가 말했다.

일단 황후상광장까지 돌아간 뒤 그곳에서 다리를 건너 스타페리 선창으로 가서 침사추이로 가는 페리를 탔다. 기름 냄새가 섞인 후덥지근한 바닷바람이 뺨을 스쳤다. 선미의 난간에 몸을 기대고 레이코는 조용히 울고 있었다.

선착장으로 내려가자 레이코는 눈물을 닦고 똑바로 아키오를 응시했다.

"이렇게 즐거운 시간을 보낸 게 몇 년 만인지 모르겠어요. 계속 여기서 같이 살고 싶지만 모두가 인생을 새롭게 출발할 수 있는 건 아닌 것 같아요."

"조심하시고요." 아키오가 말했다. 달리 할 수 있는 말이 떠오르지 않았기 때문이었다.

"당신도요." 레이코는 손을 뻗어 아키오의 뺨을 부드럽게 만졌다.

아키오는 게이트를 빠져나와 다른 페리에 올라탔다. 배가 움직이기 시작하자 레이코가 기대고 있던 것과 똑같이 생긴 난간 너머로 멀어져

가는 카오룽 거리가 보였다.

확실히 모두가 인생을 새롭게 출발할 수 있는 것은 아니다.

제2장

가을, 도쿄

9

그 전화가 걸려온 것은 11월 중반을 넘긴 무렵이었다.

기록적으로 더웠던 여름도 끝이 나고 아침저녁의 바람은 꽤 선선해졌지만 홍콩에서는 지금 계절이 되어도 길거리의 사람 대부분은 아직 반팔이다.

아키오는 지난 4개월 동안 일본에서 찾아온 십수 명의 고객을 상대했다. 대부분은 은행계좌를 만들겠다는 것이었고 홍콩 혹은 다른 오프쇼어에의 법인등기가 몇 건 있었고 한 계좌당 5만 달러인 헤지펀드를 산 유별난 사람도 몇 사람인가 있었다.

요즘은 귀찮은 의뢰는 모두 거절했다. 그 때문인지 무엇을 하러 온 것인지 알 수 없는 고객도 붙었다. 바로 며칠 전, 홍콩상하이은행에 계좌를 만들러 온 얼굴이 넙적한 중년 남자는 아무 질문도 없이 시키는 대로 서류에 사인을 하고 돈만 넣고 재빨리 돌아갔다. 여전히 뭔가를 해볼 생각도 들지 않았고 은행의 명세서를 보아도 예금이자는 높아지고 생활비가 줄어들었을 뿐이었다.

메이와는 그때 이후로 말을 하지 않고 있었다. 창의 이야기에 따르면 페닌슐라호텔 앞에서 레이코와 있는 모습을 우연히 지나가다 보았던 모양이다. 한 차례 사무소에서 마주쳤지만 이쪽을 보려고도 하지 않았다. 그 뒤 사무소를 그만두겠다고 울고불고 난리를 쳤다고 했다. 결국 창은 아키오가 우편물을 가지러 올 때는 메이를 외출시킴으로써 일촉즉발의 폭풍을 피했다. 아키오 쪽도 찝찝하고 어차피 중요한 우편물은 없는 만큼 점점 사무소를 찾지 않다 보니 요즘은 한 달에 한 번 얼굴을 내미는 정도다.

지난 4개월 동안 네다섯 번 휴대전화로 아무 말도 하지 않는 전화가 걸려왔다. 대부분 바로 끊어졌지만 딱 한 번 여자가 흐느끼는 듯한 소리가 들렸다. 디스플레이에 발신번호는 뜨지 않았다. 비공개로 한 것이거나 국제전화이기 때문일 것이다. 그것도 요즘은 사라져 최근에는 한 번도 발신음이 울리지 않았다.

창의 사서함에는 레이코 앞으로 온 명세서가 한 통 왔을 뿐이었다. 아마도 다른 사서함서비스와 계약하고 주소를 바꾸었을 것이다. 약혼자의 지시로 일본에서 명세서를 받을 수 있게끔 한 것인지도 모른다. 4개월 동안 입금이 없으면 자동적으로 계약이 해지되지만 아키오는 3개월분을 더 입금해두었다. 딱히 무엇인가를 기대한 것은 아니었지만.

아키오의 생활은 전혀 변화가 없었지만 세상은 꽤나 분주하게 움직였다.

2개월 전 어느 날 아키오는 평소처럼 미국시장의 추세를 확인하기 위해 컴퓨터 모니터 앞에 앉아 있었다. 밤이 되어도 여전히 더워 창문을 열었지만 맞은편 빌딩에서 러닝셔츠 차림의 뚱뚱한 남자가 필사적으로 자전거 페달을 밟는 모습이 보였다. 홍콩도 최근 몇 년 공전의 건강 붐이 불면서 피트니스클럽은 어디나 번창했다.

버번을 온더락으로 마시며 실시간 주가 차트를 보다가 묘한 사실을 깨달았다. 뉴욕 시간으로 오전 9시 30분이 지나도 마켓이 열리지 않는 것이었다.

처음에는 휴일인가 생각했지만 9월 이 무렵에 휴일이 있었던 기억이 없었다. 차트 프로그램의 트러블이라고 생각하고 월스트리트저널의 사이트를 보니 갑자기 터무니없는 뉴스가 나왔다. 처음에는 무슨 농담인가 하고 생각했지만 이상하다는 생각에 CNN을 트니 과거 아키오가 일했던 월드트레이드센터가 흔적도 없이 붕괴되는 영상이 반복해서 나오고 있었다.

이 동시다발테러를 기점으로 세계적인 머니론더링 규제가 시작되었다. 가장 먼저 불똥이 튄 곳은 스위스와 리히텐슈타인, 룩셈부르크 등 유럽에 있는 택스헤이븐이었다. 테러리스트 그룹과 관련이 있을 것으로 추정되는 계좌를 폐쇄하고 FBI와 협력하여 관계자를 체포했다. 미국의 영향력이 강한 카리브의 금융기관에서는 법인계좌를 모두 동결하는 곳도 나왔다. 헤지펀드 같은 경우는 자진해서 수사당국에 투자가의 명단을 제출했다. 익명으로 운용되어온 거액의 자금이 갈 곳을 잃고 우왕좌왕할 수밖에 없었으며 세계적인 자금이동이 시작되었다.

10월에는 워싱턴에 탄저균이 살포되었다. 11월에 들어서자 아메리칸항공 여객기가 뉴욕 근교에 추락했고 세계 최대의 에너지기업 엔론의 경영 불안이 표면화되었다. 금융기술의 정수를 모아 거액의 자금을 창출했고 전 세계 에너지 거래를 사설시장으로 집중시킴으로써 급성장한 엔론은 월 가에 있어 그야말로 제2의 마이크로소프트였다. 그회사가 500억 달러라는 천문학적인 부채를 안고 파산할지도 모른다는 억측은 동시다발테러 후의 금융시장을 더욱 불안하게 만들었다.

그러나 미국이 아프가니스탄을 공습하고 카불을 함락시켜도, 팔레스타인에서 무제한 살육이 벌어져도, 아르헨티나가 예금인출을 제한해도, 홍콩은 변함이 없었다. 요즘 홍콩의 화제는 중국의 월드컵 본선첫 출전이었다.

아키오는 일단 MMF와 은행예금을 해약하고 미국국채를 샀다. 금융

불안이 심해지면 자금은 미국채로 도피한다. 기관투자가는 보유한 자산을 그렇게 간난히 매각할 수 없으므로 일단 미국채를 사두면 거의 확실하게 이익을 올릴 수 있다. 실제로 테러 뒤 FRB의 긴급 금리인하로 아키오는 별 어려움 없이 10퍼센트의 이익을 얻었다. 간단하지만 재미없는 딜링이었다. 그리고는 평소처럼 정식집에서 밥을 먹고 목적도 없이 거리를 걷고 싸구려 술을 마시고 침대에 누워 천장의 얼룩을 쳐다보았다.

그때 전화가 걸려왔다.

"구도 씨인가?"

휴대전화 수신버튼을 누르자 모르는 남자의 목소리가 들렸다. 오후 4시. 늦은 점심을 먹고 인터넷에 접속하여 CNN을 보고 있을 때였다. TV 화면에는 부시 대통령이 "미국의 정의는 테러리즘에 지지 않는다" 하고 역설하는 모습이 계속 나오고 있었다.

"잠깐 만나서 이야기를 하고 싶은데, 지금 바로 완차이灣仔의 그랜드 하이아트까지 와줄 수 있을까?"

남자는 아키오가 그렇게 하는 것이 당연하다는 듯 말했다. 저음이었고 목소리가 왠지 위협적이었다.

"누구시죠?"

"그건 만나서 말하지."

"용건은요?"

"그것도 만나서."

"어떻게 이 번호를 알아낸 겁니까?"

"그런 거야 아무래도 상관없지 않나." 남자는 차가운 목소리로 말했다.

남자가 지정한 장소는 홍콩컨벤션&익스히비션센터와 인접한 그랜드하이야트호텔 지하에 있는 샴페인바였다. 1989년에 오픈한 홍콩에서도 다섯 손가락 안에 들어가는 고급 호텔의 메인 바로 '화려했던 파리'를 테마로 블랙과 골드가 조합된 퇴폐적인 인테리어와 홍콩 최고의 샴페인 컬렉션이 돋보이는 곳이다. 옆에는 성인 디스코텍인 제이제이스가 있어 주말 심야에는 한껏 멋을 부린 커플이 엄청나게 모였다.

그랜드하이야트라는 말에 평소의 티셔츠에 운동화 차림이 아니라 명품 캐주얼슈트와 구두를 골랐다. 캐주얼한 차림으로는 출입을 거절당할 수 있다는 것을 알기 때문이었다. 메이가 좋아하던 바로, 예전에는 둘이서 자주 갔었던 곳이다. 물론 그런 것들을 생각할 때는 아니었지만 말이다.

집 앞에서 택시를 잡자 10분쯤 뒤 호텔 현관에 도착했다. 천장이 높은 화려한 로비에는 이곳저곳 응접세트가 놓여 있을 뿐 다른 것은 아무것도 없었다. 그렇지만 아키오 바로 옆으로 대담한 아치 형태의 복층이 만들어져 있었고 그곳으로 이어지는 티룸이 로비 위로 튀어나와 있었다. 아키오가 아는 한 디자인적으로 가장 신선한 곳이었다. 지하철역에서 조금 떨어져 있는 탓에 관광객은 여기까지 오지 않았다. 온천관광호텔이 되어버린 페닌슐라와는 무척이나 분위기가 다르다.

개점 직후인 오후 5시의 바는 손님도 거의 없었다. 그 사실을 알고 이곳을 택한 것이라면 꽤 이곳 사정에 밝은 인간이었다. 실내 중앙에는 커다란 원형 카운터가 있었고 그 안쪽이 테이블 자리였다. 벽 쪽으로는 그랜드피아노가 놓여 있었다. 아키오가 들어가자 테이블석 끝에서 샴페인을 마시던 40대 중반의 남자가 가볍게 손을 들었다.

남자는 비교적 작은 체구로 검은색 더블슈트에 검은색 스트라이프가 들어간 넥타이, 검은색 에나멜구두라고 하는 음산한 차림이었다. 옆 테이블에는 똑같이 검은색이지만 얼핏 보아도 싸구려인 것을 알 수 있는 양복을 입은 젊은 남자가 두 사람, 샴페인 잔을 앞에 놓고 불편한 듯이 앉아 있었다. 한 사람은 금발이고 다른 한 사람은 빡빡머리로 두 사람 모두 계속 담배를 피우고 있었다. 빡빡머리 쪽은 한쪽 눈이 의안으로 보기만 해도 험상궂었다. 금발 남자는 너무 말랐고 계속 다리를 달달 떨고 있었다. 한눈에도 야쿠자와 보디가드들임을 알 수 있었다.

테이블에 다가가자 남자는 일어서서 "여기까지 오게 해서 미안하군"이라는 말과 함께 정장 안주머니에서 커다란 명함을 꺼냈다.

명함에는 '주식회사 케이에스물산 전무이사 구로키 세이이치로黑木誠一郎'라고 적혀 있었다. 주소는 미나토쿠港区 아카사카赤坂. 아키오는 명함이 없어 미안하다고 했지만 구로키는 거기에 대해서는 아무 말도 하지 않고 자리를 권했다. 바로 웨이터가 두꺼운 메뉴리스트를 가지고 왔다.

아키오가 대충 고른 샴페인이 도착하자 구로키는 잠자코 자신의 잔을 들어 건배하는 흉내를 냈다. 올백으로 단정하게 넘긴 머리카락이 플로어 조명을 받아 빛나고 있었다. 일견 평범해 보이는 중년남이었지만 눈에는 아무 표정도 없었다. 옆에서는 무서운 얼굴을 한 의안의 보디가드가 아키오를 노려보고 있었다.

"구도 씨, 당신은 왜 여기에 왔지?"

갑작스러운 질문에 아키오는 말문이 막혔다. 겨우 "부르셔서요"라고 대답하자 구로키는 "당신은 부르면 어디든지 가는 사람이야?"라고 하며 콧방귀를 뀌었다. 테이블 위에 놓인 카멜 담배를 집어 입에 물자 바로 빡빡머리가 손을 내밀어 터보라이터로 불을 붙였다.

구로키로부터 전화가 걸려왔을 때 아키오는 놀라지 않았다. 언젠가는 올 것이라 예상하고 있었고 그것을 바랐기 때문이었다.

아키오는 레이코의 요구에 가능한 한 가장 좋은 방법을 제안했다. 그 사실에는 거짓이 없었다. 그러나 그 제안은 절대로 성공할 수 없는 제안이기도 했다. 실행한 사람은 반드시 심각한 트러블에 빠질 것이고 다시 아키오가 필요하게 될 것이었다. 물론 야쿠자가 부를 줄은 몰랐지만 말이다.

"올해 7월 와카바야시 레이코라는 여자가 당신을 찾아왔지?" 구로키의 목소리에는 아무 감정도 느껴지지 않았다. "그래서 당신은 어떻게 했지?"

아키오는 재빨리 생각했다. 구로키가 '구도'라는 이름과 휴대전화 번호를 알 수 있었던 이유는 금방 추측할 수 있었다. 마지막으로 헤어질 때 아키오는 휴대전화 번호를 적어 주었고 레이코는 그것을 지갑에 넣었다. 어떤 경위가 있었는지는 모르지만 구로키는 그 메모지를 손에 넣었을 것이다.

문제는 레이코가 구로키에게 무슨 이야기를 했는가였다. 모든 것을 다 말했을까?

그렇지는 않을 거라고 아키오는 생각했다. 만약 그렇다면 오프쇼어에 법인과 은행계좌를 만들었을 뿐인 자신에게 야쿠자가 흥미를 가질 일은 없을 것이다. 굳이 불러낸 것은 레이코와 무슨 일을 했는지 모르기 때문일 것이다.

어떻게 대답하지? 아키오는 자신이 짊어진 리스크와 어드밴티지를 계산했다.

어드밴티지는 구로키가 아키오의 본명과 집 주소를 모른다는 것. 일류 호텔 바에서 거친 행동은 못 할 것이라는 것. 그리고 레이코가 가지고 간

서류는 아무리 뒤져봐도 아키오의 이름이 나오지 않는다는 것이었다.

리스크는 상대의 정체를 모른다는 것이다. 그렇다면 지금 취해야 할 행동은 자신의 카드를 보여주지 않고 사태를 파악하는 일이었다.

"센트럴에 있는 호텔에서 만났는데 5억이라는 돈을 해외에 송금하고 싶다고 하더군요. 탈세가 목적인 것 같아서 다음 날 거절했지만요."

구로키는 잠자코 아키오의 얼굴을 응시했다. 조금의 감정도 느껴지지 않는 파충류 같은 눈이었다.

"5억이 아니야." 잠시 뒤 구로키가 말했다. "50억이지. 그걸 레이코가 들고 튀었어."

아키오는 '50억 엔'이라는 금액에 놀라 눈을 크게 떴고 그 순간 감정의 변화를 구로키가 읽었다는 것을 알아차렸다.

"레이코는 카리브의 택스헤이븐에 회사와 은행계좌를 만들어 홍콩에서 돌아왔지. 50억이라는 돈은 그 녀석의 약혼자가 모아서 그곳에 송금했고. 그런데 다음 날 돈을 어딘가로 보내고 레이코는 사라졌어. 동시에 계좌도 폐쇄되었고." 구로키는 담담하게 거기까지 말하고는 "그 50억 중에 우리 회사 돈도 들어 있거든" 하고 남의 일처럼 덧붙였다.

아키오는 자신이 동요하는 사실을 감추지 못하고 있다는 것을 의식했다. 사태는 그의 상상을 훨씬 초월했다.

"그럼 다시 한 번 묻지. 당신, 레이코에게 뭘 가르쳐준 거야?"

아키오는 정신을 가다듬었다. 레이코가 50억을 들고 도망갔다는 이야기가 사실이라면 그것은 동시에 레이코가 아무것도 녀석들에게 말하지 않았다는 뜻이었다. 그렇다면 더욱 솔직하게 알려줄 필요는 없었다.

"홍콩에는 저와 비슷한 일을 하는 사람이 많습니다. 다른 사람에게 부탁한 것 아닐까요?"

아키오는 시선을 테이블로 떨어뜨렸다. 구로키에게 표정을 읽히는 것이 싫었기 때문이었지만 그런 의도 역시 파악당할 거라고 생각했다.

"홍콩에 왔을 때 레이코는 당신 외에는 아무도 아는 사람이 없었어. 그런 인간이 혼자 겨우 열흘 정도의 기간에 택스헤이븐에 익명으로 회사와 은행계좌를 만들었다는 거야?"

구로키는 짧게 웃었다. 웃었다고 하기보다 공기를 진동시켰다고 하는 것이 맞을 것이다. 샴페인 잔에서 작은 거품이 올라와 표면에서 터졌다.

"어쨌거나 지금부터는 비즈니스적인 상담을 하자고." 구로키가 말했다. "레이코가 가지고 도망친 돈을 우린 어떻게 되찾으면 좋을까? 상담료는 지불하지."

순간 아키오는 '함정'이라고 생각했다. 야쿠자가 선선히 돈을 지불할 리가 없다. 잠시 생각한 뒤 물었다.

"얼마나요?"

구로키는 씨익 웃더니 "되찾은 금액의 1할, 5억이면 어때?"라고 대답했다. 이렇게 말로 하는 약속에 아무 의미도 없다는 것은 알았지만 굳이 반론하지 않았다.

"자세한 사정을 모르면 대답하기가 힘듭니다."

"뭐든 물어봐." 구로키가 다시 아키오의 표정을 관찰하기 시작했다. 어디까지 마음을 읽힌 것일까?

"은행계좌의 명의는 누구로 되어 있나요?"

"레이코와 사나다라고 하는 약혼자야."

"은행계좌는 이미 사라졌고요?"

"그래." 구로키는 짧게 대답했다. "사나다에게 전화를 시켰지만 그런 계좌는 존재하지 않는다는 말밖에 없었어."

아키오의 충고에 따라 일본에 돌아간 뒤 레이코는 약혼자인 사나다를 계좌의 공동명의인으로 추가한 모양이었다. 그리고 둘 중 어느 쪽의 사인이라도 계좌를 자유롭게 사용할 수 있도록 한 것 같았다. 유럽이나 미국의 은행에서는 일반적인 방법이었다.

"그럼 어렵습니다." 아키오가 한숨을 쉬었다.

레이코가 사라진 직후라면 약혼자의 사인으로 어디에 송금했는지 알 수 있었다. 그러나 계좌가 사라진 뒤에는 은행 측도 경계심을 품을 것이고 당연히 대답해주지 않는다. 수상한 문의를 하면 오히려 일이 성가시게 될 수도 있었다. 그런 사정을 짧게 설명한 다음 "범죄사실을 증명할 수 있으면 변호사를 통해 은행 측과 교섭하는 것도 가능하리라 생각합니다"라고 덧붙였다.

구로키는 다시 콧방귀를 뀌더니 피우던 담배를 비벼 껐다.

"은행 루트를 쫓는 것은 어렵다는 건가?"

아키오는 잠자코 고개를 끄덕였다.

"레이코가 어딘가 은행명을 이야기하지는 않았고?"

잠시 생각한 다음 고개를 저었다. 그것은 아키오도 알 수 없었다. 적어도 그가 아는 한 레이코는 오프쇼어의 금융기관 같은 것은 전혀 몰랐다. 물론 인증된 여권의 사본만 있으면 메일로 계좌를 열 수 있는 오프쇼어뱅크는 얼마든지 있다. 여권의 인증은 한가한 변호사에게 부탁하면 만 엔으로도 할 수 있는 일이었다. 그러나 레이코에게 그런 지식이 있을 거라고는 생각할 수 없었다. 아니면 그녀의 행동은 모두 연기였던 것일까?

"그 50억은 어떤 돈인가요?"

"그건 당신과 상관없는 일이야."

"레이코는 어떻게 그걸 훔쳤죠?"

"그것도 상관없을 텐데."

"그녀가 어디에 있는지도 전혀 모르는 건가요?"

"그걸 알면 여기 오지도 않았겠지."

구로키가 쓸쓸하게 내뱉었다. 처음으로 감정의 편린이 보였다. 이 남자도 위기에 몰려 있는 상황인 것일까? 조금 마음의 여유가 생겼다. 그렇지만 그것도 이어지는 구로키의 말에 산산조각 났다.

"지금 쓰는 당신 이름은 가명이지?"

구로키는 바로 무표정한 얼굴로 바뀌었다.

"어떻게 알게 되었는지 궁금한가? 후후, 이런 곳으로 부르면 누구나 겁을 먹기 마련이야. 누구든 폭력은 무서우니까. 마누라나 아이가 없더라도 본가에 저런 녀석들이 찾아가면 안 되잖아."

구로키는 그렇게 말하고 옆 테이블에 있는 두 사람을 힐끗 쳐다보았다. 빡빡머리는 여전히 무서운 얼굴로 아키오를 노려보고 있었다. 금발 쪽은 다리를 떠는 것이 더 심해져 있었다. 무척이나 안색이 나쁘다. 게다가 눈에 초점도 없었다.

"그런데 왜 당신에겐 여유가 있을 수 있을까? 그건 우리가 손을 대지 않을 거라고 생각하기 때문이야. 내 말이 틀렸나?"

아키오는 잠자코 있었다. BGM으로 이브 몽땅의 옛날 샹송이 흐르고 있었다. 이 녀석은 보통 야쿠자가 아니었다.

웃는 것인지 구로키의 입가가 살짝 일그러졌다.

"당신에겐 또 연락하지. 뭔가 하고 싶은 말이 있으면 명함에 있는 번호로 전화해. 다음에 만날 때는 조금 더 결실이 있는 이야기를 하고 싶군."

구로키는 두 명의 보디가드에게 눈짓을 하며 일어섰다.

금발이 비틀거리며 일어서더니 출구를 향해 걸어 나갔다. 아키오는 그가 옆을 지날 때 작은 소리로 무엇인가를 계속 중얼거리는 것을 깨달았다. "하고 싶어, 하고 싶어, 하고 싶어, 하고 싶어…"라고 들렸다. 고목처럼 말랐지만 재킷 주머니만은 묘하게 불룩했다.

빡빡머리는 구로키의 옆에 바싹 붙어서 그를 경호했다.

"고로, 지불해."

구로키는 빡빡머리에게 전표를 건넸다. 고로라고 불린 남자는 어떻게 해야 할지 몰라 당황하는 듯했다.

웨이터가 급하게 달려왔다. 홍콩은 일본처럼 레지에서 계산하는 것이 아니라 테이블에서 한다. 구로키는 양복 안주머니에서 두꺼운 지갑을 꺼내더니 1,000홍콩달러 지폐를 몇 장인가 대충 전표 위에 던졌다.

"거스름돈은 됐다고 전해줘."

아키오가 어깨를 움츠리며 "킵 유어 체인지"라고 말하자 웨이터는 복권이라도 맞은 듯이 만면에 웃음을 띠었다.

"돈은 살아 있을 때 쓰는 거잖아?"

헤어지는 순간 아키오의 귓가에 얼굴을 대고 구로키가 속삭였다.

10

그랜드하이야트호텔 로비를 나와 하버로드를 따라 컨벤션&익스히비션센터까지 온 뒤 육교를 건너 지하철역이 있는 그로시스터로드 쪽으로 가자 카페테리아 형식의 커피숍이 나왔다. 아키오는 일단 그곳에 들어간 뒤 커피를 주문하고 안쪽 자리에 앉았다. 지금 같은 저녁 시간은 가까운 금융기관에서 근무하는 여직원들이 많다. 그녀들은 모두 검은색 바지 정장을 입고 있었다. 90년대 초부터 투자은행의 유니폼은 남자는 푸른색 핀스트라이프 셔츠, 여자는 검은색 정장이 월 가의 유니폼처럼 되었다. 그것이 10년 만에 전 세계로 퍼졌고 지금은 시티에서도 도쿄에서도 홍콩에서도 금융기관에 근무하는 사람은 누구나 같은 복장을 하고 있었다. 옆자리에는 젊은 홍콩인 커플이 있었고 그 건너편에는 초등학생에게 도넛을 먹이는 주부가 있었다. 가게는 꽤 사람들이 많았다.

아키오는 그곳에서 깊은 생각에 잠겼고 어쨌거나 이대로 집으로 돌아가는 것은 현명하지 않다고 결론을 내렸다. 아키오의 본명을 알고 싶다면 가장 간단한 방법은 이대로 집까지 미행을 하는 것이었다. 커피숍은 큰길에 접한 쪽이 전면 유리로 되어 있어 누군가 감시를 하고 있어도 전혀 알 수 없었다.

――그렇다면 굳이 내가 경계할 만한 말을 할 리 없잖아?

아키오는 자문했다.

――애당초 구로키는 무엇 때문에 홍콩에 온 거지?

그가 아는 한 레이코가 홍콩에서 만난 사람은 에이전트인 헨리뿐이다. 헨리는 돈에 눈이 멀어 법인등기와 계좌개설을 대행했을 뿐 그 외는 아무것도 모른다. 갑자기 일본에서 야쿠자가 찾아오면 난리를 피우면서 경찰을 불렀을 것이다.

――창 씨 쪽인가?

아키오는 그때서야 깨달았다. 대표자 주소도 명세소를 받는 주소도 모두 창의 사무소로 되어 있었다. 자신이 구로키라면 당연히 레이코의 사설사서함에 있는 우편물을 조사할 것이다. 명세서를 보면 송금한 은행이 어디인지 알 수 있기 때문이다. 물론 레이코가 주소를 변경한 이상 창의 사무소에서는 아무것도 나오지 않을 것이다. 그러나 구로키는 그 사실을 모른다.

아키오는 커피숍을 나와 휴대전화로 창의 사무소에 전화를 걸었다. 시내통화가 정액제인 까닭에 홍콩에서는 공중전화가 거의 없다. 호텔 프런트 중에도 공중전화가 없는 곳이 있었다. 적당한 가게에 들어가 전화를 빌리면 되기 때문이다. 따라서 광둥어를 하지 못하는 외국인은 휴대전화에 의지하는 수밖에 없었다.

하필이면 메이가 전화를 받았다. 창을 바꿔달라고 말하자 30초가량 무거운 침묵이 흘렀고 이어서 "아키, 잘 있지?" 하는 큰 목소리가 울렸다. 메이 앞이라 억지로 명랑한 척하는 것이다.

아키오는 창에게 조금 귀찮은 일이 일어날지도 모른다고 말한 다음 창의 이름으로 아는 호텔을 하나 예약해달라고 부탁했다.

"그런 거야 쉽지만 대체 무슨 일이야?"

"전화로는 좀 그래요. 오늘 밤에 어디에선가 만날 수 없을까요?"

창은 잠시 생각하더니, "오후 9시 이후라면 괜찮아. 어딘가 적당한 가게를 알아놓지. 호텔은 방이 잡히면 내가 연락할게. 체크인을 하고 내 휴대전화로 전화해"라고 말했다.

전화를 끊고 큰길까지 돌아가자 본 적이 있는 얼굴과 마주쳤다. 구로키의 가드맨을 하고 있던 고로라는 의안을 한 빡빡머리였다. 그 역시 아키오를 기억하고 있었던지 순간 멈춰 서서 어떡할까 하는 표정을 짓고 있었다. 신장은 190센티미터 가까이 되었고 근육질 몸에 머리도 눈썹도 깨끗하게 밀었다. 게다가 한쪽 눈까지 의안이니 누가 보아도

음산하기 그지없었다. 그러나 한쪽 손에 가이드북을 들고 어정쩡하게
서 있는 모습은 의외로 순박하게 보였다.

"뭐하는 겁니까?"

고로는 대답하지 않고 우물쭈물하고 있었다.

"여자 문젠가요?"

아키오가 묻자 귀까지 새빨개졌다. 이마에는 커다란 땀방울이 맺혀
있었다. 외모와는 달리 순정적인 녀석이었다.

"구로키 씨가 다녀오라고 해서." 작은 목소리로 대답하더니 "이 근처
에서 얼마든지 여자를 살 수 있다고 들어서요."

아키오는 자신도 모르게 웃고 말았다. 고로가 새빨개진 얼굴로 아키
오를 노려보았다. 아키오는 당황해서 설명하기 시작했다.

홍콩의 윤락가는 크게 홍콩 섬 쪽의 완차이 주변과 카오룽 쪽의 침
사추이 주변이 있다. 그러나 구미의 금융기관이 모여 있는 홍콩 섬 쪽
윤락가는 거의가 토플레스바로, 가게에서 술을 마시다가 마음에 드는
댄서가 있으면 흥정을 해서 데리고 나가는 시스템이었다. 완차이 역
북쪽의 록하드로드 주변에는 이런 토플레스바가 늘어서 있었지만 손
님의 대부분은 백인으로 영어를 하지 못하는 일본인이 가본들 상대해
줄 리가 없었다. 댄서들 대부분은 필리핀에서 온 여자들로 에스코트비
는 1,000홍콩달러가 시세였다. 아키오도 딱 한 번 이탈리아 요리점 주
인인 카를로가 데려가줘서 가본 적이 있었다. 수박만 한 가슴을 가진
필리핀인 댄서가 자꾸 달라붙는 바람에 결국은 폭발한 카를로와 함께
가게에서 나왔을 뿐이지만 말이다.

일본인 관광객이 여자와 놀기 위해서는 침사추이 쪽 나이트클럽이
나 사우나에 가는 수밖에 없었다. 나이트클럽은 홍콩영화에 자주 나오

는 화려한 나이트클럽으로 가게에 들어가서 마음에 드는 여성을 지명한 뒤 에스코트비를 지불한다. 그 뒤에는 클럽 안에서 쇼를 즐기든 밖으로 데리고 나와 섹스를 하든 손님의 자유인 시스템이었다. 한편 사우나는 젊은 마사지걸이 있어 발마사지며 이발 등 일반적인 서비스 외에도 섹스를 포함한 스페셜서비스를 해주는 시스템이었다. 그러나 양쪽 모두 대부분의 가게가 광둥어밖에 통하지 않았고 일본어로 흥정할 수 있는 곳은 제한적이었다. 아키오도 그런 가게를 몇 곳 알아 가끔 손님을 소개해주고는 했다. 그러면 가게에서 백마진이 돌아온다. 이쪽에 사는 일본인이라면 누구나 하는 용돈벌이였다.

그 외에도 침사추이 북쪽의 몽콕에도 '일본식 지압' 간판을 건 값이 싼 윤락가가 밀집해 있었지만 이쪽은 현지 사람들도 웬만해서는 접근하지 않는 곳이었다. 유래는 알 수 없지만 홍콩에서는 '일본식 지압'이 매춘 마사지의 통칭이었다. 일본엔으로 5,000엔만 내면 젊은 여자와 섹스를 할 수 있지만 그만큼 위험한 곳이기도 했다.

"돈은 얼마나 있죠?"

"구로키 씨가 이만큼 줬어요." 고로는 1,000홍콩달러짜리 지폐를 세 장 보여주었다. 아키오는 간단하게 나이트클럽과 사우나의 차이를 설명하고 어느 쪽이 좋냐고 물었다. 어차피 말이 통하지 않을 테니까 여자를 밖으로 데리고 나가 호텔에서 섹스를 하든 사우나 마사지룸에서 섹스를 하든 차이는 없었다. 고로가 망설이는 것을 보고 아키오는 모처럼 홍콩에 왔으니 나이트클럽 쪽이 재미있지 않겠냐고 권한 뒤 아는 가게에 전화해 3,000홍콩달러짜리 세트로 흥정을 해주었다. 요즘은 불경기에다 홍콩에서 당일치기를 할 수 있는 선전이나 마카오에도 저렴한 윤락가가 생긴 탓에 오래된 윤락가 중에는 경영난에 빠진 곳도 많다. 야쿠자든 뭐든 돈만 내면 기꺼이 서비스를 해준다.

"홍콩은 처음이에요?"

"네에." 솔직하게 대답한 뒤 잠시 뒤에 "해외여행도 처음입니다"라고 덧붙였다.

아키오는 가게 이름과 전화번호를 메모해서 주었다.

"택시 운전사에게 이걸 보여주면 가게 앞까지 데려다줄 겁니다. 일본어를 하는 매니저가 나올 테니까 나머지는 맡기면 될 거고요. 돈은 선불제. 여자는 얼마든지 교체할 수 있으니까 마음에 드는 아이를 천천히 고를 수 있어요. 어차피 말은 안 통할 테고 그대로 가까운 호텔로 안내할 겁니다. 호텔비 포함이니까 돈은 걱정 안 해도 돼요."

고로는 "알겠습니다. 감사합니다"라고 주위 사람들이 깜짝 놀랄 만큼 큰 소리로 인사를 하며 깍듯한 자세로 고개를 숙였다.

"경찰에라도 근무했어요?"

"아니요, 자위대에 5년 정도 있었습니다."

"어떤 부대였는데요?"

"공정대였습니다."

아키오는 다시 한 번 고로의 튼튼한 몸을 아래위로 훑어보았다. 한쪽 눈을 잃은 것은 훈련 중 사고일지도 모른다는 생각이 들었다. 부상으로 자위대를 제대한 뒤 불경기로 일자리를 구하지 못했을 것이고 결국 야쿠자에게 고용된 것 같았다.

"같이 있던 금발은요?"

그렇게 묻자 고로는 음산한 얼굴을 찌푸렸다.

"그 녀석은 잘 모릅니다."

아무래도 친하지 않은 모양이었다. 경멸하는 표정이 고로의 얼굴에 나타나 있었다.

"구로키 씨는요?"

"호텔에 있어요. 뭔가 볼일이라도?"

아니요 하고 아키오는 대답했다. 구로키는 호텔에서 여자를 불렀을 것이다. 꽤나 우아한 여행을 즐기고 있는 것이다. 그렇다면 굳이 신분을 감추고 호텔에 묵을 필요는 없을 것 같았다.

아키오는 택시를 잡은 뒤 문을 열어 고로를 태웠다. 뒷좌석에서 무서운 얼굴의 빡빡머리 고로는 고개를 내밀어 다시 한 번 정중하게 고개를 숙였다.

아키오는 매춘부를 산 적이 없었지만 좋아하는 사람에게 들은 바로는 홍콩, 마카오, 선전 등의 윤락가에는 모두 스무 살 전후의 미인이 잔뜩 있다고 했다. 중국 정부가 국내여행을 자유화한 결과 구이저우貴州, 쓰촨四川, 후베이湖北, 후난湖南 등 내륙에서 팩키지로 홍콩으로 와 그대로 윤락가 문을 두드리는 여자가 급증한 모양이었다. 그녀들은 광동어도 영어도 할 수 없는 까닭에 이곳에서 몸을 파는 것 외에는 돈을 벌 방법이 없었다. 홍콩, 마카오가 중국에 반환되면서 이곳의 윤락산업은 더욱 확대되었다. 지금은 전 세계에서 젊은 중국 여자를 찾아 남자들이 몰려들고 있었다.

가게는 어차피 한가할 테니 고로도 오늘 밤 괜찮은 여자를 안을 것이다.

지하철로 성완까지 가서 홍콩대학 방면으로 가는 맥시캡을 탔다. 창이 예약한 곳은 대학 근처에 있는 중급 비즈니스호텔이었다. 고로와 헤어진 뒤 바로 트윈룸밖에 잡지 못했다고 휴대전화로 연락이 왔다. 미행을 방지하기 위해 돌아갈까 생각도 했지만 아까 고로의 이야기로는 그럴 위험은 없어 보였다. 또 맥시캡을 타면 아마추어의 솜씨로 미행하는 것은 무리였다. 더구나 호텔은 창의 이름으로 체크인할 것이므로 혹시라도 숙박부를 조사해도 아키오의 이름은 나오지 않을 것이다.

호텔은 셩완 역에서 버스로 5분 정도 떨어진 곳에 있었다. 교통편은 나빴지만 방은 깨끗했고 숙박료는 관광호텔의 절반 이하로 지금까지 몇 번인가 이용한 적이 있었다. 외국인이 제대로 된 호텔에서 숙박하는 경우는 여권을 제시할 것을 요구받는다. 그러나 이번에는 사전에 이야기가 되었는지 프런트에서 창의 이름을 대자 바로 키를 내주었다.

방에 들어가 휴대전화로 창에게 전화했다. 그렇게까지 신경 쓸 필요는 없을 거라 생각하면서도 전화를 이용한 기록을 남기고 싶지 않았기 때문이었다. 창은 아직 사무소에 있었고 오후 9시에 호텔 근처 중화요리점에서 만나기로 했다. 레이코의 사서함을 조사해달라고 했지만 역시 최근에는 한 통의 편지도 오지 않았다고 했다.

"미행당할지도 모른다"라고 전하자 창은 "어떤 바보가 그런 짓을 해?" 하고 웃으면서도 "이 빌딩에는 입주자만 아는 비밀 출구가 있으니 그쪽으로 나가면 아무도 몰라"라고 대답했다. 그리고 가게 종업원에게 미행하는 사람이 있는지 확인을 시키겠다고 했다. 이런 일에는 익숙한 모양이었다. 아키오는 레이코의 서비스 등록서류와 4개월 전 딱 한 통 왔던 명세서를 들고 와달라고 부탁했다.

전화를 끊은 뒤 방에 있는 전기포트를 사용해 티백에 뜨거운 물을 부어 재스민차를 탔다. 컵을 들고 창가 의자에 앉자 이미 해는 졌지만 저녁 식사 전 거리의 활기찬 분위기가 아무것도 없는 호텔방까지 느껴졌다.

아키오는 잠시 멍하니 있다가 마코토에게 연락을 취해야겠다는 생각이 들었다. 원래 레이코가 아키오를 찾아올 수 있었던 것은 마코토 덕분이었다. 홍콩에 오기 전 레이코는 마코토를 만났다. 시계를 보니 오후 7시를 지나고 있었다. 일본 시간으로는 8시가 넘었겠지만 마코토는 아마 아직 회사에 있을 것이다. 재킷에서 수첩을 꺼내 마코토의 전화번호를 찾아 전화를 걸었다.

마코토는 바로 전화를 받더니 "앗, 홍콩의 아키오 씨?" 하고 놀란 목소리로 대답했다. 지금까지 연락은 대부분 메일로 했지 마코토에게 전화를 건 적은 한 번도 없었다. 할 이야기가 있다고 하자 마코토는 지금 식사를 하러 나가야 하므로 20분 뒤에 전화를 해달라고 했다.

"비밀 이야기를 해도 괜찮은 곳에 있겠습니다."

무슨 상상을 하는 것인지 마코토의 목소리가 들떠 있었다.

20분 뒤 전화를 걸자 마코토는 전화를 받자마자 "무슨 사건인가요?" 하고 물었다. 뭔가 사건이 터지기만을 바라는 어린애 같았다.

"와카바야시 레이코라는 사람 때문이야."

"아!" 마코토는 짧게 탄성을 올린 뒤 "그 엄청난 미인요?"라고 대답했다. "무슨 일이라도 있나요?"

"홍콩에 올 때까지의 과정을 알고 싶어." 마코토의 질문은 무시하고 물었다. "그러니까…." 잠시 생각한 뒤 "그러니까 메일이 왔었어요. 제 홈페이지를 보고 홍콩에 갈 건데 아키오 씨를 소개해달라고. 그래서 그 사람도 도쿄라서 만나서 이야기를 듣기로 했었어요."

"항상 그렇게 고객을 만나는 거야?"

"이상한 사람을 소개해드릴 수는 없잖아요"라고 대답한 뒤 마코토는 "헤헤헤" 하고 웃고는 "젊은 여자 같았거든요"라고 덧붙였다. "만나보니 엄청난 미인이라 깜짝 놀랐어요."

"그 사람이 뭐라고 했는데?"

"홍콩에 회사와 은행계좌를 만들고 싶다고요. 그래서 회사 같은 건 안 만들어도 개인계좌를 만들 수 있다고 말하니까 약혼자의 회사가 세금을 아낄 방법을 찾고 있다고 대답해서 그렇구나 했을 뿐이에요."

"그 외에는?"

"별로요. 그 외에는 그냥 잡담만 했어요. 제 일이라든가 아키오 씨가 어떤 사람인가 하는 정도…."

"그 외에는?"

"개인적인 일은 거의 안 말했어요. 전에 부동산회사에서 비서 일을 했다는 정도였죠."

"부동산회사?"

"네에, 히시토모菱友부동산이라고 1부 상장된 중견 회사요. 그곳에서 임원비서 일을 하다가 1년쯤 전에 그만뒀다고 했어요. 메일로는 어떤 사람인지 모르니까 간단한 프로필도 같이 받거든요. 나이라든가 사는 곳이라든가 직업 정도지만. 거기 적혀 있었어요."

"자세한 이야기는?"

"전혀요. 신부수업 중인 것 같아 제가 부럽다고 했더니 그냥 웃기만 했어요. 긴자銀座의 커피숍에서 만났는데 주변 남자들이 모두 저를 부러운 눈으로 보고 출근 전인 호스티스는 그녀를 노려봐서 힘들었어요. 그렇지만 그 뒤 가게를 나와 그녀 혼자 택시를 타자 모두들 역시 하는 표정이더라고요."

내버려두면 계속 이야기를 할 것 같아 아키오는 적당한 시점에 말을 끊으며 "지금 나가야 되니까 또 전화할게"라고 말했다. 마코토는 "네에? 무슨 일인지 알려주셔야죠"라고 떼를 썼다. 구로키가 마코토를 찾아갈 가능성도 생각했지만 지금 상태에서 그 사실을 알려주면 더 흥분할 뿐 역효과가 날 것이다. 이유는 알려주지 않고 당분간 새로운 고객은 만나지 않는 편이 좋겠다고 전하고 전화를 끊었다. 아마 마코토의 머릿속은 망상으로 폭발할 지경일 것이다.

레이코가 부동산회사에서 비서 일을 했다는 이야기는 처음 들었지만 그러고 보면 레이코의 행동거지에는 어딘가 직업적인 냄새가 배어 있었다. 어디까지나 우아했지만 자연스럽게 몸에 배었다기보다는 훈련을 받은 듯한 느낌이었던 것이다. 부동산회사에 전화를 해볼까도 생각했지만 이 시간에는 아무도 받지 않을 것 같아 포기했다.

11

중화요리점 입구 옆에는 닭이며 돼지 등이 손질되어 걸려 있었다. 그 옆 카운터에서는 점원이 길을 가는 행인에게 큰 소리로 만두를 팔았다. 좁은 가게 안은 만석이었지만 아키오를 바로 알아본 창이 안쪽에서 손을 들었다. 평소처럼 나비넥타이에 초록색 재킷을 입은 눈에 잘 띄는 복장이었다.

창이 있는 곳까지 가는 동안 주위의 테이블을 슬쩍 훑어보니 대부분의 손님들은 상하이게를 먹고 있었다. 그 모습을 보고서야 가을이 온 것을 느낄 수 있었다. 작은 상하이게는 몸부림치다 자신의 몸에 상처를 내지 않도록 집게를 묶은 뒤 산 채로 찌는 것이 가장 맛있다고 알려져 있다. 가을에 자주 먹는 요리로 홍콩에서도 인기가 많아 가을이 되면 식자재 가게 입구에는 녹색 상하이게가 산더미처럼 쌓여 있는 광경을 볼 수 있다.

창의 테이블에는 재스민차가 든 커다란 주전자가 놓여 있었고 이미 몇 가지 요리가 놓여 있었다. 두 사람이므로 양은 많지 않았지만 홍콩에서는 테이블이 요리로 가득 차지 않으면 재수가 없다고 생각하는 까닭에 나오는 종수가 엄청나다. 게다가 대부분 술을 마시지 않으므로 나이가 있는 층은 재스민차, 젊은 사람들은 수박주스나 오렌지주스가 든 잔을 손에 들고 천천히 먹으며 이야기를 나눈다. 메이에게 묻자 술을 마시지 않는 것은 "취한 모습을 보이는 것은 수치"라는 의식이 강하기 때문으로 자택에서는 나름대로 마시는 모양이었다. 그러나 북경이나 타이완에 가면 도수가 높은 술을 전원이 죽기 살기로 마시는 모습을 쉽게 볼 수 있다. 물론 이쪽도 취해서 인사불성이 되면 '인간 실격'으로 생각하는 것은 마찬가지지만.

아키오가 앉자 창은 무슨 일인지 묻지도 않고 갑자기 주식 이야기를 시작했다. 아무래도 요즘 투기를 하는 모양이었다. 중국의 주식시장은 세계적인 주가 하락과는 반대로 2001년 초반부터 때 아닌 호황에 돌입했다.

중국에는 상하이, 선전, 홍콩 등 세 곳에 증권거래소가 있는데 상하이와 선전에 있는 두 개의 거래소는 오랫동안 국내투자가밖에 살 수 없는 위안화 결제 시스템으로 가동되는 A주와 외국인 투자가밖에 살 수 없는 외화 결제 시스템으로 가동되는 B주로 나뉘어져 있었다. 그런 B주도 상하이는 미달러화 기반이었고 선전은 홍콩달러 기반이었다. 거기에다 홍콩시장에는 중국 본토의 기업이 직접 상장한 H주와 홍콩의 자회사를 상장시킨 레드칩도 있는 까닭에 그들의 관계가 복잡하기 짝이 없었다.

이러한 B주시장은 내부 거래가 횡행하는 불투명한 중국의 주식시장을 싫어하는 외국인 투자가로부터 경원되어 매매액은 적고 주가도 형편없었다. 반면 국내투자가들을 대상으로 하는 A주시장은 그야말로 도박판 같은 곳으로 나스닥 폭락을 기점으로 발생한 세계적인 주가하락에도 독자적인 움직임을 계속 보이고 있었다. 그 결과 같은 기업의 주식임에도 A주와 B주는 가격이 크게 다른 상황이 만들어졌다. 간단히 말하면 같은 소니 주식이 어떤 시장에서는 한 주당 5,000엔이고 다른 시장에서는 한 주당 1만 엔으로 팔리는 것이다. 그런 상황에서 2001년 2월 중국 정부가 갑자기 6월 1일부터 국내투자가에게도 B주시장을 개방하겠다고 발표한 것이었다.

이렇게 되면 당연히 비싼 A주를 팔고 싼 B주를 사는 대규모 재정거래arbitrage가 발생하기 마련이다. 이를 예상하고 홍콩과 타이완에서 막대한 화교 머니가 유입되었고 그 결과 2월부터 6월까지 겨우 4개월간 상하이B주의 지수는 2.5배나 상승했다. 그런 사태가 일단락된 여름 이후에는 상하이와 선전의 B주와 홍콩시장의 H주 및 레드칩의 재정거래가 유행하여 홍콩시장에도 주식을 상장시킨 본토계 기업의 주가가 크게 올랐다. 원래 투기적인 주식투자가밖에 없는 홍콩에서는 수개월에 주가가 배로 뛰는 종목이 속출하자 시장은 열광하였고 일반 서민들마저 어떤 주식이 싸고 어떤 주식이 높은가 입에 거품을 물고 토론하는 모습을 흔히 볼 수 있게 되었다.

그렇지만 주식의 공매가 불가능한 중국시장에서는 진정한 의미의 재정거래가 성립되지 않는다. 한마디로 오르면 팔아치우고 다른 것을 사는 것뿐이었다. 마지막에는 누군가 조커를 뽑아 파멸하는 수밖에 없었다. 아키오는 그런 시장의 무서움을 직접 경험을 통해 알고 있었기 때문에 창에게도 빨리 그만두라고 충고했다. 창의 포지션을 자세히 들은 것은 아니었지만 6월까지는 굉장히 많이 벌었지만 7월부터 중국 정부가 주식시장에 제동을 걸면서 몇 개 주식에서 크게 손실을 본 모양이었다. 중국은행의 지점 등이 주식을 구매하는 자금을 불법적으로 융자한 혐의로 적발당했고 상장기업의 분식회계를 도와준 회계사무소와 공인회계사 등이 연이어 체포되면서 주가는 불과 2개월 만에 절정기였던 6월과 비교해 국내용인 상하이A주는 30퍼센트, 달러 기반인 상하이 B주는 40퍼센트나 하락했다.

창의 설명에 따르면 중국의 주식시장에서는 내부거래가 당연한 것으로 당이나 정부 유력자 등의 커넥션을 이용해 다른 사람보다 빨리 매매정보와 기업의 내부정보를 캐치한 뒤 동료를 모아 매수한 다음 재빨리 되파는 것이 유일한 투자법이라고 했다. 그러나 이런 방법으로는 항상 동료들을 먼저 배신하지 않으면 돈을 벌 수가 없다. 마지막 조커를 뽑으면 파산밖에 없는 것이다.

금융원의 조사에 따르면 중국의 상장기업 시가총액은 2조 3,730억 위안이나 되지만 상장기업의 실제 자산가치는 3,100억 위안밖에 되지 않았다. 상장기업 중 40퍼센트는 자산가치가 마이너스였고 80퍼센트는 파산에 내몰려 있는 유명무실한 기업인 것이다. 이래서는 아무 가치도 없는 종잇조각에 가격을 붙여 매매하는 것과 마찬가지였다.

아키오는 적당히 요리에 젓가락을 대면서 창의 주식 이야기를 들었다. 아무리 좋은 이야기를 해준들 들을 생각은 없을 것이다.

"그런데 귀찮은 일이라는 게 뭔데?"
자신이 가지고 있는 주식이 얼마나 유망한지를 한참 이야기한 뒤 이제 시원해졌는지 창은 드디어 본론에 들어갔다. 아키오는 레이코에 대한 일이며 카리브의 오프쇼어에 법인과 은행계좌를 만들어준 일, 레이코가 회사의 돈을 훔쳐 달아난 일, 구로키라고 하는 야쿠자에게 불려간 일을 간단히 말했지만 50억이라는 금액은 밝히지 않았다.

"사정은 알겠는데 그게 무슨 문제가 되는 건데?"

창이 의아한 표정을 지었다.

"그런 일은 홍콩에서는 자주 있는 일이잖아. 자신의 돈을 다른 사람에게 맡기는 쪽이 바보지. 아키에게는 아무 관계도 없으니까 신경 안 써도 돼."

법인을 등록한 서류를 보고 구로키가 방문할지도 모른다는 아키오의 우려에도 "일본의 야쿠자가 홍콩에서 뭘 할 수 있겠어?"라며 일소에 붙였다. "레이코라는 여자는 내가 만든 멋진 광고지를 보고 혼자 방문했다. 3개월 치 돈을 미리 받고 서비스를 시작했다. 결국 우편물은 한 통도 오지 않았고 전화도 온 적이 없다. 4개월째 돈이 들어오지 않아 서비스는 끝났다. 그렇게 대답하면 되잖아."

구로키가 창과 교섭을 하려면 홍콩의 어두운 세력을 통하는 수밖에 없다. 그런 짓을 하면 촘촘한 네트워크를 통해 바로 창의 귀에 들어올 것이다. 분명 홍콩에 아무런 기반도 없는 일본의 야쿠자로서는 딱히 할 수 있는 일은 없을 것이다.

"그런 것보다 메이를 어떻게 좀 해줘."

그 이야기는 이것으로 끝이라는 듯 창은 화제를 돌렸다. 레이코와의 일은 메이로부터 들었을 테지만 그래도 그 이야기는 하지 않았다.

"그렇게 명랑하던 애가 지금은 한마디도 하질 않아. 밥도 안 먹는 것 같고 불쌍해서 볼 수가 없다고. 어차피 잠깐 피운 바람인 거잖아? 비싼 선물이라도 해주면 기분이 풀릴 거야."

아키오는 그렇게 생각하지 않았지만 "생각해볼게요"라고 대답했다. 메이 일을 어떻게 하면 좋을지 아키오 역시 확실하게 결정하지 못했기 때문이었다.

"이번 건을 깨끗하게 처리하지 않으면 아무것도 하기 힘들 것 같아요."

창은 곤혹스러운 표정으로 얼굴을 찌푸렸다. "그렇다 해도 여자를 찾을 단서는 있는 거야?"

아키오는 창이 가져온 레이코의 서비스등록용지를 테이블 위에 펼쳤다.

"은행계좌를 만들려면 주소와 전화번호가 필요하잖아요. 주소야 명세서가 수취인 불명으로 반송되어 오지만 않으면 은행 측은 아무런 의심도 안 하니까 사서함도 상관없어요. 그렇지만 전화는 그렇지 않잖아요. 10만 달러 이하의 작은 송금이라면 아무래도 상관없겠지만 갑자기 100만 달러 단위의 큰돈을 송금하겠다고 하면 은행에서도 반드시 고객에게 전화를 걸어 확인하기 마련이에요. 그때 전화가 걸리지 않으면 경계심을 품게 되고요."

"그래서 우리 서비스를 이용한 거잖아?"

"확실히 서류상으로 전화는 레이코의 약혼자 회사로 연결되게 되어 있죠. 그렇지만 생각해보세요. 약혼자 회사의 돈을 훔치려고 하는데 약혼자의 회사로 전화가 가면 바로 계획은 틀어질 수밖에 없죠. 그런 위험한 짓을 할 사람이 있겠어요?"

"그럼 이 전화번호는 엉터리라는 건가?"

"그것도 리스크가 커요. 송금을 의뢰해서 은행이 전화를 했는데 가짜 번호였다. 그런 일이 일어나면 자금을 세탁하려는 더러운 돈이라고 선언하는 것이나 마찬가지니까요."

창은 잠시 생각했지만 "그럼 지금 전화해서 확인해봐"라고 말했다.

아키오는 휴대전화를 꺼내 시끄러운 가게 안에서 전화를 걸었다. 잠시 뒤 "이 전화는 사용되고 있지 않습니다"라는 NTT의 안내음성이 흘러나왔다. 역시, 창이 말한 대로 엉터리였던 것일까? 그렇지만 레이코가 돈을 훔친 뒤 법인과 은행계좌와 동시에 이 전화를 해약했을 가능성도 충분히 있다.

창은 여전히 반신반의하는 표정이었다.

"확실히 그럴지도 모르지만 그렇다면 야쿠자가 벌써 알아차리고 찾고 있지 않을까?"

"녀석들은 이 번호를 모를 겁니다. 적어도 레이코는 이 번호를 절대 가르쳐주지 않았을 거예요. 명세서에도 주소와 전화번호는 안 적혀 있고요."

아키오는 창이 들고 온, 레이코 앞으로 온 명세서 봉투를 뜯었다. 거기에는 계좌번호와 명의인의 이름밖에 적혀 있지 않았다. 첫 번째 명세서이기에 잔액은 제로였다.

"내가 뭔가 도와줄 일이라도 있을까?" 창이 물었다.

"내일이라도 일본에 갈까 싶어요."

아키오는 자택의 열쇠를 테이블 위에 놓았다. 여권과 신용카드와 수표장은 항상 가지고 다니므로 마음만 먹으면 언제든지 비행기를 탈 수 있었다. 그렇지만 자택에 있는 컴퓨터와 레이코가 법인등기와 계좌개설 시 사용한 서류의 복사본이 필요했다. 아키오는 헨리로부터 모든 서류의 복사본을 받았다. 자신의 고객에 대해서는 뒷날의 사고를 피하기 위해 안건별로 서류를 파일로 만들어두고 있었다.

"당분간 집에 있는 것은 피할까 싶어요. 죄송하지만 필요한 물건을 가져와 주실 수 있을까요?"

창은 정말 그렇게까지 할 필요가 있는지 의아해하면서도 아키오의 부탁을 들어주기로 했다. 집으로 가는 길에 아파트를 들렀다가 내일 아침 가져다주겠다고 했다. 창의 집은 코즈웨이베이에서 동쪽으로 더 가야 하는 타이쿠太古에 있었다. 아키오처럼 2DK짜리 아파트에 혼자 살고 있었다.

"왜 그렇게까지 여자를 찾는 거야?" 창이 물었다.

"돈이 들어오거든요."

"얼마나?"

"여자가 훔친 돈이 5억이고 그 1할이니까 5,000만 엔요" 하고 한 자리를 줄여 대답했다. "약 300만 홍콩달러인 거죠."

"복권 같은 이야기군 그래." 창이 웃었다.

"걸리면 꼭 보답할게요." 아키오가 그렇게 말하자 "기대하지" 하며 크게 웃고는 평소처럼 커다란 손바닥으로 등을 두드렸다.

계산할 때 지갑을 꺼내는 아키오를 억지로 말리고 결국 이번에도 창이 샀다. 중국인에게는 더치페이 같은 발상이 없다. 반 이상의 요리가 남았지만 이 역시 남기는 쪽을 선호한다. 깨끗하게 다 먹으면 손님을 충분히 대접하지 않았다는 뜻이 되기 때문이다.

창은 마지막으로 상하이게를 집어 먹고는 "일본에서 돌아오면 메이와 화해해" 하고 다짐하고는 자리에서 일어났다.

호텔에 돌아온 뒤 창에게 조금 더 강하게 경고하는 편이 좋았을 거라는 생각이 들었다. 구로키는 바보가 아니다. 당연히 레이코의 사서함을 찾으려고 할 것이다. 그러나 창은 지금 하고 있는 주식에 정신이 팔려 아키오의 이야기를 거의 듣지 않았다.

냉장고에서 얼음을 꺼내 위스키 미니보틀을 열었다. 밤 12시가 넘자 아무래도 바깥 인적도 적어졌다. 아키오는 방의 불을 끄고 창가 의자에 앉았다. 지금이라도 창에게 전화를 할까 생각했지만 잠시 생각하다가 그만두었다.

만약 구로키가 창을 협박한다고 해도 쉽지는 않을 것이다. 아키오는 창이 어둠의 세계에 강력한 커넥션을 가지고 있다는 사실을 안다.

홍콩의 어두운 세계는 '삼합회'라 불린다. 홍콩에서는 조직의 구성 자체가 불법이므로 일본처럼 간판을 내걸거나 조직원이 서로의 명함을 교환하는 일은 생각할 수 없다. 그러나 신기하게도 홍콩인들은 누가 어느 조직에 소속되어 있는지 모두 알고 있었다. 아키오는 메이가 딱 한 번 "창 씨가 그래 보여도 사실은 무서운 사람이야"라고 말했던 기억을 떠올렸다.

중국의 야쿠자 조직은 비밀결사에서 유래되었다고 하지만 원래 중국인의 사회 그 자체가 비밀결사적인 네트워크에 의해 성립되어 있다. 그 비밀결사 중에 비합법적인 일을 하는 일부가 '삼합회'라고 불리는 것에 지나지 않는다.

일본에서는 야쿠자와 시민사회 사이에 그나마 선이 그어져 있지만 홍콩에서는 조직도 사회의 일부로 그 구별은 극히 애매했다. 조직에 들어가는 것도 탈퇴하는 것도 비교적 쉬웠고 어느 정도 돈을 벌고 나면 본래의 직업에 돌아가는 것이 당연한 것처럼 되어 있었다. 구성원과 비구성원이 명확하게 나뉘어 있지 않기 때문에 창이 조직에 소속되어 있다고 해도 딱히 신기한 일도 아니다. 단 조직에서 탈퇴하는 일이 자유롭다고 해도 자신이 소속된 조직을 배신하거나 상대의 체면을 손상시켰을 때는 가혹한 제재가 따랐다.

창이 어두운 세계의 인간이라면 일본 야쿠자를 대단치 않게 여기는 것도 이해가 되었다. 만약 구로키가 이곳 야쿠자를 동원한다면 창을 협박하기 이전에 자신들이 처리될 것이다. 일본인에게 약간의 돈을 받기 위해 동료를 배신할 바보는 없다.

아키오는 창의 질문을 떠올렸다.

"왜 그렇게까지 여자를 찾는 거야?"

과연 진짜 돈 때문인 것일까?

잔에 든 위스키가 묽어진 것을 깨닫고 미니보틀을 한 병 더 열었다. 청소부가 리어카를 끌고 어두운 골목에서 나타났다. 근처 요리점의 잔반을 치우는 것이다.

아키오는 레이코가 트러블에 휘말릴 것을 알고 있었다. 왜냐하면 그렇게 되게끔 해놓았기 때문이었다. 약혼자는 파멸할 것이고 레이코는 다시 한 번 아키오 앞에 나타나야 했다.

그러나 레이코는 50억을 들고 도망쳤다고 했다. 그녀 쪽이 훨씬 고단수였다는 뜻이다. 어떻게 그런 대담한 일이 가능했을까?

레이코를 찾아내어 어떻게든 그녀의 입으로 진실을 듣고 싶었다.

이것은 집착인 걸까 프라이드인 걸까 아니면 돈이 목적인 걸까 알 수 없지만 말이다.

다음 날 아침 일본 시간으로 오전 9시가 되는 것을 기다려 레이코가 과거 근무했다는 히시토모부동산에 전화를 걸었다. "개인적인 일로 1년 정도 전에 퇴직한 여성과 연락을 하고 싶은데요"라고 하자 인사부로 전화가 돌아갔고 이름을 확인한 뒤 "그분은 파견회사를 통해 근무한 분이라 퇴직 후의 일은 알 수 없습니다"라는 답변이 돌아왔다. "임원비서라고 들었는데 어떤 임원 밑에서 일했는지 알 수 있을까요"라고 하자 갑자기 경계를 하면서 이름과 이유 등을 묻는 바람에 전화를 끊었다.

히시토모부동산의 주가와 재무 상태를 인터넷으로 조사해보니 버블 붕괴 뒤 어려운 상황이 이어지면서 최근 3분기 연속으로 적자를 기록하고 있었다. 대차대조표를 보니 은행이 일부 채권을 면제해줬음에도 불구하고 유이자부채가 5,000억 엔이나 있었으며, 그에 비해 주주자본은 100억밖에 되지 않았다. 자산을 시가평가하면 큰 폭의 채무초과에 떨어질 것은 분명했다. 매출은 2,000억 가까이 되었지만 영업에서의 현금유동성 220억 엔에 비해 재무 현금유동성은 마이너스 250억 엔. 버는 것 이상으로 이자지불로 현금이 유출되고 있었다. 주가는 액면가인 50엔보다도 떨어져 정부와 주거래은행의 의지로 연명하는 좀비기업의 하나였다. 정리해고로 사원을 대폭 줄였지만 그래도 본사에만 600명, 자회사 및 관련 회사를 포함하면 2,500여 명의 사원이 있었다.

임원은 15명으로 레이코가 누구의 비서를 했는지는 당연히 알 수 없었다. 주주는 모회사와 그 오너 외 은행, 생명보험사, 우리사주회 등으로 특별히 수상한 이름은 발견되지 않았다. 누구라도 이런 언제 무너질지 모르는 회사의 대주주가 되고 싶어 하지는 않을 것이다.

다음으로 파견회사에 전화를 했다. "등록자 개인의 정보는 알려드릴 수 없습니다"라는 딱딱한 대답이 돌아왔지만 지금도 등록되어 있는지 아닌지만 알려달라고 조르자 투덜거리면서도 알려주었다. 레이코라는 이름은 없었다.

그 뒤 항공사에 전화를 걸어 홍콩발 나리타成田행 오후편 비즈니스석을 예약했다. 911 동시다발테러 이후 항공사는 모두 손님이 감소하여 당일에도 쉽게 좌석을 확보할 수 있었다. 요금도 30퍼센트나 싸다. 옛날에는 좁은 이코노미석이라도 괜찮았으나 요즘은 옆자리 승객과 팔꿈치가 닿을 듯한 좁은 공간에 처박히는 일이 고통으로 느껴졌다.

9시를 넘길 무렵 창으로부터 연락이 왔고 서류와 컴퓨터는 공항철도가 발착하는 홍콩 역에서 10시에 받기로 했다. 창으로부터 "마코토에게 줄 선물도 넣어놨으니까 안부 전해줘"라는 말을 들었다.

마코토는 현재로서는 창의 단골 고객이었다. 마코토가 홍콩에 놀러 왔을 때 창과 메이를 불러 넷이서 카를로의 가게에 식사를 하러 갔다. 카를로의 가게에 밤마다 모이는 영미계 금융기관의 트레이더들은 알코올중독자나 다름없는 녀석이 대부분이다. 그날의 장에서 이기든 지든 아침까지 소란스럽게 놀고 숙취로 거의 제정신이 아닌 상태로 출근한다. 보통의 신경을 가진 사람은 할 수 없는 일이기 때문이었다. 그들은 승부란 취한 상태로 하는 일이라고 생각했다. 그렇게 할 수 없을 때가 바로 트레이더로서 인생이 끝나는 때였다.

어떤 점이 마음에 들었는지 모르겠지만 마코토는 그날의 체험을 자신의 홈페이지에 올렸고 그것이 좋은 반응을 불러 일으켜 일본에서 창의 사서함을 이용하고 싶다는 의뢰가 왔다. 마코토가 만들어낸 망상에서는 카를로의 가게는 '금융마피아'의 근거지였고 창은 나비넥타이가 트레이드마크인 홍콩의 암흑가를 주무르는 수수께끼의 중국인이었다.

한가할 때 아키오는 그 글을 영어로 번역해 창에게 보여주었다. 그것을 보고 메이는 배를 쥐며 웃었지만 창은 마코토를 '재능이 있는 작가'라 부르며 호감을 가지게 되었다.

복제품 천국인 홍콩에서도 소프트의 태반은 중국어 버전으로 영어판

소프트를 입수할 수 있는 가게는 적다. 그 이후 창은 마코토를 위해 컴퓨터의 소프트프로그램 복제본을 구해 와서 보내주었다. 이번에도 마니악한 프로그래밍툴 등 열 장 정도를 가져가라고 부탁받았다. 정가로 구입하면 100만 엔 정도 되겠지만 실제로 창이 지불한 돈은 많아야 5,000엔 정도일 것이다. 겨우 그것으로 일본에 선전을 해주는 것이니 이렇게 좋은 이야기도 없었다.

호텔을 체크아웃하고 시티버스로 센트럴까지 나갔다. 금융가 한쪽에 있는 지방은행에 들러 대여금고에서 일본엔 현금카드와 신용카드 그리고 충전식 휴대전화를 꺼내기 위해서였다. 큰돈은 아니지만 일본에 갈 때를 위해 국내은행에 비거주자용 계좌를 가지고 있었다. 신용카드는 그 계좌에서 돈을 인출할 수 있는 것으로 이러면 매번 환전수수료를 물지 않아도 된다.

충전식 휴대전화는 몇 년 전 익명으로 구입한 것이었다. 예전에는 1년간 사용할 수 있는 카드가 있었지만 요즘은 외국인의 위조를 막기 위해 최장 3개월로 단축되었다. 국제전화에 위조카드가 사용되면서 통신사가 막대한 손실을 입었기 때문이었다. 또한 카드를 사용할 수 있는 기간에서 3개월간의 유예기간이 더 지나면 사용이 불가능해진다. 이는 익명으로 개통한 휴대전화가 범죄에 사용되는 일을 막기 위한 것으로 구입을 하기 위해서는 신분증 제시도 필요하게 되었다. 여러모로 불편하게 되었지만 아키오처럼 가명으로 일을 하는 인간에게는 편리한 도구였으므로 반년에 한 번 일본에 가는 지인에게 부탁해 카드를 교환하고는 했다.

자딘하우스에 새로 생긴 익스체인지스퀘어의 쇼핑몰을 경유해 빅토리아 만에서 내리면 홍콩 역으로 갈 수 있었다. 정각 10시에 역에 도착하자 중앙홀 앞에 메이가 기다리고 있었다.

"오랜만이네."

아키오는 다른 인사말이 떠오르지 않았다. 메이와 이야기를 하는 것은 4개월 만이었다. 조금 야윈 것이 뺨도 홀쭉해진 것 같았다. 얇은 푸른색 스웨터에 감색 슬랙스. 복장도 꽤 소박해졌다. 그만큼 약간 어른이 된 것처럼 보였다.

"창 씨가 급한 일이 있다며 대신 가달라고 했어."

메이는 그렇게 말하고 짐을 아키오의 가슴에 내밀고는 발길을 돌렸다.

그 순간 메이의 눈에 눈물이 차오르는 것이 보였지만 그렇다고 해도 딱히 해줄 수 있는 것은 없었다.

12

비행기는 홍콩국제공항을 정각에 출발해 저녁 6시가 되기 전 나리타 공항에 도착했다. 입국카운트에는 의외로 긴 줄이 늘어서 있어서 20분 정도 기다려야만 했다. 불황이 오래 계속되었음에도 커다란 슈트케이스를 끌고 가는 젊은 여성들로 로비는 혼잡했다.

안내소에서 호텔가이드북을 받아 신주쿠 시티호텔에 전화를 걸었다. 평일이라 쉽게 방을 잡을 수 있었다. 올해는 예년에 비해 따뜻한 모양이지만 11월인데도 홍콩보다 10도나 기온이 낮아 스웨터나 겨울용 재킷이 필요했다. 공항 내 옷가게를 살펴보았지만 너무 가격이 비싸 포기했다. '구도 아키오'라는 이름으로 예약을 했으므로 호텔에서의 지불에 신용카드는 사용할 수 없다. 현금이 필요하므로 공항의 ATM에서 10만 엔, 일본엔을 인출했다. 만에 하나 구로키 일당과 접촉할 경우를 대비해서 이번에는 모두 가명을 사용하기로 한 것이다.

나리타익스프레스로 신주쿠까지 가서 역 빌딩에서 가볍게 저녁을 먹자 오후 8시가 지나 있었다. 예전에 신주쿠에 왔을 때는 서쪽 출구 지하 광장에 노숙자들의 종이박스하우스가 잔뜩 늘어서 있었지만 어느 사이엔가 깨끗하게 정비되어 기업용 전시공간으로 바뀌어져 있었다. 택시 승강장에는 열 명 정도가 줄을 서 있었다. 가까운 거리는 운전사가 싫어할 것이 뻔했으므로 결국 호텔까지 걸어가기로 했다.

서쪽 출구 로터리를 통해 지상으로 나왔다. 술집과 가전제품 할인매장이 모여 있는 취객들로 소란스러웠으나 고층 빌딩가 쪽으로 가자 행인의 숫자도 적었고 기괴하게 생긴 도쿄도청 옆으로 반달이 창백하게 빛나고 있었다. 작은 건물의 입구 셔터 앞 작은 틈새에 노숙자 한 사람이 아기처럼 몸을 웅크리고 자고 있었다.

거의 3년 만에 귀국했지만 특별한 느낌은 들지 않았다. 돌아왔다고 해서 딱히 연락을 취할 사람이 있는 것도 아니었다. 그렇지만 그 때문에 불편한 것은 없었다.

호텔에 체크인한 뒤 좁은 방의 황량한 침대에 눕자 홍콩 역에서 이별한 메이가 떠올랐다. 계속 함께했는데 어느 사이엔가 꽤 멀어지고 말았다. 이제 두 번 다시 못 볼지도 모른다.

아키오는 어느 사이엔가 잠이 들었다.

다음 날 일찍 눈을 뜬 아키오는 가져온 노트북을 전화선에 연결하여 도내의 흥신소, 탐정사무소, 조사회사 등을 검색했다. 어떤 부분이 다른지는 정확히 알 수 없었지만 조사 시 흥신소는 자신의 신분을 밝히지만 탐정은 신분을 숨긴 채 은밀하게 조사를 한다는 차이가 있었다.

반면 조사회사는 미행이나 잠복 같은 것은 하지 않고 정보를 팔기만 하는 곳이었다.

자본주의국가인 일본에서는 개인정보도 돈만 지불하면 간단히 손에 들어온다. 요즘은 인터넷에 당당하게 요금표를 올린 업자도 있었다.

그 요금표에 따르면 일반전화의 번호로 계약자명 및 계약자의 주소를 조사해주는 요금은 4만 엔이었고 만약 전화가 해약된 상태면 그 두 배인 8만 엔이었다. 주민등록이나 호적 조사는 8만 엔에서 10만 엔. 신용이나 부채 상황을 확인하는 데에는 겨우 1만 5,000엔이었다. 요금표에는 나와 있지 않았지만 당연히 범죄이력에 대한 정보도 쉽게 손에 넣을 수 있을 것이다. 익명 의뢰자에게도 계약금만 지불하면 정보를 판매하는 곳도 있었다.

인터넷으로 찾아보니 신주쿠에만 200곳 가까이 흥신소 및 조사회사가 등록되어 있었다. 아키오는 줄줄이 늘어선 리스트 가운데 다카다노바바高田馬場에 있는 온다恩田조사정보라고 하는 작은 업체를 골랐다. 심플하지만 정성을 들인 홈페이지가 마음에 든 것이었다. 신주쿠에 있는 업자는 홈페이지만 보아도 수상한 곳이 많았고 반대로 대규모인 곳은 경찰관계자와 연결되어 있을 가능성이 높았다. 이번 의뢰는 귀찮은 미행 같은 것은 필요 없을 테니 적당한 것 같았다.

호텔에서 전화를 걸자 50대 전후의 침착한 목소리의 남자가 나왔다. 아마 소장 본인일 것이다. 해약된 전화번호로 주소를 알아봐달라고 하자 "급한 거면 오늘 오후라도 알 수 있습니다"라고 대답했다.

"그렇다면 직접 사무소에 가서 보수도 그 자리에서 지불하지요"라고 하자 "오후 2시 이후에 오면 조사해놓겠습니다"라고 했다.

요금은 8만 엔이었지만 다른 조사 건이 있으면 합해서 할인을 해주겠다는 말도 들었다. 아키오는 레이코의 전화번호와 자신이 묵고 있는 호텔의 이름, 홍콩에서 가져온 충전식 휴대전화의 번호를 가르쳐주고 전화를 끊었다. 현대사회에서는 사람을 찾는 일도 쉬운 것이다.

호텔 레스토랑에서 간단히 아침을 먹고 신주쿠 역으로 가면서 편의점에서 5,000엔짜리 휴대용 충전카드를 샀다. 이것으로 다시 반년은 익명을 유지할 수 있다. 충전식 휴대전화를 살 때 신분증이 필요하게 된 이후 익명으로 사용할 수 있는 휴대전화는 인터넷옥션에서도 비싸게 팔리고 있었다. 지금은 귀중품인 셈이다. 참고로 휴대전화 번호로 계약자 이름을 조사하는 요금은 건당 5만 엔이었다.

갈아입을 옷도 없이 비행기를 탔던 탓에 서쪽 출구에 있는 백화점에 들러 겨울용 스웨터를 샀다. 얇은 재킷 아래에 입으니 일본의 날씨에도 견딜 수 있을 것 같았다. 바겐세일 기간도 아니었지만 일류 백화점에서 유명 브랜드 스웨터를 1만 9,800엔에 팔고 있었다. 이렇게 소비재 가격이 내려가니 일본의 불경기가 오래 가는 것이라는 생각이 문득 아키오의 머리를 스쳤다.

신주쿠에서 추오센中央線으로 도쿄까지 가 마루노우치丸の内의 빌딩가에 약속시간 10분 전에 도착했다. 어제와 달리 11월 날씨치고는 드물게 금방이라도 비가 쏟아질 것만 같은 날씨였다. 조금 전 스웨터를 사지 않았으면 무척이나 추웠을 것이다. 역 매점에서 우산도 살까 생각했지만 조금 더 기다려보기로 했다. 출근러시는 일단락되었지만 그래도 정장에 코트 깃을 세운 회사원들의 행렬은 끊길 줄을 몰랐다. 재개발로 이 근처의 모습도 무척 달라져 있었다. PCCW의 리처드 리가 매입한 구 국철부지에도 건축 중인 고층 빌딩이 그 모습을 드러내고 있었다.

아키오는 N신탁은행 앞에 서서 지나가는 사람들의 물결을 멍하니 바라보았다.

오전 11시 정각. 히비야日比谷 쪽에서 검은색 리무진이 천천히 다가와 아키오 앞에 멈추었다. 운전사가 재빨리 내려 뒷좌석 문을 열었다. "기다렸지? 미안하네" 하고 말하면서 지팡이를 한 손에 든 구라타倉田라는 이름의 노인이 내렸다. 그 뒤를 아오키靑木라는 비서가 튼튼해 보이는 서류가방을 들고 따랐다.

구라타는 아키오의 고객 중 유일한 거부로 자산이 모두 얼마나 되는지는 본인도 잘 모를 정도였다. 80세를 훨씬 넘었을 테지만 여전히 정정했다.

구라타는 아키오가 알던 고객의 소개로 반년 정도 전에 알게 되었다. 그 고객은 오프쇼어에서 일본에 송금한 10만 달러가 행방불명이 되었다며 우는 얼굴로 아키오를 찾아왔었다. 송금한 쪽은 "분명히 지시대로 송금을 했으니 받은 은행에 물어보라"라고 말했고 받는 사람은 "입금이 되지 않은 돈 따윈 모른다"라고 주장하는 전형적인 사고였다.

FAX로 보낸 송금지시서를 보니 원인은 금방 알 수 있었다. 그 고객은 오프쇼어에서 일본의 시티뱅크에 송금하려고 한 것이었지만 지점명과 계좌번호만 적혀 있을 뿐 국가명이 빠져 있었다. 이렇게 되면 자금을 중계하는 금융기관은 어느 나라의 시티뱅크로 보내야 할지 알 수 없는 것이다.

달러로 이루어지는 결제는 시티뱅크인 경우 뉴욕의 본점을 경유하게 되어 있다. 이런 허브 역할을 하는 은행을 코레스폰던트Correspondent뱅크, 줄여서 코레스은행이라고 하는데 달러 결제의 경우는 뱅커스트러스트나 뱅크오브뉴욕, JP모건체이스가 자주 사용된다. 전 세계에 지점이 있는 시티뱅크는 다른 은행을 중계기지로 해서 이용할 필요가 없으므로 모든 달러 결제를 본점으로 집중시킨다.

일반인에게는 그다지 알려져 있지 않지만 국내은행의 외화예금계좌에서 일본의 시티뱅크의 달러계좌로 송금하는 경우도 결제 자체는 뉴욕의 본점에서 처리된다. 전 세계에 전개되어 있는 시티뱅크는 이 본점에 계좌를 두고 송금지시서에 따라 입금된 달러가 각 지점의 계좌로 분배되는 것이었다. 이들 작업은 모두 전자데이터로 처리되며 달러화가 일본까지 보내지는 것은 아니다. 이때 송금지시서에 국가명이 빠져 있으면 어느 나라의 지점에 보내는 것인지 알 수 없어 방치된다. 중계를 맡은 코레스은행에서 자금이 미아가 되는 이런 사고는 의외로 많은 편이다.

일본의 은행은 친절하므로 이런 경우 송금한 은행에 "송금처 불명"으로 돌려보내거나 각 지점의 계좌를 조사해 입금해야 할 은행을 찾아주기도 한다. 그러나 서양의 금융거래는 자신의 실수는 자신이 해결하라는 식으로 아무것도 해주지 않는다. 아키오는 송금한 은행에 미아가 된 돈을 일단 되돌리도록 요청하고 정식 송금의뢰서 폼으로 다시 송금을 지시했다. 딱 사흘 만에 무사히 송금이 완료되었고 이에 감격한 고객이 여기저기에 선전해준 덕분에 몇 사람으로부터 연락을 받았다. 아키오로서는 크게 어렵지도 않은 문제였지만 고객 입장에서는 잃어버린 큰돈이 돌아온 느낌일 것이다. 그렇게 소개를 받은 고객 중 한 사람이 구라타로 어느 날 "홍콩에 왔는데 만나고 싶다" 하고 비서인 아오키를 통해 연락을 해온 것이었다.

구라타는 엄청난 자산을 가지고 있었다. 긴자와 아카사카 같은 1등지에 빌딩을 보유하고 있었고 일부 상장기업의 개인 대주주이기도 했으며 스위스의 개인은행에도 1억 달러가 넘는 예금이 있었다. 그의 자산은 모두 유산을 운용하여 만든 것이었다. 무로마치室町 시대부터 이어진 유서 깊은 가문에서 태어나서인지 자유롭고 우아한 느낌을 주는 인물이다. 아키오에게 만나자고 한 것은 단순한 호기심 때문으로 자산운용 면에서 문제가 있거나 한 것은 아니었다. 어차피 죽을 때까지 100분의 1도 사용하지 못할 것이다. 구라타는 무슨 영문인지는 모르지만 아키오를 마음에 들어 했고 일본에 있을 때는 해외송금을 도와달라고 했다. 이번에도 홍콩의 공항에서 연락을 하자 마침 송금할 일이 있다며 여기서 보자고 약속을 한 것이었다.

구라타는 아키오를 데리고 N신탁은행으로 들어갔다. 미리 연락을 받았는지 입구에는 지점 영업 담당자와 여직원이 최대한의 예의를 갖추며 맞이해주었고 잠시 뒤 지점장이 달려왔다. 지점장은 바로 구라타 일행을 임원용 응접실로 안내했다.

전용 엘리베이터로 꼭대기층까지 오르자 그곳은 별세계였다. 은은한 조명이 비치는 호화로운 응접실에는 피카소 원화가 장식되어 있었고 넓은 창문으로는 황성의 숲이 보였다. 이 신탁은행에도 거액의 공적 자금이 투입되었고 대규모 정리해고가 이루어지고 있다고 들었지만 전혀 그렇게 보이지 않았다. 구라타가 소파에 앉자 즉시 여성 비서가 차를 가져왔다. 임원의 취향인 것인지 가슴과 허리 라인이 강조된 정장을 입고 있었다.

옆방에서 대기하고 있었던 것인지 한눈에도 금융맨임을 알 수 있는 정장을 입은 젊은 남자가 들어와 정중하게 구라타에게 인사를 했다. 다미야田宮라고 하는 스위스계 개인은행의 일본 주재원이었다. 소파 이쪽에는 구라타와 비서인 아오키 그리고 아키오가 앉았고 저쪽에는 N신탁 은행의 지점장과 영업부장 그리고 나미야가 앉았다.

다미야는 아키오를 쳐다보더니 영업용 미소를 띠우며 "항상 홈페이지 잘 보고 있습니다"라고 말을 걸었다. 마코토가 운영하는 사이트를 이야기하는 것이었다. "어떻게 그런 과격한 내용을 쓰실 수 있는지 정말 감탄스럽더군요."

은근히 비꼬는 말이었다. 지금까지 부유층을 고객으로 하는 개인은행 관계자로부터 비슷한 말을 들어온 만큼 아키오는 다미야의 저의가 무엇인지 금방 알 수 있었다. 수백만 엔 정도의 운용자금밖에 없는 가난한 사람이 오프쇼어를 이용해도 의미가 없다는 경멸과 자신들의 탈세 노하우를 무료로 공개하는 일에 대한 불쾌감이다. 물론 둘 다 익숙한 일이었다. 어쨌거나 다미야는 구라타 노인 같은 초VIP가 아키오 같은 애송이를 편애하는 모습이 참기 힘든 것 같았다.

아키오 본인은 마코토의 홈페이지에는 전혀 관여하지 않았지만 조금만 알아보면 누구든 알 수 있는 노하우로 부자들을 속여 높은 수수료를 챙기는 금융 엘리트에게까지 하고 싶은 말을 참고 싶지는 않았다. 이 녀석들이 특히 악질인 점은 사기꾼들과 똑같은 행동을 하면서 자신들은 특별하다고 착각하는 점이었다. 그리고 그들과 같은 일을 싼 수수료로 해주는 동업자들을 탈세의 앞잡이라고 비판했다.

"거기 적힌 글은 합법적으로 세금을 물지 않아도 되는 방법입니다. 불법적인 탈세를 권하는 게 아닙니다." 아키오는 다미야에게 말했다. "예를 들어 외국의 은행으로부터 이자를 받는다고 해도 확정신고가 필요 없는 급여소득 2,000만 엔 이하의 직장인이라면 연간 20만 엔까지는 잡소득으로 신고가 면제됩니다. 금리가 연 5퍼센트라면 급여 이외에 달리 소득이 없는 경우 400만 엔까지의 예금은 실질적으로 세금이 안 붙게 되는 거죠. 또 수입이 없는 전업주부의 명의로 계좌를 만들면 연간 38만 엔의 기초공제 범위 안에서라면 세금이 안 붙고요. 이 두 가지 방법을 사용하면 연간 58만 엔까지의 이자 및 배당소득은 세금이 없으므로, 이율 5퍼센트로서 1,160만 엔까지는 합법적으로 세금을 내지 않고 운용할 수 있다, 그런 류의 이야기인 겁니다."

N신탁의 지점장과 영업부장은 아키오의 말을 이해하지 못하고 멍한 표정을 짓고 있었다. 물론 다미야는 이런 세제상의 구멍을 잘 알고 있는 모양이었지만.

"확실히 그렇긴 합니다만 현실적이지가 않죠."

다미야가 하고 싶은 말은 그런 고식적인 절세법은 거액의 자산을 운용하는 부유층에는 도움이 되지 않는다는 것이었다. 아키오는 반대로 이 정도의 세법도 모르고 소중한 자산을 개인은행에 맡기는 사람은 '제발 내 돈을 마음대로 훔쳐가주세요'라고 부탁하는 것이나 마찬가지라고 생각했다.

"합법적으로 세금을 물지 않는 방법은 얼마든지 있습니다."

아키오는 조금 더 다미야의 도발에 장단을 맞춰주기로 했다.

"예를 들어 할인채를 외국의 금융기관에서 구입해 만기일 전에 매각하면 어떻게 된 영문인지 일본의 세법에서는 세금을 안 물게 되어 있습니다. 일반 채권이라도 이자 배당은 신고 대상이지만 매각익은 세금이 안 붙죠.

계약형 펀드를 이용해도 마찬가지고요. 일본의 세법에서는 외국의 계약형 투신의 매각익을 채권과 마찬가지로 보기 때문에 세금이 없습니다. 세법상으로는 배당이 없는 외국의 계약형 투신은 합법적인 세금

없는 상품이 되고 맙니다. 찾아보면 이런 투신은 얼마든지 있죠.

그러므로 해외의 할인채와 배당이 없는 계약형 투신만 투자하면 몇 백 억을 운용하더라도 합법적으로 한 푼의 세금을 안 물어도 되는 겁니다. 세무서에서 어떻게 판단할지는 모르겠습니다만."

다미야는 짜증스러운 표정을 지었다. 할인채와 계약형 투신을 사용하는 절세법은 그들이 고객을 유치하는 중요한 노하우였다. 그런 노하우를 인터넷으로 당당하게 공개하면 곤란한 것이다.

할인채란 이자가 붙지 않는 대신 90엔으로 팔아 5년 뒤에 100엔으로 상환해주는 채권이다. 미국의 국채시장에서는 증서에서 쿠폰(이자)을 떼어낸 할인채가 대량으로 유통되고 있었다.

일본의 금융기관에서 할인채를 구입하면 가장 먼저 상환차익의 18퍼센트가 세금으로 원천징수된다. 한편 같은 할인채를 외국의 금융기관에서 구입해서 중간에 매각하면 세금이 붙지 않았다. 이상한 이야기지만 일본의 세법은 그렇게 되어 있었다.

한편 투자신탁에는 투자가가 주주가 되는 '회사형'과 투자가가 수익증권이라는 계약서를 구입하는 '계약형'이 있다. 이 중 계약형 투신의 경우, 국내에서 설정된 상품은 매각익, 배당익 모두 20퍼센트의 원천징수세 대상이 되지만 어떻게 된 영문인지 외국의 계약형 투신은 채권처럼 취급되어 매각익에는 과세되지 않았다. 따라서 배당이 없는 계약형 펀드가 있으면 할인채와 마찬가지로 합법적인 비과세상품이 되었다.

"그렇지만 그렇게 복잡하게 자금을 운용할 수 있는 사람은 많지 않을 것 같은데요?"

N신탁의 영업부장이 옆에서 끼어들었다. 무엇이든 의견을 말하지 않으면 구라타 앞에서 체면이 깎일 거라고 생각한 것이다. 일순 다미

야의 얼굴에 경멸의 표정이 스쳤다. 이런 우물 안 개구리 같은 금융맨을 멸시하는 것이었다. 그것은 아키오도 마찬가지였다.

일본 금융기관의 영업 담당은 절세라고 하면 비자금으로 무기명 할인금융채나 골드바를 사는 정도밖에 생각하지 못한다. 과거 자민당 부총재였던 가네마루 신金丸信이 사용했던 탈세법이었다. '일본의 대부'라고 불렸던 정치가가 이런 무능한 방법밖에 몰랐다는 사실은 이 나라 금융계 수준이 얼마나 낮은지 대변하는 것이었다.

"딱히 어려울 건 없습니다. 조금만 공부하면 누구나 할 수 있는 일입니다."

아키오가 그렇게 대답하자 영업부장은 노골적으로 얼굴을 찌푸렸다.

"그렇지만 아마추어가 너무 많은 것을 알게 되면 나중에 사고로 이어지지 않을까요?"

다미야는 그래도 조금 현실적이었다. 일반 대중이 외국의 금융기관을 이용해 절세를 하려고 들면 금융청이나 국세청이 규제에 나설 것이고 모처럼의 노하우도 의미를 잃을 염려가 있었다. 아키오는 굳이 따지자면 그렇게 되는 쪽이 좋다고 생각하는 편이었다.

세법상으로 일본에 사는 이상 어떤 나라에서 얻은 소득이든 신고를 해서 세금을 내야만 했다. 그러나 해외 금융기관과의 거래로 얻은 이익을 신고하는 특이한 사람은 거의 없었다. 시골의 세무서 같은 경우는 해외에 투자해서 얻은 이익을 어떻게 처리해야 하냐고 물어도 제대로 대답을 못 한다. 귀찮은 나머지 "일본에 가지고 돌아와 엔으로 바꿀 때 신고를 하세요" 같은 말도 안 되는 소리를 할 때도 있다. 보아도 못 본 척하는 것이 실태라고 할 수 있었다.

설사 운 나쁘게 세무서에 적발된다고 해도 큰 금액이 아니라면 죄송합니다 하고 세금을 내면 된다. 너무 깐깐하게 나오면 다른 세무서 관할로 이사를 가면 끝이다. 세무서 데이터베이스는 일원적으로 관리가 되지 않기 때문에 관할이 달라지면 모든 기록이 리셋되고 다음 해는 모든 것이 다시 시작된다. 최근에 들어서야 겨우 법인소득에서 데이터베이스의 공유화가 시작되었지만 개인소득은 여전히 답이 없는 상태였다. 이 사실은 조금만 관심이 있는 사람이라면 누구나 알고 있었다.

해킹을 당하지 않을까 걱정은 되었지만 이런 지식을 널리 공유하는 마코토의 방식을 아키오는 통쾌하다고 생각했다.

"요즘은 어떤 의뢰가 많지?"

두 사람의 논쟁을 재미있게 듣던 구라타가 끼어들었다.

"요즘은 홍콩이나 오스트레일리아의 증권회사를 통해 일본의 주식을 매매하는 업자가 늘었습니다. 그렇게 하면 위법입니다만 거래는 해외의 증권회사 이름으로 이루어지므로 세금을 안 물어도 되니까요.

오프쇼어에 투자회사나 익명의 조합을 만들어 신규 공모주를 외국 증권회사에 몰아준 다음 IPO(주식의 신규 공개) 때 매각함으로써 세금 없이 소득을 얻는 방법도 유행했고요. 요즘은 워낙 주가가 떨어져서 한물갔지만요.

그리고 상속세 때문에 고액의 보험을 들고 싶어 하는 사람도 여전히 많습니다. 이 역시 세무서에서 인정해주지 않는 케이스가 늘고 있긴 합니다만."

아키오가 그렇게 설명하자, "외국 보험사의 생명보험이 어떻게 상속세 대책이 되는 겁니까?" 하고 N신탁의 지점장이 의아하다는 표정을 지었다. 다미야가 다시 얼굴을 찌푸렸다. 이 역시 그들이 부자들을 속여먹는 중요한 노하우 중 하나였다.

생명보험금을 상속하는 경우 법정상속인 한 사람당 500만 엔까지 비과세 대상이 된다. 부친이 사망하여 아내와 아이 둘이 남은 경우는 1,500만 엔이 비과세인 것이다. 여기에 상속세 기초공제 5,000만 엔과 법정상속인 한 사람당 1,000만 엔의 공제가 더해지므로 도심 1등지에 부동산 자산을 소유하고 있는 특별한 케이스 외에는 보험금에 상속세가 부과되는 경우는 거의 없다. 단 일부 부유층에게는 500만 엔이라는 비과세 금액이 아무 의미가 없지만 말이다.

그러나 상속세법에 따르면 보험금에 대한 '간주상속재산'의 특례는 국내의 생명보험 계약에만 적용된다. 그렇다는 것은 피상속인이 국내에 지점이 없는 해외의 보험회사와 계약한 경우 사망에 따른 상속인이 수령하는 보험금은 상속세의 과세 대상은 되지 못한다. 그렇다고 세금을 부여하지 않을 수는 없으므로 일반적인 일시소득으로 과세하는 것이다.

일시소득인 경우 총 수입금액에서 그것을 얻기 위해 지출한 금액을 제외한 수익의 2분의 1이 과세 대상이 된다. 상속인이 보험료를 지출한 것은 아니므로 만약 보험금이 10억 엔이라고 하면 수익도 10억 엔이고 과세 대상이 되는 일시소득은 5억 엔이다. 보험금이 100억 엔이라면 과세 대상은 50억 엔. 이런 원리가 인정된다고 한다면 사실상 상속세가 반액이 된다. 외국의 보험회사에서는 적절한 보험료를 전제로 이처럼 금액이 큰 계약을 하기도 한다.

게다가 일본 역시 최근 등장한 변액보험연금처럼 보험 계약 안에 복수의 투자신탁을 조합하는 경우가 있다. 이를 오프쇼어생보라고 하는데 이런 계약은 펀드를 해약해도 보험 계약이 유지되는 한 매각액에 대한 과세가 유보된다. 이런 조합을 이용해 모든 자산을 투자형 오프쇼어생보에 맡기면 실질적으로 세금을 내지 않고 운용이 가능했고 해약반환금과 보험금을 일시소득으로 받을 수 있다. 그 때문에 일부 사람들은 이를 해외생보를 이용한 궁극의 절세법이라 부르고 있었다.

단 이 '궁극의 절세법'에도 문제가 하나 있었다. 일본은 보험업법에 의해 국내 거주자가 해외의 보험회사와 계약을 맺을 때 내각총리대신의 허가를 받도록 정하고 있기 때문이다. 이 비현실적인 조문은 명분상으로는 국가의 보호를 받지 않는 보험 계약으로부터 국민을 지키기 위해서였지만 사실은 당연히 국내 생명보험회사의 기득권을 지켜주기 위한 것이었다.

그러나 이 조문을 무시하고 마음대로 외국의 생명보험에 가입하는 일본인은 끊이지 않고 금융청으로서도 그런 개인에게 "고이즈미小泉 총리에게 허가를 받으러 가라" 하고 말할 수는 없기에 완전히 사문화되어 있는 것이 현실이었다. 무엇보다 이 조문에는 벌칙규정은 있지만 최고 50만 엔의 벌금뿐으로 일단 체결한 보험계약을 해약시킬 수 있는 조항은 없다. 만약 허가 없이 해외의 생보사와 계약한 개인을 고발하더라도 지갑에서 50만 엔을 꺼내 "이거 낼 테니 이제 아무 말 말아요"라고 이야기하면 끝. 그런 만화 같은 이야기가 되는 것이다.

아키오가 그렇게 설명하자 지점장의 눈이 휘둥그레졌다. 어차피 보험을 이용한 절세법이라면 은행에서 돈을 빌려 변액보험을 드는 것밖에 모르는 사람들이다. 이런 멍청한 짓을 하게 되면 이자율의 저하와 담보가격의 하락으로 금리 부담이 현저하게 되어 파탄할 것은 뻔했다. 일본을 대표하는 대형 은행이 보험사와 결탁해 버블기에 이런 사기 같은 상품을 무지한 고객들에게 닥치는 대로 팔아치운 것은 주지의 사실이다. 그런 반사회적 기업이 막대한 세금의 투입으로 구제되고 있었다.

다미야가 불편한 심정을 얼굴에 드러내는 것을 보고 "그럼 슬슬 시작할까?" 하고 구라타가 중재에 들어갔다.

아오키는 서류가방에서 일본국채 묶음을 꺼냈다. 액면가 100만 엔 짜리 국채가 100장이므로 액면가로 1억 엔, 시가로는 1억 2,000만 엔 정도였다.

이 액면가 1억 엔짜리 국채는 이 자리에서 구라타로부터 왕원혼王永康 이라는 홍콩인에게 증여될 예정이었다. 일반적인 경우는 증여소득이 시 가로 계산되어 최고 70퍼센트의 증여세가 부과되지만 외국인 비거주자 인 왕원혼에게는 일본의 세제가 적용되지 않는다. 홍콩에서는 증여소득 은 세금이 붙지 않으므로 이 액면가 1억 엔짜리 국채는 합법적으로 전 액 그의 것이 된다.

그런데 이 왕이라는 인물을 구라타는 전혀 몰랐다. 아키오 자신도 본인을 만난 적은 없었다. 단 왕은 다미야가 소속된 스위스의 개인은 행에 계좌를 보유하고 있었으며 아키오는 그로부터 백지위임장을 받 았다. 간단히 말해 명의는 달라도 실질적으로는 아키오의 계좌나 마찬 가지인 것이다. 왕은 실재하는 인물이지만 창의 소개로 돈을 받고 계 좌신청서에 사인을 한 것뿐으로 그 계좌가 어디에 사용되는지는 전혀 몰랐다.

이 국채는 그대로 다미야에게 건네졌고 왕의 명의로 된 개인은행의 계좌에 입고될 것이다. 이는 해외송금의 일종이지만 실제로는 다미야 의 개인은행이 N신탁에 가지고 있는 계좌에 국채를 맡기고 서류상으 로 입고처리를 하는 것뿐이었다. 국채 다발을 택배편으로 오프쇼어에 보낼 수는 없는 일이다.

그리고 아키오는 왕의 대리인으로, 입고된 국채의 매각을 의뢰할 예 정이었다. 실제로는 왕의 사인이 되어 있는 빈 레터헤드에 필요한 텍

스트를 타이핑해서 건네는 것뿐이었지만 말이다. 당연히 아키오가 관여한 증거는 남지 않는다. 이 의뢰는 바로 다미야로부터 N신탁은행에 전해지고 10분 정도면 현금화된다. 구라타가 가지고 온 액면가 1억 엔짜리 국채가 1억 2,000만 엔의 현금이 되어 왕의 계좌에 입금되는 것이다. 오늘 전원이 모인 것은 이 의식을 진행하기 위해서였다.

예전에는 일본국채를 가지고 있어도 비거주자인 경우에는 상속세와 증여세는 물지 않았다. 자신의 아이를 해외로 내보내 비거주자로 만든 다음 생전에 증여하면 얼마든지 세금 없이 재산을 물려줄 수 있었다. 그러나 일부의 세리사와 공인회계사들이 이 방법을 상속세 대책으로 활용하면서 부유층에게 널리 알려지게 되었고 결국 2000년 4월 조세특별조치법 개정으로 상속인이 비거주자라 할지라도 일본국채를 보유하고 있으면 과세 대상으로 더해지게 되었다.

지금은 이 방법으로 상속세를 피하기 위해서는 상속인과 피상속인 양쪽 모두 비거주자이고 5년 이상 일본 국내에 거주하지 않아야만 가능했다. 증여세도 이 규정에 준하는 까닭에 설사 아키오가 비거주자라 하더라도 구라타가 일본 국내에 사는 이상 증여를 받으면 과세가 된다. 이 때문에 일본 국적이 아닌 사람에게 증여할 필요가 생기는 것이다.

최근 사용되기 시작한 이 수법은 구라타가 가지고 온 국채가 왕에게 증여되었다는 흔적이 전혀 남지 않는다. N신탁은행의 계좌에 국채가 입고되었을 뿐이므로 해외에 송금한 기록도 없다. 만에 하나 세무당국이 국채의 행방을 의심한다고 하더라도 실태를 파악하기란 불가능에 가까울 것이다. 혹시 증여 사실을 알게 되었다 하더라도 외국인의 계좌에 입고되어 있는 이상 손을 쓸 방법은 없다.

모든 과정은 15분 만에 끝났고 구라타는 "수고했네"라는 말을 남기고 자리를 일어섰다. 지점장과 영업부장이 감사하다고 굽신거리며 배웅했다. 다미야는 조금 화가 난 표정을 짓고 있었다. 자신이 단순한 도구로 사용되는 것이 마음에 들지 않는 것이다. 그렇다 하더라도 이 1억 2천만 엔의 예금은 다미야의 실적이 된다. 나쁜 이야기는 아니었다.

신탁은행을 나선 뒤 아키오는 구라타의 권유로 리무진을 타고 가까운 데이코쿠帝國호텔로 갔다. 차 안에서 준비해온 서류를 비서인 아오키에게 넘겼다.

데이코쿠호텔에서도 구라타는 VIP 대우였다. 현관 정면에 차를 댄 뒤 아오키가 "먼저 용건을 마쳐놓겠습니다" 하고 프런트로 향할 무렵에는 도어맨으로부터 연락을 받은 부지배인이 황급히 달려왔다. 구라타는 부지배인의 정중하기 짝이 없는 인사에 적당히 대꾸하고 아키오를 로비 옆 의자로 끌고 갔다. 어디에서 온 것인지 넓은 홀에는 한껏 치장한 아줌마들로 넘치고 있었다. 머리가 아플 만큼 향수 냄새가 진동하고 있었다. 거기에 타이완에서 온 관광객 단체까지 합세하자 마치 러시아워의 전철 같은 느낌이었다.

"오늘은 구도 씨에게 부탁할 것도 있고 식사라도 대접할까 하는데. 시간은 괜찮겠나?"

주위의 시끄러운 소리에도 아랑곳 하지 않고 구라타는 정장 안주머니에서 은으로 만든 회중시계를 꺼내 힐끗 시간을 확인했다.

"지하 일식당에 자리를 마련했으니 아오키가 오면 낮술이라도 한잔 하지."

리무진 안에서 비서 아오키에게 건넨 서류는 왕의 계좌에 있는 국채의 매각대금을 달러로 바꾼 뒤 구라타의 계좌에 송금하도록 지시하는 것으로 아오키는 그것을 프런트에서 스위스로 FAX를 보내러 갔다.

조금 전 국채를 입고한 개인은행에 구라타 역시 계좌를 가지고 있었다. 그것도 계좌명이 없는 넘버어카운트였다. 동일 은행 내의 계좌 간 송금은 외부에서는 전혀 알 수 없다. 자금을 일단 엔예금에서 달러예금으로 환전한 것은 송금 시 일본은행을 거쳐 중계되는 것을 피하기 위해서였다.

이것으로 구라타가 가져온 액면가 1억 엔의 국채는 아무 흔적도 없이 스위스 개인은행의 달러예금으로 바뀌었다. 이 모든 과정을 세무서가 파악한다면 자금을 세탁하기 위한 해외송금이 되겠지만 N신탁은행도 개인은행의 일본 주재원인 다미야도 구라타의 국채가 외국인인 왕에게 증여되어 매각한 것밖에 보지 못했다. 만약 그들에게 세무조사가 들어간다고 해도 부정하게 송금한 증거는 어디에도 존재하지 않는다. 채권과 신탁은행을 이용한 이 수법은 일본 국내의 자금을 해외에 옮기는 가장 우아한 방법 중 하나였다.

구라타는 옛날 사람답게 본처가 낳은 자식들 외에도 첩이 낳은 자식도 있었다. 본인의 담백한 성격 때문인지 배다른 형제들의 사이는 나쁘지 않은 모양이었지만 자신이 죽은 뒤에 상속 문제로 싸우는 것을 피하기 위해 구라타는 첩의 아이를 불러 담판을 지었다. 물려줄 재산은 생전에 증여로 외국 은행에 맡길 테니 대신 상속권은 주장하지 않는 조건이었다. 첩의 자식은 대기업 상사맨으로 외국에서 체류한 경험도 있었으며 합리적인 사고방식을 가진 사람으로 두 말 없이 승낙했다고 했다. 아키오가 송금을 도운 자금은 언젠가 이 배다른 자식과 대학을 막 졸업한 그의 손자가 공동명의로 개설한 오프쇼어의 계좌로 송금될 것이다. 아키오가 아는 것만으로도 10억 엔 이상 송금했으니 최종적으로는 얼마나 될지 상상도 되지 않았다.

일본처럼 인감을 사용하지 않고 사인만으로 자금이 움직이는 구미의 금융기관에서는 본인에게 무슨 일이 생길 경우를 대비해 공동명의로 계좌를 만드는 것이 보편적이다. 오프쇼어의 금융기관에서 이 공동명의를 이용하면 만약 아버지가 죽은 경우 자식은 아버지를 명의인에서 빼고 새로 손자를 명의인으로 하면 계좌의 자산을 그대로 상속할 수 있다. 게다가 이는 단순한 계좌명의인의 변경이므로 상속한 증거가 남는 일도 없다. 스위스나 룩셈부르크 등 전통적인 유럽의 오프쇼어 금융기관에서는 이렇게 대대로 이어지는 막대한 자금이 잠자고 있었다. 일본에서도 막부 말기부터 메이지유신 사이 외국 상인에게 금을 팔아 막대한 부를 쌓음으로써 재벌의 기초를 다진 상인들이 있었다. 그들의 재산 중 일부가 오프쇼어 은행에 맡겨져 몇조 엔이나 되는 자산으로 불었다는 소문이 사실인지 아닌지는 알 수 없지만 존재했다. 물론 이런 자금이 존재한다고 하더라도 절대 공개되지는 않을 것이지만 말이다.

아키오는 구라타의 의뢰로 손자의 자산운용을 위한 어드바이저 일을 하고 있었다. 아키오가 권한 운용법은 자금 전액을 리스크가 없는 정기예금으로 하는 것과 손자에게 해외계좌가 존재한다는 사실을 알려주지 않고 그 대신 아들이 유언장을 써서 변호사에게 신탁하는 것이었다. 미국에 있을 무렵 평생 일하지 않아도 될 만큼의 돈을 손에 넣은 20대 젊은이가 어떻게 전락하는지 직접 눈으로 봤기 때문이었다.

돈으로 행복을 살 수 없다는 것은 이 세상에 존재하는 진실 중 하나다. 가난하면 사람은 불행할 수밖에 없다는 것 또한 진실이기는 하지만.

딱히 불만을 표시하지 않는 것을 보면 구라타는 아키오의 방침에 만족하는 모양이었다.

아오키가 돌아오자 구라타는 앞장서서 아키오를 지하에 있는 교카이세키京懷石(일본 전통 풀코스 정식-역자 주) 가게로 안내했다. 송금지시서는 아오키 눈앞에서 호텔의 세단기에 넣어져 처리되었을 것이다. 이로써 송금을 한 기록은 어디에도 남지 않게 되었다.

아무리 점심이라고 해도 최저 1만 엔 이상 하는 고급 가게였지만 그래도 자리의 절반은 차 있었다. 대부분이 일본에 출장을 온 외국기업의 간부를 접대하는 자리였다. 그들은 초밥과 정식 요리를 먹고 게이샤와 즐기고 고급 여관에서 잠을 자고는 나름 만족해서 돌아간다. 최근에는 일본의 불량채권을 긁어모으는 벌처펀드 관계자들도 증가했다.

가게에 들어간 구라타가 "여어" 하고 말을 걸자 주방에서 여주인이 황급히 달려와 그대로 안쪽 개인실로 안내했다. 다실을 본 딴 방으로 멋진 족자가 걸려 있었다. 자리에 앉자 바로 주방장이 인사를 와서 "요리는 어떻게 할까요?"라고 물었다. 구라타는 "적당히 알아서 해주게"라고 대답하면서 "한잔 하겠나?" 하고 아키오를 바라보았다.

"네에, 그러죠"라고 대답하자 기쁜 표정으로 웃으며 차가운 술을 주문했다. 의사가 술을 금지한 까닭에 마실 구실이 필요한 것이다. 이런 면을 보면 아이 같았다.

"구도 씨의 홈페이지, 나도 보았네." 구라타가 물수건으로 얼굴을 닦으며 말했다. "물론 아오키가 인쇄해준 걸 확대경을 써서 본 거지만."

비서인 아오키가 서류가방에서 프린트한 종이를 꺼냈다.

"젊은이들이 이런 일에 흥미를 가지는 건 바람직한 일이야. 내가 30대였을 때는 오프쇼어 같은 건 아무도 몰랐어. 지금은 전 세계의 금융기관을 자유롭게 조사할 수 있으니 굳이 등급이 낮은 일본의 은행 같은 곳을 이용할 필요가 없지. 은행도 증권사도 보험사도 3분의 2가 망하지 않으면 이 나라는 안 변할 거야."

구라타는 미국의 대학에서 경제학과 금융학을 공부한 사람으로 2차 대전 중 부친이 지킨 자산을 전후 해외에서 운용하기 시작했다. 1달러 =360엔이었을 시대였다. 그리고 고도성장기에 외국의 금융기관에 맡긴 돈으로 일본기업의 주식을 사 막대한 부를 구축한 것이었다. 그런 일들을 모두 독학으로 했으니 보통 인물은 아니다. 구라타가 해외의 자금으로 구입한 일본의 주식은 스테이트스트리트뱅크 같은 외국의 신탁은행 명의로 되어 있다. 이를 일본의 경제지는 '외국인 주주'라고 쓴다. 국내에 있는 자산만 해도 엄청난 부자였지만 이런 해외자산까지 더하면 몇 천억이라는 상상조차 어려운 금액이 될 것이다.

차가운 술과 곁들임 안주가 나왔다. 곁들임 안주는 유부를 술에 찐 것이었다. 구라타는 안주를 한 점 집어 먹더니 흐뭇한 표정으로 술을 입으로 가져갔다. 이 역시 명가로 불리는 양조장에서 특별히 만든 모양이었다. 최근 일본술은 계속 가벼워지면서 거의 물이나 마찬가지였다. 뉴욕에서는 모두 화이트와인의 일종이라고 생각하는 정도다.

처음 구라타를 만났을 때 "자산운용에 성공하는 방법은 뭔가?"라고 물었다. 아키오는 잠시 생각한 뒤 "자산운용을 하지 않는 것과 세금을 내지 않는 것"이라고 대답했다. 구라타는 그 대답을 듣고 크게 웃었고 그 뒤로 아키오에게 일을 주었다.

리스크를 지고 승부를 한다고 하더라도 마켓에서 이익을 보는 것은 극히 일부의 천재들뿐이다. 그렇다면 대다수의 사람들은 처음부터 투자 따위 안 하는 편이 낫다. 한편 세금을 내지 않으면 그만큼 확실하게 이익이 난다. 이는 리스크도 없을 뿐더러 누구나 할 수 있는 확실한 방법이었다. 어떤 전문가도 세금보다 많은 이익을 안정적으로 내는 일은 간단하지 않다.

그렇게 생각하면 가장 현명한 자산운용술은 자금을 오프쇼어은행의 정기예금에 맡기고 그냥 내버려두는 것이었다. 조금이라도 법률을 어기고 싶지 않다면 할인미국채나 계약형 채권펀드도 나쁘지 않다. 동시다발테러 이후 FRB의 연이은 금리인하로 수익은 낮아졌지만 2001년 초반 달러예금은 연 5퍼센트의 금리를 유지했다. 이 실질이율을 복리로 운용하면 불필요한 리스크를 짊어지는 것보다 훨씬 나았다. 예의 그 뼈아픈 실패를 한 이후 아키오는 그렇게 생각하고 있었다.

구라타는 60년대 고도성장기가 올 때까지 계속 투자 찬스를 기다리다가 큰 승부에 나섰다. 그 도박에 성공을 거둔 뒤는 과도한 리스크를 지지 않고 자산을 보전하는 일에 주력했다.

아키오는 자신의 실패담을 구라타에게 말했다.

"계속해서 큰 성공을 거두는 운 좋은 인간은 없지." 구라타는 그 이야기를 듣고 이렇게 말했다. "구도 씨는 재능이 있어. 때가 올 때까지 기다리도록 해. 그리고 더러운 돈에는 손대지 말고. 이 두 가지를 지키면 원하는 것을 손에 넣을 수 있을 거야."

회는 도미, 성게, 넙치의 지느러미살이 나왔고 채소조림과 가다랑어구이, 새우튀김이 나온 다음 마지막으로 송이밥과 송이찜으로 마무리하는 호화로운 점심이 끝났다. 술기운에 눈꼬리가 살짝 붉어진 구라타가 용건을 꺼냈다.

"고이五#건설이라는 기업에 마베間部라는 전무가 있는데 그 사람과 상담을 좀 해주겠나?"

"무슨 문제라도 있습니까?" 하고 아키오가 물었다.

"그건 마베에게 직접 들었으면 좋겠군. 구도 씨만 괜찮다면 내일 오전 중에라도 만나줬으면 싶은데 뭔가 급한 일이라도 있나?"

아키오는 괜찮다고 대답했다. 구라타는 사업과 관련해서는 쓸데없는 이야기는 절대 하지 않는다.

"그런데 이번 일의 사례는 어떻게 하면 될까?"

아키오는 잠시 생각한 뒤, "일본에서 돈을 쓸 일이 좀 있어서 괜찮으시다면 현금으로 받고 싶습니다"라고 대답했다.

보수는 송금액의 1퍼센트로 정해져 있었다. 이번에는 1억 2,000만 엔을 송금했으므로 아키오의 보수는 120만 엔이다.

구라타는 비서인 아오키에게 가까운 은행에서 현금을 인출해 차에서 기다리라고 말했다. 그 뒤 최근 시작했다고 하는 도예 이야기를 했지만 도예에 소양이 없는 아키오에게는 찰흙공예와 뭐가 다른 건지조차 이해하기 어려웠다.

호텔 앞에서 아오키로부터 현금이 든 봉투를 받았다. 슬쩍 안을 살펴보니 종이띠가 묶인 채 지폐 다발이 두 묶음 들어 있었다. 약속된 금액보다 80만 엔이나 많은 것이다. 이는 마베라고 하는 사람의 의뢰를 받아준 것에 대한 사례일 것이다. 그것이 어떤 상담이든 이 돈을 받은 이상 거절할 수는 없다는 뜻이었다.

13

추오센中央線을 타고 일단 신주쿠로 돌아가 야마노테센山水線으로 갈아타 다카다노바바에 도착한 것은 오후 두 시를 넘어서였다. 온다조사정보에 전화를 거니 역에서 걸어서 5분 정도 떨어진 곳이라고 했다. 잠시 뒤 도착할 것이라고 하자 기다리겠다는 대답이 돌아왔다.

사무실은 동쪽 출구를 나와 빅박스빌딩 뒤쪽의 작은 건물 3층에 있었다. 어느 사이엔가 구름 사이로 약한 햇살이 비쳤다. 하필이면 엘리베이터가 점검 중인 까닭에 좁은 비상구를 올라갈 수밖에 없었다. 1층에는 음식점이 있어 쓰레기와 행주 등이 계단 한쪽에 산처럼 쌓여 있었다.

벨을 누르자 기다렸던 것인지 "어서 오세요"라는 목소리와 함께 활짝 문이 열렸다. 아키오를 맞이한 사람은 청바지에 운동복이라는 자유로운 복장을 한 20세 전후의 젊은 여자였다. 아르바이트를 하는 학생처럼도 보였다. "마키真紀 씨, 응접실로 모셔"라는 목소리가 안쪽에서 들리자 "네에" 하고 길게 대답했다. 맥이 빠질 만큼 여유로운 분위기였다. 사무실의 넓이는 열 평 정도로 책상 세 개와 응접실이 전부였다.

소장인 온다는 50대 중반의 뚱뚱한 남자로 머리 꼭대기 쪽이 반짝반짝 빛나는 대머리였다. 파일을 한쪽 손에 들고 와이셔츠 차림으로 나타나더니 명함을 건네자마자 바로 본론으로 들어갔다. 쓸데없는 잡담은 싫어하는 성격 같았다. 마키라고 불린 여자아이가 위태로운 모습으로 차를 들고 왔다.

"말씀해주신 전화번호는 바로 알아냈습니다. 와카바야시 야스코若林康子라는 여성의 이름으로 등록이 되었더군요."

온다는 파일에서 꺼낸 서류를 보며 그렇게 말하더니 "이제 어떡하실 겁니까?"라고 물었다.

"등록한 주소는 알 수 있나요?"

"물론이죠."

"그 전화번호는 와카바야시 레이코라는 여성이 자신의 것이라고 했던 번호였습니다만 개인적인 사정으로 그 여자의 행방을 찾고 있습니다."

온다는 짧지만 날카롭게 슬쩍 아키오를 보고는 "그 개인적인 사정이라는 것을 들려주실 수는 없으신가요?"

"그건 좀…. 그렇지만 범죄와 관련된 것이 아니라는 것만큼은 약속드릴 수 있습니다."

그렇게 대답하자 온다는 잠시 생각하는 척하더니 "그럼 그 말씀을 믿도록 하겠습니다"라고 말했다. 의뢰자의 사정을 깊이 파고들어서는 사업을 꾸려나가기 어려운 것은 어디나 마찬가지다. 솔직히 말하자면 의뢰자가 직접 사무실을 찾아와 준 것만으로도 감사해야 할 일이었다.

"그런데 와카바야시 야스코라는 여성은 아시나요?"

아키오는 고개를 저었다.

"찾으시는 분이 이 여성의 전화를 사용했다고 하면 무슨 혈연관계일 겁니다. 모친이거나 자매거나…. 호적과 주민등록을 조사해보면 조금 더 자세한 것을 알 수 있을지도 모르죠. 그 외의 개인정보도 쉽게 조사할 수는 있습니다만 어떡하시겠습니까?"

"구체적으로 어떤 개인정보죠?"

"일반적으로는 신용정보와 범죄이력 정도입니다만 행방불명이 되었다고 하면 은행계좌를 조사해서 ATM 이용기록을 체크할 수도 있습니다. 모든 은행이 가능한 것은 아닙니다만 웬만한 은행은 대부분 할 수 있습니다."

"출입국 기록도 조사할 수 있나요?"

"여권번호를 알면 가능합니다. 단 입국관리국의 데이터베이스에 접속하는 일은 어려우므로 바로 알 수 있는 것은 나리타와 간사이 공항뿐입니다."

아키오는 재킷 안주머니에서 준비해온 레이코의 여권 복사본을 꺼냈다. 페닌슐라호텔에서 한 장 더 해놓았던 것이다.

"이 여성을 찾고 있습니다."

온다는 그 복사본을 손에 들더니 "대상자의 신분증이 있다면 훨씬 작업이 간단해지죠"라고 말한 뒤 "아름다운 분이군요"라고 덧붙였다.

"알 수 있는 개인정보는 모두 조사해주십시오."

의뢰 내용을 서류에 적으며 온다가 "최저 50만 엔 정도의 조사료가 들 것 같습니다만?" 하고 물었다.

아키오가 고개를 끄덕이자 "그럼 계약금으로 30만 엔을 주시고 나머지는 성공보수로 부탁드리겠습니다. 조사를 못 한 항목에 대해서는 비용을 받지 않겠습니다"라고 말했고 그렇게 상담은 정리가 되었다.

아키오는 구라타로부터 받은 봉투 속에서 종이띠가 묶여 있는 현금을 꺼내 30만 엔을 건네며 "영수증은 필요 없습니다"라고 말했다. 온다가 처음으로 얼굴에 미소를 띠었다. 하드보일드한 조사원이라 할지라도 세무서에 신고하지 않아도 되는 돈은 반가운 것이다.

"그리고 레이코는 한때 인재파견회사에 등록되어 히시토모부동산의 임원비서로 일했던 모양입니다."

"인재파견회사의 이름이 뭔가요?"

얼마 전 답변을 안 해주던 회사 이름을 말하자 "아아, 거기라면 괜찮습니다. 파견한 곳이며 업무 내용을 조사해보죠"라고 별것 아니라는 듯이 대답했다.

아키오는 어떻게 이렇게 간단히 개인정보를 알 수 있는 것인지 온다에게 물었다. 실제로 궁금했던 것이다.

"어디든 비밀 같은 건 없습니다." 온다가 웃었다.

"예를 들어 NTT 같은 휴대전화회사의 직원 중에는 회사에서 얻을 수 있는 정보를 팔고 싶어 하는 인간이 항상 일정 수 이상 있습니다. 이런 인간들은 대개 도박에 빠져 빚이 엄청난 경우가 많죠. 그 점을 노리고 사채업자들은 이자 대신 회사의 고객데이터베이스를 팔라고 협박을 합니다. 들키더라도 잘리는 정도일 뿐이므로 사채업자의 협박에 비하면 회사의 윤리규정 같은 건 아무것도 아니죠. 단말기를 두드리기만 하면 되니까 죄책감도 들지 않고요. 그중에는 적극적으로 고객의 데이터를 팔아치우는 녀석도 있습니다. 뭐 그런 식으로 정보가 모이는 겁니다. 은행원이나 경찰, 공무원도 마찬가지죠. 모두들 돈이 필요하니까요.

그리고 그 반대쪽에는 당신처럼 정보를 돈으로 사고 싶어 하는 사람이 있죠. 가장 절실한 경우는 기업에 대한 신용조사입니다. 자칫 사기사건에라도 휘말리면 회사가 무너질지도 모르니까요. 또 일본처럼 근로자의 권리를 강하게 보호해주는 나라에서는 혹시 정신병자를 고용하기라도 하면 기업은 막대한 손실을 입게 되죠. 그런 리스크에 비하면 일상적인 행실조사 한 건당 30만 엔, 기업의 신용조사 한 건당 50만 엔은 공짜나 다름없습니다. 물론 우연히 마주친 여성의 주소와 전화번호를 알고 싶어 하는 스토커나 아이돌이 자주 가는 레스토랑을 찾아달라는 사람도 많이 있고요."

온다는 다시 아키오의 얼굴을 들여다보았다. 아키오는 순간 본인이 스토커가 된 것 같은 기분이 들었다.

"정보의 제공자와 정보의 소비자 사이를 이어주는 것이 정보통이라 불리는 브로커들입니다. 그들은 경찰, 전화회사, 신용정보회사에 인맥이 있어 의뢰가 들어오면 전화 한 통으로 필요한 정보를 모을 수 있습니다. 단 그런 일들은 불법이거나 한없이 불법에 가까운 일이므로 불특정 다수의 고객에게 정보를 팔아댈 수는 없는 거죠. 특히 요점은 개인정보보호 문제로 시끄러워서 눈에 띄는 행동을 하면 바로 경찰이나 신문사에 밀고를 당하곤 합니다.

그래서 저희 같은 흥신소나 조사회사가 소비자의 창구 역할을 하는 겁니다. 정보통은 여기저기 흥신소 및 조사회사에 자신의 정보원情報源을 파는 거죠. 저희들은 고객으로부터 의뢰가 있으면 안면이 있는 정보통 중에서 가장 싸고 확실한 곳을 골라 일을 발주하는 것이고요. 정보통 역시 이런 식으로 해야 정보원을 지킬 수 있으니 좋은 거죠."

온다의 이야기를 듣고 정보의 매매는 금융업이나 마찬가지라는 생각을 했다. 정보통은 홀셀러wholeseller(위탁판매업체)이고 흥신소와 조사회사는 리테일retail(소매상)인 셈이다. 도매상이 여기저기 소매상에 상품을 공급한다면 어디서 구입해도 마찬가지다. 큰 곳이든 작은 곳이든 큰 차이가 없다.

정보사업의 장점은 한 사람에게 팔든 100만 명에게 팔든 원가가 똑같다는 점이다. 그 때문에 양질의 정보원을 확보한 정보통은 여기저기 많은 흥신소와 조사회사에 영업을 하여 볼륨디스카운트로 계약을 하면 된다. 만약 전화번호를 알아내주는 조사가 건당 8만 엔이라면 그것을 제공처인 정보원과 도매상인 정보통 그리고 소매상인 흥신소 및 정보회사가 나눈다고 하면 각각 3만 엔에 가까운 금액 정도가 된다. 원가는 공짜나 마찬가지이므로 엄청나게 이익인 것이다.

개인정보도 금융정보도 일개의 데이터에 불과하다. 그러나 그것이 가치가 있으면 무한하게 증식된다. 조만간 개인정보가 라면처럼 팔리는 일도 올 것이다.

아키오는 온다에게 뭔가 알게 되면 바로 휴대전화나 메일로 연락해줄 것을 부탁하고 자리에서 일어섰다.

다카다노바바에서 야마노테센을 타고 가다 니시닛포리西日暮里에서 지하철을 갈아타고, 약 30분 뒤 아야세綾瀬 역에 도착했다. 시각은 아직 오후 5시가 되지 않았지만 늦은 가을 해는 벌써 지고 있었다. 온다가 가르쳐준 와카바야시 야스코의 주소는 아야세 남쪽에 있었다. 아야세 강을 건너자 그곳에서 도쿄구치소의 회색 벽이 길게 이어지고 있었다.

아키오는 대학 시절부터 계속 추오센 근처에서 살았기 때문에 도쿄의 북쪽은 거의 모른다. 그래도 버블기 이후 도심 재개발이 이루어지고 있지 않으며 이 근처가 점차 슬럼화되고 있다는 것 정도는 알고 있었다. 슬럼이라고 해도 일본의 슬럼가는 훨씬 평화롭고 밤에 여자 혼자 다닐 수 있을 정도였지만 말이다.

니시구치西口 역 앞에 위치한 광장에 금발의 젊은이들이 한가롭게 진을 치고 있었다. 학교생활을 포기했지만 그렇다고 일을 하는 것도 아닌, 부모에게 기생하며 하루하루를 사는 아이들이었다. 그들은 휴대전화와 차만 있으면 얼마든지 공짜로 가출 소녀와 섹스를 할 수 있는 시대에 살고 있다. 몇 개의 눈이 아키오를 힐끗 쳐다보았지만 자신들과는 관계가 없는 인종이라는 것을 알아차리고 금세 평소의 죽은 물고기 눈으로 돌아갔다.

중국이나 남아시아, 남미에서 돈을 벌러 온 노동자의 모습도 자주 보였다. 그들도 불황으로 일자리를 잃은 뒤 할 일이 없는 것은 마찬가지였다. 그러나 그들은 가난에 시달리는 고향으로 돈을 보내지 않으면 안 된다. 막대한 빚을 내서 일본에 온 사람도 많다. 여권이 만료되어도 돈을 충분히 모으지 못하면 불법체류를 하며 일하는 수밖에 없다. 그런 만큼 범죄의 길로 빠져들기도 쉬웠다.

번화가를 지나는 동안 계속해서 호객행위를 하는 사람들에게 붙잡혔다. 옆 앞의 대형 슈퍼를 제외하면 가게라고 해도 술집과 편의점 정도밖에 없다. 그 외에는 드럭스토어와 소고기덮밥집, 100엔숍뿐이다. 편의점 앞에는 여중생이 교복 차림으로 길가에 쪼그리고 앉아 담배연기를 내뿜고 있었다.

와카바야시 야스코의 집은 아야세 강과 가까운 곳으로 낡은 목조 주택과 연립주택이 밀집한 쓸쓸한 주택가 안에 있었다. 번지를 표시하지 않은 집이 대부분인 탓에 찾는 데 고생했지만 그곳은 지은 지 30년은 넘어 보이는 2층 목조 연립주택이었다. 1층이 집주인의 집이고 2층부터가 입주자들이 사는 모양이었다. 우편함을 보니 2층은 모두 네 세대가 있었다. 건물의 크기를 감안하면 조그마한 원룸일 것이다.

우편함에는 입주자 중 두 사람의 이름이 적혀 있었다. 나머지 두 곳은 이름표가 없고 창문도 봉인되어 있었다. 아무래도 비어 있는 듯했다. 입주자가 있는 듯한 쪽도 불은 꺼져 있었다. 2층으로 올라가는 계단 옆으로 신발장과 공동으로 사용하는 세탁기가 놓여 있었다. 계단을 오르니 복도 맞은편이 공동화장실이었다. 각 방의 문은 베니어판으로 되어 있었다. 이렇게 허름해서야 옆방에서 나는 소리는 모두 들릴 것이다.

아키오는 집 앞에서 잠시 생각을 했지만 집주인에게 물어보는 수밖에 없다고 판단하고 벨을 눌렀다. 한참을 기다리자 현관에 불이 켜지고 70이 넘어 보이는 주름투성이의 노인이 얼굴을 내밀었다. 무엇인가를 팔러 온 것이라 생각했는지 의심스러운 눈초리로 아키오를 바라보았다.

"저기, 여기 와카바야시 야스코라는 여자 분이 살지 않았나요?"라고 묻는 순간, 노인의 얼굴이 갑자기 시뻘게지더니 "또 그 여자 얘기야?

나는 아무것도 몰라. 돌아가, 썩!" 하고 호통을 치고 쾅 하고 문을 닫더니 잠가버렸다. 협상의 여지가 없다는 표현이 이런 것일 것이다.

너무나도 사나운 모습에 당황하며 물러서자 노인의 고함소리가 들렸는지 맞은편 집에서 어떤 여자가 얼굴을 내밀었다. 머리카락을 빨갛게 염색한 것이 술집 아가씨 같아 보였으나 꽃무늬가 들어간 화려한 앞치마를 보면 주부처럼도 보인다. 한눈에도 말을 걸고 싶어 안달이 난 듯한 표정이었다. 아키오가 머리를 긁으며 인사를 하자 "웬 고함을 저렇게 치나 모르겠네요" 하고 안됐다는 표정을 지었다.

"와카바야시라는 여자 때문인 거죠?" 여자가 단도직입적으로 물었다.

"네에. 야스코 씨라는 분이 여기 살고 있는지 어떤지 물어본 것뿐이었는데…."

"얼마 전 수상쩍은 사람들이 잔뜩 몰려왔거든요. 그때 일로 저 영감님도 화가 많이 났어요."

"수상쩍은 사람요?"

"야쿠자 말이에요." 여자가 옅은 웃음을 띠었다. "이 골목에 갑자기 벤츠가 와서 서더니 난리가 났었어요."

"언제 그런 일이 있었나요?"

"글쎄요, 2주 정도 전이었나? 무섭게 생긴 애꾸눈 남자가 저희 집까지 와서 레이코라는 여자를 봤냐고 묻더라고요. 여하튼 그 여자와 모친이 어디 있냐고 난리를 쳐서 결국 집주인이 경찰을 불렀고 그때서야 물러가더라고요. 대체 무슨 일인 거죠?"

여자가 호기심 어린 표정으로 물었다.

아키오는 혼란스러웠다. 이 여자 집에 찾아온 애꾸눈 야쿠자라는 것은 고로가 틀림없었다. 2주 전이라면 홍콩에 오기 전이었다. 레이코가 돈을 훔친 직후 구로키가 이곳을 알아내었고 레이코가 있는 곳을 말하라고 집주인을 협박한 것이었다. 그렇다면 와카바야시 야스코는 레이코의 어머니인 셈이 된다.

구로키는 어떻게 이곳을 알아낸 것일까? 나와 마찬가지로 전화번호로 알아낸 건가?

"와카바야시 씨와는 아는 사이였나요?"

여자의 질문은 무시하고 오히려 물었다.

"저는 여기 온 지 얼마 안 되어 몰랐는데 야쿠자가 온 뒤 소문이 많이 돌았어요. 결국 그 모녀와 가깝게 지냈던 노인에게 사람들이 물었는데, 10년 정도 전까지 고등학생인 딸과 둘이서 살았대요. 그러다가 무슨 경찰이 출동할 정도의 문제가 생겨서 나갔다고 하더라고요. 그 영감이 거의 노망이 든 상태라 자세한 것은 잘 모르겠지만요."

그리고 "정말 무서운 일이 있었대요" 하고 여자가 목소리를 낮췄다.

"무슨 일이 있었나요?"

이번에는 여자가 아키오의 말을 무시하고 딴청을 피웠다. 기브앤드테이크를 하지 않으면 말을 하지 않겠다는 뜻이었다.

아키오는 "그 아가씨와 돈 문제가 좀…." 하고 슬쩍 이야기를 흘렸다.

"역시!" 여자가 호기심을 억누르지 못하는 눈으로 아키오를 쳐다보았다. "그럼 당신은 사채업자?"

"뭐어 그런 사람입니다." 아키오는 적당히 둘러대었다.

"그 어머니도 딸도 이 근처에서는 소문난 미인이었대요."

"요즘 딸이 여기 왔다는 이야기는 못 들으셨나요?"

"그걸 야쿠자도 끈덕지게 물었어요. 이웃사람들 얘기로는 못 본 모양이지만요. 애당초 10년도 전에 떠난 이 낡은 집에 왜 굳이 찾아오겠어요?"

전화번호만으로는 와카바야시 야스코와 레이코가 혈연관계인지는 알 수 없다. 그렇다면 구로키는 호적을 보고 여기를 알아내었을 것이다. 와카바야시 야스코가 레이코의 모친이라면 당연히 살펴보러 왔을 것이고 와보니 그저 낡은 집만 있을 뿐 아무 단서도 없자 집주인을 추궁한 것일 터이다.

아직 구로키는 전화번호를 모르는 것 같았다. 그렇다면 아직도 기회는 있었다.

그때 시장을 보고 오던 주부 몇 명이 나타났고 그 모습을 본 여자가 "아, 제가 저녁밥을 하던 중이라서요. 그럼 이만" 하면서 급하게 집으로 들어갔다. 발걸음을 옮기는 아키오를 이번에는 이웃집 주부들이 호기심 어린 눈으로 쳐다보았다.

아야세 역 앞의 담배 연기 자욱한 찻집에서 아키오는 싱거운 커피를 마셨다. 레이코와 그녀의 모친이 살았던 집을 주부들의 호기심 어린 눈총을 받으며 돌아서 역까지 오는 동안 많은 의문이 피어올랐다. 한 번쯤 그것들을 정리할 필요가 있었다.

레이코는 올해 31살이다. 맞은편에 사는 여자 말로는 고등학생인 레이코가 공동화장실이 있는 그 싸구려 연립주택에 어머니와 같이 살았다고 했다. 십여 년 전의 이야기였다. 그리고 경찰이 찾아올 정도의 사건이 있었고 어머니와 함께 이곳을 떠났다. 이웃집 여자의 말로는 '무서운 일'이 있었다고 했다. 대체 이곳에서 무슨 일이 있었던 것일까? 그것이 첫 번째 의문이었다.

아키오는 샤넬, 구치, 불가리 등의 명품을 걸치고 있던 레이코의 모습을 떠올렸다. 아까 본 싸구려 연립주택을 나온 지 10년 만에 레이코는 엄청난 사치를 부릴 수 있는 신분이 되었다. 그렇다면 모친은? 지금 어디에 있는 것일까?

어느 쪽이든 레이코의 약혼자 이야기가 완전히 엉터리가 아닌 것은 분명했다. 그런 형편으로는 레이코의 모친은 딸에게 맞선 이야기도 못 했을 것이고 약혼자를 집으로 초대하는 일도 불가능했을 것이다. 그렇다면 그 약혼자는 어떤 사람이고 어떻게 알게 된 거지? 아키오는 홍콩의 피크카페에서 전화를 걸었을 때 "네에, 사나다입니다"라고 했던 젊은 남자의 목소리를 떠올렸다. 이것이 두 번째 의문이다.

레이코와 모친이 그 연립주택을 떠난 뒤에도 주민등록은 그곳으로 되어 있었다. 이웃집 여자는 아무도 살지 않았다고 했다. 그렇지만 레이코는 그 집에 설치된 전화를 자신의 연락처로 지정했다. 구로키가 집주인을 위협한 것도 임대계약이 유지되고 있기 때문일 것이다. 집을 해약하면 당연히 전화를 사용할 수 없다. 그렇다는 것은 지난 십여 년간 누군가 임대료를 지불하고 있었다는 뜻이 된다. 누가 무슨 목적으로 그런 일을 한 걸까? 이것이 세 번째 의문.

어쨌건 며칠 전까지 그 집의 전화가 살아 있었던 것은 분명했다. 홍콩의 창의 사무소에 걸려온 전화는 그대로 레이코의 모친의 집으로 연결된다. 그렇다면 레이코는 어떻게 전화를 받은 거지? 그 연립주택에서 계속 전화가 울리기를 기다린 건가?

그럴 가능성은 없었다. 요즘은 어떤 전화라도 원격으로 음성 메시지를 들을 수 있다. 만약 외국 금융기관의 전화연락을 받는 것만이 목적이라면 부재중 메시지를 영어로 해놓으면 된다. 계좌명의인과 같은 이름을 대면 그들은 아무 의심도 없이 용건을 말할 것이다. 그것을 다른 곳에서 듣고 다시 연락을 하면 되는 것이다. 한 번만 부재중 설정을 해놓으면 레이코가 국내에 있을 필요조차 없었다. 그렇게 생각하면 확실히 아무도 없는 방에 있는 전화기 쪽이 좀 더 일처리가 편하다.

여기서 아키오는 중요한 사실을 깨달았다. 만약 아직 그 집에 전화기가 남아 있다면 그곳에는 오프쇼어의 은행에서 보낸 메시지가 남아 있을 가능성도 있었다. 물론 원격으로 메시지를 삭제하는 일도 가능하므로 확률은 그리 높지 않다. 그러나 만에 하나 송금을 확인하는 메시지가 남아 있다면 50억이 잠들어 있는 은행이 어디인지를 알 수 있게 된다.

거기까지 생각했을 때 아키오는 계산서를 집어 들고 일어났다. 계산을 마치고 가게를 나온 아키오는 온 길을 돌아가기 시작했다. 시계를 보니 오후 6시가 넘어 있었다. 해는 이미 저물었고 창백한 가로등 불빛이 차가운 거리를 비추고 있었다. 군데군데 저녁을 준비하는 기척이 느껴졌지만 주택의 절반은 아직도 돌아오지 않은 건지 깜깜한 상태였다.

와카바야시 야스코의 집에 들어갈 방법이 있는 것은 아니었다. 다시 한 번 그 집주인 노인을 불러내어 돈을 쥐어주고 문을 열어달라고 할까? 이웃집 주민이 아직 와 있지 않으면 문을 부수고 들어갈까? 그 얇은 베니어판이라면 장도리 같은 것으로 자물쇠를 부수는 것도 어렵지는 않을 것이다.

연립주택 앞에 와보니 다행히도 입주자는 두 사람 모두 아직 돌아오지 않았다. 1층의 집주인도 창에 덧문까지 잠그고 조용했다. 아키오는 일단 빈 신발장에 구두를 넣고 소리가 나지 않도록 조용히 2층으로 올라갔다.

2층의 빈 집은 두 집이 있었지만 레이코의 모친이 살았던 집은 입구 근처인 201호실일 것이라 생각했다. 다른 한 집은 얼마 전에 이사를 간 듯 우편함 이름표를 떼어낸 지 얼마 안 되었기 때문이었다.

아키오는 혹시나 해서 주머니에서 손수건을 꺼내 지문이 남지 않도록 조심스럽게 201호실 문의 손잡이를 놀렸다. 예상 외로 손잡이는 쉽게 돌아갔고 문이 열렸다. 애초에 잠겨져 있지 않았던 것이다.

창에 덧문까지 달아놓은 탓에 실내는 캄캄했고 아무것도 보이지 않았다. 문 바로 옆에 좁은 부엌이 있고 그곳에 더러운 가스레인지가 하나 놓여 있다는 정도만 알 수 있었다.

두꺼비집을 찾으니 복도 맞은편 공동 화장실 옆에서 발견했다. 201호실의 차단기를 올리고 집으로 돌아와 전등이 있는지 확인했다. 다행히 부엌 쪽의 백열전구가 있었다. 스위치를 올리자 노란 불빛이 좁은 방을 비추었다.

한눈에 의미 없는 행동이었다는 사실을 깨달았다. 빈 집에는 전화는 고사하고 가구 하나 남아 있지 않았다. 새로 들어올 입주자를 위한 수리를 하지도 않았는지 바닥은 습기를 먹어 눅눅했고 장지문도 곳곳이 찢어진 채 있었다. 벽에도 군데군데 균열이 보인다. 방은 좁고 어둡고 음습했다. 집의 방향상 1년 내내 오후 햇빛이 들어왔을 것이다. 이런 곳에 레이코가 살았다니 도무지 믿어지지 않았다.

아키오는 전화기 콘센트를 찾았다. 그것은 부엌 바로 옆에 있었다. 희미한 불빛을 의지해 그 근처 바닥을 눈이 빠져라 살펴보니 딱 한 곳 먼지가 쌓여 있지 않은 사각형 공간이 있었다. 틀림없었다. 전화기는 여기에 놓여 있었고 최근 누군가 가져간 것이었다.

그때 문득 아키오는 벽장 맹장지에 이상한 무늬가 있다는 사실을 깨달았다. 가까이 다가가 보니 마치 페인트가 묻은 것 같았다. 그 아래쪽 바닥도 마찬가지로 검게 얼룩져 있었다.

아키오는 맹장지 일부를 찢어 부엌의 전구 밑으로 가지고 갔다. 맹장지를 비비니 손에 약간의 검은 가루가 묻는다. 대량의 피가 흘렀던 흔적이라는 것은 의심할 여지가 없었다.

어떤 이유인지는 알 수 없지만 과거 이곳에서는 엄청난 양의 출혈이 있었다. 그 이후 계속 이 방은 버려진 것이다.

아키오는 집을 나온 뒤 다시 한 번 밖에서 연립주택을 바라보았다.

어두운 가로등 불빛에 녹이 슨 덧문과 계단 손잡이가 쓸쓸하게 비치고 있었다. 고등학생이었던 레이코가 그녀의 어머니와 둘이서 살았던 집.

멀리 개 짖는 소리가 들렸다. 그리고 정적.

14

신주쿠 가부키초歌舞伎町에 있는 재즈바에서 버번을 마시고 있었다.

아키오가 학생 시절 뻔질나게 드나들었던 신주쿠의 재즈다방은 버블의 파도에 휘말려 거의가 카페 혹은 바가 되었고 버블의 붕괴와 함께 술집 아니면 란제리펍으로 바뀌었다. 이곳은 땅값이 오르지도 성매매 업소도 되지 않았다. 덕분에 기적처럼 60년대의 재즈를 들을 수 있는 것이다. 좁은 계단을 내려가면 오른쪽에 기다란 카운터가 있고 통로를 사이에 두고 두 사람이 겨우 앉을 만한 작은 테이블이 몇 개인가 놓여 있었다. 다른 용도로 개조하기에는 너무 좁았을 것이다.

가게로 가는 도중 호텔에 전화를 해보니 구라타로부터 메시지가 와 있었다. 마베를 만날 장소와 시간이었다. 또 탐정사무소의 온다로부터 도 연락을 해달라는 메시지가 와 있었다. 혹시나 해서 사무실로 전화 를 해보았지만 아무도 받지 않았다.

주머니에서 검게 물든 맹장지를 꺼내 테이블 위의 어두운 스탠드에 비춰보았다. 딱딱하게 마른 것이 조금만 힘을 주어도 부수어져 먼지가 될 것 같았다. 아키오는 그것을 잠시 쳐다보다가 구겨서 재떨이에 버렸다.

문득 시선이 느껴져 고개를 돌리니 마코토가 숨을 헐떡이며 서 있었다. 신주쿠 역에서부터 달려온 모양이었다. "늦어서 죄송합니다"라고 말하자마자 두꺼운 다운재킷을 벗으며 "맥주 주세요"라고 카운터를 보고 소리쳤다. 마치 선술집에라도 온 것 같은 모습이었다. 마스터는 무뚝뚝한 얼굴로 대답도 하지 않았지만 딱히 기분 나빠 하는 것도 아니었다.

아야세 역에서 마코토에게 전화해 "일본에 왔어. 오늘 밤이라면 만날 수 있는데"라고 전할 때부터 흥분한 상태였다. "일이고 뭐고 지금 바로 달려갈게요" 하는 것을 겨우 말린 다음 밤 10시 신주쿠에서 만나기로 한 것이었다.

"레이코 씨는 찾았나요?"

나온 맥주를 잔에 붓고 단숨에 비우더니 인사도 없이 마코토가 물었다.

어떻게든 진정시키지 않으면 이야기를 할 수 없었다. 아키오는 마코토의 빈 잔에 맥주를 따르고 자신은 버번을 더블로 한 잔 더 주문했다.

"오랜만이니 일단 건배부터 하지."

그렇게 말하자 마코토는 깜짝 놀라는 표정으로 "그러네요. 죄송합니다" 하고 잔을 들었다.

"와카바야시 레이코로부터 그 뒤에 연락이 있었나?"

"전혀요."

"그녀에 대해 물어보는 사람은?"

"아키오 씨밖에 없었어요. 저기, 홍콩에서 무슨 일이 있었던 건가요?"

"왜 그렇게 그녀에 대해 알고 싶어 하는 거야?"

"그거야 뭐…."

마코토의 얼굴이 새빨개졌다.

"아무 일도 없었어." 아키오가 웃으며 말했다. "그녀가 원하는 대로 법인과 은행계좌를 만들어줬어. 그것뿐이야."

"그럼 왜 아키오 씨가 일본으로 오신 건데요?"

이번에는 의아한 눈으로 아키오를 쳐다보았다.

"그녀와는 상관없어. 다른 고객에게 문제가 생겨서 내가 올 수밖에 없었던 거지. 온 김에 그녀에게 우편물도 전할까 했고."

마코토에게는 가능한 한 사정을 이야기하지 않기로 생각했다. 레이 코로부터 연락이 온 것 같지도 않았고 다행히 구로키도 아직 접촉이 없는 모양이었다.

"딱히 걱정할 일은 없어. 그녀와 연락이 되지 않아 곤란하긴 하지만."

"사라진 건가요?"

마코토가 슬픈 표정으로 물었다.

"그런 이야기는 아냐." 아키오는 고개를 흔들었다. "우연히 일본에 올 일이 있어 우편물을 전하려고 했는데 알고 있던 전화번호로 통화가 안 되는 것뿐이야. 그녀의 새 연락처를 알면 좋겠지만 몰라도 어쩔 수 없지."

마코토는 아직 납득이 안 되는 모양이었지만 조금은 진정이 된 모양이었다. "레이코 씨가 메일주소밖에 안 알려줬거든요" 하더니 크게 한숨을 쉬었다. "그 뒤 몇 번인가 메일을 보낼까 생각했는데 좀처럼 용기가 안 나서…."

"긴자에서 그녀를 만났을 때 뭔가 사적인 이야기는 안 했어?"

"어떤 거요?"

"가족 일이라든가 태어난 고향 이야기라든가 어렸을 때 일이라든가 등등 뭐든."

마코토는 삼시 생각에 잠겼다.

"전화로도 말했지만 '어떤 일을 하세요?'라고 물으니 얼마 전까지 부동산회사에서 임원비서를 했고 결혼을 하게 되어 회사를 그만두었다. 지금은 신부수업 중이라면서 웃기만 했어요. 올해 가을에 한다고 했는데 그것 때문에 주소가 바뀐 건가?"

마코토는 "약혼자는 어떤 사람인지 아세요?"라고 아키오에게 물었다.

아키오는 잠자코 고개를 저었다. 아는 것이라고는 그 녀석 때문에 힘든 지경에 처했다는 사실뿐이었다.

"그 외에는?"

"그리고 홍콩에서 무엇을 하고 싶은가에 대한 이야기를 했고 아키오 씨가 어떤 사람인가 물었어요. 약혼자가 시켜 홍콩에 회사를 만들어야 한다면서 의뢰를 받아줄지 무척 걱정했고요. 그런데 저보다 아키오 씨가 홍콩에서 많이 이야기하지 않았나요?"

이번에는 아키오가 생각할 차례였다.

"법인설립이야 간단하잖아. 같이 에이전트를 찾아가 등기서류에 사인을 했고 그것으로 끝이었어. 딱히 대화한 것도 없어."

이는 새빨간 거짓말은 아니었다. 아키오는 열흘 남짓 레이코와 같이 지냈지만 약혼자 이야기 외에는 전혀 개인적인 이야기를 하지 않았다.

"그 우편물을 안 전하면 큰일이 나는 건가요?"

"은행에서 보낸 명세서니까 못 받아도 딱히 큰일 날 것은 없어. 새로운 연락처를 모르면 그녀가 연락을 할 때까지 기다리는 수밖에."

"그렇구나. 그럼 오늘이라도 제가 메일을 보내볼게요. 아키오 씨가 찾는다는 말도 하고요."

마코토가 큰 소리로 떠들자 주위의 손님들이 두 사람을 노려보았다. 레이코에게 연락할 구실을 찾은 일로 흥분한 것이다.

그리고 마코토는 레이코가 얼마나 멋진 여성인지를 길게 설명하기 시작했고 아키오는 자신이 불러낸 죄로 그 말을 들어줄 수밖에 없었다. 긴자의 커피숍에서 자신이 남자들에게 얼마나 질투 어린 시선을 많이 받는가 하는 이야기를 다섯 번 정도 반복하고 맥주 세 병을 비운 후에야 겨우 레이코에 대한 이야기는 끝이 났다.

"그건 그렇고 아키오 씨에게 물어보고 싶은 게 있어요." 마코토가 비로소 화제를 바꾸었다.

"예의 테러가 있은 뒤 오프쇼어에 대한 규제가 심해지지 않을까 하는 문의가 엄청 오거든요. 홈페이지에 뭐라고 대답하면 좋을까요?"

"아무것도 안 변할 거라고 대답하면 돼." 아키오가 대답했다. "오프쇼어에 대한 규제는 계좌의 진짜 주인을 알 수 없는 법인계좌와 신탁계좌에 대한 거야. 개인계좌까지 마크되는 건 아랍인뿐이지. 일본인은 신용도만큼은 이상하게 높으니까 일본인 고객이 여권을 제출해 개설한 계좌가 규제당할 일은 절대 없어. 1,400조 엔이라는 개인금융자산에 대한 환상도 있을 테니 테러건 뭐건 외국의 금융기관은 일본인은 언제나 환영이지. 그것이 탈세 목적이라고 해도 전혀 상관없어."

"그렇군요. 조금 안심이 되네요." 마코토는 맥주잔을 입으로 가져갔다. 오늘은 특히 속도가 빠르다. "그렇지만 오프쇼어 자체가 사라지거나 하는 일은 없을까요?"

"전 세계 모든 국가가 국가주권을 포기하지 않는 이상 그것도 불가능해." 바로 아키오가 대답했다. "일본에서도 오키나와를 택스헤이븐으로 만들어 경제를 활성화시키자는 운동이 일어나고 있지만 원래 오프쇼어는 오키나와 정도의 규모인 국가나 지역이 대부분이야. 관광 외에 자원이 없고 경제적으로 자립하기가 어려운 곳이지. 단 오키나와는 한 가지 다른 점이 있어. 국가주권이라는 것을 가지고 있다는 점이지."

아키오가 말하고 싶은 것은 다음과 같았다.

근대 사회는 국가주권이라는 환상에 근거하여 성립되었다. 미국, 러시아, 중국, 인도 같은 대국도 100만 명이 되지 않는 소국도 하나의 국가라는 이념에서 대등한 것이다. 이는 민주주의 사회에서 빌 게이츠 같은 갑부도 우에노공원의 노숙자도 인간적으로 대등한 것과 마찬가지다.

만인에 평등한 인권이라는 것은 민주주의를 지탱하는 장대한 허구지만 이를 부정하면 근대 사회는 붕괴될 수밖에 없다. 이와 마찬가지로 그것이 아무리 황당무계할지라도 모든 국가에는 평등하게 국가주권이 있다는 허구를 부정하면 국제사회가 성립되지 않는 것이다.

주권이라는 것은 원래는 신의 권리로 다른 어떠한 존재도 그 권리를 침해할 수 없다. 그곳이 작은 섬나라라고 할지라도 국가를 자처하는 이상 주권을 가지고 있으므로 다른 나라는 독립국의 주권 행사에 어떤 강제력도 가지고 있지 않다. 택스헤이븐인 국가가 국민에게 일거리를 제공하고 더욱 행복하게 하기 위해 다른 국가에게 유해한 세제를 도입한다고 그것을 막을 권리는 누구에게도 없는 것이다.

법인세나 자산에 대한 과세를 없애 외국의 기업을 유치하고 부유층을 모으는 일에 성공하면 주민의 고용이 발생하고 관광업과 상점 및 음식점도 활성화된다. 국가의 재정은 등록세 등 각종 수수료와 거주자의 소득세 등으로 메우면 되는 것이다. 아일랜드는 수도 더블린을 택스헤이븐으로 만듦으로써 글로벌기업의 유럽 거점으로 삼는 데 성공했다. 테러리스트의 소굴에서 유럽 경제의 우등생으로 변신한 것은 극히 최근의 일이다. 자원이 없는 가난한 나라나 지역에서 택스헤이븐화는 그야말로 합리적인 선택인 것이다.

"그렇지만 세금이 없는 나라가 계속 증가하다 보면 결국은 모든 나라에서 세금이 없어지지 않을까요?" 마코토가 드디어 이야기에 관심을 보였다.

"맞아." 아키오가 말했다. "현실적으로는 택스헤이븐국가가 존재하기 때문에 다른 나라들의 세수는 크게 타격을 받지. 자금의 글로벌화에 의해 거액의 자금이 택스헤이븐 지역으로 자유롭게 이동하면 자산에 대한 과세는 사실상 불가능해지니까 말이야. 그렇게 되면 국가는 개인의 소득에 과세하는 수밖에 없어. 결과적으로 많은 자산을 가진 자는 더욱 부자가 되고 빈부의 격차가 확대되지. 이것이 택스헤이븐이 유해세제라고 일컬어지는 이유인 거야."

그 결과 OECD를 중심으로 택스헤이븐에 대한 대책이 논의되고 있지만 여전히 효과적인 해결방법은 찾지 못했다. 그도 그럴 것이 애당초 국가주권이라는 허구적인 전제가 있는 이상 원리적으로 유해세제를 규제하는 일은 불가능한 것이다.

이렇게 세계는 '택스아비트리지tax arbitrage'라는 거대한 힘에 농락당하게 된다.

자금이 해외로 유출되는 일을 캐피털플라이트capital flight라고 하지만 그런 일을 막기 위해 각국은 경쟁적으로 세율을 내릴 수밖에 없다. 실제로 미국은 상속세(유산세)의 폐지를 거의 결정했으며 법인세의 철폐도 의회에 상정 중에 있다. 그렇게 되면 전 세계의 기업은 미국에 본사를 옮길 것이다. 한편 유럽에서는 소득세율을 조금씩 내려 세수의 중심을 부가가치세(소비세) 쪽으로 바꾸는 중이다.

택스헤이븐인 국가의 존재에 의해 사실상 다른 많은 나라들이 과세주권을 침해받는 것이다. 그렇기 때문에 이 문제는 쉽지 않다.

"그렇다면 지금 진행 중인 머니론더링 대책은 어떤 건데요?"

지금의 마코토는 호기심으로 불타오르고 있었다.

"택스헤이븐 국가 역시 국제사회에서 살아가야 하는 이상 나름대로의 배려가 필요해. 테러리스트는 물론이고 마약이나 무기의 밀매, 유아매춘, 인신매매 등의 범죄에 이용되면 좋은 일은 없으니까.

특히 유럽의 웬만한 오프쇼어 지역은 모두 검은 자금에서 손을 끊고 싶어 해. 그러던 와중에 911동시다발테러가 일어났고. 그래서 그렇게 열심히 FBI에 협력하는 거야."

"그럼 오프쇼어를 이용하는 절세법도 앞으로는 사용을 못 하나요?"

"그것과 이건 다른 이야기야." 아키오는 살짝 한쪽 눈을 감았다.

"택스헤이븐인 국가들이 꺼리는 돈은 범죄에 관련된 자금뿐이야. 그렇지만 그들에게 있어 탈세는 범죄의 범주에 들지 않아. 왠지 알겠어?"

잠시 생각한 뒤 마코토는 고개를 흔들었다.

"택스헤이븐에는 소득세도 법인세도 자산과세도 상속세도 없어. 따라서 애당초 탈세라고 하는 개념이 존재하지 않는 거야. 다른 나라에서 탈세를 범죄라고 간주하는 것은 그 나라의 사정일 뿐 자신들의 나라에서는 범죄가 아닌 거지. 예금자가 국가에 세금을 내지 않는 것은 그들에게는 합법적인 행동이라는 건데 이것도 아까 얘기한 국가주권의 응용이라 할 수 있어."

"그렇다면 앞으로도 세금을 피하기 위한 자금이 택스헤이븐으로 흘러가겠군요…."

"그런 일이 한도를 넘는 순간 무슨 일이 일어날지는 아무도 몰라."

"그렇군요. 정말 어려운 문제네요." 마코토가 얼굴을 찡그렸다.

"오프쇼어를 이용한 자금세탁이 어려워지면 범죄자나 테러리스트들은 어떻게 되는 거죠?"

다시 마코토의 질문 공세가 시작되었다. 힐끗 시계를 보니 이미 오전 1시가 넘어 있었다. 내일 아침은 구라타가 부탁한 고이건설의 마베라는 사람을 만나야 한다. 조금만 더 같이 있다가 끝내기로 결심했다.

"머니론더링이야 오프쇼어를 이용하지 않아도 쉽게 할 수 있어. 적어도 오사마 빈라덴은 말이지."

마코토는 눈을 빛내며 아키오의 말을 듣고 있었다.

"일본에서도 가끔 지하은행이 화제가 되지? 대부분은 브라질에서 일본으로 돈을 벌기 위해 온 노동자가 사용하는 곳인데 일본 국내에 있는 지하은행 지점에 노동자가 현금을 가지고 가서 맡기면 가족은 현지 지점에서 같은 금액의 돈을 받을 수 있어. 쉽게 말하자면 상조회 같은 조직이지만 일본에서는 은행법으로 은행면허를 받은 사업자 외에는 외환업무가 금지되어 있어 위법행위가 돼. 사실 일본의 은행들이 받는 해외송금수수료가 비싼 탓에 그런 지하은행을 이용하는 거니까 조금만 더 규제를 완화해주면 좋을 텐데 말이야."

현재 국내 도시은행을 통해 해외로 송금하면 환수수료는 별도로 한 건당 5,000엔 이상씩 송금수수료를 챙긴다. 외국인 노동자가 한 달간 필사적으로 일해 고국에 송금할 5만 엔을 모아도 그 돈을 송금하면 10퍼센트 이상을 금융기관에게 빼앗긴다. 시급 600엔으로 계산하면 5,000엔은 거의 하루의 임금에 해당하는 돈이다.

그런 이유로 사적이고 값이 싼 송금서비스 업자가 등장한 것이다. 일본에서 일하는 외국인 노동자가 그 업자에게 5만 엔을 들고 가면 업자는 고국의 지점에 입금되었다는 연락을 한다. 그러면 가족이 그 지점에 가면 5만 엔에 해당하는 현지 통화를 훨씬 싼 수수료로 인출할 수 있는 것이다. 업자 쪽은 어느 정도 돈이 쌓이면 모은 돈을 송금하면 된다. 이렇게 하면 한 건당 수수료는 훨씬 싸진다. '지하은행'이라는 무시무시한 이름으로 불리고 있지만 사실은 일반 금융기관보다 훨씬 효율적인 해외송금시스템인 것이다.

"이런 상조회적인 송금시스템은 사실 이슬람교도 사이에서도 널리 이용되고 있어." 얼음이 녹아 부드러워진 버번을 조금 마시고 아키오는 설명을 계속했다. 마코토는 이야기에 푹 빠져 있었다.

"그 송금시스템을 '하와라'라고 하는데 전 세계에 전개되어 있어 이슬람교도라면 전 세계 어디에서도 적은 비용으로 가족에게 돈을 보낼 수 있지.

부족 간 분쟁으로 91년에 무정부 상태에 빠진 동아프리카 소말리아에서 다수의 난민이 미국으로 흘러들었는데 그들은 그곳에서 저임금 노동에 종사하며 번 돈을 고국으로 보냈어. 내전으로 황폐해진 고향에서는 그렇게 보내오는 외화가 가족이 연명할 수 있는 유일한 방법이었으니까.

소말리아도 이슬람국가로 그들도 고국에 보내는 송금은 하와라를 사용했지. 알바라카트Al Barakaat라고 하는 송금회사였는데 이곳은 중동 최대의 택스헤이븐인 아랍에미리트에 본거지를 두고 미국 각지에 지점을 전개하고 있었어. 미국에서는 은행이 아니라도 외환업무를 할 수 있으니까 엄연한 합법적인 기업이야.

이 알바라카트에 미국에서 일하는 소말리아인이 필사적으로 모은 돈을 보내면 그것을 현지에서 가족들이 인출해서 내일 식량을 사지. 그리고 하와라는 기존의 금융시스템에 거의 의존하지 않으니까 비용이 무척 싸. 그러나 은행망을 이용하지 않는 하와라의 송금시스템에는 치명적인 결함이 있어. 그게 뭔지 알겠어?"

마코토는 다시 생각에 잠겼다.

"미국에서 맡긴 돈을 소말리아에서 인출하는 거잖아요. 하와라라고 하는 것은 은행을 사용하지 않는 사적인 송금시스템. 어라? 그렇게 되면 가장 중요한 송금은 어떻게 하는 건가요?"

"그게 포인트야." 이제야 마코토는 평소의 스마트함을 되찾은 것 같았다.

"미국의 하와라에는 노동자들이 가져온 달러가 쌓이지. 그렇게 되면 소말리아의 하와라에도 그만큼의 달러가 있어야 돼. 그러지 않으면 돈을 인출할 수 없으니까. 하와라의 시스템이 성립하기 위해서는 항상 상대되는 거래를 하는 인간이 필요한 거지."

"그렇다면 소말리아의 하와라에 달러를 가져가고 미국의 하와라에서 달러를 인출히는 인간이 있다는 거군요."

"그게 오사마 빈라덴이라는 거야. 그는 아프가니스탄에서 마약비즈니스로 모은 돈을 소말리아로 가져가서 넣고 미국에서 인출했지. 그가 인출한 달러는 소말리아의 난민이 가족에게 송금하기 위해 필사적으로 모은 돈이었어. 그 돈이 테러리스트의 활동자금으로 뿌려진 거고. 어때? 금융기관을 이용하지 않아도 멋지게 머니론더링이 됐지?"

"정말 대단한 시스템이군요!" 마코토가 감탄하며 말했다.

"조금은 도움이 되었을지 모르겠군."

아키오는 웨이터를 불러 계산서를 부탁했다. 마코토는 계산을 하려는 아키오를 제지하며 "일본에 왔을 때 정도는 제가 살 수 있게 해주십시오"라며 양복 주머니에서 지갑을 꺼냈다.

가게를 나오자 오전 2시가 넘었음에도 가부키초는 여전히 사람으로 넘치고 있었다. 코마극장 앞에서는 허름한 복장을 한 젊은 남자가 서툰 솜씨로 포크송을 부르고 있었고 그 모습을 금발로 염색한 여고생들이 멍하니 보고 있었다. 그 주위에는 가라오케 광고지를 뿌리는 아르바이트생이며 샐러리맨으로 보이면 무조건 말을 거는 호객꾼. 길에 앉아 있는 험상궂은 눈의 젊은이. 허벅지가 다 보이는 짧은 미니스커트에 가슴을 훤히 드러낸 코트를 입고 추운 듯 서 있는 외국인 여자들. 이 거리만큼은 언제 와도 변함없이 인간의 욕망으로 이루어져 있었다.

들려오는 말 중 절반 이상이 중국어였다. 아키오도 광동어와 보통어(북경어)의 구별을 할 수 있었지만 그것과는 다른 발음과 억양도 꽤 들렸다. 복건어 아니면 상해어일 것이다. 중국요리점과 대만요리점도 어느 사이엔가 상당히 늘었다.

신주쿠에서 택시를 잡기 전 창으로부터 부탁받은 프로그램 복제품을 마코토에게 건넸다. 마코토는 "아아" 하고 맥 빠진 얼굴로 받더니 아무렇게나 숄더백에 집어넣었다. 그리고 문득 생각이 난 듯이 "창 씨는 건강한가요?"라고 물었다. 평소라면 프로그램에 대한 마니아적인 지식을 정신없이 이야기했겠지만 그만큼 레이코에게 마음을 빼앗긴 듯했다. 아키오는 마코토를 불러낸 일을 조금 후회했다.

"창 씨는 여전해." 그렇게 말하고 택시를 세운 뒤 "이 근처에 묵고 있으니까 난 걸어서 갈게"라고 전했다. 이야기를 더 하고 싶어 하는 마코토를 억지로 택시에 태웠고 뭔가 생각나는 게 있으면 연락해달라며 휴대전화 번호를 알려주었다.

"레이코 씨를 만나면 꼭 저에게도 알려주세요."

마코토는 몇 번이나 당부하고는 갔다.

어디선가 조금 더 마시고 갈까 하는 생각이 들었지만 내일 약속이 있는 것을 떠올리고 그대로 호텔로 돌아갔다. 방에 놓아두었던 위스키 미니병을 열어 스트레이트로 마시던 중에 아오키는 어느 사이엔가 잠이 들었다.

잠에 빠져드는 아오키의 뇌리에 피가 흩뿌려져 있는 허름한 연립주택이 순간 떠올랐다가 사라졌다.

15

고이건설의 마베와 만나기로 한 곳은 회사가 아니라 오전 9시 아카사카미츠케赤坂見附에 있는 뉴오타니호텔 가든라운지였다. 넓은 일본식 정원이 보이는 창가 자리에 앉아 안표로 정한 봉투를 테이블 위에 놓고 기다리자 약속시간보다 5분 늦게 고급 양복을 입은 초로의 신사가 허겁지겁 나타났다. 풍채도 덩치도 좋은 것이 한눈에도 상장회사의 임원으로 보이는 남자였다.

아키오는 평소처럼 오전 6시에 일어나 뜨거운 물로 샤워를 해 머리를 깨운 뒤 고이건설에 대해 조사했다. 재벌의 계열사로 출발했으나 역시나 버블기의 과잉투자로 큰 손해를 입었고 채권단이 상당 부분 채권을 포기했음에도 여전히 2,500억 엔이 넘는 부채를 짊어지고 있었다. 385억 엔의 주주자본에 대해 연결잉여금은 마이너스 378억 엔으로 채무초과 직전이었다. 관련 그룹에 제3자할당증자를 요청했으나 주가 자체가 액면가인 50엔도 되지 않아 딱히 방법이 없었다. 한때는 5,000억 엔을 넘었던 매출도 4,000억 엔 미만으로 후퇴하였고 2001년 전반기는 1,500억 엔의 매출 달성도 위험한 상태였다. 한마디로 언제 도산해도 이상하지 않을 정도다.

"죄송합니다. 아침 회의가 길어지는 바람에. 불황이 참 여러 사람을 힘들게 하는 것 같습니다" 하고 털털하게 웃으며 말했지만 눈은 웃지 않고 아키오를 관찰하고 있었다. 예상 외로 거친 복장이 신경 쓰이는 모양이었지만 구라타로부터 소개받은 이상 신용할 수밖에 없다고 생각할 것이다. 그는 바로 의뢰 내용을 설명하기 시작했다.

아키오는 마베가 주주대표소송과 관련하여 자금을 은폐해달라고 의뢰할 것이라 예상했다. 상장기업의 임원 정도 되면 언제 어느 때 대표소송의 피고가 될지 모른다. 특히 종합건설사 같은 경우는 버블기의 실태가 드러나면 언제든 소송을 당할 수 있다. 그리고 일단 패소하면 퇴직금은 물론이고 전 재산을 빼앗길지도 모른다. 그러므로 아직 임원인 동안 부동산 같은 자산을 매각하여 금융자산으로 바꾼 뒤 해외로 빼돌리는 것이 유행하고 있었다. 아키오도 지금까지 몇 건인가 도와준 적이 있었다. 일단 자금을 해외로 빼돌리면 추적하는 것은 거의 불가능하므로 만약 주주대표소송에서 패한다고 해도 자신과 가족의 생활은 지킬 수 있다. 어차피 배상금은 회사에서 지불되는 것이고 변호사만 돈을 벌 뿐이므로 이런 일도 사람을 돕는 일의 일종이라고 아키오는 생각하고 있었다.

아키오의 예상대로 고이건설에는 주주대표소송이 일어날 만한 부정한 금융 안건이 많이 있었고 마베는 그중 몇 가지에 담당 임원으로 결재를 한 적이 있다고 했다. 그중에는 이미 감사가 소송을 제기하겠다고 내용증명이 도착한 것도 있는 만큼 사태는 급박하기 이를 데 없는 상황이었다. 그래서 어떡해서든 자신의 재산을 보호하고 싶다고 구라타에게 상담을 했고 구라타는 아키오를 소개해준 것이다.

"2002년 4월 상법을 개정해 주주대표소송이 제기되어도 임원이 지불해야 하는 배상금의 상한액은 연봉의 네 배까지로 제한할 것 같은데 6월 주주총회에서 정관을 바꾸면 별 문제가 없지 않을까요? 그때까지 기다릴 수 없는 상황인가요?"

아키오가 물었다. 다이와大和은행 뉴욕지점의 채권 담당 트레이더가 11억 달러의 손실을 은폐한 사건으로 당시 책임자에게 총액 900억 엔의 손실배상을 하라는 지방재판소 판결이 나와 일본의 경제계를 패닉으로 몰아넣었다. 그 때문에 배상액에 상한선을 두도록 상법을 급히 개정하려는 것이었다. 아키오는 그 사건의 해당 트레이더가 발표한 수기를 읽었는데 그 수기에 따르면 당시 다이와은행 간부진의 무능함은 극에 달했다. 900억 엔의 배상액도 타당하다고 아키오는 생각했다.

"정부가 하는 일을 어떻게 믿습니까? 만약 상법 개정이 안 된다면 큰일이잖습니까." 마베는 말도 안 된다는 듯이 손을 흔들었다. "게다가 내년 6월 주주총회 때까지 회사가 존재할 거라는 보장도 없습니다. 회사가 망해도 배상할 의무는 남는 거고요."

아키오는 마베의 말에도 일리가 있다고 생각했다.

"주주대표소송이 걸린다고 해도 타인의 재산에는 손을 댈 수 없습니다. 단순히 명의만 바꾸면 안 되겠지만 부인과 이혼하고 위자료 명목으로 재산을 옮기는 방법이 가장 간단합니다."

무엇인가 좋은 방법이 없겠냐고 묻기에 그렇게 대답했다. 앞으로도 일본 국내에서 살 것이라면 자금을 해외에 빼돌리면 생활이 불편하다.

그러자 마베는 머리를 긁으며, "그게, 이쪽 업계에 있으면서 지금까지 몇 번 바람도 피우고 그랬거든요. 한심한 이야기지만 그렇게 하면 아마 마누라에게 전 재산을 빼앗기고 버림받을 겁니다" 하면서 웃었다.

소송을 제기한 다음 자금을 옮기면 눈에 띄는 만큼 일단 주식과 별장 등 자택 이외의 재산은 모두 매각해 1억 정도의 현금으로 바꾸었다고 했다. 최소한 그 절반이라도 해외로 옮기고 싶다고 마베는 말했다. 나머지는 국내에 숨길 생각인 모양이었다.

"자택은 가족들과 공동명의로 되어 있어 제 몫은 4할 정도일 겁니다. 재판에 지면 그것과 퇴직금은 포기해야죠. 합치면 8,000만 엔 정도는 되겠지만 전부 다 털리는 것보다는 낫겠죠. 뭐 퇴직금은 나올지 안 나올지도 모르지만요."

마베가 덤덤한 표정으로 말했다.

지금까지 외국의 금융기관에 계좌를 만든 적은 없다고 했다. 한시라도 빨리 자금을 안전한 곳으로 보내고 싶다면 다소 무리를 각오해야만 한다. 물론 구라타를 도와줬을 때처럼 우아한 방법은 사용할 수 없다. 개인은행에서도 초VIP급 고객이 아니면 그런 서비스는 해주지 않는다.

"일단 현금을 인출해서 할인금융채를 구입할 수 있으시겠습니까? 가능하면 일본흥업은행의 할인흥업채권처럼 이름이 있는 쪽이 좋습니다만."

그렇게 말하자 마베는 지금까지 몇 번인가 산 적이 있으므로 문제없다고 했다. 친하게 지내는 고객에게 부탁받은 적이 있는 모양이었다.

"한 번에 3,000만 엔 이하는 무기명으로 구입할 수 있으므로 5,000만 엔이라면 두 번으로 나눠서 사면 될 겁니다. 미리 전화로 연락하면 준비를 해놓을 테니 마베 씨는 그걸 가지고 홍콩으로 가서 현지의 증권회사에 계좌를 만들어 입고시키는 겁니다. 그리고 그것을 매각한 뒤 환금해서 오프쇼어에 있는 은행에 송금하는 것이 가장 심플한 방법일 것 같습니다."

장기신용은행에서 자금을 조달하는 수단으로 발행되는 금융채 중에서도 할인금융채는 창구에 현금을 가지고만 가면 무기명으로 구입할 수 있었고 상환까지 기다리면 마찬가지로 무기명으로 환금할 수 있는 엄청난 특권이 있었다. 우익의 거물인 고다마 요시오児玉誉士夫와 '동북의 정치상인'이라고 불렸던 고바리 레키지小針曆二, 자민당 부총재였던 마루야마 신이 이런 할인금융채로 자산을 은닉한 예에서 알 수 있듯 원래 정치가와 그 주변의 권력자들의 탈세용으로 만들어진 금융상품이었다. 파산한 구 일본채권신용은행은 정치가와 실력자, 우익, 폭력단 간부 등에게 할인금융채를 팔아치워 '정계의 타구(침이나 가래를 뱉는 그릇)'라고 불렸다. 머니론더링을 하는 데 있어 최적의 도구가 된 탓에 최근 머니론더링에 대한 규제가 강화되는 전 세계적인 흐름상 금융청은 무기명으로 매매할 수 있는 상한액을 200만 엔으로 내리고 싶은 모양이었다.

"그렇지만 아무리 할인금융채를 이용한다고 해도 중간에 환금한 경우는 이름이 드러나지 않습니까. 그건 위험하지 않은가요?"

마베는 고개를 갸웃거렸다. 역시 대기업 임원답게 머리의 회전이 빠르다.

"물론 그렇습니다만 할인금융채의 매각은 홍콩의 금융기관명으로 이루어지니 개인의 이름이 드러날 일은 없습니다. 일본의 세무서는 홍콩의 금융기관에 대한 조사권이 없으므로 5,000만 엔 정도라면 중간에 환금을 해도 전혀 문제가 없을 겁니다. 오히려 만기까지 기다렸다가 상환하게 되면 창구에서 현금을 받아야 되므로 처리가 귀찮아지죠."

마베는 잠시 생각했지만 "그건 역시 어렵겠습니다"라고 말했다.

"가장 먼저 제가 지금 홍콩 같은 곳엘 가면 자산을 은폐하러 간다고 광고를 하는 거나 마찬가지니까요. 게다가 홍콩의 금융기관이 절대로 비밀을 지킬 수 있을까요?"

아키오는 쓴웃음을 지었다. 홍콩의 금융기관을 믿을 수 있냐는 이야기는 모든 고객들이 반드시 묻는다. 홍콩의 은행에 개설한 계좌는 일본의 세무서에 통보된다는 유언비어가 확산되어 있는 것이다.

그러나 실제로는 일본 세무서가 확실하게 계좌 내용을 파악할 수 있는 것은 일본계 금융기관뿐이었다. 홍콩의 금융기관은 중국의 금융당국의 관할이므로 대외적으로는 아무 조사권도 없었다. 단 대형 금융기관은 일본에서도 영업활동을 하고 있으므로 이를 인질로 정보제공을 요구당할 때 어떻게 대응할지는 확신할 수 없다. 그러나 더 큰 문제는 다른 것에 있었다.

사회가 비밀결사화되어 있는 중국은 기업의 윤리규정보다 개인의 네트워크가 우선된다. 그것은 홍콩도 마찬가지다. 금융기관 내부에 커넥션만 가지고 있으면 계좌의 내용을 파악하는 일은 어렵지 않았다. 외국인인 아키오조차 몇 군데 특정 은행이라면 전화 한 통으로 제3자와의 거래라든가 자산 내용을 조회할 수 있었다. 홍콩에 현지 담당자까지 두고 있는 일본의 세무당국이 네트워크가 없을 리는 없었다. 그런 의미에서는 마베가 말한 것처럼 완벽한 비밀은 기대하기 어렵다. 그렇다고 해도 계좌 내용을 훤히 아는 것은 아니다. 어디까지나 큰 금액의 탈세 등 세무당국이 주의를 기울이는 경우만인 것이다. 게다가 광동어밖에 통하지 않는 현지의 금융기관을 사용하면 이러한 리스크는 더욱 줄어든다.

"그렇다면 저를 믿어주시는 수밖에 없습니다." 간단히 사정을 설명하고 아키오는 마베에게 말했다. "제가 할인금융채를 홍콩까지 가져가서 제 계좌에 일단 입고시켜 현금으로 바꾸겠습니다. 저는 비거주자이므로 혹시라도 계좌를 조사당한다 해도 세무서는 아무 일도 할 수 없으니까요. 그동안 마베 씨는 유럽이나 카리브해 쪽 오프쇼어에 은행 계좌를 만드십시오. 저는 환금한 자금을 오프쇼어의 제 계좌에 송금한 다음 다시 마베 씨 계좌로 보내겠습니다. 이렇게 하면 일본의 세무서가 아무리 홍콩의 금융기관을 조사해도 아무 증거도 남지 않을 겁니다. 단 제가 마베 씨의 돈을 가지고 도망갈지도 모른다는 리스크는 있습니다만."

마베는 바로 "그렇게 하는 것이 좋겠습니다"라고 대답했다. "어차피 재판으로 빼앗길 돈이니 아키오 씨에게 사기를 당한다면 포기해야죠. 하하. 아니, 이건 농담이고 구라타 님에게 소개를 받았는데 의심할 리가 있겠습니까."

"그래도 구라타 씨에게 보증서라도 써달라고 이야기를 해볼까요?"

"말도 안 됩니다." 마베가 과장된 동작으로 손을 저었다. "그런 짓을 했다간 천벌을 받을 겁니다. 구라타 님이 소개를 해주신 것은 무슨 일이 있으면 그분이 책임을 지겠다는 뜻인데 그걸 못 믿어서야 되겠습니까."

긴박한 상황인 것은 분명했지만 마베 역시 상당한 인물이라는 것은 분명했다. 마베는 아들 같은 나이의 아키오에게 "잘 부탁드리겠습니다"라고 머리를 숙였다.

"그런데 조금 묻고 싶은 게 있습니다만…."

상담이 일단락되자 아키오는 궁금했던 것을 물었다.

"히시토모부동산 임원 중에 혹시 아는 분 없으신가요? 제 고객 중에 그곳에서 1년 정도 임원비서를 했던 여성이 있는데 문제가 좀 생겨서요."

"히시토모라면 잘 알긴 하지만 임원비서까지는…" 하고 마베는 고개를 갸웃거렸지만, "그러고 보니 그곳의 평이사가 엄청난 스캔들을 일으켜서 지금 시끄러운 모양이더군요"라고 말했다.

"스캔들요?"

"네에, 저도 지인으로부터 들은 얘기지만 원금을 보장하는 연 10퍼센트의 금융상품이 있다면서 아는 사람들에게 투자를 받았는데 그게 말도 안 되는 사기였다는 겁니다. 뭐어 개인의 돈을 투자했다면야 상관없겠지만 회사의 거래처 쪽에도 이야기를 해 여기저기서 돈을 받은 모양이더군요. 이쪽이 워낙 험한 업계다 보니 돈을 돌려달라며 회사에 찾아와 소란을 부리기도 하고 우익 폭력단까지 찾아왔다고 하더군요."

"그게 언제 이야기인가요?"

"아마 2, 3주 정도 전일 겁니다."

틀림없다고 아키오는 생각했다. 레이코가 50억 엔을 들고 도망간 시기와 정확히 일치했다.

"그 이야기 조금 더 자세히 들려주실 수 있겠습니까?"

"글쎄요 저도 방금 이야기한 것 이상은 몰라서요. 그 평이사는 야마모토山本라는 이름의 남자인데 업계 모임에서 몇 번인가 얼굴을 마주친 정도라서. 그다지 인상적이지는 않았고요. 어쨌든 제가 좀 알아보겠습니다."

"부탁드리겠습니다"라고 아키오는 말하고 펀드의 설명서 같은 것이 있으면 그것도 같이 보여달라고 덧붙였다.

티룸을 나온 두 사람은 호텔의 비즈니스센터로 갔고 아키오는 인터넷으로 오프쇼어은행의 홈페이지에 접속한 다음 계좌개설신청서를 프린트해서 기입방법을 마베에게 간단히 설명했다.

"유럽의 금융기관은 홍콩과 달리 일본 세무당국이 힘을 못 쓰니까 혹시 조사가 들어가도 걱정할 필요는 없습니다. 문제가 생기는 사례 중 가장 많은 것은 거래명세서를 세무당국에 압수당하는 일입니다. 만약 그렇게 되면 어떤 변명이든 통하지 않으니까요. 다음으로 많은 것은 국내의 금융기관에서 송금했다가 금융기관과 계좌번호가 노출되는 일이고요. 이 두 가지만 조심하면 괜찮을 겁니다.

원하신다면 거래명세서를 홍콩의 개인사서함으로 보낼 수도 있습니다. 지금은 계좌의 잔고를 인터넷으로 간단히 확인할 수 있으니까 명세서가 없어도 딱히 문제는 없죠. 물론 나중에 한꺼번에 일본으로 보낼 수도 있고요. 그렇지만 가능하면 증거는 남기지 않는 편이 낫습니다."

아키오의 설명을 듣고 마베는 "그렇게 부탁드립니다" 하고 안심하는 표정을 지었다. 아키오는 마베에게 창의 사무소 주소를 알려주며 1주일 내로 전신송금이나 송금수표로 3개월 치의 이용료를 지불하라고 말했다.

"정말 감사합니다. 이 나이에 빈털터리가 되면 정말 목을 매는 수밖에 없거든요."

진지하게 그렇게 말하고 "그런데 사례는 어떻게 하면 될까요?"라고 물었다.

"보통 이런 경우는 송금액의 2퍼센트를 보수로 받습니다만, 이번에는 제가 부탁한 건도 있으니까 1퍼센트로 충분합니다. 단 실비는 따로 받겠습니다."

마베는 "그렇게 싸게 받으셔도 되겠습니까?" 하고 놀란 표정을 지었다. 엄청나게 많은 수수료를 뜯길 것이라고 생각했던 모양이었다. 확실히 동업자 중에는 고객의 약점을 쥐고 폭리를 취하는 녀석도 있지만 이번 케이스는 세금을 뗀 깨끗한 돈을 해외로 보내는 것뿐이므로 아키오로서도 큰 리스크가 있는 것이 아니었다. 현 시점에서는 아직 마베가 주주대표소송의 피고인 것도 아니었고 아키오는 그저 외환법 위반이라는 경범죄를 도운 정도에 불과한 것이다. 그것도 총 5,000만 엔, 액면가 100만 엔짜리 할인금융채를 50장쯤 홍콩으로 가져가기만 하면 된다. 책 한 권 무게도 되지 않는다.

마베는 이런 영문 계약서 작성에는 익숙한 모양인지 만년필을 꺼내서는 그 자리에서 쉽게 기입했다.

"변호사나 회계사 중 지인이 계신가요?"

"네에, 몇 명인가 있습니다."

"그럼 그쪽 분에게 부탁해 여권을 인증해놓으십시오."

아키오는 그렇게 말하고 가져온 서류에서 견본을 꺼냈다.

"인증 때는 반드시 영문 레터헤드를 사용해주시고요. 그러지 않으면 신용해주지를 않으니까요."

"그런 게 있을지 모르겠습니다." 마베가 불안한 목소리로 말했다.

"혹시 없으면 워드프로그램으로 적당히 만들면 됩니다. 어차피 모를 테니까요."

아키오가 그렇게 말하자 "그렇게 대충 해도 되는 건가요?" 하고 마베가 의아한 표정을 지었다. 오프쇼어뱅크 쪽에서는 금융당국에 제출할 서류만 충족시키면 되므로 하나하나 꼼꼼하게 검증은 하지 않는다. 또한 오프쇼어 쪽 금융당국 역시 미국 등에 머니론더링에 대한 대처가 충실하다는 모습만 보여주면 된다. 그런 것이라고 설명하자 마베도 바로 이해를 했다.

"계좌개설신청서와 인증을 받은 여권 그리고 영문으로 된 주소증명서를 보내면 대개 1주일 정도면 계좌가 만들어집니다. 주소증명서는 거래하시는 은행에서 만들어달라고 하시면 됩니다. 시티뱅크에 계좌가 있으면 전화 한 통으로 발급해줄 겁니다. 저도 얼마 동안 일본에 있을 예정이니까 할인채 준비가 되면 연락을 주십시오. 홍콩에 돌아가기 전에 받으면 저쪽에 돌아가서 열흘 정도면 송금을 할 수 있을 겁니다."

마베에게 홍콩의 전화번호와 숙박처를 알려주고 히시토모부동산의 야마모토 건에 대한 자세한 이야기를 알게 되면 빨리 연락을 부탁한다고 말했다. 마베는 "회사에 돌아가면 바로 처리하겠습니다"라고 말하고는 올 때와 마찬가지로 총총 떠났다.

16

마베와 헤어진 것은 오전 10시 반 정도였다. 아키오는 어제 받은 메시지를 떠올리고 호텔에서 온다의 사무실에 전화를 걸었다. 마키라는 이름의 명랑한 아르바이트생이 전화를 받았고 이름을 말하자 "아, 안녕하세요" 하고 밝게 인사를 했다.

"어제는 어떠셨습니까?"

전화를 받자마자 온다가 물었다. 아키오는 알게 된 사실을 간략하게 설명했다.

와카바야시 야스코는 레이코의 모친으로 두 사람이 살았던 곳은 공동 화장실을 쓰는 좁은 연립주택이었다는 것, 십수 년 전 레이코가 고등학생 때 어떤 '사건'이 있었고 모친과 함께 연립주택을 떠났음에도 불구하고 최근까지 집세가 지불되었던 것, 집 문이 열려 있어 안에 들어가 봤지만 누군가 전화기를 치웠다는 것, 그러나 혈흔이 있었다는 것은 말하지 않았다.

"그 와카바야시 야스코라는 여성 말입니다만 돌아가셨네요." 온다가 말했다.

"죽었다고요?"

"네에, 와카바야시 레이코라고 하는 여성이 등록했던 인재파견회사에서는 등록자를 사회보험에 가입을 시키거든요. 요즘은 노동감독이 심해져서 대기업들은 모두 그렇게 합니다. 그래서 사회보험 쪽 기록을 조사해보니 짧은 기간이지만 레이코 씨는 와카바야시 야스코를 부양가족으로 두고 의료비를 보험으로 지불한 적이 있었습니다. 야스코 씨가 입원했던 병원에 문의하니 1년쯤 전에 병으로 사망했다고 했습니다."

"사인은요?"

"그건 잘 모르겠습니다. 병원 측이 대답을 안 해줘서요. 환자에 대해서는 일절 말하기 싫어하는 눈치였습니다."

"병원 이름이 뭐죠?"

"기록에 나오는 병원은 두 군데입니다. 하나는 마키오카牧丘병원이고 다른 하나는 세키다赤田병원. 둘 다 정신병원입니다."

아키오는 병원 두 곳의 연락처를 적었다.

"사망한 곳은 세키다병원으로 특히 그쪽이 힘들었습니다."

온다는 그렇게 말하고 한숨을 쉬었다.

"그리고 찾으셨던 와카바야시 레이코의 출입국기록 중 일부를 확인했습니다. 올해 여름에 한 번 그리고 아주 최근에도 홍콩에 갔었더군요."

"언제죠?"

"2주 정도 전입니다. 이쪽은 귀국기록이 없었고요."

레이코가 홍콩에 왔다는 말은 처음 들었다. 그러나 그것으로 구로키가 왜 홍콩에 왔는지 알 수 있었다. 딱히 자신을 찾으러 온 게 아니었다.

계속 조사를 하겠다며 온다는 전화를 끊었다. 겨우 하루 만에 이 정도나 알아낸 것을 보면 상당한 수완가임은 틀림없었다.

아키오는 수첩에서 구로키의 명함을 꺼냈다. 구로키가 레이코를 쫓아 홍콩에 온 것이라면 지금쯤 레이코를 찾아냈을지도 모른다. 그렇게 되면 지금 하는 일은 모두 쓸데없는 일이다.

전화를 걸어 확인해볼까? 만약 구로키가 레이코를 데리고 있다면 아키오가 나설 기회는 사라지고 5억 엔이라는 보수도 날아간다. 그냥 꼬리를 말고 홍콩으로 돌아가는 수밖에 없다.

아키오는 수화기를 들고 번호를 누르려다가 손을 멈췄다.

온다의 이야기에 따르면 레이코가 홍콩으로 간 것은 2주일 전. 아키오가 구로키에게 불려간 것은 3일 전이다. 조금 전 마베의 이야기를 생각하면 레이코는 50억 엔을 자신의 계좌에 송금한 다음 바로 홍콩으로 갔다는 말이 된다. 구로키는 레이코를 찾으려 혈안이 되어 있을 것이므로 출국했다는 정보도 바로 입수했을 것이다. 만약 입국관리국의 데이터베이스에 접속할 수 없다고 하더라도 외국으로 가기 위해서는 여권을 제시하고 본명으로 항공권을 살 수밖에 없으므로 여행사 쪽을 조사하면 바로 알 수 있다.

그렇게 생각하면 구로키는 아키오를 만나기 전 1주일 이상 홍콩에 있었다는 뜻이 된다. 연립주택에서 성과가 없자 레이코를 쫓아 홍콩으로 왔지만 꼬리를 잡지 못하고 어쩔 수 없이 아키오에게 연락을 취한 것이다.

레이코는 아무도 없는 싸구려 아파트 임대료를 10년 이상이나 계속 냈다. 사건 뒤에는 증거가 되는 전화기도 가지고 사라졌다. 처음부터 거기까지 계획했다면 그렇게 간단히 잡히지는 않을 것이다.

구로키에게 전화를 한다고 해도 "레이코 씨를 찾았나요?"라고 물을 수는 없다. 교섭을 하기 위해서는 이쪽에도 카드가 필요하다.

구로키에게 연락하는 것은 조금 더 조사를 한 다음이라고 결론을 내리고 아키오는 다른 번호를 눌렀다.

아카사카미츠케에서 지하철을 탄 뒤 기타센쥬北千住에서 전철을 갈아타고 다케노즈카竹ノ塚에 도착한 것은 1시가 되기 조금 전이었다. 그곳에서 북쪽 주택가를 5분 정도 걸으니 오른쪽에 회색의 높은 콘크리트 담장이 보였다. 그곳이 마키오카병원이었다.

아키오는 먼저 와카바야시 야스코가 죽었다고 하는 세키다병원에 딸인 레이코의 약혼자인 척 전화를 걸었다. 전화를 받은 사무직원은 노골적으로 귀찮은 목소리로 야스코의 병명과 사인을 알고 싶다는 아키오에게 주치의가 없어서 모르겠다고 계속 우겼다. 주치의의 이름은 말할 수 없고 언제 올 지도 모르며 병원에서 전화를 할 수도 없다면서 유족이 아닌 사람에게는 말해줄 수 없고 면회도 불가능하다고 했다. 소송을 경계하는 모습이 역력했다. 어쩔 수 없이 세키다병원에 가기 전 입원했다는 마키오카병원에 전화를 하자 이쪽은 그와는 반대로 친절하기 그지없었다. 당시 진료기록부를 체크하더니 주치의는 다른 병원으로 옮겼지만 친하게 지내던 임상심리사가 있다며 전화를 돌려주었다.

심리사는 요시오카 미쓰요吉岡光代라는 중년의 여성이었다. 헤비스모

커인지 조금 갈라진 목소리였다. "와카바야시 야스코 씨의 일로…"라고 말하는 순간 미쓰요는 "네에" 하고 대꾸하더니 "돌아가셨죠? 안타깝네요"라고 말했다. 아키오는 자신을 레이코의 약혼자라고 하면서 레이코가 갑자기 사라졌다고 말하자 "어머나" 하고 놀랐다. 레이코도 알고 있는 모양이었다. 순간 약혼자인 사나다도 만난 적이 있는 게 아닐까 하는 생각이 들었지만 그렇지는 않을 거라고 판단했다. 레이코가 돈줄인 사나다를 정신병원에 데리고 올 리가 없었다.

아키오는 사라진 레이코를 찾고 있으며 그 때문에라도 그녀의 과거를 알고 싶다고 말하자 잠시 망설였지만 천성이 친절한 것인지 점심시간 한 시간 정도라면 괜찮다고 말했다.

콘크리트 담장 한쪽 구석에 좁은 입구가 있었다. 병원 건물의 뒤쪽에 위치해 병원 내부는 보이지 않는 구조였다. 접수처는 조용했으며 평일 오후인데도 아무도 없었다. 정신병원에 온 것은 처음이었지만 그 기묘한 정적을 제외하면 보통 병원과 다른 점이 아무것도 없어 오히려 놀랐다.

대기실은 깨끗하게 정리되어 있었고 잡지를 꽂는 선반에는 만화를 비롯해 여성주간지 등이 놓여 있었다. 접수처 옆 병실에 환자가 있는지 백의를 입은 간호사 몇 명이 바쁘게 오가고 있었다. 그중 한 사람이 아키오의 존재를 알아차리고 "죄송합니다. 오후 외래는 두 시부터예요"라고 말해주었다.

아키오가 임상심리사인 요시오카 미쓰요를 찾아왔다고 말하자 간호사는 조금 놀란 표정을 짓더니 "잠깐만요" 하고는 옆방으로 사라졌다. 환자나 환자 가족이 아닌 사람이 오는 일은 거의 없는 모양이었다. 간호사는 돌아와 "요시오카 씨가 금방 올 테니 저기서 기다려주세요" 하고 대기실에 있는 긴 의자를 가리켰다.

5분 정도 멍하니 앉아 있자 중년 여성이 **빠른** 걸음으로 왔다. 통통한 얼굴에 웃음을 띤 모습이 백의만 아니면 근처의 주부와 구별이 되지 않을 것 같았다.

"구도 씨세요? 요시오카예요. 기다리게 해서 죄송합니다."

아키오는 자신이야말로 무리한 부탁을 하게 되었다며 미안하다고 인사를 했다. 얼굴을 보고도 별 반응이 없는 것을 보니 예상대로 사나다를 만난 적은 없는 모양이었다.

미쓰요는 아키오를 2층 응접실로 안내하더니 "담배 피워도 될까요?"라고 묻고는 찌그러진 마일드세븐 담뱃갑을 백의 주머니에서 꺼내어 담배에 불을 붙였다.

전화로는 10년 정도 미국에서 지냈다고 미쓰요에게 말해두었다. 그러면 사정을 자세히 몰라도 의아하게 생각하지 않을 것이다. 레이코와는 여행을 하다 만났고 전화와 편지로 교제를 이어오다가 3개월 전에 약혼을 했는데 결혼을 준비하기 위해 일본으로 돌아온 뒤 실종되었다고 이야기를 했다. 말도 안 되는 이야기였지만 미쓰요는 믿는 모양이었다. 엄청나게 순진한 사람일지도 모르지만 아키오는 꼭 그렇지만은 않을 것이라고 생각했다. 미쓰요는 레이코를 알고 있었다. 그렇기 때문에 어떤 말도 안 되는 이야기라도 그녀라면 그렇게 할 가능성이 있다고 생각하는 것일 것이다.

"지금까지 한 번도 가족 분들 이야기는 들은 적이 없었거든요. 이번에 결혼을 앞두고 부모님께 인사를 드리고 싶다고 말한 게 잘못이었던 걸까요?"

그렇게 말하고 한숨을 쉬자 미쓰요는 "안타깝네요" 하고 동정 어린 표정을 지었다.

"레이코 씨와 어머님에 대해 좀 알려주십시오."

아키오가 고개를 숙이자 미쓰요는 잠시 잠자코 있다가 갑자기 크게 한숨을 쉬더니 이야기를 시작했다. 정신병원이라는 곳은 고독한 전장이다. 미쓰요 본인도 이야기를 들어줄 인간이 필요했는지도 모른다.

미쓰요의 이야기에 따르면 와카바야시 야스코는 2년 전 요양하던 병원에서 자살소동을 벌였고 그 뒤 정신이상이 의심되어 마키오카병원으로 옮겨졌다고 한다. 그리고 이곳에서 정신분열증을 진단받고 입원을 하게 되었다고 했다.

"예쁜 분이셨는데…."

미쓰요는 아직 절반 이상 남은 담배를 재떨이에 비벼 끄고는 벌써 세 대째 담배에 새로 불을 붙였다. 문 밖을 가끔 간호사들이 빠른 걸음으로 지나가는 소리가 들렸지만 그 외에는 아무 소리도 들리지 않았다. 나른한 가을햇살이 창문으로 들어와 철제 테이블과 접이식 의자밖에 없는 간소한 방을 더욱 쓸쓸하게 보이게 만들었다.

"야스코 씨는 자살미수라기보다 자신의 얼굴을 엉망으로 만드는 바람에 이곳으로 오게 된 거였어요."

담배를 재떨이에 놓고 미쓰요가 이야기를 다시 시작했다.

"그 병은 자해행위가 드물지 않거든요. 특히 여성의 경우는 얼굴에 상처를 내는 것이 일반적이지만 저도 그렇게 심한 경우는 처음 봤어요. 뭐라고 할까 두 눈을 뜨고 볼 수 없을 정도라고 할까…."

야스코의 상처는 정말로 처참했다고 한다. 미쓰요가 주저하면서도 알려준 말에 따르면 야스코는 자신의 코와 입술을 뜯어내고 드라이버 같은 것으로 왼쪽 눈까지 찔렀다고 했다.

"여기 왔을 때 외상의 치료는 끝나 있었지만 그냥 두면 바로 또 자해를 할 것 같아 보호실에 구속하고 대량의 정신안정제를 투여할 수밖에 없었어요. 그렇게 한 달 정도 지났을 때 갑자기 따님이 병원에 오셔서…."

병원 측에서는 야스코가 친척이 없는 생활보호대상자로 알고 있었던 모양이었다.

"따님도 정말 미인이더군요. 한때는 온 병원이 그 이야기로 시끄러웠어요."

그때 야스코의 간호 담당자로 레이코와 이야기를 나눈 사람이 미쓰요였다.

"일단 병상을 이야기하고 이 병은 좀처럼 완치가 어렵지만 요즘은 효과가 좋은 약도 나온다고 설명했지만 뭐라고 할까 그다지 관심이 없다고 할까 영혼이 없는 것 같다고 할까 정말 신비한 분위기를 가진 분이더라고요. 그렇지만 친척이 있는 이상 생활보호대상자로 대할 수는 없다고 이야기하자 알겠다며 병원비를 지불했어요. 나중에는 보험으로 대체한 것 같지만."

"레이코 씨는 어머니와 같이 살았던 게 아닌가요?"

"야스코 씨가 몸이 약해 오랜 기간 입원을 했던 모양이에요. 따님도 10년 동안 만나지 않았다고 했고요. 그렇지만 여긴 가족관계에 특별한 사정이 있는 분도 많아 딱히 이상한 일도 아니었어요. 야스코 씨처럼 따님이 문병을 오는 것만 해도 행복한 편이죠. 대부분은 병원에서 연락을 해도 '그런 사람 모른다'라든가 '병원비를 낼 테니 죽을 때까지 퇴원을 시키지 말아달라'라는 말을 하거든요."

그렇게 말하고 미쓰요는 크게 한숨을 쉬었다. 재떨이에서 담배가 필터 가까이까지 타고 있었다. 그것을 보더니 귀찮은 듯이 재떨이에 비벼 끄더니 다시 새 담배에 불을 붙였다.

"어머님의 모습은 어땠습니까?"

"정신분열은 특별한 치료법이 없는 병이에요. 병원에서 할 수 있는 것은 정신안정제나 항정신제를 투여해서 흥분을 억제시키는 정도죠. 그렇게만 해도 많이 다르거든요.

야스코 씨의 경우 자해행위를 하려는 충동이 강해 몸의 구속을 풀 때는 상당한 양의 항정신제를 처방하지 않으면 안 되었어요. 그렇지만 그렇게 하면 의식이 혼탁해지죠. 하루 종일 누워 있을 뿐 무슨 말을 해도 반응을 안 보이는 시기가 대부분이었어요."

"레이코 씨의 병문안은요?"

"그렇게 열심히 찾아오는 사람이 없을 정도였어요. 시간은 불규칙했지만 매일 빠지지 않고 왔어요. 우리 병원에서는 병문안을 오는 분에게는 최대한 편의를 봐주자는 방침이라 특별히 시간을 8시까지 연장해주기도 했죠. 계속 어머님 옆에 앉아 계셨어요."

"병실은요?"

"야스코 씨의 경우 자해행위는 억제할 수 있었지만 한밤중에 큰 소리로 비명을 지르셔서 다인실은 어려웠어요. 어쩔 수 없이 정식으로는 보호실이라 불리는 지하의 독방에 계셨죠. 그것을 본 레이코 씨가 돈을 더 지불하겠다고 하셔서 정식 개인실로 옮겼어요. 하루 만 엔짜리 방이라 한 달 30만 엔. 거기에 반년 가까이 내셨는데 병원에서는 '그렇게 돈이 많으면서 모친을 왜 생활보호대상자로 두었을까?' 하고 의아해하는 사람도 있었어요.

어쨌거나 무척 미인이잖아요. 의사도 직원도 환자도 모두 빠져서 싸우기도 했어요. 뭐어 본인은 그런 일에 아무 관심도 없는 모양이었지만."

"레이코 씨 모습은 어땠나요?"

"그게…." 미쓰요는 잠깐 주저했다.

"그냥 잠자코 머리맡에서 모친을 보고 있을 뿐이었어요. 제가 '뭔가 이야기라도 하면 좋아할 거예요'라고 말해도 계속 그냥 보고만 있더군요. 어떨 때는 점심 때 오셔서 저녁 여섯 시 넘어서까지 계속 아무 말 없이 앉아만 있을 때도 있었어요. 그런 일이 몇 개월이나 계속되자 병원 안에서도 이상하다는 말이 나왔죠.

사실 자주 있는 일이거든요. 환자 본인보다 병문안을 온 가족이 더 무거운 병에 걸려 있는 경우가요. 그렇지만 그런 케이스라도 본인에게 치료할 의사가 없으면 저희들은 아무것도 할 수가 없어요."

미쓰요가 목소리를 낮추어 이야기했다.

"병원을 옮긴 이유는요? 레이코 씨가 원한 건가요?"

미쓰요는 그 질문에 대답하지 않고 차라도 가져오겠다며 자리에서 일어섰다. 찻잔과 주전자를 들고 온 그녀가 조용히 말했다.

"사람이라는 존재는 정말 신비해요."

아키오는 아무 말 없이 잠자코 미쓰요의 다음 말을 기다렸다.

"정신분열에는 이렇다 할 치료법이 없거든. 그저 뇌의 신경이 비정상적으로 흥분 상태에 있는 경우가 많아 그것을 약으로 억지로 제어하는 거죠. 그것도 정상적인 사람이라면 순식간에 혼절할 정도의 양이지만 그래도 흥분을 못 가라앉혀 몸을 구속시킬 수밖에 없는 경우가 많아요. 반대로 약이 효과를 발휘하면 항상 의식이 몽롱해져서 자신이 누구이고 어디에 있고 무엇을 하고 있는지 모르죠. 그렇지만 코끼리도 기절할 정도의 강력한 약을 처방받아도 환자가 가끔 의식을 회복하는 순간이 있어요."

아키오에게 차를 권하고 담배를 한 대 더 피우려다가 생각을 바꿨는지 한쪽 손으로 라이터만 만지작거렸다. 그 얼굴에 석양이 비치면서 눈가에 있는 깊은 주름을 강조했다.

"야스코 씨도 평소에는 약 때문에 자거나 멍하니 초점 없는 눈으로 있을 때가 많지만 어느 날 청소를 하고 있을 때 누가 보는 것 같아 돌아보니 야스코 씨가 무척이나 맑은 눈으로 저를 바라보고 있었어요. 물론 왼쪽 눈은 안 보이고 오른쪽 눈밖에 없었지만 저는 지금까지 그렇게 아름다운 눈은 본 적이 없어요. 나도 모르게 다가가 말을 걸었더니 또렷한 목소리로 '이대로 죽게 해주세요'라고 하시더군요….

저는 어떻게 대답할지 몰라 '착한 따님이 계시잖아요'라고 말했는데 그러자 그 아름다운 눈에서 커다란 눈물이 흘러넘치는 거예요. 그 모습을 보고 있노라니 지금 생각해도 이상하지만 왠지 구원을 받은 느낌이었어요.

이런 표현이 맞을지는 모르겠지만 여기서 일을 하다 보면 가끔씩 있어요. 그런 순간이. 정신분열증인 환자들은 뭐라고 할까 특별한 능력을 가졌다고 할까요? 너무 상처받기 쉽고 또 다른 사람의 마음이 보이는 탓에 더욱 자신을 더 상처 준다고 할까…."

미쓰요는 "제 말이 좀 이상하죠?"라고 물었다. 아키오는 고개를 흔들며 그렇지 않다고 대답했다.

"제 과거와 현재, 미래를 모두 꿰뚫어 보고 '당신은 지금 이대로 살아도 괜찮아요'라고 말해주는 듯한 느낌. 이해하시겠어요?"

아니요 하고 아키오는 대답했다. 미쓰요는 조금 연민 어린 눈으로 아키오를 보았다.

"하긴 금세 평소처럼 눈이 몽롱해지면서 1분도 안 돼 의식이 혼탁해졌지만요."

"그 이야기를 레이코 씨에게는 하셨어요?"

"아니요, 너무 잔혹한 것 같아서….""

미쓰요는 잠시 침묵에 빠졌다.

"그 뒤 얼마 지나지 않아 레이코 씨가 병문안을 오지 않게 되었어요. 그 무렵 갑자기 야스코 씨의 상태가 나빠져서 저희 병원에서는 맡을 수가 없게 되었죠. 그래서 병원을 옮겨야겠다고 연락을 했는데 '그렇게 해주십시오'라는 말만….""

"맡을 수 없게 되었다는 건 무슨 뜻인가요?"

"그러니까 정신병원은 크게 세 종류가 있어요.

첫 번째는 큰 병원의 신경과나 클리닉 간판을 내고 있는 개인병원. 이런 곳에서는 스트레스로 불면증에 걸리거나 가벼운 우울증이 있는 사람이 오죠. 이런 류의 질환은 지금은 약으로 해결할 수 있고 대부분의 환자는 사회에 복귀를 해요.

또 다른 하나는 정신분열증인 환자를 중심으로 하는 입원시설이 있는 병원이에요. 증상이 비교적 가벼운 환자는 개방병동이 있는 병원에 가고 증상이 고정화된 환자는 저희처럼 폐쇄병동이 있는 병원에 입원하죠. 정신분열증이라도 초기는 비교적 퇴원율도 높아요. 물론 몇 번이나 입원과 퇴원을 반복하는 분도 계시지만요.

마지막은 앞의 두 병원에서는 받을 수 없는 환자를 입원시킬 수 있는 병원이죠."

"받을 수 없는 환자요?"

여기서 미쓰요는 말하기 거북한 표정을 지었다.

"정신과 병원은 어디든 정신분열증을 앓고 있는 환자를 좋아합니다.

난폭하게 행동하는 건 처음뿐이지 약으로 흥분을 억제시키면 어린애나 마찬가지니까 간호사의 수가 적어도 그다지 힘들지 않거든요. 우울증은 지금은 좋은 항우울제가 개발되어 자살의 위험이 있는 경우 외에는 입원하는 일이 없고요.

모두가 꺼리는 환자는 알코올에 중독되거나 각성제에 중독된 환자들이에요. 몸에 문신을 새긴 사람도 많고 다른 환자나 간호사에게 폭력을 휘두르는 것도 대부분 이런 분들이죠. 그리고 성격이상인 분. 이건 병은 아니므로 어떤 치료를 해도 낫지가 않아요. 저희 병원에서도 웬만하면 받질 않죠.

그중에서도 가장 곤혹스러운 경우는 품이 많이 드는 환자죠. 식사도 배변도 혼자 할 수 없는 경우는 평소에도 일손이 부족한 저희 같은 병원에서는 대처할 수가 없으니까요. 연세가 많으신 분들은 그래도 국가에서 보조금이 나오니까 노인병원이 받아주지만요."

미쓰요의 말은 그런 환자를 전문적으로 치료하는 병원이 있다는 뜻이다. 업계 은어로 '인간창고'라 불리는 이런 병원은 치료 가능성이 없는 환자들을 사실상 격리, 보관, 처리하고 있었다. 이러한 병원의 사정은 세상에는 알려져 있지 않았고 필요악인 것처럼 모두들 보아도 못본 척하는 것이 현실이다. 세키다병원이 바로 그런 '인간창고' 중 한군데로 최종적으로 야스코는 그곳으로 옮겨진 모양이었다. 이런 병원에서는 환자가 식사를 하지 않으면 그대로 방치한다. 강력한 항정신제를 투여하므로 공복도 느끼지 않고 고통도 없다. 그냥 쇠약해진 끝에 죽을 뿐이다.

아키오는 이 이야기를 듣고 왜 세키다병원에서 그런 반응을 보였는지 알 수 있었다. 저쪽 입장에서는 당연한 반응이었다.

"그 병원으로 가면 대부분 반년 내에 사망하죠. 야스코 씨도 딱 반년 민에 돌아가셨고요."

미쓰요는 참기 힘든지 새 담배에 불을 붙였다. 이로써 이야기를 시작하고 벌써 다섯 개비째였다.

"연락이 왔었나요?"

"네에, 레이코 씨에게 편지를 받았어요….

사실은 야스코 씨의 상태가 급변한 것이 레이코 씨가 병문안을 오지 않은 탓인 것 같아 굉장히 실례되는 전화를 걸었거든요."

"그때는 뭐라고 하던가요?"

"'이제 끝난 일'이라고 하더군요. 왜 그렇게 차가운 말을 하나 싶어 저도 말을 심하게 했고요. 그런데도 정중한 편지를 보내주셨더라고요. 죄송해서 전화를 했는데 장례식도 끝났다고 하더군요. 성묘라도 하고 싶다고 하니까 어딘지 알려주시더군요."

담배연기와 함께 미쓰요는 깊은 한숨을 쉬었다.

"요즘 들어 레이코 씨도 저와 같은 이야기를 어머님에게 들은 게 아닐까 생각해요. 레이코 씨는 어머님의 의식이 돌아올 것을 확신하고 그때를 계속 기다린 것 같다는 생각이 들어요. 그저 추측일 뿐이지만."

어제와 달리 날씨는 쾌청했고 창밖을 보니 파란 하늘에 비행기구름이 떠 있었다. 그렇지만 좁은 방에는 담배연기가 가득해 숨쉬기 힘들었다.

미쓰요는 짧아진 담배를 비벼 끄더니 "긴 이야기 들어주셔서 감사해요"라고 말했다. 아키오는 그렇지 않다고 정중하게 말하고 가능하면 야스코가 입원했던 병실을 보여달라고 요청했다. 미쓰요는 잠깐 생각에 잠겼지만 "사실은 외부인을 병동에 들여서는 안 되지만…" 하고 말하면서도 백의 주머니에서 열쇠다발을 꺼내 일어섰다.

"정신병원은 처음 오신 건가요?" 미쓰요가 물었다.

"네에" 하고 대답하자 "그럼 집단병동 쪽으로 해서 가죠"라고 앞장서서 걷기 시작했다.

"저희 병원은 분열증인 환자가 많은데 대부분 얌전하고 섬세한 분들이니까 놀라지 않도록 해주세요."

미쓰요가 '남자폐쇄병동'이라고 적힌 강철제 문에 열쇠를 꽂았다. 문이 열리자 그곳은 신비한 공간이었다.

50미터는 될 듯한 긴 복도가 직선으로 뻗어 있었고 오른쪽은 쇠창살이 달린 창문, 왼쪽은 병실로 되어 있었다. 병원이라기보다 수학여행 때 갔던 숙박소의 큰 방 같은 느낌이었다.

그 복도를 다양한 색깔의 파자마를 입은 환자들이 천천히 걷고 있었다. 자세히 보니 환자들의 걸음걸이는 규칙적이었고 서로 부딪치지 않도록 배려하고 있었다. 쇠창살이 달린 창문으로 바깥 경치를 하염없이 바라보는 환자가 있는 경우는 그 5미터 앞에서 다른 환자는 돌아갔다. 결코 다른 사람의 세계에 간섭하지 않았다.

그중 몇 사람이 두 사람을 보고 방긋 웃으며 다가왔다. 미쓰요가 "건강하시죠?"라고 인사를 했다. 단정한 스리피스 양복을 입은 영업맨 같은 남자가 인사를 하길래 병원 관계자인가 생각했지만 그 역시 환자라고 했다. 이 병원은 복장이 자유로워 파자마를 입은 환자 사이에 군복이라든지 코트를 입은 사람도 있었다. 왼쪽 병실은 이불이 벽에 가지런히 정리되어 있었고 앉아 있는 사람, 누운 사람 등 다양한 모습으로 시간을 보내고 있었다. 대화는 전혀 없었다. 다른 소리도 나지 않았다. 몇 사람은 이어폰을 귀에 꽂고 워크맨으로 음악을 듣고 있었다. 음악에 맞춰 천천히 몸을 흔드는 사람도 있었지만 자세히 보니 이어폰 코드는 빠져 있었다. 적어도 한 방에 열 병 이상의 사람이 생활했지만 이 기묘한 공간은 심해의 바닥처럼 침묵으로 휩싸여 있었다.

복도를 걷고 있던 환자 중 몇 사람이 아키오 뒤를 바싹 따라왔다.

"어머 별일이네요. 보통 처음 보는 사람한테는 다가오지 않는데 인기가 많으세요." 미쓰요가 웃었다.

아키오 본인도 신기했지만 숨결이 느껴질 만큼 바싹 뒤로 다가와도 불쾌하거나 하지 않았다. 아키오는 굳이 따지자면 타인과의 접촉을 싫어하는 성격으로 복잡한 전철을 오래 타거나 하면 구역질이 나고는 했다.

복도 중간에 서서 주변을 둘러보았다. 뒤에 따라오던 대여섯 명의 환자가 일제히 아키오를 따라 주변을 살펴본다.

복도 맞은편 문을 열자 거기서부터가 남자 환자의 개실병동이었다. 이쪽은 보통 병원과 거의 다른 것이 없었다. 1인용, 2인용, 4인용 네 가지 종류가 있는 모양이었고 대부분의 병실은 문이 열려 있었다. 병실에는 작은 테이블이 있었지만 환자의 모습은 보이지 않았다.

"개실을 사용하는 환자는 비교적 증상이 가볍고 경제적으로도 여유가 있는 분이 많아 건강한 편이에요. 낮 시간에는 식당이나 유희실에 가서 즐거운 시간을 보낸답니다."

미쓰요가 설명해주었다.

"이 앞이 여자 환자들의 개실병동인데 그냥 여기 서서 눈으로만 봐주세요. 젊은 남자가 들어가면 모두 흥분해서 큰일이거든요."

진지한 표정으로 그렇게 말하고는 열쇠 다발을 꺼내 문을 열었다. 그곳 역시 똑같은 구조의 병실이었지만 몇 명인가의 여성이 복도에 서서 멍하니 바깥을 바라보고 있는 모습이 보였다.

"와카바야시 씨는 여기 가장 가까운 쪽 병실에 입원을 하셨어요."

그렇게 말해 들여다보니 역시 강철제 침대와 테이블이 있을 뿐인 간소한 방이었다. 이곳을 매일같이 레이코가 와 자신의 얼굴을 엉망으로 망가뜨린 모친을 보고 있었던 것이다. 그 모습을 상상했지만 잘 떠오르지 않았다. 어쨌거나 아키오가 전혀 모르는 여자가 그곳에 있었던 것만은 분명했다.

복도 벽에 기대고 있던 여성 중 한 사람이 의아한 얼굴로 아키오를 쳐다보았다. 아름다운 여성이었지만 얼굴에 무참한 상처가 몇 개나 있었다. 어디서엔가 본 것 같은 느낌이었다. 자신도 모르게 빨려 들어갈 것 같은 아름다운 눈을 가지고 있었다.

홀로 통하는 계단을 내려가며 "복도에 있던 아름다운 분, 유명한 모델이었어요"라고 미쓰요가 말했다. "멋진 남편 분과 결혼해서 남부러울 것 없이 행복한 생활을 하셨는데 아이가 태어나자마자 아이를 학대하게 되었어요."

그러고 보니 예전에 잡지 등에서 본 적이 있는 여성이었다.

"아주 어렸을 때 부친에게서 나쁜 짓을 당했던 거예요. 그 기억이 아이를 낳는 순간 되살아난 거죠. 그래서 더럽혀진 자신을 벌주기 위해 얼굴을…. 놀라실지도 모르지만 많아요. 그런 케이스가."

아키오는 뭐라 대꾸하면 좋을지 알 수 없었다.

지하로 이어지는 계단에서 "아아" 하는 소리가 들려왔다. 이 밑이 보호실일 것이다. 간호사와 간병인의 모습은 거의 보이지 않았다. 확실히 이 정도의 숫자로는 손이 많이 가는 환자는 돌볼 수 없을 것이다. 더구나 환자와 의사의 소통마저 이루어지지 않는다. 미쓰요가 니코틴 중독이 된 것도 이해가 될 것 같았다. 겨우 20분 있었던 것뿐이지만 벌써 손끝이 떨리고 있었다.

헤어지면서 미쓰요는 "레이코 씨를 찾게 되면 소중히 여겨주세요"라고 말했다. "이런 말을 해도 괜찮은 건지 모르겠지만 마음의 병은 가까이 있으면서 부축해주는 게 중요하거든요."

병원을 나선 아키오는 다케노쓰카竹ノ塚 역에서 전철을 기다렸다. 미쓰요는 처음부터 자신의 서툰 거짓말을 알았던 것이 분명하다는 생각이 들었다. 미쓰요가 안내해준 정신병동은 순수와 침묵이 지배하는 세계였다. 그곳에서 아키오의 거짓말은 너무나도 추했다.

"환자보다 가족이 더 무거운 병에 걸려 있는 경우가 있다"는 미쓰요의 말이 떠올랐다.

그 말은 레이코를 가리키는 말이었을까? 그녀 역시 광기의 늪에 빠져 혼자 고독하게 견디고 있다는 뜻일까?

가을의 약한 햇빛을 받으며 전철이 천천히 다가왔다.

"레이코를 구해주었으면 좋겠다." 그렇게 미쓰요는 말했다.

그런 일은 자기에게는 무리라고 아키오는 생각했다.

지하철로 일단 아키하바라秋葉原로 가서 추오센으로 무사시사카이武蔵境까지 간 다음 다시 지하철을 갈아타 다마多磨 역에 도착했다. 한 시간 반 정도 걸려 도착한 이곳은 마키오카병원의 요시오카 미쓰요가 알려준 와카바야시 야스코의 봉안당이 있었다.

평일 해질 무렵의 다마 역은 한산했다. 가까이에 있는 미국인학교와 도쿄외국어대학 학생들이 플랫폼 이곳저곳에 서 있었다. 역 앞에는 편의점과 술집, 세탁소 등이 몇 군데. 열차의 도착을 알리며 경적이 시끄럽게 울렸다.

찾아오는 참배객을 상대로 하는 찻집과 석재점이 있는 골목을 지나가자 5분 만에 봉안당 입구 사무실에 도착했다.

11월의 묘지는 쓸쓸했다. 공물을 쪼아 먹기 위해 모인 것인지 석양으로 붉게 물든 하늘에는 새들이 날고 있었다. 차도에서 조금 떨어지자 사람의 인기척이 느껴지지 않았다. 황량한 바람이 아키오의 뺨을 때렸다.

와카바야시 야스코의 무덤은 봉안당 동쪽 구석에 있었다. 가까이 가서 보니 다른 무덤의 비석은 장식이 많이 되어 있었지만 와카바야시 가문의 묘석은 무른 응회석에 별다른 장식도 되어 있지 않았다. 뒤쪽을 보니 '쇼와 56년(1981년) 9월 와카바야시 요시로, 헤이세이 12년(2000년) 11월 와카바야시 야스코'라고 새겨져 있었다. 와카바야시 요시로가 레이코의 부친이라면 그녀가 11살 때 죽은 것이 된다.

무덤 앞에 꽃잎이 거의 다 떨어진 마른 안개꽃 다발이 덩그러니 놓여 있었다. 꽃다발에 손을 대어보니 최소 1주일 전에 가져다 놓은 것 같았다.

레이코는 일본으로 돌아와 있었다.

그녀 외에는 이 무덤에 꽃을 가져다 놓을 사람이 있을 리 없었다.

17

일단 추오센 미타카三鷹 역까지 와서 온다의 사무실로 전화를 걸었다.

"레이코의 신용카드 사용내역을 알 수 있을까요?"

아키오가 묻자 "그거라면 오늘 오후 확인했습니다. 신용정보에 별다른 문제는 없었습니다"라고 온다가 대답했다.

"은행 ATM은요?"

"그쪽은 아직 확인을 못 했습니다. 어느 은행에 계좌를 가지고 있는지 알면 금방 확인할 수 있습니다만."

"개별 카드내역도 알 수 있나요?"

"여권 복사본이 있으므로 그것도 해뒀습니다. 급하시다면 호텔에 FAX로 보내겠습니다."

여전히 일처리는 빠르고 정확했다. 아키오는 지금 바로 다카다노바바로 가겠다고 말했다. 미타카에서는 전철로 30분도 걸리지 않는다.

2주 전 레이코는 50억 엔을 자신의 계좌에 송금했고 그 직후 집에 들러 전화기를 회수하고 나리타공항에서 홍콩으로 건너갔다. 그것을 안 구로키는 홍콩으로 레이코를 쫓아갔다. 그러나 구로키가 필사적으로 홍콩을 헤매고 있을 무렵에는 레이코는 일본으로 돌아와 있었으며 꽃다발을 들고 어머니의 무덤을 찾았다. 대체 왜 그런 일을 했을까?

50억이나 되는 돈이 있으면 사건이 잠잠해질 때까지 외국에서 호화롭게 생활할 수 있다. 쫓아오는 사람은 어차피 일본의 야쿠자다. 외국으로 도피하면 뒤를 쫓아오는 일은 불가능했다. 왜 레이코는 군이 더 위험한 일본으로 돌아온 것일까?

온다의 사무실에 도착하자 이미 테이블 위에는 레이코의 신용카드 내역이 펼쳐져 있었다.

다중채무자를 막겠다는 이유로 일본의 금융업계는 개인의 신용정보를 공유한다. 은행업계는 '개인신용정보센터', 소비자금융은 '전국신용정보센터연합회', 신용카드사는 CIC 혹은 CCB라고 하는 신용정보를 관리하는 회사가 있다. 만일 연체하거나 하면 이들 회사의 데이터베이스에 기록되고 모든 금융기관이 알게 된다. 그렇게 되면 돈을 빌려주는 곳은 이런 데이터베이스를 이용하지 못하는 영세업자와 불법 사채업자뿐이다. 연체 등의 사고정보와 파산선고 등 공적 기록은 블랙정보라 불리며 업태를 불문하고 거의 모든 금융기관이 그 사실을 알고 있다. 이런 블랙정보는 7년에서 10년가량 데이터베이스에 등록되고 절대 지워지지 않는다.

한편 일반적인 계약정보나 차입 및 변제 기록은 화이트정보라 불리는데 기본적으로는 해당 업계에서만 공유된다.

고객이 새로운 차입을 원할 때 이런 화이트정보가 없으면 금융기관 쪽은 대출리스크를 파악할 수 없다. 변호사에게 30만 엔만 주면 도박으로 돈을 탕진했든 명품을 마구 사들였든 누구나 자기파산을 할 수 있게 되면서 카드회사와 소비자금융사에 막대한 손실이 발생하고 있었다. 이런 악질적인 고객으로부터 몸을 지키기 위해 모든 회사는 신용도를 철저히 관리한다.

신용정보는 개인의 프라이버시에도 관련이 있으므로 엄격히 보호되는 것으로 알려져 있지만 사실은 흥신소나 조사회사와 계약한 정보통을 사용하면 간단히 입수할 수가 있다. 각 데이터베이스 모두 300개사나 되는 회원기업이 데이터 접속권을 가지고 있기 때문에 보안에 한계가 있는 것은 분명했다.

그러나 각 데이터베이스는 정확도에 상당한 차이가 있다. 예를 들어 소비자금융권에서는 차입정보밖에 나오지 않는다. 소비자금융의 마이너스카드가 있다고 해도 한 번도 사용한 적이 없으면 다른 회사에는 그 계약내용과 이력을 알 수 없다. 이에 비해 은행이나 신용카드사의 데이터베이스에는 계약정보 및 남아 있는 채무액, 개별 지불이력까지 등록된다. 이것을 보면 카드가 어떻게 사용되었는지는 일목요연하게 알 수 있다.

"와카바야시 레이코는 신용카드를 세 장 소유하고 있군요. 그중 한 장이 AMEX의 골드카드인데 이 카드를 어마어마하게 썼네요. 다음 달 청구액이 180만 엔입니다. 지난달까지는 정확히 지불을 했습니다만 이번 달 분은 아직 입금이 안 되어 있군요. 단 결제일이 지난 지 얼마 되지 않았으므로 연체 취급은 아직 안 된 모양입니다."

레이코의 신용정보를 보며 온다가 설명했다. 이런 정보 취급에는 익숙할 것이다. 받아놓은 데이터에서 필요한 항목만 읽어 내렸다.

"다른 한 장은 전혀 사용하지 않는군요. 아마 아는 사람 때문에 만든 카드 같습니다.

특이한 것은 마지막 한 장으로, 지금까지 전혀 사용하지 않았는데 이번 달분 청구액이 6만 9,800엔입니다. 지금까지 사용하지 않았던 카드를 무슨 이유가 있어 최근 사용하기 시작한 모양입니다."

아키오는 그 신용카드의 번호를 알 수 있느냐고 물었다. 신용정보에는 이름과 생년월일 등 개인데이터는 표시되지만 카드번호까지는 나와 있지 않았다.

"그럼요" 온다는 그렇게 말하고 아르바이트생인 마키를 불렀다. "이 번호 좀 조사해봐." 마키는 "네에" 하고 느긋하게 대답한 뒤 슬리퍼를 끌며 온다에게 와 신용정보가 기록된 서류를 받아들었다. 그녀는 아키오를 보고는 "안녕하세요" 하고 역시나 느긋한 목소리로 인사를 했다.

그 뒤 마키는 자신의 책상으로 돌아가 신용카드사 전화번호를 검색하여 고객상담실에 전화를 걸었다.

"여보세요. 카드사죠? 제가 신용카드가 든 지갑을 잃어버려서요."

지금까지 태도와는 완전히 다른 똑 부러진 캐리어우먼 같은 말투였다. 아키오는 그 빠른 변신에 혀를 내둘렀다.

"그래서 경찰에 신고를 하려고 하는데 카드번호를 몰라서요. 장소요? 지하철로 다카다노바바까지 와서 갈아타려는 중에 문득 가방을 보니 가방이 열려 있었어요. 전철에 사람이 꽤 많았는데 소매치기인지도 모르겠어요. 다행히 현금은 들어 있지 않았지만 카드가 몇 장 들어 있었거든요⋯."

어디서 잃어버렸는지 묻는 모양이었다.

"네에. 이름과 생년월일 말이죠?"

신용정보를 보면서 레이코의 이름과 생년월일 주소를 불러주었다. 당연히 상대가 보는 데이터와 같은 것이므로 아무 문제도 없다.

"네에, 고마워요. 혹시 모르니까 유효기간도 알려주시겠어요?"

말해주는 정보를 종이에 적었다.

"저기 카드를 정지시키는 건 나중에 할게요. 경찰 분도 카드만 있는 지갑은 그냥 버리는 경우도 많다고 그러네요. 내일 오전까지 기다렸다가 그래도 안 나타나면 다시 한 번 전화를 드릴게요."

마키는 전화를 끊고 "한 건 해결했어요"라며 온다에게 메모지를 주었다.

"간단하죠? 이제 내일 아침 지갑을 찾았고 카드도 무사하다고 전화를 하면 증거는 남지 않습니다."

아키오는 온다에게 마키의 솜씨를 칭찬했다.

"저 애가 보기보다 능력이 뛰어나요. 저희 탐정사무소의 홈페이지도 전부 저 애 혼자서 만든 거고요."

"보기보다라는 말은 무슨 뜻이에요?"라며 삐치자 온다는 "미안" 하고 머리를 긁었다. 의외로 좋은 콤비인지도 모른다. 아키오는 문득 홍콩에 있는 창과 메이가 떠올랐다. 일본에 온 뒤 아직 이틀밖에 지나지 않았지만 센트럴에서 메이와 헤어진 것이 꽤 오래 전 일인 것처럼 느껴졌다.

온다의 사무실에서 다카다노바바 역으로 가다가 '인터넷카페'라는 간판을 발견했다. 한때 꽤 유행했지만 가정과 사무실에 인터넷이 보급되면서 눈 깜짝할 사이에 사라지고 만 이곳은 각 테이블에 인터넷이 연결되는 컴퓨터를 놓아둔 찻집이었다. 대학가이기도 한 덕분에 아직도 남아 있는 모양이었다. 안내판을 보니 300엔을 내고 회원에 가입하면 500엔짜리 커피 한 잔으로 한 시간 인터넷을 사용할 수 있는 시스템이었다. 호텔에 가는 것보다 빠를 것 같아 지저분한 건물 3층에 있는 그 카페에 들어갔다. 1층은 파칭코 가게였고 2층은 고깃집이었지만 길어지는 광우병 소동으로 문을 닫은 모양이었다.

카페 내는 예상 외로 넓었고 스무 석 정도 되는 테이블에 각각 한 대씩 컴퓨터가 놓여 있었다. 입구 옆 계산대에서 300엔을 내고 회원증을 받은 다음 빈자리에 앉아 커피를 주문했다. 테이블은 3분의 1 정도가 차 있었다. 대부분이 리포트를 쓰는 대학생이다.

컴퓨터는 기종이 오래되었고 OS도 윈도우95를 사용하고 있었지만 딱히 상관은 없었다. 아키오는 브라우저를 연 뒤 레이코가 사용하는 신용카드사 홈페이지를 열었다. 예상대로 카드 이용자를 위한 회원 페이지가 있었다.

신용카드사도 IT화의 파도에 뒤처지지 않도록 각 사 모두 인터넷 서비스에 열을 올리고 있었다. 그러나 은행이나 증권회사와 비교하면 신용카드사의 데이터베이스에 인터넷으로 접근한다고 해도 자금이동이 동반되지 않으므로 보안은 굉장히 취약했다. 명세서를 확인하거나 이용액에 따라 쌓인 포인트를 경품으로 바꾸는 정도밖에 할 것이 없기 때문이었다.

아키오는 인터넷메일에 적당한 메일어드레스를 만든 뒤 레이코의 카드번호와 방금 만든 메일어드레스를 입력하고 회원등록 버튼을 클릭했다. 레이코가 먼저 등록하지 않았다면 이제 로그인용 패스워드가 새로 만든 메일로 날아올 것이었다. 인터넷으로 카드 명세서를 보려는 사람은 일본에는 아직 많지 않았다.

예상대로 레이코의 신용카드는 등록되어 있지 않았고 30초 만에 메일어드레스에 패스워드가 날아왔다. 카드번호와 그 패스워드로 로그인하면 바로 상세 화면으로 들어간다.

아키오는 문제의 카드가 사용된 내역을 확인했다. 최근 며칠 사이에 '시라이(슈)'라는 곳에서 세 번 정도가 사용되었으며 각각 2만 2,356엔, 2만 3,548엔, 2만 2,347엔이라는 어중간한 금액이었다. 아키오는 가게 이름과 이용한 금액으로 볼 때 슈퍼마켓일 거라고 생각했다.

아키오가 인터넷으로 '시라이슈퍼'를 검색하자 도쿄 도내에 세 곳이 검색되었다. 주소를 살펴보니 두 곳은 오래된 상점가에 있는 개인 가게로 이런 곳에서 레이코 같은 여자가 카드로 쇼핑을 하면 눈에 띌 것이다. 다른 한 곳은 신주쿠 가부키초에 있는 24시간 영업점으로 카드를 사용했다면 분명 이곳일 것 같았다. 식료품 외에 의류며 전기제품도 취급하고 있었다. 점원도 아마 아르바이트생일 것이다. 무엇보다 손님 중에는 근처 가게의 호스티스가 많은 만큼 레이코가 물건을 사도 그다지 튀지 않는다. 그러나 그것이라면 가까운 백화점을 이용해도 될 일이었다. 50억이나 되는 큰돈이 있는데 왜 이런 가게에서 물건을 살 필요가 있는 것일까?

점원에게 물어보니 프린터 출력은 복사와 마찬가지로 한 장당 10엔이라고 했다. 10엔짜리 동전을 몇 개 건네고 내역서를 인쇄한 뒤, 다식은 커피에는 손도 대지 않고 가게를 나왔다.

조금 전까지만 해도 레이코가 아직 홍콩에 숨어 있을지도 모른다고 생각했다. 그러나 야스코 씨 무덤을 방문한 뒤 그녀가 어느 사이엔가 일본에 돌아와 있다는 것을 깨달았다. 지금은 신용카드 내역서로 가부키초의 슈퍼에서 생필품을 사고 있다는 사실까지 알았다. 이대로 가면 의외로 쉽게 찾을 수 있을지 모른다.

그렇지만 가부키초에서 레이코는 대체 무엇을 하고 있는 것일까?

18

시라이슈퍼는 가부키초와 구청 사이 윤락가와 러브호텔가 한가운데에 있었다. 이 근처는 최근 카지노가 늘었다. 그러나 실제로 돈을 걸고 하는 카지노는 법률상 금지되어 있으므로 당당하게 선전할 수 없다. 그래서 이렇게 추운 날씨에도 샌드위치맨이 간판을 들고 거리에 많이 서 있었다.

아키오가 방문한 것은 오후 8시가 넘은 시간으로 1층 식료품 판매장은 꽤 사람이 많았다. 대충 살펴보니 고객의 대부분은 외국인이었고 그 외는 물장사 쪽 관계자였다. 계산대에는 금발의 젊은 남녀가 있었는데 외모와는 달리 말이 통하지 않는 손님들을 상대로도 부지런히 일하고 있었다. 한 층의 넓이는 80평방미터 정도로 1층은 식료품과 잡화, 2층은 의료와 전기제품이 진열되어 있었다. 모두 대형 슈퍼에서 판매되는 물건들이었다.

아키오는 잠시 가게의 모습을 살폈지만 복잡한 계산대에서 직접 물어보는 것은 포기하고 가게 안쪽 창고로 향했다. 수레를 밀며 나타난 젊은 점원에게 점장이 있냐고 묻자 아무 말 없이 창고 오른쪽 문을 가리켰다. 가볍게 노크하자 귀찮은 목소리로 "누구야?"라는 대답이 돌아왔다.

점장이라고 해도 아직 30대 초반의 남자로 아르바이트 직원들을 총괄하는 자리인 듯했다. 머리카락을 짧게 잘랐고 수염이 덥수룩했으며 뺨에는 깊은 흉터가 있었다. 폭주족 리더라도 했을 것 같은 분위기였다. 점장은 눈을 치켜뜨고 아키오를 보더니 노골적으로 경계하는 빛을 띠며 "뭡니까?"라고 물었다.

아키오는 지갑에서 1만 엔짜리 지폐를 두 장 꺼내 아무 말 없이 테이블 위에 놓았다. 점장의 눈이 지폐에 고정되었다.

"사람을 찾는 중이야."

아키오는 조금 전 프린트한 레이코의 명세서를 보여주었다.

"요즘 매일 이 가게에서 카드를 사용하더군. 그때 계산대에 있던 점원에게 몇 가지 묻고 싶어서 말이야."

"당신 경찰인가요?" 점장이 물었다.

"형사가 돈부터 꺼낼 리 없잖아?" 아키오가 대답하자 "그렇죠" 하고 웃었다.

"조금 급해서 말이야. 계산대에 있던 사람을 만나게 해주면 3만 엔 더 주지."

점장은 "그렇군, 사채 쪽 사람이군" 하고 중얼거리더니 그것으로 납득한 모양이었다. 씨익 웃더니 "그럼 잠깐 기록을 보고 올 테니 여기서 잠깐 기다려주십시오" 하고 명세서를 가지고 나갔다.

15분 정도 지나 점장이 돌아왔다.

"금액을 보고 식료품이려나 하고 생각했는데 전기제품 계산대에서 이 카드가 사용되었더라고요. 모두 새벽 1시에서 3시 사이였고요. 근무표를 보니 그중 두 번은 같은 녀석이 계산대에 있었는데 오늘은 11시에 여기 올 겁니다. 어차피 이 근처에서 파칭코 같은 것을 하고 있을 테지만 제가 메시지는 넣어놨습니다. 연락이 오면 여기로 부르죠. 그러면 되죠?"

아키오는 휴대전화 번호를 알려주며 이 근처 커피숍에서 기다릴 테니 연락을 달라고 했다. 자리를 뜨려는 순간 점장의 휴대전화가 울렸다. 화면을 보고 잠깐 기다리라는 듯 아키오에게 눈짓을 한 다음 전화를 받았다. 점원은 정시보다 일찍 출근하는 일이 싫은 듯했지만 마지막에 "시끄럿. 헛소리하지 말고 빨리 튀어와!" 하고 점장이 소리를 지르자 어쩔 수 없이 승낙하는 모양이었다.

"이케부쿠로에서 파칭코를 하던 중이었답니다. 빈털터리가 된 모양이지만 불렀으니까 20분이면 도착할 겁니다. 요 앞에 커피숍이 있으니까 거기서 기다리시겠어요? 제가 데려가겠습니다."

남은 3만 엔의 보수도 그 자리에서 주었다. 생각지도 않았던 보너스 5만 엔에 희희낙락하는 모습이었다.

어두운 커피숍에서 끈적거리는 테이블 위에 있는 커피를 마실까 말까 고민하던 중에 생각보다 빨리 슈퍼의 점장이 젊은 남자를 데리고 가게로 들어왔다. 촌스러운 얼굴과는 어울리지 않는 피어스를 하고 있었고 머리카락을 반쯤 금색으로 물들이고 있었다. 금발로 한 것은 상관없지만 그 뒤에 자란 머리는 방치한 느낌이었다. 입고 있는 다운재 킷은 군데군데 찢어져 하얀 털이 보인다. 한눈에 보기에도 별 신통치 않은 남자였다.

"이분이 네게 묻고 싶은 게 있으시대."

점장이 그렇게 말하고 남자를 밀었다. 아키오가 신용카드를 사용한 손님 일을 이야기하자 남자는 바로 "아아" 하고 소리를 내더니 "역시 좀 이상하다고 생각했어요" 하고 말했다.

"뭐가 이상했는데?" 점장이 물었다.

"카드를 가져오는 여자가 달랐거든요."

"무슨 말이야?"

"뭐라고 할까 저희 같은 가게에 그것도 한밤중에 카드로 물건을 사는 사람은 거의 없잖아요? 그것만으로도 특이한데 두 번 다 중국인 호스티스가 왔지만 다른 사람이었어요. 처음 왔을 때는 카세트를 샀고 두 번째는 값이 싼 MD워크맨을 샀는데 왠지 신경이 쓰여 지난 번 전표를 찾아보니 카드번호가 똑같았어요."

"중국인 호스티스라는 건 어떻게 알았는데?" 하고 점장이 다시 물었다.

"그야 중국말을 했으니까요. 그 정도야 저도 알거든요."

"카드 명의인은 와카바야시 레이코잖아? 그럼 도난카드라는 것 아닌가?"

"뭐어 그렇기야 하지만 지난 번 점장이 도난카드든 뭐든 카드를 주면 군말 없이 결제를 하라고 했거든요."

"이 바보가!" 점장이 남자의 머리를 쥐어박았다. "요즘은 카드사도 말이 많아져서 도난카드인 걸 알고도 결제를 하면 돈을 안 준다고. 카드를 내면 사인을 확인하라고 그렇게 말했건만."

"그런가요?" 하고 자신은 관계가 없다는 듯한 태도로 남자가 대답했다. 어쨌거나 고용된 점장 역시 아무래도 상관없는 일일 것이다. 더 이상의 설교는 없었다.

"그 외 다른 건 없었나?" 이번에는 아키오가 불었다.

"그게 두 번 모두 같은 중국인 남자가 같이 왔어요. 여자는 겁에 좀 질린 것 같았고요. 계속 남자를 살폈던 게 기억나요."

"그 남자는 어떤 모습이었지?"

"뭐랄까 기둥서방이랄까 그런 모습이었어요."

"그러니까 이렇게 된 모양이네요" 하고 점장이 알겠다는 표정으로 말했다.

"그 신용카드는 어떻게 된 영문인지는 모르지만 당신이 찾고 있는 여자로부터 중국인들이 훔쳐간 거예요. 그렇지만 카드 사인이 여자 이름으로 되어 있으니까 직접 쓰지는 못하고 클럽 호스티스에게 카드를 쓰게 한 거죠."

"그렇지만 카드로 물건을 살 때는 사인이 필요하지 않나?" 아키오가 물었다.

"중국인이라면 한자를 쓸 수 있으니까요." 점장이 바로 대답했다. "저희 가게 같은 곳은 카드로 결제할 때 사인을 보지도 않고 2만 엔이나 3만 엔 정도면 카드사도 별로 신경을 안 쓰니까 그렇게 용돈벌이라도 한 거죠."

가게로서는 도난카드든 아니든 결제만 하면 카드사로부터 돈이 들어온다. 나중 일이야 알 바 아니다. 카드회사 역시 보험에 들어 있으므로 딱히 불만은 없을 것이라는 이야기였다.

"어쨌거나 초보들이 분명할 거예요. 한 번 성공했으니 두 번, 세 번, 카드가 정지될 때까지 아마 올 겁니다. 어떡하시겠어요?"

"그 카드에 도난신고가 들어오면 어떻게 하지?"

"뭐 중국어로 떠들다가 나가겠죠. 저희도 그런 일에 하나하나 경찰을 부르지는 않고요."

"그 남자 다시 보면 알 수 있겠나?" 아키오가 점원에게 물었다.

"그럼요. 자주 가게에 오는 녀석이에요."

"어떡할까요? 이 녀석 1주일 내내 심야근무를 시켜서 감시를 하라고 할까요? 카드를 훔친 녀석이 오면 연락을 드릴게요. 5만 엔이면 됩니다."

"엥? 돈을 받는 거예요?" 점원의 눈이 갑자기 반짝거렸다.

"네가 3만 내가 2만. 그러면 불만 없지?" 점장이 고마워하라는 표정으로 말했다. 조금 전에 받았던 5만 엔에 대해서는 물론 언급이 없다.

"좋습니다. 마침 돈이 떨어져서 사채업자라도 찾아갈까 생각했거든요. 살았네요."

점원이 다 썩은 이를 보이며 웃었다.

역 건물에 인접한 식당가에 있는 국수집에서 늦은 저녁을 먹은 뒤 호텔에 돌아오니 오후 11시가 넘어 있었다. 프런트에서 키를 받을 때 FAX가 와 있다고 했다. 고이건설의 마베가 예의 펀드 설명서를 보낸 것이었다. 위쪽에는 '홍콩으로 보낼 선물은 준비되었습니다. 빠른 연락 부탁드립니다'라고 적혀 있었다. 이쪽도 꽤 급한 모양이었다. 어차피 한 번은 홍콩으로 돌아가야만 했다.

방으로 돌아와 샤워를 하고 맥주를 마시며 서류를 살폈다. 설명서라고 해도 변호사나 감사법인이 체크한 정식 서류가 아니라, 금융업에 종사하는 사람이 보면 한눈에 사기라는 것을 알 수 있는 빈약한 것이었다.

"원금보장형으로 연 10퍼센트의 이자를 보증. 게다가 운용상의 수익에는 세금이 붙지 않습니다."

설명서 가장 첫 장에 그런 글자가 커다랗게 인쇄되어 있었다. 은행의 예금금리가 연 0.1퍼센트인 시대에 이런 이자가 가능할 리 없지만 신기하게도 이 세상에는 이런 사기꾼에게 속는 바보가 엄청나게 많다.

대충 설명서를 읽어보니 내용은 쉽게 이해가 되었다.

일단 오프쇼어에 SPC를 설립하고 투자가는 그곳에 엔으로 연 10퍼센트의 금리로 돈을 빌려준다. SPC라는 것은 '특별목적회사special purpose company'의 약자로 이번 경우는 탈세를 목적으로 하는 단순한 도구였다. 오프쇼어에 만드는 이 회사의 주요 업무는 홍콩의 소비자금융과 상공론에 대한 융자라고 되어 있었다.

홍콩에는 일본의 이자제한법이나 출자법 같은 금리규제가 없으므로 이런 단기 및 고리 자금을 사용하면 금리가 100퍼센트인 경우가 허다하다. 100만 엔을 빌리면 1년 뒤에는 200만 엔을 갚아야 한다는 것이지만 당연히 이런 식으로 돈을 빌릴 사람은 없다. 그 때문에 이런 고금리금융은 주 단위 혹은 일 단위의 초단기 대출로 리스크를 관리한다. '다음 주가 월급날이니까 이번 주말 데이트 자금을 좀 빌리고 싶다'는 식이다. 미국에서도 주 단위로 급료를 받는 육체노동자를 대상으로 이런 고금리 대출이 널리 보급되어 있다. 경기가 좋을 때는 엄청나게 벌지만 일단 불경기가 되면 연체와 자기파산이 증가하여 가장 먼저 경영이 불가능해지는 전형적인 하이리스크 하이리턴 비즈니스였다.

투자회사인 SPC는 이렇게 고금리 대출사에 연이율 30퍼센트로 융자를 행하고, 고금리 대출사는 연이율 50~100퍼센트에 홍콩의 중소 영세기업 및 직장인에게 대출한다. 그렇게 자금을 운용해 돈을 벌겠다는 것이 기본 스킴이었다.

만약 투자가로부터 10억 엔의 자금을 모으면 SPC가 1년 뒤에 지불해야 하는 이자는 10퍼센트인 1억 엔이다. 한편 그 10억 엔은 홍콩달러로 바꿔 연이율 30퍼센트로 융자되므로 환율의 변동을 고려하지 않으면 1년 뒤에는 엔으로 환산해서 3억 엔의 이자가 들어오게 된다. 지불해야 하는 이자 1억 엔을 지불해도 2억 엔이 남는 것이었다. 이 정도면 엔과 홍콩달러의 환율리스크를 고려해도 엄청나게 버는 사업이 분명했다.

게다가 오프쇼어법인은 아무리 이익을 올려도 법인세의 부담이 없다. 투자가는 이 SPC에서 돈을 인출하지 않는 한 연 10퍼센트의 복리로 원금을 불릴 수 있다. 이 역시 투자가에게는 나쁜 이야기가 아니다.

단지 문제는 설명서에 대손율에 대한 예측이 나와 있지 않은 점이었다. 출자법의 상한금리에 가까운 연이율 29.2퍼센트로 돈을 빌려주는 소비자금융이나 상공론도 대손율은 5~8퍼센트에 이르며 중소업자인 경우는 10퍼센트가 훨씬 넘는다고 알려져 있다. 10억 엔의 원금 중 최소 5퍼센트인 5,000만 엔이 돌아오지 않는다는 말이다. 만약 연이율 50퍼센트로 빌려준 자산의 대손율이 10퍼센트까지 올라간다면 1억 엔이 그냥 날아가는 것이다.

이런 대손리스크를 SPC가 부담한다는 계약의 경우 남은 9억 엔에서 30퍼센트의 금리 수입을 얻는다면 2억 7,000만 엔이 된다. 거기서 원금이 훼손된 1억 엔을 보충하고 투자가들에게 1억 엔의 이자를 지불하면 7,000만 엔밖에 남지 않는다. 그리고 대손율이 15퍼센트로 높아지면 이익은 불과 500만 엔. 이래서는 엔화가 조금만 올라도 운용비용조차 남지 않게 된다.

대손리스크를 고금리 대출사에서 부담하는 구조로 되어 있으면 더욱 사태는 악화된다. 대손 부담을 견디지 못하고 고금리 대출사가 망하면 빌려준 돈은 모두 손실이 되기 때문이다. 실제로는 이런 경우가 많아 투자처 손실이 표면화된 순간 펀드도 공멸하고 결국에는 종잇조각밖에 남지 않는다. 물론 투자처와 펀드가 처음부터 짜고 계획적으로 도산하는 일도 간단하다.

그러므로 이런 펀드는 투자가에게 약속한 금리를 지불하기 위해 원금을 잠식시키는 '문어발배당'을 시작하고 그 배당 실적을 근거로 아마추어들을 유혹하여 피해를 확대시킨다. 이런 뻔한 사기에 걸리는 사람은 대부분 탐욕스러운 벼락부자와 투기꾼이다.

설명서에는 '원금보장'이라고 크게 적혀 있지만 내용을 살펴보니 그저 투자회사가 '보증한다'고 말하는 것에 지나지 않았다. '싱글A 이상의 신용등급을 취득'이라는 문구도 있었지만 신용등급을 부여한 것은 들은 적도 없는 회사였다. 유치원생 정도의 지능을 가지고 있다면 이것만으로도 사기라는 것을 알 수 있었다.

백 번 양보해서 투자를 검토한다고 해도 제대로 된 투자라면 일단 투자회사가 어떤 방법으로 대손리스크를 관리하고 손실을 일정 정도 이내로 제한할지 자세히 검토해야 한다. 그저 이쪽에서 저쪽으로 돈을 빌려주는 것이라면 누구나 할 수 있다.

설명서에는 그 부분에 대한 내용이 아무것도 적혀 있지 않았다. 모든 융자가 100퍼센트 변제될 것이라는 전제하에 예상되는 수익만을 써놓았다. 제대로 된 담보도 없이 돈을 빌려주어도 모두 변제되는 사업이 이 세상에 만약 존재한다면 그렇게 좋은 돈벌이도 없을 것이다. 굳이 투자가를 모을 필요 없이 돈을 빌리는 한이 있더라도 자신이 투자할 것이다. 어쨌거나 지금의 일본은 아무리 수상쩍은 중소기업이라도 국영 금융기관에서 연 1퍼센트 혹은 1.5퍼센트라는 공짜나 다름없는 금리로 몇천만 엔씩 돈을 빌릴 수 있는 이상한 나라다.

설명서를 다 읽자 대략적인 사건의 전모가 보이기 시작했다.

아마 사나다라고 하는 약혼자가 '원금보장에 연이율 10퍼센트'라는 말도 안 되는 금융상품의 스킴을 생각해냈을 것이다. 그것을 레이코가 예전에 일하던 히시토모부동산의 야마모토라고 하는 임원에게 이야기를 해 투자가를 모으게 했다. 그리고 투자가들이 돈을 입금하자마자 미리 준비해두었던 다른 계좌로 송금하고 도망친 것이다. 상장기업의 임원이 자신의 거래처에 이런 말도 안 되는 금융상품을 팔고 다녔으니 큰 소동이 벌어지는 것도 당연했다. 우익 폭력단도 가만히 있지는 않을 것이다.

설명서에 따르면 펀드의 설정 및 운영은 카리브해의 오프쇼어에 설립한 재팬퍼시픽파이낸스라는 곳에서 하기로 되어 있었다. 바로 아키오가 만들어준 엉터리 회사다. 일본 쪽 판매처는 공란으로 되어 있었지만 손글씨로 'KK JPF'라고 적혀 있었다. 설명을 들은 사람이 메모해둔 모양이다. 재팬퍼시픽파이낸스의 머리글자를 딴 것처럼 보였지만 이것이 일본 측 판매회사라고 하면 애들 장난도 이런 장난이 없다. 판매회사명을 인쇄하지 않은 것은 당연히 미등록된 투자상품을 권유하고 판매했다는 증거를 남기지 않기 위해서였다.

레이코는 약혼자 회사의 돈 5억 엔을 해외로 반출해 어느 인물에게 송금하지 않으면 안 된다고 했다.

약혼자의 회사라는 것은 이 사기 펀드의 판매회사고 5억이라는 것은 이 펀드를 이용해 모을 예정이었던 금액일 것이다. 그것이 어떻게 된 영문인지 50억까지 늘어났다.

그 뒤에 일어난 일을 생각하면 돈을 보내야 한다는 '어느 인물'이란 레이코 본인임이 분명했다. 아키오를 만났을 당시 레이코는 이미 돈을 훔쳐 도망갈 계획을 가지고 있었다. 그 방법을 알아내기 위해 홍콩에 와서 아키오를 만난 것이다.

그렇다면 레이코와 사나다는 처음부터 한통속이었던 것일까? 그러나 구로키는 레이코가 돈을 훔쳐 도망쳤다고만 이야기했다. 계좌의 공동명의인이었던 사나다에게 지시해 은행에 연락을 해봤다고도 했다. 그렇다면 그 녀석 또한 사기를 당한 불쌍한 희생자 중 하나라는 말이 된다.

레이코의 약혼자라는 사나다가 어떤 남자인지는 모르지만 애당초 이런 엉터리 사기 펀드로 돈을 모으겠다고 생각한 것을 보면 제대로 된 인간일 리는 없었다. 그러나 이 남자는 어이 없이 레이코에게 속아 지옥으로 떨어졌다. 자신이 계획한 사기에 자신이 당하는 바보가 이 세상에 또 있을까?

사나다의 비즈니스에는 히시토모부동산의 야마모토라는 임원이 협력했다. 야마모토는 그 이전에 레이코를 비서로 알고 있었다. 그 녀석은 지금 우익 폭력단에게 엄청난 협박을 당하고 있을 것이다.

사나다와 야마모토가 모은 돈을 레이코가 빼돌린 것이 분명했다. 그러나 아키오와 만났던 4개월 전까지 레이코는 금융에 대한 지식은 전혀 없었다. 그런 아마추어가 오프쇼어에 돈을 입금시킨 뒤 자신의 계좌에 송금해서 도망치는 일을 정말 할 수 있었을까?

대체 누가 그런 수법을 레이코에게 가르친 것일까? 아니면 모두 혼자서 생각한 것일까?

이 건으로 이름이 나오는 인간을 하나하나 조사할 필요가 있다고 아키오는 생각했다. 아무래도 단순한 이야기가 아닌 것 같았다. 어딘가 흑막이 있을 것이다.

아키오는 온다로부터 받은 명함을 꺼내 거기에 메일주소가 인쇄된 것을 확인하고 메일로 의뢰를 보냈다.

레이코는 딱 한 번 아키오의 눈앞에서 사나다에게 전화를 걸었다. "사나다입니다"라고 대답했으니 자택이 분명했다. 아키오는 휴대전화에 기록된 그 전화번호도 파일에 첨부했다. 그 번호를 통해 주소와 풀네임 등을 알아내는 일은 온다에게는 식은 죽 먹기일 것이다.

한편 사기 펀드의 판매회사에 대해서는 아무런 정보가 없었다. 마베로부터 받은 설명서에 적힌 'KK JPF'만이 현재로서는 유일한 단서다. '주식회사 제이피에프'와 히시토모부동산의 야마모토에 대해서도 조사해달라고 덧붙였다.

오랜만에 메일박스를 보니 마코토로부터 장문의 메일이 와 있었다. "레이코에게 메일을 보냈지만 대답이 없다. 무엇이든 알게 되면 알려달라"라는 내용이었다. 왠지 가슴이 답답해져서 끝까지 읽지도 않고 컴퓨터를 껐다.

오전 1시가 넘어 휴대전화가 울렸다. 아키오는 침대에 누웠지만 깨어 있었다. 상대는 시라이슈퍼의 점장이었다.

"예의 중국인이 지금 가게에 와 있는데 어떡할까요? 또 여자를 데려온 걸 보니 카드를 사용할지도 모르겠습니다."

시계를 보았다. 지금이라면 호텔 앞에서 택시를 타면 10분 내에 도착할 것이다. "지금 그리로 가겠다"라고 말하고 신용카드는 그냥 사용하게 두라고 했다.

"아직 도난신고서가 접수 안 되었으면 그렇게 하겠습니다." 점장은 그렇게 말하고 "만약 이쪽으로 오시기 전에 가버리면 어쩌죠? 추가요금을 주신다면 제가 뒤를 쫓을게요" 하고 제안했다. 아키오는 그렇게 해달라고 했다.

주말인지 택시를 잡는 데 조금 시간이 걸렸다. 고슈가도甲州街道를 지나 메이지 거리明治通り를 메지로目白 방향으로 달려 신주쿠 역을 지날 때쯤 휴대전화가 울렸다.

"오늘은 물건을 사지 않고 그냥 나갔습니다. 호스티스가 카드를 쓰는 걸 거부한 모양입니다. 빨리 오셔야겠습니다. 그리고 전화비가 아까우니까 그쪽에서 전화를 주십시오."

아키오가 전화를 다시 걸자 "지금 어디세요?"라고 점장이 물었다. 아키오는 이세탄伊勢丹백화점 앞이라고 대답했다.

"친구를 만났는지 서서 이야기를 나누고 있습니다. 구청 가까운 곳에서 차를 내리시면 될 것 같습니다. 전화를 안 끊으시고 계시면 계속 실황으로 중계를 하죠."

구청 앞에서 택시를 내리자 호스티스와 취객들 사이에서 점장이 손을 흔드는 것이 보였다. 두꺼운 가죽점퍼를 입고 머리에는 붉은 반다나를 두르고 있었다. 누가 보아도 폭주족 같은 복장이었다. 이 사람이 슈퍼의 성실한 점장이라고 하면 아무도 믿지 않을 것이었다.

"저기 남자 셋에 여자 하나인 그룹이 있죠? 카드를 쓰게 한 것은 화려한 롱코트를 입은 키가 큰 녀석이라고 했습니다. 한눈에도 기둥서방 같죠? 오늘도 지난번과는 다른 여자를 데려온 모양입니다. 다른 둘은 우연히 길에서 만난 거고요."

아키오는 고맙다고 하며 약속한 5만 엔에 미행비 만 엔을 더해 건넸다.

점장은 지폐를 세고 "또 도와드릴 일은 없을까요?"라고 물었다. 지금은 됐다고 말하자 살짝 아쉬운 표정을 지었다.

그리고 조금 진지한 표정으로 아키오에게 말했다.

"저 녀석들 칼을 가지고 있으니까 너무 접근하지 않는 편이 좋을 겁니다."

레이코의 카드를 가지고 있다는 중국인은 친구들과의 이야기가 끝났는지 호스티스 같은 여자 허리에 팔을 두르고 천천히 걷기 시작했다. 아키오는 조금 떨어져 그 뒤를 쫓았다. 오전 2시 구청 앞 거리는 취객과 호객꾼으로 넘쳐나 아키오의 미행을 들킬 위험은 없었다.

중국인 기둥서방과 호스티스는 그대로 러브호텔가 쪽으로 걸어가더니 배팅센터 앞에서 왼쪽 골목으로 들어갔고 화려한 러브호텔의 네온 사이에 있는 오래된 연립주택 앞에 멈추었다.

모르는 척하고 옆을 지나치니 서로 말다툼을 하는 모양이었다. 분명하지는 않지만 아무래도 광동어는 아닌 것 같았다. 이 근처를 남자 혼자 어슬렁거리니 호객꾼들이 개미떼처럼 몰려들어 귀찮았다. 어쩔 수 없이 조금 떨어진 전신주 밑에 쪼그리고 앉아 구토하는 취객 흉내를 내었다. 작은 목소리로 시작된 말다툼은 점차 목소리가 커졌고 여자가 기둥서방을 밀치고 빠른 걸음으로 연립주택으로 들어갔다. 메이와 사귀면서 광동어 슬랭은 꽤 배웠지만 아키오가 아는 언어는 아니었다. 푸젠 쪽 사람 같았다.

이 낡은 건물에서 동향인 중국인 호스티스가 공동생활을 하고 있을 것이다. 기둥서방인 남자는 일이 끝난 여자를 가게까지 마중을 나갔다가 돈 때문에 싸운 모양이었다. 아니면 여자가 레이코의 카드를 사용하길 꺼린 것이 기둥서방의 기분을 상하게 했는지도 모른다.

중국인 호스티스가 있는 클럽은 대부분 정규점과 심야클럽으로 나뉜다. 정규점이란 풍속영업법을 준수하며 영업을 하는 곳으로 오전 0시가 되면 문을 닫는다. 그리고 문을 닫는 그 시간부터 그 가게는 간판을 바꾸고 흔히 '심야클럽'이라 부르는 다른 가게로 영업을 하는 것이었다. 심야클럽은 대부분 심야 1시부터 전철이 다니기 시작하는 시간까지 영업하며 정규점과 심야클럽의 경영자는 다른 것이 일반적이다. 건물주에게 가게를 빌린 정규점 경영자가 밤중에 가게를 놀리는 것이 아까워 다른 경영자에게 다시 빌려주는 것이다. 만약 풍속영업법을 위반해 경찰이 온다고 해도 붙잡히는 것은 심야클럽의 경영자로 현재의 법률에서는 가게를 빌려준 경영자를 벌할 수 있는 규정이 없었다.

문제가 되는 것은 중국인 호스티스 중 많은 수가 정규점과 심야클럽 양쪽을 겸업한다는 것이다. 같은 호스티스가 가게에 있는 만큼 간판을 바꾼 것만으로는 단골조차 가게가 다르다는 사실을 인지하지 못한다. 그리고 호스티스 쪽은 오후 5시부터 오전 5시까지 하루 12시간 노동하는 셈이었다.

불황으로 중국인 클럽 중 많은 수는 2차 에스코트서비스를 하라고 강요한다. 쉽게 말해 매춘이다. 2만 엔에서 3만 엔을 가게에 지불하면 원하는 호스티스를 가까운 러브호텔에 데리고 갈 수가 있다. 단 프라이드가 높은 상하이 출신 호스티스 중에서는 절대로 손님을 받지 않는 여자도 많았다. 몸을 파는 여자는 푸젠이나 둥베이東北 등 내륙 출신이 많았다. 이 중국인 기둥서방은 2차를 가지 못한 호스티스를 집까지 바래다준 것이다. 매번 같이 오는 여자가 다른 것은 그 이유 때문일 것이다.

중국인 기둥서방은 휴대전화를 꺼내 무슨 말인가를 하면서 아키오 쪽으로 걸어왔다. 아키오는 목구멍에 손가락을 넣어 뱃속의 것을 억지로 토했다. 이 근처는 매춘부의 숫자만큼이나 술에 취해 토하는 남자들이 많아 취객이라고 생각한 것인지 중국인 기둥서방은 아키오를 보고 혀를 차더니 그대로 오쿠보大久保 방향으로 걸어갔다.

그는 러브호텔가를 지나 낡은 빌딩과 목조 연립주택, 상점 등이 혼재하는 지역으로 들어갔다. 그는 계속 휴대전화로 이야기를 하면서 역시나 낡아빠진 연립주택으로 들어갔다. 당연히 오토록 같은 것은 달리지 않은 곳이다.

아키오는 문 밖에서 중국인이 엘리베이터를 타는 것을 본 다음 안으로 들어가 정지하는 층을 확인했다. 엘리베이터는 4층에서 멈추었다. 아키오는 재빨리 밖으로 나와 4층 창문을 바라보았다. 30초 정도 뒤에 가장 오른쪽 끝에 불이 들어왔다. 다시 한 번 연립주택으로 들어가 각 방의 배치를 확인했다. 불이 들어온 곳은 406호실이었다. 우편함을 살펴보았지만 이름이 붙어 있을 리 없었다. 야한 광고지만이 뭉텅이로 들어가 있을 뿐이었다.

도쿄의 비싼 임대료를 싫어하는 중국인은 반드시 공동으로 생활한다. 그들에게는 원래 다른 사람과 함께 사는 것에 대한 저항감이 그다지 없다. 그렇지만 좁은 집에 복수의 남녀가 공동으로 생활할 수는 없으므로 호스티스도 기둥서방도 동성끼리 사는 경우가 많다. 그 집에도 몇 사람인가 동거인이 분명 있을 터였다.

그대로 10분 정도 건물 앞에 서 있으니 방의 불빛이 꺼졌다. 손이 곱으면서 감각이 사라졌다. 추위 때문에 이가 딱딱 마주쳤고 이윽고 몸 전체가 떨리며 눈에서 눈물까지 나왔다. 이런 밤에 잠복을 하려면 최소한 슈퍼 점장이 입고 있었던 가죽점퍼 정도는 필수품이었다. 노숙자라도 스웨터에 재킷만 입고 11월 말 심야 2시에 길바닥에 서 있지는 않을 것이다.

무모한 잠복을 포기하고 아키오는 일단 호텔로 돌아가기로 마음먹었다. 아키오는 휴대전화를 꺼내 전화를 걸었다.

오쿠보에서 택시를 타고 호텔로 돌아와 뜨거운 물로 샤워를 하고 위스키를 스트레이트로 마신 뒤 그대로 곯아떨어졌다.

19

다음 날 오전에는 계속 호텔 침대에 누워 전화만 기다렸다.

오전 11시쯤 휴대전화가 울렸다. 조사회사의 온다로부터 온 것이었다.

"메일을 받고 조사를 시작했습니다. 사나다라고 하는 남자에 대해 정보가 약간 나왔습니다."

아침부터 바로 일을 시작한 모양이었다. 무척이나 실력이 좋은 것일까? 아니면 일감이 이것밖에 없는 것일까?

"이름은 사나다 가쓰아키眞田克明. 나이는 35세입니다. 전화번호가 등록된 주소는 미나토구 미나미아자부南麻布. 구입을 한 거면 1억 엔 이상, 빌린 거라도 월 30만 엔 이상은 주어야 하는 고급 아파트입니다. 미나토구의 등기소까지 마키를 보내 부동산등기를 조사해보니 소유자가 부동산회사인 걸 보면 빌린 것 같습니다."

"부동산회사라니 어디인지 아시나요?"

"히시토모부동산입니다. 1부에 상장된 중견기업입니다. 어차피 버블기에 많은 돈을 주고 사긴 했지만 그 뒤 지가폭락으로 불량채권이 되었고 매각을 한들 손실계상을 해야 되니까 어쩔 수 없이 임대로 돌린 걸 겁니다. 이쪽은 그런 물건들이 많거든요."

아파트의 소유주가 히시토모부동산이라면 그 집을 알선한 사람은 이사인 야마모토가 분명했다. 레이코는 야마모토의 비서로 일했다. 그리고 야마모토는 레이코의 약혼자인 사나다를 위해 회사 소유의 고급 아파트를 준비해준 것이다. 조금씩 세 사람의 관계가 보이기 시작했다.

"그리고 말씀하신 대로 주식회사 제이피에프가 미나토구에 상호로 등기되어 있는지 찾아봤더니 나오더군요. 그것도 본점의 등기지가 사나다의 아파트였습니다."

여기서 온다는 짐짓 말을 멈추었고 서류를 넘기는 소리만 들려왔다. 하기야 이 정도의 퍼포먼스는 용납해줄 정도의 실력은 증명했지만.

"JPF의 자본금은 5,000만 엔. 최대주주는 케이에스물산이라는 회사로 본점은 미나토구 아카사카로 되어 있습니다. 보유비율은 80퍼센트. 사나다는 대표권이 있는 사장이지만 보유비율은 10퍼센트이고 야마모토 게이지山本敬二라는 남자가 이사로 10퍼센트를 가지고 있습니다. 이 야마모토 게이지가 말씀하셨던 히시토모부동산의 이사 겸 영업부장이더군요. 케이에스물산에 대해서는 아직 조사 중입니다만 웬만한 데이터뱅크의 데이터베이스에는 없는 것 같습니다. JPF 설립은 올해 초지만 바로 증자를 했고 현재는 케이에스물산의 완전한 자회사가 되어 있고요."

케이에스물산은 말할 것도 없이 구로키의 회사일 것이다. 사나다, 야마모토를 합하면 이 사건의 관계자는 모두 윤곽이 드러난 셈이다. 역시 펀드를 판매하는 회사인 JPF가 사건의 무대였다.

아키오는 등기부등본을 호텔 FAX로 보내달라고 부탁했다. 임원 연락처를 조사하면 등장인물들의 관계를 알 수 있을지도 모른다. 전화기 너머로 온다가 "마키, 이것도 부탁해"라고 말하는 소리가 들렸다.

"회사의 정관은 어떻던가요?"

"이런저런 말들이 적혀 있었습니다만 한마디로 금융과 부동산 컨설턴트였습니다. 경영컨설팅이라든지 인사컨설팅도 포함되어 있고 그야말로 만물상 같은 곳이더군요. 또 투자사업에 투자고문업…."

온다가 무슨 이유에서인지 말을 끊었다.

"등록은요?" 아키오가 물었다.

"간토関東지방 재무국에서 확인했습니다." 온다는 웃음을 참는 듯한 목소리로 대답했다. 일부러 아키오를 시험한 것이었다. 투자고문업의 경우 의무적으로 재무국에 등록해야만 한다는 사실을 아는 사람은 금융관계자 외엔 없다.

"그 이름으로 투자고문업 등록을 한 법인은 없었습니다. 사이비라는 거죠."

온다 역시 아키오가 어느 정도 돈줄이 되는지 계산을 할 것이다. 금융 쪽 인간이라는 것을 확인하고 바로 수수료가 올랐을 것이다. 아키오가 5억이라는 보수를 제시받고 움직이는 것을 알면 이 유능한 조사원은 어떤 반응을 보일까? 물론 살아서 받을 수 있을지는 확신할 수 없는 이야기지만.

"이 JPF라는 회사에는 사나다의 자택과는 별도로 롯폰기에 지점이 등록되어 있었습니다. 조금 전 그 가까운 곳에서 영업을 하는 동업자에게 부탁해 보러 가달라고 했는데 구 방위청 뒤쪽의 낡은 건물로 지금은 사용하지 않는 것 같다더군요. 우편함에도 광고지와 우편물만 들어 있고 2주 정도 전부터 방치되고 있는 것 같답니다."

레이코가 50억을 들고 도망간 뒤 사나다가 평소처럼 일을 하고 있었다면 그쪽이 더 놀라운 일이었다. 아마 집에 틀어박혀 있거나 어디론가 도망갔을 것이다. 그렇지 않으면 구로키에게 잡혀 있을 가능성이 높다. 만약 후자라면 살아 있을지 어떨지도 의심스러웠다.

"이제 어떡할까요?"라고 묻는 온다에게 아키오는 사나다 가쓰아키의 소재를 확인해줄 것과 아카사카에 있는 케이에스물산 구로키 세이이치로에 대한 조사도 의뢰했다.

구로키의 이름을 듣고 "그러고 보니 도쿄 서부를 기반으로 하는 야쿠자 조직 두목 중 그런 이름의 남자가 있습니다"라고 온다가 말했다. "요즘은 어디든 벌이가 신통찮으니까 아카사카에 합법기업이라도 만든 걸까요?" 하고 말을 이었지만 아까와는 달리 목소리에 경계심이 느껴졌다. 모처럼 잡은 돈줄인 줄 알았는데 야쿠자와 관계된 귀찮은 이야기일지도 모른다고 생각하기 시작한 것이다.

아키오는 혹시 위험할 것 같으면 바로 조사를 그만두어도 된다고 말하고 필요한 비용은 내일이라도 넣겠다고 약속했다. 온다는 잠시 주저했지만 "혹시 영수증이 필요 없으시다면 요전처럼 현금으로 받을 수 있을까요?"라고 말했다. 제아무리 뛰어난 조사원도 세무서는 두려운 법이다.

온다와 이야기를 마치자마자 이번에는 고이건설의 마베로부터 전화가 걸려왔다.

아키오가 설명서를 보내줘서 고맙다고 말하자 "그런 게 도움이 된다면 언제든 말씀하십시오"라고 대답했다. 그 설명서를 받은 사람은 한눈에도 수상쩍은 이야기라 관심을 끊었고 자세한 이야기는 모른다고 했다. 그 투자 건을 들고 온 사람은 역시 히시토모부동산의 야마모토였다.

"그 뒤 히시토모부동산의 트러블은 어떻게 되었는지 아시는지요?"

"글쎄요, 자세히는 모르지만 우익 폭력단이 안 보이는 것으로 봐서 어떻게든 돈을 주겠다고 약속을 한 것 같다고 하더군요. 그러지 않으면 물러나질 않을 테니까요. 경시청이 탐문을 시작했다는 소문도 들립니다. 요즘은 이런 식의 뒷거래에 여론이 민감하니까요. 저희 쪽도 불똥이 안 튀었으면 좋겠는데 말입니다."

회사에서 전화를 하고 있는지 마베는 목소리를 낮췄다.

"예의 할인금융채 말입니다만 가능한 한 빨리 처리하고 싶습니다."

재촉해서 미안하지만 자신도 급하다며 마베는 자조적으로 웃었다. 확실히 고이건설을 둘러싼 정치가와 폭력단의 스캔들이 최근 경제지를 장식하기 시작했다. 만약 그중 한 건이라도 입건되고 그것을 근거로 주주대표소송이 일어나면 분명히 패소할 것이다. 법을 어기는 행위가 있었다면 상법개정이고 뭐고 소용이 없다. 제소된 뒤 자금을 움직이면 악질적인 배상금 회피로 비춰질 위험도 있었다. 마베가 초조해하는 것도 무리는 아니었다.

아키오는 받을 장소와 시간을 정해 오늘 중으로 연락을 하겠다고 대답했다.

프런트에서 FAX가 왔다고 연락이 왔다. 온다가 약속한 등본을 보낸 모양이다. 커피를 마시기 위해 전열기를 꽂은 뒤 로비로 받으러 갔다.

등본을 보니 주식회사 제이피에프는 2001년 초 자본금 1,000만 엔으로 사나다 가쓰아키와 야마모토 게이지에 의해 설립되었다. 설립 시 대표이사는 사나다였다.

그리고 반년 뒤인 8월 케이에스물산이 4,000만 엔을 더해 자본금은 5,000만 엔으로 불었고 구로키가 최대주주로 바뀌었다. 그동안 대표이사는 계속 사나다였지만 증자 이후 보유한 주식의 비율은 10퍼센트로 떨어져 있었다. 온다의 말대로 지금은 완전히 구로키의 자회사인 것이다.

이 등본에 따르면 돈을 잃어버린 책임을 가장 먼저 져야하는 사람은 JPF의 대표이사이자 동시에 레이코의 약혼자이기도 한 사나다가 틀림없었다. 엉터리 설명서로 돈을 모은 야마모토도 이사로 이름을 올리고 있는 이상 책임은 피할 수 없다. 한편 최대주주인 구로키는 회사의 운영에 일절 관여하지 않았으므로 법적으로는 출자한 4,000만 엔이 유한책임 범위였다. 확실히 큰돈이기는 하지만 야쿠자 조직의 간부인 구로키가 얼굴색을 붉힐 만한 금액은 아니었다.

그렇지만 구로키는 왜 이런 엉터리 이야기에 4,000만 엔이나 출자한 것일까?

거기까지 생각하다가 아키오는 등본을 침대 위에 던졌다. 더 이상은 무리였다. 단서가 너무 적었다.

기다리고 있던 연락이 휴대전화에 왔을 때는 이미 12시를 넘은 시간이었다.

"구도 씨인가?" 여전히 싸늘한 목소리였다.

"지금 바로 이쪽으로 와줘야겠어." 구로키가 일방적으로 장소를 지정했다. 신주쿠 햐쿠닌초百人町 일각이었다. 레이코의 신용카드를 가지고 있던 중국인 기둥서방이 사는 곳에서 그다지 멀지 않은 곳이다. 택시를 타면 10분 내에 도착할 수 있는 거리였다.

그곳은 야마노테센과 메이지 거리 사이에 끼어 있는 지역으로 골목 깊숙한 곳이었다. 근처에는 한국에서 온 사람들이 한국요리점이라든지 김치 등의 식재료를 파는 가게를 운영하고 있었다. 재일한국인의 거리는 오사카大阪의 이카이노猪飼野가 유명하지만 이카이노가 2차 대전 전부터 전쟁 때까지의 식민지 기간 중 일본으로 건너온 사람들의 거리인 것에 비해 오쿠보에 있는 한국인 거리는 1980년대 버블기에 찾아온 이민들에 의해 만들어진 '리틀서울'이었다. 바로 옆에 가부키초와 러브호텔가가 있음에도 불구하고 강력한 한국인 커뮤니티의 존재로 치안은 그다지 나쁘지 않았다. 그러나 바로 옆에 있는 오쿠보공원은 밤이 되면 태국, 콜롬비아, 중국 등 세계 각국의 매춘부들이 모여들었고 그 옆에서 이란인이 마리화나와 각성제를 팔았다.

구로키가 있는 곳은 금방 알 수 있었다. 좁은 골목 한가운데 검은색 벤츠가 서 있었다. 고로가 아키오를 보고 반가운 표정으로 머리를 숙였다. 구로키는 자동차에 기대 담배를 피우고 있었다. 오늘은 음산한 금발은 보이지 않았다.

구로키는 아키오를 보더니 씨익 웃었다. 여전히 검은색 양복이었고 그 위에 한눈에도 고급스러워 보이는 검은색 캐시미어코트를 걸치고 하얀 머플러를 목에 걸고 있었다.

"홍콩에서는 고로가 신세를 졌다더군. 덕분에 엄청 좋았던 모양이던데."

무서운 얼굴의 빡빡머리 고로가 목덜미까지 새빨개졌다. 이쪽은 운동복 위에 다운재킷만 입은 러프한 모습이었다. 자고 있다가 끌려온 것 같았다.

"이 녀석 일본으로 돌아와서는 중국어 공부를 시작했어. 중학교도 제대로 못 나온 놈이 말이야. 홍콩에서 좋아하게 된 여자를 일본으로 데려오려는 모양이야."

"제발 좀 봐주십시오." 고로가 작은 목소리로 말했지만 딱히 싫은 표정은 아니었다.

"여기가 레이코가 빌렸던 집이야." 구로키가 눈앞에 있는 목조 연립주택을 보며 무뚝뚝하게 말했다.

"잠깐 보겠나?"

아키오의 전화를 받은 구로키의 움직임은 빨랐다. 사무실 당번에게 전언을 받자 심야임에도 불구하고 조직원들을 모아 중국인 기둥서방을 납치해왔다.

"그 녀석 푸젠 출신이더군. 통역을 찾느라 힘들었어."

결국 신주쿠 전체를 뒤져 일본어를 할 수 있는 사람을 찾아내었고 기둥서방에게서 자초지종을 들었을 무렵 날이 밝아오고 있었다. 신용카드에 대한 수수께끼는 간단히 풀렸다.

"그 녀석은 그냥 똘마니로 1주일 전에 동료에게 3,000엔으로 레이코의 신용카드를 산 모양이야. 신용카드를 판 녀석은 장물아비에게 신용카드를 싸게 여러 장 사서는 '훔친 지 얼마 안 된 거라 사용할 수 있다'면서 기둥서방에게 팔아치운 거였고."

시라이슈퍼를 택한 것은 역시 신용카드의 사인을 체크하지 않는 점과 소액이라면 도난카드인 것을 알면서도 점원이 경찰에 연락하지 않는 사실이 중국인 사이에 알려져 있기 때문이었다. 기둥서방은 한 번 사용해보고 아무 탈이 없자 총 세 번 카드로 얼마 안 되는 전기제품을 샀다. 쩨쩨한 성격인지 그것을 모두 독차지하려고 호스티스들과 싸웠던 모양이었다. 그것이 아키오가 본 말다툼의 원인이었다.

"그래서 좀도둑 녀석을 찾아 물어보니 이 연립주택의 1층에 살았더군. 자고 있는 걸 깨워 살짝 위협했더니 여기서 레이코를 봤다고 바로 말해줬어."

"레이코는 있었나요?"

구로키는 어깨를 움츠려 보였다. "적어도 열흘 전까지는."

"지금은요?"

"없어. 만약 그 여자를 잡았으면 지금 너와 한가하게 이야기 같은 걸 하고 있지 않겠지."

1층에 살고 있던 사람은 20대 중국인 유학생이었다. 그는 열흘 전 옆집에 인기척이 나는 것을 느꼈다. 지금까지 계속 아무도 없었기에 누구인지 궁금하게 여기다가 외출하는 소리가 나는 것을 듣고 창문으로 보았더니 엄청난 미인이었다.

그 뒤 여자에 대한 망상에 사로잡혔고 사흘째 되던 밤 드디어 참지 못하고 여자 방에 들어가 강간을 하기로 마음먹었다. 드라이버로 자물쇠를 뜯어내는 기술은 지인에게 배운 모양이었다. 그런 기술이 없어도 힘으로 뜯어내면 뜯기는 조잡한 자물쇠였지만.

그러나 방은 텅 비어 있었다. 화가 난 유학생은 거기에 있던 돈이 될 만한 물건을 모아 아는 장물아비에게 넘겼다. 명품 가방과 지갑 등 몇 점밖에 되지 않았지만 그 지갑 속에 신용카드가 들어 있었던 것이다.

"그런데 속옷만큼은 자기 방에 가지런히 보관해놨더군." 구로키가 덧붙였다.

어두운 복도를 따라 문 다섯 개가 늘어서 있었다. 레이코의 방은 세 번째였다. 커튼을 열면 밖에서도 바로 방 안이 보이는 위치였다. 레이코 같은 여자가 혼자서 살 만한 곳이 아니었다.

문을 열자 가구도 아무것도 없는 살풍경한 모습이었다. 전형적인 원룸으로 화장실은 있지만 샤워기뿐으로 욕조는 달려 있지 않았다. 물건을 훔친 유학생이 방을 뒤졌는지 방 구석에 의류가 난잡하게 흐트러져 있었다. 테이블도 TV도 식기도 이불조차 없었다.

"방에 들어왔을 때부터 이런 모습이었다더군. 그 이후 레이코가 돌아온 흔적은 없어. 경찰에 신고하지도 않았고. 카드를 잃어버린 것도 모르는 모양이야." 구로키가 혀를 찼다.

"부동산소개소 쪽은 알아보셨습니까?"

"조금 전에 봤어. 빌린 사람은 레이코가 분명해. 그런 미인이 이런 싸구려 연립을 빌렸으니 잊을 리 없지. 계약한 한 달 전 나카무라 메구미中村惠라는 이름을 썼다더군."

"가명으로 집을 빌렸다고요?"

"제대로 된 소개소라면 그러지 못했겠지. 인감증명 같은 걸 가져오라고 하니까. 그렇지만 이 근처 물건은 사정이 복잡한 사람 외엔 빌리지 않아. 현금으로 6개월 치 임대료를 먼저 지불하면 본명 같은 건 묻지도 않지. 빌리는 사람은 대부분 불법으로 체류하는 외국인이거나 가출해서 술집에서 일하는 여자. 그리고 범죄자. 대부분 반년 내 사라질 사람들이지. 그보다 5만 엔에도 빌릴 사람이 없을 이 집을 월 10만 엔씩이나 받았다더군. 그 말을 들으니 직업을 바꾸고 싶어지던걸."

"왜 이런 집을 빌린 걸까요?"

"잘은 모르지만 장기간 몸을 숨길 곳이 필요하지 않았을까?"

"호텔은요?"

"레이코가 도쿄에 돌아온 걸 알았으면 러브호텔을 비롯해 호텔이란 호텔은 다 뒤졌을 거야. 가명을 쓰든 아니든 그런 미인이 한곳에 있으면 바로 알아낼 수 있어. 설마 이런 싸구려 연립을 준비했을 줄은 몰랐지만. 당신 덕분이야. 감사해."

아키오는 집 안을 둘러보았다.

"이제 전문가를 불러 바닥까지 전부 뒤져 철저히 조사해보겠지만 그다지 기대는 안 되는군."

구로키가 자조하는 목소리로 말했다. 중국인 유학생 이야기가 사실이라면 레이코는 이 집에 짧은 시간 머물렀다는 말이 된다. 화장실을 살펴보자 변기에는 커다란 다갈색 얼룩이 묻어 있었다. 부엌 싱크대에는 수도관이 드러난 채 녹이 슬어 있다. 수도꼭지를 돌리자 붉은색 물이 쏟아져 나왔다. 신용카드에 대한 의문은 풀렸지만 여전히 같은 수수께끼가 남았다.

50억 엔이라는 돈이 있는데 왜 이런 싸구려 연립주택을 빌려야 했을까? 그것이 구로키의 감시를 피하기 위해서라면 대체 무엇을 하러 일본으로 돌아온 것일까?

빛바랜 싸구려 커튼이 겨우 밖을 가리고 있는 창문 옆에서 검은색 끈 같은 것이 보였다. 손에 들고 보니 컴퓨터에 연결하는 모뎀케이블이었다.

"여기 전화가 있었나요?"

"그럴 리가 없지. 전화는 가명으로 계약을 못 하잖아." 구로키가 말했다. 확실히 벽에 전화콘센트는 있었지만 사용한 흔적은 없었다.

아키오는 커튼을 열고 밖을 내다보았다. 저쪽으로 공중전화 박스가 보였다.

"그 장물아비에게 노트북이 없었냐고 물어봐 주시겠어요?"

"왜지?"

구로키에게 모뎀케이블을 보여주었다.

"레이코는 자신의 컴퓨터를 인터넷으로 연결했어요. 이 방에 전화가 없다면 아마 저기 공중전화의 모듈러잭을 사용했을 겁니다. 그렇다면 데스크톱은 어려우니까 노트북을 썼을 겁니다. 케이블이 있는 걸 보니 노트북 본체도 여기 있었을 가능성이 있어요."

"그렇군." 구로키는 감탄하는 표정으로 아키오를 보더니 휴대전화로 지시를 내렸다.

집을 나와 아키오는 다시 한 번 레이코가 열흘 전 나타났다는 이 연립주택을 쳐다보았다. 그 건물은 2차 세계대전 전에 만들어졌다고 해도 믿을 만큼 낡아 있었다. 건물 자체도 한눈에 알아볼 수 있을 만큼 기울어졌고 칠해놓은 벽은 군데군데 벗겨져 골재가 보였다. 계단 또한 몇 개는 이가 빠져 있었다. 콘크리트로 만들어진 통로에는 고장 난 세탁기와 냉장고가 버려져 있었다. 그래도 사람은 사는지 2층 베란다에는 여자 속옷이 몇 장 널려 있었다.

이렇게 궁색하기 짝이 없는 모습은 레이코와 모친이 살았던 좁은 연립주택과 놀랄 만큼 비슷했다.

구로키의 사무소는 지하철 아카사카 역 옆에서 TBS 뒤쪽으로 들어간 쪽에 위치한 깔끔한 건물에 있었다. 오토록이 설치된 문을 열고 들어가면 1층은 로비로 가죽쇼파에서 손님을 기다릴 수 있게 되어 있었다.

사무소는 제일 꼭대기 한 층을 통째로 쓰고 있었으며 적어도 150평 방미터는 되어 보였다. 아무리 가격이 떨어졌다고 해도 1억으로는 절대 살 수 없을 것이었다. 현관 도어는 안쪽에서 철판으로 보강되어 있었는데 그것만 제외하면 실내는 검은색을 바탕으로 세련되게 인테리어되어 있어 야쿠자의 사무실이라는 것은 전혀 느낄 수 없었다. 벽에는 일본 국기와 인상파 거장 모네의 그림이 걸려 있었다. 물론 눈이 시뻘건 운동복 차림의 남자들이 몰려다니고 있어 모든 것을 망치고 있었지만 말이다. 아무리 보아도 술집 호스티스로 보이는 아가씨가 입구에 앉아 열심히 머리를 만지고 있었다. 구로키는 아키오를 안쪽 응접실로 안내했다.

"이번엔 당신한테 빚을 졌군. 그 여자의 행방을 몰라 곤혹스러웠거든. 오늘부터 그 연립에는 24시간 사람을 붙여놓지. 레이코가 돌아만 오면 해결되겠군."

구로키가 옆방을 향해 큰 소리로 "차라도 안 내오고 뭐해!" 하고 소리치자 "죄송합니다. 머리에 든 것이 없는 바보들만 있어서"라는 대답이 돌아왔다.

"구도 씨에게 뭔가 보답을 해야겠는데 돈, 여자, 약 뭐든 말해봐."

얼굴은 웃고 있었지만 여전히 눈은 차가웠다.

"그렇다면 대체 무슨 일이 있었는지 알려주십시오."

"서로의 카드를 보여주자는 건가? 좋아." 구로키가 웃었다. "그렇다면 먼저 네 카드부터야. 어떻게 레이코가 돌아온 것을 알았지?"

아키오는 신용카드 정보로 사용 중인 카드를 알아냈고 인터넷을 통해 사용내역을 입수한 방법을 설명했다. 마키오카병원을 찾아간 일과 모친의 무덤에 놓여 있던 안개꽃에 대해서는 입을 다물었다. 구로키와는 관계없는 이야기다.

"마치 해커 같군." 구로키는 감탄했다. "자넬 스카우트하고 싶은데 우리 쪽에 오지 않겠나?"

고로가 방에 들어와 위태로운 손놀림으로 두 사람 분의 커피 잔을 테이블에 놓았다. 구로키는 그것을 한 모금 마시더니 "이 멍청한 놈이!" 하고 소리를 지르며 남은 커피를 고로 얼굴에 끼얹었다.

"이렇게 맛없는 커피를 어떻게 손님한테 드리라는 거야?"

고로는 이마에 구슬땀을 흘리며 부동자세로 서 있었다.

"분위기를 깨서 미안하군. 술이라도 마실까? 마침 좋은 브랜디가 있는데."

구로키는 일어서서 고로에게 "치워" 하고 명령하더니 안쪽 캐비닛에서 레미마르탱 병과 명품 브랜드인 바카라 잔을 가져왔다. 그리고 아키오 앞에 잔을 놓더니 브랜디를 넘치도록 따랐다. 그 옆에서는 고로가 엎드려서 필사적으로 바닥을 닦고 있었다. 구로키는 벌레라도 보듯 고로를 무시하면서 잔을 들어 "이번엔 그쪽이 질문할 차례야"라고 말했다. 예의 파충류 같은 눈으로 빤히 아키오를 응시했다.

분위기는 완전히 압도당하고 있었지만 아키오는 그래도 힘을 내기로 마음먹었다. 유리한 위치를 점하기 위한 구로키의 연출이라는 것이 빤히 보였기 때문이다. 지금 기회를 놓치면 구로키로부터 사건의 진상을 캐낼 찬스는 더 이상 없을지도 모른다. 건배하는 흉내만 내고 브랜디는 일부러 입에 대지 않았다. 구로키는 딱히 신경 쓰는 모습 없이 천천히 잔을 기울였다.

"와카바야시 레이코에 대해 어디까지 알고 계시죠?"

구로키는 고개를 갸웃거리며 잠시 생각에 잠겼다.

"레이코는 최근 반년 동안 미나미아자부의 아파트에서 남자와 동거했어. 사나다 가쓰아키라고 하는 녀석으로 레이코의 약혼자라고 하더군. 진짜 약혼했는지는 모르지만 사나다가 주위 사람들에게 그렇게 말한 것은 분명해.

그 전에 레이코는 1년 정도 히시토모부동산에서 비서로 있었지. 야마모토라는 평이사 밑에 있었는데 뭐 레이코에게 홀려서 애인처럼 지냈다더군. 레이코가 히시토모부동산을 그만둔 뒤에도 두 사람의 관계는 계속되었지.”

　구로키는 아키오가 아는 것들을 대충 둘러대고 있는 것에 지나지 않았다. 레이코가 야마모토의 애인이라는 것은 처음 듣는 이야기였지만 이 역시 온다의 이야기에서 쉽게 추측할 수 있는 것이었다.

　테이블 위에 놓여 있던 카멜 담배를 물자 고로가 급히 라이터를 들고 왔지만 구로키는 하얀 와이셔츠 가슴주머니에서 금장 라이터를 꺼내 직접 불을 붙였다. 찰칵 하는 소리가 나며 파란 불꽃이 솟았다. 구로키는 그동안에도 계속 아키오로부터 눈을 돌리지 않았다.

　아키오는 게임의 규칙을 이해했다. 구로키는 중요한 것은 아무것도 가르쳐줄 생각이 없었다. 그저 아키오가 어디까지 알고 있는지 흥미가 있을 뿐이었다. 그렇다면 그것을 이용해 이야기를 이끌어내는 수밖에 없다.

　“레이코는 두 사람을 어떻게 알게 된 겁니까?”

　“야마모토와는 긴자의 클럽이었어. 레이코는 ‘히비키’라는 클럽의 넘버원 호스티스였지. 버블이 한창이었던 시절부터 엄청 벌었던 모양이야. 그곳에 히시토모부동산의 야마모토가 와서 레이코를 애인으로 삼은 거지. 그 녀석을 애인으로 삼고 싶어 한 녀석은 밤하늘의 별만큼 많았는데 왜 그런 무너져가는 부동산회사 이사에게 갔는지 의아해하는 남자도 많았다더군.”

　“클럽의 호스티스가 되기 전에는 무얼 했었나요?”

　“글쎄.” 구로키가 희미한 미소를 띠었다.

　“레이코는 모친인 야스코와 둘이서 고등학교 때까지는 아야세의 싸구려 연립에서 살았던 모양이던데요.”

　“난 레이코가 가지고 도망친 돈에만 흥미가 있을 뿐이야. 그 녀석이 어릴 때 무슨 일이 있었든 나랑은 관계없어.”

구로키는 무엇인가를 알고 있다고 아키오는 생각했다. 그러나 그것을 알려줄 마음은 없는 모양이었다.

야마모토의 애인이 된 레이코는 동시에 히시토모부동산의 임원비서가 되었다. 아마도 형식상 인재파견회사에 등록을 시킨 것일 터이다. 그렇지만 왜 그런 귀찮은 일을 할 필요가 있는 것일까?

"레이코가 히시토모부동산에 일하게 된 이유는요?" 질문을 바꿨다.

구로키는 씨익 웃었다. "와카바야시 레이코는 돈에 미친 여자야." 이번에는 알려줄 마음이 든 모양이었다. "버블이 붕괴되고 불황이 이어지자 긴자의 클럽들도 손님이 끊겼고 호스티스의 벌이도 신통찮아졌지. 그래서 야마모토의 애인이 된 거지."

"그렇지만 아무리 1부 상장기업이라고 해도 언제 도산할지 모르는 부동산회사 임원이라면 받아낼 수 있는 돈에 한계가 있지 않나요?"

"그래서 그 녀석의 회사에 들어간 거겠지."

"야마모토를 이용해 회사의 돈을 훔친 건가요?"

"역시 머리회전이 빠르군." 구로키가 웃었다. "레이코는 야마모토의 비서가 되자 바로 히시토모부동산의 경리과장을 끌어들였어. 야마모토가 엉터리 청구서에 결재도장을 찍어주면 레이코가 그걸 경리과로 들고 갔고 그 경리과장을 통해 돈이 레이코에게 들어간 거야. 이 방법으로 1억 가까운 돈을 빼낸 모양이더군."

"사나다라고 하는 남자는요?"

"철딱서니 없는 꼬맹이야. 미국의 대학에 유학을 가서 MBA를 따고 그쪽 금융기관에 취직을 한 것까진 좋았지만 고객과 트러블을 일으켜 회사에서 잘린 다음 일본으로 돌아왔어. 그 사실을 감추고 컨설턴트 흉내를 내고 있었던 것 같더군. 레이코와는 히시토모부동산에 영업을 가서 알게 되었고 바로 빠져버렸지. 그래서 미나미아자부의 아파트에 같이 살기 시작했어. 레이코에게 모든 것을 바친 끝에 마지막엔 빈털터리가 되었고."

"그 아파트는 히시토모부동산 소유로 야마모토가 알선해준 거겠죠. 애인을 빼앗겼는데 왜 그런 일을 한 거죠?"

구로키의 눈썹이 살짝 위로 올라갔다. 부동산등기부까지 조사했을 것이라고는 생각지 않은 모양이었다.

"히시토모부동산은 실적이 떨어지면서 은행의 관리하에 들어갔어. 경리도 은행에서 나온 사람들이 맡아서 돈을 빼낼 수 없게 되었지. 그래서 레이코는 야마모토를 버리고 사나다로 갈아탄 거야. 야마모토는 자신이 공금을 횡령한 증거를 레이코가 쥐고 있으니 시키는 대로 하는 수밖에 없었겠지. 그 녀석이 하는 말이라면 뭐든지 들어줘야 하는 노예가 된 거지."

예의 사기 펀드는 역시 사나다가 생각해낸 모양이었다. 그것을 레이코가 야마모토를 협박해 팔게 한 것이다. 그렇지만 그런 말도 안 되는 이야기로 50억이나 되는 돈이 과연 모일까?

"사나다는 지금 어디 있나요?"

"글쎄?" 구로키가 잔혹한 미소를 띠었다.

"히시토모부동산의 야마모토는요?"

"아마 잘리겠지. 회사 입장에서는 사건을 키우고 싶지 않으니까 형사고발은 하지 않겠지만 퇴직금은 없을걸. 집을 판다고 한들 5,000만 엔도 안 나올 거고."

"히시토모부동산으로부터도 돈을 받아내실 거죠?"

잘 조사했군, 하고 감탄하는 듯이 구로키가 웃었다.

"야마모토가 모은 5억은 어쩔 수 없다고 회사도 판단을 했을 거야. 단 그 이상은 무리겠지. 어차피 도산 직전 회사니 너무 심하게 뜯어내면 경찰이 올지도 모르고. 돈을 낸 바보 투자가들에게는 1할씩만 돌려주면 되겠지만 어차피 레이코가 훔쳐간 50억을 되찾지 않으면 안 돼. 사나다 녀석의 꼬임에 우리 조직도 10억이나 처넣었으니까."

아키오는 재빨리 계산했다. 야마모토가 모은 돈이 5억. 구로키의 조직이 낸 돈이 10억. 그렇다는 것은 어딘가 35억을 낸 엄청난 바보가 있다는 뜻이다. 히시토모부동산에서 5억을 회수하여 채권자에게 1할인 5,000만 엔을 준다면 나머지는 4억 5,000만 엔. 조직을 움직이는 경비도 들 테니까 실제로 손에 남는 것은 4억이 안 될 것이다. 야마모토의 집을 팔아도 5,000만 엔. 사나다는 레이코에게 모든 걸 털려 빈털터리라고 했다. 이대로 레이코를 찾지 못하면 구로키의 조직은 5억엔 이상 손실이 난다. JPF의 출자금 4,000만 엔은 문제도 아니었다. 이러니 구로키가 혈안이 되는 것도 무리는 아니었다.

그렇지만 왜 구로키는 이런 말도 안 되는 이야기에 10억이나 낸 것일까?

아키오는 마베로부터 받은 펀드 설명서를 재킷 안주머니에서 꺼내 테이블 위에 놓았다. 약간이었지만 구로키의 얼굴에 놀라는 표정이 떠올랐다.

"구로키 씨의 회사는 이 펀드의 판매회사에 4,000만 엔을 출자하셨죠?" 설명서 위에 JPF의 등기부등본을 펼쳤다.

구로키는 아무 말이 없었다. 아키오가 혼자 그것도 홍콩에서 귀국한 지 불과 이틀 만에 이렇게까지 조사한 것에 당혹감을 느꼈기 때문이다. 아키오는 유능한 조사원 온다에게 마음속으로 감사했다.

"구로키 씨도 이번 건에 뭔가 관련이 있는 거죠?" 아키오가 말했다.

"나는 이런 시시한 이야기에는 흥미가 없어." 구로키는 살짝 입술을 일그러뜨렸다. 웃음을 보이려고 한 모양이었다.

적어도 구로키는 거짓말을 할 생각은 없는 것 같다고 아키오는 생각했다. 그렇다면 구로키가 돈을 낸 이유는 다른 곳에 있을 것이다.

"이 펀드를 이용해 대체 뭘 하려고 한 겁니까?"

구로키는 잠자코 아키오를 쳐다보았다.

"다른 질문은 없나?"

그 이야기는 건드리지 말라는 뜻이다.

"레이코는 왜 일본으로 돌아온 거죠?" 어쩔 수 없이 질문을 바꿨다.

"그런 걸 어떻게 알아?" 구로키가 어깨를 움츠렸다. "그 여자에 대해서는 당신 쪽이 더 많이 알지 않나?"

목소리는 가벼웠지만 눈은 웃지 않았다. 구로키는 의심하고 있었다. 아키오는 자신이 처한 미묘한 입장을 처음으로 의식했다.

이번 사건은 레이코 혼자 일으킨 것이 아니다. 누군가 뒤에서 조종하는 사람이 있었다. '너도 그 후보 중 한 사람이야'라고 구로키는 말하고 있는 것이다.

"추리극장은 이제 끝났어." 시계를 들여다보며 구로키가 말했다.

브랜디 때문인지 눈가가 살짝 붉어져 있었다. 소파에 기대 천천히 담배를 물었다. 그러나 그 시선은 한순간도 아키오로부터 떨어지지 않았다. 문 밖에서 가끔 전화를 받는 조직원들의 고함소리가 들려왔지만 이곳은 정적 그 자체였다.

"이봐, 구도 씨. 당신에게 한 가지 부탁이 있어." 갑자기 구로키가 말했다.

"내일 홍콩으로 돌아가 주지 않겠나?"

"왜죠?" 아키오가 물었다.

"방해가 되니까." 구로키가 진지한 얼굴로 대답했다.

"거절하면요?"

"딱히 죽이거나 하지는 않아." 이번에도 웃지 않았다. "그저 당신을 감시할 거야. 그렇게 되면 서로 불쾌하지 않을까?"

"왜 그런 일을 하시려는 겁니까?" 다시 한 번 물었다.

"당신은 우수해. 게다가 용기도 있어. 당신이 먼저 레이코를 발견해서 둘이 도망치기라도 하면 곤란하기 때문이야. 이쪽은 게임을 하는 게 아니거든."

구로키는 레이코와 지낸 열흘간을 알고 있는 것일까? 아키오는 판단할 수가 없었다.

"이것도 거래인가요?"

"아니." 구로키는 머리를 흔들었다. "강한 의뢰. 혹은 경고. 당신이 더 이상 일본에 있으면 귀찮아질 것 같아."

그리고 문 밖을 향해 큰 소리로 고로를 부르더니 "구도 씨가 돌아가신다. 역까지 배웅해드리도록 해"라고 말하고는 자리에서 일어섰다. 할 말은 다 했다. 삶을 택할지 죽음을 택할지는 본인이 알아서 하라는 식이었다.

엘리베이터를 타고 내려와 빌딩을 나선 다음 아키오는 역까지 가는 길은 아니까 배웅해주지 않아도 된다고 고로에게 말했다. 고로는 그래도 아키오 앞에 서서 우물쭈물했다.

"뭔가 나한테 볼일이라도 있나요?"

고로는 아무 말 없이 운동복 아래에서 A4 사이즈 봉투를 꺼내더니 아키오에게 주었다. 안을 들여다보니 뭔가 기획서 같은 것이었다. 표지에 '재팬퍼시픽파이낸스'라는 글자가 보였다. 그렇지만 마베로부터 받은 설명서와는 다른 것이었다.

"왜 이런 걸 내게 주는 거죠?" 아키오가 물었다.

고로는 구로키가 끼얹은 커피를 치우면서 두 사람의 이야기를 들었을 것이다. 관계가 있을 만한 자료를 몰래 사무소에서 가져나온 것이다.

"홍콩에서 신세를 졌으니까요." 고로가 조용히 대답했다.

"난 아무것도 해준 게 없었는데⋯."

물론 아키오는 고로에게 나이트클럽을 소개해줬다. 그리고 백마진으로 아키오에게는 고로가 지불한 돈의 5퍼센트가 돌아왔다. 그것으로 충분했다. 고로가 위험한 다리를 건널 이유는 없다.

"이런 일을 했다가 구로키 씨에게 들키면 큰일 날 텐데요?"

고로가 벌레 취급을 당하던 모습을 떠올렸다.

"딱히 상관없습니다. 익숙하니까요."

그렇게 말하고 바로 사무실로 돌아가려고 했다. 아키오는 고로를 불러 세웠다. 역까지 배웅을 하라고 했으니 아직 시간이 있었다.

"나이트클럽에서 좋은 아가씨를 만난 모양이더군요."

그렇게 말하자 고로의 얼굴이 순식간에 붉어졌다. 얼굴이 무섭게 일그러졌지만 그것이 웃는 표정인 모양이었다.

"그 아가씨가 다음 달에 일본으로 올 겁니다." 잠시 후 입을 열었다. "50만 엔만 있으면 일본으로 유학할 수 있는 돈이 된다고 해서 제가 보내줬거든요."

일본인을 받는 나이트클럽 중에는 짧게나마 일본어를 할 줄 아는 호스티스도 있었다. 아무래도 속은 것 같았지만 그런 말을 할 분위기는 아니었다. 적당히 맞춰주는 수밖에 없었다.

"다음에 홍콩에 오면 그 아가씨 꼭 소개해줘요."

고로는 "물론이죠"라고 큰 소리로 대답했다. 의외로 본성은 착한 녀석인 모양이었다.

구로키는 "내일 홍콩으로 돌아가라"라고 했다. 거역하면 죽지는 않겠지만 귀찮아질 것은 분명했다. 아키오로서도 야쿠자를 상대로 싸움을 할 생각은 없었다.

시계를 보았다. 오후 3시 반. 과연 오늘 중에 레이코를 찾아낼 수 있을까?

고로와 헤어진 뒤 휴대전화를 꺼내 구로키마저 놀라게 한 유능한 탐정에게 전화를 걸었다.

20

주말의 인파로 붐비는 역 앞 상점가 건물의 지하에는 아키오가 좋아하던 찻집이 있었다. 학생 시절 짧게 사귀었던 여자가 이 근처에 살고 있어 항상 만날 때 애용하던 곳이었다.

역을 나와 보니 머리를 이상한 색깔로 염색한 젊은이들이 서툰 노래를 부르고 성인 살롱과 클럽의 호객꾼이 상대를 가리지 않고 말을 걸고 사채와 노래방 광고문구가 찍힌 티슈를 나눠주고 있었다. 그렇지만 그런 소란과 이곳은 다른 세계였다. 가게 내부에는 희귀한 옛날 물품이 놓여 있었고 60년대 재즈가 여유롭게 흘러나오고 있었다.

아카사카에서 택시로 요쓰야四谷까지 나와 추오센을 타고 키치조지吉祥寺 역에 도착했을 때는 이미 해가 기울어져 있었다. 이 거리는 아직 예전의 재즈카페가 몇 군데 남아 있었다.

아키오는 진한 커피를 마시며 고로에게 받은 자료를 읽었다. 전철 안에서 대충 훑어봤지만 이 자료는 히시토모부동산의 야마모토가 고객에게 나눠준 것과는 전혀 다른 것이었다. 결국 두 번을 다시 읽고 간단한 그림까지 몇 개 그린 뒤에야 아키오는 구로키가 하려고 했던 것을 이해할 수 있었다. 만약 그 일이 성공했다면 구로키에게는 막대한 돈이 들어왔을 것이다.

구로키의 계획은 사나다와 야마모토가 들고 온 사기 펀드의 스킴을 그대로 이용해 금융기관의 불량채권 처리를 돕는 것이었다. 물론 깨끗한 방법은 아니었다.

21세기를 맞이하고도 일본의 금융기관은 버블기의 과잉투자로 막대한 불량채권을 안고 있었다. 토지를 담보로 10억을 빌려줬더니 지가가 절반인 5억으로 떨어진 것이다. 그래도 이 정도는 나은 편이었다. 지가가 8할, 9할까지 떨어진 곳도 셀 수 없이 많았다. 골프장이나 리조트 개발계획에 100억을 투자했지만 계획 자체가 캔슬되는 경우도 있다. 이렇게 되면 담보로 잡았던 토지는 아무 가치도 없는 산과 들판일 뿐이었다.

구로키는 이러한 금융기관에 불량채권을 장부가로 사겠다고 제안을 했다. 시가로 5억 엔밖에 하지 않는 부동산을 장부가 10억으로 사겠다는 뜻이었다. 물론 이 이야기에는 내막이 있다. 이 10억 엔이라는 돈을 해당 금융기관이 내는 것이다.

구로키가 이용한 스킴은 다음과 같았다.

먼저 금융기관이 오프쇼어에 설립한 재팬퍼시픽파이낸스JPF의 펀드에 10억 엔을 투자한다. JPF는 이 10억으로 금융기관이 담보로 잡고 있는 시가 5억 엔짜리 부동산을 장부가로 구입한다. 이로써 10억 엔의 융자는 전액 변제되고 금융기관의 대차대조표에서 불량채권은 사라진다. 대신 JPF에 대한 10억 엔의 투자대출이 발생하지만 이쪽은 제대로 된 회계감사도 없는 오프쇼어의 펀드이므로 대손준비금을 시가로 평가할 필요가 없다. 간단히 말하자면 손실을 날린 것이다.

JPF는 구입한 토지를 매각하여 5억 엔의 현금으로 바꿔 그것을 연 10퍼센트로 운용한다. 이론상으로는 10년도 되지 않아 5억 엔의 원금이 10억 엔으로 증가할 것이고 그때 금융기관에 대출을 변제하면 모두가 행복해지는 것이었다.

만약 투자가 실패한다고 해도 손실이 확정되는 것은 펀드가 상환되는 10년 뒤다. 그때쯤이면 현재의 경영진은 모두 무사히 퇴직을 했을 것이므로 회사가 어떻게 되든 상관없는 일이다. 그에 비해 지금 당장 회사가 무너지면 퇴직금을 받지 못하는 것은 물론이고 주주대표소송에 소송을 당하거나 배임죄로 형무소에 가야 할 위험도 있다. 그 점을 생각하면 누구든 손실은 가능한 한 대차대조표 밖으로 날리고 책임을 후임에게 미루고 싶어 할 수밖에 없다. 그 후임도 자신이 임명한 후계자에게 모든 손실을 떠넘기면 된다. 90년대의 일본 기업은 한마디로 이런 조커게임을 계속해왔다. 그런 까닭에 현재의 경영진에 아무리 윤리경영을 요구한들 소 귀에 경 읽기였다.

금융청의 감시와 회계감사가 엄격해진 지금은 제대로 된 기업이라면 이런 이야기에 응하지 않을 것이다. 그러나 불량채권의 처리에 쩔쩔매고 있는 금융기관이나 건설회사, 부동산회사는 얼마든지 있었다. 인간은 누구든 자신이 가장 소중하다. 설사 가까운 미래에 회사가 도산하고 종업원이 직장을 잃게 된다 하더라도 자신이 불행해지는 것보다는 훨씬 낫다. 대부분의 경영진은 그렇게 생각했다.

설명서 날짜를 보니 2001년 10월로 되어 있었다. 레이코가 돈을 가지고 도망친 것은 11월이므로 겨우 1개월 동안 구로키는 이 제안으로 35억을 끌어온 셈이다. 이대로 계속했다면 대체 얼마나 모았을지 상상도 되지 않았다. 이러니저러니 해도 일본은 여전히 100조 엔이나 되는 불량채권을 안고 있는 나라였다.

은행 등은 최근 몇 년 사이에 잦은 합병으로, 상대 은행의 발목잡기에 정신이 없었다. 같은 지역에 두 개의 지점이 있는 탓에 어떡해서든 상대의 발목을 잡고 자신이 살아남기 위한 더러운 싸움이 계속되고 있었다. 버블 시절 축적된 불량채권은 관련된 사람의 장래를 날려버릴 시한폭탄과 같은 존재였다. 그것을 해결할 수 있다면 간단히 넘어올 수밖에 없었다. 딱히 자신이 손해를 보는 이야기가 아닌 것이다.

그럼에도 불구하고 시끄럽게 군다면 금융기관에서 받은 융자 일부를 백마진으로 담당자에게 돌려주면 된다. 10억을 융자받는 대신 1,000만 엔을 주겠다고 하면 달려들 녀석들은 얼마든지 있었다. 어차피 구로키는 마지막은 펀드를 파산시키고 모두 자신의 주머니에 넣을 생각이었던 것이다. 그 정도의 손실은 전혀 아플 리 없었다.

구로키는 이 계획을 완성시키기 위해 JPF에 4,000만 엔을 출자해 최대주주가 되었고 회사를 실질적으로 지배했다. 투자했다는 10억은 사냥감이 될 투자기관에 보여주기 위한 돈이었을 것이다. 사나다와 야마모토를 임원으로 둔 것은 만약 무슨 일이 생기면 이 두 사람에게 책임을 전가하기 위해서였다.

거기까지 생각하자 드디어 사건의 전모가 보이기 시작했다.

가장 비참한 사람은 야마모토라고 하는 히시토모부동산의 이사였다. 그 녀석은 레이코를 애인으로 만들었지만 사나다에게 빼앗기고 또 약점까지 잡히는 바람에 회사 소유의 아파트를 제공할 수밖에 없었고 사기 펀드를 파는 영업까지 해야 했다. 지금은 회사에서 잘렸을 뿐 아니라 구로키에게 잡혀 사기와 횡령으로 형무소에 갈 날만 기다리고 있는 신세였다.

사나다는 레이코를 홍콩에 보내 해외법인과 은행계좌를 만들게 했다. 그 뒤 공동명의인으로서 자신이 그 계좌에 접속할 예정이었겠지만 당연히 레이코의 사인만으로도 법인계좌의 돈이 움직일 수 있다는 사실은 알고 있었을 것이다. 그러나 사나다는 구로키에게 그 사실을 감추고 있었다. 구로키는 굉장히 용의주도한 남자다. 만약 그 사실을 알고 있었다면 돈을 보내기 전에 레이코를 감시했을 것이다.

사나다는 처음부터 사기 펀드로 모은 돈을 자신의 주머니로 빼돌릴 생각이었던 것이다. 아마 야마모토에게 모든 책임을 떠넘기고 레이코를 데리고 도망칠 계획이었을 것이다. 자신이 움직이면 눈에 띄므로 그 준비를 레이코에게 시킨 것이다.

그렇다면 홍콩에서 레이코가 했던 설명은 모두 거짓말이 된다. 어쨌거나 딱 한 가지 사나다는 작은 오해를 하고 있었다. 레이코는 처음부터 사나다를 배신할 생각이었던 것이다.

그렇지만 중간에 구로키가 끼어들었다. 레이코가 홍콩에 온 것은 7월, 구로키가 JPF에 4,000만 엔을 투자하여 자회사로 만든 것은 그다음 달이다. 5억이었던 돈이 50억으로 늘어난 것은 레이코로서도 예상 밖이었을 것이다.

어쨌거나 레이코는 사나다를 마음껏 이용하여 자신이 공동명의인으로 은행계좌에 접속할 수 있다는 사실을 교묘하게 감추었다. 그리고 구로키의 의표를 찔러 거액을 송금하자마자 그 돈을 자신의 계좌에 옮기고 사라진 것이다.

아키오는 다시 한 번 고로에게 받은 자료를 펼쳤다. 그곳에는 '신뢰할 수 있는 스태프가 기업의 자산을 유효하게 활용할 것입니다'라는 말도 안 되는 제목이 달린 페이지에 사나다와 야마모토의 사진 및 약력이 게재되어 있었다. 오프쇼어를 연출할 생각이었는지 사이판 쪽 모래사장을 배경으로 반팔을 입은 두 남자가 나란히 찍혀 있었다.

레이코의 약혼자였던 사나다 가쓰아키는 명품 폴로셔츠를 입고 있었고 구릿빛으로 탄 얼굴에는 미소를 띠고 있었다.

사나다 옆에 있는 히시토모부동산의 야마모토는 그와는 정반대로 머리카락이 허연 왜소해 보이는 초로의 남자였다. 이쪽은 사나다와 대조적으로 벌레를 씹은 듯한 표정을 짓고 있었다. 확실히 레이코처럼 돈이 드는 여자를 애인으로 두기에는 역부족인 것처럼 보인다.

이 두 사람이 시작한 사기 펀드의 계획에서는 레이코의 이름은 어디에도 나오지 않는다. 욕심 많은 부자들로부터 모은 돈을 오프쇼어에 있는 자신의 계좌에 송금해도 법인계좌 그 자체를 날리면 레이코의 관여를 입증하는 일은 불가능할 것이다. 사나다와 야마모토가 사기죄로 형무소에 가면 레이코는 그 돈으로 유유자적한 생활을 즐길 수 있다.

그러나 야쿠자의 돈에 손을 대면 이야기는 달라진다. 레이코는 지금 죽을지도 모르는 상황에 처했다. 발견되면 생명에 대한 보증이 없다. 레이코도 당연히 그 사실을 알고 있을 것이다.

아키오는 시계를 보았다. 슬슬 약속한 시간이었다.

남은 커피를 다 마신 다음 마일스 데이비스의 옛날 음악이 끝나는 것을 기다려 자리에서 일어났다.

어느 사이엔가 비가 내리고 있었다. 평소는 젊은이들로 시끌벅적한 이노카시라井の頭공원도 지금은 그다지 사람이 많지 않았다. 연못 중앙에 있는 다리는 공원의 남쪽에 있는 주택가로 가는 지름길로 귀가를 서두르는 초중생의 모습이 눈에 띄었다. 그 뒤에는 개를 데리고 산책하는 근처 주민. 학생인 듯한 커플. 조깅을 하는 사람이 몇몇. 영업시간이 끝난 것인지 보트는 모두 선착장에 정리되어 있었다.

입구 안내판을 보니 생각보다 공원은 훨씬 넓었다. 이노카시라연못을 둘러싼 일대가 공원의 중심이었지만 남쪽에는 운동장, 테니스코트, 수영장 등의 스포츠 시설도 있었고 서쪽에는 '자연문화원'이라는 동물원이 있었다. 또 그것과는 별도로 조류와 어류만 모은 작은 동물원이 이노카시라연못 안 섬에 만들어져 있었다. 보트 선착장 맞은편이 입구였지만 지금은 이미 문을 닫았고 접수처에도 사람의 모습은 없었다.

나카무라 메구미와는 오후 5시에 이 접수처 앞 벤치에서 만나기로 했다.

고로와 헤어진 뒤 아키오는 온다에게 전화를 걸어 레이코가 신오쿠보의 연립주택을 빌릴 때 사용했던 '나카무라 메구미'라는 이름을 가진 인물의 주민표(등본)를 조사해달라고 부탁했다. 구로키는 레이코가 그 집을 계약하기 위해 가명을 쓴 것일 뿐이라고 생각하고 있었다. 그러나 '나카무라 메구미'라는 이름은 실존하는 인물일 것이라고 아키오는 생각했다.

아키오는 재킷 안주머니에서 온다가 입수한 주민표를 꺼내 다시 한 번 날짜를 확인했다. 나카무라 메구미는 레이코와 같은 서른한 살, 1970년생으로 열흘 전 신주쿠구청에 전입신고를 했다. 정확하게 레이코가 홍콩에서 돌아와 신오쿠보의 연립주택에 나타났을 때였다.

그다지 알려지지는 않았지만 최근까지 주민표와 호적등본은 제3자도 간단히 열람할 수 있었다. 지금은 원칙적으로 창구에서 신분증을 제시해야 되지만 나이대가 비슷한 사람이 본인이라고 우기며 급하다고 하면 담당자의 재량으로 발급하는 경우도 많다.

본인 확인을 철저히 하는 지방자치단체라도 다른 사람의 주민표를 손에 넣는 방법은 얼마든지 있었다.

예를 들어 금전대차계약 등에 근거하는 공적 서류의 청구는 법률로 인정되기 때문에 사채업자가 야반도주한 고객의 전출지를 조사하겠다며 계약서를 들고 창구를 찾아가면 지자체 측은 발급을 거절할 수 없다. 그 사람이 전출 혹은 전입신고서를 내지 않았으면 사채업자도 모르지만 새로운 곳에서 아이를 학교에 보내기 위해서는 지자체에 신고하지 않으면 안 된다. 아이가 있는 가정의 야반도주는 대부분 이 때문에 사채업자에게 들킨다. 이 구조를 악용해 금전대차계약서를 위조해 주민표를 청구하는 사람들도 있었다.

그보다 더욱 간단한 방법은 일거리가 없는 변호사에게 협력을 구하는 일이었다. 이런 도와주는 변호사가 한 사람 있으면 적당한 이유를 만들어 변호사 이름으로 열람요청서를 보내면 된다.

온다에게 어떤 방법을 사용했는지는 묻지 않았다. 그러나 연락한 지겨우 한 시간 만에 필요한 정보를 모은 것을 보면 지자체 보안이 얼마나 허술한지는 알 수 있었다. 원래 주민표나 호적등본 등은 제3자의 열람을 전제로 2차 세계대전 이전에 만들어진 제도이다. 지금처럼 개인정보를 보호해야 한다는 개념이 없었던 만큼 제3자에게 악용되는 일을 방지하기 위해서는 법률 그 자체를 바꾸는 수밖에 없다.

최근 호적이나 주민표를 둘러싼 사고가 빈발하고 있었다. 가장 심각한 것은 본인이 모르는 사이에 제3자가 마음대로 주민등록을 다른 곳으로 옮기거나 호적을 바꾸는 일이다.

예를 들어 혼인신고서 제출에 필요한 것은 본인과 보증인의 인감뿐이다. 지자체가 보증인에게 사실을 확인하는 일은 없으므로 대충 주소와 이름을 적어서 막도장을 찍으면 아무런 문제도 없다. '운전면허증을 제시하지 않으면 혼인신고서를 접수하지 않는다' 등의 규칙이 일본에는 없기 때문이다. 이는 양자를 입양할 때도 마찬가지였다.

이렇게 보안이 허술한 것을 이용해 악질적인 사채업자 등은 다중채무자를 멋대로 결혼시키거나 양자로 입적시키기도 한다. 목적은 채무자의 성姓을 바꾸기 위해서다.

블랙리스트에 오른 다중채무자는 금융기관으로부터 돈을 빌릴 수도 없고 신용카드도 만들 수 없다. 그러나 신용정보데이터베이스는 본명과 생년월일로 이용자를 조회하므로 성이 바뀌면 다른 사람으로 인식해 모든 신용정보가 리셋되고 다시 돈을 빌릴 수 있게 된다. 이렇게 신용카드사와 대형 소비자금융사를 속여 빌려준 돈을 뜯어내는 것이다. 지금의 시스템으로써는 이를 막을 수 있는 방법이 없었다.

그러나 다중채무자에게 있어 이 방법은 극약과도 같았다. 카드로 사기를 치면 자기파산을 신청해도 재판소에서 면책을 인정해주지 않는다. 형무소에 가야 할 뿐 아니라 평생 빚을 짊어져야 하는 것이다.

마찬가지로 주민표를 옮겨 다른 사람인 척하는 방법도 있다.

막도장 하나만 있으면 전입이나 전출신고서를 낼 수 있으므로 자신과 비슷한 또래의 주민표를 이동시킨 뒤 전출지 쪽 지자체에서 국민건강보험증을 손에 넣는 것이다. 건상보험에는 소유자의 얼굴 사진이 붙어 있지 않지만 일본에서는 이것이 신분증처럼 쓰인다. 이 위조한 보험증을 사채업자에게 가져가면 돈을 빌릴 수 있다.

물론 레이코는 사채업자에게 돈을 빌릴 필요가 없다. 그렇다면 왜 나카무라 메구미의 주민표를 사용한 것일까?

그 이유는 하나밖에 없었다. 레이코는 나카무라 메구미라는 여자로 변신해 새로운 이름으로 여권을 손에 넣으려고 하는 것이다.

홍콩에서 돌아온 레이코는 나카무라 메구미가 주민등록을 한 지자체를 찾아가 본인이라고 하며 전출신고서를 냈다. 그것을 들고 구청으로 가면 전입신고를 할 수 있다. 그러나 가공의 주소와 개인사서함, 이미 주민등록이 된 주소에서는 전입을 할 수 없다. 그 때문에 '나카무라 메구미'라는 이름으로 주소지를 확보할 필요가 있었던 것이다.

만약 나카무라 메구미가 국민건강보험에 가입되어 있었다면 전출신고서를 제출할 때 보험증을 반납하라고 했을 것이다. 국민보험은 각 지자체가 운영하도록 되어 있기 때문이다. 그러나 그녀가 기업의 조합건강보험이나 중소기업을 대상으로 하는 정부관장건강보험에 가입하고 있었다면 지자체는 아무 관련이 없으므로 전출 시 보험증을 지참할 필요가 없다.

전입지에서는 반대로 "나는 조합보험도 정관보험도 가입하지 않았으니까 국민보험의 보험증을 달라"라고 하면 된다. 어떻게 이런 일이 가능한가 하면 건강보험은 각 지자체와 건보조합 별로 각각 관리되며 데이터베이스가 공유되지 않기 때문이었다. 따라서 전입지 쪽 지자체에서는 본인이 예전 지자체에서 국민보험에 가입했는지 어떤지 확인할 수 없다. 또 국민건보의 보험료를 아무리 연체했다 하더라도 다른 지자체로 이사를 가거나 취직을 해서 조합건보나 정관건보에 가입하면 데이터베이스는 리셋되므로 보험증을 손에 넣을 수 있다.

이렇게 주민표, 호적등본, 건강보험증을 손에 넣으면 웬만한 일을 다 할 수 있다.

여권을 교부받기 위해서는 신분증명서가 필요하다. 일본에서 가장 확실한 신분증은 운전면허증이다. 이 역시 만약 나카무라 메구미가 운전면허가 있다면 간단히 입수할 수 있다. "면허증을 분실했으니 재발급해주세요" 하고 건강보험증을 들고 운전면허시험장에 가면 되기 때문이다. 도쿄의 경우 3,350엔을 지불하면 자신의 얼굴 사진이 든 새로운 면허증을 발급해준다. 낡은 면허증과 주소가 달라도 깜빡 잊었다며 하는 김에 주소도 바꿔달라고 하면 그만이다.

그러나 가장 간단한 방법은 전입지 지자체에서 인감등록을 하는 방법이다. 싸구려 막도장이라도 인감으로 등록할 수가 있다.

도쿄에서 여권을 신청하는 경우 건강보험증과 인감증명, 주민표 혹은 호적초본을 가지고 가면 신청할 수 있다. 모든 서류에는 얼굴 사진은 들어가지 않는다. 그리고 여권 발급을 알려줄 주소만 있으면 되는 것이다.

이 방법을 사용하면 레이코는 '나카무라 메구미'의 여권을 손에 넣고 완전한 타인으로 살 수 있다. 국제선의 경우 탑승 시 여권의 제시를 요구받으므로 가명으로 항공권을 구입하는 일은 불가능하다. 구로키가 여권번호를 알고 데이터베이스로 조회할 가능성도 있다. 그러나 자신의 얼굴 사진이 붙은 타인의 여권이 있으면 추적자를 신경 쓰지 않고 자유롭게 외국을 드나들 수 있다.

그러나 이 방법에도 몇 가지 제약이 있었다.

우선 전출 및 전입신고서를 내야 하므로 레이코는 신분을 위장하려는 사람이 같은 또래의 여자가 아니면 안 된다. 국민건강보험에 가입했다면 전출 시 보험증 때문에 문제가 생길 가능성도 있었다. 운전면허증이 없으면 신분증으로 면허증을 이용할 수 없다. 그리고 무엇보다 가장 큰 문제는 위장하려는 사람이 여권을 가지고 있는 경우다.

여권도 다른 신분증과 마찬가지로 이름과 생년월일로 관리된다. 따라서 이미 여권을 가지고 있으면 동성동명에 생년월일이 같은 여권이 두 개 생기는 일이 된다. 물론 그런 경우도 없지 않을 테니 '나카무라 메구미'와 같은 평범한 이름이라면 문제가 없을 수도 있다. 그러나 야쿠자로부터 큰돈을 훔쳐 쫓기는 몸이 된 레이코는 아무리 사소한 리스크라고 해도 감수할 여유는 없을 것이다.

물론 나카무라 메구미에게 여권이 없다면 레이코가 여권 신청을 해도 아무런 위험이 없다.

그러나 레이코는 어떻게 그런 사람을 발견한 것일까?

아키오는 자신이 직접 확인해보는 수밖에 없다고 생각했다.

"혹시 괜찮다면 온다조사정보 쪽 사람이라고 사칭해도 될까요?"

나카무라 메구미의 주민표를 받은 다음 온다에게 부탁했다. 아키오의 부탁을 잠시 생각한 뒤 "어쩔 수 없죠"라고 온다가 말했다. 탐정이라고 해도 사업인 이상 고객의 부탁을 무시하기는 어려울 것이다.

"그 대신 어떤 이야기를 했는지는 숨기지 말고 이야기해주셔야 합니다."

아키오는 그러겠다고 대답했다.

요즘 사람치고는 드물게 나카무라 메구미는 자택의 전화번호를 전화번호부에 올리고 있었다. 아키오의 예상이 맞다면 직장을 다니고 있겠지만 오늘은 토요일이므로 시험 삼아 전화를 걸어보았다. 잠시 전화벨이 울린 뒤 본인이 전화를 받았다.

"다카다노바바에 있는 온다조사정보에서 일하는 구도라고 합니다"라고 인사를 하자 전화기 저편에서 경계하는 낌새가 느껴졌다.

"실례합니다만 와카바야시 레이코라고 하는 여자 분을 아시는지요?" 아키오는 그에 상관없이 물었다.

"레이코요?" 메구미는 놀란 목소리로 말했다.

아키오는 자신의 예상이 맞았다는 것을 직감했다. 레이코는 자신의 조건에 맞는 사람을 찾았던 것이다. 30세 전후의 여성이면 아무나 괜찮은 것이 아니었다. 나카무라 메구미와 레이코는 나이가 같다. 아마 동급생이나 그런 관계일 것이다.

"저기 정말 죄송한 말씀입니다만 혹시 괜찮으시다면 레이코 씨에 대해 조금 이야기를 들을 수 있을까 하고 전화를 했습니다."

"무슨 일인가요?" 다시 굳은 목소리가 들려왔다. 갑자기 이런 전화가 왔으니 당연했다.

"레이코 씨 본인에게는 비밀로 하고 싶습니다만 사실은 혼담 건으로 조사해달라는 의뢰가 들어와서요."

"아아." 그 한마디로 메구미의 경계심은 간단히 풀어졌다. 그냥 사람이 좋은 것이거나 세상을 모르는 아가씨일 것이다. "그런가요?" 하고 반가운 목소리로 말했다. "그렇지만 전 초등학교 때 3년 정도 같은 반이었을 뿐인걸요."

"사실은 초등학교 때부터 대학교 때까지 각각 한 분 이상의 친구 분에게 물어봐달라고 의뢰인이 부탁을 하셔서…." 아키오는 적당히 거짓말을 둘러대었다. "레이코 씨가 몇 번 이사를 하셨는지 예전 친구를 찾기가 힘들더군요."

그렇게 말하자 메구미는 완전히 믿는 모양이었다. "어떻게 절 찾으신 건가요?"라고 물을 줄 알았지만 그럴 기미는 보이지 않았다.

"레이코도 여러 일이 있었나 보더라고요." 메구미는 동정하는 목소리로 말했다.

"제가 할 수 있는 일이라면 협력할게요."

"정말 감사합니다." 아키오는 감사의 인사를 전했다. "혹시 괜찮으시다면 15분 정도라도 좋으니까 직접 뵙고 이야기를 할 수 있을까요? 가능한 한 짧게 마치도록 하겠습니다."

메구미는 "전화로는 안 되나요?"라고 조금 난처한 듯이 말했다. 그러나 아키오가 끈질기게 부탁하자 결국 마음을 돌렸고 자택이 아닌 가까이 있는 이노카시라공원에서 만나기로 했다.

약속한 5시에서 5분 정도 뒤 공원 남쪽에서 휠체어를 탄 여성이 나타났다. 동물원 입구 앞에 선 아키오를 보고 "구도 씨신가요? 나카무라입니다. 늦어서 죄송합니다"라고 먼저 말을 걸어왔다. 휠체어는 전동식으로 다리 부분은 두터운 무릎담요를 덮고 있었다. 캐시미어코트에 손으로 짠 듯한 머플러를 하고 있었다. 조금 통통하고 혈색이 좋았다. 우산을 쓰지 않아 단정하게 땋은 머리카락이 안개비에 젖어 있었다. 아키오는 지붕이 있는 벤치까지 메구미를 안내한 다음 "무리한 부탁을 드리게 되어 죄송합니다"라고 정중하게 감사를 표했다. 아마 가족과 함께 살고 있을 것이다. 조사회사 사람이 오는 것을 꺼리는 것도 당연했다.

아키오는 "온다조사정보 스태프 구도 아키오"라고 적힌 명함을 건넸다. 사무실을 나오기 전 아르바이트생인 마키가 컴퓨터로 만들어준 것이다. 잉크젯프린터 성능이 급속도로 좋아지면서 지금은 인쇄한 것이나 다름없는 명함을 거의 공짜로 간단히 만들 수 있었다.

"죄송합니다만 너무 오래 있으면 가족들이 걱정을 해서요. 진짜 15분 정도밖에 이야기를 못 해요"라고 메구미가 말했다.

"형식적인 보고서를 만드는 것뿐이니까 괜찮습니다." 아키오는 자연스럽게 노트를 펼쳤다. 조금 전 역 빌딩 안에 있는 문방구점에서 산 것이었다. "초등학생 시절 레이코 씨가 어떤 분이셨는지 두세 가지만 말씀해주시면 됩니다."

"그렇게 말씀하셔도 초등학교 3학년 때부터 5학년 때까지 3년간 같은 반이었을 뿐이에요." 메구미는 그렇게 말하고 가까이에 있는 사립학교 이름을 말했다. 초등학교부터 대학교까지 전 커리큘럼을 갖춘 유복한 가정의 아이들이 모이는 것으로 유명한 학교였다. "레이코는 5학년 중간에 전학을 가서 그 이후로는 전혀 모르고요."

아키오는 열심히 메모를 하는 척하며 계속 말해달라고 이야기했다.

"제가 아는 레이코는 예쁘고 활발하고 성적도 좋고 정의감이 강한 정말 매력적인 아이였어요."

그리고 메구미는 조금 수줍은 듯이 웃었다. 자신도 너무 진부한 표현이라고 생각한 모양이었다.

"전 태어나면서부터 계속 몸이 이래서 괴롭힘을 당한 적도 있었거든요. 하긴 괴롭힘이라고 해도 요즘처럼 무서운 것은 아니고 도시락을 먹을 때 같이 안 먹는다든가 하는 그런 귀여운 것이었지만요.

그렇지만 제가 혼자 쓸쓸히 있는 모습을 보면 레이코는 항상 제게 다가와줬어요. 그것도 동정심 같은 것을 전혀 느끼지 않게끔요."

메구미는 그리운 표정을 지었다.

"점심은 교실에서 그룹별로 먹었는데 제가 있던 조의 아이들이 모두 다른 친구들에게 가는 바람에 전 도시락을 열지도 못하고 간신히 울음만 참고 있었어요. 그런데 레이코가 자기 도시락을 들고 제 옆으로 오더니 당연한 듯이 옆자리에 앉아서는 최근 읽은 책이라든지 어제 TV에서 뭐가 재미있었다든지 하는 이야기를 자연스럽게 하는 거였어요. 그때 얼마나 고마웠는지 몰라요.

레이코는 학교 아이들은 물론이고 선생님들에게도 높은 평가를 받는 아이여서 그녀가 저를 감싸주는 걸 알자 아무도 저를 괴롭히지 않았어요. 이런 몸인데도 제가 행복하게 초등학교 생활을 할 수 있었던 건 레이코 덕분이에요. 그래서 조금이라도 도움이 되었으면 하고 이렇게 나온 거고요."

"네, 이제 충분합니다. 남자분 쪽도 무척 좋아하시겠네요." 아키오는 최대한 사무적으로 대답했다. "레이코 씨가 전학을 간 뒤는 만나신 적이 없으시고요?"

메구미는 금세 얼굴이 어두워졌다. "그런 일이 있었던 만큼 레이코도 힘이 들었을 거고…. 그래도 고등학교 때까지는 반년에 한 번 정도 저를 찾아와 주었어요. 그리고 연하장도 보내줬었고."

"레이코 씨가 뭐라 하시던가요?"

"약한 소리를 하는 아이가 아니라서 자세히는 모르겠지만 역시 힘든 일이 많았던 것 같아요…." 메구미는 눈시울을 붉혔다. 조사회사 직원인 만큼 당연히 아는 것으로 생각하는 모양이었다.

"아버님이 돌아가셨다고 하더군요." 아키오는 봉안당에서 본 묘비명을 떠올렸다. 와카바야시 요시로가 죽은 것은 1981년 레이코가 초등학교 5학년 때였다. 동시에 레이코는 전학을 갔고 모친인 야스코와 둘이 아야세의 싸구려 아파트에서 살아야 하는 형편으로 전락했다. 나카무라 메구미는 그 경위를 아는 것이다.

"정말 힘이 드셨을 겁니다." 아키오는 크게 한숨을 쉬고 노트를 덮은 뒤 재킷 가슴주머니에 넣었다. 이제부터는 잡담을 하자는 신호였다.

메구미는 그 서툰 연기를 완전히 믿는 모양이었다. "그러게요"라고 대답하고는 다시 이야기를 시작했다.

"저희 부모님도 레이코 아버지처럼 작은 회사를 경영하는 까닭에 남의 일이 아니라며 분노하기도 하고 경찰과 변호사와도 상담도 했는데 어쩔 수 없는 모양이었어요…."

레이코의 부친은 회사를 경영했고 그 회사는 어떤 불합리한 이유로 도산을 한 모양이었다. 아마 사기를 당했을 것이다.

"결국 그 일로 아버님은 자신의 생명을 끊으셨는데…." 메구미는 긴장한 표정으로 아키오를 쳐다보았다. "이런 이야기는 혼담에는 좋지 않겠죠. 그렇지만 레이코의 아버님은 무척 좋은 분이셨어요. 단지 나쁜 야쿠자에게 속으셨던 거지."

"괜찮습니다. 저쪽도 당연히 그 사실은 알고 계시니까요." 아키오가 그렇게 말하자 메구미는 안도의 한숨을 쉬었다.

"어머님 쪽 일도 알고 계시니까 그리 걱정하실 필요는 없으실 겁니다." 아키오는 넌지시 메구미를 떠보았다.

메구미는 일순 겁을 먹은 표정을 지었다. "정말 무서운 이야기예요. 그렇게 상냥하고 아름다웠던 분이…." 그렇게 말하고 고개를 숙인 채 입을 다물었다.

아키오는 슬슬 끝내야겠다고 생각했다. 이 착한 여성을 계속 속이는 일은 역시 마음이 아팠다.

감사의 인사를 하자 "저기 레이코는 건강한가요?"라고 메구미가 물었다.

"저희 같은 사람들이야 직접 뵙거나 하지는 않지만 건강하게 지내시는 모양입니다."

그렇게 대답하자 메구미는 진심으로 안도하는 표정을 지었다.

"지금까지 그렇게 힘들게 살아왔으니까 레이코에게도 행복해질 권리가 있어요. 혹시 레이코를 만나시거나 하면 그렇게 전해주시겠어요?"

아키오는 "꼭 그렇게 전하겠습니다"라고 약속했다.

"저 같은 사람을 피로연에 불러줄 리는 없겠지만 축전이라도 보낼 수 있으면 좋을 텐데…."

"결혼식은 성대하게 치러질 테니까 틀림없이 초대장이 갈 겁니다"라고 말했다.

재킷 안주머니에서 3,000엔짜리 도서권이 든 봉투를 꺼내며 "조사를 도와주신 데 대한 감사의 표시입니다"라고 건넸다. 이 역시 역 빌딩 안에 있는 서점에서 산 것이었다. "제가 원해서 한 이야기인걸요"라며 사양했지만 "규칙이니까요"라고 억지로 받아들게 했다.

"그런데 메구미 씨는 직장을 다니시나요?" 헤어질 때 무심한 목소리로 물었다.

"아니요." 그렇게 말하고 조금 부끄러운 듯이 웃었다. "그렇지만 장부상으로는 아버지 회사에 경리로 되어 있어 매월 월급을 받고는 있어요."

이것으로 보험증 문제는 해결된 셈이다. 메구미는 '왜 그런 걸 묻느냐?' 하는 표정이었다.

"사실은 제 친구가 여행대리점을 하는데 예의 테러 사건으로 고객들이 대량으로 캔슬하는 바람에 힘이 드는 모양이더라고요. 지금이라면 전 세계 어디든 평소의 70퍼센트 가격으로 여행을 할 수 있으니까 혹시 시간이 되시면 안내해드릴까 하고요."

그렇게 말하자 "저 같은 몸으로 해외여행을 어떻게 해요"라며 메구미는 웃었다.

"그렇지 않습니다. 지금은 휠체어를 타고도 아무 불편 없이 여행이 가능하니까요"라고 설명하자 "그치만 여권도 없는걸요"라는 대답이 돌아왔다.

"그렇지만 신기하네요. 2주 전에도 똑같은 내용의 전화가 걸려왔거든요. 여행사 앙케이트였는데 대답해주면 추첨으로 해외여행을 갈 수 있다고…."

확실했다. 레이코가 여권의 유무를 확인한 것이다.

"지금은 어느 여행사나 다 경영이 어려우니까 비슷한 걸 생각하는 모양입니다"라고 아키오는 대답해두었다.

나카무라 메구미와 헤어진 다음 키치조지 역에서 온다에게 전화를 걸었다. 메구미와의 대화를 간단히 설명한 다음 "내일이라도 구청이라면서 메구미의 집에 전화를 걸어 수상한 전입신고서가 들어왔다고 알려주십시오"라고 부탁했다.

21

신주쿠 역에 도착하자 어느 사이엔가 완전히 어두워졌고 바람도 불기 시작했다. 여전히 안개 같은 비가 내리고 있었다.

가부키초를 빠져나와 오쿠보 쪽으로 걸었다. 도립 오쿠보병원 옆에 있는 골목에는 벌써부터 몇 사람인가 매춘부가 서 있었다. 절반은 외국인이었고 절반은 남자였다. 그 옆 오쿠보공원에서는 눈매가 사나운 아랍계 남자들이 아키오를 무섭게 노려보았다. 사복 형사도 각성제를 사려는 고객도 아니라는 것을 알고는 혀를 차며 멀어졌다.

레이코가 계약한 연립주택은 차가운 하늘 아래 더욱 초라하게 보였다. 오후 6시가 넘었지만 불을 켠 집은 보이지 않았다. 낮에 보았던 세탁물이 비에 젖어 축 늘어져 있었다. 자세히 보니 전부 먼지로 더럽혀져 있었다. 며칠이나 방치된 모양이었다.

연립주택 입구에 있는 우편함을 살폈다. 레이코가 계약한 103호실 포스트에는 에로비디오와 전화방, 호텔의 광고지가 어지럽게 들어 있을 뿐 우편물은 아무것도 없었다.

레이코는 홍콩에서 일본으로 돌아온 뒤 나카무라 메구미의 주민표를 확보해 전입신고서를 냈을 것이다. 전입일은 불과 10일 전, 옆집에 사는 중국인 유학생이 레이코의 모습을 본 날이다. 그리고 국민건강보험증과 인감증명을 만들어 도쿄도청에 가서 여권신청을 했다고 해도 나카무라 메구미 명의의 여권을 손에 넣기에는 시간적으로 불가능했을 거라고 아키오는 계산했다.

만약 신청까지 했다고 하더라도 여권을 받기 위해서는 이쪽 주소로 날아올 교부증이 필요하다. 그렇다면 레이코는 이곳에 오지 않으면 안 된다.

이 우편함을 감시하면 과연 레이코를 찾아낼 수 있을까? 아키오는 생각했다.

더욱 확실한 것은 온다사무소의 마키에게 부탁해 나카무라 메구미인 척하여 여권이 발행되었는지 어떤지 확인하면 된다. 그렇게 하면 교부증

발송일도 알 수 있었다. 그리고 렌터카라도 빌려 잠복을 시작하면 된다.

그러나 아키오의 이 계획은 금세 불가능하다는 것을 깨달았다. 누군가 아키오의 어깨를 두드린 것이다. 돌아보니 한눈에 야쿠자임을 알 수 있는 뺨에 흉터가 있는 험상궂은 남자가 "잠깐 이쪽으로 와보실래요?"라고 말했다. 아키오의 왼팔을 단단히 잡고 절대 놓아주지 않을 기세였다. 남자의 오른손 새끼손가락은 두 번째 관절까지 절단되어 보이지 않았다.

어느 사이엔가 건물 옆에 검은색 세단이 서 있었다. 유리창이 검게 코팅되어 있어 알 수는 없었지만 차 안에도 몇 사람인가 있는 모양이었다. 그다지 바람직한 상황은 아니었다.

"구로키 씨와 아는 사람입니다."

그렇게 말하자 상대는 순간 움찔했지만 "여기에 오는 인간은 한 사람도 빠짐없이 조사하라는 말을 들어서요"라고 뒷좌석 문을 열었다. 인상이 고약한 남자 둘이 아키오를 노려보고 있었다.

그때 휴대전화가 울렸다.

"구도 씨인가?" 구로키가 말했다.

아키오는 "지금 조금 바빠서요"라고 말하고 전화기를 그대로 야쿠자에게 건넸다.

"구로키 씨입니다."

야쿠자가 전화를 받아들더니 "여보세요"라고 큰 목소리로 소리쳤다. 구로키가 무슨 말을 했는지 바로 "네엣!" 하고 큰 소리로 대답하더니 "보스의 손님이신 줄은 몰랐습니다. 실례했습니다." 그렇게 말하고는 아키오를 향해 두 손으로 전화기를 돌려주었다. 차 안에서도 일제히 남자들이 튀어나와 "수고 많으십니다!"라고 엄청나게 큰 목소리로 인사를 했다. 아키오가 "그럼 이제 됐죠?"라고 말해도 그 자리를 떠나려고 하지 않았다.

"예의를 모르는 녀석들뿐이라 미안하군." 구로키의 웃음을 참는 듯한 목소리가 들렸다.

이런 모습은 익숙한 것인지 목욕탕을 다녀오던 노인 한 사람이 "잠깐 실례합니다" 하고 골목 안을 가득 메운 야쿠자들 사이를 유유히 지나갔다.

"당신에게 감사 인사를 해야 할 일이 있어서 전화한 거야." 감사의 마음은 조금도 느껴지지 않는 목소리로 구로키가 말했다. "장물아비를 조사했더니 당신 말대로 레이코의 노트북을 숨기고 있더군. 내일 낮에 사무소로 오면 특별히 보여주지."

아키오가 예상했던 대로 레이코는 모뎀을 사용해 공중전화에서 인터넷에 접속했다. 무엇 때문에? 설마 인터넷서핑을 했을 리는 없었다.

가능성은 두 가지. 하나는 메일의 송수신. 또 하나는 인터넷을 통해 은행계좌에 접속하기 위해서다. 그 외에는 굳이 그런 귀찮은 일을 할 이유가 없다. 어쨌거나 노트북에 그때의 데이터가 남아 있으면 50억 엔의 행방을 알 수 있는 단서가 된다.

"그렇지만 거기엔 조건이 있어." 구로키가 말했다. "당신이 레이코의 컴퓨터를 만지려면 비행기 티켓을 사서 와야 해."

구로키가 무슨 말을 하고 싶은 건지 아키오는 금세 이해할 수 있었다.

"만약 그걸 안 가지고 가면요?"

"내게 싸움을 걸겠다는 뜻이 되겠지."

그렇게 말하고 전화는 끊어졌다.

나리타발 홍콩행 비행기는 절반이 오전에 있고 나머지 절반은 저녁에 출발한다. 한마디로 구로키는 낮에 사무실에서 레이코의 컴퓨터를 보여줄 테니 확인한 다음 바로 공항으로 직행하라는 것이었다.

"젠장." 아키오의 입에서 자신도 모르게 욕설이 나왔다.

야쿠자들이 자신들에게 한 말이라고 생각했는지 일제히 "죄송합니다!"라고 머리를 숙였다.

그대로 곧장 호텔로 돌아갈 마음이 들지 않아 서쪽 출입구 고층 빌딩가를 아무 생각도 없이 걸었다.

어느 사이엔가 비는 멎었고 두꺼운 구름 사이로 희미하게 달빛이 흘러나왔다. 일단 고슈가도를 나와 KDDI빌딩을 돌자 도쿄도청의 그로테스크한 외관이 보였다. 버블 전성기에 등장한 이 음산한 건물은 그야말로 그 뒤에 이어질 일본의 몰락을 상징하고 있었다.

그 도쿄도청을 지나치자 중앙공원 남쪽이 나왔다. 신주쿠 역 지하도에서 쫓겨난 노숙자들이 종이박스로 집을 지어 집단생활을 하고 있었다. 그런 노숙자들을 불량 청소년들은 '벌레 사냥'이라며 공격했고 올해도 이미 몇 사람인가 희생자가 나왔다.

중앙공원의 왼편에 호텔 파크하이야트가 있다. 오픈한 지 얼마 안 되었을 무렵 몇 번인가 이용한 적이 있었다. 이곳 꼭대기에 있는 뉴욕 그릴은 인기 있는 데이트 장소로 샴페인을 한 손에 들고 젊은 커플이 추위에 떠는 노숙자들을 내려다보고 있었다.

하늘을 쳐다보았다. 차갑고 음울한 밤. 바람이 조금 강해진 모양이었다.

내일 저녁에는 홍콩으로 돌아갈 것인지 아니면 구로키와 대립할 것인지 결단을 내려야만 했다. 이미 레이코의 행방을 찾을 수 있는 단서는 대부분 사라졌다. 유일한 가능성은 레이코가 사용했던 노트북의 데이터였지만 그것은 구로키의 수중에 있었고 홍콩으로 가는 비행기 티켓을 가지고 가지 않으면 볼 수 없다.

중국인 유학생이 방을 어지럽히고 레이코의 신용카드를 장물아비에게 팔아치우는 순간 '나카무라 메구미'로 변신하여 여권을 입수하려던 레이코의 계획은 실패했다. 만약 우편물을 찾으러 오쿠보의 연립주택에 나타나면 잠복하고 있던 구로키의 부하들에게 잡힐 것이다. 어떻게 붙잡히지 않고 잘 모면한다고 해도 와카바야시 레이코인 상태로 도주해야 한다는 사실에는 변함이 없다.

약혼자인 사나다가 생각한 사기 펀드에 구로키가 개입하면서 레이코는 예상 밖의 큰돈을 손에 쥐었다. 그러나 지금 레이코는 궁지에 몰려 있었다.

레이코가 구로키의 손에서 도망가기 위해서는 새로운 이름과 신분증이 필수였다. 그것을 손에 넣기 위해 위험을 무릅쓰고 일본으로 돌아온 것이었다.

아키오에게는 한 가지 확신이 있었다.

레이코는 야마모토를 버리고 사나다로 갈아탔다. 그 사나다도 구로키의 먹이가 되었다. 그녀가 의지할 수 있는 인간은 이제 그다지 없을 것이다.

중앙공원을 한 바퀴 돈 다음 공원길을 따라 쓰노하즈角筈 쪽으로 향했다.

레이코는 회사를 경영하던 부친과 아름다운 모친 사이에서 태어나 무엇 하나 부족할 것 없는 행복한 어린 시절을 보냈다. 다소 각색이 되었다고 하더라도 나카무라 메구미의 말이 거짓은 아닐 것이라고 아키오는 생각했다. 그러나 초등학교 5학년 때 부친은 야쿠자에게 속아 회사가 도산했고 결국 자살했다. 레이코는 어머니 야스코와 둘이서 가난한 생활을 해야 했고 고등학생 때는 싸구려 연립주택에서 살아야 했다. 그리고 어머니인 야스코가 어떤 사건을 일으켰으며 두 사람의 소식은 끊어진다.

십수 년 후 야스코는 병원에서 요양생활을 했지만 심한 자해행위로 마키오카정신병원으로 옮겨진다. 그리고 레이코가 어머니에게 병문안을 왔다.

구로키의 말에 의하면 레이코는 20대 초 긴자의 클럽에서 호스티스가 되었고 화려한 생활을 한 모양이었다. 한편 야스코는 생활보호대상자였다고 마키오카병원의 요시오카 미쓰요가 말했다.

그러나 레이코가 어머니를 버린 것은 아니었다. 적어도 레이코는 10년 이상 모친과 둘이서 생활했던 연립주택의 임대료를 지불했다. 야스코가 마키오카병원에 입원하자 하루에 만 엔이나 하는 개인실을 사용하게끔 했다.

무엇인가가 **빠졌다**고 아키오는 생각했다. 와카바야시 야스코가 일으킨 '사건'이 열쇠인 것은 분명했다. 근처에 사는 주부는 경찰이 출동했다고 했다. 나카무라 메구미는 무서운 이야기라고 했다. 관할 경찰서에서 기록을 조사하면 알 수 있을까? 아니면 신문사 데이터베이스를 검색해볼까? 어쨌든 내일 저녁까지 가능할 것 같지는 않았다.

——더 이상 레이코의 과거를 조사하는 게 의미가 있을까?

나카무라 메구미의 이야기를 들은 뒤 아키오는 계속 그 생각을 했다. 사람에게는 누구에게나 들어가서는 안 되는 장소가 있다.

레이코가 훔친 50억은 구로키의 돈이다. 아키오에게는 아무 관계도 없다. 레이코의 인생은 그녀의 것이다. 역시 아키오가 무엇인가 해줄 수 있을 리 없다.

이대로 기다리다 아무 일도 없으면 내일은 역시 홍콩으로 돌아가는 것이 옳을 것이다. 돈을 원하는 것도 아니다. 누군가에게 상처를 줄 생각도 없다.

시간이 어떻게 흘러가는지에 대한 감각도 사라지고 없었다. 택시의 헤드라이트만이 계속 지나갔다. 가로등의 노란 불빛이 젖은 길을 비추고 있었다.

어느 사이엔가 비가 다시 내리기 시작했다. 구름이 움직여 달이 살짝 보이는가 싶더니 금세 보이지 않았다.

휴대전화가 울렸다. 화면에 발신인의 번호는 표시되지 않았다.

전화를 받았다.

"오랜만이네요." 레이코가 말했다.

"어딘가요?"

"당신 가까이 있어요." 그렇게 말하고는 작게 웃었다. "놀라지 않네요."

"절 만나러 오지 않을까 생각은 했거든요."

"전부 아는 거죠?" 레이코가 말했다. "역시 마법사였던 거예요."

"어떻게 하면 될까요?"

"그대로 곧장 앞으로 걸어오세요. 앞에 보이는 계단 위에서 기다릴게요."

잠시 말이 끊어졌다.

"저, 지금 당신을 보고 있어요."

희미한 불빛을 의지해 주변을 둘러보았다. 고가다리 끝에 작은 그림자가 보였다.

레이코는 가드레일에 기대 멍하니 거리의 불빛을 바라보고 있었다. 후드가 달린 검은색 모피코트. 붉은색 롱부츠. 살짝 웨이브가 진 머리카락은 조금 자란 듯했다. 하얀 얼굴이 어둠 속에서 떠올랐다.

"절 계속 찾으신 거예요?"

아키오가 앞에 오자 레이코가 말했다. 긴 속눈썹이 헤드라이트에 비쳐 흔들렸다. 오늘도 역시 흠 잡을 데 없는 완벽한 화장이다.

"왜 저를 부른 거죠?" 레이코의 물음에는 답하지 않고 아키오가 물었다.

"어떻게 당신을 찾았는지 궁금하죠?" 레이코 역시 아키오의 질문을 무시했다. "계속 당신 뒤를 밟았어요. 그리고 여기 서서 당신이 공원 쪽으로 걸어가는 것을 봤어요."

레이코는 역시 오쿠보의 연립주택에 갔던 것이다. 그리고 아키오가 구로키의 부하들에게 둘러싸이는 모습을 보았다. 아키오가 도착하는 것이 조금만 늦었다면 레이코는 구로키의 손에 떨어졌을 것이다.

"당신에게 전화를 할까 말까 계속 망설였어요. 그러다 이 다리 위에서 기다리기로 마음을 먹었어요. 다시 당신이 보이면 전화를 하려고요." 레이코는 불안한 웃음을 띠었다. "당신이 일본으로 올 줄은 몰랐어요."

일본에 온 지난 사흘간 레이코를 찾아 도쿄 전체를 헤맸다. 그러나 막상 레이코를 만나게 되자 아키오의 마음 한구석에서 '안 만났으면 좋았을걸' 하는 생각이 들었다.

"당신에 대해 계속 생각했어요." 레이코가 말했다. 하얀 숨결이 바람에 흩날렸다. "홍콩에서 정말 즐거웠거든요." 화려한 웃음이 퍼졌다가 금세 사라졌다.

"제가 어떻게 하면 될까요?" 다시 한 번 아키오가 물었다.

"저기, 믿어주세요." 레이코가 말했다. "당신과 함께 있을 때 전 지금까지 인생에서 가장 행복했어요." 그리고 "저 정말 나쁜 여자죠?" 하고 겁을 먹은 눈으로 아키오를 바라보았다.

아키오는 아무 말도 하지 않았다.

"이젠 제가 싫으시죠? 혐오스러운 여자, 더러운 여자라고 생각하죠?"

"그렇지 않아요."

"그렇지만 모두들 제게 그렇게 말해요." 레이코는 웃었다. "재미있지 않나요?"

아키오는 잠자코 레이코를 쳐다보고 있었다.

"절 용서해주실래요?" 깊은 구멍 속에서 몰래 상대를 살피는 듯한 목소리로 레이코가 물었다.

"당신은 아무 나쁜 짓도 하지 않았어요."

"정말요?"

"네에."

"거짓말." 어딘가 포기한 듯한 목소리로 레이코가 말했다. "아마 누구도 저를 용서해주지 않을 거예요. 모두들 절 비웃는 게 당신도 들리죠?" 레이코는 두려운 표정으로 주위를 살폈다. 그리고 아키오를 바라보았다. "그래서 전 복수를 한 거예요."

레이코는 홍콩에서 만났을 때와는 완전히 다른 사람이었다. 달리 말하면 망가져 있었다.

"제가 가진 돈 당신에게 드릴게요." 갑자기 레이코가 말했다. 휴지통에 종잇조각을 버리기라도 하는 것 같은 말투였다.

"필요 없어요." 아키오가 대답했다. "그 돈은 제 돈도 아니고 또 당신 돈도 아니니까요."

"맞아요." 바로 레이코도 인정했다. 그리고 "전 어떡하면 좋을까요?" 조용히 중얼거렸다.

"그걸 알려달라는 건가요?"

"알려주세요." 레이코가 말했다.

"돈을 구로키에게 돌려주세요."

"싫어요." 바로 레이코가 대답했다. "그 돈은 역시 제 거예요."

"그렇다면 이대로 일본을 떠나 두 번 다시 돌아오지 말도록 해요."

"그것도 싫어요."

"그 돈을 가진 채 일본에 있으면 언젠가 구로키에게 들켜 죽임을 당할 겁니다."

"죽는 건 딱히 무섭지 않아요."

"그럼 당신은 뭐가 하고 싶은 건가요?"

"제가 원하는 것을 당신이 들어주실래요? 마법사처럼요."

"할 수 있는 거라면요."

"차가운 말이네요." 레이코가 작게 웃었다. "혹시 진심으로 사람을 미워해본 적 있나요?"

잠시 생각한 뒤 아키오는 고개를 흔들었다.

"그럼 진심으로 사람을 사랑해본 적은?"

다시 한 번 고개를 흔들었다.

"그렇다면 절대 제 소원을 이루어줄 수 없을 거예요."

그리고 레이코는 아키오의 왼팔에 손을 대었다. 무척이나 자연스러운 동작이었다.

"이제 곧 12월이네요." 마치 아무 일도 없었다는 듯 말했다. "크리스마스 일루미네이션은 벌써 시작됐나요?"

"아마도요. 12월이 되면 홍콩은 어딜 가든 크리스마스 분위기니까요."

"기억나요? 빅토리아피크에서 크리스마스 야경을 보여주겠다고 한 약속."

"네에." 아키오는 대답했다. "잊지 않았어요."

"즐거웠어요." 레이코는 손을 떼더니 정면을 보고 아키오 앞에 섰다. "지금도 매일 생각이 나요."

"저도요."

레이코는 부드럽게 아키오의 뺨을 만졌다. 가늘고 하얀 손가락에 뺨의 윤곽을 기억시키려는 듯 몇 번이나 어루만졌다.

"딱 한 가지 부탁이 있어요." 레이코가 말했다. "전 다른 인간이 되고 싶어요."

"알아요."

"당신에겐 가능한가요?"

"네에."

"그렇게 되면 저와 같이 살아줄래요?"

아무 말 없이 레이코를 쳐다보았다.

"죄송해요. 그런 건 안 되겠죠."

그리고 아키오의 가슴을 힘껏 때렸다.

"제발 가르쳐줘요. 전 어떡하면 되는 거죠?"

침착해질 때까지 기다렸다가 살짝 어깨를 안았다. 레이코는 아키오의 품에서 울음을 터뜨렸다.

그렇게 잠시 안고 있었다. 아키오의 마음속에서는 슬픔도 절망도 아닌 감정이 소용돌이치고 있었다.

레이코를 동정하는 것은 아니었다. 이 망가져 가는 영혼을 구원해줄 수 없다는 무력감이 밀려들었던 것이다.

한참을 운 뒤 "죄송해요" 하고 레이코가 사과했다. "울었더니 시원하네요" 하고 웃었다. 그러고 보니 뺨에 생기가 돌아온 것 같았다.

"저는 내일 홍콩으로 돌아갈 겁니다." 아키오가 말했다. "언제든 좋으니까 준비가 되면 홍콩의 제 휴대전화에 전화를 하세요. 직접 나리타공항까지 가서 가장 빠른 출발편 티켓을 그 자리에서 사면 설령 구로키가 항공편 예약을 체크하고 있더라도 당신을 잡을 수는 없을 거예요. 지금이라면 이코노미는 만석이라도 퍼스트클래스나 비즈니스클래스는 많이 비었을 거예요."

"홍콩으로 가면 되나요?" 레이코가 조용히 대답했다.

"전화할 때 새로운 이름을 정해 말해주고요. 그 이름으로 다른 나라 여권을 만들어놓을게요."

"고마워요." 레이코가 말했다. "왜 그렇게 친절한 거죠?"

"저한테 고마워할 필요는 없어요." 아키오는 살짝 레이코의 뺨을 어루만졌다. 비에 젖어 깜짝 놀랄 만큼 차가웠다.

"당신에게는 행복해질 권리가 있어요."

레이코는 깜짝 놀라 아키오를 쳐다보았다.

"나카무라 메구미라는 사람을 만났어요. 그녀로부터 그렇게 전해달라고 부탁을 받았고요."

"전 그 아이에게 나쁜 짓을 했어요."

레이코의 눈에서 떨어진 눈물이 뺨을 타고 내려와 아키오의 손가락을 적셨다. 그녀의 눈물은 놀랄 만큼 따뜻했다.

"저 이제 가야 돼요." 조용히 눈물을 훔치며 레이코가 말했다. "울기만 하네요." 억지로 웃어 보이려고 했으나 오히려 눈물이 더욱 흘렀다.

"조심하시고요." 아키오가 말했다.

"그 말 진에도 들었는데."

다시 웃었다. 시끄럽게 경적을 울리며 맹렬한 스피드로 자동차들이 지나갔다. 갑자기 아키오의 품에 레이코가 뛰어들었다.

"이대로 저를 어디든 데려가주세요!"

그리고 큰 소리로 울기 시작했다. 아키오는 지금까지 이렇게 비통한 울음소리는 들어본 적이 없었다.

"당신이 원하는 곳이라면 어디든 데려갈게요." 레이코가 울음을 그치기를 기다렸다가 아키오가 말했다.

자동차의 헤드라이트가 레이코의 가녀린 어깨를 비추고 사라졌다. 호화로운 모피코트를 입고 있었지만 한눈에 알 수 있을 만큼 레이코는 떨고 있었다.

"죄송해요. 그렇지만 역시 어려울 것 같아요."

아키오는 레이코가 그렇게 말할 것이라는 것을 알고 있었다.

떨고 있는 어깨에 가만히 손을 가져가 레이코의 얼굴을 똑바로 응시했다.

"저는 어떡하면 당신이 행복해질 수 있을지는 모릅니다. 혹시 알게 된다고 하더라도 당신을 행복하게 해줄 수는 없어요. 그러니까 내가 할 수 있는 일을 하겠습니다."

지나가는 택시를 잡아 레이코를 태웠다.

비가 다시 본격적으로 내리기 시작했다.

레이코를 태운 택시는 금세 보이지 않게 되었다.

아키오는 계속 내리는 빗속에 서 있었다.

지금 계절과는 어울리지 않게 멀리서 천둥이 치는 소리가 들려왔다.

호텔 프런트에서 마베로부터 전언을 받았다. "내일 홍콩으로 가는 선물을 주고 싶다"라는 것이었다. 아키오로부터 연락이 없어 초조한 모양이었다. 프런트에서 타월을 빌려 젖은 머리카락을 닦았다.

로비의 공중전화로 마베의 집에 전화를 거니 일요일임에도 불구하고 오전 중에 본사에서 회의가 있다고 했다. 채권 포기를 받은 바 있는 중견 건설회사 경영이 어려워져 금융청이 회생을 포기할 것이라는 소문이 시장에 떠돌았고 건설회사 주식을 계속 내놓고 있었다. 고이건설도 언제 경영불안설이 퍼져 시장의 먹이가 될지 모른다. 회사가 소멸하면 마베는 발가벗은 채 법정에 서야 한다.

구로키의 사무소에 가기 전 마베와 오전 11시 회사 앞에서 만나기로 약속을 했다. 할인금융채는 아무래도 상관없는 다른 서류와 함께 회사 봉투에 넣어 봉인하지 않고 가져오라고 전했다. 그리고 항공사에 전화를 걸어 내일 오후 6시발 나리타–홍콩 편을 예약했다.

엘리베이터로 15층까지 올라가 어두운 통로를 왼쪽으로 꺾었다. 제빙실 맞은편이 아키오의 방이었다.

문득 어떻게 레이코가 휴대전화 번호를 알아냈는가 하는 의문이 떠올랐다.

무엇인가 중요한 것을 놓치고 있다는 생각이 들었다.

카드키를 꽂고 문을 열었다. 바로 그때 뒤쪽 제빙실에서 무엇인가가 움직이는 기척이 느껴졌다. 돌아보려는 순간 뒤통수에 엄청난 충격이 가해졌고 아키오는 그대로 의식을 잃었다.

정신이 들어보니 침대에 누워 있었다. 두통이 심해 거의 아무것도 생각할 수 없었다. 눈을 뜨는 것만 해도 엄청난 노력이 필요했다. 아무래도 아직 호텔 방인 모양이었다. 겨우 시계를 보니 오전 3시가 넘어 있었다. 호텔로 돌아온 것이 오후 10시경이었으니 다섯 시간 이상 기절해 있었던 셈이다.

천천히 뒤통수에 손을 가져다 대보았다. 출혈은 없었지만 심하게 부어 있었다. 얼음으로 찜질을 해야겠다고 생각했지만 일어날 힘이 없었다. 그러던 중에 아키오는 다시 의식을 잃었다.

다음에 눈을 뜬 것은 오전 6시가 지나서였다. 커튼이 열린 창으로 동쪽 하늘이 밝아오는 것이 보였다. 이번에는 겨우 힘을 내 몸을 일으킨 다음 세면장까지 기어가 타월에 물을 묻혀 뒤통수에다 대었다. 여전히 머리가 쪼개질 듯이 아팠지만 못 참을 정도는 아니었다. 다행히 뼈에는 이상이 없는 모양으로 어떻게 움직일 수는 있을 것 같았다.

아키오는 방 안을 살폈다. 도둑을 맞으면 안 될 귀중품은 원래부터 없었다. 테이블 위에 지갑이 던져져 있었다. 현금에는 손을 대지 않았다. 노트북을 가동시키려고 한 흔적이 보였다. 패스워드를 입력하지 않으면 움직일 수 없게 설정되어 있어 포기한 모양이었다. 옷장 안의 세이프티박스를 열었다. 여권을 비롯해 현금카드, 신용카드 등은 이 안에 놓아두었으나 모두 무사했다. 다시 한 번 방 안을 체크하다가 재킷 안주머니에 넣어두었던 휴대전화가 사라진 것을 깨달았다.

단순한 강도가 아닌 것은 분명했다.

호텔의 전화로 휴대전화에 전화를 걸어보았다. 연결이 되지 않았다. 전원을 끈 모양이었다.

조금 괜찮아진 것 같아 제빙실에서 얼음을 가져와 타월로 싸서 뒤통수에 대었다. 처음보다는 붓기가 많이 빠진 것 같았다. 움직이면 지면

이 흔들리면서 구역질이 났다. 화장실로 가 위 속의 것을 조금 토했다.

　대체 누가 이런 짓을 한 것일까?

　처음에는 구로키의 경고라고 생각했다. 그러나 구로키가 계획한 대로 아키오는 홍콩으로 돌아갈 수밖에 없게 되었다. 굳이 호텔까지 찾아와 공격할 필요가 없다. 게다가 만약 정말로 아키오를 공격하려고 마음먹었다면 이렇게 어중간하게 하지는 않을 것이다.

　그럼 누구일까? 아키오가 이곳에 머무르는 사실을 아는 사람은 그다지 많지 않다. 구라타, 고이건설의 마베, 조사회사의 온다…. 떠오르는 사람은 그 셋뿐이다. 아키오를 공격할 동기가 있는 인간은 떠오르지 않았다.

　잠시 뒤 범인이 원하는 것은 휴대전화 번호로 소유자의 신분을 알아내는 것과 착발신내역을 체크하는 것 아닐까 하는 생각이 들었다. 이유는 알 수 없었지만 아키오의 본명을 알고 싶어 하는 인간이 있는 것이다. 그러나 아키오의 전화는 익명으로 구입한 전화이므로 번호를 안다고 해도 소유자 이름을 알 수는 없다. 일본에 온 뒤 아키오의 본명을 아는 사람과 전화로 이야기를 한 적도 없었다.

　그런 생각을 하는 동안 천천히 의식이 멀어지는 것이 느껴졌다.

　몽롱해진 의식 속에서 레이코가 울고 있었다.

　"이대로 저를 어디든 데려가주세요!"

　무엇인가 떠오르는 것이 있었지만 그것을 말로 하기 전에 다시 기억이 끊어졌다.

22

오전 11시. 아키오는 신주쿠 역 앞에 있는 고이건설 본사 앞에 택시를 세우고 마베를 기다리고 있었다. 오늘도 아침부터 조금씩 비가 내리고 있었다. 택시의 라디오에서 들리는 일기예보에 의하면 어젯밤부터 계속 내리던 이 비는 오늘 저녁 무렵부터 진눈깨비로 바뀔 수도 있다고 한다. 여전히 심한 두통이 있었고 간헐적으로 구역질이 났다.

9시를 지나 눈을 뜨자 꽤 두통이 가라앉아 있었다. 이 정도면 괜찮을 거라 생각하고 준비를 한 뒤 체크아웃을 하고 택시를 탔다. 그렇지만 조금 전부터 다시 두통이 몰려왔다.

약속시간보다 10분 정도 늦게 마베가 숨을 헐떡이며 달려왔다. 휴일이라서인지 스웨터에 가죽점퍼를 입고 있었다. 뒷문을 열자 마베가 올라타더니 "이 근처를 한 바퀴 돌아주게"라고 운전사에게 말했다.

마베는 5,000만 엔어치의 할인금융채가 든 봉투를 아키오에게 주고 "잘 부탁드립니다"라고 말했다. 액면가 100만 엔짜리 할인금융채 50장이므로 그리 부피가 크지는 않았다.

"말씀하신 대로 회사봉투에 서류와 함께 넣었습니다만 어떡하시려고요?"

"이대로 재킷 주머니에 넣고 비행기를 탈 겁니다" 하고 아키오가 대답했다.

항공기의 수화물검사에서 문제가 되는 것은 기내에의 위험물 반입이었다. 911테러 후 그런 경향이 더욱 현저해지면서 안전면도날까지 몰수하는 등 과도한 경비로 이용자들의 불평도 샀으나 현금이나 채권으로 비행기에 위해를 가할 수는 없다. 서류가방 가득 현금을 채웠다면 다른 이야기겠으나 봉투에 넣은 서류에 검사관은 아무 관심도 가지지 않을 것이다.

영수증을 원하느냐고 아키오가 묻자, "그런 건 있어봤자 아무 의미도 없지 않습니까. 오히려 불편하죠"라고 마베가 거절했다. 확실히 쓸데없는 증거는 남기지 않는 편이 좋다.

"계좌개설신청서는 우편으로 보내주시는 건가요?"

"네에, 그날 바로 여권을 인증 받았고 해외택배로 보냈습니다."

"오늘 홍콩으로 돌아가니까 맡기신 할인금융채는 내일 오전 중으로 증권사에 넣겠습니다. 그리고 현금으로 해달라고 하면 다음 주 중반쯤에는 환금이 될 겁니다. 오프쇼어은행에서 계좌가 개설되었다는 통지는 홍콩의 개인사서함으로 할 테니까 괜찮으시다면 제가 열어서 송금을 해놓겠습니다. 계좌번호는 제가 전화로 알려드리고요."

마베는 모두 맡기겠다고 하며 머리를 숙였다. 아키오는 홍콩에서 사용하는 휴대전화의 번호를 적어 마베에게 주었다.

"무슨 일이 생기면 이쪽으로 연락을 주십시오. 급한 일이 아니라면 메일도 괜찮습니다."

마베는 고개를 끄덕이며 슬쩍 시계를 보았다. 다음 회의가 시작될 시간인 것이다. 아키오 쪽도 슬슬 한계였다.

택시가 다시 한 번 회사 정문 앞에 멈추자 마베가 내리면서 얼굴을 아키오의 귓가에 대고 속삭였다.

"그러고 보니 히시토모의 야마모토 씨가 어젯밤 자택에서 엽총으로 자신의 머리를 쏘았다고 합니다. 홍보부가 필사적으로 매스컴을 막아 아직 드러나지는 않았지만 2, 3일 내로 신문에 크게 나올 겁니다."

그리고 그때서야 비로소 아키오의 모습에 이상을 느꼈는지 "왠지 안색이 안 좋으신데요"라고 말했다.

아키오가 괜찮다고 대답하자 "몸조심하십시오"라는 형식적인 인사를 하고 급하게 회사로 돌아갔다. 자신의 회사 일로 머리가 복잡할 것이다. 덕분에 아키오는 자신이 다친 것을 들키지 않을 수 있었다.

신바시新橋 역 앞에서 일단 택시를 내려 역 건물 지하에 있는 우체국으로 갔다. 그곳에서 현금배달용 봉투를 산 뒤 40만 엔을 넣어 온다정 보조사 앞으로 보냈다. 그 뒤 비상계단 옆에 공중전화가 있어 그곳에서 전화를 걸었다.

아키오가 "급한 출장 때문에 홍콩으로 갑니다" 하고 말하자 온다는 주민표와 호적 등의 자료가 도착했으니 홍콩의 연락처를 알려주면 보내겠다고 했다. 아키오는 창의 개인사서함 주소를 알려주면서 내용을 간단하게 설명해달라고 말했다.

"와카바야시 레이코는 1970년 도쿄 무사시노 시에서 태어났습니다. 부친은 요시로, 모친은 야스코. 형제는 없습니다.

레이코는 초등학교 5학년 때까지 생가에서 살았지만 그 뒤로는 도쿄 곳곳을 돌아다니며 이사를 다녔고 아야세로 간 것은 15년 전이었습니다. 주민표상으로는 계속 그곳에서 살았던 것으로 되어 있다가 1999년에 미나토구 미나미아자부로 옮긴 것으로 되어 있네요. 약혼자인 사나다 가쓰아키의 아파트죠."

여전히 깔끔한 솜씨였다.

"사나다 가쓰아키는요?" 아키오가 물었다.

"사무실은 여전히 방치된 상태입니다. 관리회사에 물어보니 이번 달 임대료가 미납이고 본인과도 연락이 안 되는 것 같습니다. 자택 아파트에도 가봤는데 이쪽은 야쿠자들이 점유하고 있더군요. 이야기는 못 들었고 어디 소속인지도 확인을 못 했습니다. 엄청 무서웠습니다."

온다가 쓴웃음을 지었다. 꽤나 험한 꼴을 당한 모양이었다. 그리고 온다는 잠시 입을 다물었다.

"사나다도 야마모토도 굉장히 큰 사건에 휘말린 것 같습니다. 조사 중 분명한 범죄 증거가 나오는 경우는 경찰에 알려주게 되어 있으므로 그 점은 양해해주시기 바랍니다."

아키오는 그래도 괜찮다고 대답했다. 온다에게 레이코의 모친이 일으킨 사건에 대해 조사를 부탁할까 생각했지만 역시 그만두었다. 어젯밤 호텔에서 일어난 일도 알리지 않는 편이 좋을 것이다.

"조사는 지금까지 해주신 것으로 됐습니다. 현금봉투에 40만 엔을 넣어 보냈습니다만 혹시 모자라면 홍콩으로 연락을 해주십시오. 추가 지불을 할 테니."

온다는 조금 안심이 되는 목소리로 "알겠습니다"라고 말했다. 처음에는 돈줄이라고 생각했지만 실제로 조사를 해보니 무척이나 위험하다는 것을 알아차렸을 것이다. 아키오 역시 그 사실을 직접 경험함으로써 알게 되었지만.

신바시 역에서 택시를 타고 구로키의 사무소에 도착한 것은 12시가 지나서였다. 서둘러 움직인 탓인지 다시 두통이 심해졌다. 택시를 내리자 땅이 흔들리는 것 같았다. 겨우 사무소 문까지 도착해 인터폰 단추를 눌렀다. 문이 열리고 고로의 얼굴이 보이는 순간 눈앞이 새까매졌다.

정신이 드니 어딘가 소파에 눕혀져 있었다. 뒤통수에는 얼음주머니가 붕대로 고정되어 있었다. 조금 자서인지 컨디션이 훨씬 좋아졌다. 머리를 들고 주변을 살피니 천천히 눈의 초점이 돌아오기 시작했다.

"두 시간 가까이 쓰러져 있었다고." 어디선가 목소리가 들렸다. 들은 적이 있는 목소리였다. 구로키의 목소리였다.

"의사를 불러 봐달라고 했는데 강한 타박상이긴 하지만 뼈에 이상이 없으니 누워 있으면 나을 거라더군. 가능하면 전문의가 있는 곳으로 가서 CT스캔을 찍어보는 편이 좋다고 했지만."

무섭게 생긴 얼굴이 갑자기 시야에 들어왔다. 고로가 걱정스러운 표정으로 이쪽을 들여다보고 있었다. 그 뒤쪽으로 어제와 똑같이 검은 정장에 에나멜구두를 신고 다리를 꼰 구로키의 모습이 보였다.

"당신에겐 신세를 많이 졌는데 이것으로 빚은 갚은 셈이 됐군."

아키오는 천천히 일어나 구로키의 얼굴을 정면으로 쳐다보았다. 고로가 도와주지 않으면 앉는 일도 어려웠다.

"누구 짓인지 아시나요?"

"그런 걸 어떻게 알아. 우리를 의심한다면 그건 오해야. 당신은 아직 나와의 약속을 깬 게 아니잖아." 구로키는 어깨를 움츠려 보였다. "정말 짐작 가는 곳이 없어?"

아키오는 고개를 저었다. 그것만으로도 바닥이 많이 흔들렸다.

"잃어버린 건?"

"휴대전화요." 이번에는 머리를 움직이지 않고 대답했다. 머리를 고정시키면 많이 어지럽지는 않았다.

"범인이 당신을 한 방에 기절시키고 휴대전화만 가져간 건가? 꽤 이상한 녀석이군."

카멜 담배를 들더니 라이터를 내미는 고로를 제지하고 자기 손으로 불을 붙였다. 금장 라이터에서 파란 불꽃이 올랐다.

"이상한 녀석이 또 하나 나타난 건가? 재미있군."

어제 레이코를 만난 사실은 구로키는 모르는 모양이었다. 그 사실을 전할 생각은 물론 없었다.

구로키는 "물이라도 마실 텐가?"라고 물었다.

"괜찮습니다." 조금 전부터 다시 심한 구역질이 올라왔다.

"그럼 레이코의 컴퓨터를 가져오지."

"그러기 전에 잠깐 화장실에 가도 될까요? 토할 것 같아서."

구로키는 고로에게 눈짓을 했다. 고로는 가볍게 아키오를 안더니 그대로 화장실까지 데리고 갔다.

변기 앞에 쪼그리고 토하기 시작했지만 위액밖에 나오지 않았다. 그래도 속이 많이 편해졌다.

다시 고로에게 안겨 응접실로 돌아오자 테이블 위에 IBM에서 만든 노트북이 놓여 있었다. 2, 3년 전 모델로 카드모뎀을 사용해 인터넷에 접속할 수 있는 기종이었다. 응접실에 있던 전화선을 통해 연결되어 있는 상태였다.

컴퓨터를 켰다. 다행히 패스워드가 걸려 있지는 않았다. 아키오는 인터넷 접속환경을 조사했다. 다이얼업 방식으로 설정되어 있었다. 틀림없었다. 레이코는 늦은 밤 이 노트북과 모뎀케이블을 들고 가까운 공중전화로 가 그곳에서 인터넷으로 접속했던 것이다.

메일소프트에 들어가 보았다. 수신함은 텅 비어 있었다. 메일계정도 설정이 되어 있지 않았다. 레이코는 메일을 사용하지 않았거나 아키오와 마찬가지로 인터넷메일을 이용한 모양이었다.

브라우저에 기록된 인터넷 열람이력을 보고 아키오는 자신의 예상이 맞았다는 것을 확신했다. 그곳에는 일본에서도 일부 마니아에게만 알려져 있는 인터넷 전용 오프쇼어은행의 URL이 남아 있었다.

이 컴퓨터로 은행계좌에 로그인할 수 있을지도 모른다. 요즘 브라우

저에는 오토컴플리트 기능이 있어 하나하나 로그인 아이디나 패스워드를 지지 않아도 아이디의 처음 한 글자만 입력하면 패스워드까지 자동으로 표시하게끔 되어 있다. 공중전화까지 가서 접속을 해야 되었던 만큼 레이코가 이 기능을 사용했을 가능성이 높았다.

다이얼업 방식으로 인터넷에 접속했다. 구로키가 뒤에서 컴퓨터 화면을 들여다보고 있었다. 마우스를 잡은 손이 멈췄다. 그러나 지금 확인하지 않으면 영원히 기회가 없을 것이다.

이력에 남은 URL로 오프쇼어은행의 홈페이지를 열었다. 고객 중 몇 사람이 이 은행을 사용하고 있었던 탓에 아키오는 이곳의 로그인 ID가 여섯 자리 숫자인 것을 알고 있었다.

'1'부터 순서대로 숫자를 입력했다. 조금 전까지의 두통도 어디론가 사라졌다. 심장이 더욱 빨리 뛰는 것 같았다.

'6'에서 반응이 있었다.

아키오는 자신도 모르게 크게 한숨을 쉬었다. 화면에는 로그인 ID와 *로 표시된 패스워드가 떠 있었다.

"대단하군." 뒤에서 구로키가 중얼거렸다.

그대로 로그인하자 자동적으로 계정 화면이 열렸다.

그것을 본 순간 아키오의 흥분은 순식간에 사라졌다. 화면에 표시된 명세에는 3만 달러밖에 남아 있지 않았다.

거래내역을 보니 2주 전 어딘가 은행으로부터 전신송금으로 5만 달러가 들어왔다. 그것을 카드로 2만 달러 정도 간헐적으로 출금했지만 거래는 그것뿐이었다.

"어떻게 된 거지?"

구로키의 질문을 무시하고 어떻게든 거래내역을 더 자세히 알아보려했지만 결국 포기하고 소파에 몸을 던졌다. 다시 속이 안 좋아졌다.

"레이코는 2주 전쯤 어딘가 다른 은행에서 여기로 돈을 넣었습니다. 사건 직후죠. 훔친 50억 엔 중 일부를 달러로 바꿔 송금했을 가능성이 크죠. 그리고는 ATM으로 돈을 인출하거나 카드로 물건을 산 것 같습니다."

거래내역이 표시된 화면을 가리키며 구로키에게 설명했다.

"돈을 보낸 은행이 어디인지는 모르는 건가?"

아키오는 힘없이 고개를 흔들었다. 조금 전까지 그것을 확인해보려고 이런저런 시도를 해보았으나 헛수고였다.

일반적으로 은행의 명세서에는 송금한 은행의 이름이 표시된다. 계좌번호나 보낸 사람의 이름까지 나오는 곳도 있다. 그러나 이 은행의 경우 전신송금과 수표의 구별 정도밖에 표시가 되지 않았다. 그 이상 자세한 것을 알고 싶으면 전화를 하라는 뜻이었다. 물론 본인이 아니면 전화를 해도 말을 해주지 않을 것이다.

현금카드의 사용도 마찬가지였다. 아키오가 이용하는 오프쇼어은행은 명세서에 어느 구역의 몇 번 ATM이 사용되었다는 것까지 표시된다. 그렇지만 이쪽은 그저 현금이 인출되었다고 기재될 뿐이었다.

그러나 신용카드의 사용내역만은 자세히 기록되어 있었다.

레이코는 이 은행의 카드를 사용해 신주쿠의 백화점에서 쇼핑을 했다. 그러나 카드가 사용된 것은 세 번뿐으로 나머지는 이틀이나 사흘에 한 번 꼴로 ATM에서 돈을 인출했다.

ATM에서 인출할 수 있는 최대 금액은 하루 약 20만 엔으로 매번 상한액까지 사용했다. 헤아려보니 이쪽은 모두 여덟 번, 160만 엔을 인출한 셈이었다. 처음 인출한 것은 열흘 정도 전, 마지막으로 사용한 것은 엊그제였다.

도망 중에도 레이코는 여전히 호화로운 생활을 계속하고 있었다. 대충 계산해도 하루에 10만 엔 이상 쓴 셈이다. 아키오는 레이코가 입고 있던 호화로운 모피코트를 떠올렸다. 하기야 레이코가 가지고 있는 50억 엔을 생각하면 아무것도 아닌 액수였다.

"젠장." 아키오의 설명을 듣고 웬일로 구로키가 신음했다. "뭔가 다른 방법은 없나?"

그러나 아키오는 더 이상 생각할 힘이 남아 있지 않았다. 집중력이 떨어지니 다시 정신을 잃을 것 같았다.

마지막 기력을 짜내 항상 가지고 다니는 보존용 플로피디스크를 꺼내 레이코의 노트북에서 인터넷 임시파일을 복사했다. 패스워드만 기록하면 다른 컴퓨터에서도 레이코의 계좌에 접속할 수 있다. 구로키는 그 작업을 물끄러미 쳐다보고 있었지만 아무 말도 하지 않았다.

"몇 시 비행기지?"

힐끗 시계를 보고 구로키가 물었다.

"6시입니다."

"예정대로 돌아갈 건가?"

"네에." 아키오가 대답했다.

"잘 생각했어." 구로키가 만족스러운 듯이 웃었다. "그럼 나리타까지 고로에게 배웅을 해주라고 하지."

구로키는 소파에 몸을 기대고 다리를 꼬았다.

"조금 시간이 있으니 좋은 정보를 하나 줄까?"

그렇게 말하고 옆에 있는 고로에게 무엇인가를 속삭였다. 고로는 얼굴을 찌푸렸지만 "됐으니까 빨리 나가!" 하고 소리를 치자 어쩔 수 없이 밖으로 나갔다.

"야쿠자에게 가장 중요한 게 뭔지 혹시 아나?" 구로키가 물었다.

"폭력인가요?"

"아깝군." 구로키는 씨익 웃었다. "야쿠자가 왜 폭력을 쓸까? 그건 폭력이 공포를 부르기 때문이야. 공포는 인간을 노예로 만들지. 이쪽 비즈니스는 상대를 공포로 컨트롤해 돈을 벌어. 그러기 위한 도구는 뭐든 상관없고. 이 세상에 폭력이 만연하는 건 설사 바보라도 사용할 수 있는 도구이기 때문이야."

알겠나? 하고 구로키가 물었다. "폭력이 공포를 낳는 원리는 간단해. 새끼손가락을 자르면 아프지. 심장을 관통당하면 죽어. 여기 일본에서 조직적으로 폭력을 쓸 수 있는 것은 경찰, 군대, 야쿠자뿐이야."

그때 고로가 금발을 데리고 방으로 들어왔다. 아래위 모두 지저분한 운동복 차림이었고 가슴 쪽에는 토사물이 묻어 있었다. 홍콩에서 보았을 때보다 더 말랐고 안색 또한 더욱 안 좋았다. 여전히 다리를 떨고 있었고 아키오를 보고도 아무 반응도 없었다.

"비합법적인 폭력에는 엄한 대가가 기다리고 있어." 구로키는 계속해서 이야기를 이었다. "예전에는 야쿠자끼리의 살인은 관대하게 봐줬지만 요즘은 그런 것도 통하지 않아. 다른 조직 사무소에 쳐들어가기만 해도 2년이나 3년 형무소 생활을 해야 하니 살인이야 말할 것도 없지. 폭력단이라고 불리지만 정작 폭력을 사용하는 녀석은 사라질 수밖에. 이래서야 장사도 못 해."

그리고 천천히 금발을 쳐다보았다.

"그래서 요즘은 우리도 폭력을 수입하게 되었어. 살인이 필요할 때는 남미나 필리핀, 중국 쪽에서 킬러를 불러서 처리를 맡기지. 그렇지만 그럴 시간이 없을 때도 있어. 그래서 이런 녀석이 필요한 거야."

금발은 여전히 다리를 떨고 있었다. 작은 목소리로 무엇인가 중얼거리고 있었지만 무슨 말인지 알 수 없었다.

"보는 대로 이 녀석은 마약중독자야. 두 시간마다 주사를 놔주지 않으면 미쳐버리지. 머릿속은 약에 대한 생각밖에 없을 거야. 아마 앞으로 반년도 못 버틸걸."

왜 이런 녀석을 데리고 있을까? 구로키가 물었다. 금발의 남자는 자기 이야기를 하는 줄도 모르는 모양이었다.

"우리가 배울 때는 목에 칼이 들어와도 눈썹 하나 까딱하지 말라고 배웠어. 물론 현실적으로 그런 녀석은 거의 없을 뿐더러 혹시 있다고 해도 제일 먼저 죽기 때문에 지금은 남아 있지도 않지." 구로키는 유쾌하게 웃었다. "그래서 우리는 더 간단한 방법을 생각해냈지. 문명의 진보에 감사할 뿐이라고 할까 지금은 약의 힘으로 인간을 컨트롤할 수가 있어. 마약에 중독된 녀석을 데려와 조교를 시키는 거야."

구로키가 카멜 담배를 물었다. 고로가 재빨리 지포라이터를 꺼내 불을 붙였다. 구로키는 그것을 한 모금 빨더니 바로 재떨이에 눌러 껐다.

"인간 역시 개나 고양이와 마찬가지야. 폭력과 마약을 번갈아 투여하면 스위치를 넣는 것만으로 사람을 죽이는 살인머신이 완성돼. 이 녀석은 죽음을 두려워하지 않아. 애당초 죽는다는 감각조차 없으니까."

재미있지? 하고 말하며 아키오를 쳐다보았다. 그리고 구로키는 잠자코 고로에게 출구를 가리켰다. 고로는 더러운 것이라도 만지듯 얼굴을 찌푸리며 금발남의 소매를 당겼다. 금발남은 순순히 고로의 지시에 따랐다.

방 안에 속이 뒤집어질 듯한 악취가 남았다. 다시 토할 것 같았다. 금발남이 아키오 옆을 지날 때 중얼거리는 소리가 이번에는 분명히 들렸다.

"하고 싶어, 하고 싶어, 하고 싶어, 하고 싶어, 하고 싶어…"라고 계속 반복하고 있었다.

아키오는 눈을 감고 구역질을 참았다.

"대체 무슨 생각인 거죠?"

조금 진정되자 구로키에게 물었다. 방금 했던 말은 질 나쁜 농담인 것일까 아니면 협박?

"이 세상에는 당신 같은 도련님은 상상도 못할 더러운 세계가 있어. 우린 그런 세계에 살고 있고."

그리고 구로키는 희미한 미소를 띠었다.

"우리라는 것은 나와 사나다, 야마모토, 레이코를 말하는 거야."

아키오는 구로키의 얼굴을 쳐다보았다. 구로키의 얼굴에는 아무 표정도 없었다.

"당신은 홍콩으로 돌아가면 이번 일은 전부 잊어버리는 편이 좋을 거야."

구로키는 자리에서 일어나 큰 소리로 고로를 불렀다.

구로키의 사무소에서 고로가 운전하는 벤츠를 타고 나리타공항으로 향했다. 차가 출발하고부터는 거의 의식이 없었다. 정신을 차리니 벤츠는 공항 출발로비 앞에 멈춰 있었고 고로가 걱정스럽게 아키오의 어깨를 흔들고 있었다.

"도착했습니다. 괜찮으십니까?"

"몇 시죠?"

"4시 반입니다."

출발까지 아직 한 시간 반이 남아 있었다. 비즈니스클래스 티켓이므로 탑승수속을 위해 줄을 서지 않아도 된다. 고로에게 감사를 표하고 차에서 내렸다. 이제는 땅이 흔들리지도 않았다.

"많이 나은 모양이네요."

그렇게 말하며 고로는 다행이라는 듯 웃었다.

짐이라고 해도 마베로부터 받은 봉투와 컴퓨터가 든 가방밖에 없었다.

"저기, 이거 받으십시오" 하고 고로가 비닐봉지를 내밀었다. "타박상용 파스입니다. 비행기 안에서 쓰십시오."

"고맙습니다"라고 말하고 받아들었다.

"아니요, 구로키 씨가 주라고 말씀하신 겁니다."

고로는 차를 주차장에 주차시키고 출발게이트까지 배웅하겠다고 했지만 나머지는 혼자 할 수 있다고 거절했다. 다음에 홍콩에 오면 꼭 연락하라고 다짐한 다음 아쉬워하는 고로와 헤어졌다.

빨리 체크인을 마치고 출발로비에서 탑승시간을 기다리기로 했다. 마베로부터 받은 5,000만 엔어치의 할인금융채는 간단히 수화물검사를 통과했다. 반으로 접어 재킷에 아무렇게나 꽂혀 있는 봉투에 신경을 쓰는 사람은 없었다.

기록적인 해외여행 캔슬 사태가 일어나고 있다고 하지만 오늘도 나리타공항은 커다란 슈트케이스를 끄는 젊은 여자들로 가득했다. 신문에 따르면 일본에는 350만 명의 실업자와 100만 명의 생활보호대상자와 공식 통계에는 잡히지 않지만 수만 명의 노숙자가 있다. 실업률이 5퍼센트를 넘는 등 전후 최대의 불황에 신음하고 있었지만 이곳만큼은 모두가 한없이 밝은 모습이다.

고로와 헤어진 뒤 아키오는 티켓을 캔슬하고 도쿄로 돌아가는 일도 생각했다. 이곳에 남아 레이코와 한 번 더 이야기를 해야 하지 않을까 생각했다.

그러나 구로키는 그렇게 만만한 상대가 아니었다. 아키오가 비행기를 탑승했는지 반드시 확인할 것이다. 약속을 어겼다는 것을 알면 다음에는 아까 보여주었던 상냥한 얼굴이 아닐 것이다. 적어도 아키오를 위해 파스를 사주는 일은 없을 것이다.

아키오는 어제 만난 레이코를 떠올렸다.

레이코는 부서져 내리는 마음의 조각들을 필사적으로 주워 모으고 있었다. 그 상처받기 쉬운 영혼은 허무한 노력에도 불구하고 와르르 소리를 내며 무너지고 있었다. 레이코가 언제까지 제정신을 유지할 수 있을지 아키오는 알 수 없었다.

레이코가 다시 한 번 아키오 앞에 나타날 것이라는 보장은 없었다. 만약 그녀가 아키오를 만나고 싶어 하더라도 연락할 수 있는 휴대전화는 빼앗기고 말았다. 게다가 만약 다시 레이코를 만난다고 하더라도 그녀를 위해 할 수 있는 일은 지금의 아키오에게는 없었다.

탑승을 재촉하는 마지막 안내방송이 계속 흘러나오고 있었다. 카페테리아 한가운데 있는 스탠드바에서 백인 여행객들이 위스키를 마시고 있었다. 명품 브랜드로 몸을 치장한 아이들이 로비를 뛰어다니고 있다. 아키오는 라운지 구석의 의자에 앉아 눈을 감은 채 간헐적으로 일어나는 두통과 구역질을 참았다.

강하게 입술을 깨물었다.

억지로 레이코를 끌고 올 수도 있었다. 그녀와 운명을 함께할 각오만 있었다면 말이다.

다시 한 번 레이코를 안고 싶었다. 미칠 듯 욕망이 일었다.

그러나 그렇게 하는 일이 무서웠다.

지금까지 살아온 인생에서 아키오는 몇 번인가 뼈아픈 좌절을 체험했다. 자신의 무능함이 드러나 헤지펀드에서 쫓겨나던 날. 일순간에 2,000만 엔을 잃고 비가 오는 가운데 전화박스에서 떨었던 밤. 그러나 이번만큼 깊은 좌절감은 맛본 적이 없었다.

문득 창에게 귀국을 알려야겠다고 생각했다. 그의 호탕한 웃음소리가 그리워졌다.

가까운 공중전화에서 홍콩으로 전화를 걸었다.

벨이 울려도 아무도 받지 않았다. 일요일이라는 것을 깨닫고 끊으려는 순간 메이가 전화를 받았다.

뭐라고 말을 해야 할지 몰라 "창은?" 하고 물으니 긴 침묵 뒤에 오늘은 잠깐 나온 것뿐이라는 대답이 돌아왔다. 지금 홍콩으로 돌아갈 것이고 내일 오전 중에 사무소에 들르겠다는 말을 전해달라고 부탁했다.

"괜찮아?" 메이가 물었다.

"피곤해." 아키오가 대답했다.

"이대로 사무소에서 기다릴게. 홍콩에 도착하면 꼭 전화해." 메이가 말했다.

테러의 영향으로 홍콩행 비행기의 비즈니스클래스는 3분의 1도 차지 않았다. 대부분의 기업이 해외출장을 연기한 것이다. 좌석에 몸을 기대자 힘이 쭉 빠졌다. 스튜어디스가 "몸 상태가 안 좋으신가요?" 하고 물었다. 걱정을 한다기보다 귀찮은 것 같은 어투였다. 적당히 손을 흔들며 "식사는 됐습니다"라고 말한 뒤 눈을 감았다.

레이코의 약혼자였던 사나다는 행방불명이 된 상태였다. 히시토모부동산의 야마모토는 엽총으로 자살했다고 했다.

레이코는 관계되는 사람 모두를 파멸시키고 죽음으로 몰았다.

그렇게 해서 대체 어디로 가려는 것일까?

몽롱해진 의식 속에서 기억의 파편이 일순 떠올랐다.

그날 레이코는 빅토리아 만을 떠나는 페리선 난간에 몸을 기댄 채 조용히 울고 있었다.

누구를 위해서였을까?

제3장

해피 크리스마스

23

홍콩국제공항에 도착한 것은 오후 10시를 넘어서였다. 도착로비에서 창의 사무소로 전화를 걸었다. 벨이 울리자마자 메이가 전화기를 들었다.

"돌아왔어."

"내가 뭘 하면 돼?" 메이가 물었다.

"메이 이름으로 센트럴 쪽 호텔을 예약하고 체크인을 해줘. 그냥 집에 가기는 싫어."

기압 때문인지 비행기를 타고 오는 도중부터 머리가 부서질 것처럼 아팠다. 지금은 조금 나아졌지만 내일 일을 생각하면 가능한 한 도심지에 있는 편이 좋을 것이다. 신주쿠의 호텔에서 공격을 당한 일도 마음에 걸렸다.

"호텔을 잡으면 아키의 휴대전화로 전화할게."

"전화번호 아직 외우는 거야?"

"잊어버릴 수 있음 좋을 텐데⋯." 메이는 전화를 끊었다.

퍼시픽플레이스 근처에서는 아일랜드샹그릴라, 콘래드, JW메리어트 등 세 개의 호텔이 패권을 다투고 있었다. 그중 샹그릴라호텔의 로비에서 기다리고 있다고 메이에게서 전화가 왔다.

산수화를 본 따 만든 거대한 중앙 아트리움 아래 메이가 서 있었다. 짙은 붉은색 스웨터에 감색 롱스커트. 긴 머리를 뒤에서 묶고 커다란 알맹이의 진주목걸이가 성숙한 분위기를 풍기고 있었다. 로비를 지나가는 남자들이 메이에게 시선을 보냈지만 본인은 전혀 모르고 있었다.

아키오가 에스컬레이터로 로비로 올라오자 메이가 바로 알아차리고 달려왔다.

"무슨 일이야? 얼굴이 창백해." 보자마자 메이가 소리쳤다.

"별것 아냐. 몸 상태가 좀 안 좋을 뿐이야."

그렇게 대답하는 동안 메이는 아키오의 팔을 붙잡고 엘리베이터로 끌고 갔다.

"체크인은 했어. 방은 46층이야."

룸키만 주면 나머지는 내가 하겠다고 했으나 메이의 생각은 그게 아닌 모양이었다.

방에 들어가 아키오의 재킷을 벗겨주다 뒤통수의 상처를 발견하고 메이는 다시 비명을 질렀다. 의사에게 보여줬고 별일 아니라고 설명했지만 전혀 들을 생각도 하지 않았다. 그대로 침대에 데리고 가더니 옷을 벗기고 온몸을 자세히 체크했다. 다친 곳이 뒤통수뿐이라는 것을 알고 겨우 진정이 된 듯했다.

그 뒤의 메이의 활약상은 그야말로 놀라웠다. 프런트에 전화해 얼음주머니와 두통약을 가져오게 한 뒤 여기저기 전화를 했다. 빠르게 광둥어로 말하는 탓에 무슨 말인지는 전혀 알 수 없었지만 말이다.

30분쯤 뒤 "잠깐만 나갔다 올게"라는 말과 함께 나가더니 한방약 봉지를 들고 돌아왔다. 약제사에게 타박상용 약을 만들어 로비까지 가져오게 했다고 한다. 그것을 호텔 주방에서 빌려온 약탕기로 달이고 있을 때 누군가 문을 노크했다. 나타난 사람은 50세 가령의 신사로 센트럴에 있는 사립병원의 외과부장이라고 했다. 일요일 밤 11시가 넘었음에도 병원에서 나와 왕진을 와준 것이다. "아빠 친구니까 이 정도는 당연한 거야"라고 메이는 말했지만.

이 외과부장의 진단도 "뼈에는 이상이 없지만 만약을 위해 CT로 검사를 받는 편이 좋다"라는 것이었다. 메이는 그 자리에서 내일 아침 일찍 예약을 했다. 이대로라면 다음에 누구를 부를지 알 수 없었기에 "이제 충분하다" 하고 정중하게 사양했다.

"배고프지는 않아?" 메이가 물었다.

그러고 보니 만 하루 동안 아무것도 먹지 않았다.

"죽이라면 먹을 수 있을 것 같아." 그렇게 말하자 다시 몇 군데 전화를 걸어 광동어로 교섭을 했다.

"룸서비스에 부탁한 거야?"라고 묻자 "밤에는 안 한대. 그래서 다른 곳에 부탁했어"라고 말했다.

"그런 가게가 여기 있었나?"

"이 근처에 늦게까지 하는 죽 가게가 있거든. 그래서 거기에 전화해 테이크아웃을 달라고 했어."

"호텔에 배달도 해주는 거야?"

"아니, 그런 걸 해줄 리가 없잖아. 호텔 보이더러 가져다달라고 했어."

별것 아니라는 듯이 말했다. 조금 전 전화는 팁이 얼마면 되겠냐는 교섭이었다.

잠시 뒤 진짜로 팩에 든 죽이 배달되어 왔다. 피탄과 흰살생선 두 종류였다. 그것을 호텔 식기에 담자 멋진 저녁이 되었다.

"담백한 게 좋을 거 같아서 이렇게 골랐어. 어느 쪽이든 원하는 것부터 먹어. 이 근처에선 이 가게가 제일 맛있는 집이야."

호텔 방의 좁은 테이블에 마주 앉아 둘이서 죽을 먹었다. 메이의 말처럼 둘 다 맛있었다. 어떤 작용 때문인지는 모르지만 조금 전까지 극심했던 두통도 신기할 정도로 느껴지지 않았다.

늦은 저녁식사 뒤 아키오는 침대에 누웠고 메이는 샤워를 하러 갔다.

엎드린 자세로는 좀처럼 잠이 오지 않아 창가로 가 커튼을 열었다.

눈앞에 빛의 바다가 펼쳐져 있었다.

모든 것이 옛날 일처럼 느껴졌다.

안색이 좋지 않은 초췌한 얼굴의 남자가 한 사람 창문에 비치고 있었다.

자신이 하고 있는 일이 올바른 것인지 어떤지 아키오로서는 알 수가 없었다.

레이코를 위해 가짜 여권을 만드는 일은 간단하다.

그러나 그것만으로는 의미가 없다. 아키오는 레이코의 돈을 찾아낼 생각이었다.

문득 정신을 차리니 옆에 목욕타월을 걸친 메이의 모습이 비치고 있었다.

하얀 피부는 달아올라 있었고 머리카락에서 물방울이 빛나고 있었다.

오전 9시 메이에게 끌려가 병원에서 검사를 받았다. 어디에도 이상은 없었다.

아침에 일어나자 두통과 구역질은 거의 사라졌다. 메이는 결국 어젯밤 한숨도 안 자고 아키오의 얼음주머니를 갈았다. 뒤통수의 붓기도 빠져 이제 표시가 나지 않았다.

병원에서 바로 창의 사무소로 가겠다는 메이와 헤어져 센트럴의 메인스트리트에서 조금 떨어진 곳에 있는 현지 증권사로 걸음을 옮겼다.

홍콩에서는 은행에서도 주식과 투자신탁을 판매하는 까닭에 자딘플레밍을 제외하면 일본처럼 대형 증권사는 존재하지 않았다. 그 외에는 모두 고만고만한 현지 증권사뿐이다. 홍콩에서 주식은 완전히 투기처럼 이루어진다. 증권사 주가보드 앞에는 사람들이 모여 가격의 움직임에 일희일비하고 있었다.

아키오는 홍콩과 중국의 주식시장에는 그다지 흥미가 없기 때문에 계좌를 가지고 있는 것은 일본의 주식시장에 주문을 할 수 있는 증권사뿐이었다. 일본어를 하는 스태프가 몇 사람 있어 제휴 증권사를 통해 일본시장의 주식과 채권을 살 수 있는 곳이었다. 명목상으로는 "홍콩에 있는 일본인을 대상으로 하는 서비스"였지만 일본 국내에서 주문을 받는 쪽이 더 많았다. 아키오는 얼굴을 아는 영업사원에게 마베로부터 받은 할인금융채를 주고 환금해달라고 요청했다.

아키오가 어제 홍콩에 가져온 할인금융채는 항공편으로 다시 한 번 일본으로 보내진 다음 제휴하는 일본의 증권사에 의해 매각될 것이다. 중도매각은 무기명으로 할 수 없지만 이 할인채의 명의인은 홍콩의 증권회사이므로 딱히 문제는 될 것이 없었다. 이 돈이 홍콩달러로 아키오의 계좌에 들어오는 것이다. 그러나 요즘은 홍콩의 금융기관에서도 일본의 할인금융채가 자금세탁에 사용된다는 인식이 퍼져 처음 보는 고객은 가지고 와도 받아주지 않는 곳도 있었다.

증권사를 나서자 오전 10시가 지나 있었다. 어제의 심했던 두통은 거짓말처럼 사라졌다. 메이는 바로 자택으로 가라고 말했지만 오랜만에 창의 사무소에 얼굴을 내밀기로 했다.

사무소에는 창과 메이 외에도 네다섯 명의 직원이 전화를 받고 있었다. 장사는 꽤 잘 되는 모양이었다.

창은 평소와 마찬가지로 어울리지 않는 나비넥타이를 매고 만면에 웃음을 띤 채 힘차게 아키오를 껴안았다.

"아키, 잘 돌아왔어."

겨우 닷새밖에 안 지났다고 웃으며 이야기하자 "매일 메이의 기분이 안 좋아서 힘들어" 하고 귓가에 속삭였다. 광동어로 메이를 향해 무슨 말인가 하자 사무소에 있는 모두가 웃음을 터뜨렸다. 메이는 얼굴이 새빨개져 광동어로 소리쳤다.

"그런데 오늘 아침은 웬일로 기분이 좋더라고. 마치 천국에라도 다녀온 것 같던걸? 어제 메이를 어디에 데려간 거야?"

창은 아키오의 등을 때리면서 폭소했다. 그 충격으로 순간 눈앞이 캄캄해졌지만 딱히 몸 상태가 나빠지지는 않았다. 메이에게 대충 사정을 들었는지 쓸데없는 일은 전혀 묻지 않았다.

사무실 책상을 빌린 아키오는 노트북을 꺼낸 다음 LAN케이블을 꽂았다. 재킷에서 플로피디스크를 꺼내 기록해둔 패스워드를 하드디스크에 복사했다. 인터넷으로 오프쇼어은행에 접속하여 ID넘버를 입력하자 바로 패스워드가 표시되면서 로그인되었다.

레이코는 또다시 ATM으로 돈을 인출했다. 금액은 이번에도 상한액인 20만 엔이었고 인출한 날짜는 어제였다.

인터넷으로 볼 수 있는 이 거래내역만이 지금 남아 있는 유일한 단서다. 레이코는 어디서 ATM을 이용하는 것일까? 그것만 알면 돈의 행방을 찾아낼 수 있을지 모른다.

창이 모니터를 들여다보자 아키오는 간단히 사정을 설명했다.

"레이코의 계좌를 하나 발견했지만 거기엔 5만 달러가 입금되었을 뿐 나머지는 어디 있는지 모르겠어요. 거래내역에는 송금한 은행명이 안 나오니까 방법이 없더라고요."

"카드는 안 쓰는 건가?"

"대부분 ATM에서 현금으로 인출했어요. 이쪽도 단서는 없고요."

창은 거래내역 일부를 손가락으로 가리키며 물었다.

"이건?"

"아, 세 번째만큼은 신주쿠의 백화점에서 VISA카드를 사용해 쇼핑을 한 모양이더라고요. 아마 인터넷으로 거래내역을 보고 카드를 사용하면 장소를 들킬 수 있다는 것을 알게 되었겠죠. 그 뒤로는 전혀 카드는 사용하지 않았어요."

"ATM이라면 사용한 장소를 카드회사에 물어도 모른다는 건가?" 창이 말했다. "그럼 방법이 없겠는걸."

"저기 지금 뭐라고 했죠?" 아키오가 되물었다.

"내가 무슨 말을 했나?" 창이 어리둥절한 표정을 지었다.

"그렇구나, 모르면 카드회사에 물어보면 되는 거였어." 아키오는 자신도 모르게 큰 소리로 말했다.

창이 눈을 동그랗게 뜨고 있었다. "그런 걸 알면 아무도 고생을 안하게?"

VISA나 마스터 등 외국의 네트워크와 접속된 ATM기는 사실 그다지 많지 않다. 같은 VISA 마크가 있어도 '인터내셔널' 표시가 없는 기기는 외국 카드를 사용할 수 없다. 이런 ATM기계가 어디에 설치되었는지는 신용카드사의 홈페이지에서도 검색할 수 있다. ATM기기에는 모두 번호가 붙어 있으므로 카드사에 문의하면 사용한 기계를 알아낼 수 있을 것이다. 오프쇼어은행의 경우 신용카드와 직불카드가 현금카드와 일체화되어 있는 탓에 은행에서 발행하는 경우가 많다.

그러나 본인이 아닌 아키오가 카드사에 문의해도 말을 해줄까?

아키오는 온다가 아르바이트생인 마키에게 시켰던 방법을 떠올렸다. 생년월일이며 여권ID 등 기본정보를 가지고 있으므로 누군가 레이코인 척 전화를 하게 하면 된다. 돈이 움직이는 이야기가 아니므로 보안은 엄하지 않을 것이었다.

그러나 그러기 위해서는 카드번호가 필요했다.

온다가 한 것처럼 도둑맞은 척 카드사에 물어볼까? 그러나 그것은 그다지 좋은 방법이 아니었다. 나중에 같은 인간이 ATM에 대해 다시 문의를 하면 누구든 이상하게 생각할 것이다. 만약 은행 측에서 레이코에게 조회를 하면 제3자가 계좌에 접속한 사실을 알게 될 것이고 레이코는 패스워드를 바꿀 것이다. 그렇게 되면 모든 것이 물거품이 된다.

아키오는 다시 한 번 거래내역을 살폈다. 카드가 사용된 것은 신주쿠 동쪽 출구에 있는 유명 백화점이었다. 이곳의 전표를 볼 수만 있으면 카드번호는 바로 알 수 있을 것이다. 그러나 시라이슈퍼처럼 간단할 리가 없었다.

온다에게 부탁할까? 그렇지만 아무리 유능한 조사원이라도 위험할 수 있다는 것을 아는 이상 그다지 반기지는 않을 것이다. 게다가 더 이상 조사를 부탁했다가는 경찰에 통보될 위험도 있었다. 그렇게 유능한 사람인만큼 보험 한두 개는 있을 것이다. 지금 시점에서는 피하고 싶었다.

그렇다면 남은 것은 구로키뿐이었다.

아키오는 잠시 생각한 뒤 수화기를 들었다. 구로키도 같은 거래내역을 보고 있는 이상 숨긴들 소용없었다.

"상태는 어때?" 하고 구로키가 말했다. 여전히 차갑기 짝이 없는 목소리였다.

"뭐어 괜찮습니다." 아키오가 그렇게 대답하자 인사는 끝났다.

"그런데 무슨 일이지?"

아키오의 말을 듣고 "카드번호라면 어제 이미 조사해놨어" 하고 말했다. 구로키와 헤어진 것이 오후 1시 무렵이었으므로 이쪽 역시 엄청난 조사 능력이었다.

"그 백화점과는 친분이 좀 있거든." 그렇게 말하고 카드번호를 불러주었다.

"그 외에는?"

딱히 없다고 대답하자 "뭔가 알아낸 게 있으면 연락해" 하고 전화를 끊었다. 묘하게 협조적인 부분이 마음에 걸렸지만 어쨌거나 한 걸음 전진한 셈이다.

시계를 보니 아직 12시 전이었다. 시차가 있는 만큼 유럽의 은행이 문을 여는 것은 홍콩시간으로 저녁 5시가 넘어서다.

아키오는 창에게 "저녁 때 잠깐 메이에게 일을 부탁해도 될까요?"라고 물었다.

"그런 건 메이에게 직접 물어봐." 창은 일부러 큰 소리로 대답했다. 그리고 지금 나눈 대화를 광동어로 번역했다. 사무실 안에 다시 웃음꽃이 피었다. 메이가 얼굴이 새빨개진 채 창에게 다가왔다. 아무래도 메이가 어제와 똑같은 옷을 입은 것을 창이 아침부터 놀린 모양이었다.

카를로가 경영하는 가게의 점심은 여전히 인기가 많았다. 택시에서 내리자 입구 앞에 사람들이 줄을 선 것이 보였다. 창은 가게에 들어가 웨이터인 리를 불렀다. 그랜드피아노 옆 항상 앉는 자리에 예약 팻말이 놓여 있었다. 리가 메이를 보고 오랜만이라고 인사를 했다. 창은 오늘 점심으로 메이의 분노를 가라앉히려는 것이다. 원래 점심시간에는 예약이 안 되는 가게였지만 창은 리에게 전화해 쉽게 테이블을 잡았다.

창은 무척이나 기분이 좋은지 샴페인을 마시자고 말했다. 리에게 와인리스트를 가져오라고 하자 "뭔가 좋은 일이라도 있나요?" 하며 주인인 카를로가 얼굴을 내밀었다. 두 사람 물론 주식 친구다. 무엇인가 한 건 터뜨린 것으로 생각한 모양이었다.

"오늘은 내 인생 최고의 날이야." 창이 말했다. "여기 있는 메이가 4개월 만에 웃었거든."

메이가 울 것 같은 표정으로 광둥어로 무슨 말을 했다. 더 이상 놀리지 말라고 부탁하는 모양이었다.

카를로는 아키오와 메이의 얼굴을 보며 "샴페인은 가게에서 쏘는 것으로 하지"라고 말했다.

24

"휴가차 홍콩에 와서 오랜만에 거래내역을 보니 ATM으로 모르는 인출이 있었다."

창의 사무소에 돌아온 다음 아키오는 메이에게 순서를 설명했다. 서양 사람들은 중국인과 일본인을 구별하지 못한다. 런던과 리버풀 정도의 차이라고 생각하는 것이다. 와카바야시 레이코를 자처하는 메이의 광둥어 발음이 섞인 영어를 들어도 아무도 의아하게 생각하지는 않을 것이다.

"그러니 '대체 어디에 있는 ATM에서 사용된 것인지 빨리 알아봐달라'고 하는 거야. 전화를 거는 곳은 홍콩의 친구 회사로 결과는 전화나 FAX로 여기 보내달라고 하고."

아키오가 할 수 있겠냐고 묻자 메이는 간단하다고 대답했다.

오후 5시가 되기를 기다려 전화를 걸었다.

예상대로 레이코의 이름과 신용카드 번호 생년월일을 말하자 카드 담당자는 간단히 속았다. 동정 어린 목소리로 바로 조사해서 FAX를 보내겠다고 한다. 메이의 연기 역시 마키 못지않게 훌륭했다. 성가신 일에 휘말린 부잣집 아가씨 역할을 멋지게 해냈다. 게다가 자신은 여행 중인 까닭에 쉽게 연락을 받을 수 없다는 점을 제대로 강조하고 있었다. 이 정도라면 담당자가 굳이 자택에 전화를 걸지는 않을 것이다.

30분쯤 뒤 은행에서 FAX가 날아왔다.

ATM은 모두 여덟 번 사용되었고 그중 여섯 번은 신주쿠 동쪽 출입구의 시티뱅크 ATM에서 사용되었다. 레이코는 오쿠보의 연립주택에 짐을 가져다 놓은 뒤 신주쿠 주변의 호텔을 전전했을 것이라 아키오는 생각했다. 국내 호텔이라면 체크인할 때 신분증 제시를 요구하지 않는다. 예약 없이 찾아가 숙박한 다음 모두 현금으로 지불하면 끝이다. 신분을 숨기고 호텔에서 머무는 사람도 많이 있으므로 호텔 측에서도 익숙한 일이다. 그곳에 머물면서 연립주택의 우편함을 체크할 생각이었을 것이다.

나머지 두 번 중 어제 인출한 곳은 세타가야구 교도經堂 역 건물에 있는 VISA의 ATM이었고 가장 먼저 카드가 사용된 곳은 열흘 정도 전 홍콩국제공항이었다.

아키오는 비로소 레이코가 돈을 훔친 뒤 홍콩에 와야 했던 이유를 깨달았다.

레이코는 카드를 수령하기 위해 온 것이었다.

아키오는 지금까지 레이코가 창과의 계약을 캔슬한 것은 은신처인 신주쿠 쪽에 사서함을 만들어 스테이트먼트를 일본에서 받을 수 있게 하기 위한 것이라고 생각했다.

그러나 새로 다른 계좌를 만드는 일은 그리 간단하지 않다.

오프쇼어은행에서는 자금세탁에 대한 규제 때문에 개인사서함을 주소로 사용하는 일을 금하고 있다. 'P.O.Box'로 표시되는 정규 사서함으로는 계좌개설이 불가능한 것이다. 그에 비해 창 같은 업자를 이용하면 자택주소처럼 꾸밀 수 있다. 그런 까닭에 비싼 요금이라도 이용하는 인간이 있는 것이다.

일본에도 같은 서비스를 하는 업자는 있겠지만 아무래도 수상한 비즈니스가 많은 까닭에 야쿠자와 관계가 있는 곳도 많다. 당연히 구로키 역시 그 정도는 알고 있을 것이다. 그런 곳에 '와카바야시 레이코'라는 이름의 개인사서함을 만들면 바로 들킨다.

계좌를 만들기 위해서는 '와카바야시 레이코'라는 이름으로 우편물을 받을 수 있는 장소가 필요했다. 당연히 사나다와 살고 있는 미나미 아자부의 자택은 사용할 수 없다. 아야세에 있는 모친의 연립주택도 사용할 수 없기는 마찬가지였다. 자물쇠도 안 달린 우편함인 만큼 누가 가져갈지도 모른다. 게다가 레이코의 주민표를 조사하면 주소가 명기되어 있다.

——사서함이 홍콩에 있는 건가?

아키오는 혀를 찼다. 왜 이런 간단한 사실을 몰랐던 것일까?

레이코는 무슨 방법인지는 몰라도 홍콩에 새로운 사서함을 만든 다음 법인계좌가 있는 오프쇼어은행에 주소가 변경되었다고 알렸다. 새로운 주소가 기재된 스테이트먼트가 손에 들어오면 그것을 주소를 증명하는 자료로 이용하여 어디든 원하는 은행에 계좌를 만들 수 있다. 그리고 인증 받은 여권의 카피를 돈과 함께 보내면 되는 것이다.

필요한 것은 처음의 계좌번호 통지뿐이므로 이것은 따로 돈을 지불하고 일본의 사서함에 보내면 된다. 이쪽은 계좌번호만 알아낸 뒤 바로 없애면 구로키라 할지라도 알아차리지 못할 것이었다.

이렇게 레이코는 비밀리에 두 개의 계좌를 만들었다. 하나는 50억을 입금하기 위한 계좌. 다른 하나는 인터넷으로 접속할 수 있는 은행계좌. 이쪽은 일본에 있을 때 사용하기 위한 것이다. 구로키 일당으로부터 몸을 숨겨야 하는 상태에서 일일이 국제전화나 FAX로 은행과 거래를 하는 일은 힘들었다.

그러나 새로 개설한 은행의 카드가 올 때까지는 1주일, 경우에 따라서는 1개월이 걸릴 수도 있다. 그렇게 오래 일본에 사서함을 두는 것은 리스크가 너무 컸다. 그렇기 때문에 50억을 송금한 다음 구로키에게 출국 사실을 들키는 리스크를 감수하면서까지 카드를 수령하기 위해 홍콩에 왔던 것이다.

"그렇다는 건 와카바야시 레이코 이름의 사서함이 홍콩 어디엔가 있다는 건가?" 아키오의 설명을 듣고 창이 말했다. "그렇지만 나와 같은 일을 하는 사람은 썩을 만큼 많아. 개인영업을 하는 곳도 있고 전부 조사하기는 어려울걸."

"그렇지도 않을 겁니다." 아키오가 말했다. "일본에서 서비스를 신청한 거라면 인터넷에 홈페이지를 올려놓은 업자일 테니까요. 게다가 의뢰인과의 교섭은 영어를 꼭 써야 할 거고요. 조건을 그렇게 좁히면

50개도 안 될 겁니다."

아키오는 힐끗 달력을 보았다.

"레이코가 홍콩에 온 건 20일 전이니 지금쯤은 11월 말일자 새 스테이트먼트가 도착했겠네요."

창의 사무소 응접실에 있는 소파에 누웠다. 1.5평 정도 되는 좁은 방에 싸구려 탁자와 소파가 억지로 들어와 있었다. 방 한쪽에는 종이박스가 산더미처럼 쌓여 있었고 먼지를 뒤집어쓴 꽃병이 몇 개 굴러다니고 있었다.

저녁이 되니 역시 지쳤다. 구역질은 나지 않았지만 다시 두통이 시작되었다. 아키오의 안색이 나쁜 것을 본 창과 메이는 집으로 가라고 강하게 권했지만 오늘 중으로 개인사서함 서비스를 하는 업자 리스트를 정리할 생각이었다. 결국 업무시간이 끝나면 메이로부터 도움을 받기로 하고 이 방에서 쉬기로 했다.

"아키, 상태는 어때?" 창이 얼굴을 내밀며 말했다. "역시 병원에서 정밀검사를 받는 편이 좋지 않을까? 이참에 종합진단이라도 받는 게 어때? 내가 아는 병원장에게 말해 최고급 개인실을 디스카운트된 가격으로 준비해줄게"라고 진지한 얼굴로 말했다.

이대로는 강제로 입원을 당할 것 같아 아키오는 급하게 "이젠 괜찮습니다" 하고 몸을 일으켰다.

"그렇다면 메이에게 건강한 모습을 보여줘. 5분마다 어느 병원이 좋으냐, 어떤 약을 먹이는 게 좋으냐 물으면서 일을 하지를 않아." 그렇게 말하고 평소처럼 큰 소리로 웃었다. "전부 시험해보면 어떤 약이 좋은지 알겠지. 이것으로 내 노후도 안심이겠는걸." 여전히 재미없는 농담이었다.

"그런데 그건 뭡니까?" 아키오는 창이 들고 온 꾸러미를 가리켰다.

"이거? 방금 도착한 거야. 깜빡할 뻔했군."

창으로부터 받은 것은 온다가 보낸 자료였다. 어제 전화 뒤 바로 발송을 하겠다고 했다. 내용물은 레이코의 호적과 주민표. 대충 내용을 확인했지만 전화로 들었던 것과 같았다.

그리고 꾸러미 안에 사각형 하얀 봉투가 들어 있는 것이 보였다. 온다가 보낸 편지였다.

"동봉한 자료를 살펴봐 주십시오"라고 하는 사무적인 글 밑으로 손글씨로 "알려야 하나 말아야 하나 고민했지만 제가 판단할 일은 아니라고 생각해 보내드리기로 했습니다"라고 적혀 있었다.

같이 들어 있던 것은 B5 사이즈의 종이 한 장이었다. 거기에는 짧게 다음과 같이 적혀 있었다.

와카바야시 야스코 1942년 7월 3일생

전과 : 있음(1범)

죄명 : 살인

판결선고일 : 1988년 11월 26일

판결 : 징역 15년

1999년 10월 14일 : 가출옥

2000년 11월 6일 : 사망

그 아래 오래된 신문기사의 복사본이 붙어 있었다. 겨우 네 줄짜리 단신이었다. 붉은 볼펜으로 '1988년 5월 8일'이라고 날짜가 써넣어져 있었다.

'8일 오후 3시경 아다치구 아야세 1번가 연립주택에서 한 남성이 온

몸을 식칼로 보이는 흉기에 찔려 살해된 채 발견되었다. 조사에 따르면 사망한 사람은 근처에 사는 무직 가키야마 고지柿山浩二 씨(56세). 경찰은 연립주택에 사는 무직 와카바야시 야스코(45세)를 살인혐의로 체포하고 자세히 조사 중이다.'

레이코는 1970년에 태어났으므로 사건이 일어났을 때는 18세 고등학교 3학년이었다.

모친인 야스코는 그 집에서 사람을 죽이고 형무소에 수감되어 1999년 10월 석방되었다. 마키오카병원의 요시오카 미쓰요는 야스코가 오랜 요양생활을 하다가 자살 소동을 일으켜 병원으로 왔다고 했지만 당연히 이런 사정을 알고 있었을 것이다. 야스코는 드라이버 같은 것으로 자신의 얼굴을 자해했고 한쪽 눈을 잃었다. 형무소 내 작업장에서 그런 사건이 일어나면 100퍼센트 관리책임자의 목이 날아간다. 의료형무소로 보낸 것도 아니고 정신병원으로 보내진 것도 이해가 되었다. 생활보호대상자라고 한마디 덧붙인 것도 이상한 일은 아니다.

모친이 형무소에서 나온 것을 알고 레이코는 문병을 왔다. 그렇게 생각하면 레이코가 모친과 소원했던 이유도 설명이 되었다.

아키오는 다시 한 번 신문기사 복사본을 보았다. 사건이 일어난 것은 1988년. 레이코는 그로부터 13년간 모친이 남자를 죽인 연립주택의 임대료를 내었고 바닥과 장지문을 갈지도 않고 현장을 그대로 보존했다. 대체 무엇 때문에? 설마 모친이 형기를 마친 뒤 다시 그곳에서 살려고 생각한 것은 아닐 것이다.

그 피로 얼룩진 집은 레이코에게 있어 특별한 의미가 있는 장소이고 임대료를 계속 지불한 것은 그녀에게 있어 하나의 의식 같은 것 아니었을까?

자신도 모르게 한숨이 나왔다.

만약 그렇다면 그 이유를 알아낸 뒤 대체 어떻게 하면 좋은 것일까?

사무소로 돌아와 노트북을 열었다. 메이가 달려와서는 "움직여도 돼?"라고 묻는다. "이젠 다 나았어"라고 대답했지만 믿지 않는 것 같았다. 이마에 손을 대어 열이 없는 것을 확인한 메이는 혀와 동공까지 검사한 뒤에 "얼굴색이 많이 좋아졌네"라고 만족스럽게 고개를 끄덕였다. 아키오는 감사를 표하고 "조만간 병원에 가서 제대로 검사도 받을게" 하고 약속했다. "그럼 좋은 곳을 찾아봐야겠네" 하고 메이는 즉시 어디엔가 전화를 걸기 시작했다. 또 무슨 일을 당할지 알 수 없었지만 지금까지 해준 것을 생각하면 불평할 입장은 아니었다.

아키오와 메이는 인터넷으로 영어 홈페이지가 있고 외국 고객을 대상으로 하는 홍콩의 개인사서함서비스 업자를 리스트업했다. 창은 할 일이 없어 사무소 안을 이리저리 방황하고 있었다. 메이가 "창 씨는 딱히 도움이 안 될 테니 그만 돌아가세요"라고 말하자 "나도 여러 가지를 생각 중이라고" 하며 부루퉁한 표정을 짓는다.

"레이코라는 여자는 돈을 훔친 뒤 여권을 위조해 다른 사람으로 살려고 한 거군." 창이 말했다. "어지간한 악당이 아니면 그런 건 생각 못 할 텐데 말이야."

창에게는 간단하게 경위를 이야기했다. 그런 탓에 탐정 흉내를 내는 것이다.

"레이코는 홍콩에 개인사서함을 만들어 은행계좌를 두 개 만들었지. 그렇지만 왜 그런 귀찮은 짓을 했지? 은행계좌야 하나만 있으면 충분할 텐데 말이야." 창이 추리를 계속했다. 메이 앞에서 뭔가 말이라도 하지 않으면 체면이 서지 않는다고 생각한 모양이었다.

"신용카드로 간단하게 돈을 인출할 수 있는 계좌에 큰돈을 넣어두기 싫은 건 모두 마찬가지잖아요."

아키오가 반론하자 "과연 그렇군" 하고 바로 자신의 추리를 철회했다. 애당초 아무 생각이 없는 것이다.

그러나 아키오는 자신이 한 말이 마음에 걸렸다. 어떤 은행이든 이런 수요를 충족시키기 위해 정기예금이나 통지예금 계좌를 마련해놓는다. 이런 계좌에 옮겨놓으면 카드로 자금을 움직일 수 없다. 그렇다면 왜 두 개나 계좌가 필요한 것일까? 처음부터 인터넷은행에 돈을 보냈으면 훨씬 간단할 텐데 말이다.

그 순간 아키오에게 더욱 기본적인 의문이 떠올랐다.

──레이코는 어떻게 50억 엔, 미국달러로 4,000만 달러나 되는 큰돈을 송금한 거지?

엄청난 부자들을 상대하는 개인은행이라면 개별 담당자가 고객의 속성과 자금의 성질을 파악하고 있으므로 1,000만 달러 단위의 돈을 움직여도 문제는 없다. 그러나 레이코가 사용한 것은 메일로 간단하게 계좌를 만들 수 있는 오프쇼어은행이다. 계좌를 만든 지 얼마 되지 않아 갑자기 4,000만 달러나 되는 큰돈을 입금시키면 당연히 큰 소동이 일어날 것이다. 동시다발테러가 있은 지 얼마 되지 않은 지금 시점, 귀찮은 일에 휘말리는 것은 누구나 질색이니 범죄와 관련된 돈인지 아닌지 철저하게 조사할 것이 분명했다. 제대로 된 은행이라면 수취를 거부할지도 모른다.

그럼 왜 은행은 레이코가 입금시킨 돈을 받은 거지?

"그렇군." 아키오가 중얼거렸다.

창이 놀란 표정으로 아키오를 쳐다보았다.

"뭔가 알아낸 거야?"

"돈이 있는 곳이요."

이런 어린애 장난 같은 수법에 속았다니 자신도 믿기지 않았다.

창이 몸을 내밀고 물었다. "어딘데?"

"레이코는 법인계좌를 연 곳과 같은 은행에 개인계좌를 만들었어요. 돈을 법인계좌에서 개인계좌로 이체한 것뿐이었던 거죠."

아무리 큰 금액이라고 할지라도 법인계좌에 있던 돈을 소유자가 같은 개인계좌에 넣는 것뿐이라면 은행 쪽도 딱히 이상하게 생각하지 않는다. 법인계좌를 해약해도 개인 명의로 자금을 운용하는 거겠거니 하고 생각할 뿐이다. 이 방법이라면 은행에 의심받지 않고 50억 엔을 자신의 계좌에 옮길 수 있다.

정말로 단순한 방법이었다. 그러나 그 외에 50억이나 되는 큰돈을 은행에 의심받지 않고 움직이는 방법은 없었다.

"과연." 창이 고개를 끄덕였다. "돈이 있는 장소는 찾았군. 이젠 그걸 손에 넣기만 하면 되겠어."

"어떻게요?"

창은 잠시 말을 못 했다. "훔치면 되지."

메이와 두 사람은 자신도 모르게 서로의 얼굴을 마주보았다.

그 뒤 창은 레이코의 계좌에 있는 돈을 손에 넣기 위한 말도 되지 않는 아이디어를 계속 쏟아내었다. 자신이 무시당하고 있는 것을 알고 잠시 전화당번도 봤지만 잠시 뒤 무엇인가 먹을 것을 사오겠다며 나갔다. 어느 사이엔가 오후 8시가 넘었고 다른 직원들도 모두 퇴근해 사무실은 텅 비었다. 아키오와 메이는 인터넷으로 개인사서함 업자를 계속 검색했다.

창은 한 시간쯤 뒤 커다란 종이봉투를 안고 돌아왔다. 테이블에 요리를 늘어놓자 만두, 슈마이, 야키소바, 볶음밥, 닭볶음, 해산물볶음, 행인두부까지 있었다. 그것을 보고 메이가 놀랐다.

"중화레스토랑이라도 시작할 생각인 거예요?"

리스트업된 업자의 수는 40개 정도였다. 그러나 지금 시간에 전화를 한들 거의 받지 않을 것이다. 설사 전화를 받더라도 의심을 당할 뿐이다. 작업은 내일 아침에 시작하는 수밖에 없었다.

메이는 요리에 젓가락을 가져가며 "틀림없이 아빠가 화낼 것 같아" 하고 웃었다.

"내가 전화를 해줄 테니 걱정 마"라고 창이 말하자 "더 걱정할걸요" 라고 메이가 대답했다.

메이의 부친은 공무원이었지만 창과도 친한 모양이었다. 이런 홍콩인의 인간관계는 외부인인 아키에게는 잘 이해가 되지 않았다.

"아키는 어떡할 거야?" 창이 이쪽을 보며 물었다.

"오랜만에 코즈웨이베이에 있는 아파트로 갈까 싶어요."

"그래도 2, 3일간은 집에 안 가는 편이 좋을 텐데." 잠시 생각하더니 창이 말했다. "자택에서 갑자기 몸 상태가 안 좋아져 죽는 경우도 있잖아."

"창 씨, 이상한 말 하지 말아요." 메이가 진심으로 화를 냈다. 창은 당연히 전혀 신경도 쓰지 않았다.

"내가 가까운 호텔을 잡아줄게. 아키의 아파트는 내가 집에 가면서 한번 살펴보고." 그리고 메이를 보고는 "그렇게 걱정되면 오늘도 같이 자주면 되잖아?"라고 말했다.

메이의 얼굴이 새빨개졌다. 창이 예의 바보 같은 웃음소리를 터뜨렸다. 메이는 화난 표정으로 힘껏 창의 정강이를 발로 찼다.

아키오는 창의 호의를 받아들이기로 했다. 말은 하지 않았지만 또다시 공격을 당할까 걱정도 되었던 것이다.

창은 몇 군데 전화를 걸더니 센트럴에 있는 프라마호텔 싱글룸을 이틀 예약했다. 리츠칼튼 옆에 있는 루프트한자항공사 계열의 호텔이었다. 그 때문인지 독일 손님이 많고 서비스도 실질적이고 검소하다는 평이었다. 아키오는 창에게 자택의 열쇠를 주었다.

"아키가 호텔에 있으면 언제든 보이에게 상태를 봐달라고 할 수도 있으니까" 하고 메이도 납득을 한 모양이었다. 지금 상태로는 30분마다 전화가 오는 것을 각오하는 편이 좋을 것 같았다. 만약 전화를 받지 않으면 호텔에 있는 모든 종업원들이 달려올 것이다.

"음식은 그대로 둬. 내일 아침 일찍 와서 내가 치울 테니까."

메이는 그렇게 말하고 천천히 아키오의 맥박을 재었다. "심장은 잘 움직이고 있네."

창이 배를 쥐고 웃었다. 메이가 다시 새빨갛게 되어 광동어로 창에게 화를 내었다. 한참을 둘이 싸운 뒤 "호텔에 도착하면 꼭 전화해"라는 다짐을 받고 메이는 택시로 돌아갔다.

"착한 아이지?" 창이 말했다. "아키에게는 아까워."

오늘 처음으로 옳은 말을 한 것 같았다.

창은 어디선가 오래된 술병을 가져오더니 그대로 잔에 부어 아키오에게 주었다. 이런 식으로 둘이 조용히 술을 마시는 것은 처음이었다.

"아키, 메이는 어쩔 생각이야?"

잠시 두서없는 잡담을 한 뒤 창이 물었다.

"메이는 내게 친딸이나 마찬가지인 녀석이야. 만약 아키가 메이를 행복하게 해줄 수 있다면 그 완고한 부친에게는 내가 이야기를 해줄게."

아키오는 어떻게 대답해야 할지 망설였다. 창이 거짓말이나 변명을 용서하지 않는 사람이라는 것은 알고 있었다.

"이번 일이 끝나면 생각해보겠습니다. 그때는 부탁드릴지도 모르겠네요."

그렇게 말하자 창은 의미를 알 수 없는 웃음을 띠었다.

"메이는 내 딸이나 마찬가지야." 다시 한 번 반복했다. "죽은 딸아이와 나이도 같고."

"결혼을 하셨던가요?" 아키오는 깜짝 놀랐다. 그런 이야기는 한 번도 들은 적이 없었다.

"결혼이라고 해도 2년도 못 간걸. 꽤나 오래전 일이라 다 잊었어."

그리고 조용히 이야기를 시작했다.

중국 본토에서 밀항해온 창은 만족스러운 직업을 구할 수 없었다. 동향인 광저우 출신의 사람을 찾아 겨우 소개를 받은 일이 도살장에서 돼지를 해체하는 일이었다.

"문화대혁명으로 시골에 추방당해 거기서 3년간 돼지를 키웠거든. 그 돼지들을 모두 죽이고 도망을 쳤는데 하게 된 일이 톱으로 돼지를 자르는 일이지 뭐야."

창은 자조적인 웃음을 지었다.

"처음에는 피 냄새 때문에 매일 토할 정도였어."

휴일이나 심야에는 중화레스토랑의 접시닦이며 공사장 일을 하며 돈을 벌었다. 그렇게 모은 돈을 밑천으로 포장마차를 사서 3년째 되던 해 길에서 장사를 시작했다. 도살장에서 빼낸 돼지고기를 싸게 파는 일이었다. 그 무렵 창과 마찬가지로 광저우에서 밀항해 포장마차를 하는 한 가족을 만났다. 그곳에 돼지고기를 댄 일이 계기가 되어 그 집 딸과 사귀게 되었다. 1년 뒤에는 작은 아파트를 빌렸고 결혼을 해서 아이가 태어났다. 귀여운 여자아이였다.

당시 덩샤오핑鄧小平의 개혁 및 개방경제가 시작되었고 중국 남부 일대는 급속도로 자본주의화되었다. 광둥성과 홍콩 사이에 무역도 시작되었고 그 이상으로 밀수도 늘었다.

홍콩의 물가는 동아시아에서는 도쿄보다도 비쌌다. 한편 7천만 명의 인구가 있는 광둥성의 물가수준은 10분의 1 이하였다. 중국 본토에서 매입한 고기와 채소를 홍콩에서 팔면 엄청난 돈벌이가 되었다. 그런 까닭에 대규모 밀수비즈니스가 시작된 것이다.

창 역시 포장마차를 접고 밀수상이 되었다. 밀수상이라 해도 하는 일은 선전 쪽에서 모은 화물을 밤을 틈타 작은 배에 싣고 홍콩으로 상륙시키는 것뿐이었지만. 그 밀수품 중에서 인간을 전문으로 취급하는 조직이 사두蛇頭, 즉 스네이크헤드라 불리는 밀수상이었다.

홍콩 정부는 밀입국에는 많은 신경을 곤두세웠지만 고기와 채소, 생선을 운반하는 일은 관헌도 너그럽게 봐주었고 뇌물을 주면 그것으로 끝이었다. 문제는 동업자 사이에서 일어났다. 밀수비즈니스가 돈이 되는 것을 알자 눈 깜짝할 사이에 라이벌이 늘었고 권리를 놓고 항쟁이 빈발했다.

그 부분은 창도 자세하게 말을 하지 않았다. 어두운 세계 쪽 이야기인 것이다.

어느 날 창이 집에 돌아오자 아내와 아이의 모습이 보이지 않았다. 사흘 뒤 쓰레기장에서 두 사람의 처참한 모습이 발견되었다.

"그때 딸이 살아 있었으면 메이처럼 되었을 거야." 창이 담담하게 말했다.

아키오는 어떤 위로의 말도 떠오르지 않았다.

"소중히 하겠습니다." 아키오가 말했다. "약속드리겠습니다."

창이 촉촉해진 눈으로 웃었다.

결국 아키오와 창은 자정이 넘을 때까지 술을 마셨고 택시를 타고 집으로 갔다. 프라마호텔에서 아키오가 먼저 내렸는데 프런트에 메시지가 대량으로 와 있었다. 급히 메이에게 도착을 보고하자 "이렇게 늦게까지 뭐한 거야?" 하는 힐책이 쏟아졌다. "열 번이나 호텔에 전화했단 말이야."

창과 술을 마셨다고 하지는 못하고 일본에 있는 동안 쌓인 일을 처리했다고 변명했다.

30분쯤 뒤에 창으로부터 전화가 왔다. 아키오의 아파트는 딱히 변화가 없다고 한다.

"이틀 정도 호텔에서 자고 가면 될 거야. 내일 밤 다시 한 번 살펴보러 가지"라고 창이 말했다.

25

다음 날 오전 8시 반쯤 사무소로 가자 이미 테이블은 깨끗하게 치워져 있었다.

"빨리 왔네." 행주로 테이블을 훔치면서 메이가 말했다. 오늘은 눈이 번쩍 뜨일 것 같은 핑크색 정장을 입고 있었다. "아까 창 씨에게 전화가 왔어. 9시쯤에 이쪽에 도착한대.”

커피를 줄 테니 앉아서 기다리라는 메이. 아키오는 어제 작성한 사서함업자의 리스트를 꺼냈다. 거의가 홍콩 섬의 센트럴, 애드미럴티, 완차이 근처에 모여 있었다. 카오룽 반도 쪽은 침사추이 외에는 제외해도 될 것이었다. 굳이 불편한 곳에 사서함을 만들 필요는 없다. 아키오는 전화를 걸 우선순위를 정했다.

메이가 커피 잔을 가지고 왔다. 아키오 옆에 앉아 리스트를 들여다본다.

이번에도 메이가 레이코인 척 전화를 걸 생각이었다. 메이는 캐나다에 2년 정도 있었던 덕분에 브리티시잉글리시에 가깝게 발음했다. 일본인 흉내를 내어도 들키지는 않을 것이다.

“알겠지? 일본에서 전화를 거는 척하면서 우편물이 있는지 확인하고 싶다고 하는 거야. 만약 개인사서함이 있으면 은행에서 우편물이 왔는지 물어보고. 지난달 초에 우편물을 찾으러 갔었다고 덧붙이면 될 거야. 그리고는 우연히 홍콩에 친구가 놀러 가 있으니 대신 받게 하고 싶다며 내 이름을 가르쳐주면 돼. 그럼 나중에 내가 전화를 걸어 지인에게 부탁받고 우편물을 받으러 가겠다고 하는 거지.”

“그렇게 잘 될까?” 메이가 고개를 갸웃거렸다. “만약 확인차 일본으로 전화를 걸겠다고 하면 어떡해?”

“그때는 어쩔 수 없으니까 지금 외출 중이니 집에 도착하면 다시 연락을 하겠다고 전화를 끊어야지. 사서함이 어디인지 알기만 하면 무슨 방법이 있을 거야.”

아키오는 개인사서함서비스가 그렇게까지 보안에 철저할 리 없을 거라고 생각했다. 무엇보다 국제전화를 걸면 돈이 든다.

"무슨 방법?" 메이가 물었다.

그리고 웃었다. "창 씨에게 의논하면 안 돼. 진짜 훔치러 갈지 몰라."

그 말에 아키오도 웃음을 터뜨렸다.

"뭐가 그렇게 재미있는 거야?"

마침 사무소에 도착한 창 씨가 의아한 얼굴로 두 사람을 보았다.

메이는 리스트 위쪽부터 차례차례 전화를 걸었고 여덟 번째 건 곳에서 성공했다. 상대는 메이가 우편물에 대해 잘 알고 있는 까닭에 완전히 속았다. "일본에서 계속 우편물을 찾으러 오는 것도 힘들겠어요"라고 말하기도 한 모양이었다. 그래도 레이코의 생년월일을 확인했다고 하니까 의외로 성실한 업자인 모양이었다.

30분쯤 뒤 이번에는 아키오가 전화를 걸었다.

"와카바야시 씨에게 연락을 받고 전화를 했는데요"라고 하자 전화를 받은 남자는 "말씀은 들었습니다. 기다렸습니다"라고 바로 대답했다. 목소리로 짐작컨대 무척 젊은 사람이었다. 어디인지는 이미 알고 있었지만 여행객인 척 길을 물었다. 애드미럴티 역에서 가까운 곳으로 여기서 20분이면 갈 수 있는 곳이었다.

개인사서함 사무실은 퍼시픽플레이스의 뒤편에 위치한 최신식 오피스빌딩에 있었다. 사무실에 있는 사원은 다섯 명 정도였지만 컴퓨터 모니터만도 열 대 이상이 있었고 플로어 안에 케이블이 복잡하게 깔려 있었다. 마치 네트워크 관련 벤처기업 같은 느낌이었다. 그러고 보니 잘 만든 홈페이지를 운영하고 있는 것이 떠올랐다. 직원들은 묵묵히 컴퓨터를 보고 있는 것이 창의 사무소와는 완전히 분위기가 다르다.

아키오를 맞이해준 사람은 빌리 얀이라고 하는 아직 20대 젊은이였다. 단순히 사서함서비스뿐 아니라 벤처기업의 백오피스를 지원하는 회사라고 했다. 콜센터도 따로 있어 우편물도 자동적으로 발송되는 경우는 콜센터에서 취급한다고 했다. 의뢰인 본인이 직접 가지러 오는 우편물만 이곳으로 온다고 설명했다.

"광둥어 콜센터는 선전 쪽에 있죠. 인건비가 훨씬 싸거든요. 영어 콜센터는 오스트레일리아 쪽에 만들려고 지금 장소를 찾는 중이고요. 여긴 좁아서 불편하지만 교통만은 편리하니까 그게 장점이죠."

며칠이나 그 사무실에서 자며 일한 모양이었다. 수면부족으로 눈이 충혈된 채 빌리는 웃었다.

아키오는 일본에서도 의뢰가 오느냐고 물었다.

"어딘가 홈페이지에 소개라도 되었는지 사서함 개설을 희망하는 분들이 늘었습니다. 그렇지만 왠지 가명으로 신청하는 사람이 많더라고요. 저희는 외국인 고객에게는 여권 복사본을 요구하기 때문에 안 하시는 경우가 많지만요. 해외에도 우편물을 발송해드리므로 일본에 가명으로 사서함을 만들어 그쪽으로 보내는 사람도 있습니다. 요즘에는 그게 인터넷으로 소문이 퍼졌는지 갑자기 요청 수가 많아져서 지금은 그런 서비스는 거절하고 있지만요."

빌리가 말은 하지 않았지만 레이코도 그 서비스를 사용했을 것이다. 레이코가 홍콩에 온 것은 더욱 단순한 이유였다. 본인 외의 가명을 쓸 수 없었으므로 카드를 받기 위해 올 수밖에 없었던 것이다.

홍콩에서도 1999년 공전의 벤처 붐이 불었고 2000년에는 도쿄증시 마더스와 나스닥재팬에 대항해 GEM(글로벌이머징마켓)이라는 벤처기업을 위한 새로운 시장도 생겼다. 지금은 크게 위축되었지만 빌리 역시 상장을 통해 일확천금을 노리는 젊은 사업가 중 한 사람일 것이다. 그렇다면 무모한 법적 리스크는 범하지 않을 것이다.

두 통의 스테이트먼트를 들고 와 빌리가 말했다.

"우편물 보관기간은 최대 6개월입니다. 그 기간 동안 받으러 오지 않으시면 처분할 때도 있습니다. 일본에서 반년에 한 번 오시기 힘드시다면 해외운송서비스를 사용하는 게 어떠시냐고 와카바야시 씨에게 전해주십시오."

아키오는 두 통의 우편물을 받고 사인을 했다. 한 통은 레이코가 VISA카드를 사용하는 인터넷오프쇼어은행. 다른 한 통은 아키오가 만들어준 오프쇼어법인과 같은 카리브 쪽 은행이었다. 이것이 목적이었다. 조금 손이 떨렸지만 빌리는 눈치를 못 챈 모양이었다.

"어쨌거나 정말 아름다운 분이시더군요. 다음에 홍콩에 오실 때는 식사라도 같이 하고 싶습니다만…."

아키오는 그녀도 좋아하지 않겠냐고 대답했다. 빌리는 기쁜 표정으로 뺨을 붉혔다. 이런 쪽은 아직 어린애였다.

사무소에 돌아온 것은 점심시간이 지나서였다.

아키오는 창과 메이를 응접실로 부른 뒤 문을 닫았다.

두 통의 봉투를 테이블 위에 놓았다.

먼저 인터넷오프쇼어은행의 스테이트먼트를 열었다. 잔액은 5만 달러였다. 입금 직후가 정산일이었던 것이다.

두 번째 봉투를 집어 드는 아키오의 손이 떨렸다.

"왜 그래?" 하고 묻는 창.

"왠지 무섭네." 메이가 창백한 얼굴로 아키오를 쳐다보았다.

"무슨 말도 안 되는 소릴 하는 거야? 비켜봐."

창은 아키오로부터 봉투를 빼앗아들더니 서슴없이 봉투를 뜯었다. 그러나 명세서를 꺼내 거기에 기록된 숫자를 보고는 돌처럼 굳어버렸다.

"뭔가 잘못된 거 아냐?"

아키오는 창으로부터 스테이트먼트를 받아들었다. 계좌의 잔액은 미국달러로 4,000만 달러. 일본엔으로는 약 50억 엔이었다.

틀림없었다. 드디어 돈이 있는 곳을 찾아낸 것이다.

"4,000만 달러라니…."

창의 목소리도 떨리고 있었다. 그때서야 아키오는 창에게 정확한 금액을 말하지 않았다는 사실을 깨달았다.

——드디어 찾았다.

아키오는 그 말을 몇 번이고 마음속으로 반복했다.

아키오는 셩완 역 가까이에 있는 웨스턴마켓에 위치한 앤티크카페에서 커피를 마시고 있었다.

웨스턴마켓은 20세기 초 지어진 에드워드 양식의 건물을 10년 전 쇼핑센터로 리모델링한 것으로 중국의 공예품과 액세서리 등의 가게가 모여 있다. 이곳에 있는 중화레스토랑은 특히 차가 맛있는 곳으로 유명해 점심시간에는 가까운 곳에서 일하는 직장인들로 긴 줄이 만들어진다. 그랜드플로어에 있는 찻집은 1940년대 조계시대를 테마로 가게 내부를 앤티크로 장식하고 있었다.

4,000만 달러가 들어 있는 명세서를 본 뒤 창은 흥분해서 여기저기 전화를 걸다가 오후가 되자 "오늘은 거절할 수 없는 약속이 있다" 하고 외출했다. 사무소에 있어도 딱히 할 일이 없었으므로 메이에게 이야기를 하고 시내로 나왔다.

성완에는 예전의 오래된 건물이 많이 남아 있었다. 문무묘文武廟는 홍콩에서 가장 오래된 도교사원으로 언세 와노 현지 사람들로 북적였다. 거대한 소용돌이 모양의 선향이 천장에 수없이 매달려 있었는데 붉은 단책에 소원을 써서 이 선향에 매달면 꿈이 이루어진다고 했다.

문무묘에서 동서로 뻗어있는 길이 할리우드로드라 불리는 길로 홍콩 최고의 골동품가로 유명하다. 그러나 그만큼 위작도 많이 있었다. 그리고 그 할리우드로드의 북쪽이 캣스트리트로 이곳은 중고품과 장난감 등의 잡동사니가 많은 곳으로 현지인들은 도둑의 거리라고도 부른다.

12월이 되어도 홍콩은 아직 반소매를 입은 사람을 자주 볼 수 있었다. 밤이 되면 추워지지만 습도도 낮고 1년 중 가장 지내기 좋은 계절이다. 한 시간 정도 거리를 걷다 메이에게 전화를 하니 30분 뒤 일을 마치고 나오겠다고 했다. 아키오가 있는 가게에서 만나기로 했다.

사무소를 나올 때 "돈을 손에 넣을 방법을 생각해봐"라고 창이 작은 목소리로 말했다. 창은 이상할 정도로 흥분하여 곰처럼 사무소 안을 어슬렁거리다가는 가끔 떠오른 생각을 아키오에게 말하고는 했다. 그 중에서 가장 역설한 것은 누구든 섭외해서 레이코와 똑같은 얼굴로 성형을 시킨 뒤 은행으로 보내면 어떻겠냐는 말도 안 되는 계획이었다. "얼굴이 똑같으면 사인이 조금 달라도 믿지 않을까"라고 하면서 메이 쪽을 슬쩍 쳐다보았다.

아키오의 손에는 50억 엔이 잠든 은행계좌번호와 레이코의 여권 사본이 있다. 이것으로 여권ID와 생년월일, 사인은 손에 넣을 수 있다. 등록주소는 빌리의 사서함. 전화운송서비스는 이용하지 않는 모양이었지만 전화번호는 아마 레이코의 모친의 연립주택 번호일 것이다. 그러나 그곳의 전화기는 철거되었고 회선은 해약 상태다. 만약 제3자가 송금의뢰를 해도 은행은 그것이 레이코가 한 것인지 확인할 방법이 없다. 이는 일견 메리트로 보이지만 거액을 송금하는 경우 은행 측은 직접 본인에게 확인하지 않는 한 그 지시를 실행하지 않을 것이다.

그러나 가장 큰 문제는 코드워드를 모른다는 점이었다.

본인이 직접 창구를 방문하지 않는 오프쇼어은행에서 고객이라는 것을 인증하는 방법은 코드워드뿐이다. 코드워드가 없으면 전화나 FAX로 잔액을 조회할 수도 없다.

레이코의 계좌개설신청서에 적힌 코드워드는 'KASUMI'. 모친의 무덤 앞에 놓여 있던 안개꽃의 일본명이다. 다른 수단이 없으면 창은 이것으로 모험을 걸어보자고 했다.

만약 레이코가 같은 코드워드로 등록했다면 50억 엔은 이쪽의 것이 된다. 그러나 그럴 가능성은 극히 희박하다고 아키오는 생각했다. 이렇게 용의주도하게 계획한 레이코가 아키오와 헨리가 아는 코드워드를 그대로 사용할 리가 없었다.

만약 코드워드를 틀리면 은행 측은 경계할 것이고 두 번 다시 기회는 없을 것이다.

이제 곧 레이코도 위조 여권을 만들기 위해 홍콩으로 올 것이다. 그때까지 돈을 움직일 수 있는 방법을 찾지 않으면 안 된다.

"무슨 일이야? 심각한 얼굴로 생각에 잠겨 있네?"

문득 앞을 보니 메이가 앞자리에 앉아 있었다.

석양에 비쳐 붉게 물든 빅토리아 만을 스타페리가 천천히 지나갔고 하코트가든을 둘러싼 고층 빌딩군에 하나씩 네온이 들어오고 있었다. 아일랜드샹그릴라호텔 56층에 위치한 바에서 보는 홍콩의 석양은 숨을 삼킬 만큼 아름다웠다.

바람이 강하게 부는지 상공에는 구름이 엄청난 속도로 서쪽으로 흘러갔다. 하늘이 조금씩 어두워지더니 이윽고 보석 같은 빛의 바다가 눈앞에 펼쳐졌다. 그 장관을 메이는 질리지도 않고 바라보고 있었다.

아키오는 두 잔째 드라이마티니. 메이는 프로즌다이키리. 예전엔 자주 이 바에서 석양을 바라본 뒤 클럽 같은 곳에 가기도 했다. 그 무렵 메이는 유행에 민감한 여자아이였다. 그랬던 메이가 어느 사이엔가 완전히 어른이 되었다.

"여러 가지로 고마워." 아키오가 말했다. 한 번은 제대로 감사를 표시하고 싶었다. 지난 이틀간 갚을 수 없는 빚을 몇 번이나 졌다.

"신경 안 써도 돼." 메이가 대답했다. 그리고 똑바로 아키오를 쳐다보았다.

"난 아키가 무슨 생각을 하는지 모르겠어. 그렇지만 틀림없이 옳은 일을 하려는 거라 믿어."

아키오는 무어라 대답하면 좋을지 알 수 없었다.

"그래서 난 아무 말도 안 할 생각이야."

그리고 잠시 동안 눈을 아래로 떨어뜨렸다.

"그렇지만 딱 하나 부탁이 있어." 메이가 말했다. 갈색 눈동자에는 강한 빛이 나고 있었다. "그 돈에 관계되는 일은 이제 그만해. 이대로라면 모두 불행해질 것 같아."

확실히 50억이라는 돈은 사람을 미치게 만드는 데 충분한 돈이다. 한번 미치면 두 번 다시 돌아올 수 없다. 그런 인간을 지금까지 몇 사람이나 보았다.

자신이 생각하는 것을 메이에게 잘 설명할 수 있을 것 같지 않았다.

"알아." 아키오가 말했다.

"다행이다." 안심하는 표정으로 메이가 웃었다.

"창 씨는 어떡하지? 그 사람은 돈을 너무 밝혀."

확실히 그 지나치게 흥분한 모습은 마음에 걸렸다.

"창 씨에겐 내가 말할게."

"그래서 잘 알아들으면 좋을 텐데." 불안한 눈으로 아키오를 쳐다보았다. "창 씨 오늘 여기저기 전화를 걸었잖아. 가끔 응접실에서 몰래 전화를 하기도 했고."

"아무 문제 없을 거야." 그렇게 대답했지만 아키오도 조금 불안해졌다. 자신이 모르는 곳에서 창이 무엇인가 벌이지는 않을까?

불길한 예감이 들었다.

구로키는 절대 돈을 포기하지 않을 것이다. 배신한 사람을 용서할 리도 없다.

그 돈을 건드렸다가는 절대 무사할 수 없었다.

12월이 되자 야경은 크리스마스 분위기로 변했다. 레이코와의 약속을 떠올렸다. 그러나 그녀와 한 번 더 이 야경을 볼 수는 없을 것이다.

문득 메이의 몸이 가늘게 떨리는 것이 보였다.

"정말 무서워."

"미안." 자신도 놀랄 만큼 순순히 말할 수 있었다.

메이를 애드미럴티 역까지 바래다주고 그대로 호텔까지 걸어갔다. 밤이 되었지만 여전히 거리에는 사람들이 많았고 차의 경적소리와 장사꾼들의 목소리가 섞여 들렸다. 편의점에 들러 미네랄워터를 샀다. 고층 빌딩의 네온에 가려 반달이 쓸쓸하게 하늘을 비추고 있었다.

방에 돌아와 노트북을 꺼낸 다음 오늘까지의 경위를 간단히 정리했다. 데이터를 플로피디스크에 복사하여 비즈니스센터로 가져가서 프린트한 다음 스테이트먼트와 레이코의 여권 복사본 등의 자료를 같이 커다란 봉투에 넣어 봉인했다.

작업을 끝내자 오전 1시가 넘어 있었다.

파일을 정리할 때부터 무엇인가 중요한 일을 놓친 것 같은 생각이 들었다. 미니바에서 버번을 꺼내 맥주잔에 얼음과 함께 넣어 온더락으로 마셨다. 그것을 들고 창가 의자에 앉아 잠시 생각했지만 결국 생각나지 않았다.

메이가 한 말이 떠올랐다.

이미 뭐가 옳은 것인지조차 알 수 없는 상태였다.

오전 2시 슬슬 자려고 하고 있을 때 휴대전화가 울렸다. 국제전화임을 알리는 '통지불가능'이라는 화면을 보고 받지 않아도 누구인지 알 수 있었다. 예정보다 훨씬 빨랐다.

순간 주저했다.

자신이 할 수 있는 일을 하는 수밖에 없다고 생각했다. 그것이 올바른 것인지 아닌지는 어딘가에 있는 누군가를 위한 신이 판단하면 될 것이다.

"구도입니다"라고 대답하자 짧은 침묵이 흘렀다.

"내일 당신이 있는 곳으로 갈게요." 레이코가 말했다.

"몇 시 비행기죠?"

"점심시간 전에 닿을 거예요. 어떡하면 되죠?"

오전 비행기를 타면 홍콩국제공항에는 11시가 되기 전에 도착한다. 아키오는 오후 1시 센트럴에 있는 홍콩상하이은행 5층에 있는 VIP룸에서 만나기로 했다. "만약 먼저 도착하면 입구에서 내 이름을 대면 될 겁니다."

"뭐가 필요하죠?"

"이름만 있으면 돼요. 지금 말해주세요."

"많이 생각해봤지만 전 못 정하겠어요." 레이코는 작게 웃었다. "당신이 지어줘요."

아키오의 반응을 즐기는 것 같았다.

"그런 건 무리예요."

"아니요, 정말 뭐든 괜찮아요." 그리고는 "당신이 만들어준 이름으로 평생 살아갈게요"라고 말했다.

레이코의 저의를 알 수 없었다. 질 나쁜 농담인 건가? 그러나 잠시 생각하고 반론하는 것은 포기했다. 레이코가 어떤 이름이든 자신과는 상관없는 일이었다.

"알았어요. 내일까지 생각해볼게요."

"고마워요." 레이코가 말했다. "얼마 드리면 되죠?"

"그것도 내일 이야기하죠."

그렇게 말하자 "원하는 만큼 청구하셔도 돼요"라고 하며 레이코가 웃었다.

"저기, 부탁이 하나 있어요."

"뭐죠?"

"크리스마스 야경은 벌써 시작됐나요?"

"네에."

"어두워지면 한 번만 더 빅토리아피크에 데려가줘요. 그 뒤에는 두 번 다시 당신 앞에 안 나타날게요."

아키오의 대답을 듣지도 않고 전화는 끊어졌다.

버번을 마시며 잠시 레이코에 대해 생각했다. 그리고 노트북으로 인터넷에 접속하여 뉴스사이트를 열었다. 가장 먼저 나오는 여자 이름을 종이에 메모했다. '다키가와 사키滝川沙希. 지방신문사가 주최한 바이올린콩쿠르에서 우승했다는 15살 중학생 이름이었다.

남은 버번을 다 마시고 방의 불을 껐다. 피곤했었는지 금세 깊은 잠이 들었다.

26

다음 날 아침 오전 9시가 조금 넘어 메이로부터 전화가 왔다. 마침 짐을 정리해 체크아웃을 하려던 참이었다.

"아키? 창 씨가 사무실에 안 왔어. 무슨 일인 걸까? 집에 전화를 해도 아무도 안 받아."

울 것 같은 목소리였다. 지금까지 창이 연락도 없이 사무소에 나오지 않은 적은 한 번도 없다고 했다.

"딱히 걱정 안 해도 될 거야. 어딘가에서 밥이라도 먹고 있겠지."

그렇게 대답했지만 아키오 역시 불안해졌다. 어젯밤 창으로부터 전화가 오지 않았다. 아파트를 한 번 더 살펴봐주겠다고 약속을 했는데 말이다.

"내가 자택으로 가볼게. 메이는 거기 있어."

"부탁할게." 메이의 목소리는 떨리고 있었다.

체크아웃을 하며 프런트에 짐을 맡아달라고 부탁했다.

오늘 저녁까지는 찾으러 오겠다고 하면서 팁과 함께 노트북과 어젯

밤 정리한 파일이 든 봉투를 건넸다.

창의 자택은 코즈웨이베이에서 지하철로 다섯 정거장 동쪽인 타이쿠에 있었다. 아키오는 한 번 술에 취한 창을 데리고 가본 적이 있었다. 무슨 일인지 모르지만 한밤중 아키오의 아파트에 쳐들어왔을 때는 이미 제대로 이야기를 할 수 없는 상태였다. 그때 마침 마코토가 홍콩에 놀러와 있었다. 반쯤 의식이 없는 창에게 겨우 자택 주소를 물어 둘이서 택시를 타고 데려다준 적이 있었던 것이다.

창의 집은 아키오와 마찬가지로 오래된 아파트였다. 호텔 앞에서 택시를 타자 30분도 되지 않아 도착했다. 다시 한 번 전화를 해보았다. 역시 아무도 받지 않았다.

아파트 입구는 오토록으로 잠겨 있었지만 5분쯤 지나자 시장이라도 가는 것인지 다섯 살 정도의 여자아이를 데리고 주부가 나왔다. 그 틈을 타 아파트 안으로 들어갔다.

창의 집은 5층 끝이었다. 낡은 엘리베이터에서 내리자 햇빛이 들지 않아 어두침침한 복도가 나왔다. 군데군데 형광등도 없는 곳이 많았다. 어디에선가 TV 소리가 들렸다.

인터폰을 눌렀지만 망가진 것인지 아무 반응이 없었다. 문을 노크했다. 역시 대답은 없다. 잠시 기다려 다시 한 번 노크했다.

손잡이를 돌려보니 문은 잠겨 있지 않았다. 창의 이름을 부르면서 문을 열었다. 창문은 커튼으로 가려져 있어 어두웠다. 현관에는 구두가 가지런히 정리되어 있었고 신발장 위에는 행운을 가져다준다는 비취로 만든 장식품이 놓여 있었다.

어디선가 비린내가 났다.

현관 앞은 다이닝룸이었고 거기 테이블 위에 무엇인가 놓여 있었다. 섬은 물체로 거기에서 냄새가 났다.

두세 걸음 다가간 아키오는 자신도 모르게 눈을 돌렸다.

창은 테이블 위에 하늘을 보고 누워 있었고 온몸을 칼에 찔린 상태였다. 테이블에서 피가 뚝뚝 떨어져 바닥에 적갈색으로 고여 있었다. 창의 눈은 허공을 노려보고 있었다. 하복부는 칼에 도려내어져 내장이 튀어나와 있었다. 붉은색으로 물든 셔츠에 나비넥타이는 여전히 단정히 매고 있었다.

위에서 먹은 것이 역류했다. 아키오는 필사적으로 참고 두세 걸음 물러났다. 그대로 복도로 나섰다. 다행히 아무도 없었다. 도망치듯 달리기 시작했지만 아주 조금 남아 있었던 이성이 그것을 막았다.

주머니에서 손수건을 꺼내 지문이 남지 않도록 문의 손잡이를 깨끗하게 닦았다. 구두자국이 남아 있을지 모르지만 다시 그 집으로 들어갈 용기는 나지 않았다.

문을 닫은 뒤 엘리베이터를 쓰지 않고 비상계단을 통해 밖으로 나왔다. 골목 뒤쪽에서 심하게 토하기 시작했다. 시큼한 위액이 입으로 나왔다. 거리는 평소처럼 시끄러웠다. 판매할 과일을 실은 포장마차가 천천히 지나갔고 가게 문을 열 준비를 하는 남자들의 우렁찬 목소리에 아기 울음소리가 섞여 들렸다.

아키오는 휴대전화를 꺼내 창의 사무소에 전화를 했다. 아르바이트생 여자아이가 나와 메이가 어디선가 전화를 받고 급히 나갔다고 했다. 전화를 걸었지만 전원이 꺼진 것인지 연결되지 않았다. 다시 불안감이 증폭되었다. 대체 무슨 일이 벌어진 것일까?

택시를 타고 창의 사무소로 가기 위해 큰길로 나왔을 때 휴대전화가 울렸다. 수신버튼을 눌렀다.

"구도 씨인가?" 구로키가 말했다.

"지금 홍콩에 있는데 잠깐 만날 수 없을까 하고 말이야."

아키오는 혼란스러웠다. 왜 구로키가 여기에 있는 것일까?

"기분은 어때? 못 볼 걸 봤지?"

"어디서 전화를 하는 겁니까?" 아키오는 겨우 물었다.

"당신 아파트야. 빨리 오도록 해." 구로키가 차갑게 웃었다.

구로키는 혼자 식탁에 앉아 빈 캔을 재떨이 삼아 담배를 피우고 있었다. 그의 얼굴은 어딘가 지루해 보였다.

아파트 앞에서 택시를 내린 다음 다시 한 번 사무소에 전화를 걸었다. 역시 메이는 돌아오지 않았다. 아무 연락도 없었다고 했다.

아키오는 패닉 직전인 머리로 생각했다.

누가 창을 죽인 거지?

메이는 어디로 사라진 거야?

어떻게 구로키가 내 집을 아는 걸까? 어떻게 집 안으로 들어온 거지?

이유는 하나밖에 떠오르지 않았다.

구로키는 아키오를 보더니 "빨리 왔군" 하고 말했다. 수척한 모습이었고 눈 밑에는 기미가 끼어 있었다.

이 녀석도 무척이나 다급한 거야. 조금이지만 여유가 돌아왔다.

"어디서부터 아는 겁니까?" 아키오가 물었다.

"당연히 처음부터지." 구로키는 귀찮은 표정으로 대답했다. "나를 만나기 2, 3일 전 일본에서 온 손님에게 홍콩상하이은행 계좌를 만들어줬지? 그건 미끼였어. 그때 네 얼굴을 확인하고 뒤를 밟았지. 어디에 사는지도 모르는 인간을 만나는 건 불안해서 말이야."

아키오는 넓적한 얼굴의 남자를 떠올렸다. 아무 질문도 없이 돈만 내고 가버린 녀석이다. 미행을 당했다는 것은 전혀 몰랐다.

"창과는 언제부터 알았던 거죠?" 아키오가 물었다.

구로키는 레이코가 오늘 홍콩에 온다는 사실을 모르고 있다고 아키오는 확신했다. 만약 알았다면 지금은 홍콩국제공항을 열심히 뛰어다니고 있을 것이다. 한가롭게 아키오를 기다릴 리가 없다.

그렇다면 구로키가 홍콩에 온 것은 아키오가 돈이 있는 곳을 알아내었기 때문일 것이다. 그 사실을 아는 것은 창과 메이 두 사람뿐이다.

"그 홍콩인과는 당신이 일본으로 갔던 날 담판을 지었어. 엉뚱한 일을 당하지 않도록 말이야."

그날 홍콩 역에서 기다렸던 것은 메이였다. 창은 중요한 볼일이 있다며 아키오에게 건넬 짐을 메이에게 부탁했다. 그때 창은 구로키를 만나고 있었던 것일까?

"여기 열쇠도 창에게 받은 건가요?"

"사람을 너무 쉽게 믿어서는 안 되지." 구로키가 웃었다. "그 녀석은 나와 교섭하기 전부터 당신을 팔기 위해 여벌 열쇠를 가지고 있더군. 돈 냄새를 맡은 거겠지."

일본에 가기 전날 성완의 중화레스토랑에서 창에게 자택 열쇠를 주었던 일이 떠올랐다. 그것으로 창은 열쇠를 만든 것일까? 아키오를 위해 호텔을 예약해준 것도 아파트를 뒤지기 위해서가 틀림없었다.

그렇지만 왜 그런 짓을 한 것일까?

"당신은 몰랐겠지만 그 녀석은 주식으로 엄청난 손해를 봐서 힘든 상태였어. 뭘 가릴 형편이 아니었던 거지. 그럴 때 당신 이야기를 듣고 이 녀석을 어떻게든 돈으로 만들어야겠다고 생각했을 거야. 모든 준비를 마쳤을 때 내가 연락을 한 거였지. 타이밍이 좋았다고 할까 말이 잘 통해 다행이었어."

아키오의 의문을 짐작한 것인지 구로키가 말했다. 여전히 귀찮다는 어조였다.

"엊그제 밤, 당신이 돈을 찾았다는 연락이 왔어. 그래서 어제 아침 일찍 이쪽으로 날아왔지."

엊그제 밤이라고 하면 메이와 개인사서함서비스를 검색하고 있었을 때다. 그때 창은 계속 같이 있었다.

──아니, 그렇지 않아. 두 사람을 두고 창이 먹을 것을 사러 나갔을 때야. 그때가 틀림없어.

그 뒤 아무도 없는 사무실에서 술을 마시고 창은 죽은 아내와 딸의 이야기를 들려주었다. 그때 창은 이미 아키오를 구로키에게 판 상태였다.

목구멍 안쪽에서 씁쓸한 물이 올라왔다.

어제 오후 레이코의 스테이트먼트를 찾아낸 뒤 창은 "거절할 수 없는 약속이 있다" 하고 외출했다. 그 이후 연락이 없었다.

"어제 창을 만난 건가요?"

"그래, 그리고 당신의 활약을 들었지. 대단한 솜씨였어. 내가 아는 사람 중에는 최고의 사냥개더군."

"왜 창을 죽인 거죠?"

"당신 때문이야."

구로키는 새 담배에 불을 붙였다.

"당신은 창에게 잃어버린 돈이 5억이라고 알려줬지. 그렇지만 은행에 들어 있던 것은 0이 하나 더 붙은 50억이었어. 그래서인지 말이 다르지 않냐며 협상을 하더군. 자신의 보수도 10배로 올려달라고 항의를 한 거였지만 무슨 말인지 모르는 중국어로 떠드는 바람에 칼로 찔러버리고 말았지. 하필이면 약효가 다 떨어질 때쯤이라 참지를 못한 거였어."

창의 비참한 죽음을 떠올렸다. 구로키는 그 금발을 사용한 것이다.

"친구였지? 미안하게 됐군." 무심한 목소리로 구로키가 말했다.

"그건 그렇고 슬슬 본론으로 들어가볼까? 질문에 대답하는 것도 이젠 질렸어."

──구로키는 왜 여기에 있는 거지? 아키오는 생각했다.

아키오가 아는 것은 레이코의 계좌가 있는 은행과 명세서가 날아오는 주소뿐이다. 그것이라면 창 역시 알고 있다. 계좌번호 역시 몰래 적을 시간은 얼마든지 있었다. 그런데 구로키가 여기 있다는 것은 창은 아무 말도 하지 않았다는 뜻이었다. 금발이 그것들을 알아내기 전에 죽인 것이 분명했다.

만약 구로키가 아무것도 모른다면 아키오에게도 교섭할 기회는 있었다.

"메이는 어떻게 한 겁니까?" 아키오가 물었다.

"미안하지만 잠깐 맡기로 했어." 구로키가 어깨를 으쓱했다.

"돌려주십시오."

"그건 당신 대답에 달렸어."

아키오는 구로키가 입을 열기를 기다렸다.

"레이코와 만난 모양이더군." 구로키는 차갑고도 무서운 눈을 하고 있었다.

어떻게 아는 거지? 아키오는 자신의 얼굴이 창백해지는 것을 느꼈다.

"이 세상에는 희한하게 친절한 녀석이 있더군. 어디의 누구인지는 모르지만 전화를 해서 당신이 신주쿠에서 레이코와 껴안고 있었다면서 알려주더라고."

천천히 카멜 담배를 입에 물더니 아키오를 향해 자색 연기를 내뿜었다.

"당신 차례야. 설명해봐."

대체 누가 그날 밤 신주쿠에서 있었던 일을 아는 거지? 호텔에서 공격한 녀석일 거라고 아키오는 생각했다. 그 녀석이 구로키에게 전화를 건 것이 분명했다.

"50억은 나와는 아무 상관도 없습니다." 아키오가 말했다. "레이코가 어떻게 하려는지도 저는 모르고요."

"그래서?" 구로키는 빤히 아키오를 쳐다보고 있었다.

"당신 대신 돈을 찾아드리겠습니다."

구로키가 콧방귀를 뀌었다. "나를 바보로 아는 거야?"

그러나 잠시 뒤 아키오의 얼굴을 보며 "진심인 건가?" 하고 놀란 표정을 지었다. "어떻게 할 생각인 거지?"

아키오는 50억 엔이 JPF의 법인계좌에서 레이코 개인계좌로 들어간 것을 설명했다.

"명세서를 입수한 만큼 계좌번호는 알아요. 레이코의 여권ID와 사인은 예전부터 있었고요. 그걸 이용할 겁니다."

"그렇지만 그것만으로는 돈은 움직이지 않아. 그런 말도 안 되는 소릴 나더러 믿으라는 건가?"

"사나다는 죽인 건가요?" 구로키의 말에 대답하지 않고 아키오가 물었다.

"나는 돈이 되지 않는 일은 하지 않아." 구로키가 웃었다. "그 녀석을 죽여본들 돈이 돌아오는 것도 아니니까."

"그거 잘 됐군요." 아키오는 시계를 보았다. "지금이라면 아직 시간이 있어요. 오늘 저녁 비행기로 사나다를 이쪽으로 데려와주십시오."

"그건 상관없지만 어쩔 생각이지?"

"레이코가 했던 일을 그대로 한 번 더 할 생각입니다."

확실히 구로키가 말한 것처럼 계좌번호를 알아낸 것만으로는 돈은 움직이지 않는다. 그러나 아키오는 일말의 가능성을 찾아냈다.

레이코는 아키오가 만들어준 재팬퍼시픽파이낸스라고 하는 회사에 넣은 50억 엔을 자신의 개인계좌에 넣고 법인계좌를 폐쇄했다. 아키오의 계획은 이 법인계좌를 다시 한 번 살려 레이코의 개인계좌에서 법인계좌로 돈을 넣는 것이었다.

"은행은 고객의 자금이 제3자에게 송금되는 일에 민감한 반응을 보이지만 같은 은행 내의 계좌로 이체되는 일에는 보안이 허술하죠. 레이코는 그것을 이용했어요. 그러니까 똑같이 다시 한 번 이전과 같은 법인계좌를 만들어 일본의 세제 문제로 역시 법인계좌를 이용하기로 했다고 연락하는 겁니다. 그렇다면 아마 의심하지 않을 겁니다."

"그렇지만 계좌를 만들 때의 사인은 어떡하려고?"

"레이코의 사인은 전문가에게 부탁해 위조할 겁니다. 사나다의 사인이 진짜라면 어떻게든 될 겁니다."

서양인의 눈에는 한자는 완전히 이질적인 언어다. 예를 들어 일본인에게 아라비아문자로 쓰인 글의 필적을 비교하는 일이 불가능한 것처럼 알파벳 사인에 익숙한 서양의 은행원들도 한자로 된 사인을 구별하는 일은 어렵다. 그렇기 때문에 오프쇼어은행 중에는 한자로 된 사인을 인정하지 않는 곳도 있다.

레이코는 여권과 똑같이 한자로 된 사인으로 계좌를 열었다. 사나다는 미국의 금융기관에서 근무한 경험이 있으므로 당연히 서양식 사인을 사용했을 것이다. 예전처럼 공동명의로 된 계좌에 사나다의 사인이 진짜라면 은행도 레이코의 사인의 미세한 차이를 알아낼 리 없었다.

"그리고 또 한 가지 해야 할 일이 있습니다." 아키오가 입을 열었다. "레이코는 모친과 살았던 아야세의 연립주택에 전화기를 두고 은행으로부터 연락을 취했죠. 그 전화는 2주 전 해약되었으니까 아직 번호가 비어 있을 겁니다. 같은 국局 안에 있는 집이라도 빌려 그 전화번호로 회선을 개통해야 합니다. 자금을 이동하라는 지시를 내리면 은행에서 확인전화가 올 테니까요. 거기에 영어를 하는 여자를 두고 본인인 척하면 믿을 겁니다. 어차피 일본인의 영어는 모두 비슷하게 들리니까요."

구로키는 잠시 아키오의 제안을 생각했다. "잘 될 확률은 어느 정도지?"

"70퍼센트 정도겠죠." 아키오가 대답했다. "홍콩에 그 은행 사무소가 있습니다. 에이전트를 통해 먼저 사정을 설명하도록 하죠. 은행에 있어 4,000만 달러나 맡긴 VIP 고객의 부탁이니 어떤 일이라도 싫다고는 못 할 겁니다."

"돈은 언제 돌아오는 거지?"

"레이코가 설정한 코드워드를 모르는 이상 전화나 FAX로는 불가능하죠. 정식 문서로 만들어 우편으로 보내야 하니까 아무리 서둘러도 1주일은 걸릴 겁니다. 법인계좌로 돈이 들어가면 사나다의 사인으로 어디로든 자금을 움직일 수가 있고요."

구로키는 다시 생각에 잠겼다.

"그 외 다른 방법은 없습니다."

구로키는 돈을 되찾기 위해 필사적이었다. 이 제안을 절대 거절할 수 없을 것이다.

"당신 조건은 뭐지?"

"약속대로 5억을 주십시오."

"그 외에는?"

"레이코를 자유롭게 해주셨으면 좋겠습니다."

그 말을 듣는 순간 구로키는 배를 움켜쥐고 웃었다. 한참을 웃은 다음 "방금 건 농담 같은 건가?"라고 말했다. 그리고 믿을 수 없다는 듯이 고개를 흔들었다. "당신 바보야?"

"질문에는 대답했습니다."

구로키는 다시 생각에 잠겼다. 무슨 생각을 하는 것일까? 표정으로 내면을 알 수는 없었다.

"처음부터 약속한 거니까 5억은 당신에게 주지." 그리고 말을 끊었다.

"그렇지만 레이코는 안 돼. 난 자선사업을 하는 사람이 아냐."

"레이코의 자유는 제가 사겠습니다." 아키오가 말했다.

"얼마에?"

"3억입니다."

"어디에 그런 돈이 있지?" 구로키가 비웃으며 말했다.

레이코가 50억 엔을 달러로 바꾼 시점의 환율은 1달러=115엔이었다. 그러나 지금은 133엔 가까이까지 하락했다. 그러므로 4000만 달러를 엔으로 바꾸면 53억 엔이 된다. 구로키에게 그렇게 설명했다.

"그 3억 엔도 구로키 씨 겁니다."

구로키는 흥미로운 표정으로 아키오의 얼굴을 보고 있었다.

"레이코의 생명은 3억으로는 못 팔겠는데."

"또 당신이 돈을 되찾은 일을 아무에게도 말하지 않겠습니다."

"무슨 의미지?" 구로키가 험상궂은 눈초리로 물었다.

"딱히 다른 의미는 없습니다." 아키오가 대답했다. "당신이 제 조건을 들어주면 약속하겠습니다. 그 돈을 어떻게 하든 저는 관계없는 일이니까요."

아키오는 구로키의 생각을 읽을 수 있었다.

레이코가 훔친 50억은 구로키의 것이 아니다. 10억은 조직이 낸 돈이었고 나머지 40억도 출자자가 있고 계약서가 있다. 그 돈을 얼마간 가져간다고 해도 이득이 생기면 상부 조직에도 리베이트를 주지 않으면 안 될 것이다.

그런 만큼 돈을 되찾은 다음 조직에게 "돈은 못 찾았다. 조직이 낸 10억은 내가 변상하겠다"라고 하면 된다. 그렇게 하면 히시토모부동산으로부터 뜯어낸 5억을 포함해 최소한 45억을 버는 셈이다. 책임은 전부 사나다에게 지우면 된다. 그럴 생각이었기 때문에 지금까지 살려둔 것일 터이다.

"당신이 약속을 지킬 거라고 어떻게 믿지?"

"믿으실 수밖에 없죠." 아키오가 말했다. 그것은 구로키의 리스크였다. 아무 리스크도 없이 50억 가까이 되는 돈을 얻을 수는 없는 법이다.

"뭐어 좋아. 그렇게 하자고." 그렇게 말하고 구로키는 씨익 웃었다. "하긴 배신하면 당신 부모와 형제들이 힘들어지겠지. 부친은 지방은행의 은행장이고 형은 금융청 공무원이지? 정말 엘리트 집안이더군."

아키오는 놀란 나머지 아무 말도 나오지 않았다. 언제 거기까지 조사한 것일까?

"놀랄 것 없어. 당신이 한 일을 살짝 흉내 낸 것뿐이니까.

당신이 도와준 계좌개설용지를 입수해 소개자란에서 본명을 알아냈

지. 당신 연령을 서른에서 서른다섯 살로 추정하고 도시은행, 금융회
사, 생보사, 대형 자산운용회사의 사원명부와 비교했어. 버블 때 은행
은 돈이 남아 넘치니까 신입사원의 명부도 거의 컬러로 인쇄했더군.
얼굴사진까지 넣어서 말이지. 당신 그다지 안 변했던걸."

그리고 담배꽁초를 빈 캔에 넣더니 "목숨을 건졌군" 하고 말했다.
"레이코를 숨기고 있었다면 이 자리에서 죽었을 거야. 당신의 바보 친
구처럼 말이지."

27

구로키와 함께 아키오는 택시로 완차이의 그랜드하이야트로 향했다.

아키오가 크게 다쳤다는 전화가 메이에게 걸려온 것은 창의 일로 아
키오에게 연락한 직후였다. 메이가 급히 뛰어나가자 기다리고 있던 현
지 폭력배가 칼을 겨누었고 그대로 밴에 태워졌다. "여기는 물가가 싸서
좋아. 사람을 납치하는 일도 5만이면 충분하더군. 일본의 10분에 1밖에
안 되던걸" 하고 구로키가 말했다.

"오늘따라 날씨가 좋군." 구로키가 창밖을 보며 말했다.

지금까지 몰랐지만 확실히 오늘은 하늘이 푸르렀다. 홍콩에서는 구
름 한 점 없어도 항상 하늘은 뿌옇게 보인다. 처음에는 스모크 때문이
라고 생각했지만 아열대 특유의 날씨인 듯했다.

"그런데 레이코는 어떡할 생각이야?" 구로키가 물었다. 여전히 무표
정한 얼굴이었다. "레이코의 모친은 살인자야. 부친은 목을 매었고."

"압니다." 아키오가 대답했다. "레이코의 부친은 당신 같은 야쿠자

에게 속아 회사를 빼앗겼죠."

"귀한 집 도련님이 뭘 안다는 거야?" 구로키가 웃었다. "부서져 가는 인간이 어떻게 되는지 본 적이 있나? 정말 재미있지."

그리고 유쾌한 듯이 아키오를 쳐다보았다.

"레이코 모친은 이웃 남자들을 그 싸구려 연립에 끌어들여 몸을 팔아 돈을 벌었어. 그러던 어느 날 남자가 돈을 내지 않자 폭발해서 식칼로 찔렀지. 그리고 전화를 해서 경찰을 불렀어. 그 살인수법이 너무 잔혹해서 15년이나 형무소에 들어가 있게 되었고."

"어떻게 그런 것까지 아는 거죠?"

"경찰조서를 보여주는 친구가 있거든." 아무것도 아니라는 듯 구로키가 말했다.

"경찰이 달려갔을 때 살인현장에는 딸인 레이코도 있었다는군."

그리고 과장스럽게 한숨을 쉬었다.

"학교에서 돌아와보니 매춘으로 돈을 벌던 모친이 손님을 죽인 거야. 감동적인 이야기지? 이것도 전부 바보 같은 부친이 야쿠자의 돈에 손을 대니까 생긴 일이지. 레이코가 돈에 환장하는 것도 무리는 아니지."

구로키는 역시 무엇인가를 알고 있었다.

"레이코는 왜 이런 짓을 한 거죠?"

"인간이야 모두 마찬가지잖아. 쉽게 돈을 벌어 편하게 살고 싶은 거지."

"그렇다면 왜…."

아키오의 말을 도중에 끊고 구로키가 말했다.

"당신의 나쁜 점은 어떤 일도 산수처럼 정확한 답을 찾는 거야. 당신이 있는 세계는 1+1은 반드시 2가 될지도 몰라. 그렇지만 인간은 항상 그런 식으로 이해하기 쉽게 움직이지 않아. 키우는 개만 하더라도 아무리 때리거나 발로 차도 주인의 발을 멍멍거리며 핥잖아."

이 이야기는 끝이라는 듯 구로키는 창밖으로 눈을 돌렸다.

구로키 일행은 방이 세 개나 있는 최상층 스위트룸을 사용하고 있었다.

메이는 아키오의 모습을 보자마자 울며 가슴에 안겼다. 몇 번인가 얼굴을 맞은 흔적은 있었지만 그 외에는 무사한 모양이었다. 그 뒤에서 고로가 미안한 표정을 지으며 나타났다. 구로키는 "사지 멀쩡하게 살아 있으니 불만은 없지?" 하는 얼굴이다.

"괜찮아?"

메이는 바로 울음을 그치며 "응" 하고 고개를 끄덕였다. "걱정 안 해도 돼."

방의 구석에 음산한 눈빛을 한 두 사람이 앉아 있는 모습이 눈에 들어왔다. 한 사람은 20대였고 다른 한 사람은 마흔 정도로 보였다. 두 사람 모두 머리카락을 짧게 깎았고 젊은 남자는 싸구려 점퍼, 나이가 많은 쪽은 그래도 양복 비슷한 것을 입고 있었다. 그들이 메이를 유괴했을 것이다.

구로키는 나이가 많은 쪽으로 다가가더니 지갑에서 1,000홍콩달러 짜리 지폐를 몇 장인가 빼서 주었다. 남자는 고맙다는 말도 없이 그것을 받더니 젊은 남자에게 신호를 한 뒤 출구로 향했다. 지나치는 순간 나이가 많은 남자가 아키오의 얼굴을 빤히 쳐다보았다. 뺨에 깊은 흉터가 있었다. 아키오는 이 남자를 어디에선가 만난 느낌이 들었다.

시계를 보았다. 오전 11시가 되어가고 있었다. 이제 두 시간 뒤면 레이코가 홍콩상하이은행 본점에 나타날 것이다. 어떡해서든 이 자리를 빠져나가 레이코를 만나지 않으면 안 된다.

'어떡할 거냐?'라는 눈으로 구로키가 보고 있었다.

"바로 준비를 시작해도 사나다가 홍콩에 도착하는 건 밤중일 겁니다. 그때까지 모든 준비를 해놓겠습니다." 아키오가 말했다. "센트럴에 있는 헨리라는 에이전시 사무실이 있습니다. 거기 가면 재팬퍼시픽파이낸스의 등기부 복사본이 있으니까 법인계좌를 개설하는 수속을할 수 있죠. 그리고 은행 지점에 들러 사정을 설명하겠습니다."

"그렇군." 그렇게 말하고 구로키가 일어섰다. 아키오는 당황했다. 같이 갈 생각인 것이다.

"아뇨, 당신이 같이 가면 헨리가 경계를 할 겁니다."

"어떻게 믿으라는 거야?"

"계획을 망치시려고요? 한번 의심을 받으면 돌이킬 수가 없다고요." 여기는 강하게 밀고 나가는 수밖에 없었다.

"몇 시에 돌아올 거지?"

레이코와의 이야기는 30분이면 충분하다. "2시까지는 서류를 준비해서 돌아올 겁니다. 어디 가서 점심이라도 먹고 기다려주십시오"라고 대답했다.

"어쩔 수 없군." 구로키가 물러섰다. "그렇지만 약속시간에서 1분이라도 늦으면 이 여자의 목숨은 없을 줄 알아"라고 메이를 쳐다보았다.

"그건 이야기가 다르잖습니까?" 이번에는 아키오가 저항했다. "메이는 풀어주기로 약속했잖습니까?"

구로키는 '너 바보냐?'라는 눈으로 아키오를 쳐다보았다.

그때 욕실로 통하는 문 저편에서 짐승의 울음소리 같은 것이 들렸다. 구로키는 작게 혀를 차며 "한 시간도 못 버티는군" 하고 말했다. 금발이 내는 소리일 것이다. 그렇지만 전혀 인간의 목소리 같지 않았다.

"귀여운 아가씨군. 소중히 해야겠어." 구로키가 잔혹한 미소를 띠었다.

지금 상황에서는 아키오도 구로키의 말을 들을 수밖에 없었다.

메이에게 사정을 설명했다. 정확하게는 "세 시간 정도만 여기서 기다려달라"라고 한 것뿐이었지만.

메이는 "나는 괜찮아" 하고 씩씩하게 대답했다. "아키를 믿으니까."

하기야 자세하게 물어도 설명할 수 있는 이야기는 아니었다.

고로를 불러 메이를 부탁했다. 여기 있는 세 사람 중에서는 틀림없이 가장 신뢰할 수 있는 인간이었다. 고로는 "걱정 마십시오"라고 큰소리로 대답했다.

아키오는 메이에게 고로를 소개했다.

"이 사람은 홍콩인 애인을 일본으로 불러 같이 살 예정이셔."

메이는 조금 놀란 표정을 지은 다음 "멋지네요!"라고 말했다. 영문은 알 수 없지만 그 무서운 얼굴에도 불구하고 고로가 무섭지 않은 모양이었다. "그 여자분 저도 소개시켜줘요"라고 말해 아키오는 고로에게 통역을 해주었다.

고로는 얼굴에 식은땀을 흘리며 "그렇게 예쁜 사람이 아니라서 부끄럽네요"라고 대답했다. 그리고는 "오늘 밤 만나러 갈 겁니다"라고 작은 목소리로 덧붙였다.

구로키는 일본에 전화를 걸어 사나다를 제일 빠른 비행기로 홍콩으로 데려오라고 명령하고 있었다. 그리고 전화번호는 어떤 일이 있어도 확보하라고 사무실 사람들에게 호통 쳤다. 아키오는 이 건을 담당할 전화국 직원이 불쌍할 뿐이었다.

문득 옆을 보니 어느 사이엔가 고로가 배운 지 얼마 안 되는 광둥어로 메이에게 말을 걸고 있었다. 영어와 광둥어와 일본어가 섞여 그래도 나름 회화다운 것이 성립되고 있었다.

아키오가 "다녀오겠다" 하고 말을 하자 메이가 불안한 표정으로 손을 흔들었다.

택시를 타고 일단 프라마호텔로 돌아가 프런트에 맡겨놓았던 서류를 회수했다. 이 안에 레이코의 여권 복사본이 들어 있었다. 그대로 기다리게 한 택시를 타고 아키오는 샴슈이포로 향했다.

택시 안에서 휴대전화로 헨리의 사무실에 전화를 걸었다. 다행히 본인이 전화를 받았다.

"급한 일이 있어." 아키오가 말했다. "11시에 그쪽으로 갈 테니까 기다려줬음 좋겠는데."

"무슨 이야기인데?"

"돈벌이 이야기야."

"멋지군" 하고 헨리는 대답했다.

샴슈이포는 침사추이에서 지하철로 다섯 정거장 북쪽으로 떨어진 역으로 몽콕이나 야우마테이처럼 홍콩의 전형적인 번화가였지만 현재는 도쿄의 아키하바라 못지않은 동남아시아의 해커와 컴퓨터 마니아들의 성지가 되어 있다. 그중에서도 백 군데 이상 되는 컴퓨터숍이 모인 골든컴퓨터센터는 컴퓨터의 부품과 카피프로그램을 찾는 해커, 마니아, 관광객으로 평일도 발 디딜 틈도 없이 북적된다.

그러므로 근처 빌딩에는 컴퓨터를 이용해 다양한 편의를 봐주는 업자들이 가게를 차리고 있었다. 창은 이런 업계에서도 얼굴 마담이었고 아키오에게 그중 몇 군데를 소개해주기도 했다.

그 가게는 지은 지 30년은 지난 낡은 빌딩 8층에 있었고 문에는 표찰 하나 붙어 있지 않았다. 벨조차 없었다. 이런 종류의 가게는 대부분 그렇지만 신뢰할 수 있는 소개자를 통해 미리 연락을 하지 않으면 절대 상대를 해주지 않는 구조로 되어 있다.

20평 남짓으로 보이는 좁은 사무실에는 컴퓨터가 몇 대 놓여 있었고 더러운 스웨터를 입은 젊은이 두 사람이 과자를 먹으며 모니터를 보고 있었다. 아키오를 맞아준 것은 사팔뜨기인 50대 남자로 떠듬떠듬 영어를 할 수 있었다. 하기야 아키오의 의뢰 내용이 워낙 단순했던 만큼 이야기를 할 필요는 거의 없었지만.

아키오는 봉투에서 레이코의 여권 사본을 꺼낸 다음 'TAKIGAWA SAKI'라는 로마자와 적당한 생년월일이 기입된 종이와 함께 건넸다. 안쪽에 있던 젊은이가 여권 복사본을 스캐너로 스캔한 다음 글자를 바꾸기 시작했다. 약간의 기술이 있으면 누구나 할 수 있는 일이지만 여기는 일본의 여권과 완전히 똑같은 폰트와 그것을 출력할 수 있는 특수한 프린터를 보유하고 있다. 이것을 사용하면 진짜와 거의 구별이 되지 않는다.

방 한쪽에 놓여 있던 접이식 의자에 앉아 20분가량 기다리자 두꺼운 안경을 쓴 소심해 보이는 젊은이가 서명란을 비워둔 '다키가와 사키'의 여권 프린트를 가져와 틀린 곳이 없냐고 물었다. 신중하게 체크했지만 정말 잘 만들어져 있었다. 여기에 사인을 한 뒤 다시 한 번 세공을 거치면 레이코의 얼굴사진이 붙은 가짜 여권이 완성된다. 급행료를 포함해 3,000홍콩달러, 일본엔으로는 5만 엔이 안 되는 가격이었다.

아키오가 OK를 하자 사팔뜨기 남자는 아키오로부터 돈을 받은 뒤 잠자코 문을 가리켰다. 그다지 환영받지는 못하는 모양이었다. 나가는 순간이 되어서야 겨우 입을 열었다.

"창한테는 안부 전해줘."

아키오는 애매하게 고개를 끄덕이고 불친절한 가게를 나왔다. 창의 무참한 죽음을 떠올리자 다시 속이 안 좋아졌다.

샴슈이포 큰길에서 택시를 탄 것은 11시 40분이었다. 이 정도면 예정대로 12시에 헨리의 사무실에 도착할 것 같았다.

택시 안에서 창에 대해 생각했다.

왜 구로키를 부른 거지? 그 이유가 도무지 이해되지 않았다.

창은 4,000만 달러가 찍힌 명세서를 보자 흥분해서 내일이라도 자신의 것이 될 거라는 망상에 빠져 있었다. 그런 만큼 굳이 돈을 발견한 사실을 구로키에게 알리고 홍콩에 부를 이유는 없었다. 4,000만 달러가 눈앞에 있는데 얼마 되지도 않는 사례금에 목을 맬 이유가 없는 것이다. 그런데 왜 목숨을 잃는 그런 짓을 했을까?

메이는 창이 무엇인가 꾸미는 것 같다고 이야기했다. 물론 본인이 죽은 이상 알 수 있는 방법은 없었다.

헨리는 아키오의 이야기를 듣고 노골적으로 꺼리는 표정을 지었다. 한번 없앤 법인계좌를 다시 되살리겠다는 것은 정상적인 의뢰가 아니라는 사실이 명확했기 때문이다. 그를 설득하는 데 10분이 필요했다. 설득이라고 했지만 실제로는 액수의 문제였다. 통상적인 수수료 2,000달러의 두 배를 주는 것으로 합의를 보았다.

레이코의 위조 여권을 인증해달라는 의뢰에는 헨리가 더욱 꺼림칙한 표정을 지었다. 이쪽의 교섭은 더욱 힘들 것이라고 예상했으므로 30분을 배분해놓고 있었다. 남은 10분 동안 헨리를 끌고 나와 12시 50분에는 여기를 출발해 센트럴에 있는 홍콩상하이은행 본점으로 갈 생각이었다.

"위조한 여권 복사본을 대체 어디에 쓰려는 건데?" 헨리가 물었다.

"한 통은 은행계좌의 개설, 다른 한통은 여권의 신청"이라고 솔직하게 말해주었다. 처음부터 거짓말을 할 생각은 없었다.

위조 여권이 범죄에 사용되면 인증을 해준 헨리에게도 불똥이 튈 가능성이 있는 만큼 경계하는 것도 당연했다. 이 여권이 단지 탈세를 위한 도구라는 것을 먼저 납득시키지 않으면 안 되었다.

탈세는 헨리의 인식으로는 범죄가 아니었다. 홍콩의 경찰과 사법당국 역시 일본에 세금을 내야 할 일본인이 그 의무를 포기한다고 한들 아무 흥미가 없다. 헨리 역시 탈세 목적으로 만든 위조 여권이라면 인증을 해도 별 리스크가 없는 것이다.

"고객의 강한 요청이야. 돈은 낼게." 아키오는 승부에 나섰다. 지금 고비만 넘어가면 이쪽의 승리다.

헨리는 그래도 망설였지만 결국은 "얼마나 생각하고 있는 거지?" 하고 한풀 꺾였다. 눈앞에 어른거리는 돈의 매력에는 이겨내지 못한 것이다.

"가격을 제시해봐." 아키오가 말했다.

"최소한 10만 홍콩달러는 받지 않으면…." 예상대로 터무니없는 액수를 꺼냈다. 사인 두 번으로 일본엔으로 150만 엔 정도를 벌려는 것이다.

"좋아." 아키오는 바로 수락했다. 헨리는 놀라 눈을 커다랗게 떴다. 세 배를 더 부른 셈이므로 당연했다. 그리고 만면에 미소를 띠었다. 이렇게 행복한 미소는 쉽게 볼 수 있는 것이 아니다.

아키오는 수표책을 꺼내 금액란에 10만 홍콩달러를 기입하고 사인했다. 헨리의 눈이 수표책에 고정되는 것이 느껴진다.

"그 대신 센트럴까지 같이 가줘야겠어. 시간이 없거든."

다시 의심스러워하는 빛이 헨리 눈에 감돌았다. 그러나 테이블 위에 있는 10만 홍콩달러짜리 수표를 포기하는 일은 이 남자에게 불가능했다.

헨리는 일어서서 코트를 가지러 로커로 향했다.

홍콩상하이은행 본점 VIP룸 창가 자리에 앉아 레이코는 멍하니 바깥 풍경을 바라보고 있었다.

점심시간을 맞아 바로 아래 있는 황후상광장은 물건을 파는 상인과 통행인, 도시락을 펼치는 사람들로 넘치고 있었다. 저절로 밖에서 식사를 하고 싶어지는 1년에 며칠 안 되는 날씨 좋은 오후였다. 학교에서 교외수업을 하는지 교복을 입은 초등학생들이 교사 인솔하에 광장을 가로질러 갔다.

VIP룸의 열 개 정도의 테이블은 거의 비어 있었다. 안쪽에 휴대전화를 손에 들고 어딘지 모르지만 금융기관 담당자에게 호통을 치는 중년 백인 여성이 있었다. 이런 모습은 익숙한 탓에 이곳의 사람들은 눈길도 주지 않았다.

레이코의 테이블에는 홍차가 든 하얀 잔이 놓여 있었고 절반 정도 남아 있었다. 의자 옆에는 자그마한 여행가방이 놓여 있다. 호텔에 들르지 않고 국제공항에서 직접 여기로 온 것일 것이다. 만약 그렇다면 한 시간 가까이 기다렸을 것이다.

오늘 레이코는 커다란 카메오펜던트를 하고 파란 터틀넥스웨터에 짙은 감색 가죽으로 만든 바지를 입고 있었다. 스웨터의 밝은 청색과 창밖으로 펼쳐져 있는 푸른 하늘이 잘 어울렸다. 여전히 아름다웠지만 어딘가 피곤한 것처럼도 보였다.

"오래 기다리셨죠?"

아키오는 사무적으로 이야기를 진행하자고 마음먹었다. 40분 안에 모든 것을 마치고 2시까지 그랜드하이야트로 돌아가지 않으면 안 된다.

"오랜만입니다." 헨리가 인사했다. 그 역시 귀찮은 일은 빨리 해치우고 싶을 것이다. 아키오와 다른 것은 그런 감정이 노골적으로 태도에 드러나 있는 부분이었다.

헨리는 다른 테이블에 앉힌 다음 아키오는 봉투에서 여권 복사본을 꺼냈다.

"이걸 사용해 새 이름으로 은행계좌와 여권을 만들 겁니다." 아키오는 설명했다. "우선 이 서명란에 사인을 해주십시오. 일본어라도 상관없습니다."

"다키가와 사키인 건가요? 예쁜 이름이네요." 레이코가 반가운 듯이 말했다. "소중히 쓸게요."

아키오는 그 말에 대답하지 않고 백지 헤드레터와 만년필을 테이블에 올려놓았다. "여기에 몇 번인가 써보고 똑같이 서명을 할 수 있도록 해주십시오. 앞으로는 이것이 당신의 사인이 되는 거니까요."

레이코는 고개를 끄덕인 뒤 세 가지 정도 다른 글씨체로 사인을 연습했다. 모두 세련되고 아름다운 사인이었다. 잠시 생각한 뒤 레이코는 "이걸로 할게요" 하고 말했다. 그 사인을 조금 전 샴슈이포에서 만들어온 위조 여권의 서명란에 하게 했다.

그리고 아키오는 헨리를 불러 복사본을 네 통 만들어달라고 말했다. 그동안 레이코에게 필요한 것들을 전하지 않으면 안 된다.

"인증된 여권의 카피가 있으면 다키가와 사키라는 이름으로 오프쇼어은행에 계좌를 만들 수 있습니다. 이번에도 헨리가 취급하는 카리브 쪽 은행에 계좌를 만들도록 하죠."

헨리의 사무실에서 가져온 계좌개설용지를 테이블 위에 놓았다.

"계좌를 만드는 법은 아시죠? 주소와 전화번호는 직접 준비하시기 바랍니다."

레이코는 작게 고개를 끄덕였다.

"계좌가 만들어지면 그쪽으로 어느 정도의 돈을 송금하십시오. 100만 달러, 일본엔으로 1억 3,000만 엔 정도 보내면 충분할 겁니다. 입금이 확인되면 그 잔액증명서를 첨부해서 여권을 신청하겠습니다."

미국이나 유럽, 일본처럼 자금수준이 높은 선진국에서는 항상 외부 세계로부터 인구유입의 압력을 받는다. 일본 같은 곳은 그래도 네 면이 바다로 둘러싸여 있어 그나마 낫지만 자국보다 가난한 나라와 국경을 마주하고 있는 미국이나 유럽의 국가들은 이론적으로는 임금수준이 똑같아질 때까지 노동자가 유입된다. 이렇게 되면 국민의 기득권이 침해되므로 이민자들의 유입에 강한 정치적 반발심이 생기게 된다.

그러나 이런 이민 문제는 축복받은 일부 국가의 이야기일 뿐 세계의 절반을 점하는 가난한 나라에게는 아무 의미가 없었다. 그 나라에 사는 것에 아무런 이익이 없으면 이민자들은 오지 않기 때문이다. 이런 나라들도 단순노동자의 이주는 엄격하게 제한하고 있지만 돈이 많은 외국인이라면 대환영이다. 일정 수준을 넘어서는 큰돈을 자국에 투자하는 것을 조건으로 비자와 여권을 발급해준다. 그 검사와 조건 역시 나라에 따라 각각 다르다. 남태평양 쪽은 15만 달러만 지불하면 기꺼이 투자가 비자를 발급하며 아프리카의 이름도 없는 국가에서는 1만 달러에 여권을 판다.

일반적으로 거주권에 비해 시민권의 취득은 어렵지만 약간만 연구하면 여권은 손에 넣을 수 있다. 예를 들어 자국민과 결혼한 외국인에게는 간단하게 시민권을 부여하는 나라가 있다. 그쪽의 결혼브로커에게 부탁해 혼인신고서를 제출하여 시민권을 취득한 후 이혼. 본인의 의사에 따라 자유롭게 이름을 바꿀 수 있는 나라도 많으므로 일단 여권을 손에 넣으면 완전히 다른 이름으로 바꿀 수도 있다.

아키오가 '다키가와 사키'라는 이름으로 여권을 신청하려고 생각하는 곳은 카리브의 택스헤이븐으로 이곳은 시민권의 판매가 국가적 사업이었다. 정부에 돈을 지불한 뒤 담당자에게 적절한 뇌물만 제공하면 여권이 발행된다. 조건은 100만 달러에 상당하는 자금을 자국 내 금융기관에 맡기는 것과 범죄에 관여하지 않았다는 증명서를 제출할 것. 물론 이 증명서도 돈으로 살 수 있다. 헨리의 루트를 통하면 인증된 여권의 복사본으로 시민권을 신청하는 일도 가능한 것이다.

이런 사정은 당연히 모든 나라의 입국심사관도 알고 있으므로 상당한 각오가 없으면 실제로는 사용할 수 없다. 적어도 이 여권을 사용해 레이코가 일본으로 입국하는 일은 불가능할 것이다. 그러나 주권국이 발행한 정식 여권이 있으면 조금 더 수준이 높은 국가에 이주하는 길이 열린다.

OECD에 가맹된 선진국 중에서도 캐나다, 오스트레일리아, 뉴질랜드 등은 건국 이래의 만성적인 인구부족에 시달려온 만큼 이민에 대해서는 상당히 관용적인 정책을 유지하고 있다. 그 외에도 필리핀, 타이, 말레이시아 등 부유한 외국인 이주에 호의적인 곳은 얼마든지 찾을 수 있다. 이런 국가들은 노동인구의 확보보다 이민을 받아들임으로써 외국의 자금을 유치하는 것이 목적이었다.

이런 사정을 잘만 이용하면 다소 시간은 걸리지만 신용도가 높은 여권을 입수하는 일이 가능하다. 돈이 있고 시스템을 이해하면 웬만한 일은 가능하다는 당연하다면 당연한 이야기인 것이다.

일본은 이중국적을 금지하고 있으므로 복수의 여권을 가지고 있으면 어느 한 가지를 선택할 것을 강요한다. 그러나 실제로는 누가 어떤 국적을 가지고 있는지 조사하는 일은 불가능하므로 다중국적자가 일본인 중에도 상당수 있다. 페루의 후지모리 전 대통령도 그중 한 사람이다. 레이코 역시 일본의 여권을 버릴 필요가 없으므로 언제든 '와카바야시 레이코'로 돌아올 수 있다.

그런 것들을 레이코에게 모두 이야기했을 무렵 헨리가 네 통의 복사본을 손에 들고 왔다. 그중 두 통에 사인을 시킨 다음 한 통은 레이코에게 건넸다. 나머지 한 통은 무슨 일이 있을 때를 대비해 아키오가 가지고 있기로 했다.

인증받은 여권과 바꿔 10만 홍콩달러 수표를 건네자 헨리는 인사도 대충하고 재빨리 가버렸다. 바로 수표를 돈으로 바꾸기 위해 은행으로 달려간 것이다.

계좌개설신청서, 여권신청서, 인증된 여권의 복사본을 한꺼번에 봉투에 넣어 레이코에게 주었다.

"내가 할 수 있는 일은 여기까지입니다. 만약 무슨 일이 일어나면 헨리에게 물어보십시오. 돈만 주면 뭐든지 해줄 겁니다."

레이코는 봉투를 받아들고 아키오를 쳐다보았다.

"이제 당신과는 이별인가요?"

"죄송하지만 빅토리아피크에 가기로 한 약속은 취소해주십시오."

"유감이네요"라고 레이코는 무심하게 대답했다. 전혀 유감스럽게 생각하는 것 같지 않았다. 무엇인가 다른 일을 생각하는 모양이었다.

시계를 보았다. 이제 곧 1시 30분이었다.

레이코는 턱을 괴고 창밖의 황후상광장을 내려다보고 있었다. 슬슬 점심시간도 끝나고 있었다. 근처 사무실에서 일하는 사람들이 담소를 하며 지나가는 것이 보였다.

아키오는 순간 망설였다. 레이코를 만나는 것은 아마 이것이 마지막일 것이다.

마지막으로 제안을 해보기로 했다. 그러지 않으면 틀림없이 후회할 것이다.

"그 돈을 구로키에게 돌려줄 생각은 없는 건가요?"

왜? 하는 눈으로 레이코가 쳐다보았다.

"구로키는 절대 그 돈을 포기하지 않을 겁니다. 새 여권을 손에 넣었다 해도 영원히 도망칠 수 있다는 보증은 안 되니까요. 돈을 돌려주겠다면 구로키와 이야기를 해보겠습니다."

앞으로의 인생을 계속 외국에서 보내는 일은 레이코에게는 불가능할 것이라 아키오는 생각했다. 애당초 외국 땅에 뼈를 묻는 일이 가능한 인간은 거의 존재하지 않는다. 일본에서도 최근에는 비일상을 동경해 해외로 이주하는 사람이 많이 늘었다. 그러나 3년도 지나지 않아 그 대부분이 돌아온다. 그러나 레이코의 경우 일본으로 돌아오면 구로키가 기다릴 것이다.

레이코는 흥미로운 눈으로 아키오를 보고 있었다.

아키오는 레이코가 훔친 50억을 법인계좌에 다시 되돌림으로써 구로키에게 돌려주려고 생각하고 있었다. 그리고 카리브 쪽 은행에 만든 '다키가와 사키' 명의의 계좌에는 구로키로부터 받은 5억 엔을 전부 송금할 생각이었다. 계좌번호는 헨리에게 물어보면 간단히 알 수 있을 것이다.

5억이면 레이코가 혼자 살아가는 데 아무 문제도 없을 것이다. 구로키의 손에는 45억에 환율로 얻은 차익 3억을 더한 48억이 들어온다.

히시토모부동산으로부터 회수한 5억을 더하면 충분히 만족할 것이다. 그 대부분이 자신의 주머니에 들어갈 것이므로 설사 몇 년 뒤 레이코의 행방을 알아낸다 하더라도 일을 벌이지는 않을 것이다.

레이코의 돈을 개인계좌에서 법인계좌로 넣으면 아키오의 손에는 구로키가 돈을 되찾은 증거가 되는 송금전표가 남는다. 돈을 되돌려 받은 뒤에도 구로키가 레이코를 추적한다면 아키오는 그것을 사용하는 일에 주저하지 않을 생각이었다.

그렇지만 레이코가 지금 구로키에게 돈을 돌려주면 그쪽이 훨씬 확실했다. 한 사람의 인간이 살아가는 데는 50억이나 되는 돈은 필요하지 않다. 게다가 만약 자금 회수에 실패하면 아키오가 할 수 있는 일은 아무것도 없었다.

아키오는 구로키가 처한 상황을 간단히 레이코에게 설명했다. 그리고 돈을 돌려준 뒤 그 증거를 쥐고 있으면 레이코의 안전은 확보할 수 있다고 이야기했다. 레이코는 처음 계획대로 5억의 돈과 자유를 가지면 된다.

"저를 위해 많이 애써주셨네요. 정말 고마워요." 레이코가 웃었다. "그렇지만 설사 제가 돈을 돌려준다 해도 그 사람은 그걸 못 받을 거예요."

아키오는 레이코가 무슨 말을 하는지 알 수 없었다.

"저기, 나카무라 메구미를 만났죠?"

전혀 다른 이야기를 레이코는 시작했다. "그 애에게 아빠 이야기를 들었나요?"

아키오는 고개를 끄덕였다.

"저는 그 무렵 초등학생이었으니까 무슨 일인지 몰랐어요. 밤늦게까지 아빠와 엄마가 어두운 얼굴로 계속 이야기를 하고는 했죠. 그리고 처음 보는 사람이 집에 와 아빠를 괴롭히기 시작했어요."

레이코는 본인의 이야기가 아닌 듯 담담하게 말을 이었다.

"그 무렵 저는 토요일이나 일요일은 가까운 공원에서 시간을 보냈어요. 비가 오는 날도 흠뻑 젖은 채로 공원에서 울었죠. 그래도 아빠가 무서운 사람들에게 괴롭힘을 당하는 걸 보는 것보다는 나았으니까요.

그렇지만 그날은 오늘처럼 무척 날씨가 좋았어요. 일요일이었고 저는 평소처럼 저녁까지 공원에서 시간을 보내려고 나갈 준비를 하고 있었어요. 그런데 그 사람들이 찾아온 거예요.

저는 무서워서 2층 방에 숨었어요. 그러던 중에 엄마의 울음소리가 들리고 그 뒤 아빠의 고함소리가 들리더군요. 저는 방에서 뛰어나왔죠. 엄마를 도와야겠다고 생각한 거예요."

마치 여름방학 일기라도 읽는 것 같았다.

"나와서 보니 아빠는 무섭게 생긴 아저씨에게 목을 졸리고 있었고 다른 한 남자는 엄마를 테이블 위에 쓰러뜨려서 올라타고 있었어요. 남자는 바지를 벗고 있었고 엄마는 옷이 다 찢어져 있었죠. 남자가 엄마의 하얀 가슴을 잡고 주물렀어요."

레이코를 보았다. 웃고 있었다.

"저는 너무 놀라 아무 소리도 내지 못했죠. 그러다가 소리를 지르던 아빠가 저를 봤어요. 아빠의 얼굴은 더 무서웠어요. 눈을 크게 뜨고 입을 벌린 채 침을 질질 흘리고 있었거든요."

레이코는 바로 아래로 보이는 광장에서 시선을 떼지 않았다. 이상한 생각이 들어 아키오도 창밖을 쳐다보았다.

마침 택시가 광장 한쪽에 서는 것이 보였다. 문이 열리고 안에서 고로와 금발이 내렸다.

아키오는 지금 무슨 일이 벌어지는 것인지 전혀 이해가 되지 않았다. 다시 한 대 택시가 서더니 구로키와 메이가 내렸다. 메이가 고로 쪽으로 달려갔다. 금발은 그 근처를 서성이고 있었다.

"전, 저 사람을 알아요."

구로키는 눈 위에 손을 대고 주위를 둘러보고 있었다. 누군가를 찾는 모양이었다.

"저 사람은 한쪽 구석에 서서 아빠와 엄마를 보고 있었어요." 레이코가 말했다. "그러다 저를 보더니 손을 잡고 2층 방으로 데려가줬어요. '착한 아이니까 여기 있으렴' 하면서요."

아키오는 혼란스러웠다. 레이코가 구로키를 알고 있었던 것인가?

"그리고 알려줬어요. '넌 앞으로 매일 악몽을 꿀 거란다'라고요."

레이코가 미소를 지었다.

"저 사람 말이 맞았어요."

"구로키를 여기로 부른 겁니까?" 아키오가 물었다. 자신의 목소리가 갈라져 나오는 것이 느껴졌다.

레이코는 대답하지 않았다.

메이와 고로가 여전히 손짓발짓을 섞어 이야기를 하고 있었다. 관광객 무리가 분수를 배경으로 기념사진을 찍고 있었다. 필리핀인 메이드가 유모차를 밀고 천천히 광장을 가로지르고 있었다. 평화로운 오후의 한때였다.

레이코는 뚫어져라 구로키를 보고 있었다.

당했다!

아키오는 의자를 쓰러뜨리고 맹렬히 달리기 시작했다.

에스컬레이터를 뛰어내려와 건물을 나서는 순간, 검게 칠한 BMW가

광장 옆에 천천히 멈추는 것이 보였다. 검게 코팅된 창문이 소리도 없이 내려갔다.

메이가 아키오를 보고 손을 흔들었다.

"도망쳐!" 하고 소리쳤다. 의아해하는 얼굴이었다. 아키오가 정신없이 내뱉은 일본어를 이해하지 못한 것이다.

구로키가 "뭐지?" 하는 표정으로 이쪽을 보았다.

BMW 창문에서 총구가 보였다.

구로키의 눈이 경악으로 휘둥그레졌다. 연이어서 총성이 울렸다.

가까이 있던 관광객들이 비명을 질렀다. 메이는 공포심에 꼼짝도 못하고 서 있었다. 고로가 메이를 밀쳐낸 다음 구로키를 향해 뛰었다.

한 발이 어깻죽지에 명중했고 그 충격으로 구로키가 뒤로 쓰러졌다. 쓰러진 구로키를 향해 계속해서 총탄이 날아들었다. 오른쪽 허벅지에 한 발. 옆구리에 한 발. 총알이 박힐 때마다 구로키의 몸에서 피가 튀었고 경련을 일으켰다.

고로가 구로키에게 달려들어 분수 쪽으로 끌어가려고 했지만 그런 고로를 향해 사정없이 총탄이 쏟아졌다. 넓은 고로의 등에서 피 분수가 일었고 여섯 발째에 고로는 구로키 위에 쓰러졌다.

"젠장, 젠장, 젠장, 젠장…." 금발만이 여전히 혼자 다리를 달달 떨며 예의 혼잣말을 계속하고 있었다. 가까이 있던 회사원과 관광객들은 정신없이 도망가고 구르고 비명을 질렀다. 구로키와 고로가 움직이지 않는 것을 확인한 뒤 검은색 BMW는 타이어에서 굉음을 내며 급발진했다.

쓰러진 메이에게 뛰어갔다. 고로가 힘껏 밀어낸 탓에 스타킹과 옷이 찢어지고 팔꿈치며 무릎에서 피가 흐르고 있다. 그러나 그 덕분에 총격을 피할 수 있었다.

"괜찮아?" 하고 묻자 꼭 감고 있던 눈을 떴고 아키오의 얼굴을 보자마자 비명을 지르며 안겼다.

"이제 걱정할 것 없어."

멀리서 사이렌 소리가 들렸다.

광장에 있는 사람들은 모두 울고 있었다. 그렇지 않은 사람은 멍하니 하늘만 보고 있었다. 고급 양복을 입은 남자가 주저앉은 채 새빨갛게 물든 자신의 와이셔츠를 의아한 표정으로 보고 있었다.

잠깐 기다리라고 메이에게 말한 뒤 분수 쪽으로 다가갔다. 고로는 눈을 뜬 채 입에서 피를 흘리며 죽어 있었다. 구로키는 아직 약하게나마 숨을 쉬고 있는 것 같았다.

아키오를 보더니 "꼴 좋게 됐군" 하고 중얼거리며 구로키는 눈을 감았다. 희미하게 입술을 일그러뜨린 그의 모습은 웃는 것처럼도 보였다.

금발이 천천히 다가왔다. 여전히 무엇인가를 중얼거리고 있었다. 무슨 일이 일어났는지 전혀 모르는 것 같았다. 옷은 찢어지고 옆구리에는 구멍이 뚫려 그곳에서 피를 뿜고 있었다. 금발은 아키오를 보더니 히죽 웃었다. "하고 싶어, 하고 싶어." 그렇게 중얼거리면서 마른 팔을 내밀었다. 그의 팔은 무수히 많은 딱지로 덮여 있었다. 그리고는 그대로 웃으며 앞으로 쓰러졌고 태엽이 망가진 장난감처럼 움직이지 않게 되었다.

——레이코. 이게 당신이 원했던 건가?

경찰차가 계속 도착했고 경찰들이 뛰어왔다.

"이제 곧 구급차가 올 겁니다."

구로키에게 소리쳤다. 듣고 있는지 어떤지는 알 수 없다.

아오키는 그 자리에서 일어나 차들이 멈춰 있는 큰길을 건넜다. 근처 빌딩에서 구경꾼들이 몰려나와 경찰들이 필사적으로 그들을 막고 있었다.

아키오는 입술을 깨물었다.

무슨 방법을 썼는지는 모르지만 레이코가 창에게 연락을 한 것이다. 그리고 돈을 줄 테니 구로키를 죽여달라고 제안했을 것이다. 그 때문에 창은 구로키를 홍콩으로 부른 것이 분명했다. 창이 어제 여기저기 전화를 걸었던 것은 그 일을 위한 준비였던 것이다.

구로키가 묵었던 호텔에서 만난 뺨에 흉터가 있는 남자가 떠올랐다. 반년쯤 전 카를로의 가게에서 창과 함께 마시고 길을 걷고 있을 때 우연히 만나 소개를 받은 적이 있었다. 창의 예전 동료라고 했다. 창의 의뢰로 구로키를 공격한 것은 그 두 사람이 분명했다.

에스컬레이터를 오르자 그곳에는 아무도 없었다.

레이코가 턱을 괴고 창밖을 보고 있던 테이블 위에는 하얀 홍차 잔이 그대로 놓여 있었다. 핑크색 립스틱 자국이 선명하게 남아 있었다.

28

택시 운전사에게 두 배로 팁을 주고 메이를 데리고 아파트로 돌아왔다. 운전사는 처음에는 피가 묻은 옷을 입은 손님을 태우는 것을 꺼려했지만 두 사람이 그 참극 현장에 있었다는 것을 알고 어눌한 영어로 이것저것 물으며 무슨 일이 있었는지 알고 싶어 했다.

옷장 깊숙한 곳에 두었던 한 번도 사용한 적 없는 응급세트를 꺼내 메이의 상처를 소독하고 붕대를 감았다. 콘크리트 지면에 쓰러지면서 여기저기 찰과상을 입었다. 다행히 상처는 그다지 심하지 않았다.

메이가 자러 왔을 때를 대비해 준비했던 여분의 옷이 아직 남아 있었다. 대부분 여름옷이었지만 청바지와 티셔츠가 있었기에 위에 아키오의 남자 스웨터를 껴입으니 그런대로 괜찮았다. 원래 키가 큰 까닭에 소매 쪽을 조금만 접으면 되었다.

조금 안정을 취한 뒤 TV를 켰다. 모든 채널에서 홍콩 중심가에서 일어난 충격사건을 속보로 전하고 있었다. 테이블 위에 빈 캔이 놓여 있었고 거기에 구로키가 피웠던 카멜 꽁초가 두 개 남아 있었다.

"창 씨는?" 메이가 물었다.

"죽었어." 솔직하게 대답했다. 이제 와서 숨겨본들 소용이 없다.

"그렇구나." 이미 짐작을 하고 있었는지 크게 놀라는 표정은 아니었다.

"자택에서 칼에 찔려 죽어 있었어."

순간 눈물이 흘러나왔다.

배신당한 일에 대한 원망은 이상하게도 들지 않았다.

창을 이 일에 끌어들이지 않았으면 그렇게 무참하게 죽지도 않았을 것이다. 결국 모든 것이 엉망이 되어 버렸다.

"우린 이제 어떻게 되는 거야?" 메이가 물었다.

아키오는 메이에게 캐나다 여권이 있는지 물었다.

집에 있다고 메이가 대답했다. 캐나다와 중국 국적이 있는 그녀는 어디든 비자 없이 생활할 수 있다.

"내일 홍콩을 떠나려고 해. 같이 갈래?"

메이는 깜짝 놀란 듯이 눈을 크게 떴다. 그리고 "좋아" 하고 고개를 끄덕였다.

"어디든 갈래."

구로키를 공격한 것이 메이를 납치한 2인조라면 아키오와 메이의 얼굴을 알 것이고 입을 막으려 들지도 모른다. 더 이상 메이를 위험에 노출시킬 수는 없었다.

항공사에 전화해 내일 북미로 가는 비행기 빈자리가 있는지 물었다. 다행히 시애틀 직항편에 취소분이 있었다. 그곳에서 밴쿠버로 가면 된다. 여권과 카드 그리고 수표책만 있으면 전 세계 어디를 가도 어떻게든 지낼 수 있다.

메이에게 일단 집으로 돌아가 여권과 짐을 챙기라고 했다.

준비가 되면 침사추이로 돌아와 휴대전화로 연락을 취하기로 했다. 오늘밤은 싸구려 호텔에라도 가는 편이 나을 것이다. 흔적은 가능한 한 남기지 않는 편이 좋을 것이라는 생각이 들었다.

집을 나올 때 메이는 돌아서서 아키를 바라보았다.

"저기, 아키. 나 당신을 사랑해."

모든 것이 헛수고로 돌아갔지만 그래도 메이는 지킬 수 있었다.

지금은 그것만으로도 충분했다.

컴퓨터 전원을 켜고 하드디스크를 초기화한 뒤 전원을 껐다. 업무에 사용하던 파일은 빈 박스에 담아 해외택배편으로 일본에 보내기로 했다. 얼굴을 아는 1층 편의점 점원에게 팁을 주면 기뻐하며 해줄 것이다. 집에서는 어차피 무엇인지 확인도 하지 않고 창고에 쌓아둘 것이다.

정리를 마친 뒤 집을 둘러보았다. 이번 건에 관련된 증거는 아무것도 남지 않은 것을 확인했다. 노트북은 아직 호텔 프런트에 맡긴 상태지만 오늘 중 회수해서 캐나다로 가져가면 될 것이다. 메이의 피 묻은 옷은 근처 쓰레기장에 버렸다. 내일쯤 소각되어서 재밖에 남지 않을 것이다. 캐나다는 추울 것이므로 옷장에서 가죽점퍼를 꺼냈다.

시계를 보았다. 오후 3시를 조금 지나 있었다. 메이로부터 연락이
오려면 아직 두 시간은 걸릴 것이다.

바람은 조금 선선해졌지만 햇살은 아직 따갑다. 두꺼운 가죽점퍼를
입어서인지 얼굴에 땀이 배었다.

편의점 직원은 선선히 아키오의 부탁을 들어주었다. 오늘 중에 택배
에게 넘기겠다고 한다. "어딘가 추운 곳에 여행이라도 가는 건가요?"
라고 물으며 "저도 올해는 꼭 스키를 타보고 싶어요"라고 말했다. 홍
콩의 젊은이들 사이에서는 스키야말로 가장 사치스러운 오락이었다.
일본에서는 11월에서 4월까지 반년간 스키를 탈 수 있다고 설명하면
모두들 부러워한다. 쓰레기소각장에 옷을 버린 다음 택시를 탔다. 센
트럴 주변은 길이 많이 막힌다면서 멀리 돌았지만 그래도 30분 만에
도착했다.

빅토리아피크의 전망대는 평소보다 한산했다. 피크트램의 기점인
센트럴이 혼란스럽기 때문인 것이다. 가게의 점원들도 모두 TV 화면
을 보고 있었다.

그런 가운데 레이코는 전망대 끝에 턱을 괴고 멍하니 도시를 바라보
고 있었다.

아무리 많은 사람이 죽었다 하더라도 어제와 같은 오늘이 있고 오늘
과 같은 내일이 온다. 어차피 이 세상이 멸망할 정도의 일이 일어난 것
은 아닌 것이다.

아키오는 레이코 옆에 섰다.

"역시 와주셨네요." 돌아보지도 않고 레이코가 말했다. "고마워요."

"모두 죽었습니다."

"그렇군요." 그 목소리는 아무런 감정도 들어 있지 않았다.

"당신 소원은 이루어진 건가요?"

레이코가 드디어 아키오를 쳐다보았다. 벨벳으로 만든 재킷을 입고 얇은 실크스카프를 무심하게 목에 두르고 있었다.

"무슨 말이에요?"

"구로키에게 복수를 하려고 한 것 아닌가요?"

레이코는 의아하다는 듯이 아키오를 쳐다보았다.

"그 사람은 무척 친절했어요." 하늘을 쳐다보았다. 태양은 아직 서쪽 하늘에서 빛나고 있었다. "악몽을 안 꿀 수 있는 부적을 제게 주었으니까요." 그리고 "저기, 왜 그렇게 슬픈 얼굴을 하고 있는 거죠?" 하고 물었다.

레이코가 무슨 말을 하는 건지 아키오는 알 수 없었다. 그러나 구로키를 원망하는 것은 아닌 모양이었다. 그저 방해가 되었던 것뿐이었다.

"당신 때문에 많은 사람이 죽었어요." 아키오가 말했다.

"그래서요?"

"모두들 행복해지기 위해 필사적으로 살던 사람이었다고요."

"행복이란 뭐죠?" 레이코가 작게 웃었다. "재미있는 말을 하시네요."

레이코는 다시 턱을 괴고 거리를 바라보기 시작했다. 밤색 머리카락이 바람에 나부껴 얼굴을 가렸다. 레이코는 우아한 동작으로 머리카락을 넘겼다.

"저기, 어떡하면 좋을지 알려줄래요?" 가볍게 한숨을 쉬며 말했다. "요즘 들어 다시 악몽을 꿔요."

그리고 눈썹을 찌푸렸다. 그런 동작마저도 우아하기 그지없었다.

"그 꿈은 이래요. 제가 집에 돌아가면 엄마가 또 모르는 남자에게 깔려 괴로워하고 있는 거예요. 그러다 문득 정신을 차리면 그 남자는 온

몸에서 피를 흘리고 있고 제 손도 피로 엉망이 되어 있죠. 엄마는 그 옆에서 울고 있고요. 저는 엄마를 위해 한 일이었는데…."

그리고 환하게 미소를 지었다.

"어떻게 하면 그 꿈을 꾸지 않을지 알려주세요."

다음 순간 레이코는 아키오에게 안겼다. "조금 춥네요." 온몸이 가늘게 떨리고 있었다. "어떤 부적도 이젠 듣지 않게 됐어요."

"전 더 이상 당신을 위해 할 수 있는 게 없어요."

"저야말로 당신을 위해 할 수 있는 게 있음 좋을 텐데…"라고 레이코가 말했다.

아키오는 고개를 저었다.

레이코의 눈이 재미있는 것을 발견한 어린아이처럼 반짝 빛났다. 자신도 모르게 빨려들 것 같은 아름다운 눈동자였다.

"그렇군요."

그리고 천천히 눈을 감았다.

"지금 여기서 죽고 싶어요."

넓은 전망대에는 두 사람 외에 아무도 없었다. 껴안은 두 사람의 실루엣이 긴 그림자가 되어 갈라진 콘크리트 테라스에 비쳤다.

아키오는 레이코에게서 몸을 떼며 말했다.

"그건 당신이 결정할 문제예요."

레이코를 남겨두고 피크트램을 타는 역으로 향했다. 차 안에 관광객의 모습은 없었고 일찍 가게를 닫고 귀가를 서두르는 점원이 몇 사람 타고 있을 뿐이었다.

건물 몇 채에서 크리스마스 네온을 켜기 시작했다.

센트럴을 피해 택시로 일단 완차이까지 가서 페리를 탔다. 선창장을 내렸을 때 메이로부터 전화가 왔다.

그날 밤은 몽콕의 싸구려 호텔에 묵었다. 비즈니스호텔 겸 러브호텔 같은 곳으로 프런트에 현금을 지불하면 숙박객의 신분은 묻지 않는 곳이었다.

방에는 TV밖에 없었다. 메이는 옷도 갈아입지 않고 침대에 누워 아기처럼 몸을 웅크리고 있었다. 아키오는 의미를 알 수 없는 광동어 방송을 멍하니 보고 있었다. 화면에는 황후상광장이 나왔고 리포터와 뉴스캐스터가 큰 소리로 떠들고 있었다.

문득 떠올라 고로에게 소개를 해준 나이트클럽에 전화를 해 매니저를 찾았다. 일본인 예약자가 있지 않느냐고 물은 뒤 "지인이 여자를 지명했을 테지만 사정이 있어 오늘은 못 갈 것 같다"라고 전했다. 매니저는 고로를 기억하는 모양인지 아쉬워했다.

그 여자와 통화를 할 수 있는지 물었다.

"지명이 캔슬된 걸 알면 실망할 겁니다." 매니저가 말했다.

"대신 놀아주시면 안 되나요?"

"다음에 지인이 그 여자와 같이 일본으로 갈 거라던데요?"

풋 하고 매니저가 웃었다. 그리고 그런 바보들이 있기 때문에 자신들이 먹고살 수 있다고 설명해주었다.

29

밴쿠버의 차이나타운은 시내 중심가 동남쪽에 위치하고 있었고 샌프

란시스코, 뉴욕에 이어 북미에서 세 번째로 큰 규모를 자랑했다. 요즘은 '홍쿠버'라고 불릴 만큼 홍콩에서 온 이민이 많아 메이와 생활하는 데에는 아무 문제도 없다. 브리티시콜롬비아주 최대의 도시로 그 이름처럼 영국풍의 아름다운 도시다.

처음 사흘은 메이가 원하는 대로 스탠리파크 쪽 바다가 보이는 호텔에 묵었다. 그리고 차이나타운 근처에 작은 부엌이 딸린 콘도를 한 달 1,500달러에 빌렸다.

밴쿠버에 도착한 날 메이는 집에 전화를 걸었다. 부모님은 딸이 있는 곳을 알게 된 것만으로도 안심이 되는 모양이었다. 바로 밴쿠버에 사는 친척에게 연락을 취했고 아키오가 사는 좁은 방에는 계속해서 손님이 찾아왔다.

창의 장례식은 무사히 마쳤다고 했다. 현지의 가십지는 창의 무참한 죽음과 백주의 총격전을 관련지어 수많은 기사를 써냈다. 관계자들을 가십지 기자들이 매일같이 쫓아다니는 탓에 메이의 부모님은 딸이 외국에 있는 것만으로도 다행이라고 생각하는 모양이었다.

아키오는 구라타 노인에게 전화를 걸었다. 간단히 사정을 설명하고 마베에게 5,000만 엔을 송금하기로 한 일이 늦어졌다고 이야기하자 "그런 건 신경 쓰지 말라"라고 말했다.

"잠시 홍콩을 떠나 있기로 했습니다"라고 말을 했지만 구라타는 이유를 묻지 않았다.

"돈에는 모두 색깔이 있지. 더러운 돈에 손을 댄 인간은 자신도 파멸할 수밖에 없어. 그 사실을 알게 된 것만으로도 좋은 체험을 했다고 생각하게."

구라타는 모든 것을 알고 있었다.

그때 메이가 마침 시장에서 돌아왔다.

"아키, 짐 나르는 것 좀 도와줘."

메이의 목소리가 들렸는지 구라타는 만족스러운 듯 웃었다.

그날 밤 마베의 자택에 전화를 하자 이미 구라타로부터 연락이 있었다고 했다.

아키오는 창의 사무소가 폐쇄되면서 마베가 오프쇼어에 만든 은행계좌를 알 수 없게 된 일을 사과했다. 지금은 창의 사서함에 계좌가 개설된 것을 알리는 우편물이 도착했을 테지만 그것을 회수할 방법이 없었다. 예의 5,000만 엔은 달러로 바꿔 오프쇼어의 자신의 계좌에 송금했다. 마베의 계좌만 알면 이체는 간단한 일이다.

마베는 주주대표소송이 시작되었지만 생각보다 빨리 화해가 될 것 같으므로 결과가 나올 때까지는 그대로 두어도 괜찮다고 했다.

"구라타 님께서 비서도 통하지 않고 직접 저 같은 놈에게 전화를 주셨습니다. 모두 자신이 책임을 지겠다고요. 구도 씨, 당신은 복 받은 사람이에요."

마베가 말했다.

밴쿠버의 겨울은 아름다운 계절이다. 조지아해협을 흐르는 난류 덕분에 겨울에도 눈은 거의 내리지 않는다. 아키오와 메이는 시간이 나면 스탠리파크를 산책했고 오래된 건물이 많은 다운타운을 걸었다.

밴쿠버는 샌프란시스코와 시애틀처럼 어패류가 풍부했고 멋진 레스토랑이 많이 있었다. 차이나타운에 가면 홍콩에 있는 것과 거의 똑같았다.

메이는 돈이 아깝다며 요즘은 식재료를 사와 요리를 했다. 지금까지는 몰랐지만 상당한 솜씨였다.

밴쿠버에 도착해서 1주일이 지날 무렵 홍콩의 가족들이 메이 앞으로 대량의 의류를 보내왔다. 아키오는 적당히 속옷만 샀을 뿐 매일 같은 옷을 입고 있었다. 오늘도 메이와 팔짱을 끼고 근처의 슈퍼마켓까지 시장을 보러 갔다.

크리스마스이브에는 작은 케이크를 사서 둘이 먹었다. 테러의 영향으로 캐나다의 경기도 급속도로 얼어붙었고 크리스마스세일의 열기도 예년에 비하면 식은 듯했다. 작년 크리스마스이브는 창의 주최로 카를로의 가게에서 성대한 파티를 열었다. 창은 평소와 달리 턱시도를 입고 나타났지만 역시나 전혀 어울리지 않았다. 케이크를 먹으며 메이와 그런 이야기를 했다.

2002년을 맞아 유럽에서는 유로의 유통이 시작되었지만 마켓에 큰 움직임은 없었다. 엔화가 급격히 떨어지면서 3월쯤 금융위기가 일어날 것이라는 소문이 퍼지고 있었다. 그러나 그런 일도 이곳에서는 다른 세계의 이야기였다.

서양에서는 새해 첫날도 단순한 휴일이다. 1월 2일부터 업무가 시작된다. 중국에서는 춘절이라고 해서 음력으로 지낸다. 차이나타운도 본격적인 춘절 준비를 시작하기에는 아직 시간이 남아 있었다.

앞으로 어떻게 할지는 전혀 생각하지 않았다. 메이와 둘이 살기 위해서는 언젠가 일을 하지 않으면 안 된다. 구라타는 잠잠해지면 연락을 하라고 하면서 해외자산의 관리를 맡기겠다고 했지만 조금 생각해보겠다고 대답했다.

아키오의 마음속에서 매일같이 한 가지 의문이 떠올랐다.

한밤중에 일어나 혼자 인터넷을 검색하고 있노라니 어느 사이엔가 메이가 뒤에 서 있었다.

"왜 그래?"

메이는 잠자코 아키오를 처다보았다.

"3개월만 여기서 기다릴게. 그때까지 아키가 돌아오지 않으면 포기할래. 나는 걱정 안 해도 돼."

그렇게 말하고 메이는 침실로 돌아갔다.

30

점심시간 무렵 나리타공항에 도착한 뒤 그대로 나리타익스프레스로 도쿄 역까지 가 코인로커에 짐을 넣고 다케노즈카로 향했다.

밴쿠버를 출발하기 전 마키오카병원의 요시오카 미쓰요에게 편지를 써 레이코의 모친이 입원한 경위를 다시 한 번 듣고 싶다고 전했다. 나리타공항에서 전화를 하자 오늘은 3시쯤 근무가 끝나니까 역 앞 찻집에서 만나자고 했다.

"오래 기다리셨죠? 죄송해요."

카운터와 테이블이 네 개밖에 없는 작은 찻집에서 식은 커피를 마시며 30분쯤 기다리자 미쓰요가 나타났다. 평상복을 입은 모습을 보니 더욱 보통 주부 같았다. 자리에 앉자 미쓰요는 바로 가방에서 담배를 꺼내 불을 붙였다.

"레이코 씨는 아직 못 찾으셨나요?"

레이코를 만난 사실은 말하지 않았다. 미쓰요는 와카바야시 야스코를 진심으로 동정하는 모양이었다.

아키오에게는, 꼭 물어보고 싶은 것이 있었다.

"전에 뵈었을 때 야스코 씨의 의식이 가끔 돌아왔을 때 이야기를 나누셨다고 했죠?" 아키오가 말했다. "그때 야스코 씨는 이대로 죽게 해달라고 말씀하셨다고 하셨고요."

미쓰요가 고개를 끄덕였다.

"레이코 씨가 매일 어머니를 보러 왔을 때도 그때처럼 야스코 씨의 의식이 돌아온 때가 있지 않았을까 하는 말씀도 하셨어요."

긴장한 얼굴로 미쓰요는 담배를 피우고 있었다.

"만약 그랬다면 야스코 씨는 무슨 말을 하셨을까요?"

"그건 저도 생각한 적이 있어요."

"역시 '이대로 죽게 해달라'였을까요?"

어느 날 갑자기 레이코가 어머니의 병문안을 오지 않게 된 이유도 어머니가 열악한 병원에 이송되어 쇠약사하는 것을 방치한 것도 그렇게 생각하면 납득이 간다. 레이코는 어머니의 의사를 확인하기 위해 매일 병원에 왔다. 그리고 모친은 자신의 의사를 딸에게 전했다.

"병원이 바뀐 건으로 제가 레이코 씨에게 전화를 했을 때 레이코 씨로부터 그건 어머니가 원했던 일이라는 말을 듣고 그때는 무슨 말인지 이해를 못 했지만 나중에는 그랬을 수도 있다는 생각이 들었어요." 미쓰요는 다시 한 번 크게 한숨을 쉬었다. "그 이후 야스코 씨 본인도 모든 치료와 식사를 거부했으니까요."

"레이코 씨는 어머니에 대해 다른 말은 안 하던가요?"

"글쎄요." 미쓰요는 고개를 갸웃거렸다. "딱히 기억은 안 나네요."

"야스코 씨는 그 외 다른 원하는 것도 레이코 씨에게 전했을 거라 생각합니다만…."

미쓰요는 잠시 생각했지만 "죄송해요. 떠오르는 것이 없네요" 하고 고개를 숙였다.

일단 도쿄 역까지 돌아가서 코인로커로부터 짐을 꺼내 가까운 호텔에 체크인했다. 그리고 몇 통인가 전화를 걸고 호텔의 라운지에서 가볍게 식사를 한 뒤 신주쿠에서 지하철을 갈아타 세타가야구 교도 역으로 갔다.

아키오가 찾는 사람은 2주 전에 이사를 했다고 했다. 친절한 관리인이 이사 간 곳의 주소를 알려주었다. 고토구江東区 미나미스南砂의 아파트였다. 이 지역은 80년대 후반 이후 도쿄의 베드타운으로 재개발되어 급속도로 인구가 증가했다.

신주쿠에서 다카다노바바로 나와 전철을 갈아타고 미나미스로 향했다. 다카다노바바 역에서 내렸을 때 온다의 사무실에 들를까 생각도 했지만 도중에 마음이 바뀌었다. 온다에게도 아키오 같은 인물이 달라붙는 것은 싫을 것이다. 그 대신 역 앞에서 전화를 했다.

마키가 전화를 받았다. 이름을 대자 "아, 오랜만이에요" 하고 반갑게 대답해주었다.

"소장님도 항상 구도 씨가 어떻게 지낼지 궁금하다고 했어요."

한참을 떠든 뒤 마키가 온다에게 전화를 연결해주었다.

"건강하시죠?" 온다의 목소리도 어딘가 들뜬 것 같았다. "정말 도움이 못 되어드려 계속 마음에 걸렸습니다."

아키오는 본인이야말로 귀찮은 일을 부탁해서 미안했다고 사과했다.

"그 뒤로 개인적으로 조금 조사를 했습니다만…" 온다가 말을 이었다. "히시토모부동산의 야마모토 이사는 죽었습니다. 사고사라고 하더군요. 회사 쪽에서 보안에 신경을 많이 쓰는 듯 장례식도 가족들만 참가한 모양이고 여러 소문이 들리고 있습니다. 그리고 사나다 가쓰아키는 친척이 실종신고를 낸 모양입니다. 사나다의 아파트와 사무실은 여전히 야쿠자가 점유하고 있고요."

자료를 넘기는 소리가 났다.

"그리고 신주쿠와 아카사카에서 야쿠자 간의 항쟁이 있었습니다. 조직 사무소에 총탄이 날아와 한 사람이 죽었습니다. 히시토모부동산이 야쿠자에게 준 비자금을 둘러싼 분쟁이라는 정보가 있습니다. 항쟁의 한쪽 당사자인 조직의 두목은 홍콩에서 총격을 당했고요. 보디가드는 사망했고 본인은 중태인 모양으로 죽지는 않았지만 지금은 병원에 입원 중이라고 하더군요. 이 사건 또한 많은 소문이 돌고 있습니다."

여기서 온다가 잠시 말을 멈추었다. 그리고 "총을 맞은 사람이 케이에스물산의 구로키 세이이치로라는 것은 알고 계시지요?"

"알고 있습니다"라고 대답했다.

"잠시 일본에는 오지 않으시는 편이 좋을 것 같습니다만…."

아키오는 온다의 배려에 감사하며 추가조사비를 지불하고 싶다고 말했다.

"이미 충분히 받았습니다." 온다가 웃었다.

그곳은 한눈에도 독신자용 원룸이라는 것을 알 수 있는 건물이었다. 미나미스 역에서 가까운 곳으로 1층은 비디오대여점이 들어와 있었다. 상점가에는 편의점과 세탁소, 식당이 있었고 24시간 영업하는 노래방도 몇 군데인가 있었다. 반경 100미터 이내에 모든 편의시설이 갖춰져 있었다.

아키오는 오토록으로 잠긴 문 앞에서 잠시 생각했다. 우편함을 살펴보았지만 이름은 적혀 있지 않았다. 요즘은 우편함에 이름을 표시하는 사람이 드물었다. 결국 인터폰을 누르기 전 휴대전화로 전화를 걸어보기로 마음먹었다.

"지금 밑에 있는데 잠깐 만날 수 있을까?"

상대는 한참동안 아무 말도 못 했지만 잠시 뒤 문이 열렸다.

방은 남쪽이 전면 유리창으로 되어 있는 최신식 구조로 아직 이삿짐을 정리하지 않았는지 여기저기 종이박스가 쌓여 있었다. 식탁 위에는 데스크톱 컴퓨터가 놓여 있었고 다양한 기기와 케이블이 연결되어 있었다.

"여기를 잘도 알아내셨군요." 마코토가 말했다. 하얀색 운동복에 면바지를 입고 있었다. 조금 목소리가 떨리는 것 같았다.

"전에 살았던 곳에 가니까 관리인이 가르쳐주더군."

아키오는 아직 정돈되지 않은 실내를 둘러보았다. 구석에 놓여 있는 매트리스가 침대 대용품일 것이다. 신주쿠에서 만났을 때와 비교하면 마코토는 무척 여위어 있었고 얼굴색도 좋지 않았다.

마코토는 방 구석에 있던 의자를 아키오에게 권했다. "아무것도 없어서요"라고 하며 냉장고에서 우롱차 병을 꺼내 종이컵과 함께 가져왔다.

"내가 왜 여기 왔는지는 알지?"

"무슨 말씀이세요?" 마코토가 반문했다.

아키오는 마코토를 상대로 퀴즈를 낼 생각은 없었다.

"와카바야시 레이코와 마지막으로 만났을 때의 일을 알고 싶어."

마코토의 얼굴이 창백해졌다.

아키오에게는 도무지 풀리지 않는 수수께끼가 있었다.

레이코는 같은 은행에 개인 명의의 계좌를 만들면 법인 명의의 계좌로부터 큰돈을 송금해도 의심받지 않을 거라는 사실을 알고 있었다. 인터넷으로 접속을 할 수 있고 또 신용카드도 발행하는 오프쇼어은행을 어디에선가 찾아내기도 했다. 일본에서 홍콩으로 사서함을 개설한 뒤 국내에는 익명의 사서함을 만들어 계좌가 개설되었다는 통지를 받으려고 했다. 금융기관의 전문가도 이런 일이 가능한 사람은 많지 않다. 오프쇼어에 대해 아무런 지식이 없는 레이코로서는 절대로 불가능한 이야기였다.

이런 방법을 레이코에게 알려준 인간이 어디엔가 있었다. 처음에는 사나다일 것이라 생각했지만 개인은행에 근무했다면 몰라도 투자은행에서 기관투자가를 대상으로 채권영업을 한 것만으로는 이렇게까지 자세한 지식이 있을 리 없었다. 이번 사건에서 사나다의 역할은 레이코에게 돈을 빼앗기는 것과 엉터리 펀드의 설명서를 만들어 야마모토로 하여금 팔게 하는 것 그리고 파멸하는 것뿐이었다.

사나다가 아니면 또 누가 있을까?

밴쿠버에 간 뒤 아키오는 마코토의 홈페이지에 인터넷오프쇼어은행의 계좌를 만드는 방법이 올라왔던 것을 떠올리고 과거의 자료를 검색하기 시작했다. 그곳에는 금융과 투자에 관련된 다양한 노하우가 올라와 있었다. 인터넷으로 홍콩에 사서함을 만드는 방법이며 그 사서함에서 일본의 사서함으로 보내는 방법도 올라와 있었다. 원금보장에 연이율 10퍼센트라고 하는 금융상품을 인터넷으로 판매하는 한국 상공론의 일본어 홈페이지에 대한 이런저런 이야기도 있었다. 게시판의 과거 로그를 보니 오프쇼어의 법인계좌에서 개인 명의의 계좌로 송금할 때 자금을 세탁하는 것 아니냐는 의심을 받았다는 투고가 있었다. 거기에 같은 은행에 개인 명의의 계좌가 있으면 문제될 것이 없다는 대답이 달려 있었다.

예전에는 마코토의 희망에 따라 어드바이스를 하며 자주 홈페이지를 들여다보았다. 그러나 최근 반년 동안은 완전히 흥미를 잃고 가끔 정보를 올리는 정도였다. 오랜만에 홈페이지를 살펴보니 어느 사이엔가 그곳은 금융해커들의 보금자리가 되어 있었고 레이코가 사용한 노하우도 모두 여기 있었다.

처음에는 레이코가 우연히 마코토의 홈페이지에 접속한 것일 거라고 생각했다. 그러나 아무래도 의아한 부분이 있었다.

구로키는 왜 마코토에게는 접촉하지 않았을까?

구로키는 아키오가 아는 사람 중 가장 머리가 좋은 사람 중 하나였다. 아키오와 만나기 전 가짜 손님을 내세워 주소와 이름을 알아냈고, 아키오가 금융관계자일 것이라 추측하고 금융기관의 명부를 샅샅이 뒤진 끝에 가족까지 알아내었다. 창의 경우는 주식으로 큰 손해를 본 것을 알고 협력하게 만들었다. 그렇게까지 한 남자가 왜 레이코가 가장 먼저 상담했던 마코토는 방치한 것일까?

생각할 수 있는 가능성은 하나밖에 없었다. 구로키는 마코토를 모르는 것이다.

레이코는 마코토에 대해 아무에게도 이야기하지 않았다. 그 대신 홍콩에서 아키오를 만나 오프쇼어에 법인을 만든 사실을 사나다에게 말했고 휴대전화 전화번호까지 주었다. 레이코가 돈을 훔쳐 도망가면 당연히 구로키는 사나다를 추궁할 것이다. 그때를 위해 아키오를 들러리로 세우고 마코토의 존재는 감춘 것이다.

왜 그런 일을 했을까?

대답은 하나. 모든 그림을 마코토가 그렸던 것이다.

"무슨 말씀이세요? 아무런 증거도 없잖아요?" 마코토의 얼굴은 백지처럼 창백해졌고 목소리도 떨리고 있었다. 눈은 안절부절 못 하며 흔들리고 있다.

"나는 딱히 형사가 아니니까 증거 같은 건 필요 없어. 그저 네가 호텔에서 나를 공격한 뒤 무슨 일이 있었는지를 알고 싶을 뿐이야."

아키오는 계속 호텔에서 매복하고 있었던 것이 누구일지 생각했다.

그날 레이코는 오쿠보의 연립주택 앞에서 야쿠자에게 둘러싸인 아키오를 보고 뒤를 밟았다. 그리고는 마코토에게 전화해 신주쿠에 오라고 했다. 그리고 마코토가 회사에서 나와 호텔로 갈 시간을 벌기 위해 아키오를 만난 것이다. 그 상상이 맞는 것이라면 레이코는 처음부터 아키오를 제거할 생각이었다는 뜻이 된다.

마코토는 경악스러운 눈으로 아키오를 쳐다보았다.

"몰라요, 그런 건." 겨우 짜내는 듯한 목소리로 말했다.

"뭐 그렇다면 그것대로 상관없어. 단 하나만 알려주지 않겠나?" 아키오는 마코토의 눈을 응시했다. "레이코는 나를 죽이려고 한 거지?"

그 의문이 계속 아키오의 마음에 걸렸던 것이다.

"그럴 리 없잖아요!" 갑자기 마코토가 큰 소리로 외쳤다. "레이코 씨를 살인자 취급하지 말라고요." 그리고 큰 소리로 울기 시작했다.

그리고 띄엄띄엄 이야기를 시작했다.

그날 레이코는 회사에 있는 마코토에게 전화를 걸었다. 용건은 아키오의 연락처를 알고 싶다는 것이었다. 마코토는 아키오의 전화번호를 알려주었다. 그것뿐이라고 했다.

"그럼 왜 나를 공격한 건데?"

마코토는 입을 다물었다.

"부러웠어요. 아키오 씨가." 한참 뒤 조용히 중얼거렸다. "아키오 씨는 모든 것을 기지고 있으니까요. 재능도 자유도 사랑까지…. 저에게는 아무것도 없잖아요. 그런 아키오 씨에게 레이코 씨마저 빼앗기고 싶지 않았다고요!"

레이코로부터 전화를 받은 마코토는 회사를 뛰쳐나와 신주쿠로 향했다. 아키오가 묵고 있던 호텔은 이미 알고 있었다. 신주쿠에서 만났을 때 택시를 탄 척하고 뒤를 밟았다고 했다.

마코토는 계속 레이코를 찾았다. 50억을 자신의 계좌에 송금하고 홍콩에서 돌아온 뒤 레이코는 신주쿠 근처의 호텔을 전전하며 마코토에게도 있는 곳을 알려주지 않은 것이다. 아키오는 신주쿠의 가게에서 보았던 마코토의 기묘한 행동을 떠올렸다.

그 뒤 마코토는 아키오에게 레이코의 소식을 묻는 긴 메일을 보냈다. 그 메일도 아키오가 공격을 받은 날 이후 뚝 끊겼다. 물론 레이코로부터 연락을 받았기 때문이었다.

"레이코 씨가 아키오 씨를 만나러 가는 것을 알고 호텔 주변을 돌고 있었어요. 그러다가 레이코 씨가 안겨 있는 모습을 봤죠. 아키오 씨의 품에서 울고 있었어요. 그게 너무 부러웠다고요!"

그것 때문에 호텔에 먼저 가 있다가 공격한 것인가?

마코토는 항상 가지고 다니던 노트북으로 아키오의 뒤통수를 때렸다. 그러나 정신을 잃은 아키오를 죽일 용기까지는 없었다. 그 대신 방 안을 뒤지고 휴대전화를 훔쳤다. 레이코와 연락을 못 하게 할 생각이었다고 했지만 보아하니 아키오의 본명을 밝혀내어 괴롭힐 생각이었을 것이다. 컴퓨터 마니아가 생각할 만한 짓이었다.

아키오는 마코토가 울음을 그치기를 기다렸다.

"첫 사랑이었어요. 그것도 그런 엄청난 미인. 이렇게 될 줄은 꿈에도 몰랐다고요."

"펀드 이야기를 생각해낸 것도 너야?"

마코토는 고개를 끄덕였다.

"불량채권을 처리한다는 명목으로 돈을 모으는 이야기는?"

"그건 제가 아니에요."

"돈을 훔치는 계획은?"

"갑자기 50억 엔이 사라지면 재미있겠다고 생각했을 뿐이에요. 돈 때문에 사람을 죽이다니 정말 못 믿겠어요!"

모든 것은 레이코에게 빠진 마코토의 망상에서 시작되었다. 여러 아이디어를 섞어 레이코가 좋아할 만한 계획을 세웠던 것이다.

예의 사기 펀드도 마코토의 계획을 레이코가 사나다에게 전했고 야마모토에게 영업을 하게 한 것이었다. 마코토가 했던 망상의 종착점은 훔친 돈으로 레이코와 함께 사는 것이었다.

구로키가 끼어들면서 5억이었던 계획이 50억으로 늘어나자 법인 명의의 자금을 개인 명의로 된 계좌에 옮기는 방법을 생각해냈다. 홍콩에 메일을 보내 사서함을 만들고 은행계좌를 개설했다. 레이코의 신분을 숨기기 위해 나카무라 메구미의 주민표를 이용해 여권을 손에 넣는 일도 계획했다. 그것을 레이코가 차례차례 현실에서 실행한 것이다.

"레이코와 신주쿠에서 만난 것을 구로키에게 알린 것도 너야?"

마코토는 부루퉁한 얼굴을 하고 있었다.

"창에게도 전화를 걸었던 거고?"

"레이코 씨가 다른 사람의 여권을 원한다고 해서 의논한 거예요. 그랬더니 그쪽에서 먼저 제안을 했고요."

뭐가 나쁘다는 거냐는 느낌이었다.

"창은 뭐라고 했는데?"

"위조 여권 같은 것은 간단히 만들 수 있다. 하는 김에 구로키도 처리해주겠다. 100만 달러에 어떠냐? 그렇게 말했어요."

레이코가 홍콩에 오기 전 세타가야구 교도의 ATM에서 돈을 인출했던 일이 떠올랐다. 마코토가 얼마 전까지 살던 곳이다. 아키오와 신주쿠에서 헤어진 뒤 레이고는 마코토를 만난 것이다.

나카무라 메구미 명의의 여권을 손에 넣는 일에 실패한 레이코는 아키오에게 접촉하는 것과 동시에 다른 아이디어를 마코토에게 요구했다. 어쩌면 마코토가 아키오를 의식해서 이야기를 꺼낸 것인지도 모른다. 어쨌거나 마코토는 창을 이용해 레이코의 위조 여권을 만들려고 생각했다. 마코토의 인간관계를 생각하면 그런 일을 부탁할 수 있는 사람은 창밖에 없었다.

이로써 드디어 모든 것이 풀렸다.

그날 메이와 아키오는 인터넷으로 홍콩에서 사서함을 운영하는 업자를 검색하고 있었다. 할 일이 없었던 창은 전화를 하고 있었다. 그때 마코토로부터 전화가 온 것이다.

레이코가 다른 사람 이름의 여권을 만들려고 하는 것을 창은 알고 있었다. 일본인 여성의 위조 여권이 필요하다는 마코토의 의뢰를 듣고 창은 마코토와 레이코의 관계를 눈치 챘을 것이다. 먹을 것을 사오겠다며 외출한 뒤 담판을 지었다. 그리고 구로키를 꾀어내기 위해 "아키오가 돈을 찾았다"라고 전화를 건 것이다.

창이 구로키를 처리한 뒤 위조 여권을 만들기 위해 레이코가 홍콩으로 오기로 되어 있었다. 100만 달러의 보수는 여권과 교환할 때 지불하기로 했을 것이다.

그러나 다음 날 아키오는 레이코의 명세서를 입수했고 창은 5억으로 알고 있었던 돈이 사실은 50억이라는 것을 알게 되었다. 그렇다면 100만 달러라는 보수는 너무 적었다. 레이코를 협박하면 더 많은 돈을 뜯어낼 수 있을 것이라 생각한 창은 구로키를 처리하기로 한 계획을 연기했다. 구로키를 죽이면 레이코와 교섭할 여지가 사라지는 것이다.

그러나 구로키는 처음부터 창을 죽일 생각으로 금발을 데리고 홍콩으로 왔다. 창뿐 아니라 아키오와 레이코까지 구로키가 돈을 회수한 사실을 아는 사람은 모두 죽일 생각이었을 것이다. 방해가 되는 인간들을 모두 처리한 뒤 금발을 홍콩에 버리면 끝이다. 금발이라면 경찰이 아무리 심문을 해도 자신의 이름조차 말하지 못할 것이었다.

모든 사람이 50억이라는 돈을 앞에 두고 미친 것이다.

"홍콩에서는 뭘 한 거지?" 마코토에게 물었다.

"조사를 하신 건가요?" 원망스러운 듯 마코토가 아키오를 쳐다보았다.

"그래, 탑승자 명단에 네 이름이 들어 있더군."

마코토는 레이코와 같이 홍콩으로 왔다. 홍콩국제공항에 도착한 시간은 오전 10시 30분이었다.

그러나 홍콩에 도착해보니 창과 연락이 되지 않았다. 사무실에도 나오지 않았다고 했다. 그래서 마코토는 레이코를 데리고 자택까지 창을 찾으러 갔다. 그리고 사체를 발견했다.

그렇다면 어떻게 홍콩의 폭력단과 이야기를 한 것일까?

"피투성이 시체를 보고도 레이코 씨는 표정 하나 변하지 않았어요." 마코토가 말했다. "마치 평소에도 익숙한 것처럼요." 겁을 먹은 표정으로 아키오를 쳐다보았다. "그때 창의 전화기로 전화가 왔어요. 레이코 씨는 잠시 망설이다 그 전화를 받았고요."

아키오는 그랜드하이아트의 구로키 방에서 본 뺨에 흉터가 있는 남자를 떠올렸다. 구로키가 우연히 창의 옛 동료를 알고 있었다는 건 말이 안 된다. 그 남자는 창이 구로키에게 소개해준 것이 분명했다. 그 남자에게 구로키를 감시하고 처리하는 역할을 시키려고 한 것이었다.

구로키가 아키오를 데리고 호텔로 돌아와 남자에게 돈을 준 것은 11시쯤이었다. 그 뒤 창에세 보고차 전화를 걸었다고 하면 시간은 딱 들어맞는다.

레이코는 창이 살해당한 사실을 남자에게 알렸다. 그리고 구로키를 죽여달라고 다시 교섭했다.

남자는 레이코가 50억이라는 돈을 가지고 있다는 사실을 모른다. 예전 동료가 살해당한 일로 분노했을 것이다. 1,000만 엔만 주면 기꺼이 일을 맡았을 것이다. 결과적으로 레이코는 엄청나게 할인된 가격으로 거래를 발주하게 되었다.

남은 일은 홍콩상하이은행의 VIP룸에서 자신이 연출한 드라마의 결말을 보기 위해 구로키에게 전화를 걸어 황후상광장으로 불러내기만 하면 되었다. 아키오는 레이코로부터 특별히 초대받은 관객이었던 셈이다.

이렇게 레이코는 목적을 달성했다. 구로키는 중태라고 하므로 당분간 복귀하지 못할 것이다. 창이 죽은 만큼 위조 여권 이야기는 못하게 되었지만 아키오가 알려준 방법으로 새 여권을 손에 넣을 수 있다. 지금쯤은 열대 기후의 해변에서 트로피컬칵테일을 기울이고 있을 것이다.

그러나 무엇인가 이상하다고 아키오는 생각했다.

"레이코는 지금 어디 있지?" 아키오가 물었다.

"몰라요." 마코토가 대답했다. "홍콩에서 헤어진 게 마지막이에요."

"그럴 리 없어. 사건이 있었던 다음 날 같은 비행기로 일본에 돌아왔잖아."

마코토는 고개를 숙인 채 입을 다물었다.

잠시 뒤 "일본에 돌아온 뒤 헤어졌어요"라고 말했다.

아키오가 무슨 말을 하려고 하자 "이제 충분하잖아요. 돌아가요!"라고 소리를 질렀다. 이제 더 이상 이야기할 생각이 없는 모양이었다.

딱히 마코토에게 죄를 물을 생각은 아니었다. 상해나 사기로 이 녀석을 고소한들 죽은 사람이 되살아나는 것도 아니다. 레이코가 어디에서 무슨 일을 하든 아무래도 상관없는 일이었다.

문으로 향했다. 쌓여 있는 종이박스 중에 열려 있는 것도 있었다. 선명한 붉은색이 눈에 들어왔다. 보니 여자용 구두였다.

불길한 예감이 들었다.

아키오가 가르쳐준 방법으로 '다키가와 사키'라는 이름의 여권을 만들기 위해서는 레이코는 새로운 사서함을 계약하고 오프쇼어은행에 가명으로 된 계좌를 만들어야 한다. 그리고 그 계좌에 돈을 보내 잔액을 증명하고 여권을 신청해야 했다. 모든 수속을 마칠 때까지 아무리 빨라도 한 달은 걸린다. 모든 것을 레이코 혼자 하기는 어려울 것이다. 그녀 역시 마코토가 필요한 것이다. 그렇다면 일본에 돌아온 뒤에도 레이코는 마코토와 접촉했을 것이다.

아키오는 종이박스 안을 들여다보았다. 구두와 가방 밑으로 본 적이 있는 푸른색 샤넬 정장이 들어 있었다. 처음 만났을 때 레이코가 입고 있었던 옷이다.

눈앞에서 마코토가 떨고 있었다. 눈만이 번뜩이고 있었다.

"무슨 일이 있었지?" 아키오가 물었다.

마코토는 두 눈을 크게 뜬 채 입술을 부들부들 떨고 있었다.

"레이코는 죽은 거야?"

입술을 떨던 마코토가 갑자기 온몸에 경련을 일으키는가 싶더니 잠시 뒤 머리를 감싸 안고 주저앉았다.

"저도 무슨 일을 저질렀는지 모르겠어요!"

마코토가 울먹이며 이야기하는 내용을 파악하는 데는 오랜 시간이 걸렸다. 마코토의 이야기는 대략 다음과 같았다.

홍콩에서 돌아온 뒤 마코토는 회사에 사표를 제출했다. 새해가 되면 레이코를 데리고 유럽으로 건너갈 계획이었다. 그곳에서 새 여권을 받을 생각이었던 것이다.

그러나 마코토의 정신이 조금씩 쇠약해지고 있었다.

"레이코 씨는 저와 있어도 조금도 행복한 것 같지 않았어요. 항상 아키오 씨와 비교를 당하는 느낌이었어요."

애초부터 레이코는 마코토와 살 생각이 없었을 것이다. 그녀가 원했던 것은 새로운 이름과 여권이었다. 마코토는 그것들을 손에 넣기 위한 도구에 불과했다. 여권을 손에 넣으면 사나다나 야마모토와 마찬가지로 쓰레기처럼 버릴 것이다. 마코토 역시 그 사실을 어렴풋이 짐작했을 것이다.

그러던 중 마코토의 머릿속에서 누군가 속삭이게 되었다. '레이코가 너를 떠나려고 하고 있어. 서두르지 않으면 영원히 잃게 될 거야'라고 그 녀석은 말했다. 어느 사이엔가 그 녀석의 목소리는 아키오의 목소리로 변해 있었다.

홍콩에서 돌아온 지 2주 만에 마코토는 강한 질투심에 사로잡히게 되었다. 질투의 대상은 아키오가 아니었다. 자기 자신에 대한 콤플렉

스였다.

"그날 일은 잘 기억이 나지 않아요. 지금도 꿈인 것처럼 느껴지고요."

마코토는 다시 울음을 터뜨렸다.

"레이코 씨는 식탁에 턱을 괴고 멍하니 있었어요. 그래서 무슨 생각을 하냐고 물었어요. 그랬더니 자연스럽게 대답하더라고요. 아키오 씨를 생각한다고. 그 말을 듣고 눈앞이 캄캄해졌어요.

그때 머릿속에서 누군가 속삭였어요. '이제 끝이야. 아무도 널 사랑해주지 않아'…라고요.

정신을 차려보니 레이코 씨가 죽어 있었어요. 정말 전 아무 기억도 없다고요!"

마코토는 이번에는 웃음을 터뜨렸다. "아키오 씨, 가르쳐줘요. 아키오 씨가 저한테 그랬잖아요. 레이코가 죽으면 두 번 다시 너와 헤어지지 않을 거라고. 그렇지만 레이코 씨는 사라졌어요. 어째서죠…?"

마코토는 완전히 망가져 있었다.

그렇지만 이제 와서 미친 인간이 하나 더 늘어난 일에 놀랄 것도 없었다.

마코토는 한밤중이 될 때까지 기다려 아파트 지하주차장에 세워둔 차로 레이코의 시체를 싣고 후지산富士山 기슭에 버리고 돌아왔다. 지도를 그리게 하니 후지5호 중 하나인 세이코西湖 근처로 자살의 명소로 불리는 아오키가하라青木ヶ原 수림樹林의 한복판이었다. 자살하는 사람이 너무 많은 탓에 현지 경찰과 소방단이 시체를 수색하는 일을 중지했다는 기사가 주간지에 나왔다. 수색을 할 때마다 매스컴에서 크게 보도를 하고 자살자가 더욱 늘어나는 것이 그 이유였다.

수색이 중지되면 시체를 보러 수해를 찾는 사람들이 우연히 발견할 때까지는 발견될 리가 없었다. 그러나 그 사람들은 시체를 보아도 사진을 찍을 뿐 경찰에 연락하거나 하지 않는다.

마코토는 그 뒤 아파트를 옮기고 차도 팔아치웠다. 직장도 없었고 살아갈 기력도 없었다. 레이코의 환영에 떨며 하루하루를 보낼 뿐이었다. 결국 마코토도 인생을 망친 한 사람이 된 셈이다.

"전 이제 어떻게 되는 거죠?"

눈물과 콧물로 범벅이 된 채 마코토가 물었다.

"아무것도 달라지지 않을 거야." 아키오가 대답했다. "지금까지 살아왔던 것처럼 살아."

다음 날 오전 6시 신칸센으로 미시마三島까지 간 다음 그곳에서 렌터카를 빌려 세이코 근처에 있는 효케쓰氷穴로 갔다. 후지산의 분화와 함께 만들어진 용암동굴로 한여름에도 내부가 얼음에 싸여 있는 것에서 그런 이름이 붙었다. 초등학생 때 소풍을 왔을 때는 그 엄청난 모습에 놀라기도 했지만 그 뒤 여자를 데리고 데이트 겸 왔을 때는 그냥 차가운 동굴에 불과했다. 벌써 10년도 더 지난 일이었다.

이 동굴에서 국도139호선을 낀 맞은편이 아오키가하라다. 세이코로 가는 임도林道가 나 있어 수림을 횡단할 수 있지만 길에서 한 걸음만 옆으로 들어가면 끝없이 펼쳐지는 원시림이 나온다.

아키오는 효케쓰의 주차장에 차를 세우고 트렁크에서 준비해온 담요를 꺼냈다. 여기 오는 도중에 잡화점에 들러 산 것이었다.

무력해진 마코토가 레이코의 사체를 메고 그렇게 멀리까지는 가지 않았을 것이고 나중에 다시 옮길 생각도 했을 것이다. 마코토는 임도에서 수해로 들어가는 길에 있는 특정 너도밤나무를 정확하게 기억하고 있었다. 구름이 무겁게 드리워져 있어 후지산의 모습은 보이지 않았다. 이대로라면 눈이 올지도 모른다. 아키오는 담요를 옆구리에 끼고 마코토가 그린 지도를 들고 임도를 걷기 시작했다.

10분 정도가 지나자 마코토가 말했던 커다란 너도밤나무를 발견했다. 그 나무에는 사람들이 칼로 새긴 글자들이 있었다. 그 한가운데 새긴 지 얼마 되지 않은 X자 표시가 있었다. 레이코를 옮기면서 마코토가 새긴 것이었다.

그 나무에서 왼쪽으로 꺾은 뒤 그 일대를 신중하게 살폈다. 마코토가 사체를 버리러 온 것은 한밤중이었다. 너무 멀리 가면 돌아오지 못할 수도 있었다. 임도에서 5분쯤 걸어가자 하늘하늘 눈이 내리기 시작했다.

30분 정도 헤맨 끝에 어느 상수리나무의 뿌리 쪽 구덩이 안에서 레이코를 발견했다. 홍콩에서 마지막으로 봤을 때와 마찬가지로 파란 스웨터에 벨벳으로 만든 재킷을 입고 있었다. 추운 날이 계속된 탓인지 부패는 그다지 진행되지 않았다.

아키오는 레이코의 사체 옆에 무릎을 꿇고 흐트러진 옷을 가지런히 정리해주었다. 레이코의 손과 얼굴은 완전히 핏기가 사라져 있었고 밀랍처럼 하얀색이었다. 하복부 쪽이 가스로 조금 부풀었고 목에는 손으로 조른 자국이 선명하게 남아 있었다. 그것만 제외하면 레이코는 여전히 아름다웠다. 지금도 아키오가 만난 사람 가운데 가장 매력적인 여성이었다.

아키오는 들고 온 담요를 레이코 위에 덮어주었다.

그때 재킷 주머니에 무엇인가 들어 있는 것이 보였다. 꺼내보니 한 장의 낡은 사진이었다.

가루눈이 레이코의 얼굴에 쌓이기 시작했다

"이것이 당신이 원했던 건가요?"라고 물어봤지만 물론 답이 돌아오지는 않았다.

레이코의 차가운 입술에 살짝 입을 맞추었다.

썩은 고기 냄새가 났다.

도쿄로 돌아오니 오후 3시가 지나 있었다.

도쿄 역에서 구라타 노인에게 전화를 걸었다.

아키오의 부탁을 듣고 구라타는 잠시 망설였지만 잠시 뒤 "그렇게까지 말한다면 어쩔 수 없군" 하고 승낙했다. 구라타의 정보력은 역시 강력했다. 30분도 지나지 않아 전화가 왔다.

2년 전 와카바야시 야스코는 형무소 안에서 자해를 해 마키오카정신병원으로 옮겨졌다. 얼마 뒤 딸인 레이코가 병원에 나타났다.

레이코는 약 반년 동안 매일 어머니를 보러 병원에 왔으나 어느 날 갑자기 나타나지 않게 되었다. 마키오카병원의 요시오카 미쓰요는 그 직전 레이코가 어머니와 무엇인가 이야기를 나눈 것 아닐까 하고 추측했다.

야스코는 딸을 대신해 오랜 기간 감옥에 있었다. 레이코 역시 계속 그 죄를 짊어지고 있었다. 그렇기 때문에 그 아야세의 피로 더럽혀진 연립주택을 그대로 남겨놓은 것이다. 마치 묘비명처럼.

어머니가 정신병으로 출소했을 때 레이코는 어머니의 의사를 확인하려고 했다.

아키오는 레이코가 어머니로부터 용서를 받았기를 바랐다. 새로운 인생을 살라고 말해주었기를 바랐다. 그렇지 않았다면 너무나도 잔혹한 이야기였다.

추오센을 타고 오차노미즈御茶ノ水 역에서 내린 뒤 역 가까이에 있는 사립병원을 방문했다. 조금 전 비서인 아오키가 알려준 병원이었다.

하루 입원비가 7만 엔이나 하는 고급 병실로 구로키는 지루한 표정으로 주간지를 읽고 있었다. 아키오를 보고도 놀라지도 않고 "여어" 하고 반겨주었다.

홍콩에서 총을 맞은 구로키는 기적적으로 목숨을 건졌지만 오른쪽 다리는 허벅지 아래쪽을 절단할 수밖에 없었고 신장도 하나를 잃었다. 홍콩의 경찰은 끝내 다른 사건과 구로키의 관계를 밝혀내지 못했고 이송이 가능해질 만큼 회복되자 바로 일본으로 돌려보냈다. 앞으로 반년은 입원이 필요한 모양이었다.

"대체 무슨 볼일이지? 나 같은 환자에게." 구로키가 자조하듯 물었다.

도쿄에 도착했을 무렵에는 하늘은 완전히 개어 있었다. 레이스로 장식된 커튼이 쳐진 창문에서는 따뜻한 햇볕이 들어와 방 안을 채우고 있었다.

침대 주위에는 멋진 호접란이 놓여 있었다.

"레이코를 안장해주셨으면 하고요." 아키오가 말했다.

"그 여자가 죽은 건가?" 구로키는 놀란 목소리로 말했지만 바로 평소 모습으로 돌아갔다. "왜 나한테 그런 걸 부탁하지?"

아키오는 그 말에 대답하지 않고 사체가 있는 곳을 표시한 지도를 구로키에게 건넸다.

"레이코는 목을 졸려 죽었지만 자살로 처리해주셨으면 좋겠습니다. 화장을 한 뒤 다마에 있는 봉안당에 가족과 함께 묻어주십시오."

레이코의 죽음을 사건화할 생각은 없었다. 그런 짓을 한들 누가 구원받는 것도 아니었다.

구로키는 잠자코 아키오를 쳐다보다가 씨익 웃었다.

"그런 거야 해줄 수 있지만 내 보수는?"

"그런 사건이 있은 이상 레이코의 50억은 제3자가 움직일 수 없습니다. 그렇지만 본인이 죽으면 상속이 발생하죠. 레이코의 사망증명서가 나오면 누구든 상속권이 있는 사람을 찾아낸 다음 실력 있는 변호사를 내세워 교섭을 벌이면 돈을 옮길 수 있습니다."

"왜 나한테 그런 걸 알려주는 거지?"

"딱히 이유는 없습니다." 그리고 "보수는 필요 없습니다"라고 덧붙였다.

구로키는 의아한 표정으로 아키오의 얼굴을 들여다보았다.

"그 대신 한 가지만 알려주십시오." 아키오가 말했다. "레이코에 대해서는 처음부터 알고 있었나요?"

"나는 아무것도 몰라." 구로키가 대답했다.

그러나 잠시 뒤 잡담이라도 하는 듯한 목소리로 입을 열었다.

"내가 아직 피라미였을 무렵 돈을 받으러 간 집에 엄청나게 아름다운 여자가 있었는데 같이 간 녀석이 남편 눈앞에서 그 여자를 범했지. 남편은 그 일로 목을 매었고 여자는 세상의 눈을 피해 딸과 둘이 여기저기를 떠돌게 되었지. 우리 쪽 세계에서는 흔히 있는 이야기야."

"그 집에 있는 아이에게 무슨 말을 했죠?"

구로키는 그리운 듯한 눈빛을 띠었다.

"정말 귀여운 아이였어. 그렇지만 모친이 남자들에게 범해지는 모습을 봤으니 죽고 싶었을 거야. 그래서 난 죽지 않길 바라며 내가 아는 유일한 방법을 알려줬어."

아키오를 보고 웃었다.

"지갑에 있던 만 엔짜리를 전부 꺼내 그 애 손에 쥐어준 거야." 구로 키는 그렇게 말하고 "나도 같은 일을 경험했거든" 하고 아무렇지 않은 듯 덧붙였다.

아키오는 무슨 말을 해야 할지 알 수 없었다.

"어차피 당신과는 아무 관계도 없는 이야기야. 잊어버리도록 해."

구로키는 주간지에 시선을 돌리고 두 번 다시 아키오 쪽을 보려고 하지 않았다.

31

다음 날 오전 비행기로 홍콩으로 갔다.

창의 사무소가 폐쇄된 일로 다시 한 번 우편물을 처리하기 위해 돌아가지 않으면 안 되었던 것이다. 간 김에 아파트도 계약을 해지할 생각이었다.

나리타공항에서 전화를 걸어 물어보니 사무실 직원이 그래도 일주일에 한 번은 정리를 하러 온다고 했다. 마침 그 직원이 있었기에 오후에 사무실에서 만나기로 했다.

오전 중에 홍콩에 도착한 다음 그대로 택시를 타고 성완으로 향했다.

오랜만에 방문한 창의 사무소는 깨끗하게 정리되어 있었지만 아무도 없이 텅 비어 있었다. 직원 말로는 이번 달 말에 다른 사람이 빌리기로 했다고 했다. 그 때문에 사서함서비스를 이용하는 고객들에게 연락을 취하고 있다고 했다. "아키 씨가 와줘서 다행이에요"라고 말했다.

새로운 사서함은 빌리가 하는 곳을 이용할 예정이었다. 창의 사서함을 이용했던 몇 사람의 클라이언트에게도 같은 제안을 했다. 빌리의 사서함서비스라면 해외로 보내는 것도 자유롭고 온라인상으로도 주소나 지불방법을 간단하게 변경할 수 있다. 창처럼 인맥에 의존하는 방식은 이미 시대에 뒤떨어진 것이었다. 앞으로는 빌리처럼 젊은 사업가의 시대가 될 것이다.

아키오는 가져온 종이봉투에 우편물을 넣은 다음 직원에게 빌리의 사서함서비스 주소를 알려주었다. 주소를 변경하는 수속을 밟겠지만 혹시 늦어지면 보내달라면서 1,000홍콩달러 지폐를 세 장 건넸다.

그리고 부동산중개소에 들러 아파트를 해약했다. 계약기간이 넉 달 정도 남았지만 가구류를 모두 놓고 가겠다고 하니 한 달 치를 깎아주었다.

일단 아파트에 돌아와 옷가지 등을 꾸려 캐나다에 보낼 준비를 했다. 그리고 부동산중개소에 전화를 걸어 남은 것은 적당히 처분해달라고 말했다.

어느 사이엔가 이미 어두워져 있었다. 조금 늦은 건지도 모르겠다고 생각하면서도 빌리의 사무실에 전화를 걸었다. 빌리는 아키오를 기억했다. 오늘도 밤새 일을 할 예정이니 언제든지 오라고 했다. 8시까지는 갈 수 있을 것이라고 전했다.

아키오는 자신이 일본인을 대상으로 파이낸셜어드바이저 일을 하고 있다고 소개하며 고객들의 사서함을 그쪽으로 옮기고 싶다고 제안하자 빌리는 크게 기뻐했다. 아키오가 연락을 한 고객 중에는 본인이 먼저 신청을 한 사람도 있는 모양이었다. "요즘 일본 손님들이 늘어서 놀라는 중입니다." 빌리가 말했다.

"그리고 보니 뭔가 또 왔더라고요."

그렇게 말하고 한 통의 봉투를 가져왔다. 보니 50억 엔이 잠든 은행에서 레이코에게 보낸 것이었다. 빌리는 아키오가 계속 홍콩에 있었던 것으로 생각하고 있었다. "만나면 전해주라"는 느낌이었다.

명세서치고는 조금 두꺼운 느낌이 드는 그 우편물을 받아들었다. 어차피 레이코는 죽었으므로 아키오가 받는다 하더라도 화를 낼 사람은 없었다.

무슨 국제회의가 있는지 센트럴 주변의 호텔은 거의 만원이었고 빈방이 있는 곳은 리츠칼튼뿐이었다. 레이코와 처음 만난 호텔이었다.

체크인을 하고 방에 들어가 창의 사무소에서 회수한 마베 앞으로 온 우편물을 개봉했다. 계좌가 개설된 것과 입금을 하라는 통지문이었다. 그 외 다른 고객의 우편물은 발송지를 지정해서 빌리에게 맡겼다.

오프쇼어은행에 전화를 걸어 마베의 계좌에 5,000만 엔을 송금하도록 의뢰했다. 나중에 정식 송금의뢰서를 FAX로 보내는 것을 조건으로 수속만 먼저 진행해달라고 했으므로 모레쯤에는 입금될 것이다.

마베의 휴대전화로 전화를 거니 다행히 출장지였다. 아키오는 송금이 늦어진 일을 사과하고 계좌번호를 알려준 뒤 카드 등은 세간의 관심이 줄어들면 사서함서비스를 통해 받으면 될 것이라고 말해주었다.

그리고 빌리로부터 받은 레이코 앞으로 온 우편물의 봉투를 뜯었다. 그것은 레이코가 은행과 체결한 신탁계약의 복사본이었다.

본인의 사인으로만 계좌의 돈을 움직일 수 있는 서양 쪽 은행은 단독명의로 된 계좌인 경우 명의인이 사망한 뒤의 처리가 가끔씩 문제가 된다. 자금이 동결되면서 공중에 떠버리는 것이다.

스위스의 은행에서는 제2차 세계대전 중의 유대인 재산을 비롯해 이런 수취인이 없는 자금이 몇천억 달러씩 잠들어 있다고 한다. 그런 까닭에 은행은 단독명의로 큰 자금을 맡긴 고객에게 사망 시의 처리방법을 문서화할 것을 권한다. 레이코도 그런 제안을 받았을 것이다.

신탁계약서는 그런 경우 가장 흔히 선택하는 방법으로 계좌명의인의 사망이 확인된 경우는 지정된 단체에 지정된 비율을 기부하는 방법이었다. 공란에 단체명과 기부할 비율을 써서 사인하면 그것으로 끝이었다.

레이코가 선택한 곳은 UNHCR(유엔난민기구)로 기부하는 비율은 100퍼센트였다. 구로키가 레이코의 사망증명서를 떼어 은행 측에 통고하는 순간 이 계약은 유효하게 되고 4,000만 달러는 전 세계의 난민들에 대한 구호활동에 쓰일 것이다. 구로키에게 이 사실을 전할까도 생각했지만 그 돈이 어떻게 되든 이미 자신과는 상관없는 일이라고 생각을 바꿨다.

아키오는 레이코의 재킷에서 발견한 한 장의 사진을 꺼냈다.

그 사진은 오래된 세피아색 흑백사진이었다. 장소는 어딘지 모를 공원으로 벚꽃이 만개해 있었다. 30대 중반으로 보이는 남자 옆에 아름다운 여자가 앉아 있었다. 벚나무 아래쪽에 돗자리가 깔려 있었고 그 위에는 도시락이 놓여 있었다. 그리고 여자의 무릎에는 유치원생 정도의 귀여운 애가 안겨 있었고 오른손에는 벚나무 가지를 들고 있었다. 아름다운 여자는 더 이상 아름다울 수 없는 미소를 띠고 카메라를 보며 웃고 있었다.

아키오는 재떨이와 성냥을 찾아와서 신탁계약서 사본과 사진을 재떨이에 놓고 불을 붙였다. 홍콩의 거리는 평소 이상으로 선명하게 빛나고 있었다. 호텔 창문으로 레이코가 묵었던 페닌슐라호텔이 보였다. 계약서도 사진도 한 줌의 재가 되었다.

레이코는 그녀만의 방식으로 가장 행복했던 시절로 돌아갔을 것이다. 그것이 아무리 잔혹한 방법이었더라도.

아키오는 노트북을 꺼내 인터넷에 접속했다. 메이로부터 메일이 와 있었다.

"밴쿠버는 올해 처음으로 눈이 내렸어. 캐나디언로키는 내년 봄까지는 길이 얼어 가기 힘들 거라고 하네. 내일부터 중화레스토랑에서 일하기로 했어."

아키오는 항공사에 전화를 걸어 가장 빨리 밴쿠버로 가는 비행기를 예약했다.

모두가 인생을 다시 시작할 수 있는 것은 아니다.

그렇지만 노력하는 일은 누구나 할 수 있다.

〈참고문헌〉

『쓰레기 투자가를 위한 금융시티 홍콩 입문ゴミ投資家のための金融シティ香港入門』
『쓰레기 투자가를 위한 인생 설계 입문ゴミ投資家のための人生設計入門』
『쓰레기 투자가를 위한 인생 설계 입문 '대출 편'ゴミ投資家のための人生設計入門[借金編]』
해외투자를 즐기는 모임 편저(미디어웍스)

『차이나마피아-난폭한 용의 율법チャイナマフィア-暴龍の掟』
미조구치 아쓰시(소학관)

「광란! 중국판 머니게임의 알려지지 않은 진실狂乱! 中国版マネーゲームの知られざる真実」
오니시 겐(『금융비즈니스』 2001년 8월호)

「분식결산은 당연하다 부정사건-연이은 부정으로 인한 폭락粉飾決算は当た
り前 -不正事件続発で暴落」
오니시 겐(『금융비즈니스』 2001년 12월호)

「알카에다 자금원의 어두운 부분アル・カイダ資金源の暗部」
케빈 케이힐(『선택』 2001년 12월호)

전 오사카국세국 총무과장, 행정개혁담당 대신비서관보

다마키 유이치로玉木雄一郎

내가 이 책의 존재를 처음 알게 된 것은 서점이나 신문광고가 아닌 오사카국세국 소속 간부들이 모인 자리였다. 당시 나는 오사카국세국에 총무과장으로 재직했고 매주 정기적으로 열리는 국세국 간부회에 참가했다. 어느 날 간부회에서 M국장이 "우연히 엄청난 소설을 봤는데 여러분들도 꼭 읽었으면 좋겠다"라며 소개를 한 것이 이 책이었다. 나는 지금까지 세무집행의 현장뿐 아니라 증권의 부정거래 조사에 관여한 경험도 있었고 위법이거나 혹은 위법에 한없이 가까운 금융거래 또한 상당히 많은 사례를 봐온 편이다. 그런 내가 이 책을 읽고 충격을 받았다. 엄청난 가속도로 전개되는 스토리뿐만 아니라 이야기의 기둥으로서 그려진 오프쇼어를 이용한 부정 스킴이 너무나도 전문적이고 리얼했기 때문이다. 직업적인 이유도 있었겠지만 나는 금세 이 책에 빠지고 말았다. 몇 사람인가 부하에게도 읽기를 권했더니 그들 역시 높은 평가를 내렸다. 엄청난 작가가 탄생했다는 생각과 함께 세무당국에 적을 둔 사람으로서 나는 일종의 공포심마저 느낄 정도였다.

특히 내가 놀란 부분은 논픽션 소설에 흔히 나오지만 현실에서는 있을 수 없는 황당무계한 스킴을 사용해 억지로 이야기를 전개하지 않는다는 점이었다. 특정 스킴을 묘사하는 경우에도 아키오가 "오프쇼어의 법인도 은행계좌도 합법적이지만 그곳에 부정한 자금을 보내는 순간 일본의 법을 어기게 됩니다. 그건 알고 계시는 거죠?"라고 설명하는 등 위법과 합법의 경계에 대해 냉정한 기술을 더한다. 이런 기술이 가능한 것은 역시 저자 다치바나 씨가 '해외투자를 즐기는 모임'의 창립멤버 중 한 사람으로서 오프쇼어 투자에 관해 탁월한 경험과 지식을 가지고 있기 때문일 것이다. 나 또한 지식으로서는 알고 있었지만 이 책을 읽고서야 그 실체를 알게 된 것들도 적지 않았다. 어쨌거나 세제와 금융지식에 근거한 풍부하고도 치밀한 기술이 이 책의 매력 중 하나라는 것은 분명하다. 그런 만큼 세제나 금융 지식과는 그다지 친하지 않는 분들도 이 책을 더욱 즐길 수 있게 와카바야시 레이코가 사용한 스킴의 개요를 간단히 설명하고 싶다.

레이코는 그녀의 약혼자인 사나다와 그 일행이 모은 돈을 빼돌리기 위해 먼저 홍콩의 계좌개설 대행업자를 이용해 카리브해 쪽 택스헤이븐에 법인을 설립하고 그 법인의 은행계좌에 자금을 옮기려고 했다. 그러나 아키오가 지적한 것처럼 일본에서는 외국자회사합산세제(흔히 말하는 택스헤이븐 대책 세제)라는 것이 있어 세율이 낮은 국가에 설립한 자회사에 이전된 이익은 모회사의 이익에 합산하여 과세된다. 그런 만큼 세무당국에 들킬 경우를 대비해 단순히 자금을 이전하는 것이 아니라 자금을 옮기는 쪽의 법인이 자회사가 아닌 독립된 외국법인인 것처럼 위장하는 일이 필요했다. 이 때문에 아키오는 레이코의 이름이 등기부에는 나오지 않도록 등기법인을 노미니로 처리했다. 물론 이런 스킴 자체는 위법이지만 어디까지가 위법인가에 대해 정확히 이해하고 있기 때문에 위장공작을 극도로 자세히 묘사해 엄청난 현실감을 더할 수 있었다.

또한 이런 현실감은 일본의 세무당국이 조사할 수 있는 범위에 일정

한 한계가 있다는 사실을 지적하는 것으로 더욱 강해진다. 예를 들자면 "일본 세무서가 확실하게 계좌 내용을 파악할 수 있는 것은 일본계 금융기관뿐이었다. 홍콩의 금융기관은 중국 금융당국의 관할이므로 대외적으로는 아무 조사권도 없었다"와 같은 소설 속의 지적은 정확한 것이다. 일본의 세무당국은 일본 국내에서는 법률에 근거해 다양한 조사를 할 수 있는 권한이 있지만 그런 권한을 외국에서 행사하는 일은 원칙적으로 불가능하다. 왜냐하면 조사권의 행사 또한 어떤 의미에서는 주권의 행사로 국내의 법인과 개인에 대한 조사권은 그 나라에 속하기 때문이다. 즉 이 책에 쓰여 있는 "작은 섬나라라고 할지라도 국가를 자처하는 이상 주권을 가지고 있으므로 다른 나라는 독립국의 주권 행사에 어떤 강제력도 가지고 있지 않다"라는 문장 그대로인 것이다. 예를 들어 외국의 조사관이 갑자기 당신 회사에 찾아와 무엇인가 자료를 내놓으라고 해도 조사에 따를 의무는 기본적으로 없다는 말이다.

이상은 세금의 포탈이라는 관점에서의 설명이지만 레이코의 스킴은 사실 조세회피 행위라고 하기보다 머니론더링(자금세탁)이다(그런 의미에서 이 책의 제목은 무척이나 적확하다). 머니론더링이란 적법하지 않은 방법으로 얻은 돈의 출처를 숨기는 일로 예를 들면 사기범이 사기를 쳐서 모은 돈을 몇 군데 은행계좌를 전전하게 함으로써 출처를 알 수 없게 만드는 행위를 뜻한다. 레이코가 손에 넣으려고 했던 자금은 처음부터 적법하지 않은 행위로 모은 돈이기 때문에 그녀가 하려고 하는 일은 머니론더링 그 자체라 할 수 있다. 자금의 출처를 알 수 없다는 말은 자금의 흐름을 확인할 수 있는 루트가 끊긴다는 뜻으로 결과적으로 돈을 빼앗긴 사람은 그 돈을 돌려받는 것이 불가능하다고 할 수 있다.

이와 같은 머니론더링 역시 조세회피와 마찬가지로 오프쇼어의 은행

계좌를 경유해 이루어지는 경우가 많다. 왜냐하면 오프쇼어 계좌를 사용하면 앞에서 설명한 당국의 조사권이 가진 한계를 이용해 추적자들의 손으로부터 도망칠 수 있기 때문이다. 예를 들어 A국의 a은행에서 B국의 b은행에 송금하고 다시 C국의 c은행에 송금한 뒤 B국의 b은행의 계좌를 없애버리면 A국은 B국의 b은행에 자금이 송금되었다는 사실은 알아도 더 이상 어디로 자금이 흘러갔는지에 대해서는 B국의 b은행에 물어보지 않는 한 알 수 없다. 그러나 A국이 가진 조사권은 B국의 b은행에게는 미치지 않으므로 b은행이 알려주지 않는 한 자금의 흐름은 해명할 수 없다.

그러나 이런 사태에 대해 각국이 팔짱을 끼고 지켜보고만 있는 것은 아니다. 적극적인 대처방법으로 우선 들 수 있는 것은 파리에 위치한 국제기관인 OECD에 의한 대응이다. OECD는 2000년 6월 35개 국가 및 지역을 '택스헤이븐 리스트'로 공표하고 2002년 2월 말까지 세무정보를 교환할 것을 촉구했다. 이들 국가 및 지역은 국내에 특별한 산업이 없는 까닭에 법인세와 소득세 등을 완전히 없애거나 혹은 현저히 낮은 세율로 부과함으로써 외국의 자금을 자국으로 끌어들이려고 한다. 주권 문제 때문에 이러한 국가 및 지역에 강제적으로 세율을 올리게 할 수는 없지만 일정한 세무정보를 제공하겠다는 약속을 끌어낼 수 있다면 거래의 실체 및 자금의 흐름을 추적하는 일이 가능해진다. 앞에서 든 예로 말하자면 A국 정부는 B국 내에 있는 b은행에 대한 조사권은 없지만 B국 정부는 국내의 b은행에 대해 조사권을 가지고 있다. 따라서 A국의 의뢰에 따라 B국이 조사권을 행사하고 필요한 정보를 A국에게 제공한다면 A국은 거래의 실체와 자금의 흐름을 파악할 수 있게 된다.

경제거래가 국경을 넘어 자유롭게 이루어지는 현대에도 국가는 국내

여행밖에 할 수 없는 빈약한 존재인 것이다. 이처럼 해외여행을 할 수 없다면 외국에 친구를 가능한 한 많이 만들어 원하는 정보를 보내달라고 하는 노력이 필요하다. 그런 친구 만들기의 제안을 바로 OECD가 한 것으로 지금은 많은 국가 및 지역이 정보를 제공하는 일에 협력하고 있다. 그러나 여전히 7개 국으로부터는 협력을 얻지 못하고 있으며 2002년 4월 다시 '비협력적 택스헤이븐 리스트'라는 것이 발표되었다.

물론 다치바나 씨는 이런 움직임을 잘 알기에 "OECD를 중심으로 택스헤이븐에 대한 대책이 논의되고 있지만 여전히 효과적인 해결방법은 찾지 못하고 있다"라는 신랄한 비판을 아키오를 통해 하는 것이다. 이러한 지적뿐 아니라 아키오가 툭툭 던지는 현행 제도와 당국에 대한 비판 및 비아냥은 나처럼 당국에 몸을 담고 있는 인간에게는 듣기 편한 것만은 아니다. 그러나 이러한 지적이 모두 본질을 관통하고 있는 것은 부정할 수 없는 사실이며 이 지적들이 또 스토리의 현실감을 한층 높여주는 일에 기여하고 있다.

이처럼 세제 및 금융에 대한 풍부한 지식을 바탕으로 쓰여진 치밀한 기술이 이 책의 매력이지만 내가 이 책에 매료된 것은 무엇보다도 아키오라고 하는 캐릭터의 존재가 컸다. 우선 독립적인 개인투자가로서의 그의 모습이 정말 멋있다.

증권거래등감시위원회에 근무했던 무렵 나는 증권회사와 그 직원들이 개인투자가의 이익을 희생시켜 자신들의 이익을 높이려고 하는 모습을 몇 번이고 목격했다. 수수료를 얻기 위해 투자신탁을 쓸데없이 갈아타게 권하는 것과 같은 사례는 그래도 나은 편으로 그들이 판매 중인 상품의 구성과 리스크에 대해 본인들은 정확하게 이해하고 있는 것인가 하는 의문을 느끼는 경우도 있었다. 이러한 사태를 막기 위해서는 당국에 의한 엄격한 적발도 중요하지만 한번 피해가 발생하면 그것을 실제로 회복하는 일은 용이한 것이 아니다. 따라서 자신의 재산을 지키기 위해서는 결국 올바른 지식으로 무장해 스스로 지키는 수밖에 없는 것이다. 성숙한 증권시장의 실현을 위해서는 높은 판단능력을 보유한 개인투자가의 성장이 불가결한 것이다.

그런 관점에서 볼 때 아키오는 내가 생각하는 개인투자가의 이상형이라 할 수 있다. 그가 스위스계 개인은행의 일본인 직원인 다미야 앞에서 펼치는 일련의 반론과 사나다 등이 판매한 펀드의 설명서를 보고 "이 세상은 신기하게도 이런 사기꾼에게 속는 바보가 엄청나게 많다" 하고 비꼬는 모습에서는 통쾌함을 느낀다.

그리고 아키오에게 매력을 느끼는 또 하나의 이유는 나 자신의 나이가 서른넷인 만큼 그로부터 같은 세대라는 느낌을 강하게 받기 때문이다. 아키오의 "평범한 중류 가정에서 자라 중학교, 고등학교, 대학교를 일단 우등생으로 지냈고", "돈이 있어도 하고 싶은 일이 없었다", "처음부터 근원적인 욕망 중 몇 가지가 결핍되어 있었다", "그저 가난하게 길거리를 헤매는 것이 무서웠다" 등의 모습은 조금은 응석받이로 자란 우리 세대에 어느 정도 공통되는 것이고 젊은 시절 좌절을 맛보고 이 세상을 차가운 눈으로 바라보는 태도에서도 동세대인으로서 친밀감을 가졌다.

우리 세대는 일본이 어느 정도 풍요로워진 시대에 태어나 전후 경제성장의 혜택을 나름대로 누린 세대이다. 그러나 사회인이 되었을 무렵부터 경제는 기울기 시작했고 이후 호경기라는 것은 한 번도 경험하지못했다. 그럼에도 나름 노력하여 힘들게 책임을 지는 위치가 되었더니 불량채권 문제를 비롯한 버블의 뒤처리를 해야 하는 일만 돌아올 뿐 좋은 이야기는 아무것도 들려오지 않았다. 어떻게든 현상을 타개해야 겠다고 생각을 해도 내 위로는 어떻게든 책임을 회피하려는 상급자들이 모여 있다. 막연한 불안감을 느끼면서 또 모든 것을 포기하고 싶은 마음을 억제하면서 매일 업무를 처리해야만 하는 그런 세대인 것이다.

이 책이 일반적인 미스터리 작품보다 훨씬 강한 현실감을 띠는 것은 이렇게 우리 세대가 느끼는 불안과 불만이 아키오의 말과 태도를 통해 적절하게 표현되어 지금 시대의 불투명성을 적확하게 기술하는 일에 성공했기 때문일 것이다.

우리 세대의 미래는 어떤 것일까? 자신감과 활력으로 가득한 세상은 다시 올 수 있는 것일까? 이 책을 읽고 다시 한 번 생각하게 되었다. 이미 나는 이런 물음에 순수하게 예스 하고 대답할 수 있는 세대는 아니지만 포기하기에는 약간 이른 세대이기도 하다. 그런 의미에서 아키오의 작품 속 마지막 대사는 정말이지 상징적이라 할 수 있다.

"모두가 인생을 다시 시작할 수 있는 것은 아니다. 그렇지만 노력하는 일은 누구나 할 수 있다."

그렇다. 개인이든 국가든 작은 가능성이 있는 한 도전하는 용기를 잃어서는 안 된다고 나는 생각한다.

머니론더링 국제금융업의 사각지대

초판 1쇄 인쇄 2016년 4월 20일
초판 1쇄 발행 2016년 4월 25일

저자 : 다치바나 아키라
번역 : 김준균

펴낸이 : 이동섭
편집 : 이민규, 김진영
디자인 : 이은영, 이경진
영업·마케팅 : 송정환, 안진우
e-BOOK : 홍인표, 이문영
관리 : 이윤미

㈜에이케이커뮤니케이션즈
등록 1996년 7월 9일(제302-1996-00026호)
주소 : 04002 서울 마포구 동교로 17안길 28, 2층
TEL : 02-702-7963~5 FAX : 02-702-7988
http://www.amusementkorea.co.kr

ISBN 979-11-7024-812-5 03830

MONEY LAUNDERING by Akira Tachibana
Copyright ⓒ Akira Tachibana, 2003.
All rights reserved.
First published in Japan by Gentosha Inc.

This Korean edition is published by arrangement with Gentosha Inc., Tokyo
c/o Tuttle-Mori Agency, Inc., Tokyo.

이 책의 한국어판 저작권은 일본 GENTOSHA와의 독점계약으로
㈜에이케이커뮤니케이션즈에 있습니다.
저작권법에 의해 한국 내에서 보호를 받는 저작물이므로 무단전재와 무단복제를 금합니다.

이 도서의 국립중앙도서관 출판예정도서목록(CIP)은
서지정보유통지원시스템 홈페이지(http://seoji.nl.go.kr)와 국가자료공동목록시스템
(http://www.nl.go.kr/kolisnet)에서 이용하실 수 있습니다. (CIP제어번호: CIP2016007703)

*잘못된 책은 구입한 곳에서 무료로 바꿔드립니다.